Sein ganzes Leben ordnete er dem Schreiben unter, Erfolg hatte er keinen. Der war erst seinem Enkel, Thomas Bernhard, beschieden. Und der setzte seinem Großvater Johannes Freumbichler (1881-1949) gleich mehrere literarische Denkmäler, etwa in der autobiographischen Erzählung *Die Ursache*: »Alle meine Kenntnisse sind zurückzuführen auf diesen für mich in allem lebens- und existenzentscheidenden Menschen.«

Anerkennung wurde dem im 19. Jahrhundert im Salzburger Land angesiedelten Roman *Philomena Ellenhub* zuteil: Er erschien 1937 – für ihn bekam Freumbichler im selben Jahr den »Förderungspreis des Großen Österreichischen Staatspreises«.

Die Lebensgeschichte des Bauernmädchens Philomena Ellenhub, der Alltag auf dem Hof und im Dorf, sind geprägt vom Kreislauf der Jahreszeiten, aber auch durch die dramatischen Ereignisse der Jahre 1830 bis 1848, die Krieg und Frieden, Umsturz, Wiederaufbau, Ringen um Freiheit und Ordnung in die keineswegs nur idyllische Welt bringen.

Thomas Bernhard setzte seine Pläne zu einer Neuausgabe dieses Romans mit einem eigenen Nachwort nie in die Tat um. Deshalb versammelt dieser Band zwei frühe Äußerungen Thomas Bernhards zu seinem Großvater. Abgerundet wird die vorliegende Ausgabe durch einen Essay des Freumbichler-Spezialisten Bernhard Judex. So wird verständlich, wie der Enkel auf des Großvaters Schreibmaschine nicht mehr dessen Heimatromane verfaßte, sondern faszinierend-verstörende Weltliteratur.

insel taschenbuch 3360
Johannes Freumbichler
Philomena Ellenhub

Johannes Freumbichler
Philomena Ellenhub

Ein Salzburger Bauernroman

Mit Nachbemerkungen
von Thomas Bernhard
und einem Essay
von Bernhard Judex

Insel Verlag

Philomena Ellenhub erschien erstmals 1937
im Paul Zsolnay Verlag, Wien.

Die vorliegende Ausgabe ist erstmals im Insel Verlag
Frankfurt am Main und Leipzig erschienen.

2. Auflage 2023

Erste Auflage 2009
insel taschenbuch 3360
© dieser Ausgabe: 2009, Insel Verlag Anton Kippenberg GmbH &
Co. KG, Berlin
© Thomas Bernhard Nachlaßverwaltung
Alle Rechte vorbehalten. Wir behalten uns auch eine Nutzung des
Werks für Text und Data Mining im Sinne von § 44b UrhG vor
Umschlaggestaltung nach Entwürfen
von hißmann, heilmann, hamburg
Druck: Books on Demand GmbH, Norderstedt
Printed in Germany
ISBN 978-3-458-35060-6

www.insel-verlag.de

*Meiner Mutter
Maria Freumbichler*

Ellenhub

Die Landschaft, worin unsere Erzählung wurzelt, bildet ein Tal, flankiert von Wäldern, fast noch so dicht wie in den Zeiten, wo Hirsch und Eber darin hausten, und von Höhen bis über tausend Meter; doch weil das Gebirge dahinter Felsen aufweist, bis zu zwei- und dreitausend, nennt man es das »Flachland«. Dies Flachland ist in Bauerngüter geteilt, in größere, in Lehen, in kleinere, in Huben und Fretten, wo man notdürftig ein paar Kühe füttern kann, und endlich in Kleinhäusler, die sich mit einer Kuh oder gar mit etlichen Geißen begnügen müssen.

Auf einem der großen Lehen nun saß das Geschlecht der Ellenhuber, seit uralten Zeiten.

Von dieser Scholle, von ihren Söhnen und Töchtern zu reden, scheint noch der Mühe wert, etwa in der Dunkelstunde, wo das wilde Gejaid ums Haus stürmt und die Buchenscheiter im Kachelofen krachen. Das Geschlecht der Huber war ein vielverzweigtes; die Hölzlhuber saßen an einer Waldinsel, wie sie vielfach hier, wohl als Rest der Urwälder, stehengeblieben waren, die Blümelhuber inmitten einer Wiese mit Dotterblumen, eine Herrlichkeit, ganz wunderbar anzuschauen; die Bachhuber hockten natürlich am Bach, die Forsthuber am Wald, die Leitenhuber an einem Hang, die Brunnhuber an einer Quelle, die niemals versiegte, war die Dürre noch so groß, und die Talhuber hausten schon gegen die Mühlen zu, in einem feuchten Grund. Diese Huber brachten immer wieder einen Menschen hervor, der das höchste Sakrilegium beging: die Selbstzerstörung. – Der Herr sei ihm gnädig! sagten die Leute in einem solchen Fall und bekreuzigten sich. Weiter waren da die Kornhuber und Feldhuber, die Kleinhuber und Großhuber und die besondere Menschenart der Sinnhuber. Endlich die Simplhuber, mit denen der Teufel einen bösartigen Schabernack trieb. Sie lebten eine gute Weile still und manierlich für sich, wie andere gesittete Leute, bis sie eines Tages der Rappel befiel und der Blödsinn in hellen Flammen ausbrach. Kam in der Simplhub ein Kind zur Welt, ein tölpisches Wesen, mit einem knolligen Erdäpfelgesicht, so sagten die Leute: »Das hab ich mir gleich gedacht, der Apfel fällt nicht weit vom Stamm.«

Aber es liegt nicht in unserer Absicht, von der Simplhub zu reden und von dem, was da an Dummheit und Aberwitz, von der Großhub und dem, was da an Eitelkeit und Hochmut geschah, denn beides könnte zu keines Menschen Ergötzung dienen – nein, es lag da ein Hof, mit einem eigenen Geschlecht, mit Menschen, eine Freude, sie kennenzulernen, und nützlich, mit ihnen umzugehen. Das waren die Ellenhuber.

Wer die Berglehne, die dem Auge nur als ein schmaler Teppich, mit Wiesen und Äckern, mit Gehölzen und Lehen erscheint, weiter hinansteigt, findet, daß dieser Saum wieder eine Landschaft birgt, mit Feldern, Hainen, Forsthäusern und grünen Kuppen, und auf einer dieser Kuppen, nach vorn steil abfallend, durch eine sanfte Lehne mit dem Hochwald verbunden, lag Ellenhub, wie eine Bruthenne auf ihrem Nest.

Da die Ellenhuber in vieler Beziehung in der Gemeinde weit voraus waren, wurden die Männer kurzweg »Köpfe« genannt. Und es waren auch Köpfe, und sie hatten auch entsprechende Gesichter, Spiegel des Lebens und seiner Geheimnisse. Und da, wie sich denken läßt, diese Köpfe in ständiger Bewegung waren, kam es zu den mannigfaltigsten Reibungen und Konflikten, bald scherzhafter, bald blutig ernsthafter Natur, und dies hielt im Grunde die Ellenhuberische Menschenmühle im Gang, wenn auch sonst kein direktes Ziel zu erblicken war. Nach Hochzeit, Kirchtag und Rekrutenball hieß es: »Ja, die Ellenhuber!« Und wenn ein Bericht aus dem Welschland die Ruhmestaten der Kaiserlichen meldete, sagten die Leute wiederum: »Ja, die Ellenhuber!« Im Guten und im Schlechten, stets umgab sie ein Hauch von Besonderheit, und der Herrgott, der die Blumen auf den Wiesen und die Disteln an den Feldrainen wachsen, die Nachtigallen schlagen und die Geier in den Lüften schreien läßt, wird wohl gewußt haben, was er plante, als er dies Geschlecht im Mutterboden Wurzel schlagen ließ. Es ist wahr, sie bezeigten ihm keine übermäßige Dankbarkeit, im Gegenteil, sie machten ihm viel zu schaffen, brachen ungescheut in den Garten seiner Zehn Gebote, kamen wohl auch ins Gehege der sieben himmelschreienden und öfters sogar in das der Todsünden, ja, es gab auf Ellenhub Zeiten, wo es schien, als ob der Böse selber den Kopf hervorstreckte: das Laster des Jähzorns konnte eine Höhe erreichen, daß es bisweilen auf Leben und Tod ging.

Über die Herkunft des Hofnamens waren mehrere Erklärungen im Schwang. Als die Einwanderer von dem Lande Besitz nahmen und es verteilten, gab der Hofgründer sich, als ein wahrhaft frommer und bescheidener Mensch, mit dem dichtesten Wald und dem kleinsten Stück Wiese zufrieden, gleichsam nur mit einer Handvoll, so daß die andern gutmütig spotteten: »Die Ellen-Hub!« Oder war es so, daß jener Siedler der Schwächste gewesen, und da die Starken seit jeher sich auf Kosten der Schwachen bereichern, hatten sie ihn in den äußersten Waldwinkel gedrückt und zur vollbrachten Beraubung die Verachtung dazugegeben: »Der Ellen-Huber!« Endlich behaupteten einige, ein Vorfahr habe gern von seinem steinigen Acker her den Leuten zugerufen: »Elle vor Elle! Nur nicht nachgeben!«, und die Spitzzüngigkeit, die hier so recht daheim ist, soll daraus den Hausnamen gemacht haben.

Aber sei dem wie immer, man kann ruhig annehmen, daß dieser Hof seit undenklichen Zeiten auf der Hügelkuppe lag, die Front dem Sonnenaufgang zugekehrt, geduckt, breit, einladend, zweckmäßig vom Eckstein bis zum Giebel, mit seinem Obstgarten, seiner Waschküche, Brechelstube und Bienenhaus. Und wenn man glaubte, hier wär es mit Stall, Scheune und Strohöse zu Ende, so kroch aus ihnen wieder Dach an Dach hervor und schützte notwendiges Lebensgut, Schindel und Scheiter, Knüttel und strohgebundene Bündel gelbleuchtender Scharten. Dieser Hof war zweifelsohne nicht anders aus der Erde gewachsen als etwa die Buchen und Eichen seiner Umgebung, alles an ihm diente seinem bestimmten Zweck, und darum ging wohl auch solche Ruhe und Befriedigung von ihm aus. In den Fenstern leuchteten Pelargonien und Levkojen.

Über dem Eingang stand zu lesen: Dieses Haus haben neu erbaut Jakob und Brigitta Ellenhub 1830 anno domini.

An dem Zeitpunkt, da unsere Geschichte anhebt, stand der Zeiger der Sonnenuhr an der Hauswand auf der Zahl zehn. Etwas Verschlafenes lag über dem Hof. Auf der Hausbank, längs der Vorderseite, lehnten Zinngeschirre; sie glänzten, als wären sie aus Edelmetall. Vor dem Tenntor drehten sich Schopftauben, mit gleißenden Flügeldecken, silberfarbene Lerchtauben marschierten, in aufgeblähter Eitelkeit, auf der Göpelstange hin und wider, und unter den Obstbäumen gingen Hühner mit leisem Singen durch das Gras. Und über diesem Singen lag das feine, metallene Schwirren honigsammelnder Bienen und das rebellische Gebrumm großer Waldhummeln.

Eine weibliche Gestalt, die jetzt unter die Haustür trat, sah scharf in den Sommermittag hinaus. Sie konnte nicht viel älter als zwölf oder dreizehn Jahre sein. Aber etwas Eigenes war um sie, das im Gegensatz zu ihrer Jugend stand, nämlich ein tiefer Ernst.

Sie nahm ein großes Zinnschaff und stellte es unter den Wasserstrahl, der aus einem plumpen Holzrohr mit einer eisernen Zunge floß. Da Hochsommer war, lief der Brunnen sehr klein. Das Dirnlein holte also eine Schüssel mit einem Brotlaib, setzte sich auf die Bank und zog mit einem Messer papierdünne Schnitten herab.

Ein riesengroßer Schatten, ungestalt, als stamme er von einem Urwelttier, fiel über den blumenbestickten Plan, und ein Pferd, ein leichter, fast zierlicher Brauner, stapfte auf die kleine Hausmutter zu. Sie tätschelte ihm den Hals, aber der bezottete Kopf drängte an ihr vorbei gegen die Schüssel und zog mit den schwulstigen, behaarten Lippen einige Brotschnitten in sein Maul. »Geh, Bräunl«, sagte sie und zog die Schüssel weg. »Tu grasen! Das Brot ist für die Menschen.«

Das Wasser schoß in dünnen Wellen über den Rand des Schaffes, und das Mädchen trug es ins Haus. Es kam gleich wieder, mit einer ahornen Schüssel, ließ einen Lockruf hören und streute Weizenkörner aus. Von allen Seiten lief die Tierwelt des Hofs herbei, sich überstürzend, fallend, und selbst die fremde, die der Spatzen, Amseln und Finken, war über die Bedeutung dieses Rufs nicht im Zweifel. Es war ein richtiges Wettlaufen und so komisch anzusehen, daß die kleine Bäuerin in ein Gelächter ausbrach. Besonders die Enten waren keine tüchtigen Renner, sie fielen, überkugelten sich, den Hühnern ging es nicht viel besser, bis nach einer aufregenden Minute das ganze Geflügelvolk versammelt war. Die Hennen zeigten sich schamlos gemein; gefräßig blieben sie mit ihrem Schnabel am weizenbesäten Boden kleben, während der prächtige Hahn sich nur ab und zu beugte, um dann den Kopf sofort wieder in seine unvergleichlich stolze Haltung zu erheben. – Nein, dieser Hahn! Diese Federpracht, diese Farben, und leibhaftig zum Bücken und Fressen zu stolz! – Eine Handvoll Körner prasseln gerade vor seinen Füßen nieder; er pickt zwar, aber mit zuckenden Bewegungen, als müßte er, wider seinen Willen, sich dazu zwingen. Unter den Tauben, wo auch die Täubinnen ein sanftstolzes Wesen beibehielten, war ein Paar schneeweiße; davon setzte die eine sich auf die Schulter der Fütterin, und die andere faßte gar auf dem Schüsselrand Posto.

Dies Bild wurde durch ein mörderisches Geschrei zerstört. Ein Kind kam über den Anger gelaufen, hielt eine Hand mit solchem Entsetzen von sich, als ob's von einer Natter gestochen worden wär, und schrie: »Mena! Mena!« Es hatte sich aber nur einen Schiefer eingezogen, und der Schmerz davon setzte es außer Rand und Band. Sein Brüllen lockte ein Kind nach dem andern herbei, bis die Schüsselträgerin von einer ganzen Gruppe kleiner Menschlein umgeben war. Aber nun die Blessur behandeln lassen, das war rein unmöglich, ja, wenn es nur den Finger herzeigen sollte, brach es schon wiederum in ein Angstgeheul aus. Versprechungen auf der einen Seite, Aufbauschung der Gefahr auf der andern, Himmel und Hölle wurden in Bewegung gesetzt, um die jüngste Ellenhuberin für die unerläßliche Operation standhaft zu machen. Aber während noch alle auf den wehen Finger sahen, hielt die Mena schon triumphierend die Nadel mit dem winzigen Holzsplitter in die Höhe. Und da sie das »große Dirndl« wegen ihrer »tapferen Haltung« liebkoste, hätte auf einmal jedes irgendein Wehtum gehabt, an allen möglichen Stellen, wenigstens sollten das Zopfband gebunden oder die Hosenträger gerichtet werden, die immer falsch eingeknöpft waren.

Plötzlich wandte sich der ganze Haufen dem Eingang zu.

Ein winziger Bub in einer überweiten Hose schleppte ein paar Röhrenstiefel, fast größer als er selber, über das Pflaster. Ein Schreck durchfuhr die Geschwister. Die Mena packte die Stiefel und warf sie durch das offene Fenster in die Stube hinein.

Auf der Straße unten klapperte ein Weiblein in Holzschuhen vorbei, das Wichtl-Weibl, eine alte Bauerndirn, und wie sie der Kinder ansichtig wurde, krähte sie: »Mein Herr und mein Gott, neun arme Waisenkinder! Gott steh euch bei!«

Der Stiefelträger flüchtete auf den Schoß Menas. Diese saß eine Weile starr und unbeweglich. Sie hatte früher öfter schon irgendwo die paar Wörtlein gehört: Die armen Waisenkinder! Doch waren sie ihr, und was etwa Dunkles dahinterstecken mochte, nicht anders erschienen als ein Spiel, eine Neuheit im Alltag. Aber nun kam ihr der Inhalt zum vollen Bewußtsein: sie selbst war es und ihre Geschwister! Woher kam auf einmal dieser Schreck? – Die Natur rings konnte es nicht sein; da war ein Blühen und Prangen, ein Sonnenspiel und Farbentanz, nein, die Ursache dieses Schreckens kam aus dem eigenen Innern, aus dem Blut. Und von diesen Blutschauern überrieselt, schluchzte sie plötzlich auf. Die Geschwister standen verwundert. Es schien ein härterer Fall zu sein als der vorige mit dem Schiefer, das merkten sogleich alle; sie schmiegten sich furchtsam an die große Schwester. Ein dunkler Fittich streifte fühlbar die Ellenhuberische Nachkommenschaft, ein grausamer, herzerschütternder ...

Die Haushüterin

Ein Geheimnis lag über der reglosen Gruppe. Zu ihren Füßen neigte sich ein Anger mit wolligem Gras, spärlich durchsetzt von den weißen und blauen Tupfen der Gänse- und Leberblümchen, stieß an eine Bauernstraße mit großen Steinen, und ihr entlang hoben sich aus dem saftigen Grün die schwarzen Stämme der Obstbäume, seltsam unschön und verkrüppelt. War es nun, um sich selber zu trösten oder die Kinder zu beruhigen, das alte Wiegenlied kam ihr auf die Lippen, das die Mutter ihnen so oft vorgesungen hatte. Sie wippte mit dem Fuße, als träte sie die Ellenhuberische Wiege, und die Geschwister schienen während des Gesangs in ein einziges Wesen verschmelzen zu wollen.

»Hutsche, heia,
's Kind muß man betreua,
's Kalberl lauft in Weiha;
's Hunderl lauft ihm husig nach,
Beißt ihm grippig 's Schweiferl ab.
Hutsche, heia,
Schlaf, mei Kinderl, schlaf!

Schlüßl, Schlößl,
Schlaf, du kleiner Stößl!
Kauf ich dir ein Rößl;
's Rößl reit't mit dir in d' Welt,
Und du findst ein' Haufn Geld.
Schlüßl, Schlößl,
Schlaf, du kleiner Held!

Hutsche, heia,
Schlaf, du kleiner Schreia!

Draußen schrein die Geier;
Reiß ma eah a Föderl aus,
Machn schnell ein Pölsterl draus.
Hutsche, heia,
Schlaf, du kleine Maus!«

Schon nach den ersten Versen erlosch das Schluchzen. So wie der kühle Wolkenschatten in der Hochsommerhitze auf eine schmachtende Mähergruppe fällt, fiel das Lied in die Seelen der Kinder.

Die Gruppe war noch immer in derselben Stellung, als plötzlich, in der großen Stille deutlich vernehmbar, die Uhr am Dorfkirchturm elf schlug. Sogleich liefen alle ins Haus und kamen mit einer Klapper wieder. Sie war aus hartem Holz, von der Zeit schwärzlichbraun getönt; nur dort, wo der Hammer aufschlug, zeigten sich beiderseitig tiefe Mulden von hellerer Färbung. Die Klapper hatte bereits mehrere Generationen Ellenhuber von der Feldarbeit heimgerufen. Es war bei ihnen ein alter Brauch: Was sie machten, das machten sie gut, in der Absicht, daß es noch Kindern und Kindeskindern dienen sollte.

Menas Augen suchten die weite, besonnte Landschaft mit den goldgelben Getreidefeldern ab. Alles ums Haus, zum Teil so eben wie ein Stubenboden, gehörte zum Hof, und der Besitzer, also heute gewiß kein Ellen-Huber, vielmehr ein Pracht- und Großhuber, hätte sich ohne Frage noch höher gehoben, wenn nicht die Kette der Tüchtigkeit gerade in seinem wichtigsten Hauptglied abgerissen wäre. Endlich entdeckten sie gebückte Gestalten, weiße, leuchtende Hemdärmel und Kopftücher, und dazwischen ein Blinken und Blitzen: das waren die Sicheln der Schnitter. Das gleichmäßige Geklapper drang auch an ihr Ohr, aber sie taten nichts dergleichen, ja, es schien, als ob es ihnen gar nicht gälte. Sie waren seit drei Uhr früh an der Arbeit; das Klappern tönte ihnen daher so fein wie Engelsgesang, aber dennoch hielten sie nicht inne: Es wär die größte Unsitte gewesen, wenn eins beim ersten Anschlag die Sichel aus der Hand gelegt hätte. Es währte also noch eine geraume Weile, bis die Feldleute in der sengenden Gluthitze im Gänsemarsch angerückt kamen.

Der Mann an der Spitze war, seinem Gehaben und seiner Kleidung nach, noch ein ganz altertümlicher Bauer. Er schritt mit einer sonderbaren Würde, hielt den Kopf stolz, und dieser Kopf machte den Eindruck, als ob er, unabhängig vom Körper, ein eigenwilliges und freiherrliches Leben führen würde. Das Zweite an ihm aber, das jede seiner Bewegungen und seiner Gesten aussprach, war eine gewisse Langsamkeit und Bedächtigkeit. Der Vater der Kinderschar, die wie ein Trüpplein leichter Kavallerie vor ihm hertanzte, konnte er nicht sein; dazu waren sie im Alter zu weit auseinander, eher schon der Ähnl, welches Wort sie ihm auch immer wieder zuriefen.

Im Vorhaus blieb der alte Mann einen Augenblick auf den Marmorfliesen stehen und wischte sich den Schweiß von der Stirn. Der kühle Dämmer wirkte ganz wunderbar. – »In den heiligen Büchern steht kein Wort geschrieben«, sagte er und hob den Zeigefinger, »von Braten und Wein, von Backwerk und Schnäpsen; aber es wird ausdrücklich gemeldet von einer lieblichen Kühle.«

Die tiefen Stimmen der Mannsbilder hinter ihm brachen in ein Gelächter aus und raunten sich zu: »Der Biblisch' Bauer!«, aber mehr oder minder überkam jeden etwas von dem Gefühl, das der Ähnl in seiner altmodischen Redeweise ausgedrückt hatte.

Der Marmor war keine Rarität auf den Höfen; das Gebirge barg nicht nur den verzauberten Kaiser mit seinen Paladinen, sondern auch gewaltige Blöcke und Platten des seltenen Steins. Die Sonne strömt bekanntlich eine Gotteskraft aus; sie macht die Schöpfung bunt und lebendig, warm und reich. Und diese rotgeäderte Fläche hier strömte eine andere Gotteskraft aus. War es Glanz des Marmors, seine Farben, das Feste und Unverwüstliche, war es die Verwunderung, wie wohl in der Natur eine solche Pracht entstehen konnte, der Gedanke, unter welcher Gefahr dieser Stein gewonnen, unter welcher Beschwer er dem Menschen dienstbar gemacht wurde, kurz, schon bei Nennung seines Namens und noch mehr bei seinem Anblick fingen die Gesichter der Ellenhuber zu leuchten an. Adel lag in diesem Marmelstein, und besonders dann, wenn er, glattgeschliffen, in der Sonne, im Dämmerlicht, im Mondschein, an frohen Festtagen und an den vielen grauen Alltagen, woraus ja jedes Leben besteht und bestehen muß, sein Farbenspiel leuchten ließ.

Ein Nachzügler war in der Rauchküche zurückgeblieben und warf nun einen gelüstigen Blick auf die braunen Krapfen, die in einer mächtigen, grün lasierten Schüssel auf dem Herd standen. Er schnalzte mit den Lippen und bettelte: »Mena, nur einen, frisch aus der Pfann!«

Die Mena fing lachend mit der durchlöcherten Schaufel einen Krapfen aus dem prasselnden Fett und sagte: »Du bist aber ein Genäschiger, Toni!«

Der warf den brennheißen Krapfen von einer Hand in die andere und tanzte so in die Stube hinein.

Hier leierten sie schon das Tischgebet in einer Art Sprechgesang ab. Sie schienen dabei nicht das geringste zu denken, wollten wohl auch nichts denken; denn das hätte sie in ihrem Tagtraum empfindlich gestört. Aber es war trotzdem etwas Geheimnisvolles in ihrer Stimme und in ihrer Haltung, und dies Geheimnisvolle sprach etwa so: Wir Menschen, tölpische Knechte unserer Erdennot, sind unwürdig, o Herr, vor dich hinzutreten und dir unser Opfer darzubringen. Wir sagen und singen dir daher nur dreimal des Tages: Vater unser! – Auf daß du nicht allzuhart mit uns ins Gericht gehst. Denn dein ist alle Macht und alle Herrlichkeit. Amen. Dann wurde Menas Kochkunst gelobt, was sich einer so neugebackenen Bäuerin gegenüber gehörte. Hernach gingen alle aus der Stube, und jedes, das an den Kindern vorbeikam, warf ihnen ein Scherzwort zu, das einen mitleidigen Unterton hatte.

Der Biblische Bauer blieb allein zurück und rauchte seine Pfeife. Die Kinder taten allerlei und sahen verstohlen in sein faltiges Antlitz. In ihren Augen lag eine Mischung von Neugier, Respekt und noch etwas, das wie ein winziger Stern flimmerte: suchende Liebe. Denn von dort, wo ihnen dieser wärmende Strom bisher gekommen, wehte es seit einigen Wochen kalt. Aber der Ähnl schien von dem, was um ihn vorging, keine Notiz zu nehmen. Er behauptete öfter, er höre, sehe, rieche und schmecke nichts mehr. Doch Zweifler versicherten, der Biblische Bauer sei ein heimlicher Schalk, sein Getue nur Komödie; vollsatt vom Leben und seinen zweifelhaften Gerichten wolle er nichts mehr sehen, hören und schmecken. Jedenfalls machte er den Eindruck, als ob er nicht mehr mit seiner Umgebung lebte; er lachte selten, zankte nicht, schien sich nicht zu grämen und nicht zu freuen, und sein Gesicht war zu einer Maske erstarrt, wovor die Kinder erschraken. Sie atmeten daher auf, als er endlich sagte: »Ja, wenn ihr jetzt die Mutter Mena nicht hättet!«

Sie hingen sich an die große Schwester und riefen alle: »Mutter Mena! Mutter Mena!«

Der Ähnl klopfte seine Pfeife aus. Die Mena sollte haushüten; die Kinder durften mit aufs Feld. Ein Jubelausbruch folgte, der aber schnell wieder gedämpft wurde. Sie redeten nur mehr im Flüsterton, immer schwankend zwischen Vertraulichkeit und Scheu, glücklich, wenn er einen der Buben am Haarschopf beutelte oder einem der Mädchen nach dem Zopfe griff. Sie trippelten im weichen Angergras barfuß neben ihm her und hörten auf seine wunderlichen Reden. Er schritt von Obstbaum zu Obstbaum und betastete ihr Rindenkleid; den hatte er selbst gepflanzt, den sein Sohn, also ihr Vater, den sein Vater, also ihr Urgroßvater! – und wußte von jedem, ob Apfel-, Birn- oder Zwetschkenbaum, eine Geschichte. Es gab brave und schlechte Bäume, so wie es gute und schlechte Sensen, gute und schlechte Kühe, gute und schlechte Menschen gibt, und diese Scheidung, ohne Gnade und Erbarmen, reichte tief hinab, bis in die leblosen Dinge, und hoch hinauf, bis ins gestirnte Firmament.

Ein O-beiniger Knecht kam jetzt mit dem Bräunl über die Wiese. Er setzte immer zwei und drei Geschwister auf seinen Rücken und ließ sie so lang ums Haus reiten, bis die Leiterwagen aus der Tenne polterten und zwei schwere Gäule aus dem Stall geführt wurden, die ebenso schön kastanienbraun waren wie der kleine Bräunl. Rappen und Schimmel und Schecken liebte man auf Ellenhub nicht; und einen Falben hätten sie gar nicht eingespannt, der war ihnen unheimlich. Aber für Braun hatten sie eine Schwäche; sie liebten die braunen Weizenkörner, die braunen Haselnüsse, die braunen Rehböcke und Hirsche, die winters bis in ihre Obstgärten kamen, und erst gar die braunhaarigen Weibsbilder, ja in die waren sie ganz besonders verschossen.

Die Mena war zum erstenmal in ihrem Leben Haushüterin. Dazu mußte man eine sichere Person haben, und dafür galt sie bereits, trotz ihrer Jugend. Sie sah dem Wagen mit den lärmenden Kindern nach und dachte unwillkürlich, es müßte, bei der großen Veränderung auf dem Hofe, davon auch etwas in der Natur ringsum zu spüren sein; aber das

Schöpfungsmirakel ging seinen Gang, als ob nicht das geringste geschehen wäre.

Ein verspäteter Schnitter, derselbe, der ihr vorm Essen den Krapfen abgefochten, kam um die Hausecke. Er mochte eine Eicht im Schatten geduselt haben; böse Zungen behaupteten freilich, der Schinder-Toni scheue die Arbeit wie der Teufel den Weihbrunn. »Soll ich dir haushüten helfen, Mena?« fragte er. Sie spürte seinen zugreifenden Blick, errötete, faßte sich aber schnell und erwiderte seine Musterung mit ziemlicher Festigkeit. Sie sah ihm kopfschüttelnd nach, wie er mit einem Jodler den Anger hinabtanzte. Es war doch zu sonderbar, was die Leute alles über ihn redeten!

Über die Landschaft war jene Sommerruhe gebreitet, wo kein Ton und kein Hall sich mehr hören läßt und die Haustiere, die Vögel, die Blumen und die Kornähren in einen wohligsüßen Halbschlaf versunken zu sein scheinen. Jenseits der Felder und Kleeländer, die wie buntbestickte Teppiche lagen, lief das weiße Band der Reichsstraße, auf der ein Dunkles, Bewegliches näher kam. Es war eine hochbuckelige Postkutsche. Die Töne des Posthorns erweckten ein Gemisch von Hoffnung und Verzweiflung, von Lachen und Weinen; hier lag der Hof, das Tal, die Weiler, alles so bekannt, aber dort, wohin der Wagen rollte, lag die weite, schöne Welt.

Sie hätte wohl noch eine Weile so zwischen Tür und Angel geträumt, aber am Gehölzrand unten sah sie eine Gestalt, einen Bettler oder Landstreicher, und dies erinnerte sie an ihre Pflicht. Sie schlüpfte ins Haus und schob den Riegel vor. – Das Zusperren hat kein Narr aufgebracht, sagte sie zu sich selber. Solch väterliche und mütterliche Worte rief sie sich in den letzten Tagen gern ins Gedächtnis, bei Gelegenheiten, wo sie im unklaren war, was sie tun sollte. Riegel auf, Riegel zu. Ein Kleines getan oder unterlassen, ein wenig mehr, ein wenig weniger entscheidet oft über ein Menschenleben, entscheidet oft über viele Leben.

Und der Riegel auf Ellenhub war ein guter Riegel, schloß besser als das künstlichste aller Kunstschlösser, und wenn er in seiner Öse aus gehämmertem Eisen saß, konnte man zwischen den vier Wänden fröhlich leben und genießen. Er war glatt poliert; denn viele Hände, harte und weiche, junge und alte, hatten ihn seit mehr als hundert Jahren vor- und zurückgeschoben, bald mit frohen, bald mit angstbebenden Händen; denn Glück und Unglück, das heißt, was die Menschen so nennen, traten auch durch diese Tür unzählige Male, um schnell wieder zu verschwinden oder so zäh zu bleiben, als hätten sie eingeheiratet. Was aber, ob Freude, ob Schmerz, mehr gewesen, ist eine Frage, die man nicht so leicht beantworten kann. Gelehrte Männer haben behauptet und es so genau bewiesen, wie zweimal zwei vier ist, daß unser irdisches Leben ein Geschäft darstellt, das sich nicht verlohnt, ja, daß es etwas sei, was gar nicht sein sollte. Aber auf Ellenhub hatte man von dieser Weisheit bisher noch nicht das kleinste Argument vernommen. Da waren sie alle noch der einfältigen Meinung, daß die Welt nach einem geheimen Schöpfungsplan richtig aufgebaut wäre, daß alle Freuden, die kleinsten wie die größten, ihre Grundfesten in Beschwerden und Leiden hätten, und daß es jene ohne diese gar nicht geben könnte. Es heißt wohl, Sorgen und Suppen hat der Mensch leicht genug, aber der Fest- und Feiertage wird er bekanntlich noch viel schneller satt.

Die besinnliche Haushüterin ging durch die Räume. Wie man im Winter alles verschloß, um Wind und Kälte den Eintritt zu verwehren, so schloß sie nun jede Luke und Spalte, um die brennende Sonnenglut abzuhalten. Sie dachte an die Mutter, die auch oft als Haushüterin daheim geblieben;

aber es war keine Trauer in ihr, es war etwas anderes. Dinge, Gerüche, Farben und Töne umgaben sie, die das Leben auf Ellenhub immer umgeben hatten, die sie aber plötzlich in einer Klarheit ohnegleichen gewahrte. Das Braun des Holzgebälks, das Spiel der Herdflamme, der Geruch von Korn und Häcksel, der Tiere im Stall, das Schneeweiß der Hauswebe auf dem grünen Anger, das rissige Schwarz der Obstbäume, der Duft des frischgemähten Grases, des sonngedörrten Holzes, das Wesen einer Schar dottergelber Küchlein – dies alles schien ihr neu und wunderbar. Die Strophe eines alten Volksliedes, das die Mutter oft gesungen hatte, fiel ihr ein:

>»Es kann der Mensch vom Leben nichts begreifen,
>Halt ein, o Seele, wohin willst du schweifen?
>Das Beste ist, sein' Aug' zum Himmel heben,
>Und in Geduld und Gott sein Herz ergeben ...«

Hierbei gewahrte sie, daß den meisten Vater- und Mutterworten der Reim oder sonst etwas Spielerisches und Lustiges anhaftete, sei es vorn, sei es hinten; es war zwar immer nur ein Kleines, wie der Tautropfen an der Blume, und doch ging davon ein heimliches Entzücken aus. In der Stube steckte sie Werch auf die Gabel und trat das Spinnrad. Zu seinem Schnurren sang sie halblaut und suchte die mütterliche Stimme möglichst getreu nachzuahmen ...

>»Und höher als der Untersberg,
>Und tiefer als der See,
>Und schwerer als der schwerste Stein,
>Ist oft mein Leid und Weh.

Z' Tirol, sagn d' Leut, ein Vogel singt,
Auf ein'm höchstseltnen Baum;
Sein Gsangl tröst dich wunderbar,
Als wie ein Kindertraum.

Und weil ich gar nicht wissen tu,
Was ich anfangen soll,
Drum geh ich auf die Wanderschaft
Ins schöne Land Tirol.

Wirklich hab ich das Vogerl ghört,
Z'tiefst in ein'm tiefn Wald,
Voll Nebel und voll Einsamkeit,
Stockfinster und eiskalt.

Und gsungen hat's so lieblichfein,
Als wär's im Paradies ...
Was für ein Fünkerl wärmt's wohl so,
Daß's gar so selig is?

Ist's wohl ein Spatz, ein Lerch, ein Fink?
Mensch, wer das Rätsl rat't:
Zum siebnmal silbernen Menschnglück
Den goldenen Schlüssl hat.«

Was wäre wohl begreiflicher gewesen, als daß der eisige Wald, die Kälte, der grenzenlose Schrecken ringsum das Vögelchen zum Verstummen gebracht, ja es getötet hätten, und dennoch sang es aus Leibes- und Lungenkräften, als könnten seine Triller die Sonne, die Blumen und die Falter aus der Winteröde hervorlocken. Jene winzig kleine Sonne, die es erleuchtete und erwärmte, war im Grunde wohl auch nichts anderes als die große Sonne am Himmel, wie diese im Lauf der Planeten, so erstrahlte jene im Blutlauf des Vogelherzens. Und sie erstrahlte jetzt auch in Menas Brust. Die Beklemmung, die ihr Herz bedrückt hatte, wich einer zuversichtlichen Heiterkeit, und mit dem Sonnenfächer, der durch den Spalt des Fensterladens fiel, strömte etwas herein, das die Klage über den Verlust der Eltern, die seit Wochen in ihr umging, verscheuchte.

Der Kirchgang

Der nächste Sonntag schien sein Prachtgewand eigens für die Ellenhuber Kinder angelegt zu haben, vielleicht um ihnen, nach dem Traurigen, das Schöne des Lebens von neuem zu zeigen. Die Mena kleidete sich sorgfältig und schritt aufrecht und stolz, sozusagen in ihrer neuen Eigenschaft als Mutter, den andern voraus.

Der Weg führte in Stufen talab, als holperige Bauernstraße, als Feldweg, zwischen Korn, Weizen und Klee, Wiese, Flachs und Hanf. Lerchen stiegen auf und nieder, Rotkehlchen sangen, Quellen liefen; sie hörten und sahen dies alles, lebten seit ihrer frühesten Kindheit ganz im Element dieser Töne, Bilder und Farben, dieses Vogelsangs und Quellenrauschens, aber es lag heute ein Unnennbares in der Luft, es gähnte eine Leere: Vater und Mutter waren nicht mehr da.

In der Kirche saß die Mena, den mütterlichen Rosenkranz aus braunhölzernen Perlen um die Hände gewunden und das Gebetbuch im Schoß, hingegeben und verlor die Geschwister aus ihrem Blick. Die Zeremonien am Altar, der Weihrauch und die Orgelklänge erfüllten sie mit einer Art Rausch, nicht unähnlich dem, der vorhin, in der natürlichen Gotteswelt, sie und die Geschwister, wissend unwissentlich, draußen erfüllt hatte. Das »Draußen« und das »Drinnen« war wohl eins und dasselbe, der gleiche Prunk herrschte, die gleichen beglückenden Bilder, die Gesänge auf dem Chor und die Gesänge in Büschen und Bäumen boten auf Schritt und Tritt dieselbe Unbegreiflichkeit. Sie las in ihrem Gebetbuch: »Auf dem Altare nun wirklich und wahrhaftig gegenwärtiger Gottmensch, Jesus Christus! Mit vertrauensvoller Liebe rufe ich dich für die abgeschiedenen Seelen um Erbarmen an!« – Sie sah die tote Mutter wieder auf dem Paradebette liegen, und einzelne Teile ihres Lebens zogen wie eine Vision vorüber, bis die Stimme des Pfarrers sie aufblicken ließ. Er predigte von den Armen und Bedrängten, sprach von den Witwen und Waisen, und ihr war, als ob er heute sie und ihre Geschwister damit meinte.

»Es ist eine Sünde wider den Heiligen Geist, nicht auf allen Straßen und Gassen zu verkünden, daß die Liebe zu den Eltern, die Liebe zu den Geschwistern, die Liebe zu den Allernächsten den alleinigen Reichtum, die alleinige Schönheit und das alleinige Glück alles Lebens begründen. Aber heute muß man leider fragen: Wo ist diese brüderliche, schwesterliche, kindliche Liebe hingekommen! – Ich weiß es wohl, man schwätzt unendlich viel von allgemeiner Menschenliebe und Humanität, aber es scheint sich auch hier der alte Spruch zu bestätigen: dem klappernden Hufeisen fehlt ein Nagel. Es könnte sein, einem geheimen Gesetz folgend, daß gerade dieser unheilige Lärm, dieses wahnwitzige Getöse rings um die Menschenliebe alle wirkliche Liebe aus dem Menschenherzen verjagte. Liebe Christen, seid auf der Hut: Falsche Propheten gehen um! Unsere Welt, einst so reich, zieht einer öden Periode entgegen, einer Zeit, furchtbar schon in der bloßen Vorstellung, einer Zeit ohne Glaube, ohne Hoffnung und ohne Liebe.« Der Pfarrer schneuzte sich und schwenkte sein großes, blaues Taschentuch wie eine

Fahne. »Einer Zeit, wo auf der Welt sein wird, wie geschrieben steht: Heulen und Zähneknirschen! – Seht doch, liebe Christenleute, auf eure Kinder! Seht ihre reinen, unschuldigen Augen, seht diese Kinder an – oh, mein Herr und mein Gott, erbarme dich ihrer! –, sie, sie werden einst dastehen, frierend und verlassen, nackt und bloß, auf der kalten, gottlosen Erde, das Grauen im Blick, die Verzweiflung im Herzen. Glaubet mir: Licht und Aufklärung sind bei ihm, sind bei dem Allmächtigen, und ohne ihn kann kein Licht und keine Aufklärung in die Welt kommen. Amen.«

Die Köpfe der Väter, viele schneeweiße darunter, blickten ängstlich zur Kanzel empor und neigten sich noch tiefer aufs Betpult; denn so hatten sie den Pfarrer schon lange nicht mehr predigen hören. Es wurde ihnen klar, daß unter diesem: »sie, sie!« ihre eigenen Kinder gemeint waren, und sie fühlten, wie ein leises Grauen nach ihrem Herzen griff. – Die Kirche, die Lebenden herinnen, von Sonnenlicht und Weihrauch überschwebt, und der Ring der Toten draußen, durch mehr als ein Jahrtausend angehäuft – zu diesem Unbegreiflichen sagte eine Stimme in ihnen: Gott!

Nach dem Ite missa est erhob sich auf der Empore eine polternde Bewegung, drängte über die Stiege, und sie knarrte derart, als ob sie unter dem Getrampel zusammenbrechen wollte. Das Jungvolk nahm sich keine Zeit, die Fingerspitzen in den Weihwasserkessel zu tauchen und die Stirn zu benetzen, es markierte diesen Vorgang nur mit einer flüchtigen Handbewegung, um rasch ins Freie zu kommen. Es glaubte einstweilen nur ans »Draußen«, ans Leben, das zu sehen, zu schmecken und zu greifen war und das in solcher Schönheit und Frohheit vor ihnen lag, daß sie nach keinem anderen Verlangen hatten, gleichviel, ob einer ein reicher Hofsohn oder ein armer Häusler war. Freilich, bei den Gesetzten, Alten und Ganzalten war's anders; sie mißtrauten bereits mehr oder minder den »Herrlichkeiten der Welt«, tauchten die Finger tief ins kalte Wasser, betupften die Stirn und besprengten den Boden. Sie grübelten schon viel, besonders in den langen Wintermonaten; da kam ihnen zum Bewußtsein, wie vieles auf Erden trügerisch und gaukelhaft war; daß das Leben ein Rätsel, und das höchste Rätsel dies, daß es zwei Seiten hatte: Es stellte sich anders vor den Augen der Jungen, anders vor den Augen der Alten dar, und es blieb fraglich, welche von diesen Anschauungen die richtige sein konnte.

Die Mena wartete vor der Kirche auf ihre Geschwister und ging dann den schmalen Weg die Kirchenmauer entlang, wo eine Reihe kurzer Kindergräber lagen, der Morgensonne zugekehrt, als wollte man den Kindern, war schon das Leben so erbarmungslos gegen sie, wenigstens im Tode die schönsten Plätze zuweisen. Einer der Brüder lachte über gottweißwas, und die Mena fuhr ihn hart an: »Sind wir denn auf einem Kirchtag?!« Die Geschwister stauten sich und lasen halblaut die Inschriften: »Veronika Ellenhub ... Elisabeth Ellenhub ... Cölestin Ellenhub ...« Die Ellenhuber hatten den Spruch: Ein Kind ist kein Kind, und so waren nach und nach sechzehn in die Welt gepurzelt. Die eine Hälfte davon hatte kaum einmal richtig gelacht und geweint und sich schon wieder getrollt und lag jetzt hier in einer Front unter der Erde, während die andere davorstand.

Die Mena sagte: »Für jedes unserer Geschwister ein Vaterunser!« Sie steckte ein schiefes Kreuz gerade und jätete Unkraut aus. Dann gingen sie alle um den Friedhof, und bei jedem Stein und Kreuz, das einen Ellenhuber anzeigte, hielten sie einen Augenblick inne. Wie seltsam! Während alle diese Huber im Leben sich so stark als möglich isolierten, jeder seine eigene Quelle, eigene Scholle, seinen eigenen Wald und seinen eigenen Himmel haben wollte, lagen sie hier auf diesem »Hofe«, dem »Friedhofe«, so dicht nebeneinander, daß sie kaum eine doppelte Handbreite schied, und so still und einträchtig, wo sie sich doch im Leben vielfach so laut und widerspenstig gezeigt hatten. Bei einem Grabe, knapp neben dem Kirchenaufgang, stockte das Trüpplein mit ernster Miene, und die Mena gab wiederum die Parole aus: »Für den Vater und die Mutter drei Vaterunser; jedes still für sich, aber denken dabei!«

Sie füllte aus einem mitgebrachten Krüglein Weihwasser in das steinerne Becken, streute Kohllösche, wodurch eine gleichmäßig tiefschwarze Fläche entstand, und begoß die Blumen. Über ihren Blütenkelchen flogen Bienen, und ihr Summen lag in der Luft wie eine feine, ferne Musik. Die Schwestern standen mit gesenkten Lidern und gefalteten Händen. Die Brüder hielten ihre Hüte an die Brust gedrückt und blickten finster vor sich hin. Ihre Blicke gingen über Grab und schindelbedeckte Friedhofsmauer in die sonnige Landschaft hinaus, mit ihren Kornfeldern, ihren Wiesen und ihrem Lerchengesang.

Die Mena beeilte sich; sie sah nicht nach rechts und nicht nach links, drückte sich durch die Kirchenleute und steuerte gegen den Pfarrhof hinüber, um Begräbnis und Totenamt zu bezahlen. Die schmale Holztreppe, die sie mit den Geschwistern hinaufstieg, war mit einem Teppich belegt, und auch der Korridor, wo sie warten mußten, so daß sie es fast gar nicht wagten, sich niederzusetzen. Endlich trat der Pfarrer heraus und schob mit ausgebreiteten Armen den ganzen Haufen Ellenhuber durch die offene Doppeltür in sein Schreibzimmer hinein. Nachdem das Geschäftliche in Ordnung gebracht war, zündete er sich seine Pfeife an und ließ einen prüfenden Blick über die Kinder gleiten: »Ist schwer«, sagte er, »wenn man Vater und Mutter innerhalb weniger

Wochen verliert! – Wir alle möchten unsere Eltern, wenn sie einmal fort sind, mit den Händen aus dem Grab kratzen. Merkt euch das, Kinder: Ich hab in großen Nöten oft Vater und Mutter um Hilfe angerufen, wie zwei Heilige, und sie haben mir jedesmal geholfen!«

Seine Stimme fing zu vibrieren an, wie sie es regelmäßig bei gewissen Stellen auf der Kanzel tat, und der Mena fiel ein, daß der Vater, der sonntags immer die Frühmesse besuchte, jedesmal die Mutter bei ihrer Heimkunft vom Hochamt fragte: »Was hat er denn heut wieder gepredigt, der röhrend' Pfarrer?« Die Predigten waren schön, jedermann bezeugte es, aber was half's? Am Ende war der alte Herr von seinem eigenen Sermon immer so gerührt, daß er weinte, was ihm auf der Weiberseite viel Sympathien, auf der Männerseite aber ihn fast um alle Wirkung brachte. Das ging manchmal so weit, daß sonst gutgläubige Bauern sich den Hut vors Gesicht hielten, um ihr Lachen zu verbergen.

Die Mena ging mit den Geschwistern durchs Dorf. Die Leute sahen zu den Fenstern heraus und beaugapfelten angelegentlich die verwaiste Ellenhubersche Nachkommenschaft. Niemand konnte so fesch die Plüschhüte tragen und die Schlipse binden wie die von Ellenhub, Paul natürlich allen voran, der ja schon ins Siebzehnte ging. Er mokte daher etwas, da er die Beaufsichtigung durch die Mena überflüssig und lächerlich fand, und bemühte sich, in seinem Gehaben den Erwachsenen hervorzukehren. Die Schwestern waren manierlich; aber die Brüder, besonders Gang und Naz, sprangen wie junge Geißböcke bald links, bald rechts, pufften sich, so daß die Mena sie in einem fort zum ordentlichen Gehen ermahnen mußte. Um den Postmeister, der einen Brief für Ellenhub hatte, stauten sie sich wie ein lebendiger Quirl aus Hüten, Seidentüchern und weißen Strümpfen, und wiederum vor dem Kramer Lambert, der ihnen mitteilte, daß das neue Licht angekommen und daß die Mutter noch eins bei ihm bestellt hätte. Endlich betraten sie ein kleines Haus, dessen Schild anzeigte, daß ein Schneider drin hauste. Hier trafen sie den Ähnl, der für die Buben Anzüge machen lassen wollte. Am Schneidertisch nähten die drei Söhne, und in der Ofenecke hockte eine kränklich aussehende, alte Frau. Der eine der drei Schneider, der einen Apostelbart trug, blickte vielsagend auf die Geschwister: »Alle neun – Waisen! Und müssen nun alle hinaus in die Welt! Aber hoffentlich nicht in das große Babel ... Gog und Magog!«

Beim Dorfausgang, vor der letzten Keusche, saß in der warmen Sonne ein Weib, ganz eingeschrumpft, und neben ihr ein Mensch, ein richtiger Unhold, den an Ungeschlachtheit nicht leicht jemand übertreffen konnte; die Alt-Retlin und ihr Bübl, ein Enkel, der ihr durch eine Tochter in die Austragstube zugebracht worden war. Der Greisinnenkopf, mit dem schwarzseidenen, turbanartigen Tuch, wackelte ausdauernd und energisch, so daß die Ellenhuber Kinder, die dergleichen nie gesehen, glaubten, jetzt und jetzt müßte er sich vom zündholzdünnen Hals abtrennen und davonfliegen. Kaum wurde die Alte ihrer ansichtig, schlug sie die Hände zusammen und rief mit jammernder Stimme: »Nein, mein heiliger Gott: neun Waisenkinder! – Tut fleißig beten, recht fleißig beten! Ich will auch jeden Tag für euch ein paar Vaterunser draufgeben.«

Sie blickten, etwas verwirrt, noch mehrmals zurück: Die Alt-Retlin und ihr spaßiges Büblein saßen im Ausschnitt der Gasse, und ihre Gestalten hoben sich von der kalkweißen Hauswand scharf ab.

Dann schritten sie in die sanft ansteigende Landschaft hinaus, mit den Wiesen und Äckern, endlich mit Ellenhub auf der grünen Kuppe: und da griff plötzlich allen eine unsichtbare Hand ans Herz und ließ sie erschauern. Alle packte das klare Bewußtsein, daß sie einen Verlust erlitten, den sie nie und durch nichts mehr in der Welt ersetzen konnten. Eltern und Gottheiten sind im Grunde ein und dasselbe, und daher kam wohl ihre stumme Klage: wo ist unser seliges Vaterland? Wo unser dreimal seliges Mutterland? – Wie immer lagen die grünen Matten, die Fruchtfelder vor ihnen, der Hof, der für sie den Inbegriff alles Lebens bedeutete, aber heute stand darüber ein schreckhaftes Fragezeichen ...

Kein Wunder, daß die Geschwister eine geraume Weile schweigend, ja andachtsvoll zwischen den schwankenden Kornfeldern dahinwandelten, eingehüllt in Bachgemurmel und Bienengesumm. Aus der einen Kirche, geformt aus Mauerwerk, Bildern, Kerzenflammen und Weihrauch, waren sie in eine andere, viel größere, getreten, aus grüner Erde, blinkenden Quellen, schwebenden Lerchen und einem veilchenblauen Himmelsgewölb. Aber so tief auch diese Offenbarung ohne Frage auf sie wirkte und so wenig oberflächlich sie auch veranlagt sein mochten, ging sie doch so rasch über sie hinweg, wie ein Wolkenschatten über ein Sonnenland. Und sie fühlten auch, daß es sinnlos wäre, länger unter diesem Wolkenschatten zu verharren und nicht sofort wieder in das helle Leben zurückzukehren. Die Lerchen jubelten zu närrisch, die Blumen prangten zu farbenreich, und selbst die Stiefel Pauls knarrten zu fröhlich bei jedem Schritt, als daß ihre innerste Seele auf die Dauer hätte getrübt werden können.

Bei einer Wegbiegung stiegen vier Pappeln kerzenschlank in die Luft. Darunter war ein Bildstock und davor saß eine Gestalt, die einen schadhaften Kinderkorbwagen neben sich stehen hatte. Aus seinem Innern ragten Pinselstiele und Flaschenhälse, mit Farben bekleckst. Während die Ellenhuberischen sich bekreuzigten, fragte der Paul: »Peregrin, wie geht's Geschäft? Will gar niemand mehr ersaufen oder sich das Genick brechen?«

Der Angeredete, ein verbummelter Philosophiestudent, blinzelte: »Ach so, das sind ja die acht Laubfrösch von Ellenhub!«

Diese Ansprache und wie er sie alle der Reihe nach musterte, versetzte sie in eine lebhafte Heiterkeit.

»Schön seid ihr herangewachsen«, fuhr er fort. »Ja, ja, ich war gern gesehen bei eurem Vater. Hab alle Jahr Arbeit bei ihm bekommen. Ein tüchtiger Mann, Hut ab!«

Die Gesichter der Ellenhuber Kinder wurden lang und ernst. Sie sahen mit Verwunderung an dem geflickten Menschen hinauf, der ihnen so unerwartet das Lob ihres Vaters gesungen. Ein Gefühl durchrieselte sie, als ob sie einen starken, süßen Wein tränken, und tat ihnen wohler als alles, was sie an Trost diese Wochen über erfahren hatten.

Der Marterlmaler redete wieder: »Bin auch damals dabeigewesen, wie man eins von euch ausgesucht hat, um es ins Studium zu geben. Hab selber die Kopfprob gemacht, und der Vestl hat sie am besten bestanden.«

Paul sagte verächtlich: »Faxen, so eine Probe gibt's nicht!«

Peregrin lächelte.

Die andern Geschwister riefen: »Mach mit uns die Kopfprob, Peregrin!«

Peregrin ließ sie vor sich hintreten und setzte einem nach dem andern seine langen, krallenartigen Finger ins Haar. »Wieviel Krähen sitzen auf dem Kopf?« – Nun zeigte sich die verschiedene Textur der Köpfe, ob fein, ob grob; manches traf die richtige Zahl, manches riet immer daneben, hatte fünf oben und schrie eins, und dann schallte das vereinte Gelächter des Ellenhuberischen Nachschubes bis ins

Dorf. Siegerin blieb die Mena; sie fehlte höchstens um einen, traf aber sonst fast immer die richtige Zahl.

»Die Mena hat den besten Kopf!« sagte der Maler.

Das Neue Licht

Daß die Mena wirklich einen guten Kopf hatte, zeigte sich in der nächsten Zeit, wo sie die Mutter vertreten mußte. Das war keine Kleinigkeit. Da war der Ähnl, der zuweilen recht grantig werden konnte, besonders wenn man ihm mit etwas kam, wovon er nichts hören wollte. Und jetzt gab es gleich zwei solche Neuigkeiten. »Ähnl, ein Brief aus Wien ist gekommen, und das Neue Licht sollen wir holen; die Mutter hat's bestellt.«

Der Ähnl nahm die Pfeife aus dem Munde; das war ein schlechtes Zeichen. Er sah das Enkelkind fast zornig an: »Daß man doch niemals seine heilige Ruh haben kann!« Wie wohl einem Menschen die heilige Ruh tun kann, weiß nur einer, der an die fünfzehn oder sechzehn Stunden auf den Feldern gearbeitet hat.

Einer der Schnitter nahm das Wort; der mit der Schildhahnfeder, der Schindertoni, auch Pieringertoni genannt, weil die Pieringer seit alters auf dem Schindergut saßen. »Ich hab's schon gesehen«, sagte er, »das Neue Licht. Der Kramer Lambert hat ein ganzes Regiment auf seinen Stellagen. Es soll so stark leuchten, daß man im entferntesten Stubeneck noch einen größeren Druck lesen kann.«

Es war die Neuheit und es war der Lobpreiser schuld, daß der Alt-Ellenhuber auf einmal heller brannte als das hellste Licht. »Als ob wir bisher kein Licht gehabt hätten und wie die Katzen und Maus im Finstern herumgelaufen wären! Das Neue Licht? – Ich hab gelebt, mein Vater hat gelebt, und hat keiner ein neues Licht gebraucht. Da schau einmal einer an! – Ist doch der Ölstock selber noch eine Neuheit! Hab ich doch in meinen jungen Jahren nie etwas anderes brennen sehen als den Kienspan. Und der Kienspan hat ein schönes Licht gegeben! Und ein billiges! – Ein paar Tage Arbeit, in der lässigen Zeit, grad nur so zum Spiel, und man hat Licht genug für den ganzen Winter gehabt. Nun ja, der Ölstock war freilich schöner. Ich kann mich noch erinnern, wie er aufgekommen ist. Man hat ihn nur sonn- und feiertags angezündet. Heutigentags möchten die Leut im Galopp in die neumodische Welt hinein. Aber wer galoppiert, der vergaloppiert sich leicht, und besser ist's, erwarten als erlaufen!«

Alles, was der Alt-Ellenhuber sagte, hatte Hand und Fuß, und man hörte ihm gern zu. Es war gut weilen in der Stube. Die Hausleute, die Kinder und die Schnitter hatten es sich bequem gemacht. Die Männer rauchten, die Weibsbilder spannen, die weiblichen jüngeren Geschwister drehten die Garnhaspel. Die Mena ging, den Ölstock in Stand zu setzen. Sie war gerührt, wie sie ihn aus seinem spinnwebenumzogenen Winkel im Küchenfenster hervorholte. Im Sommer brauchte man ihn nicht, also war er unnütz, und um ein solches Ding, mag es tot oder lebend sein, kümmert sich der Mensch einen Pfifferling. Begreiflich, wie ein Ding nutzt, so wird es geputzt, und da die Mena noch sehr an dem liebtrauten Ölstock hing, scheuerte sie ihn, bis er wie Gold glänzte. Der Ölstock schien übrigens etwas von seiner Lage zu ahnen: er stach mit seinem spitzen Lichtlein ziemlich armselig in den einbrechenden Dämmer; man freute sich aber trotzdem seines Lichts und der durch ihn angekündigten Veränderung im täglichen Leben.

Die Brüder wurden durch sein Erscheinen auf andere Gedanken gebracht. Es war ein Stutzen, noch aus der Franzosenzeit, im Hause; sie schoben den kleinen Schuber am Schaft zurück, zeigten sich die glänzenden Kupferkapseln, bogen den Ladestock überm Knie und erklärten sich untereinander, wie man das Pulver einschütten und die Kugel nachstoßen müßte. Plötzlich krachte es, und die Ölstockflamme erlosch.

»Ihr Sakramentsbuben!« schalt der Ähnl, aber nicht besonders ernst. Sonst sehr empfindlich gegen jede Art von Lärm, der nicht mit einer praktischen Tätigkeit verbunden war, konnte er doch seine Vorliebe für jede Art von Waffen und Waffenlärm niemals unterdrücken. Die Älteren hatten noch das Gewehrfeuer und den Kanonendonner der napoleonischen Schlachten in den Ohren, und diese Erinnerungen machten ihr Herz lachen. Auch mußte man dem jungen Volk daheim etwas erlauben, sonst lief es woanders hin und machte dort noch gröberen Unfug. Die Mannerleute lachten, man hörte Getappe und Gewisper, und mancher schien den Spaß zu seinem besonderen Zweck auszunützen.

Als der Ölstock wieder brannte, erinnerte der Ähnl sich an den Brief. Es war schließlich keine Kleinigkeit, wo nur höchstens alle halbe Jahre einmal der Postbote kam. Auch war es unangenehm, daß man nicht lesen und schreiben gelernt hatte. Freilich, im allgemeinen kamen auf dem Hof selten Ereignisse vor, wo man dieser Künste bedurfte. Eine Weile blieb der Alte in der Betrachtung des Briefes versunken; er war ohne Umschlag, aber so gefaltet, daß seine Enden durch mehrere Siegel aus Petschierwachs zusammengehalten wurden. Endlich sagte er: »Wird ihm auch hart angekommen sein, daß er Vater und Mutter nimmer gesehen hat. Nun, leben tut er, und gesund wird er auch sein. Jetzt will ich mir gleich den Staatsschuldenmann heraufzitieren lassen; der kann lesen und schreiben wie ein Advokat, wenn er auch sonst ein Falott ist. – Buben, wer von euch kann am schnellsten laufen?«

Das konnten natürlich alle, und da der Ähnl keinen von ihnen zurücksetzen wollte, gingen alle zugleich los, Paul natürlich ausgenommen, der für solche Spassetteln sich schon viel zu ernst hielt. Den Allerjüngsten aber fing die Mena kunstgerecht ab. Er zappelte wie ein Fisch unter ihren Händen. »Jörgei«, sagte sie und band ihm unter heimlichem Geflüster einen Silbergulden in den Schneuztuchzipf, »geh zum Kramer und bring das Neue Licht.« So sind sie einmal, die Weiber; eben hatte sie dem Ölstock seine Ehre gegeben, und nun war die Neugier schon wieder wach, wobei sie freilich auch erwog, daß der Kramer keineswegs die bestellte Lampe zurücknehmen würde.

Inzwischen, da der Ähnl so über den Brief gebeugt saß, drohte die Rede zu stocken, bis der Pieringertoni, der stets ein Fünklein Bosheit in seinen Geieraugen hatte, wiederum vom Neuen Licht zu reden anhub. »Ja, was die Menschen heutigentags nicht alles erfinden! Gestern ist zu den Waldbauern ein Krainer, ein himmellanger Kerl, heraufgestiegen, der hat seinen Rückenkasten mit den neuen Lampen voll gehabt und den Leuten schon von weitem zugerufen: ›Aufgeschaut, das Neue Licht kommt!‹ – Das ist eben der Fortschritt! Und es wär überhaupt im allgemeinen gut, wenn etwas mehr Licht in unser Land käm.«

»Mehr Licht?« brummte der Ähnl. »Mein Gott und Herr! Licht ist alleweil genug dagewesen in unserm Land. Und was das Neue Licht anbelangt: Geht mir mit dem modischen Gelump! Zuviel Licht sticht einem die Augen aus. Schaut euch das Fliegenzeug und die dummen Weinfalter an, wie sie sich hirnlos in die Kerzenflamm stürzen. Wo gedeiht denn alle Kreatur? – Das Waldgetier, die Fisch, die Vögel? – Im Dunkel!«

Der Schindertoni lachte. »Ellenhuber«, sagte er, »die Menschen sind aber keine Fisch und keine Vögel. – Es ist halt einmal so in der Welt: der Fortschritt marschiert, und das Alte muß in die Rumpelkammer.«

Der Ähnl wollte auffahren, aber jetzt polterten die Buben in die Stube und riefen: »Er kommt schon! Er kommt schon!«

Der Mensch, der hereintrat, wurde sogleich von der ganzen Ellenhuberischen Brut schreiend umringt, und alle Anzeichen deuteten darauf hin, daß sie ihn liebten. Er war so groß, daß er sich bücken mußte, um nicht mit dem Kopf an den Tramling zu stoßen. Die Latze seiner nie geschmierten, rötlich schimmernden Stiefel standen wie Ohren weit ab. In seinem ganzen Wesen lag eine Mischung von versteckter Brutalität und zur Schau getragener Gutmütigkeit, die er, auf die natürlichste Weise der Welt, den Kindern gegenüber zeigen konnte, wodurch er sich auf jedem Hof mehr oder minder einschmeichelte. Er flocht ihnen Reitpeitschen aus biegsamen Felbergerten, Wandtaschen aus Rinde, schnitzte ein Wasserrad und dergleichen, auch gab es immer, wenn seine Gestalt auf einem Hof erschien, ein Schauspiel, einen Diskurs, kurz irgendeine Sensation, und sie sperrten Augen und Maul auf, um ja nichts zu überhören und zu übersehen. Sie spürten wohl: hier war die hohe Schule des Lebens.

Während nun dieser Mann fleißig dem Mostkrug und einer Schüssel mit Hasenohren zusprach, hatte er für jedes Kind ein Scherzwort und für die Mena eine besondere Schmeichelei, wie sie, als jüngste Bäuerin der Gemeinde, so überaus gut kochen könne.

In dieses Lob, das durch allgemeines Brummen bestätigt wurde, knallte wiederum der Stutzen, und das Licht erlosch. Jetzt fuhr der Ähnl mit einem wirklichen Donnerwetter auf.

»Teufelsbuben«, sagte er, »wo hat denn euer Vater den Ochsenziemer hingetan?«

Da nun ein richtiges Frauenzimmer jede Gelegenheit zu benützen weiß, um beim allgemeinen Lebensrennen den eigenen Karren vorwärts zu bringen, sagte die Mena schnell: »Die Bosnickel werden wir gleich drankriegen.« Und schon stand die brennende Lampe auf dem Tisch. Die Sache ging so schnell, daß zum Einspruch keine Zeit war. »Das Neue Licht!« rief die Stube wie aus einem Mund.

Es erfüllte wirklich den Raum mit einer prachtvollen Helligkeit, und die Mena und die Mägde setzten sich sogleich versuchend an die Spinnräder. Nein, aber nein, so ein Wunder! Da war ja das Spinnen die reinste Lustbarkeit! Da gab es ja überhaupt keine langen und oft so langweiligen Winternächte mehr! – Aber da sagte der Ähnl mit tiefem Ernst: »Wenn desselbig in allen Stucken so wär, möcht das Leben viel zu leicht werden!«

Diesem sonderbaren Einwurf folgte Schweigen.

Der Ähnl warf mißtrauische Blicke auf das Neue Licht. »Es soll hoch feuergefährlich sein«, sagte er. »Auch sollen deswegen die Gendarmen schon von Hof zu Hof gehen, um Nachschau zu halten, ob die Leut richtig mit dem Petroleum hantieren.«

Er fing an, den Siegellack vom Papier abzulösen. Die Ernteleute wußten, was sich gehörte, schützten Müdigkeit vor und machten sich davon; auch die Mägde gingen in ihre Kammer. Die Mena drehte das Licht höher. Die Kinder saßen, das Kinn in die Hand gestützt, erwartungsvoll. Der Vorleser wollte schon anfangen, rief aber plötzlich mit wichtiger Miene: »Halt! Was steht denn da? – ›In verdächtigem Siegelzustand in Linz angekommen.‹« Er pfiff durch die Lippen.

Der Ähnl sagte lächelnd: »Der ist wohl durchs schwarze

Kabinett geschloffen; sie werden nicht ruhig zuschauen, wie die Lotter Thron und Altar unterminieren!«

Aber wie nun der Staatsschuldenmann den Brief entfaltete, kam es trotzdem nicht zum Lesen: es fiel nämlich eine Photographie heraus, eine Sache, worüber man auf Ellenhub bisher nur vom Hörensagen eine Ahnung bekommen hatte. Wie der Ähnl das kleine, glänzende Bildchen in der Hand hielt, sah es aus, als ob ein brauner Wurzelstock herumgewachsen wäre, und wie er so das lebensgetreue Konterfei seines Enkels vor sich hatte, so wirklich und sprechend, als ob er selber vor ihm stünde, übermannte ihn eine plötzliche Rührung: »Das ist ein Mirakel!« sagte er. »Nein, das freut mich bis in die tiefste Seel hinein, daß ich das noch hab erleben dürfen.« Da er sich aber über seine Gerührtheit gleich wieder ärgerte, suchte er den Eindruck bei seinen Enkeln dadurch zu verwischen, daß er ihr allzu energisches Vordrängen durch Kopfnüsse wieder in die richtige Linie brachte.

Das Lichtbild zeigte einen Prachtkerl in der Uniform eines Studenten, das Haar an den Schläfen nach vorn gekämmt, in der Mitte wie eine Flamme emporlodernd, eine schöne, starke Nase, ein zierliches Schnurrbärtchen über einem sinnlichen Mund, der eben begeistert die Schillerschen Worte: Seid umschlungen, Millionen! auszusprechen schien. Freilich, der Brief selbst erregte andere Empfindungen; das über den jähen Tod der Eltern und den Schmerz, nicht an ihrem Sterbebett weilen zu können, gefiel, aber dann wurde von der wachsenden Unzufriedenheit des Volkes gesprochen, Veränderungen im Staate angekündigt, und endlich fielen Worte, an deren Stelle der Ähnl die Hand auf den Brief legte, damit nicht weitergelesen wurde: Revolution . . Freiheit, Gleichheit und Brüderlichkeit . . . Würfelspiel auf Leben und Tod zwischen Volk und Volksbedrükkern ... Völkerfrühling, dem ein neues, glückseliges Reich auf Erden folgen würde ...

Das waren also die neumodischen Ideen, von denen der Ähnl schon öfter läuten gehört hatte, und sein Enkel Sylvester war sozusagen einer ihrer Apostel ... Aber er wollte ihm schon eine gute Antwort geben; er war ja auch nicht auf den Kopf gefallen, hatte sein Stück Welt gesehen und wußte, daß jeder Mensch, wer er auch war, selbst der Kaiser und der Papst, sich nach der Decke strecken mußten, wollten sie nicht an den Füßen frieren, und den Mantel nach dem Winde hängen, wollten sie sich nicht das Gliederreißen holen.

Die Buben, die vermeinten, der Ähnl wäre so zwischendurch, wie es seine Gewohnheit war, etwas eingenickt, wollten sich schon an den Vorleser heranmachen, aber mit ihrer etwas boshaften Absicht war es für eine Weile noch nichts. Der Ähnl wurde noch einmal lebendig: »Weil du schon einmal da bist, so revidieren wir auch gleich die Dokumente der Kinder, damit sie dann paratliegen.«

Er sperrte unter Geseufz das sogenannte Wandkastl auf, das zwischen zwei Fenstern, ziemlich hoch über der Bank, in die Mauer eingelassen war. Der Mena war bei dem letzten Satz, und insbesondere bei dem so eigentümlich betonten Wort »dann« ein Schreck zum Herzen gefahren. – Dann? Was war denn dann, und warum sollten die Dokumente paratliegen? – Die anderen Geschwister hingegen achteten darauf nicht im geringsten. Es ist wirklich schwer, eine richtige Vorstellung davon zu geben, welche Kräfte den Dingen in diesem Behältnis innewohnen mußten, welchen Wirbel von Empfindungen sie in den Kinderseelen erregten, wenn sie in der dunklen, quadratischen Öffnung mattglänzende Ahornschüsseln, steife, braune Lederbeutel, kleine, dicke, abgegriffene Bücher und das Blinken von Gold und Silber sahen.

Der Ähnl nahm ein Paket, in Blaupapier geschlagen und mit einem Bindfaden umwickelt, heraus und legte es vor sich auf den Tisch. Dann pickte er mit dem Zeigefinger einige Brosamen auf und gab durch bedeutsame Blicke zu verstehen, daß nicht das kleinste Bröslein mißachtet werden dürfte. »Ja«, redete er, »sie essen das Brot der Bosheit und trinken den Wein der Grausamkeit. Aber die Bahn des Gerechten ist ein hellendes Licht, das größer wird und heller bis zum hohen Mittagslichte.«

Die Kinder blickten mit einem seligen Ernst in das Gesicht des alten Mannes. »Der Schnitt«, fuhr er fort, »muß einmal getan werden, wenn's auch tief ins Fleisch geht. Lies vor!«

Der Staatsschuldenmann nahm den obersten Bogen, entfaltete ihn und las in einem singenden Tonfall: »Taufschein. – Laut diesamtlicher Taufmatrik, Tom. 19, Fol. 143, wurde zu Helldorf Nr. 28 am 3. September 1830 (achtzehnhundertdreißig) geboren und am gleichen Tage vom hochwürdigen Herrn Pfarrer Franz Gries, und der Patenschaft der Anna Langer, geborene Ellenhub, Bäuerin, nach katholischem Ritus getauft:

Philomena ...«

»Gut«, sagte der Ähnl. »Den legen wir zuunterst, und dann einen schön nach dem andern, wie sie im Alter folgen.« So wurde Taufschein für Taufschein gelesen, und sobald der Name fiel, mit verstärktem Ton und Augenzwinkern, legte der Ähnl seine schwielige Hand für einen Augenblick auf den Kopf des betreffenden Kindes und sagte: »Das bist du, kleiner Schneck! – Und das bist wohl jetzt du!« Und zwei verwunderte Augen starrten jedesmal auf das Stück Papier mit den Schriftzeichen und Stempeln, als gälte es, in das Urgeheimnis alles Lebens einzudringen. Dann schloß der Ähnl das Wandkastl und stopfte seine Pfeife. Damit sahen die Buben ihren Zeitpunkt gekommen. Sie blinzelten pfiffig und fragten: »Jokl, wie hoch sind denn jetzt unsere Staatsschulden?«

Der Jokl zog eine alte Lederbrieftasche aus seinem Rock, nestelte einen Zettel heraus und las mit einer falschen und geölten Stimme, als verkündete er den Untergang der Welt: »Dreihundertfünfundachtzig Millionen... vierzehntausendsiebenhundertvierzig...«, wahrhaftig, eine ganz unaussprechliche, ja schaudererregende Zahl, die bei den Kindern eine Art Gruseln hervorbrachte und sogar den Ähnl aus seinem Halbschlummer schreckte. Es war ein Wunder, wie man eine solche Schuld überhaupt machen durfte, machen konnte, und wie und in welcher Weise und Zeit man sie mit Zins und Zinseszinsen zurückzahlen würde? – »So einen Haufen Geld kann sich kein Mensch vorstellen«, sagte der Ähnl.

»Kein Mensch!« echote der Staatsschuldenmann in einem Ton, als ob nun alles verloren wäre.

Der Ähnl nahm den ausgelöschten Ölstock vom Tisch und schob ihn unter die Achsel. »So ein Ölstock«, sagte er, »ist genau wie ein abgedankter Mensch: Niemand kann ihn mehr brauchen. Und jetzt: gute Nacht miteinander! Und schlaft alle gesund!«

Die Kinder antworteten im Chor: »Wie Gott will, du auch!«

Der Tambour Sindnochsiebendrin und die Spieldose

Es war jetzt auf Ellenhub eine Stimmung wie im Herbst, wo es bald finster wird und der Klaubauf umgeht. Und die Mena behauptete ernst und altklug, daß er wirklich umginge. Die jüngste Schwester, Brigei, die ein richtiges Plappermaul war, konnte sich nicht zurückhalten: »Ähnl«, sagte sie, »gibt es wirklich einen Klaubauf?« Und des Ähnls Miene erheiterte sich nicht wie sonst bei ähnlichen Fragen. »Müßt euch belügen«, sagte er ernst. »Es gibt einen, und er geht auch um. Tut euch hüten!«

Die Kinder erschraken. Sie empfanden den Klaubauf als ein nicht näher zu beschreibendes Ungeheuer, das im Dämmerdunkel mit seinen greifenden Klauen aufhub und erbarmungslos forttrug, mochte es ein Huhn, ein Lamm oder ein Kind in der Wiege sein. Nur der Paul meinte, solche Kindereien, wie die vom Klaubauf, hätten keinen Sinn. Und ist es nicht wunderlich: Gerade er sollte dasjenige von den Geschwistern sein, das vom Klaubauf am Kragen gefaßt wurde. Der Unterschied zwischen ehedem und heute war aber auch zu groß. Immer war früher den Kindern, wenn sie draußen gespielt und die Stimme des Vaters oder der Mutter gehört, zumut gewesen, als stünden sie vor einer anderen Art Himmelstür, und sie waren auch immer hineingestürzt, in einem Anlauf, vom Anger in die Tenne, durch die Küche in die Stube, zwischen Vaters Knie, und er hatte sie gestreichelt. Oder sie waren der Mutter in den Schoß gehüpft, selig, wiederum an dem Ort zu sein, von wo sie einmal hervorgegangen. Und sie stürzten sich auch jetzt tagsüber in die Stube, um dann in einer jähen Verzweiflung die Arme auf die Tischplatte zu werfen und das Gesicht drin zu bergen. Einer der Brüder aber rückte den Schuhnagler zurecht, der in einem schweren Eichenklotz stak, und fing an, Nägel zu recken, was für den Vater stets eine Lückenbüßerarbeit gewesen war. Alle fühlten, daß das Klingen dieses Hammers den Schimmer von etwas brachte, was in alle Ewigkeit nic mehr wiederkommen würde.

In der Ellenhuberischen Stube herrschte ein dumpfes Herumhocken, wovor die Mena solche Angst hatte. Sie sann und spähte, ob ihr denn keine Abwechslung zu Hilfe käme, und da war sie schon. Es rollte draußen, und alle stürzten ans Fenster. Es rollte wiederum, und es fielen schwere Tropfen. Welch ein Schauspiel! Sechs Kindernasen drückten sich an den Fensterscheiben platt; denn die Mena selber beschäftigte sich natürlich schon immer wie eine Große, und Paul wie ein Großer; er übte sich im Räuspern, Ranzen, Pfeiferauchen und blickte mit sichtlicher Verachtung auf die kindischen Geschwister.

Diesen schien das, was sich draußen begab, eine Zauberei. Wo eben noch Sonnenschein, Gräser, bunte Steine und Bäume sich gezeigt, wallte ein Regenvorhang herab, als ob der Himmel ein Sieb wäre, und das Wasser verrichtete, glucksend und plätschernd, die wunderlichsten Dinge. Von jedem Blatt fielen die Tropfen wie nach dem Ticken einer Wanduhr, von der Dachrinne schoß der Strahl und zerplatzte auf einem Stein, um dann über den grünen Anger so eilig davonzustürzen, als müßte er heute noch bis ans Ende der Welt laufen. Vögel saßen, die Flügel ausgebreitet, und schüttelten ab und zu einen tüchtigen Guß aus den Federn, und ein vollständiger Bach lief die Straße herab. Auch wurde es so empfindlich kalt, daß die Soph einen Schüttelfrost bekam und auch die andern mit den Zähnen klapperten, sei es, daß sie wirklich froren oder nur zum Schein so taten. Der Mena blieb nichts übrig, als ihnen den Willen zu tun und einzuheizen. Das war ein Jubel. Das prasselnde Feuer verbreitete ein Gefühl des Geschütztseins und der Behaglichkeit, so köstlich wie ein Trunk frischen Quellwassers an einem glutheißen Augusttag, wie ein Fleckchen Schatten, so groß wie ein Tisch, nach einer stundenlangen Sonnenwanderung.

Aber der Regen verrauschte. Paul ging die Felder anschauen, ob sie Schaden gelitten, und die Mena war wiederum mit den Geschwistern allein, gerade in der Stunde, wo der Vater seine Pfeife geraucht, die Mutter gesponnen und stets fühlbar ein Traumgeheimnis durch die Stube geschwebt hatte. Einige Zeit half sie sich mit dem daumenlangen Hansel, einem vergilbten Büchlein, das mit einem Halbdutzend ähnlichen Erzeugnissen schon immer auf dem dreieckigen Brett der Herrgottsecke gelegen hatte. Das farbige Bild auf dem Umschlag zeigte den Hansel, wie er gerade einem Wandergesellen, der unter einer Eiche schlief, ein Stück Brot aus seiner Ledertasche stibitzte. Menas Lesen war, bei ihrem mangelhaften Schulbesuch, nur ein unbeholfenes Buchstabieren, und dennoch brachte der Hans sie alle ins herzlichste Lachen.

Sie flunkerten darüber eben noch dies und jenes, als sie über die Marmorfliesen des Vorhauses etwas Eisernes stapfen hörten. Ein untersetzter Mensch mit einem Holzfuß trat ein. Er hatte korbähnliche Geflechte am Arm hängen und sagte: »Grüß Gott! Die Futterzistel da hat euer Vater selig noch bei mir bestellt!«

Die Mena nahm die Sachen ab, zahlte und stellte einen Trunk Most auf den Tisch. »Die Birnen vom Birnbaum hinterm Haus«, sagte sie, »sind voriges Jahr so gut geraten, daß wir gleich drei Fässer Most bekommen haben.«

Der Mann trank, sein hölzernes Bein unnatürlich weit vorgestreckt, und die Kinder hielten ihre Augen gespannt auf ihn gerichtet. Solche Spannung war begreiflich, da es oft schien, besonders in Herbst- und Winterszeiten, als ob der Hof allein auf der Erde stünde; daher dann jeder Mensch, jeder Handwerksbursch und zerlumpte Bettler, mit einer wahren Freude begrüßt wurde. Die Brüder betasteten das gelbe Weidengeflecht, so eisenfest ineinandergeschlungen, daß sie sich nicht genug wundern konnten; dann tuschelten sie miteinander, bis endlich einer zu betteln anhub: »Geh, erzähl uns doch ein wenig, wie die Sache hergegangen ist, damals, in der Festung Komorn!«, und sofort fielen alle ein: »Ja, ja, erzähl uns! Bitt schön!«

Der Korbflechter hob seine Pfeife in die Höhe, damit alle sie gut sehen konnten, und sagte: »Das ist derselbige Pfeifenkopf, den hab ich damals schon geraucht, wie wir vor der Festung Komorn gelegen sind. Ja, Buben, das war eine Zeit! – Wie unser Regiment vor der Festung gelegen ist, kommt es eines Tages zum Stürmen. Hornem! Sturmstreich! Fällt das Bajonett! Ich, als Patrouilleführer, saus mit sieben Mann in ein Bauernhaus. Aber kaum machen wir es uns bequem, sind die Husaren da. Kreuzteufel noch einmal: wo sollen wir hin? Jetzt ist guter Rat teuer. Kurz resolviert, kriechen wir in den Backofen. Freilich, wir müssen uns klein machen, aber es geht. Wir denken, wenn die roten Teufel nichts finden, werden sie wohl wieder abziehen. Doch weit gefehlt! Sie satteln ab, füttern die Pferd, schleppen aus Keller und Küch herbei, was Platz hat; essen, trinken und singen, treiben die Hausmägde hin und her, werfen endlich Holzscheiter vor den Herd und wollen – Brot backen! Sie stoßen die eiserne Tür auf, und da ich der letzte beim Hineinkriechen gewesen, kriech ich jetzt als der erste heraus, über und über voll Mehlstaub, und schrei: ›Pane Husar, pardon! Sind noch sieben drin!‹«

Kaum fallen diese Worte, bricht lawinenartig ein höllisches Gelächter los, besonders bei den Buben, sie kugeln sich von den Bänken auf den Boden und tun ganz, als ob sie verrückt geworden wären. Der Holzfuß lacht mäßig mit; sein eisgrauer Schnurrbart sträubt sich wie Borsten zu beiden Seiten seines Mundes.

Seine Geschichte war ja im Grunde verdammt ernst, und es war ihm auch nicht klar, warum die Perchten so unmäßig lachten; er schrieb es der allgemeinen Kindischheit ihrer Jugend zu. Mitten im Gelächter stapfte er hinaus; es ist immer gut, in dem Augenblick abzubrechen, wo man dem Mitmenschen ein volles Vergnügen bereitet hat. Er mußte zusehen, wo er seine übrigen Futterzisteln an den Mann bringen konnte.

Die Augen der Ellenhuber Buben leuchteten. Ja, der Sindnochsiebendrin, das war ein Held für sie! Tambour bei den Veteranen, und wie er die Trommel an Festtagen schlug! In neun Pfarreien war kein solcher Trommler zu finden! – Sie schwätzten durcheinander, schauten im Geiste die gespenstische Festung Komorn, das Bauernhaus, die Backofentür; sie hörten die Herzschläge der tapferen Sieben pochen, sahen die Säbel der Husaren blinken und vernahmen den Ruf: Pardon! Sie zitterten dabei; wenn der Sindnochsiebendrin sein Pardon nur um eine Sekunde zu spät gerufen, wären sie alle verloren gewesen.

Plötzlich, wie mit einem Schlag, verstummten sie: von der Tenne her kam eine präludierende Stimme.

»Fiktum, faktum,
Spricht der weise König Salomon ...«

Der Ähnl sang jenes Fiktum-faktum-Lied, das er von einem großen Zauberer gelernt, damals, wie er als junger Soldat in der Kaiserstadt Wien gewesen war. Ihr Vergnügen erreichte seinen Höhepunkt, als der Ähnl in der Stube seinen Gesang fortsetzte, indem er einen aus ihnen am Haarschopf faßte:

»Sei gescheit, mein Sohn, und mach es so,
Spricht der weise König Salomo ...«

Und wiederum, indem er einen andern beutelte:

> »Sei flink, mein Sohn, und fang den Floh,
> Spricht der weise König Salomo...«

Sie schlugen vor Übermut Purzelbäume über den mit Hopfensäcken belegten Fußboden hin. Sie lachten wie närrisch und sangen im Chor:

> »Sei flink, mein Sohn, und fang den Floh,
> Spricht der weise König Salomo...«

Der Ähnl hatte seine gute Stunde, die man bekanntlich nicht selbst herbeirufen, sondern als ein Geschenk vom Himmel erwarten muß. Die eigentliche Ursache seiner Fröhlichkeit war jedoch nicht schwer zu erforschen. Was ihn bewogen hatte, sich des alten Ölstocks so warm anzunehmen, war die Gleichheit des Schicksals, also die Gleichheit der Interessen, was ja einzig und allein Dinge und Menschen untereinander verbindet. Auch ihn hatte man schon seit Jahren in den Winkel gestellt, ihn nicht mehr gebraucht, nur die Kinder hatten ihn öfters besucht, wohl weil er sich in ihren glanzfrischen Augen als eine Rarität, als eine Art Erdenwunder abspiegelte. Und jetzt hatten sie ihn aus seiner Spinnwebenecke wieder hervorgeholt! Jetzt war er wieder jemand, wieder der, um den sich alles drehte: Haus und Hof, Knechte und Mägde, fünfzig Joch Grund, zwanzig Stück Vieh und neun Waisenkinder – obgleich er fühlte, daß er nur mehr eine morsche Achse war, die bald ganz zerbrechen würde. Und wohl gerade darum, weil die Sache so überaus schwer aussah und auch wirklich war, rauchte in dem alten, schon ziemlich müden Herzen eine letzte Lebensglut auf. Der Ähnl war also, obgleich kein Feiertag, in einer durchaus feiertäglichen Stimmung. Er trug seine beste, blauwollene Joppe, an den Ellenbögen mit herzförmigen Flecken benäht, und rauchte seine silberbeschlagene

Pfeife. Er blieb in der Stubenmitte stehen und ließ einen langen, festen, umfangenden Blick über die Schar der Kinder gleiten. War es nun die Erkenntnis, daß der Mensch, ein verwehendes Blatt im Winde, die Fröhlichkeit suchen muß, wo immer es nur angeht, oder die Freude, daß Ellenhub trotz des fürchterlichen Schlages, der es getroffen, vielfach weiterzweigte und blühte, kurz, mochte es was immer sein, er nahm den Kleinsten, Jörgei gerufen, dessen Haar so weiß war wie das eines Greises, auf seinen Arm, stampfte mit den Stiefeln im Takt und sang seinem Enkel leise brummend ins Ohr:

>»Ich sag dir was:
>Der Fuchs ist kein Has,
>Der Has ist kein Fuchs,
>Und du – bist nichts nutz ...«

Bei Beginn der letzten Verszeile fing er an, den Buben mit steifen, bockbeinigen Fingern zu kitzeln, und dieser lachte so toll, daß er aus seiner Umarmung herab und über den Stubenboden hin bis zum Ofen kollerte. Die Geschwister lachten mit und wollten die seltene Stimmung benützen, um ihre Fechsung unters Dach, das heißt in ihre Hosen- und Kittelsäcke zu bringen. Sie riefen: »Ähnl, mach den Gotteskasten auf!«

»Was ist das für ein Himmelsgetümmel?« Der Ähnl versuchte, sich dieses unerwarteten Überfalls dadurch zu erwehren, daß er sich bös stellte, was ihm aber nicht recht gelang. Jetzt ließ er vor allem ein paar Sprüche los, wie sie ihm eben einfielen und ohne die es der Biblische Bauer nun einmal nicht tat. »Ein weiser Sohn erfreut den Vater. Ein törichter Sohn ist der Kummer der Mutter. Nichts nützen ungerechte Schätze; aber Gerechtigkeit rettet vom Tode.«

Damit sperrte er den Gotteskasten auf, eine bunt bemalte Truhe mit einem übermäßig großen Hängeschloß. Die Geschwister hüpften um sie herum und hielten sich dabei selber die vorlauten Münder zu, in der Angst, die Freude könnte durch ihren Krawall zu Wasser werden, wie es schon vorgekommen war. Sie stellten sich auf die Zehenspitzen, um den köstlichen Inhalt näher begucken zu können. Die Fächer enthielten gedörrte Zwetschgen, mit einer weißlichen Zuckerschicht überzogen, Klötzen, braun und glänzend, mit seltsam tiefen Falten und Buckeln, Apfelsinen, schmächtig und unscheinbar, aber voll Süßigkeit des vergangenen Sommers.

»Jedem eine Handvoll!« kommandierte der Ähnl. Das ging in Ordnung. Aber Jörgei und Brigei, die beiden Kleinsten, hatten es schnell heraus, daß sie bei diesem Maß schlecht abschnitten, sie protestierten und bekamen richtig eine Draufgabe.

Kaum waren sie alle fertig, hob ein neues Betteln an: »Ähnl, laß das Werkl spielen!« Und wirklich kam er auch diesem Wunsch nach.

Er schloß das Wandkastl auf, hob sorgsam ein braunpoliertes Kästchen heraus und stellte es auf den Tisch. Dann steckte er einen großen, messingenen Schlüssel an und drehte bedächtig um, Zug um Zug, als ob er eine kleine Himmelsorgel aufzöge. Endlich fing er eine grünseidene Schnur hervor und legte sie unter den Fuß der Spieldose.

Die Geschwister saßen freudig um den Tisch, nur die Mena war etwas stutzig, nämlich über den Umstand, daß der Ähnl so willig alle ihre Wünsche erfüllte. Sie beobachtete ihn verstohlen: Er hatte heute bestimmt etwas Unheimliches an sich. Freilich, ganz heimlich war er ihnen nie. Gewöhnlich kam es ihnen vor, als ob ein unsichtbarer Nebelvorhang sie von ihm trennte oder als ob sein Körper zwar unter ihnen weilte, sein Geist aber bereits in einer anderen Welt wäre. Sie sprachen ihn auch mit »Ihr« an, und der Unterschied zwischen dem Wörtlein »Du« und »Ihr« schien einen Zauber in sich zu bergen und barg ihn auch tatsächlich. Im stillen Bewußtsein dieses Zaubers legten sie solch kleinen Dingen Wert bei und befürchteten, wenn man sie außer acht ließe, daß danach auch bald alle Sorgfalt für die großen verlorenginge, gemäß dem Spruch: Laßt den Teufel in die Kirch, und er will auf den Altar. Des Ähnls Hände glichen Baumwurzeln, braun und fleischlos, mit Schrammen und Schrunden bedeckt, und von jedem dieser Male wußte er eine eindrucksvolle Geschichte. Dieses hatte ihm ein Dorn gerissen, jenes ein Bajonettstich in der Lombardei hinterlassen; diese Furche hat ein Messer bei einer Rauferei gezogen, was er aber nur andeutungsweise wiedergab, dafür hob er um so ausführlicher das Schicksal seines gekrümmten Zeigefingers an der linken Hand hervor. »Das ist mein allerliebster Finger«, sagte er, »der hat mich für immer vor aller Ungeduld und Zaslerei befreit. Ich hab einmal an einem eichenen Zwiesel geschnitzt, bin abgerutscht und hab die Sehne durchschnitten. Das hat viel Schmerzen gekostet, und sogar Angst ums Leben. Es ist eine Blutvergiftung dazugekommen. Aber gerade so ist mir mein Fingerkrüppel zu einem wahren Geschenk Gottes geworden.«

Die Kinder betrachteten mit höchstem Interesse das Geschenk Gottes und konnten sich eines leichten Schauers nicht erwehren: Was waren Schmerz und Angst um das Leben? – Aber dann fielen ihre Blicke wieder auf die Spieldose, und sie riefen: »Laß sie spielen, Ähnl!«

Er verwies ihnen die Ungeduld. »In euch steckt doch ein wahrer Satan!« sagte er und hatte wirklich nicht so unrecht, daß er in allem Schnellen und Überhasteten etwas wie eine Teufelei sah. Er fing an zu erzählen, woher das Spielwerk stammte und welch eigenes Schicksal es gehabt hatte. – Hab es von meinem Vater geerbt, das war ein tüchtiger Mann! – Weit und breit haben ihn die Leut gekannt und geschätzt, und sind gekommen und haben ihn um Rat gefragt.

Der Ähnl hatte eine sonderbare Art, zu erzählen, vielleicht von seinen Vorfahren übernommen; ruhig, breit und gelassen, unter eindrucksvollen Gesten seiner großen Arbeitshände beschrieb er Menschen, Höfe, ja ganze Geschlechter, sprang aber plötzlich, wenn die Kinder vor Neugier fieberten, von der Fabel ab und redete von anderen Dingen, die scheinbar mit seiner Geschichte nicht das geringste zu tun hatten, oder hing ihnen, wie ernsthaft, ja furchtbar sich auch etwa die Ereignisse gestalten mochten, irgendein Narrenschwänzlein an, drei Dinge ausgenommen: der Herrgott, der Kaiser und – Ellenhub, die ihm heilig waren. Eine weitere Eigentümlichkeit bei seinem Erzählen war, daß die Kinder ruhig alles mit anhören konnten, was für die Großen bestimmt war, und daß aber auch die Großen Gefallen fanden an den Geschichten, die er den Kindern erzählte, wobei sie sich das Verschwiegene in den Atempausen leicht selber ergänzten.

»Das rotbraune Kastl da ist aus Ahorn. Ein seltener Baum! Die Tannen und die Fichten, und selbst die Buchen, und gar das tausenderlei kleine Buschzeug, das ist doch wahrhaftig kaum der Müh wert, daß man den Kopf danach dreht. Aber ein Ahorn, das ist was anderes! Was kann man nicht alles aus einem Ahorn machen? – Löffel, Teller, fein maseriert, Palester, Klappern, besonders hell klingende, oder auch eine Tischplatte wie die da. Der Ahorn, von dem sie stammt, ist da unten auf dem schmalen Spitz gestanden, wo die Nachbarwiese in unser Kornfeld drückt. Und weil ich den Baum hab seit meiner Kindheit vor mir stehen sehen, hab ich ihn so gern gehabt, als ob er ein lebendiger Mensch gewesen wär. Hab mir Ellenhub ohne ihn gar nicht denken können! Aber wie ich den Hof hab übernehmen und die Geschwister hinauszahlen müssen, ist es mir hart gegangen. Und grad um die Zeit kommt ein Holzhändler vorbei. ›Der Ahorn ist kernfaul‹, sagt er. Denk ich mir, kann ja sein. Na, das Holz für die Tischplatte hab ich mir austragen.«

»War er wirklich kernfaul?« fragten die Buben.

Der Ähnl runzelte die Stirn. »Freilich war er kernfaul, nämlich der Holzhändler! Ich hab mein Lebtag keinen so schönen Baum mehr gesehen, und ihr werdet auch keinen mehr sehen.« Er zog mit einer bedächtigen Bewegung die grüne Schnur straff.

Das Brigei, die kleinste und schußligste von den Geschwistern, schoß, um ja keinen Ton zu versäumen, zum Tisch und stieß sich hierbei den Kopf dermaßen an, daß sie mit einem Wehschrei zurückprallte. Zuletzt, wenn eine Sache nach langem Harren in Erfüllung geht, ergibt sich bekanntlich immer ein Hindernis. Solch böse Ecken gibt es viele in der Welt, und kein Gelehrter oder Erfinder kann sie abschaffen. Die Geschwister saßen versteinert. Es bestand die Möglichkeit, und die Sache hatte sich schon einmal ereignet, daß der Ähnl aufstand, das Werkel in den Wandkasten zurücktrug und schweigend davonging. Wirklich klappte er, mit einem furchtbaren Blick auf die Sünderin, den Deckel der Spieldose zu und sagte: »Du Laster, du! Renn dich tot, wird's dir vom Sterben abgerechnet!«

Die Mena nahm das große Brotmesser aus der Tischlade und preßte die Klinge auf die zwetschgenblau schimmernde Beule. Das quecksilberne Brigei rührte sich nicht; in ihrem Hinterkopf liefen tausend Ameisen, ein unbeschreibliches Gefühl, und war es nicht die Wirkung des Stahls, war es wohl dies Gefühl, das den Schmerz und sogar die Beule wie durch ein Wunder verschwinden ließ. Indessen besänftigte sich auch der Ähnl; freilich nicht, ohne eine seiner schulmeisterlichen Mahnpredigten loszulassen, des beiläufigen Inhalts, daß man nirgends mehr Vorsicht gebrauchen müßte, als in der Begier zur Freude, daß mancher sich schon eine Beule gestoßen, der allzu schnell ans Ziel gewollt. »Wer gelassen ist, ist größer als ein Kriegsheld, und wer seine Leidenschaft zu beherrschen weiß, ist größer als ein Stadtoberer, spricht der König Salomo.«

Die Kinder atmeten auf. Wenn der Ähnl anfing, zu belehren, war sein Zorn schon ziemlich verraucht. Er hob den Deckel des Kästchens und sagte bedeutungsvoll: »Sechsunddreißig Stück spielt es. Und jetzt legt die Köpf auf den Tisch!«

Sieben Blond- und Braunschädel legten das Ohr auf die glattgescheuerte Ahornplatte; sogar die Mena tat noch mit, nur der achte, der Paul-Kopf, sah auch diesmal mit ironischer Miene auf die Kinderei, der er seinerseits natürlich längst entwachsen war. Das kühle Holz sandte eigentümliche Ströme aus; auch hatte es eine Resonanz, die alle Töne in einer besonderen Weise verwandelte und verstärkte. Was da in ihre jungen Ohren drang, nichts Großartigeres war je in ihrem Leben erdacht worden. In wundervoller Schönheit und Reinheit quoll es aus dem kernfaulen Ahorn, bald wie Orgelspiel, bald wie Glockenklang; sie hörten Äolsharfen und Kuhglockengeläut, das Pfeifen des Spottvogels, den Gesang der Nachtigall, sahen weiße und goldgelbe Blumen auf dem Anger blühen, Vergißmeinnicht, Schlüsselblumen und Filifa. Und plötzlich wieder war es, als ob Trommeln wirbelten, Hörner gellten, kriegerische Kolonnen marschierten und tausend apokalyptische Reiter über die Erde sprengten. Vielleicht hatte der einsame, hundertjährige Baum auf seiner grünen Insel alle Töne und Stimmungen der Erde, der Lüfte und des Himmels in sich eingesogen, den Sonnenschein des Frühlings, das Säuseln des Maiwindes, das Gemurmel der Quellen, das Tirilieren der Lerchen, den Klang der Vesperglocken, die Lieder der Mägde, wenn sie abends von den Feldern heimzogen; das Rollen des Donners, das Sturmgebraus des Herbstes und das Krachen der Wälder im Januarius. Er ließ die Ellenhuber Kinder ahnen, welch einen Reichtum das Leben in sich barg; sie spürten, gleichsam mit heiligem Jauchzen und Weinen, seine Wunder schon im voraus und glaubten unter ehrfürchtigem Schauern an die Worte des Ähnls: »Wenn schon in einem winzigen Werkel, wie das hier, eine so herrliche Zauberei verborgen liegt, was für eine Zauberei muß nicht in dem großen Spielwerk liegen, in der Welt, in der Orgel Gottes, wie sie unser Herr Pfarrer einmal in seiner Predigt genannt hat.«

Jetzt wollten sie in das Kästchen selber gucken. Die Köpfe stießen dabei so nah aneinander, daß sich ein Haarwald um das Deckelglas bildete, das mit einer papierenen Goldborte eingerahmt war. Man sah eine messingene Walze, auf ihrer glänzenden Rundung unzählbare Eisenstiftchen, an der Längsseite eine Metallplatte, die haarfeine Einschnitte, abgestuft, vom längsten bis zum kürzesten, zeigte, und weiterhin Rädchen, Spindeln und Walzen. Und während sie so in das spielende Rätselwerk sahen, sah der Ähnl seinerseits auf den Kranz der büscheligen Bubenhaare und geglätteten Mädchenscheitel in allen Farben, vom hellsten Weizenblond bis zum tiefsten Kastanienbraun, ja fast bis zum Schwarz, welche Spielarten ihm ein heiteres Lächeln abzwangen. Es war ähnlich jenem Lächeln, das uns überkommt, wenn die Sonne an einem düsteren Wintertag einen Augenblick aus den Wolken hervortritt, ihre Strahlen über die eisgrauen Furchen und Falten der Erde fallen läßt und in uns die Erinnerung an Lenzschönheit und Herrlichkeit wachruft. So stieg in ihm jene Zeit herauf, wo er das Fuhrwesen betrieben, bis Triest und Venedig, in einem Weinkeller eine bildschöne Italienerin kennengelernt und als Weib heimgeführt hatte.

Aber aus dieser Vision erwachte er schnell. Sein Gesicht veränderte sich; die Kinderköpfe mußten zurück, und der Deckel des Spielwerks wurde zugeklappt. »Wenn ich einmal gestorben bin«, sagte er, »gehört die Spieldose euch Geschwistern; aber die Mena, als die Klügste, soll sie aufbewahren.«

Das allgemeine Murren konnte ihn nicht umstimmen. Nur einen kleinen Trost gab er ihnen: »Das nächste Mal, wenn ihr brav seid, wollen wir Gigerlelelaufen.«

Gigerlelelaufen? – Die Mena sollte ihnen näheren Bescheid geben, aber sie lächelte nur und schwieg. Sie wußte bereits, wie es sich mit diesem Gigerlelelaufen verhielt, nämlich so wie mit den meisten Dingen der Welt, die man mit größter Freude erwartet, um dann gründlich enttäuscht zu werden.

Die Vertreibung aus dem Paradiese

Am anderen Morgen war ein nässelndes Wetter; solche Tage sind bei den Bauern halbe Feiertage. Man tut jetzt einen Schritt und dann einen Schritt, hier einen Griff, dort einen, und Hände und Füße werden immer nur so viel gerührt, daß das äußere Bild des Werktags gewahrt bleibt. An solchen Tagen waren die vier Stubenwände mit dem grünen Kachelofen, der breiten Bank, den vergitterten Fenstern, mit dem Tisch auf gedrechselten, gespreizten Füßen und dem schwebenden Heiligen Geist darüber ein wahres Paradies. Man spielte Ritter und Räuber; Pferdekotzen, Holzstücke, eine alte Pistole, noch aus der Schwedenzeit, ein

Öllicht, dessen Döchtlein auf einer Ölschicht in einer ramponierten Kaffeeschale schwamm und das Lagerfeuer vorstellte, bildete das Räubernest; das Höllbadl, der Raum zwischen Ofen und Stiegenwand, die Felsenschlucht mit der Ritterburg, und die Soph die geraubte Prinzessin. Sie nahmen ihr die Habseligkeiten und den Schmuck ab, nämlich Strickkörbchen und Zopfband, fesselten sie, bedrohten sie mit dem Tod und stießen sie endlich in einen finstern Kerker hinab, nämlich in das Holzloch unter der Ofenbank. Dies machten sie so naturgetreu, daß die Soph zu weinen anfing und die Mena Einhalt und Strafe forderte. Aber der Ähnl sagte: »Mein Gott, strafen? – Sind schon hart genug gestraft! Werden alle in die Welt hinausgestoßen!«

Die Mena senkte nachdenklich den Kopf; auch im Räuberlager wurde es still, und vom Kerker herauf kam kein Laut mehr. Dafür trat Jörgei geräuschlos in die Stubenmitte und sagte: »Mena, werd ich auch hinausgestoßen in die Welt?«

Menas Gesicht zitterte verlegen; sie hätte um keinen Preis sagen wollen, was in diesen Minuten sie innerlich bewegte. »Aber nein!« meinte sie schnell und zwang sich, harmlos zu erscheinen, obgleich ihr dünkte, als ob eben ein nachtschwarzer Vogel durch den Raum gehuscht wäre. Sie redete laut und stellte den Geschwistern, fast überstürzt, verschiedene Ergötzungen in Aussicht. In der lässigen Zeit, da würde es lustig werden! Sie tanzten schon jetzt, im Gedanken daran, vor Freude im Kreis. Sie waren wie Zunder; beim allerkleinsten Funken fingen sie Feuer. Vielleicht gab es in der Welt, die ihnen schon so viele Wunder gebracht, noch mehrere solcher köstlicher Zeiten und Dinge, die den Alltag unterbrachen und würzten, damit er nicht langweilig wurde. Überdies griff die Mena zu einem Mittel, das sie in der letzten Zeit öfter angewendet, zum Spinnen, und die Kinder fühlten wohl, was Tieferes damit angedeutet werden sollte; die Mutter, oder wenigstens ein Hauch der Mutter, lebte dabei unter ihnen. Und wie die Mena die Mutter, so spielte der Ähnl den Vater, knurrte bald dies, bald jenes an, schneuzte ihnen die Nasen und hatte immer eine kleine Belehrung an der Hand. »Das müßt ihr euch merken!« schloß er stets. »Geht schon nach hinten in euer Plützerl.«

Merkwürdig war auch, daß das Brigei, obwohl die Kleinste, diejenige war, die von der besonderen Lage auf Ellenhub etwas begriff. Sobald die kopfhängerische Stimmung sich bemerkbar machte, steckte sie ein koboldartiges Wesen heraus, um den Geschwistern etwaige traurige Gedanken zu vertreiben. Mager wie ein Windspiel und ebenso gelenkig und wild, kam sie, als Hexe vermummt, auf einem Besenstiel hereingeritten, spielte auf dem Fotzhobel mit einer unglaublichen Fertigkeit, schleppte endlich, als ihre verschiedenen Nummern erschöpft, die Familienwiege aus der Rumpelkammer herüber, schaukelte sich darin, daß die Bretter krachten, und sang:

>»Hutsche, heia,
>Schlaf, du kleiner Schreia...«

Diese Wiege war ein uraltes Hausgerät, man konnte wohl sagen, ein heiliges: Sie hatte mehrere Generationen kleiner Ellenhuber aus dem weichen, schaukelnden Mutterschoß in die eckige, holperige Welt hineingewiegt. Sie war aus gutem Holz; denn wo immer die Ellenhuber etwas machten oder machen ließen, sollte es womöglich von unbegrenzter Dauer sein. Je mehr es versprach, noch Kindern und Kindeskindern zu dienen, desto mehr Freude hatten sie dran.

Doch da geschah auf einmal etwas Unerwartetes. Paul nahm an dem Übermut der Geschwister keinerlei Anteil und saß mit einer überlegenen Miene abseits. Vielleicht war ihm schon seine zukünftige Wichtigkeit in den Kopf gestiegen, hatte er begriffen, welch ein bevorzugtes Los ihm zuteil wurde; vielleicht auch bemitleidete er die Geschwister ob ihrer harten Zukunft und verachtete sie alle bereits ein wenig, kurz, mochte es was immer sein, er hob plötzlich die Wiege hoch und trug sie, als wäre sie ein federleichtes Ding, hinaus.

Es gab Protest und verdrießliche Mienen; die Mena mußte eine neue Abwechslung erfinden. Sie tat selbst mit und tanzte mit den Geschwistern Ringelreihen.

»Draußen schrein die Geier;
Reiß ma eah ein Föderl aus,
Machn schnell ein Pölsterl draus.
Hutsche, heia,
Schlaf, du kleine Maus!«

In dies Spiel hinein rief das Brigei, das immer zu kleinen Bosheiten aufgelegt war: »Der Klaubauf!« Und die Kinder erschraken so sehr, daß sie auseinanderstoben.

Der Mensch, der in die Stube trat, war unglaublich hager, nichts als Haut und Knochen; auf den ersten Anblick hin ein wahrer Klaubauf, geeignet, nicht nur kleine Kinder zu erschrecken. Er trug einen derben, frisch im Wald geschnittenen Knüttel und blinzelte vergnüglich. Es stellte sich heraus, daß es ein weitschichtiger Verwandter war, der Rechenmacher-Ruppert. »Kommt, gebt dem Vetter die Hand! – Und du, Mena, bring Most und Butter!« sagte der Ähnl ermunternd.

Der Ruppert beaugenscheinte schmunzelnd die Kinder, die aus ihren Schlupfwinkeln hervorkamen, und sprach mit Appetit der reichlichen Bewirtung zu. Seine Augen gingen wägend von einem zum andern, mit allerlei spaßhaften Bemerkungen, sichtlich bestrebt, sie bei guter Laune zu erhalten. Und da er noch eins hinterm Ofen krabbeln hörte, reckte er sich auf und rief: »Und du, kleines Menscherl, warum willst du nicht auch deinen Vetter begrüßen?«

»Ich mag nicht«, rief das Brigei und verkroch sich noch tiefer in den Kotzen. Der Mensch, und sogar das vernunftlose Tier, sie ahnen es immer, wenn die Schicksalsstunde naht; sie sind durch jene Fäden, die alle Dinge verbinden, mit dem Urall und seinen Gesetzen verbunden, den Fäden Gottes, jenem Gespinst, tausendmal geheimnisvoller als der elektrische Strom, der Fernsprecher und die Eisenbahn.

Auch der Ähnl versuchte, sie herauszukommandieren, aber umsonst. Und plötzlich bekam seine Stimme einen harten, fremden Klang: »Also, Vettermann, welches willst du dann haben? – Die Mena und die Lena sind ausgenommen.«

Der Ähnl reimte gewöhnlich nur bei lustigen Anlässen. Sie stutzten auch sofort, als sie seine weitere Rede vernahmen, daß die Kinder möglichst früh, ohne Zögern und ohne Wehleidigkeit, zur Arbeit angehalten werden müßten.

Ruppert wiegte den Kopf und wiederholte mehrmals: »Dasselbig ist richtig! Ist ganz richtig!«

»Freilich«, fuhr der Ähnl fort, »die meisten Leute nennen das Arbeit, was gar keine ist. Das biblische Kennzeichen fehlt: Im Schweiß deines Angesichts sollst du dir dein Brot verdienen!«

Der Besucher war mit den Ohren bei der Rede des Biblischen Bauern, mit den Augen aber fortlaufend bei den Kindern. Er war in keinem Zweifel darüber, daß man bei jeder Wahl im Leben, ob klein oder groß, mit geruhiger Vorsicht entscheiden mußte; war es eine Kuh, ein Ferkel oder nur ein

Geiselstecken, den man kaufte, immer versuchte der Kontrahent, sich einen Überprofit und dazu noch einen kleinen Triumph zu verschaffen.

Endlich sagte er mit einer lächelnden Grimasse: »Wie heißt denn du, mein Bübl? – Jörgei? – So, so! – Na, Jörgei, möchtest du nicht ein lustiger Rechenmacher werden?«

Dem Jörgei ging es jetzt offensichtlich schlecht; viele Augen waren neugierig auf ihn gerichtet, ein Ereignis, das er zum erstenmal in seinem Leben erfuhr. Er sagte daher auch nicht ja und nicht nein, und wie hätte er auch in seiner Weltunkenntnis wählen können? – Hilflos und verlegen blickte er um sich, bis es endlich, wie ein schmerzlicher Ruf, aus seiner Brust kam: »Ähnl, redet Ihr für mich!«

Aber auch dem Ähnl schien etwas die Stimme verschlagen zu haben.

Dafür wurde der Rechenmacher um so gesprächiger. Er pries ausführlich seinen Wohnsitz, sein Handwerk und zog dabei ein Gesicht, als ob er Honig schleckte. »Ja, mein lieber Jörgei, mein Häusl, das ist ein feines Häusl! Mitten im Dorf; zur Kirch, zum Kramer, zum Metzger, zum Wirt haben wir nur einen Katzensprung! – Und ein Vogelhaus hab ich, so groß wie der Tisch da, und da singen und springen die Zeisig, die Finken und die Schwarzblattl drin, daß es eine Freud ist! Und einen Gimpel hab ich, der hat ein rotes Halstüchl, aber schon brennrot, und pfeifen kann er, hui! Und im Winter, wenn der Ofen geheizt ist, spielt mein Theater: der Schneider schneidert, der Knecht hackt Holz, der Schmied schmiedet, das Roß zieht den Göpel, das Kalb trinkt an den Zitzen und die Gäns' schwimmen auf dem See, ganz großartig halt!«

Der Ruppert brach in ein rauhes Gelächter aus und wandte sich dem Ähnl zu. Beide Männer sahen sich ernst und vielsagend ins Gesicht und nickten schweigend, wie

Menschen, die viel wissen und längst des Lebens Höhen und Tiefen kennengelernt haben.

Der Jörgei staunte, und die Geschwister staunten auch, daß es so lustige Dinge in der Welt gab, wovon sie bisher in der Ellenhuberischen Einöde keine Spur gesehen hatten. Und der Jörgei blieb in dieser heiteren Erwartung auch dann noch, als die Mena schon seine Habseligkeiten brachte und ihr selber zumut war, als ob sie keinen Odem mehr bekäme. Der Ähnl schoppte seinem Enkel die beiden Hosensäcke mit Apfelsinen und Klötzen voll und steckte ihm in die innere Rocktasche ein blaues Büchel. »Zweihundert Gulden, Konventionsmünz, sind ihm darin gutgeschrieben«, sagte er. »Wenn du sparst, Jörgei, kannst du einmal ein reicher Mann werden.«

Der Ähnl und der Ruppert lachten. Aber der Jörgei achtete kaum darauf; er hatte nur das Theater mit dem saugenden Kalb und den schwimmenden Gänsen vor den Augen, und die Geschwister, obgleich sie insgeheim bereits verspürten, daß sich hier ein ganz anderes Theater vorbereitete, förderten, wie auf geheime Verabredung, seine fröhliche Stimmung und taten ihm, den sie sonst oft nicht wenig gezaust, allerlei Liebeswerk.

Als er schon sein Bündel in der Hand hielt, zog der Ähnl ihn zwischen seine Knie. »Also, Jörgei«, sagte er, »jetzt heißt's ein tapferes Bürschlein sein, wie sie es alle gewesen sind, die von Ellenhub! Und das mußt du dir gut merken, wie's geschrieben steht in der heiligen Bibel: ›Mancher ist reich und hat doch nichts; mancher ist arm und hat großen Reichtum!‹ Das ist die Wahrheit! Und wenn du dann einmal zu mir auf Besuch kommst, wirst du mir erzählen, weißt schon, von demselbigen kuriosen Theater, wo der Schmied schmiedet und der Schneider schneidert, und sonst alles, was du Merkwürdiges in der großen Welt draußen gesehen hast.«

Und dann zu Ruppert gewandt: »Laß es halt dem armen Waiselbuben nicht gar zu hart ankommen, gelt?« Er stand auf und legte die für einen Bauernschlag etwas zu zarte Hand des Jörgei in die braune, erdhafte des weitschichtigen Vetters, tunkte die Finger tief in den blechernen Weihkessel neben der Tür, besprengte seinen Enkelbuben und machte mit dem Daumen, sorgsam genau über Stirn, Mund und Brust, das Zeichen des Kreuzes. »Behüt dich Gott!« sagte er. »Bleib recht gesund und laß bald von dir hören.«

Bei dieser feierlichen Bekreuzigung durchrieselte den kleinen Abschiedsnehmer ein Schauer; aber selbst verwundert über diese Kuriosität, faßte er sich sogleich und rief mit fester Stimme: »Behüt dich Gott auch, Ähnl!« Er empfand keinerlei Angst. Ein großer Stolz berauschte ihn. Er hatte vor den Geschwistern, vor den Nachbarkindern, vor dem Weiler und der ganzen Gemeinde etwas voraus: er war ein Held ...

Auch der Ruppert richtete sich auf; er stieß aber dabei mit dem Kopf an den Dippelbaum und bückte sich rasch. Seine alten Beine krachten, als ob man dürres Holz bräche. »Ellenhuber«, sagte er, »du kannst dich unbesorgt schlafen legen!« mit einer Miene, als wollte er einen Eid leisten.

Der Jörgei ging ruhigen Schrittes neben dem Rechenmacher-Ruppert den Anger hinab, von den Geschwistern begleitet, während der Ähnl, der Paul und die Mena unter dem Eingang stehenblieben und ihnen nachsahen.

Die Mena erinnerte sich, wie man vor ein paar Tagen, beim allerschönsten Sonnenschein, ein Kalb geholt, und wie das junge Tier so überaus drollig bald links, bald rechts in die blumige Wiese hineingesprungen war, nicht ahnend, was ihm in einer knappen Stunde bevorstand: der Halsschnitt des Metzgers. Es war ihr, als ob alles, was auf und um Ellenhub lebte, ja selbst die Bäume und Steine, in ein einziges Jammergeschrei ausbrechen müßten, das alle Erden und alle Himmel durchdrang. Zugleich fing es in ihr zu stoßen und glucksen an. Sie dachte: Nur nicht sehen lassen! Ging schnell in ihre Kammer und warf sich hier aufs Bett. Sie weinte, und zum erstenmal wie ein Mensch weint, den das Unglück niedergeschlagen hat. Sie weinte ganz von innen heraus, und ihre Tränen waren keine Kindertränen mehr, sondern ganz andere, viel bitterer und salziger; und sie merkte an diesem Unterschied sogleich, daß damit der eigentliche Menschenweg begann, insonderheit der Menschenweg einer armen Bauernwaise. Aber je stärker diese Tränen flossen, desto leichter wurde ihr zumute.

Tränen sind, der Weisheit aller Professoren zum Trotz, noch immer eine rätselhafte Flüssigkeit. Sie kommen aus den rehbraunen, himmelblauen und kohlschwarzen Augen, die dann noch tiefer glänzen und deren Feuer noch edler leuchtet, laufen anfangs einzeln, dann zu zweien und zu dreien in die Wimpern, über die Wangen, tropfen auf die gerungenen Hände, auf die perkalenen Werktags- und seidenen Sonntagsschürzen. Ihr Quell scheint Körper und Seele zu erneuern. Daher in späteren Jahren, wo er fehlt, mancher Mensch erkrankt; sogar ganze Nationen können von dieser Verstocktheit erfaßt werden und so nicht mehr zur Schönheit und zur Erlösung gelangen.

Bei der Mena muß dieser Gesundbrunnen jedenfalls sehr ergiebig geflossen sein, denn sie brachte die nächsten Wochen taktfest hinter sich.

Der Vorgang, wie er sich beim Jüngsten abgespielt, wiederholte sich nämlich ein halbdutzendmal. Immer wieder tauchte ein Mannsbild oder ein Weibsbild auf, weitschichtige Vettern und Basen, die man nie gesehen und kaum einmal von ihnen gehört hatte. Jedesmal traten die üblichen kleinen Lügen und Versprechungen, das Sparkassebuch und das blaue oder rote Bündel in Tätigkeit, wie eben die Schneuztücher aus dem väterlichen Kasten hervorgingen. Die Ohren hingen meist ziemlich lang und trübselig herab, wie es nicht anders sein konnte, wenn die ohnehin karge Ausstattung zweier Bauersleute auf neun Kinder verteilt werden sollte. Die Mena begleitete jedes ins Dorf, kaufte Süßigkeiten, verweilte ein paar Minuten beim Elterngrab, und wenn sie dann zum Ort hinausschritten, sahen sie jedesmal, wie auf Kommando, gegen die Mauerstelle zurück, wo sie eben gebetet hatten. Diese Mauerstelle, oder besser gesagt, das frisch lackierte, schwarze Eisenkreuz und das holzgefaßte Erdbett darunter, worauf schon Raute und Rosmarin dufteten, sandte eine Woge aus, die das Geschwisterpaar gleichsam durchschlug. Die Dorfleute sahen ihnen nach und sagten: »Wer hätt das gedacht? So brave Leut! Und so schnell fort müssen aus der Welt!« Aber damit war ihr Mitgefühl so ziemlich erschöpft; jedes von ihnen hatte genug mit sich selber zu tun und wurde tüchtig durchgemahlen in der Mühle Gottes.

Das letzte Kind, das so von Ellenhub fortging, war die Soph, und dieser Gang war der schwerste. Die Soph war so bleich und so seltsam, und wenn die Mena einen verstohlenen Blick auf sie warf, preßte ihr eine unbestimmte Bangigkeit die Brust zusammen. Sie kaufte ihr daher das Doppelte an Näscherei und winkte ihr zum Abschied noch lange mit der Hand. Dann setzte sie sich auf einen Grenzstein, und plötzlich fiel ihr ein Gedanke aufs Herz: nie mehr!

Allen hatte man gesagt, daß sie bald wieder heimkommen würden, und nun begriff sie erst, daß, im eigentlichen Wortsinn, dies niemals mehr stattfinden konnte. Eine große Angst bemächtigte sich ihrer; das Herz bebte und ihre Knie zitterten ...

Es war in dieser Zeit ein Tag schöner als der andere, und

auch heute war es wunderbar. Der Himmel seidenblau, in seiner Kristallglocke zogen die Schwalben ihre Kreise, darunter die Pflüger ihre Furchen ins braune Ackerland. Auf späten, sonnabseitigen Feldern schritten Ährenleserinnen, und ihre farbigen Kopftücher leuchteten. Und von dieser Landschaft, die so ruhig vor ihr lag, und nach bestimmten Gesetzen wie ein gewaltiges, einheitsvolles Lebewesen atmete, ging wiederum eine Woge aus, eine andere, die jene erste dunkle verdrängte: die Sonne, die Feldblumen, die Quellen und den sanften kühlen Wind wirst du immer haben ... Sie sind auch so etwas wie Vater und Mutter ... Und diese Stimme konnte keine Selbsttäuschung sein; denn, was war die Natur ringsum anders als der wahre Vater und die wahre Mutter, ihr, den Geschwistern, allen Menschen, wahrhaft väterlich und wahrhaft mütterlich, voll Sonnenschein und Himmelstau, Süße und Blumenduft, und wieder voll Härte und Erbarmungslosigkeit.

Vom Dorf führte eine Bauernstraße, endlich ein Feldweg gegen Ellenhub, den die Mena seit ihrer frühesten Kindheit oft gegangen und der stets wie ein magisches Band auf sie gewirkt hatte. Dieser Weg war für sie immer das gewesen, was die Worte besagen: Heiliges Land, zieh aus deine Schuhe! – In unglaublichen Windungen schlängelte er sich hinan, um nur ja keine Handbreit zu zertreten, zwischen Äckern, Stoppelfeldern, Klee, Hanf und Flachs, durch Gehölze, mit vertraulichen Wiedehopfen und großen, farbigen Schmetterlingen. Diese heimatliche Landschaft wirkte heute auf Menas Auge wie ein rätselhaftes Bild, und sie tat etwas, das sie bisher in ihrem Leben nie getan: sie bestaunte dieses Bild, guckte, die Augen weit offen, wie ein Mensch, der bisher blind gewesen ist ...

Wie sie sich dem Hof näherte, erschrak sie: Ihr schien, als ob aus dem Stall ein Summen und Brummen käme, das sie sich nicht zu erklären wußte; und auch der Ähnl machte eine Miene, die sie an ihm kannte: Er war fraglos im Begriff, ihr etwas Ernstes mitzuteilen. Wie immer in solchen Fällen, brannte er zuerst umständlich seine Pfeife an, paffte Tabakswolken aus, und ihnen folgten biblische Sprüche, wie sie ihm so ins Gedächtnis kamen. – »Ein verständig Herz sucht Weisheit; der Mund der Toren aber hat Gefallen an der Torheit. Hat es der Arme auch jeden Tag schlimm, so ist doch ein glücklich Herz ein dauerndes Freudenmal.« Und wiederum redete er: »Ja, ja, so ist's in der Welt: Wer's Glück hat, bei dem kälbern die Pflasterstein. Und: leicht nehmen ist eine Kunst, und wer's kann, der tragt auf sein Buckl, was ein anders nicht fahrt auf einem vierspannigen Wagen. Ja, du! – Jetzt kommt das Fortgehen an dich, Mena! Wird dir nicht leichtfallen. Aber du bist allweil ein tapferes Dirndl gewesen. Die Haginghoferin nimmt dich . . . Ja, und dann: ein Besuch ist gekommen, ein Besuch, der bleibt!«

Dieser Besuch, eine weitschichtige Verwandte, die Hartinger Base, war gekommen, um dem Bruder Paul bis zu seiner Heirat die Wirtschaft zu führen. Sie hatte, allem Zureden entgegen, in der Abwesenheit Menas sich durchaus nicht in der Stube breitmachen wollen, damit es nicht schiene, als würde durch sie das letzte Kind aus dem Haus verdrängt. Sie saß mit dem Spinnrad, das sie sich mitgenommen, im Stall. Die Mena ging hinaus, begrüßte die Gastin, eine ältliche, streng aussehende Person, und trug ihr das Spinnrad in die Stube. Man sah gleich, das war wieder eine Ellenhuberische! Sie glich, wie alle seine Weiber, einer Bruthenne, besonders in ihrem starknasigen Gesicht, ihrem breiten Becken, ihrem geruhsamen Gang und der festen, sicheren Mütterlichkeit, die ihr ganzes Wesen ausströmte.

Jetzt wurde es auch bei der Mena ernst. Und es war ihr lieb so; sie hätte es als ein Unrecht empfunden, wenn ihr nicht das gleiche Los wie den Geschwistern zuteil geworden wäre. Aber wenn sie sich auch geduldig ins Unvermeidliche fügte, kam sie beim Vorrichten ihrer Habseligkeiten trotzdem wiederum in eine nachdenkliche Stimmung: der Lärm der Geschwister fehlte. Was mochten sie jetzt tun? Und warum mußten sie überhaupt alle fort? – Um eine Arbeit zu lernen? Um sich ihr Brot zu verdienen? – Und sie kam auf Haging? – Die Ellenhuber und die Haginghofer waren verwandt, aber das durfte nicht lautwerden; es war viel zu weitschichtig. Wenn man nur jemand fragen könnte! – Eine große Bedrücktheit bemächtigte sich ihrer. Sie nahm ihr Strickzeug und setzte sich vors Haus. Hier saß sie eine Weile, ganz niedergeschlagen und jammervoll. Ohne Frage, der Ellenhuberische Stammbaum fieberte etwas; es ging ihm nah ans Leben, allzu viele schöne und kräftige Reiser hatte man ihm in den letzten Monaten ausgerissen, um sie in eine neue Erde, nämlich auf den Friedhof, und in eine neue Luft, nämlich in die verschiedenen Dienstorte, zu verpflanzen.

Schritte auf der Straße schreckten sie aus ihrem Brüten. Unter den Obstbäumen gewahrte sie ein paar schnappende Stiefel, die in lässiger Stetigkeit vorwärtsstrebten, als wollten sie ohne jede Übereilung das sonnenbeschienene Wegband mit den faustgroßen Steinen in sich hineinschlucken. Der Mensch, dem sie angehörten, wurde noch durch das Laub verdeckt, aber da hier in der Pfarre der Leute und Dinge wenige waren, konnte sie die Stiefel gleich anrufen: »Wohin denn so eilig, Hies?«

Die Stiefel schwankten ins Grün; vor der Mena stand ein windschiefes Männlein, in einem rot gestöckelten Janker, einem spitzen Filzhütchen und einem übermäßig großen Buch unter der Achsel. »Grad nur so spazieren!« sagte eine dünne, unmännliche Stimme, vor der die Mena Widerwillen empfand. Es setzte sich, in gehörigem Abstand, und legte das Buch mit Behutsamkeit neben sich auf die Bank. Beide schwiegen eine Weile und sahen in den Abend hinaus. Die Mena beobachtete verstohlen ihren Zaungast. Steins starres Gesicht, insbesondere die Augen, die unnatürlich weit offenstanden, als ob sie einmal, in längst vergangenen Zeiten, irgendwo ein Wunder erblickt und davon nicht mehr hätten loskommen können. Unheimlich war auch das Buch, in rothölzerne Deckel gebunden. Gewiß, es mußte auch solche Käuze geben, obgleich ihr in diesem Augenblick im tiefsten Innern mehr als je die Bauern und das Bauernvolk als die eigentlichen und richtigen Menschen erschienen.

Sie fragte: »Sind in dem Buch da Geschichten zu lesen?«

Der Hies schüttelte den Kopf und lächelte ein schamhaftes Lächeln. »Lieder«, sagte er, »lauter Lieder, die ich selber hineingeschrieben hab.«

»Dann ist's also wahr«, forschte sie neugierig weiter, »daß man dir nur etwas ansagen darf, und im Handumdrehn hast du ein Gedicht fertig?«

Wiederum lächelte der Hies. »Nicht alleweil! Manchmal macht's mir eine große Plag! Ja, da kann einer auch schwitzen, nicht nur beim Kornschneiden.«

Sie lachte. »Nein, aber nein, daß sie dir nur so einfallen!«

»Ich hör sie, wenn ich so im Schatten lieg und sinnier«, sagte er. »Ich hör sie und schreib sie schleunigst auf. Ich muß sie schleunigst aufschreiben, weil ich sie sonst am nächsten Tag wieder vergessen hab!«

Die Mena schüttelte in aufrichtiger Verwunderung den Kopf, und wieder schwiegen beide. Über die Tannengehölze legten sich grauschwarze Schleier, und die Stimmen der Natur fingen an, laut hervorzutreten.

»Hörst du«, wispelte der seltsame Besucher, »jetzt heben die Vögel ihr Nachtgebet an. Das ist ein Zeisig.« Er beschrieb mit ebenso leisen Worten die Art und Weise dieses Sängers. »Das Zeiserl hat jeder Mensch gern, weil es allen Freude macht; der Mensch liebt nur das, was ihm Nutzen oder Lustbarkeit bringt. Eine Bachstelz, da!« Einem Wässerchen entlang, das die Abendröte widerspiegelte, hüpfte ein Vögelchen, dessen Anblick entzückte. Man konnte sich nicht leicht etwas Zierlicheres und Niedlicheres denken. »Ein Gimpel!« Dieser pfiff fast über ihren Köpfen ein Lied, und so fein, wie eben nur ein Gimpel pfeifen kann, und der Hies beschrieb wiederum sein Wesen. Der Mena war, als ob sie bisher keine Vögel gesehen und gehört hätte; doch als sie davon reden wollte, legte der Gast den Finger an den Mund: Aus den Obstbäumen kam ein Gesang, so wunderschön, daß der Mena der Atem stockte, wohl zu dem Zweck, damit die Töne in ihrer ganzen Reinheit ins Innere gelangen konnten: es war eine Nachtigall ...

Mit einem leisen »Gute Nacht!« gingen nach einigen Minuten die Mena und das Männlein auseinander. Ihr war jetzt, als ob ihr Unglück gar nicht so groß sein konnte. Ein bittersüßes Gefühl durchdrang mit einemmal ihr Herz: Wehmut! Aus Weh und Mut ist dies Wort gebraut, aus jenem Weh, woran die Menschheit seit je gelitten hat und noch leidet, und aus jenem Mut, der wie ein Zaubertrank all dieses Weh immer wieder überwunden. Denn die Gottnatur sorgt überall vor, sie hat für alle Schmerzen, die ihr und ihren Kindern, also auch und vornehmlich den Menschen, zustoßen können, einen Balsam bereit, den der Wehbetroffene nur zu wirken lassen braucht und der sicher hilft, wird er nicht in Trotz und Unverstand zurückgestoßen.

Der letzte Tag daheim! – Die Mena schlüpfte in die Kleider, nahm ihr Strickkörbchen, ihr Gebetbuch, und da sie keine Arbeit mehr zu tun brauchte, ging sie ins Freie. Im Gehen suchte sie das Totenbildchen der Mutter hervor.

Auf der einen Seite war das Bildnis des Heilands mit der Dornenkrone, darunter die Worte: »Herr, gib mit Ruhe für meine Seele!« Und dann: »Gleich wie der Hirsch verlangt nach Wasserquellen, also verlangt meine Seele nach dir ...«

Sie legte das Buch wieder zurück und schritt eine schmale Erdfalte hin, die beiderseits mit beweglichen Teppichen belegt war; die Matten aus Korn, Klee, Hanf und Flachs hoben und senkten sich im Winde und führten, von Sonnenlicht und Wolkenschatten getroffen, ein köstliches Farbenspiel auf. Inmitten dieses Farbenspiels öffnete sich wiederum eine kleine Welt für sich, ein weißleuchtender Kalkbruch.

Und am Rand dieses Kalkbruchs, auf einer Rasenzunge, lag ein Mensch und las in einer Zeitung, die er vor sich ausgebreitet hatte. Daneben war, auf einer Steinplatte aufgeschichtet, ein gewaltiger Stoß Zeitungen, in der Mitte durch ein Farnkraut abgeteilt. Innerhalb des Kalkbruchs, der die Natur ringsum so schnöde vergewaltigte, hatte die Schöpfung sich eine neue schöne Welt angelegt; zwischen jeder Spalte, auf jedem Häuflein Erde, auf jedem Fels sproßte und grünte es, und besonders Blumen, die man auf den Wiesen selten oder nie sah, entfalteten hier ihre prächtigen Blüten. Knapp an der Kalkwand leuchtete ein Wassertümpel. Dieser Steinbruch glich, wenigstens in den Augen der Mena, einer verzauberten Riesenhöhle, mit gleißenden Wänden, farbigen Blumenflecken und einer blauen Decke darüber.

Der Zeitungsleser hob den Kopf und sagte: »Grüß Gott, Mena! Kommst ein wenig auf Besuch zu mir? – Brauchst dich nicht zu fürchten; ich hab noch keinem Menschen den Kopf abgebissen.«

Die Mena zog eine betrübte Miene. »Ich bin heut das letztemal daheim«, sagte sie. »Morgen muß ich endgültig fort!

Ich komm auf Haging.« Sie erinnerte sich sehr wohl, wie der Vater öfters, besonders an stürmischen Winterabenden, gesagt: Himmellaudon, wie mag's bei so einem Wetter der Ewig-Gerechtigkeit zumut sein? – Und wieder, daß man erzählte, der Peter finge kleine Kinder und würfe sie in die dampfende Kalkpfanne.

Sie betrachtete daher etwas verlegen den wunderlichen Heiligen. Er trug einen alten Salonrock, den er vom Pfarrer geschenkt erhalten, eine Pepitahose, unten weit geschweift, die früher die bräuherrlichen Beine geziert, und ausgetretene Stiefeletten gleicher Herkunft. Es war gewiß auffällig, daß die Ewig-Gerechtigkeit, die dem Namen nach zu schließen doch immerhin eine respektable Persönlichkeit sein mußte, ihren edlen Körper mit abgelegten Kleidern bedeckte und ihre Residenz ausgerechnet in einem Kalkbruch aufschlug; dies kam jedoch daher, weil das Kalkbrennen ihr eine gewisse, freilich nur halbe Existenz bot, während die andere Hälfte, wiederum geteilt, durch Annahme von Geschenken und eine oft Wochen während Abwesenheit von der Gemeinde aufgebracht werden mußte. Auch ist der Gedanke nicht von der Hand zu weisen, daß sie eben, in den bösen Zeitläufen, wie sie gerade waren, zwischen Krieg und Revolution, keinen besseren Ort und keine bessere Existenz hatte zu finden vermocht. Peter deutete das Schweigen in seiner Weise.

»Ja, meine Liebe«, sagte er teilnahmsvoll, »jetzt mußt du also auch hinaus in die Welt? – Das ist schwer? Aber dessentwegen brauchst du durchaus nicht zu verzagen. Und keins von euch soll den Pauli beneiden, weil er den Hof bekommt: Die ewig Gerechtigkeit stellt alles wieder ins gleiche.«

Die Mena mußte ein aufsteigendes Lachen verbeißen; es gab in der Gemeinde nur wenige, die wußten, wie er wirklich hieß. Die kleine Bosheit war allweg ihre Atzung, wie das liebe, tägliche Brot. »Peter«, sagte sie, »was bist du doch für ein glücklicher Mensch! Kannst dein Lebtag in deinem Kalkbruch bleiben.«

»Das bin ich!« lachte er. »Bin ich durchaus, wenn nicht auch grad deswegen, weil ich mein Lebtag hier im Kalkbruch hausen darf. Nicht umsonst sag ich mir jeden Tag in der Früh: Mensch, bedenk es, schön ist das Leben!« Er sprang auf, seine Füße machten Tanzbewegungen; er pfiff einen Ländler und klatschte sich auf die Knie. Die schwarzen Flügel des pfarrherrlichen Rockes flogen wie gespenstische Vögel über die Flecken der weißen Buschwindröschen; die bräuherrlichen Stiefeletten knarrten, als wollten sie aus dem Leim gehen, und zertraten das zitternde Rispengras und den Sauerampfer, der hier in großen Büschen wuchs. Die Mena bekam, von dieser närrischen Lustbarkeit angesteckt, einen Lachanfall, der nicht mehr aufhören wollte. »Daß du gar so gut aufgelegt sein kannst!« rief sie. »Lebst doch so mutterseelenallein in deinem Steinbruch!«

»Eben deswegen! – Die Leut meinen, ich sei ein Narr, aber ich sag: sie sind Narren! Ich lach sie alle aus. – Also, auf Haging kommst du? – Hm! Ja, mein Gott und Herr, das ist ja schon völlig eine neue Welt! Soviel ich gehört hab, soll der Haginghofer ein ziemlicher Protz sein. Der muß immer das Riesenmäßigste auf seinem Hof haben: die beste Kuh, den größten Ochsen, die schwerste Sau, den bissigsten Hund und den stärksten Knecht von neun Pfarreien. Und die Haginghoferin, die soll die stolzeste Bäuerin in der ganzen Gemeinde sein! Aber was red ich? – Frag euren Achaz; der war Roßknecht dort.«

Die Mena dünkte es sonderbar, daß sie dem Roßknecht Achaz die ganze Zeit über keinerlei Beachtung geschenkt hatte. Der Mensch ist schon einmal so, daß er nur für das

Sinn und Blick hat, was in der Richtung seiner Wünsche und Begierden liegt. Und so wurde die Mena, da das Schicksal sie in die Hechel nahm, wißbegierig.

Sie fand den Achaz schlafend in der Strohöse, einer Lage, die sie, eindringlicher Belehrung zufolge, früher dem Vater und jetzt dem Paul hätte zu melden gehabt. »Was gibt's?« fragte er unwirsch.

»Gar nichts!« versicherte sie. »Du warst Knecht auf Haging? Was sind dort für Leut?«

Achaz gähnte. »Nicht so laut!« sagte er. »Der Bräunl schläft. Ein Roß darf man nicht im Schlaf stören. Auf Haging? – Sind lauter Seeseitige, fein, viele neumodisch! Die Bäuerin ist eine Gute, aber der Bauer ist ein Hund; der mißt den Hafer mit dem Viertelmaß vor!«

Pauls Ruf scheuchte beide auseinander: »Lauberheigen! Lauberheigen!«

»Doch erst morgen!« sagte die Mena.

Aber da klang die brüderliche Stimme ganz verändert: »Anschaffen tu jetzt ich!«

Der Mena war plötzlich höchst eigentümlich zumut, so, als ob sie nun mehr zum armen Knecht Achaz als zum Großbauern Paul gehörte ...

Der Haginghof

Haging lag an der Grenze zweier Gemeinden, auf einem Hügelboden, mit schütteren Resten von jenen Wäldern, die einst das ganze Land bedeckt hatten; und zwar da, wo in diesem Waldkamm eine Lücke klaffte und der blaue Himmel und das Wiesengrün aneinanderstießen. Der Mena erschien die kleine Reise dahin als ein großes Erlebnis. Des Ähnls Worte klangen ihr im Ohr: »Ich hoff, daß du uns keine Schand machst!« Sie wandte sich noch einmal um, sah hoch oben den Giebel von Ellenhub und dachte: Der Bruder, der hat leicht lachen; aber ich muß dienen, wohl mein Leben lang.

Es kamen Weiler, die sie bisher nur flüchtig gesehen, Höfe, von denen sie kaum eine Ahnung gehabt, Täler, die schon einen fremdartigen Eindruck machten, und dieser Eindruck verstärkte sich mehr und mehr. Daheim war ihr jeder Baum, jeder Strauch und Stein bekannt; an Hügeln und Wäldern, Häusern und Menschen hafteten Ereignisse und Geschichten, im Guten wie im Bösen, alles war in einer wundersamen Weise belebt, aber diese Landschaft hier schien kalt und tot. – Wie nur die Menschen da leben können? fragte sie sich. Sie ahnte nicht, daß der Mensch sich überall Heimlichkeit und Wärme schafft, nach einem eigenen Lebensgesetz, das die Welt beherrscht, vom Königspalast bis zur armseligen Keusche. Mehrmals sah sie verstohlen zurück und bemerkte mit Schrecken, daß Ellenhub allmählich verschwand.

Ihr Blick hing jetzt mit einer feuchten Wärme an dem, was ihr davon noch vor Augen geblieben war, an dem Bräunl und an Achaz; aber von jenem sah sie nur den glänzenden Rücken, und der Achaz war, die Zügel um seine großen, klobigen Hände gewunden, eingeduselt.

Erst als der Bräunl vor einem Hofe stehenblieb und prustend seinen Kopf nach einem laufenden Brunnen hinstreckte, erwachte er. Die Mena sprang aus dem Wagen; sie meinte wohl, gottweißwas Besonderes es jetzt geben würde, aber es rührte sich nichts. Sie blickte etwas verlegen die lange Hoffront hinab. Sie hatte immer geglaubt, Ellenhub, das wäre das Schönste und Größte, was es geben konnte, und nun sah sie dasselbige hier, aber viel größer und stattlicher. Ohne Frage befand sich alles auf den Feldern; nur eine Bruthenne mit einem dichten Häuflein dottergelber Kücken wimmelte über den Anger hin; und neben dem Hause war ein riesiger Mensch damit beschäftigt, einen Leiterwagen zu schmieren. Er hatte einen irdenen Topf neben sich stehen und strich mit einem Holzspan das Fett auf die glattpolierte Achse. Dann trieb er das Rad an; es burrte wie eine große Hummel, und vom Achsennagel fielen schwarze, glänzende Tropfen ins frischgrüne Gras. Ein Hütchen, unbestimmter Farbe, saß auf seinem mächtigen Kopf, als ob es der Wind hingeweht, und das Hütchen selber sah aus, als hätte es Jahre friedlich in einem Lumpenwinkel geschlummert. Und auf diesem sotanen Hütchen saß wiederum eine übermäßig große Geierfeder.

Dieser Mensch nun kam in seinen Holzschuhen herangeschlurft, sah bald auf das Fuhrwerk und Achaz, bald auf die Mena und strich seinen Schnurrbart, der gleich einem Flachsbuschen über die Mundwinkel herabhing. Auf seinem breiten Gesicht zeigte sich endlich ein Begreifen: »Wenn mich nicht alles täuscht«, sagte er, »ist das der Bräunl von Ellenhub? – Dann wärst du der Achaz? – Und du das Kleinmensch, das dieser Tag kommen soll?«

Ohne eine Antwort abzuwarten, wie es ja bei allen Großen gebräuchlich ist, marschierte er wieder zu seinem Wagen zurück, und die Mena sah ihm staunend nach. Da war einmal die Natur unversehens ins Riesenhafte gefahren. Es machte ganz den Eindruck, als könnte er den Braunen samt dem Rennwagerl in seine Arme nehmen und davontragen. Auch der Achaz schien ein ähnliches Gefühl zu haben, denn er flüsterte höchst respektvoll: »Das ist der Riesenhans; der trägt einen Metzensack Weizen mit der ausgestreckten Hand.«

Jetzt wurde auch das Haustor geöffnet und eine jüngere Weibsperson sichtbar. Es stellte sich heraus, daß es die Kleindirn auf Haging war. Sie bezeigte sich freundlich gegen die Mena. Sie wisse recht wohl, wie einem an so einem ersten Tag in der Fremde zumut wäre. Sie führte sie an ihre Bettstelle, die in ihrer eigenen Kammer stand, und redete ihr zu. Aber Menas Herz schlug unregelmäßig; sie ging wiederum schnell hinaus, in der Angst, den Achaz nicht mehr hier zu finden. Sie wäre ihm am liebsten um den Hals gefallen, aber da so etwas nicht anging, begnügte sie sich damit, dem Pferde ein paar Rohrzelten zu verfüttern, die sie im Körbchen mitgenommen, und dem Achaz einen Batzen in die Hand zu drücken. Der steckte das Geldstück unter Protest ein, wies auf die Aussicht hin, die man hier hätte, und schloß: »Also, Mena, ja nicht grübeln! Das ist schädlich! Mußt gleich fest in den sauern Apfel beißen. Bist jetzt auch ein armer Dienstbot wie ich. Mein Gott, ist gleich: hast keine Sorgen, tust deine Arbeit und legst dich ruhig schlafen. Und der Schlaf, Mena, ist das Schönste in der Welt! Viel schlafen, nur recht viel schlafen! Hüah!«

Die Mena aber hörte diesen gutgemeinten Rat kaum. Sie sah dem Bräunl und dem Achaz nach, und es wurde ihr hundsmiserabel ums Herz. Und so, ganz niedergedrückt, betrat sie die Stube und erschrak: etwas Kaltes und Ungewohntes wehte sie an.

Der Haginghofer saß am Tisch und hatte die eine Hand auf einem Schriftstück liegen, während er in der andern einen prächtigen, reich mit Silber beschlagenen Pfeifenkopf hielt. An seinen Fingern glänzten Ringe. Ihm gegenüber die Haginghoferin, in Samtmieder und buntem Halstuch, die Hände im Schoß. – Sind das jetzt Bilder? fuhr es der Mena durch den Sinn, oder lebendige Menschen? – So et was Stattliches und Behäbiges gab es überhaupt auf der armen Waldseite nicht. Sie sagte schüchtern: »Grüß Gott!«

Die Bauersleute drehten sich herum und musterten sie

eine Weile wortlos. Sie ließen vorläufig ihr Bild auf sich einwirken und schienen keineswegs bereit, irgendein Zeichen ihrer Zuneigung oder Abneigung zu geben. Aus eigener und überlieferter Erfahrung wußten sie, welche Folgen, im Guten wie im Bösen, jede, auch die scheinbar nebensächlichste Menschenverbindung bisweilen haben konnte. Endlich nickte der Bauer und sagte: »Ah, das ist wohl die Mena von Ellenhub? – Gut, gut! – Du bist von heut an auf meinem Hof Kleinmensch. Bekommst die Kost und jedes Jahr ein Paar Schuh, ein perkalenes Gewand, ein Wolltuch und Winterstrümpf.«

Die Mena errötete; sie spürte, daß in dieser Minute die Erbarmungslosigkeit des Lebens begann. Aber zugleich hatte sie eine Vision: die Eltern, wie sie sie oft daheim in der Stube sitzen gesehen, tauchten plötzlich wie ein Heiligenbild vor ihr auf, voll Wärme, Güte und Seligkeit, ein Bild, das niemals im Leben ganz verblassen und niemals ganz vergehen konnte.

Aber die Stimme des Haginghofers verscheuchte es jetzt: »So«, sagte er, »geh, zieh dein Arbeitsgwand an und greif zu!«

Wie die Mena gegen die Tür der Magdkammer zurückging, hatte sie einen leichten Schwindelanfall: der Zug von Kälte, den ihre neue Umgebung aushauchte, trieb ihr die Tränen in die Augen. Sie konnte nicht wissen, daß, im Grund genommen, das Schicksal seit urewigen Zeiten jedem Menschen die gleichen Worte zurief: Geh, zieh dein Arbeitsgewand an und greif zu! und daß niemand von dem heiligen Gebot: Im Schweiß deines Angesichts sollst du dir dein Brot verdienen, ausgenommen sein konnte. Sie kleidete sich rasch um, ging vors Haus und sah mit einem suchenden Blick in die Landschaft hinaus. Und plötzlich strahlte etwas wie ein Licht in ihr auf. Sie dachte: die Blumen blühen, die Tauben gurren, der Brunnen läuft . . . der Mond und die Sterne werden wohl auch hier scheinen: es wird schon gehen, es wird schon gehen!

Später erklärte ihr die Kleindirn die Arbeiten, und abends ging sie mit ihr in die gemeinsame Schlafstätte.

Während sie sich entkleideten, fing die Kleindirn an, sie vertraulich auszufragen; über ihr Herkommen, ihre Familie und insbesondere über ihre Geschwister. – »Hast du auch Brüder? Wieviel? Und wie alt sind sie?« Die Mena war glücklich, reden zu können. Ihr Mundwerk ging wie eine Haspel; die Brüder waren Prachtkerle, und sie wußte wahre Wunderdinge von ihnen zu erzählen. Wenn sie die Namen Paul und Sylvester aussprach, machte sie ein ehrfürchtiges Gesicht, als wäre jeder von ihnen ein kleiner Herrgott. Wohl eine halbe Stunde schwärmte sie so, ganz glücklich, bis sie plötzlich innehielt und aufhorchte. Ein eigentümlicher Laut erfüllte mit der Regelmäßigkeit einer Maschine die Kammer: die Kleindirn schlief und schnarchte wie eine Brettersäge. Ihr breites, rotes Gesicht leuchtete aus dem Kissen, der wulstige Mund stand weit offen und ließ eine Reihe überstarker Zähne sehen.

Seltsame dunkle und schwere Gedanken gingen durch Menas Kopf. Ermüdet von den Eindrücken des Tages, horchte sie auf den Wind, der um den Hof fuhr, sah durchs Fenster nach der gelben Mondscheibe, die, genauso wie auf Ellenhub, groß und still am Nachthimmel stand, und nestelte endlich ein Amulett aus dem rupfenen Hemd. Die Mutter hatte es ihr bei der ersten heiligen Kommunion umgehängt. Es war viereckig, aus schwarzem Stoff, und hatte in der Mitte eine runde Öffnung, wo eine abgeschliffene Silbermünze mit einer bekrönten Madonna eingenäht war. Sie fühlte wieder Drang zum Weinen, hielt das Amulett wie eine Hostie empor und betete leise: »Liebe tote Mutter, hilf mir in meinem schweren Lebenskampf, auf daß ich nicht erlahme und untergehe, sondern in Ehren bestehe, bis ich einstens mit dir vereint werde in der Ewigkeit. Amen.«

Am andern Tag hatte sie freilich keine Zeit mehr, sich mit Grübeln oder Beten zu beschäftigen, denn eine Arbeit folgte der andern; im Haus, in der Tenne, in den Stallungen, auf den Feldern, überall war man beschäftigt, wenn auch ohne jede Unruhe, geschweige denn Hast. Das Leben ging hier seinen Gang, wie eine alte, erprobte Wanduhr, und die Mena fühlte gleich, daß man sich hüten mußte, diesen Gang zu stören. Der Hof bildete eine Welt für sich, ein kleines, abgeschlossenes Reich, patriarchalisch regiert, wo sich alles, der Bauer und die Bäuerin, die Knechte und die Mägde, die Tauben auf dem Dach, die schwärmenden Bienenvölker, der Hofhund Tyras und die Hühnerschar, durchaus wohl zu fühlen schienen. Und dies angenehme Wohlgefühl nahm auch alsbald von der Mena Besitz. Am Werktag war es die Ordnung und die Arbeit; am Sonntag etwas ganz Besonderes, vielleicht in der mysteriösen Siebenzahl, vielleicht im Kirchgang und verdienter Müßigkeit begründet, das sie alle mit ein und derselben Gehobenheit durchströmte. Sie wuschen dann nicht nur mit einem beflissenen Eifer ihre Körper, die übrigens nur Reste von brauner Ackererde an sich trugen, legten farbige und vielfach seidene Gewänder an, sie schmückten auch ihre Seelen, und mit noch etwas Höherem und Schönerem, mit dem Allerhöchsten, das die Erde hat, mit Feierlichkeit und Gottesdienst.

Sie fing auch an, neben der Arbeit ihre Umgebung zu studieren; alles, was sie sah, umfing sie mit einem Blick voll Staunen und fröhlicher Bewunderung, wozu sich überraschenderweise ein Gefühl von Liebe gesellte; etwas ganz Neues in ihrem Leben, das ihr Herz mit einer Wärme erfüllte. Eins stand fest: diese Liebe wurde plötzlich geboren, sie rauschte in ihr auf wie ein starker Brunnen, der sich jäh den Weg ans Tageslicht bricht. Und es war begreiflich, daß sie sich später, im Wechsel der guten und bösen Tage, immer wieder, wie der Fisch ins Wasser, in dies Gefühlselement zurückflüchtete. Es war wohl nichts anderes als die Urmutterliebe der Schöpfung selber, jene Liebe, mit der die Sonne ihre Kinder liebt, die Erde, und alles, was auf ihr lebt, Grashalm und Eidechse, Spatz und Lerche, Pferd und Mensch; denn die höchste Seligkeit besteht im Liebeschenken, nicht im Empfangen. Dies war ihr erstes Glück; ihr zweites das Beobachten und Kennenlernen der neuen Menschen. Dies würzte ihr die langweiligste Arbeit. Alles Leben war, wenigstens beim ersten Anblick, eine Art Wunder, durchaus rätselhaft und gespenstisch, bald zum Erschrecken, bald zum Lachen, bald zur Liebe, bald zur Abneigung, jetzt zum Zorn und dann zum Mitleid reizend.

Da waren vor allem die Haginghofer Eheleute: Sie erinnerten sie an zwei Heiligenfiguren, die immer daheim auf dem Kommodekasten in der Schönen Kammer gestanden. Jede in einem Glassturz, so daß man sich hatte vorsichtig in acht nehmen müssen, ja nicht anzustoßen. Genauso war es hier: sobald die beiden in der Nähe waren, ging alles gedämpft.

Weiter war die Großdirn, eine ältere Person, ziemlich wortkarg, aber sehr arbeitstüchtig: »Hebt euch, ihr Trümmer!« rief sie, wenn ihr die Sache nicht schnell genug vonstatten ging. Die Kleindirn erklärte: »Sie ist nicht so, wie sie tut. Sie dient nur mehr bis Lichtmeß, dann heiratet sie.« – Großdirn werden, dachte die Mena, das müßte das Höchste sein!

Kurios schien ihr ein steinalter Knecht, von der Gicht gekrümmt; wenn er durch die Küche hinkte, glich er einem alten Geier, der nach Futter sucht. Lustig dünkte es ihr, daß dieser Mensch zwei Spitznamen hatte, nämlich einen von den Dienstboten, die ihn »Vize« nannten, und einen, den ihm der Haginghofer selber gegeben, der, wenn er besonders guter Laune war, rief: »Wo steckt er denn, der ›Lanzenreiter‹?« Er behauptete, der Alte hätte in seiner Jugend bei den Ulanen gedient, und die gebückte Haltung, wenn sie mit eingelegten Lanzen gegen den Feind angesprengt, wäre ihm aus dieser Zeit geblieben. »Vize« war die Abkürzung für Vizevorstand; seine Wichtigtuerei, wenn der Haginghofer, der Bürgermeister war, außer Haus weilte, hatte ihm diesen Namen eingetragen.

Eine andere Gestalt erregte ihr Mitgefühl: ein Mensch mit einem unglaublich großen Kropf, allgemein »Kropf-Jodl« genannt, wobei es zweifelhaft blieb, ob die zweite Namenshälfte von dem heiligen Jodok oder von der Fertigkeit seines Trägers im Jodeln herstammte. Wie sie sah, daß die Knechte ihn hänselten, nahm sie sich vor, ihm bei Gelegenheit etwas Gutes zu tun.

Dann war noch ein Knechtlein hier, das ein schlechtes Paar Pferde zu versorgen hatte. Es ließ betrübt den Kopf hängen, und wie es der Mena zum erstenmal nahe kam, sagte es mit jammernder Stimme: »So ein Leben! Traurig! Und es wird alleweil trauriger! Wird von Jahr zu Jahr schlechter! Ja, es ist der reinste Weltuntergang!«

Und um auch die allerletzten nicht zu vergessen: der Einlegerlenz, ein wackeliges Männlein, scharwenzelte beständig mit allerlei Schmeichelreden um Mena, so daß sie ihm ab und zu heimlich einen Brocken zusteckte.

Und das Wichtlweib, auch eine Einlegerin, das stets den Rosenkranz in der Hand hielt und der Mena im Flüsterton die unfehlbare Wirkung des Gebets empfahl.

Im übrigen ging das Leben auf dem Haginghof seinen Gang wie geölt, ausgenommen einen Rebell, der alle

Woche einmal ganz unversehens losbrach. Gewöhnlich hörte man draußen fluchen und den Haginghofer schreien: »Verdammte Schindergeißen, verdammte Schinderbagasch!« Und nun erfuhr die Mena das Verhältnis, das zwischen Haging und der Schinderkeusche im Moor herrschte. Die Schindergeißen weideten ausschließlich im Klee des Haginghofers, auch verschwanden alle Jahre ein paar ihm gehöriger, besonders schöner Katzen, die von den Schinderischen aufgefressen wurden, wie er steif und fest behauptete. Wenn ich von den Schinderischen hör und von meinem Geld, da graust mir, sagte er oft.

Soweit wäre nun alles gut gewesen. Aber am ersten Samstag packte das Heimweh sie noch einmal mit der ganzen Gewalt. Der Unterschied war zu groß, wo sie doch die letzten Monate auf Ellenhub als »Mutter Mena« eine Art Mittelpunkt gewesen. Alles hatte gemeinsame Pläne für den morgigen Sonntag, nur sie blieb gänzlich unbeachtet. Sie war eben dabei, die letzte Samstagarbeit zu tun, nämlich das Vorhaus kehren. Überall war es still, nur die Fliegen summten und der Brunnen lief. Sie kam sich recht elend vor, seufzte einmal, zweimal, so laut, daß sie selber etwas erschrak, und noch mehr, als plötzlich im Rahmen der Stubentür die Bäuerin erschien. Sie sagte: »Ich werd dir wohl müssen seufzen helfen, was?«

Das arme Kleinmensch errötete. In diesem gedehnten: was? lag eine Welt voll Härte. Es besagte: Hier geht kein Weg, liebe Menschenkreatur! Auf das Mitleid darfst du dich niemals einstellen! Hier heißt es: Leistung gegen Leistung, friß, Vogel, oder stirb.

Gott sei Dank hatte dieser Vorfall keinerlei Zeugen. Sie nahm sich eine reine Schürze vor, klemmte ihre Holzschuhe, damit ja niemand sie hörte, unter die Achsel, und watschelte zu einem Schupfen hinüber, unter dessen überhängendem

Dach ganze Berge frischgeschnittener Schindeln aufgezäunt waren. Hier konnte sie nicht leicht jemand finden. Das Auge übersah von dieser Stelle aus das Tal, Feld an Feld, Wiese an Wiese, bis in die tiefste Spalte hinab und jenseits wieder hinauf, Höfe und Weiler, und ab und zu ein schlanker Kirchturm mit funkelndem Kreuz. Sie ging, gleichsam im Traum, durch diese Abendlandschaft, ging auf Ellenhub zum Brunnen, redete mit Vater und Mutter, saß mit dem Ähnl und den Geschwistern um den Tisch; das Spielwerk spielte, ihre Köpfe lagen auf der Ahornplatte, sie hörte wieder jene Melodien, und sie preßten ihr die Tränen aus den Augen.

Sie weinte ziemlich ausgiebig, bis plötzlich ein Schatten auf sie fiel, so daß sie erschrak. Der Riesenhans stand vor ihr, und hinter ihm ein Häuflein halbwüchsiger Mädchen mit gereckten Köpfen. Der Hans redete: »Mena, tu nicht röhren! Das hilft dem Menschen nicht! – Hast wohl Heimweh? – Sei gescheit! Schau mich an! Ich hab niemals ein Heimatl gehabt, nie einen Vater, nie eine Mutter, bin auch stark und groß geworden! – Was? Oder bin ich vielleicht ein Knirps? – Mit acht Jahren hab ich angefangen zu dienen. Heut bin ich fünfzig! Das ist eine Tour! Bin mein Lebtag ein armer Knecht gewesen und werd es mein Lebtag bleiben. Und doch beklag ich mich nicht. – Und du, so eine junge, frische Dirn! – Komm, ich will dir was machen, woran du eine rechte Freud haben sollst!«

Die Mena wischte die Tränen umständlich mit der Schürze von der Wange und umstand mit den andern neugierig den Riesenhansen, wie er mit dem blanken Reifmesser die Späne von einer Stange zog. Keines wußte und erriet, was es eigentlich werden sollte. Um die Sache noch kurzweiliger zu machen, fing er an zu singen, mit einem tiefen Baß und halb geschlossenem Mund, so daß es klang, als ob von weither eine mächtige Maultrommel summte ...

»Ein jeds Mandl hat sein Brandl,
Ein jeds Weibl hat sein Deibl
Und auch ich hab ohne Frag
Meine Grilln im Hosensack...«

Die dünnen Stimmen der Kinder kreischten; sie wiederholten die letzte Reime und jubelten noch mehr, als sie sahen, was für ein Gerät der gute Hans für die traurige Mena geschnitzt hatte: Stelzen. Und was für Stelzen! Doppelt so hoch als die gewöhnlichen. Von einem Schüpfelzaun aus hinaufgestiegen, konnte sie mit der Hand nach dem Hausdach greifen. Stelzen waren übrigens immer schon ihre Leidenschaft gewesen. Sie geriet daher in eine ganz übermütige Stimmung. Und da sie ungemein gelenkig war und ihr Geist gleichsam in allen Gliedern bis in ihre äußersten Spitzen gegenwärtig, zeigte sie wahre Kunststücke; stelzte hügelauf, hügelab, über Gruben und Stufen, zur Haustür hinan, durch die Küche, beim Tenntor heraus, und wiederum durch den Weiler. Der Riesenhans folgte, umjauchzt und umlacht von seiner Schar und begleitet vom Kopfschütteln der alten Leute, die aus den Fenstern blickten und sagten: »Da schau, der Menscherlnarr und das neue Dirndl auf Haging!«

Menas Übermut und der Dämpfer drauf

Die Mena kannte jetzt den Ticktack des Haginghofer Lebens schon, oder glaubte ihn wenigstens zu kennen, und fügte sich anstandslos in sein Tagwerk ein. Sie hatte überall die kleinen Dienste, Futterfassen zuhöchst auf dem Heuwagen, Misteinreißen beim Ackern, da hieß es Füße und Hände in einen richtigen Takt bringen, den Kühen vorgeben, und eines Tags, Himmel, das war ein Ereignis! bekam sie sogar die drei gutmütigsten Kühe zum Melken. Es war, als ob die Kühe gewußt hätten, daß sie dazu da waren, ihr keine Unannehmlichkeiten zu machen, so leicht und lustig ließen sie ihre Milch in den Eimer schießen. Diese Erfolge machten sie auf einmal so froh, als ob nun alles Schwere bereits überwunden und der Sieg schon errungen wäre. Sie strahlte vor Stolz, wenn sie ihren randvollen Eimer in die Milchkammer trug. Am Abend war sie dann jedesmal so selig müd, daß sie schon während des Ausziehens einschlief. Zuweilen führte sie mit der Kleindirn besinnliche Gespräche. Sie sagte etwa: »Wir sind beide arme Dienstboten, gelt?« Die Kleindirn lachte dazu, ihr schien offenbar der gemacht jammervolle Ton sehr komisch. »Man muß sich aber denken«, fuhr die Mena altklug fort, »auch die Reichen sind nicht alle glücklich!« Und die Kleindirn lachte wiederum so stark, daß ihre Tuchent auf und nieder wallte. Die Mena, davon angesteckt, hob mit den Beinen ihr eigenes Deckbett hoch, beide lachten wie toll und ohne recht zu wissen, warum; und damit man sie nicht hörte, schoben sie sich gewaltsam die Tuchentzipfel wie Knebel in den Mund. Bei der Mena meldete sich täglich eine heimliche Stimme, die ihr sagte, daß sie das Nachtgebet nicht ganz vergessen sollte; sie kam meist über drei, vier Gesätz im Vaterunser nicht hinaus und schlief auch schon wie ein Murmeltier.

Mit dem Riesenhansen blieb sie weiter gut Freund, obgleich sie bei ihm einen Hang zum Spötteln bemerkte. So mitten in der Arbeit konnte er rufen: »Da schau einmal einer unsere Großdirn an!« Sie tröstete sich aber, weil sie sah, daß er alle ein wenig bespöttelte, die Mägde, die Knechte, den Ochsenknecht und den zweiten Roßknecht, und dies war wohl ein Ausfluß seiner körperlichen Überkraft. Er meinte es nicht böse, darin waren sie alle einig, aber sein

Spott traf sie doch immer wieder wie ein unerwarteter Mükkenstich. Und alle hatten insgeheim mehr oder weniger den Wunsch, ihm einen Possen zu spielen, der imstande wäre, seine Hochmütigkeit etwas zu dämpfen. Auch einen Spitznamen bekam sie, denn ohne einen solchen ging es nun einmal nicht. Da sie in gewissen Fällen und überhaupt eine rasch zugreifende Art, sowohl mit dem Mund als mit der Hand hatte, nannte man sie das Haginger-Ruschl.

Aber wie sie sich nun so ganz behaglich fühlte, stellte sich eine sonderbare Unannehmlichkeit ein: Sie fürchtete, das heißt, sie hatte ein Gefühl, das eigentliche Leben und Erleben möchte sie hier vergessen, an ihr, irgendwo draußen, vorübergehn, und sie würde das Nachsehen haben. Sie machte es daher ganz wie die feinen Damen, die immer Langeweile haben und statt auf neue Dinge ruhig zu warten, diese Dinge selbst herbeizuführen suchen; sie spielte die Vernachlässigte und Gekränkte, und sah nach dem »Leben« aus und ob sie es nicht auf sich herbeiziehen könnte. In der Lüsternheit nach solchen neuen Lebensdingen unterscheidet sich das Herz einer Bauernmagd nicht von dem einer Städterin. Aber im Untergrund ihres Bewußtseins ruhte jene uralte Bauernweisheit, in gutsilberne Sprüche gefaßt, vom Vater auf den Sohn, und vom Sohn auf den Enkel, von der Mutter auf die Tochter und von dieser auf die Enkelin vererbt, jene Weisheit, die besagte, daß jegliche Lüsternheit und jegliche Begier Gefahren in sich bergen, den jungen Fuchs in die Eisenfalle und den Fisch an die Angel führen.

Drei Dinge wuchsen in ihr: eine Unzufriedenheit mit den Verhältnissen und Menschen um sie; eine unbestimmte Sehnsucht, sie wußte selbst nicht, wonach; und ein gewisser Übermut.

Indessen befriedigte sie sich vorerst noch eine Weile mit den Abwechslungen, die das Leben ihr innerhalb und außerhalb des Hofes bot. Da war draußen das Kommen des Herbstes und des Winters, das ihr, zum erstenmal in ihrem Leben, so recht zum Bewußtsein kam. Es ging freilich sachte, aber es gab doch fast jeden Tag ein anderes Bild. Eines Morgens war die Kammer von einer eigenartigen Helligkeit erfüllt; Schnee war gefallen, und dies veränderte die ganze Welt. Ihre erste Arbeit war, das Haustor aufzusperren und mit dem Sendelbesen den Schnee wegzukehren. Sie betrachtete die Spuren in der weißen Fläche und sann nach, was da wohl des Nachts, während sie unter ihrer weichen Flaumentuchent geschlummert, für Getier, ängstlich, hungrig und beutegierig, den Hof umschlichen hatte. Ihre lauten Ausrufe beim Anblick der Stapfen, die kennenzulernen sie auf Ellenhub genug Gelegenheit gehabt, bekundeten, ob sie dem nächtlichen Besucher freundlich oder feindlich gesinnt war: »Ah, da schau, ein Reh! Ein Has! Und das war ein Fuchs, das Schinderluder! Und das der Marder, der Teufel!«

Das Element des Winters erfüllte den Hof mit einer eigenen Musik, die zwar eintönig, aber traulich war: die Dachsparren krachten metallisch, die Eiszapfen fielen klirrend von den Traufen und die Baumäste ließen ihre Schneelasten mit dumpfem Schall zu Boden fallen. Durch die Spalten der Tenntüren drangen weiße Schneelanzen, als wären sie begierig, alles Warmlebendige zu vernichten.

Auch im Stall war alles verzaubert. Durch die kleinen, bogenförmigen Fenster, mit Eisblumen bemalt, mit Farnkraut und Kornähren, gleichsam geheimnisvollen Gespenstern des vergangenen Sommers, schimmerte das Schneelicht auf die glänzenden Rücken der Rinder. Wenn sie so hinaussah und den Flockenfall beobachtete, erkannte die Mena in allem und jedem treue Freunde und Freundinnen von daheim, Geschwister, die sie niemals und nirgends verließen, denen man aus vollem Herzen vertrauen konnte. Sie erkannte und war für Minuten davon durchdrungen, daß es ein zwiefaches Leben gab, das nach außen, das der Not, alltäglich, rauh, nach eisernen Gesetzen geregelt, und das nach innen, das der Seele, verborgen, unbegreiflich und geheimnisvoll. Sie wurde gewahr, daß die Erde ihren Gang ging, mit heiliggroßen Schritten, daß sie aus- und einatmete, mit heiligsicheren Odemzügen, unbekümmert um Menschenjauchzen und Menschenzagen, und daß man sich nur, in all dem scheinbaren Wirrsal des Lebens, ruhig ihrem Strom anzuvertrauen brauchte, um an sein Ziel zu kommen.

Die Schönen Kammern auf Haginghof wurden benützt, um auf ihren Fußböden die Herbstfrüchte aufzuschütten, so daß nur ein schmales Geäder frei blieb und man vorsichtig balancieren mußte, um nicht in die schimmernde Fläche der rotwangigen Winteräpfel hineinzupurzeln. Die Mena glaubte zu bemerken, daß die Haginghoferin sie lieber zu manchen leichten und schönen Arbeiten verwendete als die andern, worauf sie sich etwas einbildete. So mußte sie jeden Tag Obst ausklauben. Bei dieser angenehmen Arbeit begrüßte sie jede Apfelinsel mit einer Freude als gute, alte Bekannte von Ellenhub. Da waren die Pfundbirnen, gelb und ungemein saftig, die purpurroten Weinäpfel, von denen ein einziger Baum so unglaublich viel trug, daß er stets mit Stützen unterbaut werden mußte, die zitronengelbe Fläche von Maschanskern, die grünen Zwiebeläpfel, und endlich die Frauenäpfel, rot und weiß wie die Wangen junger Mädchen, welche Sorte sich aber, genau wie diese, nicht lange hält. Sie kniete am Rand dieser Apfelfelder, beugte sich vor und legte sich manchmal ganz auf den Boden, um sorgfältig die Angetaulten von den Gesunden zu trennen. Von da mußte sie in die Vorratskammer, und sie staunte nicht wenig, obgleich auch auf Ellenhub ein ziemlicher Wohlstand gewesen war. Da hingen gebräunte Stäbe, und an ihnen endlose Reihen geräucherten Fleisches; standen offene Säcke mit umgestülpten Rändern, Korn, Weizen und Hafer, Weißmehl, Kornmehl und Braunmehl, sie strömten ein Duftgemisch aus; und in der anstoßenden Wäschekammer waren Rollen selbstgesponnener Leinwand so hoch übereinandergeschichtet, daß sie bis zur Decke reichten.

Ja, der Haginghof war versorgt; die Sorge war von hier ein für allemal ausgeschlossen, wenigstens eine bestimmte Art von Sorgen, die um Wohnung, Kleidung und Nahrung. Andere kamen freilich auch auf Haging vor, wie wir bald sehen werden, und oft sehr böse; sie schlüpften nämlich durchs kleinste Loch, das der Hof aufwies, herein, durchs Schlüsselloch, gerade dort, wo man mittels einer schlauen und krausen Kunst alle Übel auszuschließen glaubte. Aber die allerschlimmsten kamen nicht von draußen, sie kamen von ganz drinnen, kamen vom Haginghoferblut selber.

Aber wie gesagt, sonst waren sie versorgt. Mochte der Winter ein halbes Jahr und noch länger alles mit Eis und Schnee bedecken, der Sommer die Felder verhageln, der Feind ins Land brechen und alles kahlfressen, dahier blieb man gleichmütig, lebte im gewohnten Geleis seiner Tage, Bauersleute und Gesinde, Kinder, Einleger und Bettler, Pferde und Hühnervolk, Hund und Katze. Und die Mena empfand ein Gefühl stiller Dankbarkeit, daß sie dieser beruhigenden Versorgtheit teilhaftig wurde und mitgeborgen war. Sie freute sich auf den Spinnabend, auf die warme Stube, auf das Licht am Tisch, auf die Mannsbilder, die in die Nachtreise kamen, mit ihrem Gepolter, ihren rauhen Stimmen, ihrem Pfeifenqualm und ihrem Erzählen. Insbesondere aber freute sie sich auf den Freund, den Riesenhansen. Wenn der Hans vom Wald hereinkam, wenn die Haustür aufgestoßen wurde und er hereintümmelte und mit ihm eine Wolke von Kälte, so daß die Herdflamme über die geschwärzten Steinplatten fuhr, rief sie lachend: »Grüß dich, Hans, du Welserschwanz!« Er ließ sich den Schnee von ihr abstauben, wobei sie an seiner Enaksgestalt hinaufhüpfte wie der Hund an seinem Herrn. Er sagte: »Die Mena, das ist ein Dirndl! Krautsakra!«

An einem solchen Winterabend nun, wo alles in der besten Laune, die Mannsbilder, weil die Schlittenbahn versprach anzuhalten, der Haginghofer, weil ihm innerhalb weniger Tage dreißig Klafter Holz, sozusagen von selber, in seinen Hof gelaufen waren, schob die Mena ihr Spinnrad neben die Räder der Mägde. Die Mannerleute saßen um den Tisch, schlugen Feuer und rauchten ihre Pfeifen. Ihr Gespräch ging hin und wieder und ebenso ein Steinkrug mit Apfelmost. Wo es sich gab, neckten sie die Spinnerinnen. Die Mena spitzte die Ohren, um möglichst viel von dem, was gesagt wurde und was nicht gesagt wurde, zu erfassen. Das Spinnen glaubte sie leicht nebenbei hinter sich bringen zu können. Wenn der Riesenhans sie neckte, blieb sie ihm die Antwort nicht schuldig; zu den Armen mochte man sie immerhin zählen, aber zu den Dummen, das wollte sie um keinen Preis. Einige ihrer Antworten glückten so, daß sie die Lacher auf ihre Seite bekam und eine Stimme sich verlauten ließ: »Ja, du! Das ist eben eine Ellenhuberische!« Das stieg ihr in den Kopf wie ein starker Met; denn der Mensch ist einmal so in der Jugend, daß ihn Gefühle berauschen. Sie wurde übermütig und vergaß, daß hinter jedem Übermütigen das Schicksal mit einem Haselstecken lauert, um ihn sogleich tüchtig durchzubläuen. Die Kleindirn flüsterte ihr zwar freundschaftliche Warnungen zu, aber war es nun der Most oder die rauhen Stimmen der Mannsbilder, oder der Umstand, daß einige ihrer Vierzeiler besonderen Beifall erregten, kurz, in ihrem Faden bildeten sich Schnitzlinge. Sie verdarben das Garn für den Webstuhl und lieferten keine schöne Leinwand. Und kaum, daß die letzten Nachtreiser das Haustor hinter sich zugetan, besah die Haginghoferin das Gespinst. Ohne ein Wort zu verlieren, gleichsam zum Spiel, wand sie es um Menas Handgelenk und führte dieses mit festem Griff über das offene Licht. »Was den Menschen nicht brennt wie höllisch Feuer«, sagte sie, »das merkt er sich nicht.«

Man hatte zu jener Zeit in der Aufzucht der Kinder eine ziemliche Härte; diese Härte hatte aber keineswegs ihre Wurzeln in Roheit und Unwissenheit, sie erfloß vielmehr aus der überkommenen Bauernweisheit, daß nichts so sehr geeignet ist, die Natur, sei es in Pflanze, Tier oder Mensch, gründlich zu verderben, als übertriebene Milde und Verzärtelung. Und wenn es richtig ist, daß das, was den einzelnen fördert oder ruiniert, auch das Ganze fördert und ruiniert, wohin möchte da ein Volk kommen, das die Verzärtelung zum allgemeinen Prinzip erhöbe?

Die leichtsinnige Spinnerin schrie auf, wickelte die verbrannte Hand in die Schürze und lief in ihre Kammer. Hier warf sie sich aufs Bett und benetzte eine Weile unter Stöhnen und Schluchzen die Polster mit Tränen. Abenteuerliche Pläne gingen ihr durch den Kopf; der geringste darunter war, am nächsten Tag kurzerhand davonzulaufen. Und am andern Morgen glaubte sie eine Weile allen Ernstes, die böse Sache nur geträumt zu haben. Aber das Brandmal am Gelenk belehrte sie eines Bessern. Einigen Trost gewährte ihr der Umstand, daß nur die Weiberleute Augenzeugen der Prozedur gewesen waren.

Sie hatte kaum zu melken begonnen, als sie zum Bauern gerufen wurde. – Jetzt geht's los! dachte sie und preßte trotzig die Lippen aufeinander. Aber der Haginghofer war ausnehmend freundlich. Er hatte einen Zettel vor sich liegen und kratzte sich am Kopf. »Das ist nun schon die dritte Mahnung«, sagte er, »Mena, es bleibt nichts übrig, du mußt von morgen an wieder in die Schul gehen.«

In die Schul gehen? Daran hatte sie nicht mehr im geringsten gedacht. – Die Schule ist nicht wichtig, hieß es auf Ellenhub stets, wir brauchen dich zur Arbeit. Anderseits war es für den Schulmeister schwer, scharf vorzugehen, sie konnten es ihn bei der Getreidesammlung oder sonst entgelten lassen. Die Mena erlitt einen Gemütswechsel; sie, die schon molk, kochte, spann und auf Kinder altklug hinabsah, wurde selber wieder ein Schulkind. Aber wie sie versuchsweise in die Riemen des Ranzens schlüpfte, fühlte sie, daß sie im Grunde noch immer ein Kind war und daß nur die schwere Arbeit sie zur Erwachsenen gemacht hatte.

Am Schulmorgen selbst gab es eine Überraschung: Es war noch viel mehr Schnee gefallen, stubenhohe Wände türmten sich vor den Häusern, und man fragte von Hof zu Hof, wie die Kinder wohl ins Dorf kommen konnten. Die Haginghoferin schlug vor, einen Ochsen vor den Stockschlitten zu spannen, um gleich auch die Nachbarkinder mitzunehmen, aber ihr Mann konnte die Ochsen nicht genug schonen: »Hans«, rief er, »hol die Schaufeln vom Schmied und tret der Mena und den Nachbarkindern einen Pfad!«

Die Mena freute sich. Eigentlich geht er doch wegen mir! dachte sie. Nach und nach versammelte sich ein Dutzend Kinder im Vorhaus, und wie der Hans unter ihnen erschien, brachen sie alle in ein lustiges Geschrei aus. Der Haginghofer, seine Frau und das Hausgesinde sahen dem Riesenkerl nach, wie er, gefolgt von einem beweglichen Schwänzlein sonderbar ausgestatteter Zwerge, in die weiße Fläche des Schnees hineinstampfte. Die Buben hatten spitze Katzenfellmützen, die Mädchen bunte Wolltücher um die Mitte geschlungen, jedes einen Tornister aus braunem Kalbfell auf dem Rücken, an der Brust Fäustlinge hängen, und unter der Achsel trugen sie ein großes Buchenscheit, für den Ofen der Schulstube bestimmt. Sooft ihr gemeinsames Gelächter bis zum Hof zurückdrang, lächelten der Bauer und die Bäuerin.

Den Kindern aber verging das Lachen bald. So leicht der Mensch sommerszeit über die Erde schreitet, so zäh geht es im Winter über ein Schneefeld. Die Mena klagte nicht, obgleich sie spürte, wie der Schnee ihr unter die Strümpfe drang und die Knie zwetschgenblau wurden, aber die Kleineren bekamen es mit einer weinerlichen Stimmung zu tun. Der Hans konnte nicht gut anders, als übergroße Stapfen treten, ganz im Gegensatz zur Schrittlänge der Kinder. Bei ihren Versuchen, sich ihm anzugleichen, verlor das eine und andere das Gleichgewicht und legte sich samt dem übergewichtigen Holzscheit in den weichen Schnee. Das wäre noch hingegangen, aber für das folgende Spottgelächter waren sie um so empfindlicher. Wie der Hans merkte, woher der Wind wehte, fing er an, den Kasperl zu machen. Fürs erste lachte er jedesmal selber mit, lachte, daß die Eiszapfen an seinem Schnurrbart klirrten, und seine zweite Nummer waren, da sonst eben weit und breit nichts zu sehen als Schnee und wieder Schnee, die Krähen. Sie saßen auf den Grenzsteinen und Pflöcken, auf den Weidenstümpfen und Bäumen und ließen ein schallendes Krah hören, das wie ein böser Mißton die wundersame Winterstille zerriß. Sie hüpften an die Kolonne heran, zum Greifen, und der Hans rief: »Was fällt dir denn ein, du verdammtes Schinderluder, du? Du kohlschwarzer Satan! Wenn ich nur einen tüchtigen Stein da hätt!« Er sah sich aber vergebens nach irgend etwas um, das er hätte werfen können. Diese Raben waren gefinkelte Weltkenner. Ihr Geschlecht hatte jahrtausendalte Weisheit im Blute gesammelt, von Generation zu Generation. Sie wußten ganz genau, daß kein Stein zu finden war, stelzten in Gemütsruhe durch den Schnee, verdrehten die Augen in einer komischen Weise, zupften an ihrem Federkleid und schrien höhnisch: »Krah! Krah!«, als wollten sie sagen: »Menschenaffe, zieh ab mit deinem lausigen Krabbelschwanz!« Und nichts ärgert den Menschen mehr, als wenn er nicht respektiert wird. So ging es auch dem Riesenhansen: Mit all seiner Kraft war hier nichts zu machen. Am liebsten hätte er seinen Pfeifenkopf geschmissen, wenn er nur nicht sechs Kreuzer gekostet. »Du Rabenvieh!« schimpfte er wütend. Und die Kinder kamen über diesen Streit eine Weile nicht mehr aus dem Lachen und vergaßen die Mühsal des Wegs.

Zwischen dem Herrn Oberlehrer Zauner und der Mena bestand ein gutes Verhältnis. Denn trotz ihres lückenhaften Schulbesuchs war sie eine seiner besten Schülerinnen.

Sie hing auch heute ganz an seinem Munde; er kam ihr vor wie eine der bärtigen Apostelgestalten, die in der Schulbibel abkonterfeit waren. Da der Unterricht von acht bis elf und von zwölf bis zwei Uhr dauerte, galt es, die Mittagsstunde auf irgendeine Weise auszufüllen. Was den Mittagstisch anbelangte, so war dafür nichts weiter vorgesorgt als ein paar Rohrnudeln und etliche Salzzeltel, die ihr die Haginghoferin mitgab. Das kümmerte sie aber nicht im mindesten. Sie fand ein besonderes Vergnügen daran, sich selbst überlassen, nachdenklich und beschaulich durchs Dorf zu spazieren.

Der Ort war eine richtige Wunderstätte für den, der auf einem Waldbauernhof aufgewachsen ist. Bei jedem Hause suchte sie sich dasjenige zusammenzureimen, was man auf Ellenhub oder auf Haging über die Leute redete oder geredet hatte. Da war die Krölljule; unheimlich starrten die winzigen Fenster aus dem düsteren Gebälk; sie konnte anwenden, gesundbeten, aber einem auch eine Krankheit an den

Hals oder eine Seuche in den Stall hexen. Da war der Krämer Lambert; schon das Vorhaus, wo man von der Straße hineinsah, war schön wie eine Stube, gepflastert und an den Wänden mit Bildern geschmückt. Da war ferner die Keusche der Kinderkathl; hinter den Doppelfenstern hörte man greinen und schreien und jauchzen, und dann wieder singen und lachen. Noch seltsamer aber war ein Haus am Kirchsteig, dessen Inwohner von den Leuten die »drei heiligen Schneider« genannt wurden. Bis zum Bräu hinauf wagte sie nicht zu gehen; der Stumpfbräu, das war schon etwas wie ein Herrgott.

Bei dieser Wanderung stieß die Mena auf einen Trupp Schulkolleginnen, die schreiend auf ein koboldartiges Ding eindrangen, das Schinderpelei, die sie wohl kannte, von der sie aber niemals eine besondere Notiz genommen. Sie bewarfen sie mit Schneebällen und riefen im Sprechchor: »Schindermensch! Schindermensch!« Die Verfolgte kratzte und biß, trat mit den Füßen, aber es half nichts: Zu viel Fäuste schlugen gleichzeitig auf sie ein und stießen sie endlich in eine Hausecke. Und nun geschah etwas Merkwürdiges: Das verprügelte Mädchen rührte sich nicht mehr; es kauerte im Winkel und ließ es geschehen, daß man so viel Schnee auf Kopf und Schultern türmte, daß es allmählich darunter verschwand. In diesem Stadium fuhr die Mena zwischen die Horde. Sie ließen auch ab, warfen sich aber mit doppeltem Geschrei über die neue Feindin. Jetzt war es gut, daß man einen schlingigen Körper hatte, geübt zum Laufen und Springen und Fahren mit stößigen Ochsen. Sie puffte und schlug, warf sich blitzschnell herum und war schon fast Siegerin, als das Pelei ihr zu Hilfe kam und die Schlacht mit einer regelrechten Flucht des großen Haufens endigte.

Befriedigt gingen die beiden Mädchen die Straße hinab. Nicht ganz nebeneinander, denn die Mena hatte eine Scheu;

sie sah, daß die Schuhe ihrer Begleiterin mit Spagat notdürftig gebunden und in ihrem Kittel Löcher waren, und erinnerte sich überdies dran, was man im allgemeinen über die Schinderschen sprach. – Das war also, nah besehen, das Schinderpelei, von der einmal ein Knecht gesagt hatte: Die leiht sie einem jeden um einen Silberzehner! Was war nur das? Was leiht sie einem jeden?

Die Sonne machte schon warm, die Dachrinnen liefen, und an den Wegrändern schmolz der Schnee. Die Mena holte eine Rohrnudel aus dem Kittelsack: »Da iß! Ich hab immer drei, vier mit; mag sie aber nicht. Jeden Tag kannst du ein paar haben.«

Sie war in der gehobensten Stimmung. Selbst die Rechenstunde, die niemand liebte, konnte ihr heute nichts anhaben. Die Waldbauernkinder lernten schwer; drang aber einmal eins durch, wurde es meistens das Erste. Die von der Seeseite begriffen leichter, waren überhaupt aufgeweckter, aber unordentlich und vergeßlich, so glich die Sache sich wieder aus. Die Bauern fanden es ziemlich überflüssig, sich mit dem Kribbel-Krabbel des Lesens und Schreibens und Rechnens zu befassen. Affenkünste nannten sie das, und von ihrem Standpunkt aus vielleicht nicht ganz mit Unrecht.

Darum seufzte auch Zauner bei seiner Rechnung umsonst nach einem hellen Kopf. Er seufzte überhaupt viel und hatte auch Anlaß dazu; es war keine Kleinigkeit, der fünfzig Buben und Mädchen Herr zu werden. Es hoben sich nur zwei Hände, und beide Lösungen waren falsch. Er warf das spanische Rohr auf den Katheder, setzte sich hin und saß so, den Kopf in die Hand gestützt, eine ziemliche Weile. Und lautlos saßen auch die Kinder, die braunen, die roten, die blonden und die schwarzen Köpfe. Durch die Fenster fiel die Wintersonne und legte über die bösen Kreideziffern an der Tafel einen hellen Streifen. »Weiß es wirklich niemand?«

Eine Hand flog in die Höhe. Und nicht hinaus wollte sie. Die Rechnung war es, und die Lösung entzückte den geplagten Schulmeister. »Die Ellenhub«, sagte er, »hat den besten Kopf aus der ganzen Klasse. Sie kommt um drei Bänke vorwärts.«

Auf einmal gleich um drei Bänke, das war eine unerhörte Sache. Die Mena warf ihren etwas viereckigen Kopf in den Nacken und lachte fröhlich, als sie den Mittelgang zurückging. Sie tat, als ob sie mit der ganzen Seele bei der Geschichte des armen Kannitverstans wär, der an einem Tag geboren, sein Tauffest gehalten, sein Haus erbaut, seine Hochzeit gefeiert und abends zu Grabe getragen worden war, aber in Wirklichkeit kostete sie das süße Gefühl des Triumphes aus, das sie bisher noch nicht kennengelernt hatte.

Nach Schluß des Unterrichts teilte Zauner eine große Neuigkeit mit: der Kaiser fahre, bei der Eröffnung der neuen Eisenbahn, durchs Land, und die Schule müßte ihn begrüßen; die Mädchen in weißen Kleidern.

Vor dem Schulhaus wurde die Mena von einigen Mitschülerinnen erwartet, die sie so ausgiebig mit Püffen beteilt hatte. Sie tuschelten eifrig, gingen ein Stück nebenher, bis endlich eine fragte: »Bist du auch dabei, wenn der Kaiser kommt?«

»Warum nicht?« gab sie mißtrauisch zurück.

»Hast du ein weißes Kleid?« Sie strichen mit dem Zeigefinger der Rechten über den Mittelfinger der linken Hand und schrien im Chor: »Leck ein Patzl! Leck ein Patzl!«

Der kleine David und der Riese Goliath

Es ging gegen den Lanzing; die Märzwinde fuhren kosend über die schneenassen Äcker, und überall begannen schon die Feldarbeiten. Zum Schulgehen war keine Zeit mehr. Die tägliche Sorge der Mena war, selbst zur bestimmten Zeit zu erwachen. Sie »legte sich daher auf die Sorge« und wachte auch meist pünktlich auf. Kaum schlüpfte sie in den Kittel, so polterte der Hans ein Stück die hölzerne Treppe herauf, hielt die Hände vor den Mund und trompetete: »Mena! Mena!« Bei der Suppe hänselte er sie. Dann trat sie ins Freie, hörte den Gesang der Vögel, das Wiehern der Pferde und das Jauchzen auf den Feldern. Auf dem Hausanger lagen schmale Streifen selbstgesponnener Leinwand. Die Bäuerin ging mit einem Spritzeimer die weiße Bahn entlang und sagte lachend: »Schau mich nur nicht so bös an. Besser frühzeitig die Hand verbrannt, als später den ganzen Menschen.« Der Bauer umging die Schecken und stellte fest, daß sie sich, für ihr Alter, gut hielten. Der Riesenhans sagte etwas über Menas festen Schlaf, und der Haginghofer lachte: »Sie hat sicher vom Kaiser und dem weißen Kleid geträumt.«

Der Riesenhans schien mit den beiden Schecken, mit Pflug und Scholle wie verwachsen. Seine Hände glichen Schaufeln, mit Zinken versehen, wie sie so die Pfluggabel umklammerten und das Eisen in die Erde drückten. Sein Ackern vollzog sich mit einer Selbstverständlichkeit und Sicherheit, wie das Fallen und Steigen der Lerchen, das Laufen der verborgenen Quellen, das Emporwandern der Sonne. »Hüh, meine Schecken! – Hott, du Satan!« waren die einzigen Ausrufe, wodurch die Stille von Zeit zu Zeit unterbrochen wurde, und mehr eine gewohnheitsmäßige Zutat, denn die Schecken konnten ihre Lektion auswendig. Sein schlimmstes Scheltwort war: Fix Laudon! Aber da er es nur selten gebrauchte, spitzten die Schecken sofort die Ohren; da war etwas nicht in Ordnung! Wie muß erst der große Generalissimus die Ohren gespitzt haben, als seine Kaiserin ihm zugerufen: »Fix Laudon, gib dem preußischen Malefizkönig eins aufs Dach!«

Menas Aufgabe war, den Mist in die Furche zu reißen; das war keine leichte, es hieß Griff und Schritt halten. Wie sie ein gutes Stück umgelegt, hakte der Hans die Stränge los, gab dem Handpferd einen Schlag und sagte: »So, jetzt freßt euch voll!« Er setzte sich ins Gras und machte das Neune-Brot. Er trank Apfelmost und schob große Stücke Kornbrot und Käse hinter seinen blonden Schnurrbart. Die Mena nahm auch etwas, aber nebenbei sah sie traumsüchtig in die Landschaft hinaus, was dem Hansen endlich auffiel. »Was sinnierst du, Mena?« fragte er.

»An daheim denk ich«, sagte sie. »Ob sie wohl auch schon anbauen?«

Hans pfiff durch die Lippen. Dann hob er zu reden an: »Ich versteh dich, Mena! Ganz genau versteh ich dich! Aber das darfst du mir glauben: jeder Mensch hat sein Kreuz und Leiden. Schau mich an: Mein Herz tut zeitweilig hämmern, daß ich vermein, jetzt und jetzt zerspringt's. Du bist eine arme Waise; aber ich hab überhaupt keinen Vater und keine Mutter gehabt!«

Der Mena tat es wohl, daß ein Mensch wie der Riesenhans, der erste Roßknecht auf Haging, so vertraulich zu ihr sprach. Doch sagte sie schnell: »Aber wie bist du dann eigentlich in die Welt gekommen?«

Der Hans fing zu lachen an, ein unaufhaltsames Gelächter, das über die Äcker und Wiesen scholl und an den Gehölzrainen ein vielfaches Echo erweckte. Dies Lachen war den Leuten wohlbekannt, als eine der Besonderlichkeiten

Hansens. Es charakterisierte sich dadurch, daß es, Punkt eins: bei der geringsten Veranlassung losbrach, oft ganz unverständlich für den Hörer, Punkt zwei: daß es, einmal losgebrochen, nimmer zur Ruhe kommen konnte, und Punkt drei: daß es fast immer an einem Samstag auf irgendeinem der Haginger Gründe losbrach. Es schien da, und bei seiner riesenmäßigen Bauart war dies möglich, irgendwo in der Magengegend ein Sack voll Lachen zu liegen, der gespannt darauf wartete, bis man ihm die Bundschnur löste. Der Mena war die Frage auch nur so herausgeschlüpft; sie wußte ganz gut, wo Mensch und Tier herkamen. Bei seinem Lachen schien ihr, als ob eine schwarze Wolke sich von ihrer Brust höbe und in der blauen Morgenluft zerflatterte. Und so war's wohl auch: Wie die Wolken am Himmel die Sonne verdecken, so verdecken Sehnsüchtelei und Kümmernis die kleine Sonne, die im Herzen eines jeden Menschen genauso ihren Auf- und Untergang, ihr Leuchten und ihre Verdüsterung hat wie die große am Firmament.

Auf dem taunassen Gras kam ein Molch gekrochen, wunderbar schwarzgelb gefleckt. Er sah den Ackerer und das Mädchen eine Weile mit großen Augen an, und sie ihn, bis der Hans bemerkte: »Man sieht gleich, daß der Kerl gut kaiserlich ist.«

In der Mena zuckte etwas: »Ist der Kaiser auch so schwarzgelb?« fragte sie.

»Durch und durch und um und um«, lachte der Hans.

»Hast du den Kaiser schon einmal gesehen?«

Hansens Miene wurde ernst, fast feierlich. Dann sagte er: »Gesehen? – So nah bin ich bei ihm gestanden, wie die zwei Schecken vor uns stehen. Das war nämlich damals, wie ich bei den Hartschieren, in der kaiserlichen Hofburg in Wien, gewesen bin. Da ist der Kaiser oft an mir vorübergegangen, und ich bin gestanden, habt acht! Keinen Zucker! Keinen

Rührer! Und der Kaiser hat mich angeschaut...« Der Hans fuhr im Flüsterton fort: »Wie er geboren worden ist, war er ein ungemein schwaches Kindl, dessentwegen haben sie ihn Tag für Tag, ein Vierteljahr lang! in eine lebendige Muttersau eingenäht, weil eben die Lebenswärme alles ist. Das Fleisch davon haben sie später an die armen Leut verkauft; daher der Name ›Kaiserfleisch‹. Zu meiner Zeit haben sie für den Kaiser täglich fünf Pfund feinstes Ochsenfleisch gekocht, und so lang, bis zuletzt nur mehr ein Tröpferl Suppe übriggeblieben ist. Ja, Mena, da hab ich was erlebt: Jeden Tag, wie ihn Gott vom Himmel gegeben, Wein, Braten und Zigarren! Das war eine Herrlichkeit! Da hab ich die schönsten Aussichten gehabt, meiner Lebtag keinen Handgriff mehr arbeiten zu müssen.«

Die Mena machte große Augen. Ihre Blicke glitten über Hansens Gestalt und seine abgeschabte Hirschlederhose. »Wie hast du denn damals ausgesehen?« fragte sie.

Der Hans tat einen Blick zum Himmel. »Einen schwarzsamtnen Flügelrock hab ich angehabt, und darunter ein lederfarbenes Kamisol – hui, da hab ich mich öfter vor den Spiegel gestellt und mich gefragt: Hans, bist du's oder bist du's nicht?«

Die Mena getraute sich nicht mehr zu atmen. »Aber warum bist du denn nicht beim Kaiser geblieben?« fragte sie.

Der Hans seufzte. »Schau, Mena, das Heimweh hat mich nimmer losgelassen.«

»Und möchtest du nimmer zum Kaiser nach Wien?«

Der Hans schüttelte den Kopf. »Und wenn eines Tages eine goldene Kalesche angefahren käm, wenn der Kaiser selbst aussteigen tät und zu mir sagen: Hans, ich brauch so große Leut wie du, möchtest du nicht wieder mein Schloß bewachen? – Majestät, tät ich sagen, ich kann nicht.«

Die Mena staunte; was es nur für Wunder in der Welt

gab! Und was für ein Mensch dieser Hans war! Endlich fragte sie: »Aber wenn der Kaiser jetzt kommt, gehst du schon hin?«

»Da muß jeder dabeisein«, bejahte er.

»Jeder?« fragte sie kleinlaut. »Aber ich nicht! Ich hab kein weißes Kleid!«

»Wenn du auch kein weißes Kleid hast«, tröstete er sie gleichmütig, »dessentwegen kannst du ja doch zuschauen, von hinten, und wirst auch den Kaiser sehen.«

Aber die Mena fiel ihm heftig ins Wort: »Wenn ich nicht vorn stehen kann, und im weißen Kleid, will ich überhaupt nicht dabeisein.«

»Mena«, sagte der Hans, »so mußt du nicht denken! Geduldig muß der Mensch sein! Und dann im Vertrauen, ganz unter uns, zu keinem Menschen tät ich das sonst sagen: mit der neumodischen Eisenbahn wird's nichts, und nichts mit dem Kaiserbesuch! Es sollen Eisenfurchen von Wien bis zu uns ins Gebirg gelegt werden, aber die Geschicht hat einen Haken, zwei, sogar drei: – Wo wollen sie das viele Eisen auftreiben? Woher das Holz zu den Tausenden von Schwellen nehmen? Und endlich, wird mit der neuen Eisenbahn überhaupt ein Mensch fahren können? – Ich sag dir: die Leut werden bei dem schnellen Fahren speiben wie die Gerberhund!«

Diese Erklärungen nahmen der Mena eine große Last von der Seele; wenn die Sache sich so verhielt, und sie setzte in die Worte ihres Freundes keinen Zweifel, hatte sie sich umsonst gegrämt. Sie empfand auf einmal eine singende und klingende Freude. Auch Hansens Fröhlichkeit stieg mit jeder Furche. Wenn er feststellte, daß eine Scholle nicht richtig lag, stapfte er pfeifend zurück und drückte sie fürsorglich mit seinen breiten Tatzen zurecht. Selbst die Pferde schienen die Arbeitsfreudigkeit zu empfinden; sie taten keinen unsicheren Schritt. Und der Mena, wie sie so hinter dem Pflug die Mistkreile schwang, ganz eingehüllt in Sonne und Erdgeruch, lachte das Herz unterm blauen Miederleibchen: Ich lebe! Bin glücklich!

Zum Mittagessen ging man nicht heim; keine Minute sollte versäumt werden. Der Hans legte sich ins Gras, und wie die Mena eben dachte, ob er ihr nicht wieder von der Hofburg und vom Kaiser erzählen würde, gewahrte sie, daß er eingeduselt war. Einige Minuten war nichts zu hören als das Schnauben der Pferde, die Maul für Maul vom Raingras abrissen, und das Schnarchen des Hansen. Sein Hemd stand vorn offen und ließ einen schwarzzottigen Pelz sehen. Plötzlich gab es ihm einen Ruck, und seine Stimme hatte einen bettelnden Ton: »Mena, horch auf: mich schlafert groß. Jetzt ein Nickerl tun, das wär die reinste Seligkeit! Alle halbe Stund schaut der Bauer, ob die Schecken über den Akker gehen: sieht aber von dort nur die Köpf von den Rössern. Mena, kehr die Pflugschar um und fahr auf und ab. Die Schecken gehen von selber, brauchst keine Angst zu haben!« Während dieser Rede hatte der Hans wieder die Macht über sich verloren; er schnarchte.

Schlaf nur, Hans! dachte die Mena, froh, ihm einen Dienst leisten zu können, und doppelt vergnügt, etwas probieren zu dürfen, wonach sie schon immer sich gesehnt: eine echte, rechte Männerarbeit. Übrigens hatte sie dem Hansen die letzte Zeit über jeden Zug und jeden Druck abgeguckt, ja sogar den Tonfall seiner Hüh und Hott. Die Schecken gingen denn auch wie an einer Schnur, und nach einer Weile konnte sie der Versuchung nicht mehr widerstehen: sie setzte die Pflugschar in die Erde und fuhr los. Nachher dünkte es ihr selber wie ein Wunder, daß ihre Furchen fast ebenso sauber lagen wie die anderen.

Der Hans erwachte von den Koseworten, womit sie den

Schecken Brotstücke zwischen die Lefzen schob. »Also hat sie's doch probiert!« rief er. »Das ist eine Leistung! Wenn du alle Tag nur ein paar Furchen ziehst, kann dir in einem Jahr kein Knecht mehr an. Ja, ich hab's schon alleweil gesagt: in dir ist ein Mannsbild verlorengegangen.«

Sie strahlte, genau wie damals in der Schule.

Nach Feierabend saß sie mit den Mägden auf der linksseitigen Hausbank und strickte; die rechtsseitige hatte der Haginghofer und seine Frau eingenommen, und unter den Obstbäumen, auf dem graswolligen Anger, lagen die Knechte, rauchten ihre Pfeifen und hänselten die Weiberleute. Diese wehrten sich zwar, aber nur schwach; denn bei vollem Ernst wurde es noch schlimmer, auch dämpfte sie die Anwesenheit des Bauern und der Bäuerin. Am meisten wunderte sich die Mena, daß ihr Freund und Gönner, der Hans, gerade sie tratzte. Freilich, man mußte jemand haben, der sich gewissermaßen freiwillig als Zielscheibe für die Späße hergab, und sie war eben die Jüngste und diejenige, die sich am wenigsten wehren konnte. Eine Weile nahm sie es hin. Hans stellte zwar einige Vorzüge fest, meinte aber dann, sie wäre zu kleber, eine mittlere Dirn könnte einmal aus ihr werden, zu einer Großdirn würde ihr das nötige Ansehen fehlen. Diese Bemerkung traf sie am empfindlichsten Punkt. Das Blut schoß ihr in die Wangen. Und gerade darauf hatten die andern gewartet: ob wahr oder nicht wahr, jeder wußte jetzt mit einer boshaften Selbstverständlichkeit etwas an ihr auszusetzen. Sie hatte noch wenig Weltkenntnis und konnte daher nicht begreifen, wie denn das möglich war. Ihr Blut fing an zu kochen und etwas Wildkatzenartiges fuhr in sie: »Hans«, sagte sie, »Hans, tu dir nicht so viel Kraut heraus, am End kannst du es nicht aufessen! Laßt uns überhaupt in Ruh, ihr Dummköpf!«

Die Mägde riefen: »Bravo!«

Der Hans sagte: »Mena, wenn du mit den Dummköpfen auch mich gemeint hast, muß ich dir den Hintern ausklopfen.«

Der Umstand, daß er sie wie ein Kind behandelte, ließ ihren Ärger noch mehr anschwellen. »Stark bist du ja«, schrie sie. »Aber ich fürcht dich nicht. Was gilt die Wett? Ich wirf dich!«

Der Riesenhans erhob sich; zuerst auf alle viere, dann auf zwei Beine, lehnte seine Pfeife an einen Zwetschgenbaum und spuckte in die Hände. Er hatte in solchen Fällen eine besondere Methode, nahm so ein kleines Zeugs, wozu er die Mena noch rechnete, beim Wickel, klemmte ihm den Kopf zwischen die Beine und klatschte mit seiner Bärentatze los. »Zehn«, sagte er sanft, »kriegst du! Nur zehn, weil du ja sonst meine beste Freundin bist.«

Diese Worte erregten ein großes Gelächter; am stärksten lachte der Hans selbst, im Vorgenuß der sich entwickelnden Exekution, und immerfort lachend, krempelte er seine Hemdärmel auf. »Komm her, du kleiner Mausdreck.« Einen Augenblick stand er und überlegte, ob ihm der Mausdreck nicht vielleicht nach links oder rechts entwischen könnte. Aber die Mena dachte nicht im entferntesten an Flucht. Sie stand, ein listiges Funkeln in den Augen, flog plötzlich über den Anger und mit dem Kopf zwischen Hansens Beine, so daß er hilflos nach vorn fiel. Blitzschnell sprang sie auf seinen Rücken und hüpfte ein paarmal wie ein Laubfrosch auf und nieder.

Die Mägde lachten, daß die Miederleibchen flogen, und in ihr Gelächter mischte sich das helle Lachen der Haginghoferin und das dröhnende ihres Mannes. Er hielt sich vor Lachen die Seiten, und es schien, als wollte es den Lederranzen sprengen. Aber auch die Mannsbilder lachten aus vollem Halse; sie stellten sich ohne weiteres auf die Seite des

Siegers, wie es in der Welt zu gehen pflegt, deren Kardinalfrage lautet: Sieg oder Niederlage? – Die Mena hörte bei diesem Anlaß den Haginghofer zum erstenmal lachen, und es war ihr, als ob dieses Lachen etwas Warmes und Rosenrotes ausströmte.

Inzwischen taumelte der Hans hin und her wie ein Ochs, der eins mit dem Hammer abgekriegt, und fauchte: »Das gilt nicht! Das gilt ein für allemal nicht!«

Aber nun legte sich der Haginghofer ins Mittel. »Hans«, sagte er, »übersehn ist auch verspielt! Der Spruch hat seine Richtigkeit.«

Der Hans brummte zwar noch eine Weile etwas von einem falschen Spiel, ließ sich aber endlich resigniert ins Gras fallen, wo sie untereinander über Kampf und List debattierten. Der Haginghofer sagte zu seiner Ehefrau: »Weil die Mena den Riesen Goliath so schön geworfen hat, bekommt sie ein Paar saulederne Schuhe. Geh morgen mit ihr zum Schuster Kröll!«

Die Mena gewinnt eine Freundin

Dieser Zweikampf hatte Folgen; die Mena schlug auf Haging Wurzeln, und noch stärker im Boden ihres eigenen Selbst. Wenn sie hinterm Pflug ging oder heigte, oder sonst irgendeine Arbeit tat, fand sie einen Genuß darin, zu den zwei Punkten des Lebens zurückzukehren, zu der Schulstunde, wo sie um drei Bänke vorwärtsgekommen, und zu jenem Feierabend, wo sie den stärksten Mann in neun Pfarreien geworfen hatte. Es schien sich damit auf ihrem Seelengrund etwas anzusetzen, es schien dort etwas zu wachsen, das eine geheime Kraft ausströmte. Sie hatte wohl weiter nichts als ihre eigentlichen Grundfesten entdeckt, den Boden, worauf gerade sie wachsen sollte und wachsen mußte.

Ihr Hang zum Sinnieren wurde in dieser Zeit noch durch zwei besondere Ereignisse begünstigt. Der Gang mit der Haginghoferin zum Schuhmacher Kröll war das eine.

Sie hatte über die Kröll-Leute manches munkeln gehört, welche Munkelreime etwa in die Worte zusammengefaßt worden waren: Das Kröll-Paar ist vom Teufel besessen. – Kein Wunder, daß sie den bestrumpften Fuß mit einem leisen Zittern zum Maßnehmen hinhielt und sich scheu im Raume umsah, während die Kröllin in einer untertänigen Art vor der Haginghoferin dienerte. Diese saß auf einem Sessel, fast in der Stubenmitte; und es war, als ob aus den dunklen Winkeln der Schusterstube allerlei Ekles und Grindiges gegen sie herankriechen wollte. Gewiß, irgendwie war der Teufel zwischen diesen vier Wänden los, das empfand die Mena deutlich, aber sie konnte nicht klarwerden, worin diese Teufelei bestand.

Das zweite Erlebnis war ein ganz entgegengesetztes. Zum Haginghof gehörte ein sogenanntes »Moos«, ein Stück trockenes Moorland, das zu mähen und zu düngen nicht der Mühe wert war, und sie wurde angewiesen, hierher ein Dutzend Kühe zu treiben, damit auch dieser Fleck möglichst ausgenützt würde. Man hätte ihr keine größere Freude machen können. In dem Augenblick, wo die Rinder eine erdbedeckte Brücke passierten, hafteten ihre breitlippigen Mäuler an dem Grasteppich und kamen nicht mehr davon los, bis die Müdigkeit der Kiefer und der Glieder sie zum Niederlegen und zum Wiederkäuen veranlaßte. Und nun war die Mena allein und frei wie nie in ihrem Leben. Wohl bekam sie jedesmal eine Strickarbeit mit und das Maß, wieviel sie daran vorwärtskommen sollte, aber dies Mußstück ging ihr flott von der Hand. Dann lag sie im Gras, starrte nach dem Horizont, und nichts dünkte ihr köstlicher als dies Faulenzen. – Wie schön ist die Welt! dachte sie. Die Birken und Buchen waren umtönt von Finkenschlag, Amselgeflöte und Kuckucksruf. Die Erde strömte aromatische Gerüche aus. Überall blühten Blumen, hörte man das Laufen von Quellen. Sie ergötzte sich an den Bildungen der Wolken. – Das ist ein Pferd, das ein Strohschober; das ist das Wichtlweibl und der Kropfjodl, die gehen Erdbeersuchen in den Wald; deutlich sieht man, daß jedes ein Körbchen am Arm trägt.

In diesem Spintisieren horchte sie plötzlich auf. Ein Ton, eine Art Kirchengesang, durchdrang die Stille der Landschaft, so daß sie glaubte, Wallfahrer zögen in der Nähe vorbei. Endlich bemerkte sie eine Menschengruppe, die sich einem Hügelkamm entlang bewegte. Voran schritt eine lange Gestalt, eine Handnähmaschine unterm Arm, ihr folgte eine zweite von gedrungenem Körperbau, die ein Bügeleisen trug und ein zweirädriges Wägelchen nachzog, worin zusammengekauert etwas saß, das ohne Frage auch ein Mensch war. Alle drei hatten auf ihren Hüten übermäßig große Büschel leuchtender Schlüsselblumen. Es waren die drei heiligen Schneider, und sie sangen eins jener frommen Lieder, das die Mena schon auf Ellenhub gehört hatte ...

»Steig auf, o süß Gebet,
Aus Erdennacht und Schmerzen,
Gen Himmel steig!
Es tropft ein Balsam still
Herab in unsere Herzen.
Ich weiß es wohl,
Es muß, es muß dort aller Erdengram vergehen,
Muß alles Leid in Gottes Rosenhauch verwehen,
Ich weiß es wohl.

O fühlst du nichts, o Mensch,
Von brennend heißem Drange,
O fühlst du nichts?
Vernimmt dein Ohr denn nichts
Von himmlisch süßem Klange?
O glaub es mir:
Mag dich das Leben noch so bitter quälen,
Zur ewigen Freude wird dich Gott erwählen,
O glaub es mir!

Im schönsten Paradies,
Dort wirst du wandeln,
Im Paradies...
Das Herz voll Frömmigkeit
Und treu gerechtem Handeln
Ich weiß es wohl.
Dort gießet seinen Glanz, der Sonne gleich,
Allgüte über dich und macht dich fromm und reich,
Ich weiß es wohl.

Drum freue dich schon groß
Auf deine Sterbestunde,
Freu dich schon groß!
Weil hier dir nimmermehr
Heilt deine Lebenswunde.
O glaub es mir:
Drei Engel werden still vom blauen Himmel schweben,
Drei Engel sacht dich von der Erde aufwärts heben,
O glaub es mir!

Drum ruf, o Herr, mich bald
Hin vor dein Angesichte,
Oh, ruf mich bald!

Daß ich verborgen leb
In deinem Himmelslichte.
Ich weiß es wohl:
Es muß, es muß dort aller Erdengram vergehen,
Muß alles Leid in Gottes Rosenhauch verwehen,
Ich weiß es wohl.«

An den Stellen, wo es hieß: »Ich weiß es wohl«, hoben die drei Stimmen sich, gleichsam von einem magischen Jubel über alle irdischen Dinge hinausgehoben, und noch höher schwang sich eine ganz dünne Stimme und schien sich bei dem Verse: »Es muß, es muß dort aller Erdengram vergehen« im Blau des Firmaments zu verlieren.

Der Ort, wo die drei Handwerker hielten, hieß »Auf der Hausstatt«. Es war eine Hügelkuppe, zur Hälfte mit Wiesen, zur Hälfte mit Laubwald bedeckt. Da man von hier aus bequem das Tal übersehen und an heißen Tagen angenehm rasten konnte, zimmerte bald dieser, bald jener Freund von Stille und Frieden, gewöhnlich ein Müller, die eigentümlicherweise immer etwas poetisch angehaucht sind, Tisch und Bänke hierher und nannte es auf einer primitiven Tafel, was es war: Stillfriedheim. Das alles war noch gut erhalten, nur das Brett mit der Aufschrift hatte sich gelöst und hing nach abwärts.

Hier stellte nun der erste Schneider seine Handmaschine ab; der zweite sein Bügeleisen; beide trockneten sich den Schweiß von der Stirn und setzten sich, während sie das Wägelchen zwischen den hohen Gräsern und Blumen stehenließen. – War es, weil sie so unerwartet in dieser Einöde einen Menschen trafen, oder weil ihnen jemand bei ihrem frommen Gesang zugehört, oder lag es in der Gestalt Menas, an ihrem hochgeschürzten Kittel und dem ganzen, von Leben und Gesundheit strotzenden Frauenkörper – als sie vor ihnen auftauchte, waren sie eine Weile sprachlos. »Grüß Gott! Hab ich euch im Singen gestört?« fragte sie.

Der Älteste antwortete: »Wir singen gern; der Weg in die Stör wird uns so weniger lang.« Und als ob ihm die ganze Begegnung unheimlich wäre, nahm er seine Nähmaschine wieder auf, und alle drei zogen in der vorigen Ordnung lautlos ab wie unwirkliche Traumgestalten.

Auch die Mena kehrte in ihr Traumland zurück. In diesem Land schied sie sich in zwei verschiedene Wesen; während das eine die Sonnenwärme und die Stille, die Freiheit und Einsamkeit genoß, wandelte das andere den bisherigen Lebensweg zurück, sah Bilder auf Ellenhub, Bilder des bäuerlichen Frohsinns und der Heiterkeit, zuweilen, aber seltener, des Streites und der Traurigkeit. Sie ging auf leisen Sohlen an der Grabstätte ihrer Eltern vorbei, hörte das Summen der Bienen, sah goldgelbe Zitronenfalter und dunkle Wolkenschatten schweben, und ein Gefühl durchströmte sie: die Geschwister sehen, den Bruder in Wien! Und plötzlich schoß ihr der Gedanke durch den Kopf: du kannst ihm ja schreiben.

War der Schulunterricht ihr bisher als eine fast überflüssige Sache erschienen, als eine Art Tändelei, ja manche Gegenstände als ganz unbegreiflich, so empfand sie plötzlich eine reine Freude darüber, daß man sich durch Briefschreiben mit dem so weit entfernten Bruder in Verbindung setzen konnte. Einiges Kleingeld, ein paar Sechser und Batzen, trug sie gewohnheitsmäßig bei sich, und zwar in ihr Sacktuch eingebunden, das sie zu seinem eigentlichen Zweck fast nie benützte. Auch bildete der schwere Geldknopf bei etwaigen Überfällen von Lausbuben eine wirkungsvolle Waffe. Sie fühlte also jetzt nach diesem Geldknopf im Kittelsack, forschte die Gegend ab, schoß dann den Feldrain hinab und über eine gemähte Wiese und einen Kartoffelacker davon.

Im kühlen Vorhaus des Krämers stand sie wie verzaubert und betrachtete die Umgebung. In den vier Ecken blühten in großen, grünen Holzkübeln Oleanderbäume und an den Wänden leuchteten bunte Bilder mit Palmen, Pyramiden, Kamelen und den Heiligen Drei Königen aus dem Morgenlande. Und welch ein Duft aus dem Laden strömte! Der Krämer selbst, im weißen Latzschurz, hinter der Ladenbudel, erschien ihr als eine andere Art Pfarrer, und wie er sie so lustig freundlich begrüßte, dünkte ihr das ein köstliches Erlebnis.

Sie wagte es fast nicht zu sagen, daß sie Tinte, Feder und Papier wünschte. – »Für den Herrn Bruder in Wien? – Hui!« Der Krämer pfiff durch die Lippen. »Ich hab schon gelesen. Der heizt dem Adel und dem Hof ordentlich ein. Und überhaupt, die Herren Studenten, die werden es der Regierung noch aufmischen!« Er fragte: »Mena, hast du schon einen Liebhaber?« und sagte anzügliche Schmeicheleien, die sie zwar nicht verstand, aber doch dazu lachte, als wüßte sie schon alles. Der Krämer brach über ihre Antworten in ein überlautes Gelächter aus, wobei ihr ziemte, daß sie nie, weder auf Ellenhub noch auf Haging, einen Menschen jemals so vom Herzen hatte lachen gehört. Aber trotz ihrer Verwunderung über alles an und um den Krämer begriff sie dennoch instinktiv sogleich, daß der Krämer ihr nicht nur das Schreibzeug verkaufen wollte, sondern auch bestrebt war, aus ihrem Kommen eine heitere Szene zu machen und sie zum Lachen zu bringen.

Plötzlich erschrak sie: die Kühe! Sie raffte alles in ihre Schürze und lief, so schnell die Füße sie trugen, auf ihre Weide hinaus. Aber die Kühe lagen ruhig und wiederkäuend gleich großen braunen Flecken im Grün; die Sonne warf hinter einer Wolke einen Strahlenfächer herab, wie auf den Bildern in der Schulbibel, der Fächer spielte auf den

Baumkronen, auf der Wiesenfläche, auf den Rücken der Tiere, und jedes Einzelding, Hügel, Stachelbeerstaude, wilde Rosen und Scherhaufen waren mit Goldglanz überschüttet.

Die Mena legte das Papier auf den Brettertisch und rückte Tinte und Feder zurecht. Aber wie es mit den glühenden Phantasien meist geht, die im Sturm über das unerfahrene Menschenherz kommen, so geschah es auch hier: es fiel ihr schwer, ihre Gefühle niederzuschreiben. Kaum hatte sie den ersten Satz vollendet, als sie ihn auch schon wieder ausstrich; sie quälte und plagte sich, und am Ende schien es ihr schlechterdings unmöglich, auch nur eine ordentliche Seite vollzukriegen. Da schau: das Briefschreiben war also eine schwere Sache, so schwer, daß sie zum erstenmal begriff, wie dünkelhaft sie gewesen, und eine Ahnung ihr aufstieg, wie es außer dieser Schwierigkeit noch ähnliche in der Welt geben mochte, schwerer als Mähen und Kornschneiden. Sie brauchte sehr lange, bis sie mit ihrem Brief einigermaßen zustande kam. Die Anweisung, die sie in der Schule gelernt hatte, half ihr viel dabei. Er lautete:

Geliebtester Bruder!

Im Anfange meines Schreibens begrüße ich Dich und ergreife die Feder, Dir zu sagen, daß ich mich seit langem auf diese Stunde freute. Ich bin gesund, was ich auch von Dir hoffe; denn die Gesundheit ist das Allerbeste in der Welt. Seit einem halben Jahr bin ich auf dem Haginghof und hätte gar nicht geglaubt, daß es einen so großen Hof in der Welt geben könnte. Die liebsten Menschen sind mir die Kleindirn, die immer zu mir hilft, der Schulmeister Zauner und meine Geschwister, für die ich alle Tag bete. Einmal hab ich eine ganze Nacht ge-

weint, weil mich die Bäuerin so hart behandelt hat. Aber der Bauer hat mir ein Paar neue saulederne Schuhe machen lassen, das hat mich wieder getröstet. Eine große Frage hätte ich an Dich: Ist es wahr, daß der Kaiser mit der neuen Eisenbahn zu uns kommt? – Alle Schülerinnen kriegen für diesen Tag ein neues Kleid, nur ich allein nicht. Hast du den Kaiser in Wien schon gesehen? – Nicht vergessen will ich, daß wir eine einhörndliche Kuh haben, die mir die allerliebste aus allen ist. Auch ein Knecht ist hier, genannt der Riesenhans, der ein großer Lump ist und mein bester Freund. Früher konnte er mich noch besser leiden, aber seit ich ihn vor allen Leuten geschmissen, hat er einen heimlichen Zorn auf mich. Wann werden wir uns wiedersehen?
Es grüßt Dich tausendmal Deine Dich liebende Schwester

Philomena.

Sie war höchst neugierig, ob der Bruder den Brief wirklich bekommen und ihr auch antworten würde. Dann wanderten ihre Gedanken zum Krämer zurück. – »Hast du schon einen Liebhaber?« – Was ist denn das, »Liebe«? – »Verliebt sein«? – Kann sich auch in mich jemand verlieben? – Plötzlich wurde sie von einem lebhaften Verlangen erfaßt, sich selber zu sehen; sie erinnerte sich, daß im nahen Tümpel die Birken und die Ziehwolken sich täglich widerspiegelten.

Die Verhüllung ihres Körpers betrieb sie seit ihrer frühesten Kindheit, und mit einer Emsigkeit, einer nie erlahmenden Geduld und Vorsicht, als wäre er das Allerheiligste, das niemand mit profanen Augen erblicken durfte. Religion und Sitte reichen als Erklärung nicht aus; es lag wohl noch etwas Tieferes zugrunde.

Sie streifte das Linnen von den Schultern, hielt sich an einem Birkenast fest und besah sich angelegentlich im klaren Wasserspiegel. Auf dem dunklen Bachbett standen goldgetupfte Forellen, regungslos, als seien sie keine lebende Wirklichkeit, bis sie endlich die Flossen hoben und lässig zwischen ihren Halbkugeln durchschwammen. – Das bin ich also? dachte sie. Ihr eigenes Bild erschütterte sie einen Augenblick.

Ein Knacken in den Zweigen scheuchte sie ans Ufer. Aber sie war noch nicht in ihren Kittel geschlüpft, als schon ein heiseres Gelächter erscholl: »Was rennst du denn so, du närrisches Muster? Hab dir ja ohnehin schon lang genug zugeschaut!« Der Einlegerlenz hatte eine Stimme wie ein heiserer Rabe; er tappte, immerfort lachend, auf die Mena zu, warf seinen Sack ab und klagte, daß gar kein Kienholz mehr zu finden wär: »Hast es schön auf deiner Weide da«, fuhr er fort. »Vertreibst dir auch die Zeit recht lustig. Hast ganz nakkend gebadet! Aber, wenn zwei sind, ist's noch lustiger!«

»Du Lügenteufel, du!« schrie sie zornig.

»Ja, ja«, fuhr der Einleger grinsend fort. »Alles hab ich gesehen ... Bist fein gestellt. Fein!«

Sie saß wie erstarrt; sie vergaß sogar, zu widersprechen. Mit zitternder Hand, von Angst befallen, knöpfte sie ihr Leibchen mit den alten Silbersechsern zu. Sie dachte: Der Einlegerlenz ist ja mein guter Freund! Ich hab ihn doch immer gefüttert! – »Du sagst es niemand?« fragte sie.

»Aber, aber, nicht das kleinste Wörtlein!« Er schnalzte mit der Zunge und seine hungrig-lüsternen Greisenaugen umspielten ihren Körper. »Mußt nur ein bißchen nett zu mir sein. Ja?« Er legte seine pechige Hand auf ihr weißes Knie.

Die Mena schüttelte ein jäher Ekel; so heftig, als ob ihr eine klitschige Kröte an den Leib gesprungen wär.

»Was rückst du denn ab?« fragte der Lenz. »Geschieht dir ja nichts. Alle gescheiten jungen Menscherle machen das, weil sie dabei erfahren, wie's zugeht.« Und wiederum tappte die Hand, und der Mena fuhr durch den Sinn, ob es nicht die behaarten Greifer jenes Klaubauf wären, wovor der Ähnl sie oft gewarnt hatte. Sie wehrte den Angriff ab, und so wirkungsvoll, daß der Alte rücklings ins Gras fiel. Er hatte seine Kräfte, die schon längst bis zum letzten Rest ausgegeben worden waren, überschätzt. Aber vielleicht hätte er seinen Plan doch ans Ende geführt, denn der Bissen war fein und die Gelegenheit selten – jedoch als er wieder losgehen wollte, flitzte etwas Schwarzzottiges aus den Birken hervor und peitschte mit einer Felbergerte wütend seine schwarzbehaarten, nackten Füße. »Du alte Sau! Du Schuft! Du Hund!« schrie es.

Die Mena setzte sich mit geröteten Wangen ins Gras und flocht ihre Zöpfe, die sich bei der Verteidigung ihrer Jungfrauschaft gelöst hatten. Ihre kleinen festen Brüste atmeten stoßweise; ein Grauen durchzitterte ihren Körper. Knapp neben ihr lag das Schinderpelei, zupfte die Kelche einer Kleedolde aus und sog mit leise schlürfenden Lippen die feine Süßigkeit in sich ein. Beide redeten kein Wort. Die Mena hatte auf Ellenhub und Haging längst alle natürlichen Vorgänge gesehen, und dennoch war dies Erlebnis für sie erschütternd. Ist doch jedes Wesen im Grund ein göttlich Ding, geboren und lebend inmitten der allerheiligsten Natur, um wieviel mehr die Mena, die in der letzten Zeit, Stunden, Tage und Wochen, hier wie in einem biblischen Paradiese gelebt, umgeben von grasenden Kühen, murmelnden Quellen, blühenden Blumen, Glockentönen und den frommen Gesängen der Hirten und Wallfahrer.

»Hat er dir weh getan?« fragte sie.

Die Mena schüttelte den Kopf. »Nein, das nicht. Nur aufgeregt hab ich mich.« Sie empfand den lebhaften Drang, sich ihrer Helferin erkenntlich zu zeigen und nestelte einen Batzen aus ihrem Sacktuch. »Das schenk ich dir.«

Das Pelei wog das kupferne Viererstück auf ihrer flachen Hand. »So viel?« sagte sie. »Darfst du das?«

»Ich kann mit meinem Geld tun, was ich will«, sagte die Mena stolz. »Ich hab es mir selbst verdient.«

Das Pelei band das Geldstück sorgfältig in ihr Taschentuch. Dann legte es sich glatt auf die Ende, kaute am Stiel eines Sauerampfers und schlenkerte mit den braunen Füßen in der Luft. Ihr Haar roch unangenehm stark, und durch die Löcher ihres Kittels leuchtete das gelbe Fleisch. Die Mena bemerkte, daß sie bei dem Kampf einen der Silberknöpfe an ihrem Leibchen verloren hatte und suchte ihn. Endlich fand sie ihn, putzte ihn mit ihrem Rocksaum blank und besah ihn genauer. In der Kreismitte war ein männlicher Kopf dargestellt, mit langem, bis auf die Halskrause fallendem Haar; ein Herrenantlitz mit scharf gebogener Nase, einen Kronreifen auf dem Haupt, und links und rechts davon die winzigen Ziffern: 16-62. Sie wendete die Münze und buchstabierte laut: »›Ferdinand Carol. D. C. Archiv A.V. Dux Burgund.‹ – Das ist das Schöne«, erklärte sie altklug, »daß man in der Schule so vieles lesen lernt, Wegzeiger, Marterlinschriften und die Geschichten im Kalender.« Sie schlüpfte aus ihrem Kleid und nähte den burgundischen Sechser wieder fest.

Das Schinderpelei beobachtete sie dabei. Das Brandmal am Handgelenk fiel ihr auf, und kaum erfuhr sie die Geschichte vom bösen Spinnen, so brach sie los: »So eine Kanaille! Einen Menschen so quälen! Und da tut sie so fromm! Die reichen Leut sind alle Teufel! Der Haginghofer, der Krämer, der Bräu ... Teufel sind sie!« Ohne jeden Übergang fragte sie: »Hast du schon einen Liebhaber?«

Die Mena schüttelte verlegen den Kopf. Dann sagte sie: »In der Vinzenzi-Nacht muß man einen Zwetschgenbaum schütteln, und von dort, wo man einen Hund bellen hört, kommt er her.«

Das Pelei schnalzte verächtlich mit den Fingern. »Das sagen die alten Leut. Wenn mir einer gefällt, brauch ich keine Vinzenzi-Nacht und keinen Zwetschgenbaum: dann tu ich's einfach mit ihm! Jäger, die sind so hübsch, Bauernsöhn, manchmal auch Holzknechte; mit jedem tu ich's nicht.«

Die Mena errötete. Aber das Schinder-Dirndl examinierte sie kaltblütig weiter: »Hat schon einer bei dir geschlafen?«

»Hör auf!« bat die Mena; ihr wurde ganz übel.

Das Pelei schüttelte ihre Mähne und fragte: »Willst du meine Freundin werden? Ganz? Auf Leben und Tod! – Nämlich so: wenn dir jemand eine Bosheit antut, tu ich ihm drei zurück. Willst du?« Die Mena war über die Art und Weise, wie diese Freundschaft sich ankündigte, begreiflicherweise etwas überrascht, aber doch auch geschmeichelt. Sie hatte sich schon immer gewünscht, eine Freundin ganz allein für sich zu haben. Aber wenn sie nun einen forschenden Blick über die spindeldürre Gestalt ihrer zukünftigen Freundin gleiten ließ, konnte sie sich eines leichten Lächelns nicht erwehren. »Was denn für Bosheiten?« fragte sie neugierig.

Das Schinderpelei schüttelte die braune Faust gegen die Höfe. Seine Augen funkelten: »Ich zünd ihnen die Strohschober an ... Ich vergift ihnen die Hühner ... Ich stoß ihnen in einer finstern Regennacht ein Buchenscheit ins Fenster ... Ich reiß ihnen alle Blumenstöck aus ... Das ist aber nur der Anfang. Es gibt noch anderes.«

Die Mena hatte seltsame Empfindungen, wie sie so plötzlich in den schwarzen Grund einer von ihr tief verschiedenen Menschenseele hinabschaute. Sie sagte: »Das ist aber eine große Sünd!«

Das Pelei schüttelte sich vor Lachen. »Es gibt keine Sünd«, sagte sie mit großer Überlegenheit.

Die Mena konnte sich keine richtige Klarheit von den Gefühlen geben, die sie in diesen Minuten bewegten. Aber eins stand fest: von ihrer neuen Freundin ging eine gewisse Anziehungskraft aus. Es war wohl das Gefährliche, Unheimliche, das allen Menschen, denen sie bisher begegnet, gefehlt hatte. »Ich hab mir«, sagte sie nachdenklich, »schon immer eine Freundin gewünscht. Hab auch in meinem Koffer schöne Sachen und werd dir was mitbringen.«

Das Pelei spielte mit einer langstieligen Orakelblume. »Hast du Kölnischwasser?«

»Ein ganzes Fläschchen, vom letzten Kirtag«, sagte die Mena. »Ich hab's noch gar nicht aufgemacht. Ich schenk es dir.«

Das Schinderpelei geriet über diese Eröffnung in einen Freudentaumel. Ihr Lachen und ihre Purzelbäume öffneten auch bei der Mena die Quelle des eignen Übermuts, die seit der Katastrophe im Elternhaus versiegt war. – Nicht mehr einsam! jubelte es in ihr.

Die Pelagia war wirklich eine kurzweilige Freundin. Sie ahmte die Stimme der Natur nach, das Geschrei des Eichelhähers, das Krächzen der Raben, das Piepsen der Waldmäuse, deren filzige Kugelnester mit einer winzigen Öffnung nach unten im Gebüsch hingen. Sie gingen Arm in Arm den Wiesenrain hin, zupften die Blätter der Orakelblume ab und sangen: »Edelmann, Bettelmann, Bauer, Bürger, Soldat, Kroat ...« Sie rauften Ähren aus und mahlten die Körner zwischen den Zähnen. Sie machten Bekanntschaft mit jeder Quelle und jedem Grashalm, besonders liebten sie die Blumen, und unter ihnen wieder den purpurroten Mohn. Seine Blüten mußten ihnen Puppen abgeben, die Samenköpfe den Kopf, die Staubgefäße die Halskrause, und die

Blätter bogen sie so, daß sie ein allerliebstes Kittelchen bildeten. Sie spielten mit ihnen Taufe, Hochzeit und Begräbnis, machten Grübchen im Boden, betteten die Toten hinein und streuten Gänseblümchen drauf. Hatte die Mena früher öfter nach dem Horizont geblickt, ob denn die Sonne noch immer nicht sinken wollte, so verging ihr jetzt die Zeit im Flug. Wenn sie heimtrieb, winkte sie ihrer Freundin noch lange zurück. Ihr war, als ob sie eine neue Welt entdeckt hätte.

Die vier wunderlichen Haushüter

Die Mena war in einer frohen Stimmung; das Allerbitterste, niemand zu haben, mit dem sie sich vertraulich aussprechen konnte, war vorbei. Zwar kamen ein paar Regentage dazwischen, aber der Himmel heiterte sich wieder auf, und die Bäuerin befahl: »Mena, heut treibst du aus!« Sie richtete sich heimlich die Geschenke für ihre Freundin; bei manchem Stück fiel es ihr schwer, aber es war ein wunderschönes Gefühl, eine solche Freundschaft zu haben. Sie trieb die Rinder mit einer solchen Eile aus, daß sie sich fast verraten hätte. Das Schinderpelei war noch nicht hier. Sie legte sich also allein unter die Birken und sah gespannt nach der Gegend hin, wo das Schindermoor lag. Die Worte Peleis fielen ihr ein: Ich tu ihnen drei Bosheiten zurück. Sie sah die Haginghofer-Leute, den Krämer, den Pfarrer, und eine feindselige Lust bemächtigte sich ihrer. Es war nicht anders, als ob ihre fromme Grundstimmung sie verlassen hätte, so wie die Sonne von ihrer Weide oft fortging und sich über alle Dinge graue Schatten legten. – Wozu sind eigentlich diese Leute? Sie arbeiten ja nichts! – Aber mitten in ihrem Grübeln erschrak sie wieder, besser gesagt, etwas in ihr erschrak, der

Wachtposten, von der Fürsorgerin Natur aufgestellt, rief ihr des Ähnls Worte ins Gedächtnis: Zuviel Denken ist ungesund! Sie hatte bereits herausgefunden, daß man sich auf seine Sprüche verlassen konnte, wie auf zweimal zwei ist vier. Sie bekam also den Anfall von Denken schnell satt, sprang auf und lief ungeduldig den Hügel hinan. Endlich sah sie etwas in der Heide flattern und hüpfen. – Das Schinderpelei stürmte heran, schlug, statt einer Begrüßung, einen Purzelbaum, eine Übung, welche sonst das Vorrecht der Buben war, fiel der Mena um den Hals und tanzte mit ihr im Kreis.

Diese kramte ihre Geschenke aus. Peleis Augen fingen an zu glühen; sie betastete und beschnupperte alles, die Seife, das Parfüm, und die meiste Freude machte ihr ein bunter Wachsstock. »Bei uns, im Moor, sind die Winter lang!« sagte sie. Auch die Jause wurde geteilt; sie aßen und schwatzten. Besonders wißbegierig schien das Pelei, was die Verhältnisse auf dem Haginghof betraf, und die Mena erzählte auch einiges, aber es war ihr doch lieber, wenn sie von etwas anderem sprechen konnte.

Das Schweigen der Weide wurde durch nichts unterbrochen als das Schnauben der Kühe, den Lustschrei der Geier, fernen Glockenklang und hie und da den Ruf einer Klapper. Die warmen Leiber schmiegten sich an die ebenso warme Erde, und eine verzauberte Stimmung bemächtigte sich beider. Menschliche Gestalten wurden ab und zu sichtbar, Mäher und Mäherinnen, mit Sensen auf den Schultern, die phantastische Figur des verrückten Malers, der seinen Korbwagen vor sich herschob und bei jedem Schritt mit dem Kopf nickte. Dann wieder rumpelte ein miserables Wägelchen vorbei; drin saß, hüpfte in einer komischen Weise hin und her, der Kalbl-Stumpf. Er fuhr von Hof zu Hof und kaufte Stechvieh für die Metzger.

Die Mena unterbrach die Stille. »Jetzt wird bald die neue Eisenbahn fertig«, sagte sie. »Hast du ein weißes Kleid?«

»Ich?« gab das Pelei zurück. »Ich ging ja doch nicht hin, und wenn ich zehn weiße Kleider hätt. Wir brauchen überhaupt keinen Kaiser und keinen Hof. Die ganzen Großköpf soll man totschlagen.«

Die Mena machte große Augen. »Wer sagt dir denn das?«

»Mein Bruder!«

Menas Verwunderung war grenzenlos. Daß es Menschen gab, die nicht, wie sie, ausgeschlossen waren, sondern sich selber ausschlossen, das war höchst merkwürdig. – »Ich hätt schon ein weißes Kleid«, sagte sie, »aber noch von der heiligen Kommunion her. Es ist mir viel zu kurz. Du warst doch auch schon bei der Beicht und der heiligen Kommunion?«

Das Pelei schüttelte seine zottige Mähne. »Pfaffenunsinn!« sagte es.

Die Mena erschrak heftig. Aber auch das Pelei erschrak. Es sah auf die Geschenke, und um die Freundin auf andere Gedanken zu bringen, begann es des langen und breiten vom Pieringermoor zu erzählen. Die Mena möchte mitkommen, in einer leichten halben Stunde wären sie auf der Höhe und man könne das Haus sehen. Sie liefen über Wiesen, durch Wald, Hügel hinan, Hügel hinab, haschten einander, flohen sich, unter stetem Gelächter, und sie wären bei ihren flinken Beinen wohl schon in einer Viertelstunde angelangt, wenn es nicht hundert Dinge gegeben, die sie beschauen und untersuchen mußten; große grellfarbige Pilze, die wie zauberhafte Wunder im schwarzbraunen Tannengrund standen, Tiergerippe, von Ameisen überwimmelt oder schon ganz kahlgefressen, wie Elfenbein schimmernd, Tollkirschen, die glänzend auf grünen Blättern saßen, und braune und schwarze Eichhörnchen, die blitzschnell an den Stämmen hinaufschossen.

Das Schinderanwesen lag in einem Moor, von sanften Höhen begrenzt, von Birkeninseln durchsetzt und von Moorgräben durchzogen. Hie und da war Torf auf hölzernen Gestellen zum Trocknen aufgeschichtet. Von diesem Torf luden die Schinderischen jeweils einen Wagen voll und fuhren damit in die umliegenden Ortschaften, wo er von den ärmsten Leuten gekauft wurde. Die Bäuerinnen sprachen verächtlich von diesem Brennmaterial und wollten wegen seiner Unreinlichkeit nichts von ihm wissen. Das Pelei hätte wohl noch lange von seinem Hause, den Ziegen und dem kohlschwarzen Kater phantasiert, wenn die Mena nicht mit einem Schreckensruf aufgesprungen und, ohne ein Wort zu verlieren, den Weg gegen die Weide zurückgelaufen wär.

Jedoch die Herde war auch diesmal still und friedlich wie immer. Zwischen den Kühen lag der schwarze Teufel, der Stier, und von der Sonne durchglüht, schien er an alles andere eher als an Teufeleien zu denken. Das Pelei, vom scharfen Lauf erhitzt, schlug vor, zu baden, schlüpfte aus seinem Kittel und lief zum Egelsee hin. Dieser See bildete sich nach einer Regenzeit und lag eben jetzt wie ein himmelblauer Seidenfleck inmitten des üppigsten Grüns und der buntesten Blumen. Er hatte natürlich keine Fische; nur große Falter und seidengeflügelte Libellen segelten darüber hin. Die Mena und das Pelei glichen, wie sie so im Wasser tollten, sich haschten und bespritzten, einer anderen Art Libellen. Dann legten sie sich ins Gras und begannen Buchennüsse zu knabbern. Wenn ein schillerndes Pfauenauge über sie hingaukelte, suchte das Pelei es zu haschen, und so wie dann der Falter die Birkenstämme umtanzte, tanzte sie mit und im Übermut auch über die Mena hinweg. Ihre perlmutterfarbene Haut strahlte ein gelbes Licht aus, und umflattert von ihrer schwarzen Haarmähne, glich sie einem wilden

Waldtier. Wolkenschatten legten sich über die Weide und über die nackten, jungen Leiber, verschwanden wieder, ab und zu setzte sich ein Schmetterling auf ihre Füße oder auf ihr Haar, und sie rührten sich nicht. Das Pelei bemerkte das Amulett an Menas Hals. »Was ist denn das?« fragte es.

»Ein Andenken von meiner Mutter.«

»Lebt sie noch?« fragte es wieder.

»Nein, sie ist gestorben. Auf sieben Wochen zusammen sind Vater und Mutter gestorben.«

Das Pelei schien nachzudenken. »Ich hab einen Vater«, sagte es, »aber er gibt mir mehr Schläg als zu essen. Und mit meiner Mutter muß ich jeden Tag streiten.«

»Das ist traurig«, sagte die Mena mitfühlend.

Das Pelei wälzte sich auf den Rücken, verschränkte die Hände über den Augen und sagte: »Schau, wie schön die Welt ist, wenn man sie durch die Finger anschaut! Die Küh, die Gimpel dort auf dem Zweig, der blaue Himmel ... Und alles schläft, die ganze Welt.«

»Gott schläft nicht«, versicherte die Mena altklug.

Peleis Augen blitzten böse: »Es gibt keinen Gott!«

Menas Atem stand still; ihr war, als müßte sie ersticken. Aber die Pelagia erschrak gleichfalls, und es war wieder dieselbe Angst, ihre neue Freundin durch solche Worte zu verlieren. Daher schwächte sie ihre Behauptung sogleich etwas ab. »Mein Bruder sagt's. Er hat nämlich einen großen Zorn auf den Pfarrer; darum leugnet er ihm auch Gott ab. Wenn's keinen Gott gibt, dann ist der Pfaff der größte Gaukler der Welt, meint er.«

»So etwas kann ich nicht hören«, sagte die Mena, ernstlich verstimmt. »Wenn's keinen Gott gäb, wer hätt dann die Welt erschaffen?«

Das Pelei lachte: »Wenn's einen Gott gibt, wer hat denn ihn erschaffen?«

»Gott ist ein reiner Geist«, sagte die Mena mit großer Überzeugung.

»Und was ist ein reiner Geist?« Peleis Augen blitzten voll Bosheit.

Darauf wußte die Mena natürlich keine Antwort.

Vielleicht wäre in der Folge dieser Streit um Gott und Geist von den beiden Geschöpfen trotzdem in irgendeiner Weise entschieden worden, hätte man nicht am folgenden Tag die Mena zur Bäuerin befohlen. Das kam öfter vor, ein Gang oder eine besondere Arbeit, aber diesmal machte die Haginghoferin ein strenges Gesicht und musterte die Mena von oben bis unten. Als sie endlich redete, klang ihre Stimme seltsam gleichgültig, ohne Betonung, als ob jemand anderer spräche: »Du hast die Kühe allein gelassen und dich mit dem Schinderpelei im Moor herumgetrieben ... Hast ganz nackt im Eglsee gebadet ... Hast schamlos auf der Wiese getanzt ... Du wirst schwerlich lang bei uns bleiben!«

Die Haginghoferin war ernstlich böse; jemand hatte an ihren Glassturz gestoßen. Nackte Menschen, Jubelgeschrei, Blumensprache und Sonnenschein zerstörten die heiligen Bilder, womit sie ihre Seele umstellt hatte.

Die Mena kroch ins Bett. Zuerst flog ein wilder Trotz in ihr empor; sie hatte Lust, bei der nächsten Gelegenheit der Bäuerin etwas von Scheinheiligkeit und Hartherzigkeit ins Gesicht zu sagen, ihr Bündel zu nehmen und davonzugehen. Das waren wohl Sprößlinge, die das Pelei gesetzt hatte. Aber dann gab sie sich wieder Armesünderrgefühlen hin, und die Worte aus ihrem Gebetbuch fielen ihr ein: »Ich bin in die Arme des Lasters gefallen!« – Sie begriff plötzlich, mit bitterem Weh, wie glücklich sie bisher, ohne es zu ahnen, bei ihrer Arbeit und ihren geheimen Phantasien gewesen war. Verzweiflung erfaßte sie: – Ich bin häßlich, eine

Waise, ganz verlassen, mein Leben ist nichts wert, gar nichts wert! – Sie wühlte sich in das rotgestreifte Kissen, bis in den Polsterzipf, wohl in der Meinung, wenn sie sich ganz der Verzweiflung hingäbe, müßte irgendeine günstige Wendung für sie eintreten. Und wirklich strömte alsbald aus dem Urgrund ihrer Seele wieder jene Wärme, die den Tränen voranzugehen pflegt. Mit diesen Tränen, die Polster und Deckbett benetzten, veränderte sich auch sogleich die ganze Sachlage. Sie hörte, wie draußen die letzten Hofgeräusche verstummten, der Abendgesang der Vögel anhub, und dachte: Hören es auch meine Geschwister? Scheint auch in ihre Kammer der Mond? Oder haben sie vielleicht gar keine Kammer und schlafen in irgendeinem elenden Winkel? Denken an daheim, an mich, weinen sich in ihrer Verlassenheit die Augen rot?

Am nächsten Morgen, einem Sonntag, erkannte sie sogleich, daß bereits alle von der Sache wußten, und sie erfuhr auch, wer ihr Angeber gewesen war: der Einlegerlenz! Sie konnte es fast nicht glauben: Kein Tag war vergangen, ohne daß sie ihm nicht einen guten Bissen zugesteckt hatte. In dieser Stunde schlug ein Mißtrauen in ihr Wurzeln, und sie gelobte sich, dieses Bäumchen von nun ab etwas zu pflegen, um später womöglich vor ähnlichen Enttäuschungen bewahrt zu bleiben. Seltsam war es auch, daß im Hause, ohne weiteres zu prüfen, alle der Bäuerin recht gaben. – »Mit so einer sollst du nicht einmal reden!« sagten sie. Auf dem Haginghof ging alles in einem festen Geleis, und alles fühlte sich wohl. Daß jedes seine Pflicht tat, war selbstverständlich, wie der Regen fällt und die Sonne scheint. Daher wurde auch nicht leicht jemand gelobt; kam es zu einem Tadel, wurde er so ausgesprochen, daß er als Merkfall für alle diente, und das trübte die Stimmung der Arbeitsgemeinschaft. Hier fand sie also keinen Anhalt. So flohen ihre Gedanken sehnsüchtig zu den Geschwistern: sie sehen, ihnen in die Augen schauen, mit ihnen reden können.

Nach dem Mittagessen trat sie, nicht ohne Trotz, vor die Bäuerin hin, ob sie einen ganzen Sonntag freihaben könnte, um ihre Geschwister zu besuchen. Aber wiederum täuschte sie sich. – »Einen ganzen Sonntag? – Das ist nie bei uns gebräuchlich gewesen.«

Dieser Bescheid erbitterte sie. Sie saß auf ihrem Bett wie verstockt und versteinert. Dann kramte sie in ihrem Holzkoffer, dessen Habseligkeiten ihr als eine zweite verkleinerte Heimat erschienen. Sie führten ihr, wie durch einen Zauber, Bilder aus der Kindheit vor die Augen, und alle diese Bilder, jede Szene, jedes Wort, der Sonnenstreifen, der durchs Fenster fiel, der kräuselnde Rauch, der vom mütterlichen Herdfeuer aufstieg, die grünlasierte Schüssel, mit dem Berg rissiger Kartoffeln, das Scherzwort, womit der Vater den größten und ungehobeltsten davon aufspießte, atmeten ein Paradies aus.

Die Kleindirn versuchte, sie zu trösten; aber dann begann sie mit der größten Hingabe, sich schön zu machen. Sie brannte sich das Haar und machte sich zum Fortgehen fertig. Irgendwo war eine Bauernhochzeit. – Alle sind glücklich, nur ich allein nicht! dachte die Mena.

Tatsächlich hatte nach einer halben Stunde alles den Hof verlassen; selbst der Haginghofer und seine Frau waren fortgegangen. Die Mena saß am Fenster und horchte auf das leise Gackern der Hühner, die vor dem Hause spazierten, auf das Plätschern des Brunnens, das Zwitschern der Vögel, das aus dem Obstbaumwalde kam, und auf die Klänge der Tanzmusik. Und wiederum flossen ihre Tränen wie ein warmer Nachtbrunnen.

Plötzlich hob sie den Kopf und horchte: – Ganz fein, wie aus einem unterirdischen Keller, summte und sang etwas, wie eine begrabene Nachtigall. Der Ton kam näher, immer näher, bis er vor ihrer Tür jubelte und klagte, floh wiederum, und dann dünkte ihr, als ob verlassene Waisenkinder in einer fernen, unzugänglichen Felsenschlucht weinten. Aber plötzlich war er wieder nah, stieg mächtig an, und es schien, als ob hundert Tamboure von den Bergen niederstiegen und zur Schlacht riefen, zum Sieg. Sie öffnete die Kammertür und schlich den Gang zurück. Hier beugte sie sich zum offenen Fenster hinaus und forschte nach allen Seiten.

Unter dem Holunderbusch entdeckte sie eine seltsame Menschengruppe. Da saß der Schieringhies auf der Dengelbank und schlug die Maultrommel; er hatte seinen großen Kopf auf die erhöhte Schulter gelegt. Ihm gegenüber hockte der Vize; die Ellenbogen auf den Knien und den Kopf in beide Hände gestützt, so daß sein unnatürlich langer, weißer Schnurrbart über seine beiden Fäuste herabhing. Daneben saß der Kropfjodl; starr und unbeweglich. Abseits, auf einem Hackstock, das Wichtlweibl; in einer violettseidenen Schürze, schwarzem Samtmieder und rotgeblumtem Busentuch, welche farbige Pracht in einem unheimlichen Gegensatz zu ihrem runzeligen Greisinnenantlitz stand. Sie hatte die Hände mit den Knochenfingern auf ihrem Krückstock liegen und lauschte so dem Schlag der Maultrommel.

Plötzlich unterbrach Schiering das Spiel, und alle vier blickten herauf: »Komm!« sagte das Wichtlweibl. »Hilf uns das Haus hüten!«

Die Mena ließ sich das nicht zweimal sagen. Froh, dem Alleinsein zu entkommen, lief sie mit ihrem Strickzeug die Stiege hinab und nahm zwischen dem Vize und dem Jodl Platz. Das Wichtlweibl schnalzte in einer besonderen saugenden Art mit den Lippen und sagte: »Jetzt haben sie einmal dich in der Reuse, was? – Diese scheinheiligen Gesichter!«

Die Mena tat harmlos; diese vier Menschen erschienen

ihr plötzlich als eine Art Wunder, und sie konnte ihre Blicke nur schwer von dem einzelnen Bilde lösen. Ein größerer Gegensatz war nicht zu denken: der Vize, ein ausgeglühter Mannskerl, von Arbeit und Alter krummgebogen wie ein Faßreifen, ein Lächeln um seinen faltigen Mund und ein ironisches Blitzen in seinen graublauen Augen. Der Kropfjodl, man konnte ihn nicht anschauen, ohne sich zu fragen: wie kann ein Mensch so sein? – Ein rotes Säuglingsgesicht, Augen, die wie von außen angesetzt erschienen, und einen Mund, so klein wie ein Mauseloch. Endlich das Wichtlweibl und Schiering, ebenfalls weit von jeder Schönheit entfernt.

Was die Mena anbelangte, so war sie auch nicht schön, aber voll robuster Gesundheit, und sie konnte unter den vieren als ein guter Kontrast gelten. Um ihr volles Gesicht, das ernster aussah, als es ihren Jahren entsprach, waren die braunen Zöpfe gewunden; ihr perkalener, blaugemusterter Waschkittel, unten zu kurz, ließ einen Fuß sehen, der es verdiente, näher beschrieben zu werden. Das war ein wirklicher Fuß, aus der Naturwerkstatt, die alles gut macht, hervorgegangen, voll Sinn und Kraft, vorn breit, Zehe an Zehe in einer Linie, wie mit einem Beil abgehackt, und man konnte sich vorstellen, wie dieser Fuß sicher und verläßlich über Kuppen und Gebirge schritt, eine schwere Last auf den Schultern und eine vielleicht hundertmal schwerere im Herzen.

Der Schieringhies fing wiederum an, seine Maultrommel zu schlagen; alle saßen mäuschenstill, und allmählich verklärten sich die Mienen des Zauberers und der Verzauberten. Sie hatten wahrscheinlich, durch die Musik beeinflußt, Tagträume. Dem Schieringhies kam der verrückte Gedanke, die Mena hätte sich mit ihm näher eingelassen und wäre, auf irgendeine Weise, sein Bettgemahl geworden. Er sah sie als Mutter in wehendem roten Unterrock durch eine taghelle Mondlandschaft schreiten, auf den ausgestreckten Händen eine winzig verkleinerte Welt mit Bäumen, Höfen, Brunnen und weidenden Kuhherden, und an den Kittelfalten eine Schar hüpfender Kinder. Es war wohl nichts anderes als das Weltweib, das er in seiner Sehnsucht erblickte, Gottes Ehefrau, die in ihren starken Armen die Welt samt ihren Bergen und Tälern, Fruchtparadiesen und Eisgipfeln, Ländern und Städten trägt. Der Jodl dachte auch an den Körper des jungen Weibes neben ihm; er blickte mit seinen Stielaugen auf die anspringende Fußlinie über der Fessel; sie hakte sich gleichsam in seinem Innern fest und schien ihm die Seele aus dem Leibe zu winden. Einige Male schnaubte er tief, als wäre ihm zum Ertrinken oder zum Ersticken, und hieb dabei nach den Stechfliegen, die ihn umsummten. Der Vize ließ ebenfalls seine Augen über Menas Körper spazieren, während den Mund noch stärker das ironische Lächeln umspielte. Dies Lächeln war bei ihm in einem gewissen Alter entstanden, wo er angefangen, ein nutzloser Schragen zu werden und weder bei den Weibern noch bei der Arbeit, noch sonstwo etwas zu gelten. Es besagte, und war auch sein Leibwort: Ich kenn das ganze Narrenspiel, dieselbig Weiberei! – Und trotzdem nahm er sich an dem weiblichen Gast so viel, als seine Augen fassen konnten, und sie faßten alles und das Kleinste.

Die Mena wäre kein Weib gewesen, wenn sie nicht gemerkt, was da, wenn auch unterirdisch, vorging. Wie sich die Mienen der Zuhörer immer mehr beseligten und mit einem schmachtenden Ausdruck zum rötlichen Abendhimmel starrten, kam der Kitzel des Lachens und des Übermuts über sie. Der Vize schien nichts als eine große Nase und ein großer Schnurrbart, der arme Jodl ein atmender Riesenkropf, der Schieringhies ein Hampelmännchen aus Holz, wie man sie am Kirchtag kauft, und das Wichtlweibl eine

Hexe, die zu ihrem Sonntagsvergnügen ausgeritten und sich unter dem Hollerbusch niedergelassen hat. Um den Lachteufel, der in ihr aufsteigen wollte, zu unterdrücken, fragte sie: »Hies, wo hast du nur so schön die Maultrommel schlagen gelernt?«

Der Vize antwortete: »Der Hies ist ein Unikum! Der kann jeden Vogelpfiff nachmachen; so, daß man meint, der Vogel wäre es selber.«

Der Hies protestierte: »Alle nicht! Aber was so um die Höf herumsingt und pfeift, Grasmück, Stieglitz, Spottvogel, Wachtel, Drossel, Bachstelz, das schon. Das hab ich von klein auf jeden Tag und jede Stund an meiner Wiegen gehört.«

»Weil nämlich«, erklärte der Vize, »sein Vater ein Vogelhändler gewesen ist.«

»Und warum bist du nicht auch ein Vogelhändler geworden?« fragte die Mena.

Schiering steckte seine Maultrommel ein. »Ja, mein Gott«, sagte er, »wie sie den Vater in die Grube gelegt haben, bin ich eine Weil ganz trübsinnig geworden. Es war so eine vertrackte Stimmung in mir: Ich hab die armen Vögel in ihrer Gefangenschaft nicht anschauen können und sie in Freiheit gesetzt. Ja, und dann bin ich tüchtig herumgestoßen worden in der Welt. Sie haben mich gefoppt, hinten und vorn. Sie haben sich wohl gedacht: wozu ist denn so ein armseliger Jammerkerl sonst da? – War auch wirklich nie ganz gesund; die Bauernarbeit war mir zu schwer. Im Brustkasten drin hat es allewweil gekriselt, und mehr als einmal, hundertmal, hab ich mir selber das Leben nehmen wollen. Hab mir gesagt: Hies, wenn du schon einmal nicht das Zeug zum Leben in dir hast, wirst du doch das Zeug in dir haben zum Sterben. Aber da hat vor mir die Sonn auf die Straßen gescheint, da war der Bach, die Brücke, die Wiesen, die Kornfelder –

Herrgott im Himmel, hab ich mir gesagt, wie schön ist doch deine Welt und wie schwer ist doch der Abschied von ihr! – Und wie ich so sinnier, stapft unten der Bettelgruber vorbei – den habt ihr ja alle gekannt, er ist vor Jahren gestorben; der hat die gereimten Sagmahrl und Moritaten auf den Höfen erzählt – der stapft also vorbei, laßt den Kopf tief hängen und sagt: ›Hies, es ist ein großes Malheur, es gibt keine richtigen Reimer mehr auf der Welt! Wie soll ich aber mein Brot finden, wenn ich keine neuen Lieder aufs Tapet bring? – Da hat jetzt der Jäger Ehrenschenk den Bauernsohn von Olbring erschossen, was tät das für ein schönes Liedl geben!‹ – Denk ich mir, das wird doch keine Zauberei sein! – Und richtig, am dritten Tag ist's fertig, ich hab einen frischgeschlagenen Gulden im Hosensack und tu einen Luftsprung. Darum steht auch das ›Lied vom Jäger Ehrenschenk‹ als erstes in meinem Buch.« Er fingerte zärtlich über den rothölzernen Deckel des dicken Bandes, den er neben sich liegen hatte.

Die Mena schüttelte verwundert den Kopf; sie spürte, daß es ein seltsamer Genuß war, halbmüßig in der Abendkühle zu sitzen und das Schicksal eines besonderen Menschen, wie es der Hies ohne Frage war, kennenzulernen. – »Kannst du uns nicht das ›Lied vom Jäger Ehrenschenk‹ vorsingen?« fragte sie.

Er sagte: »Hab in meinem Leben keinen einzigen richtigen Ton gesungen! – Vorsagen, das schon!«

Die Mena bat so sehr, bis er in einer Art Sprechgesang das Lied endlich aufsagte.

»Im Jahre Anno siebenundvierzig,
Da hat sich was Neues zugetragen,
Da waren drei Schützen im Walde,
Das Reh und das Hirschlein zu jagen.

Zwei Jäger, die kamen auch des Weges,
Und trafen einen Schützen allein,
Das wurde ihm schnell zum Verhängnisse,
Er wußte nicht, wo aus, wo ein.

Ein Jäger, und der war kalt und lau,
Und voller Ambition;
Dacht nicht an Menschen- und Christenpflicht,
Nur an die Beförderung.

Der schoß ihm drum entgegen sogleich
Und traf ihn in den Schoß,
Und auch der zweite blieb nicht faul,
So daß er fallen muß.

Nicht fünf Minuten dauert es an,
Da kommen die Schützen voll Zorn:
Sie finden den Kameraden
in den letzten Zügen schon.

Sie knien bei ihm nieder
Und beten und denken voll Pein:
Mag das ein großer Kummer
Für die alte Mutter sein.

Josef Koller, das war sein Name,
Kaum zweiundzwanzig Jahr:
Ein Bürschl wie ein Tannenbaum,
Mit blauem Aug und blondem Haar.

Und der, der ihn erschossen hat,
Der war kein Stund verhaft,

Das war der Jäger Ehrenschenk,
Den hat kein Richter gstraft.

Ei, du eiskalter Jägersmann,
Kommst einst vors Jüngst Gericht,
Dann wirst auch du erschrecken,
Wenn Gott dein Urteil spricht.

Ei, du eiskalter Jägersmann,
Was hast für einen Lohn?
Hast ihn geschickt in d' Ewigkeit,
Was hast du nun davon?

Und was mein Liedlein lehren tut?
Glaubt mir, ihr lieben Leut:
Es ist die ganze schöne Welt
Voll Ungerechtigkeit.

Doch wer sich drob beklagen wollt,
Das wär ein rechter Narr:
Ist doch die Ungerechtigkeit
Die größte Macht fürwahr.«

Die Zuhörer rührten sich auch dann nicht, als der Aufsager geendet hatte. Sie blickten schweigend in den sinkenden Abend hinaus, als sähen sie dort den wilden Jäger Ehrenschenk über die Hügel schreiten und den armen Josef Koller im Walde verbluten. Die Mena sagte endlich: »Nein, aber so traurig! Jetzt mußt du uns aber auch ein Lustiges zum besten geben.«

Der Schieringhies blätterte und brummte dann eine kleine Reimerei vor sich hin ...

»Zwischen zwei Tannenbäum
Sitzt ein Gugu,
Wann i zu mein Dirndl geh,
Sing ich juhu.

Sicher der Gugu
Auch deswegn so schreit,
Weil sein kleins Weiberl
Ihn sakerisch gfreut.

Wie er schreit, wie nit gscheit:
Gugu, gugu!
Ich versteh alleweil:
Du nur, du, du!

Los, mei Bub, juhu schallt's
Her übers Feld;
Das ist mei Frau Gugu,
Mei Alls auf der Welt.«

Wieder saßen sie still; die Gesichter des Vize und des Wichtlweibls schienen von einem inneren Glanz erleuchtet. Eine längst hinabgesunkene Vergangenheit war auf ein paar Minuten wieder in ihnen lebendig geworden. Die Mena war entzückt: Diese und ähnliche Lieder, recht traurige und recht lustige, wollte sie ein Dutzend haben, und ein Silberzehner für eins wär ihr durchaus nicht zu viel. »Lieder, nur Lieder, und immer singen, so ist's immer auf Ellenhub gehalten worden. Was mir auf Haging so fehlt: niemand singt da!«

Jetzt hatten auf einmal die Mena und der Schieringhies ein gemeinsames Interesse. Aber wie sie, um ihrem Wunsch Nachdruck zu verleihen, die Silberzehner nochmals erwähnte, sagte er: »Für dich kosten sie nichts.«

Das Wichtlweibl forschte nun die Mena eifrig aus und betonte, daß sie selber, in ihren jungen Jahren, eine tüchtige Sängerin gewesen wäre. Sie wollte eine Probe hören, und die Mena versuchte, nach einer improvisierten Melodie, das Gugu-Gsangl ...

»Zwischen zwei Tannenbäum
sitzt ein Gugu ...«

»Jesus, hast du eine Stimm!« rief das Wichtlweibl begeistert. »Wie ein Silberglockerl! – Hies, schreib ihr gleich die Lieder ab, damit sie am Sankt-Veits-Tag mitsingen kann.«

Die Mena hatte schon früher wahrgenommen, wie das Wichtlweibl im Gespräch mit dem älteren Gesinde ganz unglaubliche Ding wußte, von Höfen und Menschen, von Lebendigen und Toten, und hätte gern allerlei von ihr erfahren; aber sie hatte stets vor der alten Einlegerin Angst empfunden. Es kam ihr daher gelegen, daß die Wichtlin selber sie einer Frage würdigte: »Na, wie geht es dir? Hast du dich schon hineingefunden?«

»Gut«, sagte die Mena. »Es ist ja recht schön da heroben und die Arbeit kurzweilig! Ich studier mir dabei alleweil die Leut. Zum Beispiel: der Schindertoni, der kommt mir vor wie ein Jäger; dann der Riesenhans, die Kleindirn ...«

Das Wichtlweibl unterbrach sie: »Freilich, freilich ist er ein Jäger! Ein Wildbretjäger und ein Weiberjäger, wie keiner in neun Pfarreien zu finden ist.« Sie sog ihre dünnen Lippen ein, als koste sie etwas besonders Gutes, und ließ ein saugendes Schnalzen hören. »Merk es dir, der geht auf die jungen Dirndln wie der Metzgerhund auf die Kälber. Hüt dich! Der Schindertoni ist wohl der schönste Mann im Ort; aber mit allen Salben geschmiert! Der läßt sich von den Weibsbildern Geld geben! Und arbeiten tut er nur alle heiligen Zeiten. Dafür hat ihn auch der Teufel schon halb in seinen Krallen. Auf solche geht er nämlich! – Dirndl, schau auf deinen Weg! Hundertmal besser ist's, Selbstzwang zu leiden, als fremden. Und frisch gepackt, ist halb getan; das hab ich bei der zuwidrigsten Arbeit bestätigt gefunden. Und was den Lohn anbelangt; ein Dienstbot muß damit umgehn wie mit Safran. Die Dirn muß zur Bäuerin halten, dann fahrt sie gut. Und wenn was fehlgeht, kein Lamento schlagen. Eine gescheite Henn verlegt auch hie und da ein Ei. Und der Mensch ist noch nicht geboren worden, dem alles im Leben glückt. Sich über das wenigste kränken, sich über das meiste freuen, und über das Allerernsteste – lachen. Ja, und daß ich zum Riesenhans komm: er hat ein gutes Herz; versauft aber sein ganzes Gerstl und ißt jeden Sonntag Bratwürst beim Bräu. Die Kleindirn hat den großen Geiz; die klaubt jeden Zwirnsfaden auf, der vom Kittel der Bäuerin fällt.«

Die Mena war stolz, durch das Wichtlweibl einer solchen vertraulichen Belehrung gewürdigt zu werden, und fast ungehalten, daß die Heimkunft des Riesenhans die Stimmung bei den Haushütern zerstörte.

Der Hans war etwas benebelt. Er hatte ein Trüpplein halbwüchsiger Mädchen bei sich. »Schaut mich gut an!« rief er. »Wär ich nicht ein richtiger Mann für euch?« Die Mädchen lachten ganz unsinnig. Das Bild, der Riesenhans, umgeben von einer Schar kleiner Menscherln, wiederholte sich jeden Sonn- und Feiertag. Dieser Tag war für die Kinder nicht gerade der glücklichste; das selige Leben der Woche, der Arbeit, des Dabeiseins bei den hunderterlei ländlichen Hantierungen und doch wieder völligen Freiseins war dahin; die Großen gingen ihre eigenen Wege, die für die Kleinen ohne Reiz und voller Unverständlichkeit waren. Und da sie im allgemeinen streng, ja anscheinend lieblos behandelt wurden, als etwas Nebensächliches, wenn nicht gar Unerwünschtes, jedenfalls als etwas, das sich nicht einbilden sollte, irgendeine Wichtigkeit zu haben, war es kein Wunder, daß sie sich aus dieser Welt der ernsten Gesichter, Schelte und Püffe flüchteten und mit Lust um den Riesenhans scharten, der sie immer hätschelte, immer ein paar Kreuzer für Gerstenzucker übrig hatte und genug Zeit, sich für sie an die Schnitzbank zu setzen. Er musterte jetzt die sonderbare Gesellschaft und lachte. »Wichtlin«, sagte er, »was strickst du denn so fleißig? Für wen gehören denn die Schafwollstrümpf? Etwa für deinen Bräutigam?«

Die Wichtlin ließ das Gelächter, das insbesondere der Vize unnatürlich lang fortsetzte, verhallen. Sie nahm es als eine heilkräftige, wenn auch bittere Medizin; sie wußte bereits, der Kelch des Lebens, bei den ersten Zügen von solcher Süße und Köstlichkeit, mußte bis zur Neige geleert werden. Wußte, daß nichts über den Spaß ging, einen kleinen Hund, ein Bettelmännlein oder sonst wen, der weder nützen noch schaden konnte, so recht vom Grund aus zu ärgern. Sie saß vornübergebeugt, die Hakennase berührte fast das Kinn, und blinzelte der Mena zu, als wollte sie sagen: Die Hauptsach weißt du! Aber der Hans ließ nicht ab, in seiner schwerfälligen Weise das alte Strickweiblein zu tratzen. »Ich mein immer, in dich könnt sich noch einer verlieben.«

Das gab ein Gelächter.

Das Wichtlweibl blieb ruhig und heiter. »Glaubst du denn«, fragte sie, »daß es zu meiner Zeit keine lustigen Menschen gegeben hat? Keine feschen Mannsbilder, Tänzer und Gasselbuben? – Meinst du denn, ich hab mir da nicht auch so viel von diesen Sachen geholt, als ich gewollt und gekonnt? – Was die Strümpf anbelangt, so gehören sie dem Helfunsgott-Florl, der hat sich im vorigen Winter die Füß erfroren. Und weil kein einziger Mensch in der Pfarr sich erbarmt, hab ich mich seiner erbarmen müssen.«

Jetzt schwiegen alle. Der Schiering nickte vielsagend. Der Lanzenreiter drehte seinen vizeköniglichen Schnurrbart, und der Jodl schlug nach den Stechfliegen. »Wichtlin«, sagte der Hans endlich, sichtlich bestrebt, sie zu versöhnen, »ist's wahr, daß du einmal eine große Sängerin gewesen bist? Daß du die allerschönsten Lieder gekannt hast?«

»Schönere schon wie die heutigen«, kam es spitz zurück.

»Sing uns so ein altes Lied«, bat der Hans hartnäckig.

»Damit ihr was zum Lachen hättet, ihr Höllteufel!« meinte sie.

Der Hans erschöpfte sich in Beteuerungen, und die andern stimmten laut bei. Aber zugleich erfaßte alle eine Angst, wie komisch das ausfallen mochte und ob sie dabei nicht wieder alle laut lachen müßten und sie so doppelt beleidigen. Jedoch es geschah etwas ganz anderes. In der großen Stille hob eine dünne, gleichsam zerbrechliche Stimme zu singen an ...

>»Meine Leut, seid still,
>Was ich euch singen will,
>Das ist ein neues Lied,
>Ich hab mir's selbst studiert ...«

Keins rührte sich. Es war unbegreiflich, was da sang; diese Stimme war keine irdische Stimme, sie kam wohl aus einem versunkenen Lande, das einmal voll Schönheit und Glück gewesen, aus einem unterirdischen Kerker, aus dem es keine Rückkehr mehr gab. Sie griff mit einer Geisterhand allen ans Herz: Jugend und Alter, Kraft und Schwäche, geschwellte Muskeln und zitternde Hände waren verschwunden: Es lebte nur mehr das Leben der Ewigkeit.

Die Heimkehr der Haginghofer Eheleute unterbrach diese Stimmung. Im Schein der sinkenden Sonne kamen sie den Feldweg herüber. Am Haginghofer glänzten die vier Reihen von gekrausten Silberknöpfen auf Rock und Weste, die massive Uhrkette mit den vielen Anhängseln, der über und über mit Silber beschlagene Ulmerkopf, eine Tabakspfeife, die er wie ein Szepter lässig in der Rechten trug; und es glänzte auch sein Gesicht, ganz durchsättigt von Völle und Zufriedenheit. Und nicht viel weniger glänzte es an der Bäuerin; die Goldhaube, die Halskette und die Ringe; kein Wunder, daß es den Armseligen unterm Hollerbusch dünkte, als ob das Paar direkt aus dem Hintergrund des rötlichen Abendhimmels zur Erde herabgestiegen käme. Auch war der Haginghofer in der besten Laune, das stand sogleich für alle fest; nicht ganz so sicher war die Ursache dieser guten Laune, und warum er sie seinen Leuten gegenüber zeigte. Vielleicht war es die Musik, das Treiben im Tanzsaal, das Essen, der Wein, die allgemeine Hochachtung, die man ihm entgegengebracht, vielleicht die Schönheit des Sommerabends, das urkräftige Leben ringsum oder der Anblick seines Hofes, der als eine Art Bauernkönigssitz vor ihm lag, kurz, mochte es was immer sein: er blieb stehen und sagte: »Ah, da schau her: das sind einmal vier wunderliche Haushüter!« Und die vier Menschen unterm Hollerbusch erglühten in einer starken Verlegenheit; sie fühlten sich klein und hätten sich am liebsten ganz verkrochen.

Aber es kam noch besser. Während die Haginghoferin sich von der Mena die Handarbeit zeigen ließ, stopfte ihr Mann die Pfeife und reichte dann seinen ledernen Tabaksbeutel dem Schieringhies. Zugleich erklärte er, wie man eine Pfeife stopfen müßte, damit sie richtig zöge. Nachdem Schiering der Einladung respektvoll nachgekommen, wandte sich der Vorstand herum. »Und ihr zwei, wollt ihr nicht auch einmal meine Mischung probieren?« Das war das Höchste. Der arme Vize und der noch viel ärmere Kropfjodl gerieten in einen höflichen Wettstreit; jeder wollte bei dieser Ehre dem anderen den Vortritt lassen. Ihre Gesichter tauten auf wie gefrorener Honig in der Ofenwärme; eine selige Rührung strahlte aus den Falten und Krähenfüßen ihrer Mundwinkel und Augen. Und der Haginghofer sah ihnen schmunzelnd zu; dann ging sein Blick zum Wichtlweibl, von ihr zum Vize, er lächelte, und es war dies jenes boshafte Lächeln, das stets einem Spaß von seiner Seite vorauszugehen pflegte. Wenn er angeheitert war, kannte er dann kein größeres Vergnügen, als zwischen zweien, von denen er wußte, daß sie insgeheim in der Hadergasse lebten, den alten Groll aufzuschüren. Er wußte auch genau, daß die Wichtlin ausgiebig hassen konnte, und besonders darin zäh war, sich ihre Rache für einen günstigen Zeitpunkt zu sparen. Man konnte ihr das nicht verübeln. Sie hatte zeitlebens viel Bosheit erfahren müssen und sich daher, zur Abwehr, ein hartes Außenleder und einen Sack voll giftiger Worte zurechtgelegt, die tief ins Fleisch dringen konnten. Diese Bosheit war nicht ganz so schlecht wie ihr Ruf, und gewiß auch eine jener durchaus notwendigen Einrichtungen, womit die Natur ihre Maschinerie im Gang hält.

»Wichtlin«, sagte er, »ich weiß wohl, die Leut tun heutigentags viel lügen; aber sag, ist's wahr, daß du, als ein junges Mensch, drei und vier Liebhaber auf einmal gehabt hast?«

Die Wichtlin blickte grün. »Wer sagt das?« zischelte sie.

Der Haginghofer sah auf den Vize: »Da hast du's!«

Das Wichtlweibl schoß in die Höhe. Ihre Krücke fiel zu Boden. Ihre dürren Hände zitterten, als wollten sie einen unsichtbaren Feind fassen und würgen.

»Du Lügenmaul, du gottvermaledeites!« zeterte sie. »Das

ist wahr, daß es in neun Pfarreien keinen größeren Bock gegeben hat als dich! Dreizehn Bankerten hast du in die Welt gesetzt.«

Der Haginghofer brach in ein großes Gelächter aus. »Vize, laßt du dir das gefallen?« rief er.

Der Vize stotterte etwas. Sein Schnurrbart wippte auf und nieder. Er streckte den Kopf weit vor, und die beiden alten Menschen glichen jetzt zwei zerzausten Geiern, die sich einander die Augen aushacken wollten. »Soviel ist wahr«, sagte er, »du bist so männernärrisch gewesen, wie nicht leicht eine! Nun ja: du warst tesch. Bei dir hat sich das Sprichwort bewahrheitet: junge Engel, alte Teufel.«

Der Bauer schüttelte sich vor Lachen, daß die doppelgliedrige Uhrkette über seiner grünsamtenen Weste auf und nieder sprang. Er fing zu husten an, erholte sich aber wieder und lachte von neuem los. »Wichtlin«, rief er, »hau zurück!«

Das Wichtlweibl ließ ihr saugendes Schnalzen hören; Speichel floß aus ihrem Mundwinkel. Sie schrie: »Du zaundürrer, du ausgekochter Geier, du! Wann ich so ein Mannsgesicht anschau wie deins, wird mir ganz übel.«

Der Haginghofer lachte unaufhörlich und sagte endlich lachend zum Schieringhies: »So! – Der Mensch muß auch seinen Spaß haben. Jetzt komm und lies mir die Kaiserred vor!«

Bei dem Worte »Kaiserred« erschrak die Mena. – Also doch! dachte sie, und sogleich meldete sich der alte Kummer wegen des weißen Kleides. Ab und zu drangen Bruchstücke der Rede herüber: – »seinem angestammten Kaiserhause Seiner Majestät untertänigst ans Herz ... zu schirmen und zu schützen ...« Sie hätte am liebsten geweint.

Das Wichtlweibl schlang einen Rosenkranz um die Hände und schien zu beten. Der Kropfjodl schlug nach den Gelsen. Der Vize schnappte an seiner Pfeife, so als ob er unbedingt verpflichtet wäre, eine bestimmte Zahl solcher Schnapper vor dem Bettgehen hinter sich zu bringen.

Die Sehnsucht des Blutes

Das Lachen des Haginghofers klang der Mena noch ein paar Tage in den Ohren. – Wenn er so lachen kann, da werd ich vielleicht bei ihm mit meinem Ansuchen mehr Glück haben. Sie lauerte, bald im Stall, bald in der Tenne, und wie sie ihn am Vorhaustisch sitzen sah und nach dem Lanzenreiter fragen hörte, trat sie vor ihn hin: »Ich hätt eine Bitt«, sagte sie.

»Ja, und?« Bei dieser Frage zog er die Augenbrauen hoch, und der große Mund bekam energische Linien. Aber er war sehr freundlich und sagte: »Freilich! Geschwister müssen fest zusammenhalten.«

Es war ein wunderherrlicher Tag. Zahllose Lerchen stiegen singend auf und nieder, die Grillen zirpten, und über den Wiesen schwebten Hunderte von braunen, weißen und zitronengelben Faltern. Die Mena trug ihr bestes Kleid, das freilich schon anfing, überall zu kurz zu werden, besonders an den Ärmeln, obgleich sie den Saum ein paarmal herausgelassen hatte. Es tat ihr wohl, die viele Arbeit und die strengen Augen der Bauersleute einmal vergessen zu dürfen und einen ganzen Tag für sich zu haben. Sie sog alles ringsum wie einen gewohnten und ganz unentbehrlichen Wundertrank in sich ein: den Sonnenschein, der auf den Wiesen lag, den Morgentau, der an den Gräsern funkelte, die braunen Äcker, deren Dampf wie ein Opferrauch zum Himmel stieg. Sie riß die blauen Ellenhuberaugen weit auf und staunte. Sooft sich ein Nebelschleier hob, kamen Bilder zum Vorschein, ganz in Farben getaucht, Pflüger mit sattbraunen Pferden, glänzendschwarze Raben, die krächzend aufflogen, und weißärmelige Mäher, die ihre Wetzsteine an den blinkenden Sensen hin und wider führten. Auch das kleine und allerkleinste Leben trat in diesem scharfen Morgenlicht mit höchster Deutlichkeit hervor, jedes Blättchen, jeder Halm und jeder Stengel, jede Blüte, Biene und Wespe, die darin saugte, und die feinen Spinngewebe mit den grasgrünen Spinnerinnen, die geschäftig auf und nieder liefen. Was sie empfand, war etwa dies: Wie glücklich bin ich, daß ich lebe, atme, wandere!

Aber in diesem Augenblick legte sich ein Eisenreifen um ihr Herz: Wie werde ich meine Geschwister antreffen? – Sie hatte jedes einzelne immer noch so vor Augen, wie es damals, in der bitteren Woche, von ihr Abschied genommen. Sie stellte ihren Handkorb auf den Boden und deckte ihn rasch auf, um zu sehen, was die Bäuerin ihr wohl mitgegeben haben mochte. Es war überaus viel, zum Essen und zum Schlecken, und sie dachte gerührt: im Grunde ist sie doch gut!

Gar befremdlich schien ihr der fremde Ort und das hüttenartige Haus, über dessen Eingang ein Schild mit der Aufschrift hing: Ruppert Langer, Rechenmacher. Auf dem Platz davor war ein Berg Blöcher aufgeschichtet, und wie sie eintrat, hörte sie rückwärts klopfen und hämmern. Sie ging einen finsteren Gang zurück, wo es beklemmend nach altem Hausrat und Moder roch, und hielt vor einer Tür, die ein verglastes Guckloch hatte. Sie blickte durch die verstaubte Scheibe ins Innere und stand wie gebannt: Jörgei, der beim großen Abschied so tapfer gewesen, saß rittlings auf einer Schnitzbank, die dünnen Beine in viel zu kurzen Hosen, die Füße in Holzschuhen, die traurig komisch herabhingen, die Hemdärmel aufgekrempelt, so daß man die übermageren Arme sah, während die Hände krampfhaft ein großes Reifmesser hielten und mit Eifer einem Rechenjoch entlangführten. Er neigte den Kopf nach rechts und nach links, zog hier einen blattdünnen Span, dort einen herab, und beaugapfelte unermüdlich sein Werk. Das Gesicht, von einem strohblonden Haarschopf umrahmt, war gegen ein winziges Fenster gerichtet, das einzige, das der Raum hatte und das eher einer Schießscharte glich; ein blendender Sonnenstreifen fiel eben herein und beleuchtete das Antlitz des Bruders. Die Mischung von Kindheit und Ältlichkeit darin, als ob es einmal durch einen Schreck jäh aus dem Glück der Kindheit in den Gram des Alters hineingestoßen worden wäre, ergriff sie so, daß ihr augenblicklich die Tränen in die Augen traten. Aber sie nahm sich sofort wieder zusammen, hüstelte, klinkte endlich die Tür auf und sagte in einem lustigfrohen Ton, worüber sie sich nachher selber wunderte: »Guten Morgen in aller Früh!«

Der junge Rechenmacher starrte auf sie wie auf eine Fremde; dann fing sein Gesicht zu zittern an, und er griff nach einem Sessel, um ihn mit seinem Schurz von den Hobelspänen rein zu fegen. »Nein, so was, die Mena!« wiederholte er mehrmals.

Diese sah gleich, daß er im Grund in einer gedrückten Stimmung war, aber nicht als Folge einer Laune oder eines Ärgers, sondern gleichmäßig belastet von dem Geschick, das alle Ellenhuber Geschwister getroffen hatte. Ein Glück, daß der Alte nicht hier war, so konnte er in der schönsten Manier über die Verlegenheit hinwegkommen, indem er der Schwester mit sichtlicher Freude alle Einzelheiten darlegte, wie das bäuerliche Werkzeug stufenmäßig vom rohen Block bis zum glattpolierten Rechen sich vollendete. Da lehnten im Winkel stablange Fichtenpfosten, wie man sie in unregelmäßiger Dreikantform vom Baumstamm gespalten, nebenbei Hölzer im Ausmaß der Joche; endlich lag da ein Haufe lärchener Klötze in Zahnlänge, sah man einen Zwieselstock mit messerscharfem Rundeisen, so daß unten der fertige Rechenzahn herausfiel.

Die Mena freute sich, wie der Bruder vor ihr so das vertraute und geliebte Instrument zusammensetzte. Nebenbei gingen ihre Augen forschend durch den Raum, dessen Wände aus nackten Steinen bestanden, ohne Mörtel. In einer Ecke, verborgen hinter Gerümpel, entdeckte sie ein Bildchen unter Glas und Rahmen: Josef, der Zimmermann, einen Balken messend, und zu seinen Füßen der spielende Jesusknabe. Mit raschem Instinkt erkannte sie, daß es zwischen Jörgei und diesem Bild irgendeine Bewandtnis hatte. Dann kramte sie ihren Korb aus, und da des Bruders Armseligkeit sie überaus stark gepackt, gab es einen gegupften Haufen von Klötzen, Apfelsinen, Krapfen und überdies einen blauseidenen Schlips. Die Schönheit dieses Halstuches schien den Beschenkten dermaßen zu berauschen, daß er auf seiner Schneidbank wie elektrisiert hin und her rutschte und ausrief: »Zu diesem Schlips kauf ich mir einen Plüschhut und einen Sonntagsanzug, und wenn ich zehn Jahre sparen müßt!« Die Mena mußte zu diesem gewaltigen Vorsatz hellauf lachen; unterbrach sich aber sofort, als wieder jener eigentümliche Leidenszug auf dem brüderlichen Gesicht erschien. »Wenn du den Anzug einmal hast«, sagte sie ernst. »Den Hut kauf ich dir, damit es schneller geht.«

»Aber aus Plüsch?« fragte er mit leichtem Mißtrauen.

»Aus Plüsch!« bestätigte sie.

»Mit einem Adlerflaum?«

»Mit dem schönsten und teuersten Adlerflaum, der zu haben sein wird.«

Dieser Adlerflaum taute den Jörgei restlos auf. Er redete über alles mögliche, als ob ein Rad in ihm losgegangen wäre, führte die Übel an, die ihn hier plagten, wollte gern alles ertragen, nur eins nicht. Die Frau verwende ihn zum Kühmelken, auch darüber wollte er nichts sagen, aber ein Nachbardirndl hätte ihn dabei gesehen, und wenn sie ihn jetzt nur erblickte, schrie sie schon im Takt: »Kühmelker! Kühmelker!« Kaum war er mit dieser Geschichte zu Ende, als er zu weinen anfing.

Die Mena war einen Augenblick sprachlos. In dieser Bosheit also, gegen die er sich wehrlos fühlte, lag sein tiefster Lebenskummer. Und es war auch eine bitterliche Bosheit und wohl auch eine zielbewußte; denn schon die kleinen Menscherln, und noch viel mehr die großen, verfolgen und schmähen bekanntlich alles, was nicht in den Rahmen ihres Bildes vom Manne, in ihr »Mannsbild«, paßt.

Plötzlich fuhr der Jörgei ans Fenster. »Da ist sie!« Und die Mena war auch schon zur Tür hinaus und riß die Peinigerin an der Kittelfalte herein. Aber nicht etwa mit einer sanften Gewalt, sondern in einer Art Raserei; sie schwang ein Rechenjoch und schrie: »Ich schlag dich mausetot, wenn du meinen Bruder noch ein einziges Mal ausspottest.« Sie puffte ihre Gefangene hin und her. »Warum beschimpfst du ihn denn? – Ich reiß dir die Haare strähnenweise aus, wenn du dich noch einmal unterstehst! Gleich bittest du ihn um Verzeihung!«

Die Spötterin war sehr willig. Aber ihr Jammergeschrei hatte bereits das ganze Haus durchhallt; schlurfende Schritte ließen sich hören, und im Eingang erschien eine Gestalt, die zum Lachen gereizt hätte, wenn die Lage nicht so ernst gewesen wäre. Das Knochengerippe, mit einem zehnmal geflickten Kittel bekleidet, schien sich in dem Bilde, das sich ihr bot, gleich zurechtzufinden. »Ein rechtes Muster!« sagte sie. »Immer zahnen und zahnen! Ist gut, wenn das Laster einmal ordentlich gerüffelt wird. Bist wohl die Schwester vom

Jörgei? – Ja, im Anfang hat er den Kopf ein bißchen hängen lassen, aber jetzt hör ich ihn schon öfter singen oder pfeifen!«

In der Stube sah und hörte sie endlich die so gelobten Zeisige und Finken, das lebende Theater, das aber, da der Ofen nicht geheizt war, einen toten und verstaubten Eindruck machte. Die Kaffeeschale mit dem abgeschlagenen Henkel, der verbogene Löffel, die große Ärmlichkeit im Gegensatz zum Haginghof machte sie betroffen. Und wie sie eine der Rohrnudeln mit Weinbeeren auseinanderbrach, lag in der blühweißen Bruchstelle tatsächlich eine selten große Weinbeere, die sich aber bei näherer Betrachtung als etwas anderes, ziemlich Schreckhaftes entpuppte: diese Beere hatte Füße, winzige Füße, und war zweifellos noch gestern fröhlich und munter in den Ritzen des theatergekrönten Kachelofens herumspaziert. Die Mena wünschte, daß sie allein diese Beere gesehen hätte, aber der Jörgei, der in einemfort beglückt zu ihr aufsah, hatte feine Augen: er brach unvermutet in ein starkes Gelächter aus. Wohl erklärte sie glaubhaft, daß er über die Aburteilung seiner Verfolgerin ganz übermütig geworden wäre, aber wie sie die gefährliche Rohrnudelhälfte geschickt in ihren Korb praktizierte und vernehmlich aufatmete, brach er neuerlich in Lachen aus, und er konnte sich gar nicht zurückhalten, als die gute Meisterin ihr den Teller mit den Wuchteln unter die Nase schob und bat, zuzugreifen. Sie redete dabei unaufhörlich, und bei der Schilderung der wunderbaren Eigenschaft ihrer beiden Milchkühe kam sie vom Hundertsten ins Tausendste. Eine davon war eine Abnormität, hatte nur zwei Zitzen, war um den billigsten Kaufpreis erstanden worden und gab vierzehn Liter Milch, wie sie behauptete.

Die Mena hielt indessen die zweite Rohrnudel in der Hand, zögerte aber mit einer Miene, gemischt aus Spannung und Angst, und der Bruder hielt seine Augen auf sie gerichtet. Als aber wiederum eine »Weinbeere« drinlag, und die Mena, in einem Anfall verzweifelten Humors, schaudernd ausrief: »Habt ihr aber große Weinbeeren!«, brach er abermals in ein närrisches Gelächter aus. Die Mena lachte mit, fuhr ihm durch seinen Wuschelkopf und behauptete, die Szene mit der Spötterin lasse ihn nicht mehr los.

Die Rechenmacherin wackelte fröhlich mit dem Kopf über so viel lustige Jugend und meinte, der Jörgei hätte die ganze Zeit über nicht so viel gelacht, als in dieser einen Stunde. Das Lob ihrer Kochkunst schien sie ungemein zu freuen, so daß sie beim Abschied versicherte: »Wenn du mir vor dem nächsten Besuch eine Botschaft sendest, back ich eine Pfann mit Rohrnudeln und such die allergrößten Weinbeeren aus.«

Die Mena war froh, als sie endlich außer Hörweite mit dem Bruder zwischen den Wiesen hinmarschierte. Jetzt brach die Lachlust ganz hemmungslos hervor, sie bogen sich vor Lachen, und diese Heiterkeit begleitete sie noch eine ziemliche Strecke, bis sie zu einem Bachtümpel kamen, mit einer Schar Enten. Hier verfütterte die Mena die Nudelbrocken und gab dem Bruder die Hand. »Jörgei!« sagte sie. »Tapfer aushalten! Wenn du einmal ein tüchtiger Rechenmacher geworden bist und ich eine Bäuerin, dann bestell ich gleich ein Dutzend Rechen bei dir!«

Befriedigt schritt sie aus. Ihr war, als ob das Lerchengetriller, das Gezwitscher der Rotkehlchen, das tiefe Brummen und Summen der Insekten eine besondere Lust ausströmten. Ab und zu tauchten Gehöfte auf, weiße Häuschen, einem Spielzeug nicht unähnlich, blinkende Wasserläufe, dunkle Gehölzinseln, eine Postkutsche, von einer weißen Staubwolke getragen.

Aber als sie sich dem Anwesen näherte, wo das Brigei untergebracht worden war, fing ihr Herz wiederum ängstlich zu schlagen an. Sie war immer die Schwächste gewesen, die Soph ausgenommen, und der Ähnl hatte sie nie anders als »der kleine Zweck« genannt. Ihre Befürchtungen schienen nicht unbegründet: es war eine erbarmungswürdige Frette. Zerzauste Hühner liefen aufgeregt hin und her, und auf dem Anger weideten rippendürre Ziegen. Durch die offene Stalltür sah sie ein paar magere Kühe, und bei einer derselben hockte eine kleine Melkerin, ein weißes Tuch um den Kopf gebunden: das Brigei... Die Mena war über das arme Häuflein Mensch gerührt. Und auch der Melkerin fiel fast der Eimer aus den Händen, als sie sich umwandte: »Nein, aber nein! Bist du's wirklich?«

Die Schwestern sahen sich mit einem festen Blick an; das Brigei tat, als ob es sich unversehens mit dem Schürzenzipf übers Gesicht wischte, aber in Wirklichkeit rollten ihr die Tränen über die Backen. Und dann kam Leben in sie: der Bauer und die Bäuerin wären auf dem Viehmarkt und sie allein zu Hause. Sie zeigte der Mena die Räumlichkeiten und zuletzt ihre Schlafstätte, in einer Kammer, mit altem Ochsengeschirr und Werkzeug: ein wackeliges Holzbett, ein Kleiesack und ein Pferdekotzen. Die Mena packte ihre Gaben aus, aber die Schwester versteckte alles schnellstens. »Wenn die Bäuerin sieht, daß ich etwas Eßbares bekommen hab, krieg ich überhaupt nichts mehr in die Schüssel.« Sie suchte ein paar gröppische Schuhe hervor und zwang sie an die nackten Füße; einer davon hatte ein talergroßes Loch in der Sohle. Dann ließ sie es sich nicht nehmen, die Mena eine Strecke zu begleiten. Sie gingen einen Fußweg hin, der einen Bach entlangführte. Die Mena war bedrückt; sie fühlte die ganze Armut und Verlassenheit der Schwester und daß gerade sie einen solchen Hungerplatz hatte erwischen müssen. Wie sie sich ihr elendes Bett vorstellte, brach sie unvermittelt in Schluchzen aus. »Gott, was wir unglücklich sind!« sagte sie.

Das Brigei stand in höchster Verwunderung. Sie betrachtete stumm ihre weinende Schwester und rief dann: »Was röhrst du denn, Mena-Dirndl?« Sie holte einen steinharten Zelten aus ihrem Kittelsack, warf ihn in die Luft, fing ihn wieder auf und biß mit ihren jungen Zähnen kräftig hinein. »Wegen meinem schlechten Bett? – Oh, mein Gott und Herr, das wird oft eine ganze Woch nicht aufgebettet. Aber ich mach mir nichts draus. Jeden Abend hops ich lustig hinein und sing:

> Hinein in die alt Gruben,
> Kein neue ist nicht baut wurden ...«

Sie sprang die Böschung hinab, suchte etwas, kam zurück, riß den Schuh vom Fuß und drückte einen flachen Stein, den das Wasser in jahrhundertelanger Arbeit glatt poliert, so ins Leder, daß er das böse Loch in einwandfreier Weise ausfüllte. »Juhu!« rief sie, probierte aufzutreten und machte einen Luftsprung. Die Mena mußte unter Tränen lachen. Die Schwester geriet ob dieser Wirkung immer mehr in Übermut. »Warum denn röhren?« rief sie. »Mir geht's doch nicht schlecht. Erstens will ich hier bleiben, um mein Jahr voll zu haben, und dann, wenn ich das ausgehalten hab, kann's mir in der Zukunft nur besser gehn, weil's schlechter gar nicht mehr möglich ist. Und heimlich lach ich im Bett über die beiden Pfennigfuchser, die sich ein richtiges Bauerngut erhungern wollen, so viel, daß ich mir den Tuchentzipf in den Mund stecken muß.« Sie erzählte unglaubliche Beispiele hartnäckigen Sparens und Geizens, worüber beide immer wieder in ein fröhliches Gelächter ausbrachen. Man sollte im Winter die Kastentür nicht aufmachen, da ging es kalt heraus, sollte nicht herumlaufen, das kühle die Stube aus, man sollte Kaffeeabsud, alte Tüten, Zeitungspapier und Gottweißwas den Ziegen verfüttern. Abends, beim Licht eines Ölstocks, ermunterten die Eheleute sich gegenseitig, um Gottes willen ja jeden Groschen zehnmal umzudrehen, bevor man ihn ausgäbe. Sie wurden von den Leuten der »Geiz-Medard« und die »Geiz-Medardin« genannt, während sie selbst das »Geiz-Medard-Brigei« hieß.

Daran knüpfte die Mena ihr eigenes Erlebnis vom Haginghof, und daß die Leute sie das »Haginger-Ruschl« hießen. Sie lachten, wurden dann aber wieder ernst. »Betest du auch manchmal für Vater und Mutter?« fragte die Mena. Die Schwester sah der anderen mit einem ernsten Blick in die Augen. »Freilich«, sagte sie, »manchmal packt mich schon auch der Kummer, wenn ich so zurückdenk! Aber wenn er ganz in die Höh will und mich drangsaliert, druck ich ihn ein für allemal fest hinab.«

Darüber mußte die Mena lachen und sagte: »Behüt dich Gott, Geiz-Medard-Brigei!«

»Behüt dich auch Gott, Haginghofer-Ruschl!« gab diese lachend zurück.

Solange die beiden Schwestern sich sehen konnten, winkten sie sich zu, und als sie sich außer Sicht bekommen und die Mena sich nochmals umblickte, bemerkte sie auf dem Dache eines Heustadels ein hüpfendes Ding und ein wehendes rotes Fähnchen: das war das Brigei und sein Kittel.

Aber die Mena durfte nicht säumen; die Lena wollte sie unbedingt noch besuchen und auch den Ähnl. Für den Naz und den Gang reichte es nicht mehr, und auch die Soph war zu weit auswärts. Als sie vor einem besonders schönen Anwesen, halb Bauernhof, halb Försterhaus, stand, mußte sie lächeln: Wie hätte da hinein das Geiz-Medard-Brigei gepaßt? – Sie begriff, warum die kinderlosen Hofbauersleute sich gerade die »schöne Lena« ausgewählt hatten. In der Stube war es so fein, und im ersten Augenblick erkannte sie die Schwester nicht, so schön war sie geworden und so reich war sie ausstaffiert. Sie hatte einen hellblauen Rührkübel zwischen den Knien und butterte drauflos. Und auch die Lena ihrerseits betrachtete die sie besuchende Schwester mit einem Blick, der etwas Kaltes an sich hatte. Die Augen der Bäuerin folgten ihrer Ziehtochter mit Wohlgefallen, und als diese auf eine Minute hinausging, sagte sie: »Es ist schon vorgekommen, daß eine solche, die sonst ihr Leben als eine Stallmagd hätte beschließen müssen, eine feine Dame geworden ist. Das gibt's! Schönheit ist rar und wird gesucht.« Tatsächlich war ihr Gesicht von einer seltenen Regelmäßigkeit, der Mund prächtig gemodelt, die braunen Augen voll Seligkeit, die Wangen von einer Rundung und Frische wie die Pfirsiche in der Reifezeit. Begreiflich, daß am Sonntag, wie die Bäuerin versicherte, öfter die Kirchenbesucher stehenblieben, ganz außer sich über dies leibhaftige Menschenwunder.

Die Mena dachte bei ihrem Weitermarsch: Ich wünsch ihr alles Glück. Meiner Hilfe wird sie jedenfalls nicht bedürfen. Aber was ist das nur, was mich an ihr so erschreckt hat? – Ist das Stolz oder Hochmut oder was?

Es ging schon gegen Abend, als sie auf das kleine Haus zusteuerte, das, unweit von Ellenhub, auf einer Kuppe lag. Es paradierte fein in der Landschaft, flankiert von vier pyramidenförmigen Zederbäumen, während links und rechts vom Haustor die zunderroten Blüten zweier Oleanderbäume in der sinkenden Sonne leuchteten. Menas Herz schlug laut, als sie sich auf dem Wiesenweg näherte. Der Ähnl saß auf der Hausbank und rauchte seine Pfeife. »Grüß Euch Gott, Ähnl«, sagte sie.

Er lachte und führte seine Enkelin fuchsmunter in die Stube. Hier schlappte er in seinen Pantoffeln vom Schüsselkorb zum Ofen und wieder zurück und tischte Kaffee auf, während die Mena ihre Erlebnisse und Bitternisse unter den fremden Leuten und die ihrer Geschwister erzählte. Er fuhr ihr streichelnd über die Hand. »Bist ein armes Waisenkindel!« sagte er. »Aber der Herrgott wird dir und den Geschwistern schon durchhelfen. Habt ja einen guten Kern in euch: von Ellenhub! Und du bist schon eine ganz echte. Und ein schönes Dirndl bist du auch geworden! Sapperlot, fast so hübsch wie deine Ahnl! Könnt leicht sein, daß ich mich in dich verlieben tät, wenn ich jung wär!« Er wies auf zwei kleine Ölbilder an der Wand, in einem Rahmen aus winzigen Muscheln und Schneckenhäuschen: in dem einen Feld der Ähnl, als junger Mann, in einer altertümlichen Fuhrmannstracht, in dem andern ein Mädchenporträt von südländischer Schönheit.

»Aber«, rief die Mena aus, »das ist ja eine blutjunge Dirn, und die Ahnl muß doch alt sein.«

Darüber brach der Ähnl in ein herzliches Gelächter aus.

Die Mena konnte die beiden Bilder nicht genug betrachten; sie hatte eine Empfindung, als ob sie in einen Abgrund von Geheimnissen blickte. Es war ihr wie eine Offenbarung, daß auch der Ähnl und die Ahnl jung gewesen, wie sie, schön und jung und glücklich, und daß beide alles Glück und auch alle Leiden und Kümmernisse des Lebens durchgemacht hatten. Der Ähnl wurde inzwischen immer ausgelassener. »Ja«, rief er, »die Ahnl, die hat es nun auch schon lange hinter sich, das Leben, und bald hab's auch ich hinter mir: drum pfeif und sing ich auch den ganzen Tag.« Dann gab er ihr einen neuen Silbergulden. »Nach Jahr und Tag«, sagte er, »werd ich dich fragen, ob du ihn noch hast, und wenn du ihn noch hast, leg ich dir drei funkelnagelneue dazu.«

Beim Abschied meinte sie: »Du hast's still da heroben.«

»Die heilige Ruh«, sagte er, »ist das Beste in der Welt. ›Du sollst keinen Lärm machen‹, das tät ich als das elfte Gebot ansetzen.«

Die Mena wanderte heimwärts. Bald sah sie jenseits des Tales den Wald, wo der Hagingho flag. Bei einem Bildstock, mit einem schattigen Baum, machte sie halt, zog die neuen Schuhe aus, die sie etwas drückten, und verweilte bei den Erlebnissen des Tages. Am meisten wunderte sie sich über des Ähnls Heiterkeit. Ihre stärkste Liebe blieb beim Brigei und Jörgei. Sie bereute, so oft mit ihrem Dienstplatz unzufrieden gewesen zu sein. Auf dem Hagingho fumgab freilich Menschen und Dinge eine merkwürdig kühle Luft, und die Hagingho ferin hatte die ganze Zeit über nicht so viel geredet, als die Rechenmacherin in der einen Stunde. Aber bei armen Leuten dienen war noch schwerer als bei den Reichen. Wer selber nichts hat, muß den andern besonders drücken, damit er sich einigermaßen oben hält, und der Geizhals gibt immer noch mehr als der Bettler.

Plötzlich erschrak sie: Ich bin ja ganz unversehens bei Paul vorbeimarschiert! Nein, so gedankenlos! Die ganze Zeit über hatte sie in der entgegengesetzten Richtung etwas zu schauen und zu gaffen gehabt. Aber zum Umkehren war keine Zeit mehr. Sie hing sich die Schuhe über den Arm und schritt rasch aus, um noch vor Einbruch der Dunkelheit heimzukommen. Das Barfußgehen erinnerte sie an ihre Kinderzeit, wo regelmäßig, gegen Ende April, an einem der ersten sonnigen Tage, der Ruf: barfuß gehen! erschollen war. Wie alle im Nu auf der Bank, auf dem Fußboden gesessen, gierig Schuhe und Strümpfe von den Füßen gerissen, und wie der einen von ihnen dieser Jubel stets vergällt worden war: der Soph, die noch vierzehn Tag hatte warten müssen. – Es ist wahr, dachte sie, gut geht es ihnen nicht, aber leben tun sie! Sonne, Licht, Nahrung, ein Trunk, wenn es sie dürstet, ein Schatten, wenn sie Hitze leiden, das alles mangelt ihnen nicht. Und sie sind ebenso traurig und ebenso fröhlich, wie es dem Herrgott beliebt, sie traurig und fröhlich zu machen. Die Tage zogen vorüber, wo eins nach dem andern fortgemußt, wo ein bitterer Schmerz insgeheim jedes durchzuckt, dann aber das Leben das Gleichgewicht hergestellt und die Wunde rasch verheilt hatte. Ein Kraft- und Wohlgefühl durchströmte sie bei diesem Gedanken. Es war ihr, als sähe sie rosenrote Brünnlein über Gestein und Mooswiesen laufen, als hörte sie diese Brünnlein geheimnisvolle Worte raunen, die sie zwar nicht begriff, die aber ihr Herz erschauern ließen: Du wanderst heut in ein neues Leben hinein, in ein neues Land, das du ganz unbewußt entdeckt hast und das nichts anderes ist als dein Eigenland, dein Selbst, das höchste Gut jedes Menschen.

Die Kleindirn

Seit dem Besuch bei den Geschwistern war die Mena um einige Jahre älter geworden. Etwas Besonderes war ihr dabei aufgefallen, nämlich, daß keines über die Abgeschiedenen geredet hatte; daß man im allgemeinen wohl überhaupt ungern, am liebsten aber gar nicht von ihnen sprach. Es schien, als ob es geboten wäre, möglichst wenig von den Toten, dafür aber desto ausführlicher von den Lebenden zu reden. In einer Art Verwunderung hierüber war ihr Blick in jener Stunde, wo sie von dem Ähnl Abschied genommen, wiederum an jener Stelle des Friedhofs haftengeblieben, wo die Eltern lagen. Und sogleich war es in dieser Minute über sie wie eine Offenbarung gekommen: es gibt keine Gräber! – Sie hatte gefühlt, daß die Sommerherrlichkeit ringsum von dem bißchen Tod, von dem winzigen Grabhügel nichts wußte, nichts davon wissen konnte, es war ein

Unsinn, in Anbetracht dieses Blühens, Duftens und Lerchengetrillers an den Tod zu denken: der Tod war nichts, das Leben alles.

Und in dies Leben streckte sie jetzt tief ihre Wurzeln hinein; alles, was sie fühlte, sah und hörte, war ihr Speise und Offenbarung. Ihre Arbeit tat sie mit stets gleichem Fleiß und wirklicher Freude, seit sie von dem Gedanken an ihre Geschwister befreit war. Eine seelische Last ist bekanntlich viel schwerer zu tragen als eine physische, es gehört eine besondere Kraft dazu, woraus man schließen kann, daß im Haushalt Gottes mit anderen Gewichten gewogen wird als im Haushalt der Welt. Mit dem Bauer und der Bäuerin kam sie aufs beste aus. Sie sah bei ihren Arbeiten nicht nach rechts und nicht nach links und war ehrerbietig, wenn sie in ihre Nähe kamen. – Warum nicht? Dessentwegen bin ich doch nicht falsch! Es ist eben einmal der Haginghofer und die Haginghoferin! – Und die beiden wiederum waren weder gut noch böse zu ihr, sondern verhielten sich wie unempfindliche Bilder. Sie war zufrieden, wenn man sie nicht schalt; und was das Lob anbelangte, so hatte sie ein solches auf Haging überhaupt noch nicht gehört. Hat doch nur das Seltenste einen Wert und wird doch nur das Ungewöhnlichste ein wenig geschätzt.

Einmal kam etwas Ähnliches vor. Die Abtrittür hing seit langem nur mehr in der oberen Angel, die untere war abgerostet; sie machte beim Öffnen und Schließen die verdrehtesten Bewegungen und schlug sogar einmal dem Hagingbauer ans Schienbein, so daß er laut räsonierte. Plötzlich ist die Tür in Ordnung. Der Hagingbauer schnallt seinen Leibgurt zu und fragt: »Ja, wer hat denn die Tür repariert?« – »Die Mena!« antwortet der Riesenhans. – »Die Mena?« Und wie er ihren Namen dehnte, das brachte eine höchst eigentümliche Wirkung auf sie hervor.

Jeden Sonntag bewunderte sie die Bauersleute in der Kirche; bewunderte sie aufrichtig, wie sie in ihren eigenen Stühlen saßen, steif und vornehm, wie die regungslosen Heiligen in den bunten Glasfenstern darüber. Was sie am meisten bewunderte, war der Umstand, daß sie nichts aus der Ruhe brachte. Die Haginghoferin hatte sie überhaupt noch nie in Aufregung gesehen, und beim Haginghofer stellte sich nur dann eine Unruhe ein, wenn er auf zwei Dinge zu reden kam: auf die gottverdammte Schinderkeusche und auf den Egelsee. Das waren für ihn zwei »Probleme«, welches sein Leib- und Lieblingswort war, zwei äußerst böse Dinge, wie die Mena sogleich erkannte, etwa wie Grind oder Pestbeulen, welche geschaffen zu haben er dem grundgütigen Herrgott verübelte. So hörte sie, wie er einmal, mit einem deutlichen Vibrieren in der Stimme, sagte: »Liegt ja alles wunderschön und bretteben ums Haus, man könnt ja zufrieden sein; aber die verdammte Schinderhütte gehört weg!« Und ein anderes Mal: »Gibt ja keine besseren Gründe in der Pfarr; aber die grausliche Wasserlacke, die soll der Teufel holen. Zehn Jahr schütt ich schon Fuhr auf Fuhr hinein, aber es ist, als ob sie unten durchfallen täten.«

Noch besser stand sie mit dem Gesinde; alle hatten sie gern. Sie selbst begriff immer mehr, daß in der Welt alles auf Einstellung ankam; daß man sich zu diesem Menschen so, zu jenem anders verhalten mußte; daß es letzten Endes galt, eine Rolle zu spielen, und man um so besser abschnitt, je besser man mit ihr fertig wurde.

Soweit war nun alles in der schönsten Ordnung, wenn nicht eines Tags, ziemlich früh am Morgen, wo sie eben trällernd mit den Vorbereitungen zum Brotbacken beschäftigt war, das Schicksal in der Gestalt der drei heiligen Schneider in die Stube getreten wär. Dieses Ereignis war nun an sich gewiß kein Unglück, aber die Reden der Hausleute, die ab und zu gingen, ließen keinen Zweifel, daß diese Stör mit der Anfertigung eines Anzugs zusammenhing, eines bäuerlichen Staatsgewandes für den Haginghofer; der Kaiser fuhr in wenigen Wochen durchs Land! Kaum wurde die Mena sich dieser Tatsache voll bewußt, als auch schon der schwarze Grundfisch in ihrer Seele an die Oberfläche schnellte: Also doch! Und alle kriegen ein weißes Kleid, und alle ziehen zum Kaisertag, nur du nicht! Was hilft's dir jetzt, daß du über deine Mitschülerinnen und über den Riesenhans triumphiert hast? – Das, was alle haben, nicht zu haben, erzeugt die größte Bitterkeit im Menschenherzen und den Zweifel an der Gerechtigkeit.

Sie betrachtete nicht ohne Mißvergnügen die drei Menschen, die durch ihr Kommen sie in eine so unangenehme Stimmung versetzt hatten. Sie wußte, daß es drei Brüder waren, namens Veit, Fabian und Cyrillus, und daß ihnen etwas von Sonderlingen anhaftete. Wie sie so um den Tisch saßen und mit Eifer die Nadel führten, ergoß sich über ihre Köpfe die Morgensonne, und darüber schwebte der Heilige Geist in Gestalt einer gläsernen Taube. Der erste, Veit, war hager, vorgebeugt und trug einen Vollbart, eine Seltenheit unter den Bauern. Der zweite; Fabian, mittelkräftig, mit einem hübschen Gesicht, stotterte aber beim Reden. Der dritte endlich, Cyrill, glich mit seinem roten Gesicht und den breiten Schultern einem vollblütigen, jungen Menschen, bis sie zufällig einen Blick unter den Tisch warf: er schien die Beine aufgezogen zu haben und wie ein Türke zu sitzen. Ihre Gedanken wurden hier unterbrochen. Der Vize, als ein alter, rauhfüßiger Tauber, der er war, hatte die Gewohnheit, den Frauenzimmern gegenüber massive Reden zu führen, um sich auf diese Weise, weil er ja sonst doch nicht in Betracht kam, in den Mittelpunkt zu setzen und so die Lacher auf seine Seite zu bringen. Solches tat er auch jetzt der Mena gegenüber, die eben den Brotteig abarbeitete. Gewöhnlich ging sie über derartiges hinweg, als ob sie nichts gehört hätte; aber war es nun die Anwesenheit der Männer, die Erinnerung an ihren frommen Gesang oder der schwarze Grundfisch, der ihr die Fröhlichkeit trübte, kurz, sie brannte plötzlich lichterloh auf. »Alter Esel!« schimpfte sie. »Stehst mit einem Fuß im Grab und bist noch ein solcher Unflat.«

Der Vize verlor für einen Augenblick die Sprache; er nahm seine ganze Würde zusammen, strich seinen Schnurrbart und sagte: »Du lausiges Schuldirndl, du!«

Aber die Mena, die bis in die Haarwurzeln errötete, fand einen unerwarteten Beschützer. Der ältere der Brüder sagte, jedes Wort betonend: »Ich steh zu dem Schuldirndl, auch dann, wenn jetzt der Bauer kommt.« Dazu nickten die beiden andern, als Zeichen ihrer ungeteilten Zustimmung, und der Vize fand es geraten, die Stube zu verlassen. Die Mena lachte belustigt, und die drei Störschneider mit ihr. Die gelungene Abfuhr hatte sie in große Heiterkeit versetzt. »Die von der Bergseite«, sagte Veit lachend und drohte mit dem Finger, »die haben Haare auf den Zähnen, ja, ja! Das hat uns schon unsere Mutter, Gott hab sie selig, mehr als einmal erzählt. Und besonders die Ellenhuber, hat sie immer gesagt, das ist eine eigene Rass', die ist aus einem besonderen Holz geschnitzt!«

Alle drei Brüder sahen vergnügt auf die Mena, die bei ihrem Backtrog vor Freude erglühte wie eine Pfingstrose. Veit drehte das Gespräch ins Allgemeine und schien hierbei die Brüder belehren zu wollen. »Haging und Ellenhub!« sagte er, und seine Stimme hatte einen salbungsvollen Ton. »Die Flachbauern von der Seeseit und die Bergbauern von der Waldseit, das ist ein großer Unterschied! Die Flachbauern arbeiten nur zwanzig Wochen im Jahr; die andere Zeit tun sie nur zum Schein so und daß die Zeit vergeht. Hier sieht man die verfetteten Besitzer, deren Hof langsam im Bier hinabschwimmt, trotzdem es heißt, daß ein Bauer gar nicht zugrund gehen kann, er mag tun, wie er will; denn ist ein Jahr schlecht, ist das andere um so besser. Die Bergbauern herentgegen, die haben es hart; viel Steine in den Äckern, die Sonn um eine halbe Stund später, die Wiesen sperer, ihre Gestalten sind hager, aber – o Wunder! – so fröhlich, wie man's selten findet. Und stolz! Wer's so hart hat und die Mühen und Plagen zu Hauf, der sieht auf die andern, die es leicht haben, wie auf eine mindere Art von Menschen hinab. Und so ist's recht: denn das Leiden alleinig kann in dieser Welt ernstlich geachtet werden. Wozu hat denn, zum Exempel, Gott seinen Sohn in die Welt gesandt? – Zum Kutschefahren, Weintrinken, Faulenzen auf seidenen Pfühlen, zu Tanz und Lustbarkeit?« – Der Schneider Veit schüttelte energisch den Kopf. »Er hat ihn in die Welt gesandt: zur Verfolgung, zum Leiden, zum Kreuzestod!«

Die beiden Brüder warfen dem Redner warnende Blicke zu, der sie aber nicht zu bemerken schien, bis ihn endlich Cyrill unsanft in die Seite stieß und mit einem leisen Vorwurf sagte: »Jetzt ist doch zu solchen Gedanken nicht die richtige Zeit. Jungen Leuten muß man lustige Ding vormachen, damit sie was zum Lachen haben. Nicht wahr, Mena, hab ich nicht recht?«

Der Mena tat es fast leid, daß die Stimme des Riesenhans sie von ihrer neuen Bekanntschaft fortrief. Er war eben dabei, auf den Acker zu fahren. »Tun wir uns wieder aussöhnen, Mena«, sagte er lachend. Der Haginghofer umging das Gespann, tätschelte den Hals der Pferde, zog einen Gurt enger und klopfte am Pflug ein Eisen fest. »Ja, ja«, sagte er, »mit den Schecken könnte man die halbe Welt umackern, so gut gehn sie im Pflug. Hans, tu mir die Ross' fein schonen!« Sie waren auch geschont, das sah man gleich auf den ersten Blick. Ging die Straße glatt oder abwärts, sprang man wohl von hinten auf den Wagen, aber im Augenblick, wo es anstieg, gebrauchte man wieder seine eigenen Beine. Daher kam's wohl, obgleich die Schecken schon ziemlich in die Jahre gingen, daß ihre Rücken und Lenden glänzten und ihre Schweife so dicht waren wie silberschimmernde Wedel.

Dann schritten die Pferde, der Hans und die Mena in das große Schweigen hinaus, das nur durch das Klirren der eisenbeschlagenen Pflugtiere unterbrochen wurde. Der Hans schwieg bei seiner Arbeit. Er redete auch sonst, ausgenommen etwa die Feierabende, wo er mit seinen Menscherln ausschwärmte, nicht viel. Vielleicht hielt er es für seine Person überflüssig, mehr zu sprechen, da er ja durch seine Körperkraft allein schon genügend wirkte und so alles andere getrost vernachlässigen konnte. Auch brachte ihm seine Wortkargheit noch einen Vorteil, den er selbst öfter betonte: er kam nie mit jemand ernstlich in Streit. Die Schecken setzten ihre Hufe mit den dichten Haarzotteln unermüdlich vorwärts, und nur am Ende der Furche war es ihnen nicht verwehrt, ein paar saftige Stengel vom Ackerrain zu schnappen. In der blendenden Morgensonne glichen sie Fabelwesen, ihre Füße, bis zu den Kniescheiben schwarz, schienen aus dem fettigglänzenden Humus herauszuwachsen, sich von ihm zu trennen und wieder zu versinken. Über ihren weißen Stirnen hingen schwarze Strähnen, die im Morgenwind wie seidene Wimpel flatterten. Beide Pferde sahen sich ganz und gar ähnlich, als wären sie Zwillingsbrüder; jedoch wenn sie beim melodischen Pfeifen ihres Gebieters Wasser ließen, merkte man sogleich, von welcher Art der Handige und von welcher sein Kamerad war. Der Hans behauptete, es gäbe auf Erden kein einträchtigeres Ehepaar. Sie stritten nie und küßten sich zuweilen regelrecht.

Die Mena freute sich während des Ackerns schon auf die Jause und die unterhaltlichen Dinge, die da wiederum zu erwarten wären. Der Hans ließ sich auch recht gemächlich unterm schattigen Moosbirnbaum nieder, sprach aber einsilbig der Speckranke und dem Krug zu und klagte, daß die Leute sich über ihn das Maul zerrissen, weil er sich wochentags öfter eine Speckwurst leiste, statt für seine alten Tage zu sparen. »Mein Gott, solche Neidhammel! Wofür soll ich denn sparen? Ich hab das Gefühl, daß ich nicht lang leb. – Und jetzt, Mena, wär es schön von dir, wenn du die Schecken wiederum ein paarmal hin und her führtest, wegen dem Bauer, du verstehst mich doch!«

Die Mena faßte den Walcher, die Pflughörndl und rief im tiefsten Ton, der ihr möglich war, damit die Schecken den Schwindel nicht merkten: »Hüah!« Sie hatte es schon heraus, daß es bloß darauf ankam, jeden Griff und Zug dem Riesenhans nachzutun. Und wie er erwachte, war er wiederum über die neuen Furchen hoch erfreut. Doch schien ihm sein Schläfchen diesmal nicht gutgetan zu haben; sein Gesicht zeigte sonderbare Flecken, er taumelte beim Gehen und legte seine Hand mehrmals auf die Herzseite. »Da schnellt es drinnen; ist wohl ein Fisch, der heraus will.«

Was Müdigkeit heißt, erfuhr die Mena erst jetzt, in diesen Tagen des Ackerns, jene selige Müdigkeit, die wohl mit der ewigen Glückseligkeit verwandt sein muß. Der Riesenhans setzte bei der Heimfahrt sein breites Maul an die Brunnenzunge und ließ den Strahl in seinen vertrockneten Schlund rinnen; es gluckste und gluckste, und aus den beiden Spitzen seines blonden Schnurrbarts lief ein Brünnlein nieder und quellte links und rechts über seine sonnenbraune Brust. Und die Schecken setzten ihre Lefzen wie Saugnäpfe auf die Spiegelfläche des Granters, und bei jedem Zug sank die Wasserfläche um eine sichtliche Linie und mit ihr das Spiegelbild der Mena, die wartend dabeistand. So ein Trunk, nach den glutheißen Stunden auf den Feldern, war wohl das, was man eine Gotteslabung nennt. Auch der alte Brunnenmann und Sprudelbär mit seiner schiefen Kappe, die man ihm mit einem sechszölligen Eisenstift auf den Kopf genagelt, schien sich über diesen durstigen Ackerer und seine Pferde und über alle, die nach ihm kamen, zu freuen. Vielleicht wußte er, daß seine innerste Seele ewig war, für alle, die nicht verstockten Herzens sind, und vergänglich nur das Gehäuse, der ausgehöhlte Baumstamm, der von Zeit zu Zeit erneuert werden mußte, wie die eiserne Zunge, wenn sie uneben und rissig geworden war. Er mag wohl die Ansiedlung hier bestimmt haben. Er sprang sicher schon damals, als Moses die Herden des Jethro hütete, und ebenso sicher liebte ihn seit jener Zeit der Mensch, wie er alle Dinge liebt, die ihm nützlich und angenehm sind. Alle umarmten gern seinen glatten, runden Leib; die Mannsbilder, die Greise mit dem weißen Haar, die Kinder, deren Patschhändchen das Rohr kaum fassen konnten, die Knechte mit den schnauzbärtigen Mäulern und die erhitzten Mägde mit den niedrigen Stirnen und scharflistigen Tieraugen.

Aber so todmüde die Mena jetzt auch immer war, etwas in ihr lehnte sich gegen den Schlaf auf, eine Macht, die ihr unerklärlich schien. Der Nachthimmel, vor ihrem Fenster wie ein prachtvolles Gezelt, mit Goldsternen besetzt, ausgespannt, berührte ihr Gemüt in einer wundersamen Weise. Sie hörte die Klänge einer Zither, Gesang, das Lachen von Burschen, deren junge Kräfte, trotz vierzehnstündiger Arbeit, noch nicht erschöpft waren, das Zirpen der Grillen, das Laufen der Brunnen, und ein stummer Reichtum und eine stumme Seligkeit schienen der nächtlichen Welt zu entströmen. Als gutes Christenkind wollte sie das Vaterunser beten, aber wie ernst es ihr auch damit war, beim »geheiligt werde dein Name« kräuselten die Lippen sich stets zu unverständlichen Worten, und sie schlief ein. Lag bewußtlos, die Augen geschlossen, ohne Leben, aber was schlief eigentlich? – Die Lunge? Nein, die schönen Milchäpfel hoben sich in regelmäßigen Bewegungen. Das Herz? Auch nein, es klopfte hörbar in der lautlosen Stille der Kammer, ja, es arbeitete kräftiger und zielbewußter als bei Tag. Das Gehirn? Wiederum nein, denn es spann Träume, bald voll Glück und Schönheit, bald voll Angst und Entsetzen.

Der nächste Tag war ein Sonntag, und die Mena traf das Haushüten mit dem Vize; aber der zählte eigentlich nicht. Er schnarchte in seiner Kammer wie eine Baumsäge. Sie setzte sich mit ihrem Strickstrumpf auf die Hausbank. Nachbarmädchen kamen gelaufen; sie möchte hinüberkommen und die neuen weißen Kleider ansehen. Sie probierten sie, vor Freude ganz außer sich, und ahnungslos, daß die Mena zu den wenigen gehörte, die kein weißes Kleid hatten. Zum Überfluß marschierte die Ewig-Gerechtigkeit vorüber, einen Salonrock überm Arm und rief lachend: »Zum Waldschneider muß ich! Herrichten, für den Kaisertag. Gerad hat mir der Stumpf-Bräu einen neuen Frack geschenkt.«

Überall wo man hinhörte, der Kaisertag! Der Kaisertag! Es war einfach unerträglich, daß so etwas geschehen, so ein großes, im Menschenleben nie mehr wiederkehrendes Ereignis, und daß man nicht dabeisein konnte. Sie hörte schon, wie die Leute nachher redeten: Damals, wie der Kaiser bei uns gewesen ist ... ja, heiliger Gott im Himmel, und sie hatte kein weißes Kleid!

Eine geraume Weile gab sie sich ihrem Kummer hin, ohne freilich deswegen ihre Pflicht als Haushüterin zu vergessen, nämlich von Zeit zu Zeit einen Blick in den Stall zu werfen. Was war das? – Da hatte jemand die Stalltür offengelassen, und, seltsam, auf dem Wiesenweg, gegen den Wald zu, trabte eine Kuh: die schöne Bleß, der Stolz der Haginghoferin und Menas Liebling. Sie lief, was sie laufen konnte, den Abhang hinunter. Ein zerlumpter Mensch trieb die Bleß eiligst vor sich her. Sie schrie: »Die Kuh gehört uns! Die Kuh gehört uns!«

Der Rinderdieb warf ihr einen Stein so treffsicher an den Kopf, daß sie zu Boden stürzte. Halb betäubt und voll Angst, auch ziemlich blutend, blieb sie zurück, unschlüssig, was sie nun tun sollte. Ihre Hilferufe konnte hier niemand hören; und ein zweiter und dritter Steinwurf, mit Flüchen begleitet, besagten, daß der Kerl entschlossen war, seine Beute zu behalten. Sie versteckte sich im hohen Korn, aber sobald der Dieb eine Strecke fort war, schrie sie wiederum aus Leibeskräften: »Die Kuh gehört uns! Hilfe!«

Ihr Rufen war endlich von Erfolg. Aus einem Gehölz brach ein Trupp Bauernburschen hervor, gierig nach irgendeinem Abenteuer; der Räuber mußte laufen. Sie führten die schöne Bleß samt der Mena heimwärts.

Auf dem Haginghof war ein Aufruhr. Die Bauersleute und das Gesinde umstanden vorwurfsvoll den Vize. Der ankommende Zug löste allgemeines Staunen aus, und noch mehr, als sie den Sachverhalt erfuhren. Der Haginghofer tätschelte die Bleß, die einen gedämpften Muhschrei hören ließ, als fühlte sie, daß es sich bei diesem Spaziergang um Leben und Tod gehandelt hatte, und sagte: »Da schau einer an, die Mena! – Frau, geh morgen zur Näherin und laß ihr ein weißes Kleid machen. Sie soll auch dabeisein, wenn der Kaiser kommt!«

Die Mena war ganz taumelig vor Glück und ließ sich darin auch vom Vize nicht stören, der sagte: »Das ist aber schon eine Belohnung! Die Kuh ist fünfzig Kronentaler wert. Hätt dir der Bauer leicht einen Kasten kaufen können. Ein Mensch ohne Kasten ist gar kein Mensch!« Aber sie blieb fest in der

Fröhlichkeit: »Den Kasten krieg ich schon selber noch!« rief sie und lief hinter dem Hans drein, der aufs Feld hinausfuhr.

Der Himmel war so blau wie ausgekehrt, die Lerchen tirilierten, und es war kein Zweifel, daß die Erde selber ein vielstimmiges Tedeum zum Himmel jubelte. Die Schecken gingen wie eine Maschine; ihr Pantherfell schimmerte, aus ihren Nüstern kam Dampf und mischte sich mit dem Dampf der aufgerissenen Erde. Der Hans rief: »Hüh, hott, diebah! Wiesterha!« Und: ha, ha, haha, scholl das Echo zurück.

Die Mena tanzte bei ihrer Arbeit. Bei der dritten und vierten Furche fing sie an zu jodeln, zuerst schüchtern, dann lauter und immer lauter. Ihr Tirilieren drang weit über die Felder hin, so daß die Leute stehenblieben und horchten. Dieses Bild: Die Schecken, der Riesenhans, die Mena, der Pflug von Schollendampf umraucht, wie vom Rauch eines Opferfeuers, glich einem Urweltzauber.

Wie sie eben wiederum so in die Sonne hineinpflügten, hörte sie des Hansens »Auh!«, aber so seltsam, daß sie erschrak. Er blieb plötzlich stehen, als ob er mit dem Kopf an einen Balken gestoßen wäre; fing sachte an, sich zu drehen, mit ihm drehten sich die Pflughörner und der Pflug, und endlich legte sich seine Enaksgestalt lautlos in die frische Ackerfurche. Hier lag sie dann, und so friedlich, als ob sie sich einen ganz besonderen Spaß leisten wollte.

Der Haginghofer schritt, die Daumen in den Hosenträgern, den Rain hinauf und ärgerte sich, daß die Schecken gemütlich grasten. Wie er aber die Mena über die Felder heranlaufen sah, änderte sich seine Miene.

»Den Hans hat der Schlag getroffen!« rief sie, ganz außer Atem. Der Bauer nahm die Pfeife aus dem Mund und fragte: »Was? – Bist du vielleicht nicht ganz bei Sinnen?«, ging aber trotzdem mit großen Schritten auf den Acker hinaus. Hier packte er den Schläfer an den Schultern und rüttelte ihn: »Hans«, sagte er, »was ist denn das für eine neue Mod? – Wach doch auf!«

Aber der Hans ging auf diese Bemühungen nicht ein; er schlief ruhig weiter, auch dann noch, als die Leute bereits mit einer Bahre anrückten. Die Mena kniete in die feuchtwarme Erde und faltete die Hände; sie dachte, das wird wohl das Schicklichste sein, was man in einem solchen Fall tun kann. Neben der Riesenpranke des Hans, die sich noch mit dem letzten Atemzug in die Scholle eingekrallt, lag seine Holzpfeife, und dabei das messingene Rößlein, womit er immer so fröhlich Feuer geschlagen hatte.

Der Haginghofer fuhr sich mit seinem blauen Taschentuch über die Stirn und lamentierte: »So ein Malheur! So ein Malheur! – Und grad jetzt, mitten im Anbaun, wo kein Ersatz zu bekommen ist.«

Der Vize meldete sich. »Die Mena«, sagte er, »fährt auf dem Acker wie ein Knecht.«

Der Haginghofer zuckte geringschätzig die Achseln. »Das könnt ein schönes Ackern werden! Daß uns die ganze Gemeind auslachen tät!«

»Wenn Ihr mir die Schecken anvertrauen wolltet«, meinte sie, »möcht ich's wohl probieren.«

Der Haginghofer tat einen Lacher. »Probier es halt. Und ruinier mir Roß und Pflug.«

Es war ein großes Ding. Jetzt mußte es sich erweisen, ob sie aus einem besondern Holz geschnitzt war oder nicht. »Hüh! Hott!« Die Schecken spitzten die Ohren. Der Haginghofer sah im Anfang seitlich schief zum Himmel auf, wahrscheinlich wollte er damit andeuten, daß nur ein Wunder solche Unmöglichkeit zustande bringen könnte; aber die neue Furche lag neben den andern, kaum weniger schön.

»Du bist von heut an Kleindirn auf meinem Hof.«

»Bin ja noch nicht fünfzehn«, stotterte sie.
»Ich schätz nicht die Jahr; ich schätz die Leistung.«

Der Kaiser fährt durchs Land

Die Mena bekam, zugleich mit ihrer Beförderung, eine eigene Kammer; das war kein kleines Ereignis! Jetzt nahm sie auch sofort etwas von ihren Ersparnissen und bestellte einen Kasten, einen richtigen Kasten, wie ihn jeder erwachsene Dienstbote hatte. Und was das für ein Kasten war, als er endlich ankam! In zwei Fächer geteilt, links für das Hängen von Kleidern, rechts zwei Abteilungen untereinander, jedes wieder mit einer Schublade, und endlich unten ein Fach, der ganzen Kastenbreite nach. Sie wurde mit dem Bewundern nicht fertig. Jetzt war sie erst ein richtiger Mensch, war eingetreten in die stolze Gemeinde der Beachteten und Besitzenden. Und es konnte im Grunde auch nicht anders sein. Bisher hatte sie sozusagen nur als ein bloßes Naturwesen existiert, wie die Feldblumen, die Falter und die Vögel, war sie, trotz ihrer Arbeit, noch halb zu den Kindern gerechnet worden, hatte keinen eigentlichen Menschenwert besessen. Aber nun war es anders. Sie trat in eine neue Welt und bekam ein neues Selbst. Und sie spürte, wenn sie auf dieses Selbst pochte, daß es hell und metallisch widerklang. Sie verfolgte dies kraftspendende Element zurück bis zu dem Zeitpunkt, wo sie es zum erstenmal kennengelernt. Sie erinnerte sich sehr deutlich daran. In der Erntezeit war es gewesen, daheim, wie der Vater eines Tags beim Heueinfahren kommandiert: »Der Paul zu den Pferden, die Mena zum Futterfassen!« Das Leben hatte gewiß allerlei Ergötzungen, aber jenes Gefühl, mit dem sie damals auf den Leiterwagen geklettert, das war das oberste, der süße Rahm.

Wie sie nun im Vollgefühl ihres neuen Daseins eines Morgens erwachte und die Sonne ihren Kasten mit den gemalten Blumensträußen beleuchtete, rollte es mächtig vor ihrem Kammerfenster. Im schlaftrunkenen Zustand glaubte sie anfangs, es donnerte; aber es war nur das Rollen der Böllerschüsse, die das Echo verzehnfachte. Kann der Herrgott im Himmel donnern lassen, warum sollten wir es ihm nicht gleichtun? dachten die Bauern und freuten sich über den respektablen Donner aus eigener Machtvollkommenheit.

Mena schlüpfte in ihren Kittel und lief ins Freie. Es herrschte ein richtiges Kaiserwetter. Ein stahlblauer Himmel schaute auf das Land herab, zahllose Schwalben zogen ihre Schleifen, und von da und dort, von den Hügeln und den Ebenen, von den Wäldern und von der Seeseite rollte der Donner immer wieder, und ihm folgte ein ununterbrochenes Jauchzen. Am Brunnenrand spazierten Tauben, nippten, indem sie den Kopf weit zurücklegten, und bei diesem Anblick kam ihr zum Bewußtsein, daß der Riesenhans bei der heutigen Festlichkeit nicht dabeisein konnte, nirgends mehr dabeisein konnte; und weiter zum Bewußtsein, daß sie damals, vor dem Grab der Eltern, vom Sterben und vom Tod nichts begriffen hatte.

Dann fing sie an, sich eifrig mit dem kalten Brunnenwasser zu waschen. Plötzlich stand jemand hinter ihr: der Schindertoni, in feiertäglich jägerischer Gala. »Teufel noch einmal«, sagte er und suchte ihr das Band aufzuziehen, das ihr Leibchen um den Hals zusammenhielt, »bist du aber hübsch!« Sie schlug ihm die Hand hinab. Er lachte. »Sei doch nicht so spröd! Glaubst du, wenn ich dich ein wenig antapp, kriegst du gleich ein Kind? – Freilich hab ich gehört, es soll unter euch Ellenhuber Weibsbilder geben, die schon schwanger werden, wenn sie sich im Lanzing auf einen feuchten Fleck mit Gänseblumen setzen.«

Die Mena durchdrang eine Freude und ein Stolz, daß fraglos noch eine zweite Welt von Wichtigkeit ihrer wartete, die Mann-Weib-Welt, von der sie schon viel gesehen und gehört, aber persönlich noch nichts erlebt hatte. War aber seltsamerweise doch wieder froh, daß sie gestört wurden, nämlich durch die Ankunft der brüderlichen Schneider Veit und Fabian. Sie waren ganz in Schwarz gekleidet, und es fiel besonders auf, daß sie auf ihren Hüten kleine brandrote Hahnenfederchen baumeln hatten. Der Schindertoni trat mit einer spöttischen Gebärde hinter den älteren Bruder und versuchte, das Federchen vom Hut zu zupfen. »Das hast du gewiß einem toten Gockel ausgerissen«, sagte er, »weil vor einem lebenden läuft ein Schneider davon.«

Veit fuhr blitzschnell herum, fing den Hut vom Kopf und zog das Federchen zurecht, während der Toni lachend davonging. Veit trat näher und sagte vertraulich: »Mena, tu dich vor dem Menschen hüten! Der hat was Unheimliches an sich. Darüber haben wir schon viel erzählen gehört. Bei einer Hochzeit haben ihn einmal die Gendarmen gesucht. Da sind die Bluthunde hinter ihm her und haben ihn schon fassen wollen; da hat er aus seinem Hosensack ein Bein gezogen, es war ein besonderes Bein! Und die Bluthunde sind neben ihm hergelaufen wie fromme Lamperln!« Veits Gesicht wurde lang und ernst.

Wirklich eine unheimliche Sache, aber zum Grübeln war jetzt keine Zeit. Sie folgte dem Ruf des Wichtweibls, das bereits in der Kammer auf sie wartete, um ihr beim Ankleiden behilflich zu sein. Sie sog besonders heftig an den strichdünnen Lippen, schnalzte und gab ihr, weil sie eben Zeugin der Brunnenszene geworden war, Verhaltungsmaßregeln bezüglich der Männer. »Der Pieringertoni ist ein Großtuer und Geldverschwender.« Und daran knüpfte sie ihr Gesamturteil über die Mannswelt. »Büffel sind sie! Die meisten von ihnen haben keine Ehr und kein Gewissen im Leib. Sie schmeicheln sich an uns Weiberleute heran, und wenn sie eins tüchtig abgeklaubt haben, lassen sie sich nimmer anschauen. Im Handumdrehen machen sie einen unglücklich, die Lumpenhunde! Narren, Dummköpfe, Fresser und Säufer sind sie! Faulenzer und Schlafhauben. Das Schönste ist der Spruch: Ein Mensch allein ist ein goldner Stein ... Wann ich ganz aufrichtig sein will, viel besser sind auch die Weibsbilder nicht.«

Und wieder sprang sie auf den Schindertoni zurück. »Ja, ein schöner Mensch ist er! Und Geschichten gibt's über ihn! Der Pfleger zu Neumarkt soll gesagt haben: In meiner Pflegschaft müßte man vor Langweil sterben, wenn wir den Schinderbuben nicht hätten.«

Gott weiß, wie lang diese Belehrungen noch gedauert hätten, wenn man nicht nach der Mena gerufen. Sie mußte in die Stube, um sich bei der Bäuerin anschauen zu lassen. Die zwei Schneider, der Vize, der Schieringhies und der Maler Peregrin saßen um den Tisch; die beiden letzteren befanden sich in einer sehr heiteren Stimmung. Der Maler schwenkte einen gefüllten Geldbeutel hin und her; seit vielen Jahren hatte er nicht so viele Aufträge bekommen als in den letzten Monaten; Renovierung von Kapellen, Streichen von Haustüren, Fensterläden und Gartenzäunen. Sosehr er auch seine Kunst liebte und zuweilen die feinsten Votivtafeln malte, strich er doch auch, mit der gleichen Munterkeit, seine Farben auf Holz und Blech. Schiering war ebenfalls fröhlich; er hatte für die Kaiseransprache etliche Kronentaler erhalten. Der Lanzenreiter trug sein gewohntes pfiffiges Lächeln zur Schau und behauptete, froh zu sein, daß er nicht der Vorstand war und hübsch weit hinten stehen konnte, mit der Aufgabe, das respektable Parapluie des Bauern bereitzuhalten.

Als die Mena eintrat, richteten sich die Augen dieser Mannsbilder ein halbes Vaterunser lang auf sie. – Was prangte, blühte und lachte da vor ihnen im schneeweißen Kleid mit der himmelblauen Schärpe? – Sie brachen alle in ein »Ah!« der Bewunderung aus. Der Vize aber, dessen Bosheit darauf lauerte, ihr den letzten Schlag zurückzugeben, rief: »Mena, gibt acht! Als Haushüterin freilich, da kannst du dem Teufel selber standhalten, aber vor dem Kaiser! – Der Kaiser hat nämlich die Gewohnheit, eins der weißen Mädchen anzureden, ja, und so ein allerhöchster Herr hat einen feinen Spürsinn und wählt sich eine, die das gescheiteste Aussehen hat, damit er keine dummen Antworten kriegt. Und das bist eben du! Ist's nicht so, Männer?«

Sie bekam Angst; sie sah hilfesuchend von einem zum andern, aber das Blinzeln des Schieringhies löste ihr Lachen aus. Und der Eintritt des Haginghofers machte dieser Szene radikal ein Ende.

Die Hofleute hätten sich gefreut, wenn irgendeine Aufregung an ihm wahrzunehmen gewesen wäre, aber er hatte auch heute die gewohnte Maskenhaftigkeit. Mit einem deutlichen Stich zur Wohlgelauntheit begann er mit jener Ruhe, womit der Riesenhans immer seine Schecken angeschirrt hatte, sich selber anzuschirren, Stück für Stück, wobei er durch Zurufe die beiden Schneider zur Darreichung der Kleidungsstücke aufforderte. Zuerst schlüpfte er in die Hirschlederhose; sie verengte sich nach unten sehr und wurde über den Gelenken mit dünnen Riemen gebunden. Vorn hatte sie ein veritables Türchen, das mit einem blauen Lederzwirn in ornamentalen Linien ausgenäht war. Dann kam der überaus prächtige Gürtel; er war aus feinem gelblichen Leder, schlauchartig, da er bei Viehmärkten und ähnlichen Anlässen zuweilen einen Haufen Geld bergen mußte; vorn durch ein auf die Spitze gestelltes Rechteck, mit Elfenbeinblättchen ausgelegt, geschlossen. Auch das Leibl wurde allgemein bewundert; aus violettem Samt, trug es, knapp nebeneinander, so daß man keinen Finger dazwischenlegen konnte, gebuckelte Silberknöpfe. Den lichtblauen Seidenschlips durfte ihm die Mena binden. Sie tat es, und zwar mit einer flotten Masche nach außen, wie es die jungen Leute trugen; aber der Haginghofer lächelte und stopfte die beiden Enden mit seinem dicken Zeigefinger brummend in den Westenausschnitt. Das Meisterstück war der Rock; lang, wie ein Mantel, von dunkelbrauner Farbe und von zwei dichten Reihen noch größerer Silberknöpfe besetzt. Wie aber, es ist kaum auszudenken, der Haginghofer hineinfuhr, tat es einen vernehmlichen Krach. Und dieser Krach war so stark, daß nicht nur die Schneider, sondern alle Anwesenden erschraken. Veit und Fabian liefen im Kreis, eifrig spähend, aber es war nicht das geringste zu sehen, und es mußte wohl nur eine innere Naht geplatzt sein. Der Haginghofer brummte: »Der Zwirn wird halt nicht von der besten Sort sein. Die Stiefel, Vize!«

Der Vize gab den beiden mächtigen Röhren eben den letzten Glanz, der mit jeder Art Weltglanz ruhig konkurrieren konnte; er selber glänzte auch über das ganze Gesicht, offenbar war er, der hier eine Art Gnadenbrot genoß, durch seinen Spitznamen nicht beleidigt, sondern eher geschmeichelt. Es lag ja eine besondere Vertraulichkeit darin, wie der Haginghofer, während er in die Stiefel rutschte, fortfuhr: »Und schwanz dich auch fein zusammen, damit du mit dem Parapluie zur Stelle bist! Sollte es aber nicht regnen und sollte ich vielleicht einen Sonnenstich kriegen, dann kannst du mich vorm Kaiser vertreten.«

Die ganze Stube widerhallte vor Lachen; der Vize strahlte vor Vergnügen und Stolz. Vielleicht war ihm bei diesem Avancement am Ende seines Lebens längst die etwas boshafte Erkenntnis zuteil geworden, die bisweilen das Spiel des Lebens durchschaut, fühlt und begreift, ohne es aussprechen zu können, daß der große, aufgetakelte Vorstand und der kleine Vize im Grund genommen dasselbe Maß an Freuden und Leiden zugeteilt erhielten, und daß sie über dieses Maß, sie mochten sich stellen, wie sie wollten, nicht hinauskommen konnten.

Wie immer, er hinkte jetzt lachend mit dem Ulmerkopf und dem Parapluie herbei, welches zwei ausnehmend schöne Stücke waren. Das Regendach verdiente seinen Namen; der derbe rote Stoff und die messingbesetzten spanischen Rohre versprachen sicheren Schutz vor jedem Wolkenbruch und seine langwährende Dauer. Und die Pfeife aus dunkelbraunem Holz, nach unten wie ein Helmbügel geformt, mit einer Deckelkrone aus gekraustem Silber, einem vielkraneligen Hirschrohr und einem Bündel fadendünner Silberketten blieb in keiner Hinsicht zurück. Diesen formidablen Pfeifenkopf stopfte der Hagrinhofer, zwinkerte im Rauch und fragte: »Ja, wo bleibt denn die Bäuerin so lang?«

Aber, da war sie schon. »Fein, fein!« sagten die Schneider, und wie ein Echo ging es durch die Stube: »Fein, fein!« Sie trug einen dunkelblauen, weitfaltigen Kittel, dessen Saum fast die Schuhe berührte; eine violettseidene Schürze, die bei jedem Schritt knisterte; über die Büste ein kreuzweise geschlungenes helles Tuch; auf dem Kopf ein schwarzseidenes mit großen Flügeln, und eine vielgliederige Halskette mit einer goldenen Schließe. Das Echo: »Fein, fein!« ließ sich noch einmal hören, als eine Gruppe Bauern aus den Nachbargemeinden eintrat. Sie sagten zur Haginghoferin: »Ja, himmellaudon, du wirst ja alle Jahr jünger, Bäuerin!« Und dann zum Haginghofer: »Was wahr ist, ist wahr: du kannst dich anschauen lassen.«

Die Klänge zahlreicher Musikbanden ließen sich hören,

ohne Unterlaß rollten die Böllerschüsse, und auf den Gesichtern der Menschen lag ein Festjubel ohnegleichen. Feste feiern, das war so richtig eins ihrer Hauptelemente; da drin schwammen sie, wie die Fische im Wasser. Der Kornschnitt, von drei Uhr früh an, wo der Schweiß wie ein Brünnlein von der Stirn tropft und die Hemden so naß werden, daß man sie auswinden kann, und dies festliche Nichtstun, Marschieren und Jubilieren, Essen und Trinken, daß man um Mitternacht nicht mehr wußte, ob man ein Männlein oder ein Weiblein war, das war von einem ganz großen Reiz. Der Peter vom Kalkbruch stampfte vorüber. Er trug den Schoßrock vom Bräu und einen flatternden Schlips. »Daß es heut so mirakelhaft schön ist, zum Kaisertag, das ist die ewig Gerechtigkeit selber«, rief er.

Die Mena lachte vor Freude. Während sie so in Gedanken vor dem Haus stand, redete der Schneider Veit sie im Flüsterton folgendermaßen an: »Mena, hör ein wenig auf meine Stimm! Du hast dich heut schön gemacht und geputzt; aber vergiß nicht, daß alles, was du hier siehst, Samt und Seide, Silber und Gold, Fahnen und Bänder, nichts anderes ist als der gleißende, irreführende, trügerische Mantel des Luzifers, welches Wort deutsch heißt: der ›Lichtbringer‹, der ›Morgenstern‹, merk wohl! – Freu dich immerhin, aber gedenk stets daran: Musik, Prunk, Glanz, Ordenssterne sind nichts als hohles Gepräng, nichts als die leere Eitelkeit der Welt. Gedenk daran stets, daß Harmagedon naht! Harmagedon ...«

Die Mena blickte mit einem erschrockenen Lächeln auf den Sprecher und seinen Bruder, der vielsagend nickte. Sie bemerkte wiederum die sonderbaren Federn auf ihren Hüten und erinnerte sich an ein Erlebnis, das sie eines Sonntags gehabt hatte. Im Geholz, auf der Erdbeerensuche, betrat sie eine geschlossene Lichtung und befand sich plötzlich einem halben Dutzend Männer gegenüber, wovon jeder auf seinem Hut das gleiche grellrote Hahnenfederchen trug.

Das neue Bahnhofsgebäude war reich beflaggt; zu beiden Seiten standen in endlosen Reihen die Veteranen, die Schützen, die Schulkinder, Männer und Frauen, Pfarre an Pfarre. Die Schulmeister und Gemeindevorsteher gingen die Menschenmauer entlang, um hie und da noch etwas in Ordnung zu bringen. Alle waren gekommen, die Männer und die Weiber, die jungen Leute und die Kinder, die ganz Alten nicht zu vergessen, von Seeham und Neumarkt, Hallwang und Sirting, Seewalchen und Weng und den vielen anderen Ortschaften, deren Namen schon fremd klangen und deren Trachten und Sprache schon etwas abwichen, obgleich sie kaum einige Gehstunden getrennt waren.

Die Männer standen ernst und wichtig; die Veteranen blickten unter den federgeschmückten Hüten voll Stolz; die Frauen hatten sich samt und sonders in einer wunderbaren Weise verjüngt, welche Kunst bekanntlich nur ihnen eigen ist. Den Kindern war die Welt sichtlich ein heiliger Dom, der blaue Himmel drüber seine Decke, die Lerchen, die drin schwebten und tirilierten, Singvögel Gottes, ausgesendet, den Tag des Kaisers zu verherrlichen. Man sah viele grünsamtene Westen, Uhrketten aus massivem Silber, Doppelreihen von Silberzwanzigern auf den Röcken, eine seltsame Mode, gleich einen Beutel besten Silbergeldes an sich zur Schau zu tragen. Aber es war eben damals eine Zeit, wo man sehen ließ, was man hatte; wo man, in allem ehrlich und offen, Widerwillen gegen jede Art von Heuchelei empfand; und wo den wahren Grund des Lebens, aller Müh und Plag zum Trotz, die Freude bildete. Das war kein Volk, was man meist so unter diesem Namen versteht, das waren lauter geborene große und kleine Edelleute vom Acker und vom Weizenfeld.

Weiter rückwärts hatten sich Leute angesammelt, eine merkwürdige Zwischengattung von Mensch, die außerhalb der angesehenen bäuerlichen und dörfischen Kreise standen und bei festlichen Anlässen, wo jeder zeigte, was er war und was er hatte, nur halb oder gar nicht mittun konnten.

Es erfüllte die Mena mit Stolz, daß ihrem Bauer und ihrer Bäuerin nicht leicht jemand das Wasser reichen konnte. Insbesondere der Haginghofer zog alle Blicke auf sich. Sein Gehaben, und wie er dastand, und in der Rechten seinen funkelnden Ulmerkopf hielt, wie alles an ihm, ohne einen Funken törichten Hochmuts, sprach: Das bin ich, das hab ich!, ließ spüren, daß man schon in ihm etwas wie einen kleinen heimatlichen Kaiser vor sich hatte. Da er natürlicherweise von vielen Seiten begrüßt wurde, konnte sie seine Art des Grüßens bewundern, die sehr vielfältig war. Er hob die rechte Hand mit der Pfeife, und danach, wie hoch er sie hob, in vier oder fünf Abstufungen, konnte man den Bedankten einschätzen, auch wenn man ihn nicht sah. Bei einem Tagwerker zuckte er nur ein wenig, bis hinauf zum Krämer und Zimmermeister, wo er den Ulmerkopf wie ein Zepter hochschwang. Den Pfarrer und den Bräu begrüßte er mit Hutrücken, aber so, daß es buchstäblich nur ein kaum merkliches Rücken war.

Hatten die Böller während der Zeit, wo die Mena Beobachtungen machte, geschwiegen, so setzten sie jetzt mit verdreifachter Gewalt ein, und eine allgemeine Bewegung entstand: er kommt! Man hörte das Rollen von Rädern, sah auf den blanken Schienen ein eisernes Ungetüm daherbrausen, sah blumengeschmückte Wagen und Uniformen in den Fenstern. Der Tambour Sindnochsiebendrin hob beide Schlegel, die Trommel begann zu wirbeln; viele andere Trommeln fielen ein, vielfach zerschlissene Fahnen neigten sich rauschend auf die kiesbestreute Erde.

Ein Offizier in weißleuchtendem Waffenrock stieg mit einem kleinen Gefolge aus.

Der Haginghofer schritt über den Platz. Menas Augen waren starr auf die beiden Menschen mitten in dem sonnenbeglänzten Kreisrund gerichtet; und nicht ohne heimliche Angst, wie der Haginghofer wohl die Sache formen und ob er nicht sich selber und mit ihm alle in Schande bringen würde. Aber wie er den Hut abnahm, wie er seinen dicken Quadratkopf, den er gewohnheitsmäßig ein wenig hoch trug, neigte, ganz in der Art wie bei Prozessionen, wenn das Allerheiligste vorübergetragen wurde – das alles hatte Form und konnte sich ruhig sehen lassen. Und wie er dann wieder hoch aufgerichtet stand und den Kopf nach rückwärts warf, als wollte er sagen: genug gekatzbuckelt!, und anhub, zu sprechen, so seelenruhig und weithin vernehmbar, als ob er nur vor einem Pfarrer oder Prälaten stünde, das machte sie stolz. – »Eure Majestät! Gnädigster Kaiser und König! Wir Bauern und Landleute haben es vernommen, daß Eure Majestät die Fertigstellung der neuen Eisenbahn benützen wollen, um Euer Land und Eure Untertanen zu besuchen und nach dem Rechten zu sehen. Das hat uns alle mit großer Freude erfüllt, und wir sind hierhergeeilt, Eurer Majestät unsere Ergebenheit und unverbrüchliche Treue zu Füßen zu legen. Die Zeiten sind hart; kein richtiger Frohsinn, keine richtige Freude gibt es mehr in der Welt. Sintemalen der Zankapfelbaum in der herrlichsten Blüt steht. Mensch und Mensch, Bruder und Bruder, Stand und Stand leben in der Hadergassen. Es ist etwas aus der Welt gewichen, es hat etwas die Welt verlassen, es hat sich etwas auf einen andern Stern zurückgezogen – und dies Zurückziehen, dies Verlassen, dies Weichen verfinstert Land und Stadt und Reich. Aber – wenn alles wankt, wenn alles bis in die innersten Grundfesten erschüttert wird, drei Dinge müssen feststehen, weil sie das Fundament der Welt sind: Gott, Kaiser und Bauer! – Item, Eure Kaiserliche und Königliche Majestät wollen geruhen, sich unserer öfter zu erinnern und mit der Hand, der kaiserlichen, zu winken, falls die Großen und Mächtigen uns allzu harte Lasten auferlegen; aber sich unserer auch dann zu erinnern, wenn der Feind Land und Reich bedroht, damit wir hingeben unser Blut für Gott, Kaiser und Vaterland.«

Der Kaiser reichte dem Redner die Hand. »Ich danke euch allen«, sagte er und seine Stimme war über den ganzen Platz vernehmbar. »Dieser Tag wird mir stets in der schönsten Erinnerung bleiben.«

Der Haginghofer hob den Ulmerkopf so hoch, wie er ihn nie in seinem Leben gehoben hatte: »Seine Majestät, unser geliebter Kaiser und König, Vivat hoch!«

Das dreimalige Hoch scholl gewaltig; denn die Bauern hatten starke Lungen. Und während der Zug sich bereits wieder langsam in Bewegung setzte und die weiße Hand des Kaisers wohl ein dutzendmal an die Kappe fuhr, intonierte die Musikkapelle die Volkshymne, und einige tausend Männer, Frauen und Kinder sangen sie mit:

> Gut und Blut für unsern Kaiser,
> Gut und Blut fürs Vaterland ...

Nun sang natürlich auch die Mena aufs kräftigste mit; aber mittendrin brach ihr plötzlich die Stimme und, zu ihrer eigenen Scham, schossen ihr die hellen Tränen in die Augen. Vielleicht war es die Wirkung des seltenen Erlebnisses, vielleicht auch die Freude, der ganzen Schönheit nun doch im letzten Augenblick teilhaftig geworden zu sein, kurzum, jedenfalls ging von dem Vorgang eine starke Wirkung aus, durchdrang die Menschenherzen und versetzte sie in Begeisterung und Glückseligkeit. Denn so ist es ja: nur was alle erfreut und alle betrübt, das allein hat Wert im Leben. In der großen Verlassenheit, worin jede Menschenseele, sei sie arm oder reich, atmet und wohl atmen muß, worin sie sich bald schwächer, bald stärker, ja zuweilen ganz vernichtet fühlt, mag es ein Trost sein, daß es eine solche Allmacht gibt, hoch über allem Hader und Streit, eine Allmacht, die Schutz und Frieden gewähren und den Mächtigsten wie den Geringsten in den Staub werfen kann. Alle irdischen Dinge, sagt ein Weiser, sind Abbilder der ewigen, und der Zipfel eines solchen ewigen Dings, in dieser Minute etwas gelüftet, mochte es gewesen sein, was die Kleindirn zum Weinen gebracht hatte.

Der Sieger aus Dalmatien

So war denn der Kaisertag zu einem rechten Jubel und Weihetag geworden, und dann sank, wie es nicht anders sein konnte, das Leben wieder in sein altes Geleise zurück, das Werktag und Sonntag, Jugend und Alter, Arbeit und Ruhe hieß; in das Element des Magdtums, wo es sich durchaus ruhig und geborgen fühlte. Und die Mena war der festen Meinung, daß sie nun so munter und froh weitersegeln würde; aber sie hatte, wie es im Leben gewöhnlich zu gehen pflegt, die Rechnung ohne den Wirt gemacht, hatte das Schicksal vergessen, das seinerseits jedoch sie nicht vergaß und sie zum eigentlichen Lebensdienst erst herbeiholte.

Es war an einem Samstag, nach Feierabend. Sie saß auf der Hausbank und strickte. Diese spielerische Arbeit dünkte ihr eine Köstlichkeit ohnegleichen, die Kühle im Hausschatten wie ein Wein. Und im zweisilbigen Wörtlein »Sonntag« lag eine Bedeutung, die gar nicht auszusprechen war. Dieser

Tag, wohl symbolisch nach der Sonne benannt, kam für sie stets in einer Art getragener Feierlichkeit heran, war ganz das, was sie unter dem Worte »heilig« empfand, so ein richtiger Himmelstau, der sich labend auf die verdorrte Seele legte. Sie freute sich am Spiel der sinkenden Sonne, am Gesang der Vögel, an den Ausbrüchen der Feierabendlust, womit die Burschen auf den Wegen zogen; sie guckte neugierig zwischen den Obstbäumen hindurch, gegen die Landstraße hinab, ob nicht auch für sie etwas wie ein kleines Wunder in Anmarsch wäre.

Und es marschierte auch tatsächlich eins heran, auf der Reichsstraße, die wie ein weißes Band durch die grüne Landschaft lief. Doch davon merkte die Mena noch nichts. Sie wurde im Augenblick durch die Heimkunft der beiden Schecken abgelenkt.

Heiliger Gott, der Riesenhans und dieser Mensch, das war ein Zusammengleichen! Klein, säbelbeinig, mit einem verdrückten Gesicht, als ob er schon vor der Geburt, noch im ganz weichen Zustand, vom Schicksal eine fürchterliche Ohrfeige erhalten hätte. Sein Name paßte zu ihm, der »Weltuntergang«! Kaum war er im Stall verschwunden, so kündigte sich auch schon etwas wie ein wirklicher Weltuntergang an. – Bum! Bum! dröhnte es von dort her, dazwischen ein hohes Wiehern und wiederum ein Krachen und Splittern. Und wie immer, wenn ins gutgeölte Räderwerk des Hauses etwas Ungehöriges geriet, führte der Teufel den Bauer selber daher. Er kam gerade noch zurecht, um zu sehen, wie die Doppeltür des Roßstalls aufsprang und der zum ersten Roßknecht avancierte zweite, wie aus einer Kanone geschossen, ins Freie sauste. »Die verdammten Schinderluder!« heulte er. Aber der Hagingshofer schüttelte energisch den Kopf. »Sind keine Schinderluder!« sagte er. »Gib mir deine Peitsche!« Er nahm den neuen Peitschenstiel in seine breiten Hände, brach ihn in der ofengerechten Länge entzwei und legte die Stücke auf den Holzstoß. Die Geißelschnur mit dem grasgrünen Pollen reichte er dem Weltuntergang und einen Silberzwanziger. »Merk dir's, ein für allemal: Auf meinem Hof gibt's keine Peitsche! Kaum hat der Mensch die Peitsche, hat die Peitsche ihn.«

Und nun zu dem Wunder, das indessen unten auf der Reichsstraße heranmarschierte, und zwar in Gestalt eines Soldaten, im blauen Waffenrock, mit weißem, gekreuztem Lederzeug. Vor den Höfen standen hie und da Leute, und sobald sie seiner ansichtig wurden, grüßten sie ihn mit einer aufrichtigen Freude. Ihre Augen verfolgten ihn, bis er im Tor eines Einkehrgasthofes verschwand. Hier, im kühlen Vorhaus, bestellte er Wein, Käse und Brot. Das ungewöhnliche Geklirr seines Säbels lockte Köpfe an die Türen; der Wirt setzte sich sogar an den Tisch, um den Gast zu unterhalten, freilich auch deswegen, um ihn ein bißchen auszufragen. Vielleicht drohten Einquartierung oder Requisition; es war für alle Fälle klug, sich mit dem Herrn Soldaten auf guten Fuß zu stellen. Auf die Frage, wie der Wein schmecke, bekam er die halb verächtliche, halb belustigte Antwort: »Der Wein ist gut; aber wenn man durch neun Jahr echten Dalmatiner getrunken hat, wird man verwöhnt!«

Der Wirt pfiff durch die Lippen: Neun Jahre echten Dalmatiner? Da war der Herr Soldat wohl nicht aus dieser Pfarr? – Aber der fragte: »Wirt, kennst du mich denn wirklich nicht?«, stand auf, stellte sich, wie zu einer richtigen Musterung, ein paar Schritte zurück, und man sah es dem Wirte deutlich an, wie er sein luckriges Gedächtnis krampfhaft anstrengte, um nicht als ein Dummkopf zu gelten oder den Soldaten zu beleidigen.

Der lachte belustigt, zog aus seiner Brusttasche ein Schriftstück und legte es auf den Tisch.

Die Hausleute kamen näher, standen neugierig umher, und insbesonders das Weibervolk und die Kinder konnten sich an dem gebräunten Mannsgesicht, dem Blinken des Säbels, dem goldglänzenden Portepee und der ganzen Prachtgestalt nicht sattsehen. Der Wirt setzte seine Brille auf, beguckte das Dokument, den Doppeladler mit geöffnetem Schnabel, Schwert und Reichsapfel in den Krallen, fuhr mit seinem dicken Finger die erste Zeile entlang und las, zwar etwas stockend, aber doch mit ziemlicher Geläufigkeit: »Vorzeiger dieses Abschieds, der österreichisch kaiserlich-königliche Kanonier, Felix Haginghofer ...«

»Der Felix!« Der Wirt schlug sich an die Stirn. »Der Lix, der Haginghofer-Lix!« Jetzt war alle Scheu dahin, die Frauenzimmer kamen näher, konnten sich gar nicht fassen und riefen ein übers andere Mal: »Nein, aber nein, Lix, bist du fesch! – Am Sonntag mußt du mich ins Wirtshaus führen! – Am Kirchtag mußt du mit mir tanzen!« Sie machten aus ihrer Bewunderung und Freude, daß ihnen so unverhofft ein aufreizend schöner Kerl vom Himmel gefallen war, keinen Hehl.

Der Lix schritt den Wiesenweg gegen Haging hinauf. So weit das Auge schweifte, sah es Schöberhaufen und Kleehifler, die, gleich Soldaten, in Schwarmlinie standen und wunderliche Schattengebilde auf den kahlen Boden warfen. Hie und da bewegte sich ein verspätetes Heufuder, gingen Gestalten, mit Sensen auf den Schultern, und sangen ein Lied. Langjährige Gewohnheit hatte dem Urlauber diese Landschaft zur einzig möglichen, einzig schönen und einzig bewohnbaren gemacht; und auf sie hin waren die neun Jahre unter dem südlichen Himmel gekommen, das Meer, die Schiffe, Zypressen an glutsonnigen Hängen, Ölbäume, Feigen, dann das Volk der Dalmatiner, Montenegriner, Albaner und so mancher anderer. Kein Wunder, daß die Heimat jetzt auf ihn wie eine Art köstliches Theater wirkte, daß ihm schien, als ob er in ein zauberhaft gewebtes Bild, aus Seiden und Farben, hineinschreiten würde, ein Bild, das ihm halb bewußt, halb unbewußt, an vielen widrigen Stunden und Tagen, woran die Militärzeit keinen Mangel gehabt, vorgeschwebt hatte. Da kam zuerst eine Heuhütte, wie immer unverändert, nur hie und da mit einem Tannenbrett geflickt. Wie oft hatte sie ihn vor einem Gewitter geschützt, wie oft hatte er an langweiligen Tagen drin geschlafen, und wie lachte ihm das Herz bei der Erinnerung, daß es ihm einige Male gelungen war, eine hübsche Dirn hineinzulocken.

Und endlich Haging. Er bemerkte am Brunnen eine Frauensperson, die wusch: es war seine Mutter. Sie war fast noch genauso, wie er ihr Bild Jahre bei sich getragen hatte, nur die Formen und auch das Gesicht war lockerer und schwammiger geworden. Ihre Arme waren vom Wasser krebsrot. Lix grüßte militärisch. Die Haginghoferin hielt inne und sagte: »Der Bauer ist nicht daheim.« – »Kennst du mich nicht?« fragte der Lix lächelnd. Jetzt ließ sie das Wäschestück fallen. »Der Lix!« stotterte sie und wischte sich eilig die nassen Hände an der Schürze. »Nein, aber nein, mein heiliger Gott, bin ich dumm!« Sogar ein paar wirkliche Tränen traten ihr in die Augen. Sie verlor in dieser Minute dasjenige, was immer und unter allen Umständen zu bewahren, eine feste Tradition ihrer Familie gewesen war, ihre Fassung. Endlich sagte sie: »Wie groß du geworden bist!« und ging voran ins Haus.

Lixens Heimkehr machte Aufsehen. Wenn er ins Wirtshaus ging, schossen jung und alt wie Hummeln an die Türen und Fenster: das Ungewöhnliche entzückte sie, das Neue, die bunte Uniform, von der er sich nicht trennte. Überall wurde er umlagert, daheim, auf der Straße, am Biertisch.

Es schien ihm plötzlich eine prächtige Sache, all dieses mitgemacht, all diese Länder, Städte und Meere gesehen, alle diese hundert Dinge erfahren zu haben, die man hier kaum vom Hörensagen kannte. Abends kamen die Nachtreiser; Lix öffnete einen Sack und kramte Muscheln in allen Größen und Formen aus, so winzig wie eine Erbse und so groß wie ein Kindskopf. Da kam es dann vor, daß der Haginghofer eine prächtige, perlmutterschimmernde, mit zolldicken Wänden, in die Hand nahm, aufmerksam beäugte und sagte: »Du heiliges Wunder: wozu schafft das Tierzeug sich so einen Panzer an?« – und die Frage sich mit lautem Lachen auch selber beantwortete: »Ei wohl, daß es nicht gefressen wird!«

»Karlstadt, Ragusa, Risano, Perzano!« Der Lix erzählte. »Im Anfang hab ich gemeint, ich lauf davon. In Welschtirol und in der Lombardei haben wir Quartiere gehabt, daß es bei uns schönere Schweine- und Roßställe gibt. In Vinzenza hätten wir in einem Transporthaus übernachten sollen; da hat das Stroh nur so gewimmelt von Läusen. Wir, nicht faul, schließen Türen und Fenster, zünden an und in einer halben Stund ist alles rein.« Dann beschrieb er das Meer, Besuche bei den Perlstickerinnen und auf dem Markte in Cattaro, endlich in montenegrinischen Bauernhütten, und schloß mit dem Übergenuß von Feigen und deren Wirkung, was bei den Männern jedesmal Gelächter erregte.

Das ging so einige Wochen. Mittels seiner Soldatenerlebnisse und seines immervollen Geldbeutels zog er heran, was zu den Lustigen gehörte, und nur das, was damit zusammenhing, kam in sein Blickfeld; gewiß auch noch hundert andere Dinge, aber sie blieben eindruckslos, wie Schatten, um die man sich weiter nicht zu kümmern brauchte.

Zu diesen Schatten gehörte auch die Kleindirn Mena. Wenn er sie von ungefähr sah, zwirbelte er lächelnd sein schwarzes Schnurrbärtchen, ganz erfüllt von dem Bewußtsein, daß er ein Kerl war, bei dessen Anblick jedes Weiberherz hüpfen mußte, doch schwankend, ob er sie anreden sollte oder nicht. Aber der Glanz der Montur und der militärischen Bravaden verblaßte rasch. Lix schaute nach anderen Sensationen aus.

Nun hatte der Pieringertoni, der in solchen Sachen der Hauptmacher war, eine Singprobe für den Sankt-Veits-Tag angesetzt, und in der ersten Feierstunde saßen alle Teilnehmer unterm Hollerbusch. Der Schieringhies hatte sein Buch mit dem hölzernen Deckel aufgeschlagen, und es handelte sich darum, die Lieder festzustellen, die geübt und am Kirchtag gesungen werden sollten.

Lix konnte gar nicht begreifen, was da, ohne seine Mitwisserschaft, unter dem großen Hollerbusch eigentlich vorging. Er hörte, wie sie sangen, eine Strophe zwei- und dreimal wiederholten und immer wieder von neuem ansetzten, und ein weiblicher Jodler, der das ganze schloß, war von solcher Pracht und von solchem Übermut, daß ihn dünkte, als hätte er dergleichen nie in seinem Leben vernommen. Er ging näher und sagte: »Wer kann denn da so jodeln von unsern Leuten?«

»Die Mena!«

Lix stellte sich vor sie hin. »Schau, schau, unsere Mena!« Er betrachtete sie, etwas brutal, so daß eine kleine Verlegenheit entstand. Dies Anschaun war eine gewisse, etwas unangenehme Gewohnheit von ihm, so fest und stichgerade, wie eben die Augen eines Hofsohns, mit vierzig Joch Grund, auf alle andern armen Teufel blicken mußten. Der Schieringhies schämte sich für den Lix und suchte seine Ungezogenheit gleichsam zu verdecken. »Es ist ja bekannt«, sagte er, »daß alle Ellenhuber eine singende Ader haben. Bei jeder Gelegenheit, bei jeder Arbeit singen sie, wohl aus demselbigen Grund, weswegen der Zeisig im Apfelbaum singt: Das Leben tut sie soviel freuen!« Er besprach sich leise mit den Sängern, und sie hoben an:

> »Und kehren die Sieger aus Dalmatien zurück,
> Da suchen die Mütter mit weinendem Blick:
> Der Sohn in der Ferne, nach dem sie begehrt,
> Er liegt in Dalmatien tief unter der Erd . . .«

Lixens Gesicht leuchtete; er ließ unverzüglich einen großen Krug Apfelmost bringen, war für das Singen am Kirchtag begeistert und übernahm die Sorge für die Liederabschriften, indem er dafür einen Gulden spendierte.

Der große Lix hatte die kleine Mena bisher kaum beachtet; die beiden waren durch eine ganze Welt voneinander geschieden; auch war ein so großes Reißen bisher um ihn gewesen, daß er gar nicht zu Atem gekommen. Aber am nächsten Tag, als sie ein abgetrenntes Wiesenstück mähte, war er plötzlich bei ihr. »Du mußt beim Mähen breitspuriger stehn, sonst hat die Sens keinen Schwung«, sagte er. »Ist's übrigens wahr, daß du den Riesenhans geschmissen hast? – Ja, wie kann denn das sein? – So ein kleines Leut!«

Sie wußte sofort, was diese Sprache bedeutete: damit war sie in die Welt der Erwachsenen aufgenommen, mit ihren eigenen Sitten und Gebräuchen. Aber wie er sie abtätscheln wollte, fuhr sie herum: »Hüt dich! Ich bin nicht so eine!« Er war auch gleich wieder ernst und sprach von anderen Dingen. Für den Anfang genügte es, sonst wurde sie kopfscheu.

Der Sankt-Veits-Tag

Der Sankt-Veits-Tag, ein großer Fest- und Feiertag, spukte um diese Zeit bereits in allen Köpfen; kein Wunder, der heilige Vitus war Kirchenpatron und sein Tag der allerköstlichste im ganzen Bauernjahr.

Bei unserer Mena kam noch ein bedeutender Umstand dazu: das große Singen. Es beschäftigte sie tagsüber bei der Arbeit, abends vorm Einschlafen, ja sogar nachts im Traum. An die fünfzigmal probierte sie jedes Lied, jede Arie, jeden Jodler, und gab nicht nach, bis er zu ihrer Zufriedenheit herauskam. Das »Lied vom verliebten Tischlergesellen«, so einfach und singbar es auch war, machte trotzdem Schwierigkeiten, und der Pieringertoni, der den Singmeister spielte, konnte bei Fehlern sehr grob werden. Sie fing also immer wiederum an:

>»Geh ich hiefür, geh ich aschling,
>Schneid ich Birnbaum, schneid ich Schwachtling,
>Schneid ich buchsbaumer Ladn,
>Gibt's ein Tanzboden, ein rar'n ...«

Sie fühlte wieder das heitere, glückselige Element, das bei diesem Gesang aus dem Alltagsdüster hervorbrach. Jenem Alltagsdüster, jener beklommenen Traurigkeit, die über allem Leben liegt, über der Kindheit, über der Jugend, trotz des rosigen Schimmers, wovon beide umgeben sind; die im Sonnenstreifen, der durchs Fenster fällt, zittert, auch im Wasserstrahl, der von der Dachrinne plätschert; jene Gewalt, die den großen Haginghofer, den mittleren Ellenhuber und den bettelarmen Maler Peregrinus in der gleichen Weise anfaßte. Sie dachte an ihren guten Freund, den Riesenhans, sah ihn, wie er, eine brennrote Nelke hinterm Ohr, durch den Weiler ging, von einem Dutzend halbwüchsiger Mädchen umschwärmt. Sie sah, wie er, der Hitze wegen, seinen schweren Rock über die Achsel gehängt, den Plüschhut weit in den Nacken geschoben hatte und von der freien Stirn ihm die Schweißtropfen perlten. Die Mädchen lachten und schrien unaufhörlich: »Hans, kaufst du mir am Sankt-Veits-Tag einen Stoß Lebzelten? – Hans, laßt du mich auf dem Ringelspiel fahren? – Hans, zahlst du mir eine Maß Met?« Und dazu hörte sie seinen Baß dröhnen: »Alles zahl ich, ihr Menscherln; eine jede kriegt, was sie sich wünscht!«

Was an diesen abendlichen Bettphantasien sie so beglückte, hätte sie selbst nicht sagen können, doch spürte sie, daß wundersam stärkende Kräfte von ihnen ausgingen. Auch folgten solchen Wachträumen nicht selten wirkliche Träume, wo sie wieder durch eine Welt voll Fröhlichkeit und Glück wandelte.

Kurz vor dem Sankt-Veits-Tag hatte sie zwei Erlebnisse. Sie trug gerade in beiden Händen eine Schüssel Milch, da umfaßte sie der Lix und gab ihr einen Schmatz. Und wieder, knapp vor dem Bettgehen, klopfte es an ihr Fenster: es war der Schindertoni. Sie sollte öffnen; er wollte ein wenig plaudern. »Geh schlafen!« sagte sie energisch. »Ich schlaf auch schon.« Diese Antwort machte ihn derart lachen, daß ihn schon dieser Lachanfall zwang, sich raschest zu entfernen.

Diese beiden Vorfälle hatten etwas Berauschendes an sich, das sie bisher noch nicht gekannt hatte; es war, als ob ihr Blut plötzlich tanzen wollte und das Leben um sie herum groß und weit würde. Sie kam nun auch auf diesem Gebiet in Betracht! Und bei wem? – Bei Lix, dem reichen Hofsohn, bei Toni, dem feschesten Mann in der Pfarr! – Sie suchte sich zu besinnen und die Ratschläge des Ähnls und des Wichtlweibls wachzurufen: Hüt dich, Dirndl! Aber sie kam zu keinem Entschluß. Sie fühlte, daß das Leben um sie herum belebter wurde, man könnte sagen heißer; ihre Wangen glühten manchmal, ohne daß sie wußte, warum. Auch hegten die Dirndln und Mägde der Nachbarschaft plötzlich ein besonderes Interesse für sie; ihre Reden und ihr Lachen klangen vieldeutig.

Abends stellte sie sich vor den Spiegel, den sie an der Innenwand des Kastens hängen hatte, und übte sich, wie sie am hübschesten das Kopftuch für den Veitstag binden sollte; denn das war eine Art Kunst und wurde selten so zustande gebracht, wie man es wünschte. Wenn dann, nach einigem Bemühen, die seidenen Zipfe wie keckgeschwungene Engelsflügel links und rechts von ihrem apfelfrischen Gesicht abstanden, genoß sie das Glück ihrer eigenen Jugend.

In den letzten Tagen vor dem Sankt-Veits-Tag strahlte der Himmel im reinsten Blau, die Lerchen trillerten über den Feldern, die Schwalben kreisten wie närrisch um den Kirchturm; das Aufstehen am Morgen war eine Freude, der erste Blick durchs Kammerfenster, das Waschen am Brunnen, das Auslöffeln der Milchsuppe, alles das war eine Lust, und was an Trübsal und Bedrängnis zu sonstigen Zeiten sich an den Bauernmenschen heranwagte, hatte sich verflüchtigt.

Diese Lust steigerte sich am Vorabend, als die Marktleute und Karussellwagen ins Dorf zogen, zu einer Art Taumel, der alle ergriff, sosehr sie ihn auch zu verbergen suchten. Auch auf Haging war es so. Jedes hatte für den kommenden Tag, neben dem allgemeinen, seine besonderen Ziele. Das eine machte sich in dem Vorsatz fest, sich ja kein Geld aus der Tasche locken zu lassen; das andere freute sich darauf, möglichst viel verjubeln zu können; die jungen Mägde wollten mit längst begehrten Gegenständen ihren Kasten ausfüllen; die jungen Knechte den entscheidenden Schritt am

Kammerfenster tun oder auf eine seit Jahren hinausgeschobene Rache lauern.

Bei der Mena war es natürlich nicht anders. Sie spielte ja morgen zum erstenmal im Komödientheater Leben eine Rolle; mehrere würden ihr einen »Kirchtag« kaufen, ganz sicher hat es der Schiering und die Kleindirn versprochen, die sich besonders auf die Bekanntschaft mit ihren Brüdern freute, und vielleicht gesellte sich noch der eine oder der andere zu ihnen. Kein Wunder, daß sie infolge ihrer Unruhe nicht einschlafen konnte, sich ins offene Fenster lehnte und in die Nacht hinaushorchte. Der volle Mond stand am Himmel und beleuchtete taghell die Gegend. Er beschien den Brunnen, dessen Strahl eintönig sprudelte, die Obstbäume, die gespenstische Schatten warfen, erhellte die Felderstreifen, halb voll, halb abgeerntet, die reglosen Höfe, die Gruppen von Burschen, die lautlos ihrer Wege zogen. Sie hatten die Röcke über den Schultern hängen, ihre weißen Hemdärmel und weißporzellanenen Pfeifen leuchteten aus dem Dunkel. Sie traten an abseitigen Orten, hinter Kapellen, in offenen Schmiedeschuppen zusammen und redeten aufgeregt aufeinander ein. Und dann zogen sie wieder weiter und sangen leise, wie unterirdisch, in einem klagenden Ton das »Bergmannslied«:

> »Ein Ringlein am Finger,
> O Braut, steht dir gut,
> Ein Herz voll Rubinen,
> So rot wie das Blut.
>
> Doch wo nähmst du, o Braut,
> Wohl das Ringelein her,
> Wenn tief in der Erde
> der Bergmann nicht wär?«

Die Mena hatte dabei den Drang zu weinen, und dann wiederum laut aufzujauchzen. Heiße Ströme loderten aus ihrem Herzen. Der Brunnengranter leuchtete wie rotes, warmes Feuer, Glühwürmchen schwebten durch die Luft, wohl Zaubergeister, kleine Teufelchen; sie tanzten heran und setzten sich in ihr Haar; sie spritzte schnell etwas Weihwasser hin und steckte in die Spalte des Gesimses ein Büschel Johanniskraut. Und plötzlich, sie war am Fensterstock fast eingeschlummert, erscholl die Stimme der Burschen ganz nah und mit einem Jubelausbruch ohnegleichen, als ob die nächtliche Erde selber zu einem feierlichen Te Deum laudamus den Mund öffnete:

>»Die Krone, o König,
> Die schimmert so fein,
> Sie webt um das Haupt dir
> Den Glorienschein.
>
> Doch wo nähmst du, o König,
> die Krone wohl her,
> Wenn tief in der Erde
> Der Bergmann nicht wär?«

Sie wühlte sich in ihren Polster und schluchzte. Was da, von dem sommernächtlichen Mannsgesang gerüttelt und geschüttelt, so heiße Tränen vergoß, war wohl nichts anderes als ein Fünklein vom ewigen Schöpfungsfeuer selber, auf die Erde herabgefallen und in einem Menschen verkörpert; und dieser Mensch hieß in unserem Sonderfall Mena und zitterte wohl darum so sehr, schwankte so sehr zwischen Weinen und Jauchzen auf und nieder, weil er deutlich verspürte, daß sein Leben nur ein solcher kurzer Lichttraum zwischen zwei endlosen Finsternissen war und weil er sich vor heiliger Bangigkeit nicht zu fassen wußte, damit er während dieses Traums den rechten Weg nicht verfehlte.

Am Morgen des Sankt-Veits-Tages sprang die Mena zugleich mit beiden Füßen aus dem Bett. Ein großes Gelächter hatte sie geweckt: der Haginghofer stand mit gespreizten Beinen vor dem Hof und schüttelte sich vor Lachen. »Da haben die Donnerskerle wirklich einen ganzen Doppelpflug aufs Hausdach geschleppt«, rief er.

Die Mena kleidete sich heute zum erstenmal in ihrem Leben so richtig wie eine Erwachsene an, nämlich mit wählerischer Sorgfalt und Nachdenklichkeit. Sie trug ein Samtmieder, mit echten Silberknöpfen besetzt, ein Geschenk vom Ähnl, weiße Zwirnstrümpfe, aus Sparsamkeitsrücksichten fußlos, nur mit einem Querband versehen, und das seidene Kopftuch. Dazu kam das Gebetbuch, ein Andenken von ihrer Mutter, und ein Körbchen aus buntfarbigem Geflecht, das sie an zwei großen silbernen Ringen am Arm trug.

Der Vize beguckte sie angelegentlich, und seine Greisenäuglein, von Krähenfüßen umrahmt, liefen sekundenlang wie hungrige Hündlein über ihren gedrechselten Körper, um dann sofort wieder in ein spöttisches Blinzeln und ironisches Hohnlächeln überzugehen, das besagte: O Narretei! O Menschennarretei!

Die Mena schritt wohlgemut den Weg gegen das Dorf hinab. Die Luft war von aromatischem Grasgeruch erfüllt. Es war klar, daß das Leben unter diesem blauen Himmel, in dieser Morgenfrische, in dieser Stille und Klarheit Spiel und Tanz war. Die Höfe boten einen ebenso lustigen wie unerwarteten Anblick. Auf ihren Dächern sah man Dinge, die man sonst in ganz anderer Umgebung zu sehen gewohnt war: Pflüge, Hausbänke samt Oleanderbäumen, Backtröge, Spinnräder mit schmutzigen Stallgewänden und kotigen Holzschuhen. Das Höchste aber war ein vollständiger Leiterwagen, wobei man sich den Kopf zerbrach, wie sie ihn wohl auf den Dachfirst gebracht haben mochten.

Der Schneider Veit störte sie in ihrer Beschaulichkeit. Auf Späße, die sich um Veit und Veitstag reimten, wagte die Mena nicht zu kommen, denn sein Apostelgesicht sah immer und auch jetzt so eigentümlich ernst aus. Auch er sagte, außer dem Gruß, kein Wort; aber sie fühlte, wie er sie von der Seite beaugapfelte. Die lustigen Bilder, die sie auf den Haus- und Hüttendächern sahen, lösten ihnen endlich doch die Zungen. Aber beide schienen nicht sehr geeignet, gerechten Pranger und persönliche Bosheit voneinander zu unterscheiden, welche Motive sich da, artig und unartig, durcheinandergemischt. Sie lachte über alles, und er begann in einer salbungsvollen Weise folgendes zu reden: »Die Welt ist so voll Bosheit, daß sie bei allen Löchern nur so hervorspritzt, und sie möcht dran ersticken, wenn nicht diese Nacht wär, wo man sie eben etwas herauslassen kann. Wenn sie sich staute und staute und bräch dann unversehens los ... Himmel! Die ganze Menschheit ging in Trümmer.«

Die Mena lächelte zustimmend. Das von der Bosheit hatte sie selber schon öfter so dunkel empfunden. Trotzdem war sie froh, als ihr Begleiter vorm Dorfeingang abbog. Gleich anfangs, als sie seine Stimme vernommen, war etwas in ihr geflohen, etwas Schönes, Reines, Himmelblaues. Sie ging überhaupt nicht gern an Seite dieses Mannes ins Dorf: ein Schneider! So stolz und so kleinlich und töricht war diese Bauerntochter immer noch.

Nun allein, war das Reine und Himmelblaue wiederum da. Die besonnte Straße, die Blumen und Bäume, die Häuser und Menschen strömten eine greifbare Fröhlichkeit aus. Die Welt des Alltags, durchs ganze Jahr in gleichmäßiger Abwechslung einander folgend, das gewohnte Bild, Brunnen und grüne Anger, Höfe und Häuser, die Fenster mit den Pelargonien, Levkojen und Fuchsien, war durch etwas Neues unterbrochen: durch hüttenartige Bauten, weiße Zeltdächer, bunte Farben, fremdrassige Gesichter und funkelnden Glitzer und Kram.

Beim Hochamt und bei der Predigt war ihr zumut wie in einem Traum. Die flackernden Kerzen, die Weihrauchwolken, der Sonnenstreifen, der durch die bemalten Fenster fiel, der lateinische Gesang, die Orgelklänge, dies alles erfüllte sie mit einem inneren Jubel ohnegleichen, der etwa sprach: Freue dich, Kind Gottes, freue dich, daß du lebst! – Selbst die Predigt des Kooperators Kletzl konnte sie nicht herabstimmen, obgleich sein Haarschopf hoch emporloderte und er mit gerötetem Gesicht die Bösen, die Ehebrecher, die Säufer und die reichen Prasser erbarmungslos in die Hölle stieß.

Nach dem Gottesdienst ging sie sogleich zum Elterngrab und fing an, das Unkraut auszujäten. Dabei sah sie einige Male erwartungsvoll zur strömenden Menge hinüber, bis sie endlich die Schwestern erblickte. Sie grüßten sich, beteten ein paar Vaterunser und gingen dann, eifrig durcheinanderredend, mit dem Menschenstrom die sonnenbeschienene Kirchenstiege hinab. Es leuchtete von farbigen Tüchern, glitzerte von silberbeschlagenen Pfeifen, Ringen und Halsketten, von Silberknöpfen an Röcken und Westen; dazwischen hob sich das Schneeweiß des Linnens und das satte Rot der Regenschirme. Menschenwirbel bildeten sich, zumeist bekittelte, im raschen Wortschwall wie in selbstgesponnenen Schlingen verfangen, bis das Gedränge sie auf den Dorfplatz weiterschob, mitten in einen dichten Kreis von Buden hinein, mit all den nützlichen und unnützlichen Herrlichkeiten, wonach das Bauernherz Verlangen trägt.

»Alles nur zehn, zehn, zehn! Da her, Leuteln, da! Kostet alles weniger als ein Gulasch. Alles nur zehn, zehn, zehn!

Da her, Leuteln, da!« Der Mann, der das Graffelwerk feilhielt, konnte das schön singen; aber der Mena lockte er keinen Groschen aus der Tasche. Das Gesetz des Sparens war bei ihr fest verankert, nämlich vererbt. Aber dessentwegen glühte sie doch innerlich vor Freude, ja, es ist nicht zuviel gesagt, sie war unter all den glühenden Herzen das allerglühendste; nur brannte ihre Flamme beständig, wie die der echten Wachskerzen, die man nur einige Male im Jahre anzündet.

Eine bekannte Stimme riß sie aus ihrer Beschaulichkeit. Es war der Jörgei; er hatte bereits einen neuen Plüschhut auf dem Kopf. »Und der Adlerflaum?« fragte sie, als sie sich die Hand reichten. – »Den kaufst du mir heut!« gab er lachend zurück. Er seinerseits hatte ihr schon Parfüm und Seife gekauft. Das Brigei hielt ihr eine bunte Schachtel mit Taschentüchern hin. Und plötzlich, während sie sich herzlich über diese Anhänglichkeit freute, waren alle Geschwister um sie versammelt, sogar Paul, der Neu-Ellenhuber. Gang und Naz waren so gewachsen, daß sie ihren Augen nicht trauen wollte. Sie trugen ganz gleiche Plüschhüte mit je drei Reiherfedern, von einem dichten Büschel Perlhuhn zusammengehalten, und unter den kurzen, schwarzen Jacken sah man breite, holzgeschnitzte Messergriffe. »Warum seid ihr denn nicht zum Grab gekommen?« fragte sie und suchte ein strenges Gesicht aufzusetzen.

Sie lächelten, wiegten ihre jungen Mannskörper in den Hüften und sagten: »Waren ja dort! Vor dem Amt schon!«

Die Mena gab sich damit zufrieden und segelte stolz der geschwisterlichen Schar voran, erfüllt von einem geheimen Jubel: Ellenhub lebt, trotz alledem! – Sie kaufte den Adlerflaum. Es ist eine wohltätige Erleichterung, wenn man eine Schuld losgebracht oder ein Versprechen erfüllt hat. Dann jedem der Geschwister einen kleinen »Kirchtag«, und umgekehrt. Die Schwestern banden die Lebzelten sorgfältig in ihre Taschentücher; die Brüder rollten die braunen Platten unter Gelächter zu Röhren und schoben sie so zwischen die blendenden Reihen ihrer schneeweißen Zähne. Das Lachen war überhaupt Trumpf heute, und wenn das alte Sprichwort: Wer weint, ist unglücklich, wer lacht, glücklich, richtig aussagt, waren nicht nur die Ellenhuber glücklich, sondern es gab hier lauter glückliche Menschen. Einzelne Paare, Gruppen, ja ganze Haufen, wie sie sich um die Buden drängten, schüttelten sich vor Lachen. Kein Wunder: nach so vielen Arbeitswochen im Schweiße des Angesichts schwammen sie lustig im Wirbel der Sorglosigkeit und des Genusses.

Und unter Lachen und Kaufen kamen auch die Geschwister wieder auseinander, sie wußten nicht wie.

Mena beobachtete, wie Liebesleute sich zueinander hielten und flüsterten, Kinder ihre Väter, Mütter und Basen bestürmten, halbwüchsige Burschen und Mädchen freudestrahlend ihren Kirchtag in große rote und blaue Taschentücher banden; wie die Bauern Gabeln, Rechen und Seilerwaren erstanden, sie wie ein Wehrgehäng um die Schultern legten, so daß sie noch immer bequem einen Händedruck austauschen konnten. Sie sah, wie die ersten Männer der Gemeinde, der Haginghofer, der Krämer Lambert, der Bräu, sich durch die Menge bewegten, und bewunderte sie fast so sehr wie vorhin die prächtig gemalten Heiligen in der Kirche. Diese Größen traten gewichtig auf, wie wandelnde Türme; Ringe, Uhrketten, Knöpfe und der Silberbeschlag an den Pfeifen glänzten, und ebenso glänzten ihre roten, etwas gedunsenen Gesichter von Gesundheit und Zufriedenheit. Diese Gruppe war von einem Schwarm Schmarotzer umgeben, der sich in einer saftigwohligen Stimmung befand, alles kritisierte, meist in einer spaßhaften Weise, und mit dem Ziel, den Bräu zum Lachen zu bringen.

Der Mena war zumut, als ob sie heut zum erstenmal das wirkliche Leben sähe, samt seinen großen Freuden, aber auch schon eine Ahnung bekäme von seinen tausend Leiden, die man freilich nicht so leicht sehen und hören ließ.

»Mein Gott, die Mena! Und so schön, so schön!« Der Staatsschuldenmann war an ihrer Seite. »Mein Gott, wie du noch ein kleines Wuzerl warst«, er zeigte mit der Hand die ungefähre Größe über dem Boden, »da hab ich dich oft auf meinem Arm herumgetragen. Ja, und die vielen schönen Sachen, die es hier gibt! Ich kann mir, leider Gottes, nichts kaufen, gar nichts. Brauch auch nichts. Nur ein Stamperl Schnaps hätt ich gern gehabt, ist mir immer nicht gut im Magen.«

Über diese weh- und demütige Bettelei mußte sie hellauf lachen und sagte: »Du armer Passagier! Ich will dir einen Kirchtag und einen Schnaps kaufen, komm!« Aber mehr Interesse konnte sie an ihm nicht haben, und sie war froh, als sie ihn wiederum loshatte.

Plötzlich erschrak sie: der Lix ging an ihrer Seite. Er musterte sie mit einem sonderbaren Lächeln, kaufte ihr ein Dutzend Lebzelten, und sie mußte nun auch ein Taschentuch zum Einbinden nehmen. Wie der Lix ihr dabei half, drückte und quetschte er ihren kleinen Finger, nicht anders, als ob er einen Floh wuzelte, und sie lachte unaufhörlich dazu. Und immer lachend gingen sie nebeneinander. Bauerntöchter, prächtig gewandet, mit hochmütigen Gesichtern, tauchten auf; sie zischelten, und eine von ihnen, die etwas eckig und plump war, hatte offenen Hohn auf den Lippen: es war die Nachbartochter von Haging. Und so wie ihr heißer, spottsüchtiger Blick prüfend über die Mena fuhr, so fuhr Menas Blick über jene, und beide kannten sich von jetzt an, trotz der Rüschen und Falten, bis auf die letzte und geheimste Stelle. Und daher kam's wohl, daß der Mena Herz in der nächsten Minute hellauf jauchzte: Ich bin reicher als du!

Der Lix zwirbelte sein schwarzes Schnurrbärtchen und fragte, was sie sich wünsche. Sie lachte: »Ja, wünschen! Wünschen tät der Mensch sich viel.« Dabei flogen ihre Augen sehnsüchtig über eine Reihe prächtiger Ölstöcke aus Silber, aus Messing und aus Holz, die soldatisch ausgerichtet auf einem weißen Linnentuch standen. »Eigentlich brauch ich nichts«, sagte sie. »Einen Ölstock hätt ich alleweil gern gehabt, aber heuer geht's noch nicht, vielleicht das nächste Jahr.«

Der Lix trat zum Verkaufsstand. Seine gewichsten Zugstiefel knarrten und die Anhängsel an seiner Uhrkette klimperten. Er feilschte lange und kaufte endlich einen hölzernen, rotgestrichenen Ölstock, die billigste Sorte, die zu haben war. Trotzdem war sie voll Freude. – Ein eigener Ölstock, das hatte sie sich schon immer gewünscht, das war etwas Unabhängiges, Stolzes! – Eine Lampe, auch solche waren schon hier, das war etwas für die Reichen und Hofbesitzer, für den Bruder Paul; für eine arme Bauerndirn wie sie war so ein Ölstock das Allerhöchste.

Der Lix hörte ihr Geplauder an und ging lachend fort. Auch sie selber ließ sich wieder glückselig vom Menschenstrom führen, dahin und dorthin. Es gab so viel zu schauen, daß man nicht fertig wurde; so viel Neuigkeiten und Überraschungen, daß man nicht wußte, wo man seine paar Groschen anbauen sollte. Sie sah wohl das Farbige, Glitzernde und Leuchtende in den Krambuden, aber ihre Silbergulden und Silberzwanziger ließ sie doch in ihrer Geldbörse.

Auf einmal, wie sie sich so treiben ließ, hielt ihr jemand die Augen zu und rief: »Rate!« Sie erriet die Stimme sogleich: der Schindertoni! Er war in einer übermütigen und selbstherrlichen Laune, wozu ihn sein Äußeres ein wenig zu berechtigen schien. Der ganze Mensch hatte etwas an sich, als ob er aus der Erde selber herausgewachsen wäre, von den Nagelschuhen bis zum moosgrünen Hütchen mit der Schildhahnfeder, das ihm auf dem Krauskopf saß, als ob der Wind es hingeweht hätte. Sie wußte selber nicht recht, was es war, aber etwas zwang sie, ihn immer wieder anzuschauen. Wie mußte dieser Mensch tanzen und trinken können! – Sie bemerkte auch, daß manche ihm sichtlich auswichen und einen Bogen um ihn schlugen, und andere, wieder eine bestimmte Sorte Menschen, ihm Respekt bezeigten; ihre Grüßgott flogen ihm mit sichtbarer Beflissenheit zu, was ihr ungemein gefiel. Er hatte unleugbar ein »Ansehen«, wie die Sprache sich ausdrückt; die Leute schauten auf, wenn sie an seiner Seite vorüberging. Er drängte sich überall rücksichtslos vor und sagte: »Du feines Menscherl, du, mach einmal dein Körberl auf!« und warf ihr Fingerhüte, Seifen, Fläschchen mit Kölnischem Wasser und flache, bunt bebilderte Pappbehälter hinein. So viel, daß ihr vor Freude schwindelte. Im Handumdrehen bekam sie den reichsten Kirchtag, den je eine Kleindirn heimgetragen hatte.

Es war herrlich. Der Mann am Zwanzigerstand sang: »Da her, Leuteln, da! Kostet alles nur zwanzig, zwanzig, zwanzig! Da her, zu mir her, du schönes, feines Paar! Eins ist eins, zwei ist zwei ...« Die Stimme war schon heiser, obschon es erst gegen elf Uhr ging. »Da her, Leuteln, da! Kostet alles weniger als ein Gulasch.« Der Toni fing einen glänzenden Messingölstock aus der Reihe, warf ihn wie einen Ball in die Luft, fing ihn wieder auf und steckte ihn, ohne auch nur um den Preis zu fragen, in Menas Bündel. Sie kam aus der Fassung. Ihre kühnsten Träume gingen in Erfüllung: sie hatte zwei Ölstöcke in ihrem Pack, eine Zwickmühle, woraus sie sich im Augenblick beim besten Willen keinen Ausweg wußte.

Sie war daher aufrichtig froh, als gerade in diesem Zeitpunkt die Kleindirn, jene, die ihr auf Haging so behilflich gewesen und mittlerweile Hausdirn auf einem anderen Hof geworden war, wie ein junges Roß zwischen beide fuhr und sie in Beschlag nahm. »Ja, Mena«, schrie sie in ihrer überlauten Redeweise, »wo hast du denn deine Brüder? – Nein, aber nein, mußt mich schon mit ihnen bekannt machen, gelt? Daß sie mir einen tüchtigen Kirchtag kaufen und mich ins Wirtshaus führen.« Und die Mena versprach es auch, war aber wiederum froh, als sie nach kurzem Suchen auf die Brüder stießen.

Eine wirkliche Freude, ohne Einschränkung, hatte sie, als sie des Schieringhies ansichtig wurde. Einer plötzlichen Laune folgend, schob sie ihren Arm unter den seinen, und so, eingehängt wie herrische Leute, marschierten sie los. Dem Reimer war zumut wie damals, als der Haginghofer ihm seinen Tabaksbeutel gereicht hatte. Er kaufte ihr ein übergroßes Herz aus Marzipan. »Wenn du meine Lieder singst«, sagte er, »mußt du auch dies Herz von mir annehmen. Es ist das größte, das ich hab finden können.«

Die Burschen riefen: »Hoh, hoh! Die Haginghofer Mena hat sich einen feschen Liebhaber aufgezwickt.«

Sie wurde rot vor Zorn. »Laßt mir den Schiering in Ruh, ihr Perchten! Der ist mehr wert als ihr alle zusammen.« Sie ging mit ihrem Begleiter zum Kasperltheater, wovon sie schon die ganze Zeit über geträumt hatte. Man spielte ein überaus spaßhaftes Stück, »Die ungetreue Geliebte« geheißen. Und die Mena kam nicht mehr aus dem Lachen.

Das große Singen

Als die Mena mit dem Schieringhies zum Postwirt kam, war die Gaststube bereits gestoßen voll. Schon am Vortag hatte sich nämlich das Gerücht verbreitet, daß der Schindertoni mit seiner Sängergruppe hier singen und daß man diesmal etwas Besonderes zu hören bekäme. Ins Beisel hatten sie nicht gehen wollen, und ganz hinauf, zum Stumpfbräu, da war es ihnen wieder zu fein und zu herrisch. Übrigens gab es auch in der Post genug angesehene Leute; da saßen der Haginghofer, der Krämer Lambert, der Förster Purgstaller und viele Bauern und Bäuerinnen, die durchaus nicht zu verschmähen waren. Am meisten freute die Mena, daß sie ihre sämtlichen Geschwister traf, alle an einem Tisch vereinigt. Die Lena war wie eine reiche Hoftochter gekleidet; es funkelte nur so an ihr von Silber und Seide; auch der Paul hatte sich mehr ausstaffiert, als es sich für einen Mann eigentlich schickte, und als rechter Kontrast dazu hatte die Soph ein so leichenblasses Aussehen, daß man erschrak.

Aber zum Grübeln war keine Zeit. Es gab viel zu fragen, es gab Sticheleien und Gelächter; an Hunger und Durst fehlte es bei jungen Leuten auch nicht, und der ganze geschwisterliche Tisch befand sich in einer unaufhörlichen Bewegung. Im übrigen drehte sich das Hauptgespräch im Augenblick um eine besondere Sache, nämlich um das »Buchstabie«, das die ersten Kirchengänger heute am Kirchentor gefunden, und das nun, obgleich es rasch entfernt worden war, von Tisch zu Tisch ging. Ein solches Buchstabie war eine Art öffentlicher Anschlag, der an Häuserecken, Hütten und Bäumen festgemacht wurde, und worin es der unbekannte Verfasser meist sehr gut verstand, seinen Spott auszugießen und die Lacher auf seine Seite zu bringen.

Man hatte, wie das Bosheitsventil in dieser Nacht allgemein geöffnet worden war, auch den Pfarrer Gries und seinen Gehilfen Kletzl nicht vergessen, der wegen seiner unbarmherzigen Predigten mehr gefürchtet als geliebt war.

>»Du und der Oa,
Müßt am Sonntag schneller toa,
Sonst seid du und der Oa
Am Sonntag alloa.

Mag gar nimmer gern
Ins Achte-Amt gehn:
Die Kletzn sind z'hirt,
Und der Gries, der ist z'len ...«

Diese Reime waren so recht Wasser auf die Mühle des Kirchtags, damit sie doppelt lustig klapperte. Man liebte nichts mehr als solche Wortspiele und Reimereien, und insbesonders, wenn dabei die Oberen einen tüchtigen Hieb abbekamen. An mehreren Tischen setzte auch ein kleines politisches Fingerhakeln ein, und man hörte allerlei erbauliche Sprüche: Wenn die Leut nicht mehr in die Kirch gingen, hätten die Geistlichen nichts zu leben. – Spotten ist leicht, aber wenn's keinen Glauben und kein Gericht gäb, tät einer den andern umbringen. – Mit den Herren ist nicht gut Kirschen essen, die Kirschen essen sie, und die Kern spucken sie einem ins Gesicht ...

An dieser Stelle übertrumpfte eine starke Stimme alle andern: »Statt Herren muß man ›Wiener‹ setzen, dann stimmt's.« Dieser Ruf ging von einem beleibten Mann aus, der in seiner Rechten einen gewaltigen Ulmerkopf hielt und eben seinem Tischnachbar erklärte, daß in der Gemeinde, außer ihm, nur noch der Haginghofer eine solche Pfeife besäße.

»Lambert«, fragte eine Stimme, »bist du liberal oder klerikal?«

Der lachte aber nur. »Bist du mein Beichtvater?« fragte er.

Aber die Stimme, die einige als die des Schindertoni erkennen wollten, rief wieder: »Ich kenn dich durch und durch. Ein Kramer ist nie anders: dein Geldsack ist dein Papst, Kaiser und Herrgott.«

Das breite, sehr markante Gesicht des Krämers schwoll an wie ein Truthahn. Eine Krämerseele schien er nicht zu haben; er machte ohne Verzug Anstalten, auf den Stänkerer loszugehen. Aber sogleich wurden Rufe laut, man sei hierhergekommen, um sich einen lustigen Kirchtag zu machen, und nicht, um zu raufen; andere verlangten nach Zitherspiel und Gesang. Der Staatsschuldenmann, der sich an solchen Festtagen gewöhnlich in der Nähe von Leuten aufhielt, die beleibt waren und dicke Brieftaschen hatten, rief: »Jawohl, singen, liebe Leut, nur singen! Ich will gleich den Anfang machen:

> O König von Preußen,
> Bist ein gar gescheiter Mann,
> Doch bist du viel zu wenig
> Gegen den Napoleon.
>
> Er sprach zu unserem Kaiser Franz:
> Was sollen wir uns hassen?
> Gibst du mir deine Luis zur Frau,
> Will ich am Thron dich lassen.«

Dies heisere Gekrächze erregte Gelächter, und damit war auch die festfriedliche Stimmung wiederhergestellt. Und wie man nun so diskutierte, aß und trank, scherzte und lachte, ließ sich in dem Deckelgeklapper und Gläsergeklirr ein Ton vernehmen, seltsam und unwirklich, als ob in den Tabaksschwaden an der Stubendecke eine kleine Geige flöge und klänge; ein feines Tirilieren, das man für den Singsang eines Wundervogels hätte halten können. Der Kropfjodl, ein winziges grünes Hütchen auf dem Kopf, saß in der Ofenecke und tremolierte das Lied vom verliebten Tischlergesellen.

>»Geh ich hiefür, geh ich aschling,
Schneid ich Birnbaum, schneid ich Schwachtling,
Schneid ich bauchsbaumer Ladn:
Gibt's ein Tanzbodn, ein rarn.
Diriehallia ...

Geh ich schleunig, geh ich langsam,
Schneid ich Ahorn, schneid ich Eichstamm,
Schneid ich bucherne Brett:
Gibt's ein zwiespannigs Bett.

Geh ich pfeifend, geh ich singend,
Geh ich scheltend, geh ich springend,
mag d' Säg, wie ich will, ziehn:
Gibt's eine zwielachne Wiegn.

Heiß ich Peter, heiß ich Paul,
Bin ich fleißig, bin ich faul,
Geh ich vor oder z'ruck:
Gibt's fürs Dirndl ein Stuck.
Diriehallia ...«

Er variierte das Diriehallia immer von neuem, in einem immer steigenden Jubel und in solcher Reinheit und Kraft, daß alles Gespräch stockte. Aber als sie nun sahen, wie sein dicker Hals gleich einem Blasebalg arbeitete und die mächtige Kropfkugel auf und nieder hüpfte, konnte auch der prachtvolle Glockenton seines Diriehallia nichts mehr helfen: die ganze Stube brach in ein schallendes Gelächter aus.

Aber ebenso plötzlich wurde es wiederum still. In einer Art Sprechgesang trugen abwechselnd bald männliche, bald weibliche Stimmen ein Lied vor, eine Art Totenklage um einen frühverstorbenen Bauernsohn.

> »Andreas Ibensperger ist mein Name,
> Von Seewalchen bin ich zu Haus,
> Ein Bauernsohn aus altem Stamme,
> Und schon ist jetzt mein Leben aus.
>
> Ach, wie hart kommt mir das Sterben!
> Ach, wie bitter ist der Tod!
> Staub und Asche muß ich werden,
> Muß hinein in den schwarzen Kot.
>
> Tod, warum mit deiner Sense,
> Mähtest du mein Leben ab?
> Ach, du hättest denken sollen,
> Daß meine Seel zu jung fürs Grab.
>
> Wie die Ros in Frühlingstagen,
> Stand ich da in vollem Glanz,
> Und, ach, jetzt muß ich schon tragen
> Auf mein Haupt den Totenkranz.
>
> War ein junges, frisches Zweiglein,
> Kaum die zwanzig Jahre alt,
> Gab der Tod mir seinen Streich schon
> Mit der höchsten Allgewalt.
>
> Und wie hat es sich begeben,
> Daß ich fiel in solche Not?

Wir waren zwei und liebten eine,
Drum stach mich der andre tot.

Freilich war sie wohl ein Mädchen,
So wunderschön und lieblichfein;
Wenn sie kam durchs Gras gegangen,
Kam's wie Glück und Sonnenschein.

Ach, ihr Liebsten mein, Geschwister!
Grabt es tief in euer Herz:
Liebet fein die liebsten Eltern
Und verschont sie mit dem Schmerz.

Ach, ihr liebsten Kameraden!
Oh, wie lustig warn wir oft ...
Seid euch gute Freund und Brüder,
Denn der Tod kommt unverhofft.

Ach, du meine schön Geliebte!
Oh, wie ist mir um dich leid!
An der Seite meines Mörders
Währet kurz nur deine Freud.

Und nun geht den Weg betreten,
gebt Geleit mir, Greis und Kind,
Tut bei meinem Grabe beten,
Wo wir alle Brüder sind.«

Das Lied war lang und wurde auch in einer sehr langsamen Weise vorgetragen, und das mußte so sein; sonst hätte es ihnen nicht gefallen. Es kostete ja immerhin einige Zeit, bis man sich in den unglücklichen Andreas Ibensperger, in sein Glück und sein trauriges Ende hineingelebt; und dann wiederum war es kein Wunder, daß man in dem gruseligen Land dieser armen Seele eine geraume Zeit verweilen wollte. Nur überall bis auf den Grund! Nicht nur bei ihren Maßkrügen, wo sie auch gern tiefe Züge taten, sondern vorzüglich in Arbeit und Ruhe, Liebe und Haß, Vertrauen und Mißtrauen, Werktag und Festtag; das war ihr ureigener Sinn und ein guter Sinn, wie man wohl sagen kann, zweifelsohne der Sinn des Lebens überhaupt: immer bis auf den Grund.

Und wie die Sänger gesungen, das war ganz unbeschreibbar, und ebenso die Wirkung. Die alten Bauern saßen wortlos. Eine Erwartung lag über ihnen. Das Silber der doppeltgereihten Knöpfe und das helle Grün der Samtwesten bildeten einen Gegensatz zu dem tiefen Sonnenbraun ihrer Gesichter. Graue Maßkrüge standen vor ihnen; hie und da war der Zinndeckel offen. Der Trinker hatte ihn, um jeden Lärm zu vermeiden, nicht mehr geschlossen. Und plötzlich hörte man ein Knirschen und Klirren: die »Kraft« war in einen der bärenhaften Menschen gefahren; er hob den vollen Maßkrug mit den Zähnen, trank ihn leer und zerbiß ihn zu Scherben.

Aber nicht nur das Lied hatte eine starke Wirkung hervorgebracht, noch ein anderer Umstand war hinzugekommen. Bei dem Verse:

> Wie die Ros in Frühlingstagen,
> Stand ich da in vollem Glanz ...

war kein Geringerer als der Stumpfbräu eingetreten mit seiner Suite, welche die Aufgabe hatte, aus geschäftlichen Gründen in kurzer Zeit eine möglichst hohe Rechnung zu machen. Und Leute, die es als ein besonderes Glück betrachteten, unter diese Clique zu kommen, gab es genug. Man hatte gegrüßt, Sessel gerückt, aber das Lied war weitergegangen, bald verebbend, bald ansteigend, genau wie es sich der tote Andreas Ibensperger in seinem Grabe vorgesungen hatte. Der Stumpfbräu tat, als ob ihm der Wein besonders schmeckte, bot seine dicke, braunlederne Zigarrentasche herum, beugte sich bald zu diesem, bald zu jenem seiner Tischgenossen und brach wiederholt in ein lautes Gelächter aus. In Wirklichkeit aber war ihm nicht so zumut. Ein Mirakel hatte ihn bei seinem Eintritt unangenehm berührt: es gab hier eine Nummer, eine höhere, als er selber war: eine Nummer, die durch sein höchsteigenes Erscheinen nicht im geringsten unterbrochen worden war. Aber gleich war in ihm wieder der Mensch und der Mann oben. Er horchte ergriffen und dachte: Wie kommt's nur, daß diese Leute nicht bei mir singen? – Und wie er zufällig am Sängertisch vorbeiging, blieb er stehen: »Ah, was seh ich? – Das ist ja der Hagingehofer-Lix! Grüß Gott! Schon daheim vom Militär? – Und das ist die Ellenhuber-Mena! – Und singen, daß es eine Art hat! – Tut mir die Freud und laßt euch auch bei mir hören.«

Wie der Stumpfbräu fort war, wurde man dahin lautmäulig, was für einen Wein er getrunken, was für Zigarren er geraucht, und was er, Wort für Wort, zu den Sängern gesagt hatte. »Ja du, das ist ein Herr!« Die Bauern pfiffen durch die Lippen. Über dem Klappern der Zinndeckel, dem Klirren der Eßbestecke und dem Rufen der Kellnerinnen lagen ihre starken Stimmen. Sie führten eine bedächtige Sprache; wogen nach altem Maß, von Urvätern überkommen, mit wenigen Worten und sparsamen Gesten, Menschen, Dinge und Ereignisse. Die Stimmen der Frauen schwankten fortwährend vom hellsten Gelächter bis zum heimlichsten Geflüster. Das Jungvolk, ihr schnelles Fragen, ihr blitzartiges Antworten, ihr übertriebenes Gelächter, prahlte fühlbar mit seiner Jugend und wollte den Älteren und Ganzalten um jeden Preis zeigen, wie ausnahmslos glücklich es war, ja, daß es ein anderes Glück als das ihre überhaupt auf Erden nicht geben konnte.

Beim Stumpfbräu war der Mena und den Sängern anfangs etwas beklommen zumut. Alles war so fein, die Wände mit braunem Holz getäfelt, der Tisch mit geblumten Tüchern gedeckt, auf Gesimsen und in Glaskasten sah man Gefäße aus Zinn und Silber; und sogar fremde Gäste waren hier, im Extrazimmer, Herren und Damen, was sie schon gar nicht erwartet. Aber die Ellenhuber-Geschwister insonderheit hatten eine große Freude: Der Ähnl saß da! Und zwar an einem Tisch mit Bauern ganz altertümlicher Art. Sie trugen noch jene hohen und spitzen Hüte von Anno dazumal, die man Zuckerhüte oder Nebelstecher nannte. Die Geschwister umlärmten ihn, etwas zu laut, so daß er sie abmahnte. »Nur nicht gar so unkultiviert! Und alleweil schön geführig! Abraham hatt' sieben Söhn, sieben Söhn hatt' Abraham.« Sie lachten, und der Zwischenfall gab der Mena und den Sängern ihre Sicherheit wieder.

Der Mena fiel auf, daß er seit der Zeit, wo sie ihn nicht gesehen, frischer geworden war. »Du wirst alleweil jünger«, sagte sie und blickte, wundersam ergriffen in den Kreis der alten Gesichter. Ein Zauber ging von ihnen aus, von ihren altmodischen Gewändern und ihrer altmodischen Sprache. »Jetzt wird zurückhin gezählt«, sagte der Ähnl lachend, »bis knapp zum Markstein der Geburt.«

Es tat der Mena fast leid, daß man sie an ihren Tisch rief. Es waren inzwischen viele Leute gekommen und das Verlangen nach einem Lied allgemein. Sie wählten: »Was gibt es in der Welt«, ein Gesang, gedichtet auf die Schlacht von Aspern und niedergeschrieben in dem Buche des Schieringhies mit den rothölzernen Deckeln. Sowie sie anhuben, war es augenblicklich in der Gaststube still wie in der Kirche.

»Was gibt es in der Welt,
Ja, bei der jazing Zeit,
Es lebt kein Mensch in Fried,
Lebt alls in Zank und Streit.
Ja, nichts als Unruh, Krieg und Revolution,
Ja, nichts als Neid und Zwietracht trifft man an.
Oh, meine liebn Leut,
Gedenkt derselbign Zeit,
Wo man so viel getan,
Für unser Vaterland,
Für unser liebes, teueres
Heimatland.

Hört an das schöne Lied,
Pfingstsonntag, Anno neun,
Beim Dorfe Aspern wohl
Napoleons Krieger dräun.
Vor seinem Schwerte fällt die ganze Welt in Staub,
Der große Korse will Europas feigen Raub.
Oh, meine liebn Leut ...

Doch einer stehet fest,
Wenn alles wankt im Feld,
Wenn alles niedersinkt:
Erzherzog Karl, der Held.
Der führet mutigkühn allhier den stolzen Plan,
Und Hiller, an der Tete, packt die Franzosen an.
Oh, meine liebn Leut ...

Da brauset wild heran,
Ja, mit Trompetenschall,
Napoleons Reiterei,
Zehntausend auf einmal.

Marschall d'Espagne voran und rufet allsogleich:
Streck deine Waffen rasch, perfides Österreich!
Oh, meine liebn Leut...

Pflanzt auf das Bajonett!
Jetzt gehts mit Stürmen dran.
Vorwärts, ihr Grenadier!
Jetzt geht es Mann an Mann.
Gibt es denn gar kein Hilf? Ach Gott, wir gehn zugrund!
Gibt es denn gar kein Hilf? Ist's unsere letzte Stund?
Oh, meine liebn Leut...

Verstümmelt und ganz tot,
Ach, der Mütter Herz! –
Das Blut in Strömen fließt,
Ach, den bangen Schmerz!
Doch, Viktoria! Karl schlug ihn aufs Haupt,
Den Bonaparte, der sich gern die Welt geraubt.
Oh, meine liebn Leut,
Gedenkt derselbign Zeit,
Wo man so viel getan
Für unser Vaterland,
Für unser liebes, teueres
Heimatland.«

Wie dieses Lied, bald verebbend bis zur völligen Lautlosigkeit, und wieder anschwellend, so stark, daß die Decke der Wirtsstube erzitterte, geendet, gab es keinen Beifall. Alle fühlten, daß sie mit ihrem Geklatsche die heilige Stille unterbrochen hätten, die während und auch noch nach dem Verstummen des Gesangs den Raum beherrschte. Heilige Stille!, wie man eine Stille wohl nennen kann, wo die Menschenseele, bis ins Innerste erschüttert, dem Geheimnis der

Ewigkeit ins Auge zu schauen vermeint. In jedem dieser Reime lag so viel Angst und Qual und Triumph, daß bei jeder Strophe ein fühlbarer Schauer durch die Stube ging. Wenn die Mannsstimmen sangen: »Ist denn gar kein Hilf?« und die Mena, wie ein weinendes Echo, übersang: »Ist denn gar kein Hilf?« – und wiederum die tiefen Baßstimmen dröhnten: »Ach, wir gehn zugrund!« und die weiblichen Stimmen, wie Engelsschluchzen, nachsangen: »Ist's unsre letzte Stund?«, war es, als ob über Länder und Berge der stimmlose Schrei der hunderttausend Krieger käme, die bei Aspern in den Schlachtentod gegangen waren.

In dieser Stille geschah etwas Seltsames: einer der turmartigen Nebelstecher senkte sich nieder, als wollte sein Träger ein Schläfchen tun, man hörte ein Brummen und Stöhnen, und endlich war kein Zweifel mehr: ein Gast weinte...

Die »schöne Bräuin« schritt zwischen den Tischen hin, um die Ursache der peinlichen Störung zu entdecken. Sie sah einen Greisenkopf auf dem Tisch liegen; die langen, weißen Haarsträhnen netzten sich in den Bierlachen, und hörte, wie es dumpf darunter schluchzte. Sie legte dem alten Manne die beringte Hand auf die Schulter und sagte: »Wo fehlt's denn, Ellenhuber?«

Der Alt-Ellenhuber hob den Kopf, und wie er die Frau Bräuin sah, wurde er plötzlich vor Scham rot wie ein Schulbub. »Frau Bräuin«, stotterte er, »nichts fehlt mir, gar nichts! Das Lied! – Wir waren nämlich unser drei Brüder, Anno achtzehnhundertneun, bei Aspern ...« Er hob die Hand mit der Pfeife aus gelbem Nußholz und sang mit seiner brüchigen Greisenstimme: »Ach, wir gehn zugrund ...« hoch hinauf und dann, mit einem Unterton von Schluchzen, noch einmal. »Ach, wir gehn zugrund ...«, und jäh, ohne allen Übergang, in einem ruhigen erklärenden Ton, fügte er hinzu: »Ja, wir gehn freilich zugrund, aber es geht ums

Ganze! Es geht ums ganze Volk! Es geht ums – Vaterland! – Nichts fehlt mir, Frau Bräuin, gar nichts. Nur so tu ich röhren: so viel schön ist das Leben! So viel schön!«

Die Bräuin lachte glockenhell wie ein junges Mädchen und wiederholte die Worte laut, zwei-, dreimal; sie gingen von Tisch zu Tisch, pflanzten sich durchs Extrazimmer bis in den Garten fort, mit stets neuem Gelächter. Aber es war kein Spottlachen; alle hatten sogleich den inneren Zusammenhang begriffen.

Die Mena versuchte die ganze Zeit über zu sehen, was eigentlich los war; aber sie konnte über die Köpfe hinweg nichts wahrnehmen, bis in ihrer Nähe jemand sagte: »Der Alt-Ellenhuber!« Ein Schreck fuhr ihr in die Glieder. – Vielleicht war er betrunken? Hatte einen Skandal gemacht? – Sie drängte sich zwischen den Gästen durch; man sagte ihr, der Ähnl sei bei der Bräuin; aber sie wagte es nicht, anzuklopfen. Plötzlich öffnete sich die Tür, und was bot sich ihr für ein Anblick? – Die schöne Bräuin und der Ähnl saßen an einem Tischchen, hoben beide eben ein Glas mit Wein und stießen lachend an. Dann brach die Bräuin eine vollerblühte Nelke, steckte sie dem Ähnl ins Knopfloch, und er sagte: »Frau Bräuin, das werd ich mein Lebtag nicht vergessen.«

Nach diesem Zwischenfall drehte sich die Rede allgemein um die Sänger. Der Bräu setzte sich sogar für eine Minute an ihren Tisch. »Von Ellenhub? Brav, brav! Vater und Mutter tüchtige Leut! Um solche ist schade. Und der Hies ist auch da? – Tust fleißig reimen?« Zuletzt, schon im Abgehen, noch eine kurze Frage an den Schindertoni: »Gehst noch immer fleißig Wild stehlen in mein Revier?« Was an den Tischen ein Gelächter auslöste. Auch die Frau Bräuin kam. Sie trug auf einer silbernen Platte einen Zinnkrug mit einem Kranz Gläser und schenkte den Sängern eigenhändig ein. Die Mena wurde besonders gelobt und so überschwenglich, daß sie sich fast schämte. Alle wollten sie an ihrem Tisch haben. Um diese Zeit war es auch, daß ein weißbärtiger, bebrillter Herr, den die städtischen Gäste »Herr Archivar« riefen, an den Tisch der Singer trat und sich die Erlaubnis ausbat, etwas Platz nehmen zu dürfen. »Wo habt ihr«, fragte er, »diese Lieder her?«

Alle deuteten auf Schiering.

Der Archivar ersuchte um das Buch mit den hölzernen Deckeln und blätterte darin.

Inzwischen war es den Gästen wiederum zum Bewußtsein gekommen, daß man hier war, um fröhlich zu sein. Man fing also an, zuerst schüchtern, dann kecker, Vierzeiler zu singen. Dabei wurde alles willig anerkannt, ausgenommen solche mit persönlichen Verunglimpfungen, dann kotzengrobe, da war ja kein Reim nötig, da schlug man lieber gleich dem Gegner eins ins Gesicht; endlich das Sauglockengeläute, welches den meisten mißfiel. Im übrigen wurden alle in der Gemeinde durch die Hechel gezogen, auch der Pfarrer, der Vorstand und der Bräu. Auch bei diesem Teil stellte die Mena ihren Mann. Neben denen, die sie von Haus aus kannte, und das waren nicht wenige, hatte sie sich noch einige Dutzend zurechtbiegen lassen. Sie waren bunt und lustig, spitzig und witzig, fein und grob, gesalzen und gepfeffert, was an dem jedesmaligen Gelächter deutlich zu ersehen war. Sie wurde so für eine halbe Stunde jemand, wenigstens für die Bräustube; und dieser Triumph machte sie viel schöner, als sie wirklich war.

Der Staatsschuldenmann mochte vielleicht recht haben, als er sich vor sie hinpflanzte und ausrief: »Wer je auf der Welt eine hübschere Kleindirn gesehen hat als die Mena von Ellenhub, der soll herkommen und es sagen!«

Zwischen zwei Ölstöcken

Es ging schon gegen zwölf, als der Hagninghofer-Lix der Mena zuflüsterte: »Mena, ich führ dich heim.« Aber dies wollte sie nicht. Um fortzukommen, schlich sie sich hinaus und ging, von der kühlen Nachtluft umfächelt, eiligst davon. Aber plötzlich war er trotzdem an ihrer Seite; sie sollte doch nicht so laufen, sie hätten doch einen Weg. Er war stark angetrunken, voller Faxen, und sie kam die ganze Zeit über nicht mehr aus dem Lachen. – Nein, sie hatte sich vom Lix eine falsche Vorstellung gemacht.

In ihrer Schlafkammer öffnete sie den Pack mit den steifen Zipfelohren und weidete sich an ihren Herrlichkeiten. Sie mußte laut auflachen: die zwei Ölstöcke kollerten heraus und über die rotgewürfelte Tuchent hin. – Nein, wie das nur so hatte kommen können! Sie hätte den zweiten zurückweisen sollen, aber, mein Gott, warum hat der Toni auch so übereifrig eingekauft? – Sie betrachtete den roten Ölstock aus Holz, der ihr ganz gut gefiel, und wandte den funkelnden aus Messing im flackernden Kerzenlicht hin und her. Dann stellte sie die beiden Ölstöcke in den Kasten und ging schlafen. Jedoch der Schlummer wollte nicht kommen. Sie hatte in allen Gliedern ein Gefühl von Glut und Spannung. Sie versuchte, sich in ihre bisherige kühlklare und sichere Empfindungswelt zurückzuversetzen; sie dachte an die Geschwister, betete ihr Abendgebet, aber umsonst. Was ist denn nur in mich gefahren? fragte sie sich. – Bin ich denn durch einen Zauber eine Heidin geworden? – Sie erwog auch, ob sie nicht in den folgenden Tagen zur Krölljule gehen sollte, um sich »anwenden« zu lassen; vielleicht war sie zu vollblütig und man sollte ihr Blutegel setzen.

Aber das Urwesen, das in ihr erwacht war, konnte weder durch Anwenden noch durch Blutegel vertrieben werden.

Es gab für sie auf dem Gebiete der Fortpflanzung keine Geheimnisse. Sie vollzog sich seit ihrer Kindheit sozusagen vor ihren Augen. Waren es kleine Geschöpfe, wie bei dem Hühner- und Taubenvolk, erregte die Paarung Gelächter, große, wie bei den Rindern und Pferden, einen tiefprüfenden Ernst, untermischt mit einer Art wollüstigen Schreckens. Es wäre auch wunderlich gewesen, wenn mit dem Ankleiden, Kirchtagkaufen und Mettrinken die menschliche Lust sich erschöpft hätte mit jenen Vierzeilern voll Sinnlichkeit, deren bloßer Reim das Herz in Glück und Tanz hüpfen und springen ließ.

Und wohl in der Meinung, daß dieser Tanz und dies Glück irgendwo draußen mit den leuchtenden Sonnwendkäfern herumflogen, horchte sie angelegentlich in die Sommernacht hinaus. Aus dem Schindermoor kam der Gesang der Unken; er glich einem eintönigen, alle Nerven aufwühlenden Choral. Und aus diesem Choral hoben sich Männerstimmen und sangen ein Lied, in einem Übermut ohnegleichen. Sie kannte die helle Oberstimme sehr wohl: das war der Wildbretschütz und große Singer, der Schindertoni ...

»Ich kenn nur ein Stadterl,
Kenn Gasserl nur eins,
Und ich lieb nur ein Maderl
Und sonst lieb ich keins.

Ich kenn nur ein Kammerl,
Ein Bettstattl nur,
Ich lieb nur ein Nannerl
Und der geh ich zue.

Ein Dirndl so innig,
Findst nit auf der Welt;

Ihr Lieb kauft kein Künig,
Kein Rothschild ums Geld.

Hat Äugerl so helle,
Hat Wangerl rotweiß,
Hat Füßlein so schnelle,
Und Zahnderl schneeweiß.

Hat Handerl so kleine,
Ist schlank wie ein Reh
Wann ich dran denk, so wein ich
Vor Lust und vor Weh.

Und trutzdem, kreuzteufel!
Mein Glück hat ein' Riß:
Den Leutn ihr Zweifel,
Ihr kreppsaures Gfriß.

Sie zreißen sich's Göscherl:
Das wär mir ein' Eh!
All zwei habn s' kein Gröscherl,
Was kommt, weiß man eh.

Und wegn dem Getümmel,
Freund, bet ich all Stund:
Gottvater im Himmel
Regn her auf mein Grund!

Regn her auf mei Frettn,
Regn her und regn an!
Daß's Treid auf der Gstettn
In d'Höh schießen kann.

Laß mich und mei Nannerl,
Die lieblichfein Dirn,
Vom siebensündign Kammerl
In Ehstand spaziern!

Mein Bitt hör, mein Flehen:
Gib Segn und gib Geld:
Die größt Lieb ohne Lehen
Gilt nix in der Welt ...«

Sie lag noch wach und trank die Strophen wie den süßen Kirchtagsmet. Schon im Einschlafen, weckte sie ein Geräusch an der Hauswand: sie sah, wie die Enden einer Leiter sich an den Fensterstock legten und hörte eine flüsternde Stimme. Sie sagte energisch: »Lix, geh schlafen! Euch Mannsbilder kenn ich. Zu mir darf keiner herein.« Dies sagte sie gleichgültig und ernsthaft, wie sie es bei den abendlichen Stubengesprächen gehört hatte. Aber in Wirklichkeit war sie noch mehr berauscht als vom Lob beim Bräu und vom Kirchtagsmet, ein ganzer Aufruhr tobte in ihr: der Lix, der Haussohn! – Jetzt geschah also auch bei ihr das, worüber man unter den Mägden immer so viel tuschelte: es kam einer an ihr Fenster, und was für einer!

Und dieser was für einer bettelte so lange, bis er die Erlaubnis erhielt, sich ans Bett zu setzen und über den Kirchtag zu plaudern. Sie suchte sich zwar einigemal zu besinnen, rief sich die Worte des Ähnls in Erinnerung: Hüt dich, Mena! Aber es flog nur wie ein leichter Schatten an ihr vorüber. Eine unbekannte Schwüle hinderte jedes klare Denken, und so dauerte es nicht lange, bis der Sieger von Dalmatien bei der Kleindirn den Sieg davontrug.

Wenn die Mena in den nächsten Tagen, die Sense auf der Achsel, auf die Wiese hinausging, war es ihr, als ob eine

Stimme in ihr rief: »Du bist nun auch so eine!«, und das schien ihr eine Weile ganz unglaublich. Aber das Herz begann in der Erinnerung zu hüpfen und zu tanzen. Und wie in dieser Zeit ihr Inneres, so veränderte sich auch mit den Ereignissen ihr Äußeres ungemein schnell. Ihr Körper wurde stark und gedrungen, ihr Gesicht breit und fest, wie eine sich ruhig entwickelnde Landschaft, und ihre Bewegungen glichen denen eines Luchses und wieder denen einer Jungkuh. Nie hatte sie soviel auf den Feldern gejodelt wie in diesen Monaten, und nie so jäh und ohne jede Ursache geweint, wenn sie allein in ihrer Kammer auf dem Bett saß.

Jeden Abend kamen Nachtreiser auf den Haginghof. Die Mena und die Mägde traten ihre Spinnräder. Ab und zu hielt eine inne, um eine Handvoll Werch auf die Gabel zu legen. Die Nachtreiser glichen Gespenstern oder komischen riesigen Nachtvögeln, wie sie so, barfuß, die Röcke über die Achsel gehängt, grinsend in die Stube trotteten und sich an den Tisch setzten. Anfangs führten sie das Gespräch gemäßigt, bis der Haginghofer ins Wirtshaus ging und die Bäuerin verschwand. Jetzt setzten sie mit zweideutigen Reden ein, und die Mägde blieben ihnen nichts schuldig. Auch die Mena wurde nun einer besonderen Aufmerksamkeit gewürdigt, und dies erfüllte sie mit Stolz. Es lag Respekt darin; sie wurde für voll genommen, als geeicht und geweiht für den Sinnendienst der Erde. Sie verteidigte sich, so gut es ging, aber die Angreifer verdrehten ihr die Worte im Mund; sie ärgerte sich, stellte das Spinnrad weg und ging ins Freie.

Es war schon finster; dennoch bemerkte sie, daß jemand unter dem Hollerbusch saß. Das Wichtlweibl drehte den Rosenkranz in den gefalteten Händen und betete. »Man hilft seiner eigenen Seel«, sagte sie. »Kann auch für andere beten, und dabei vergeht einem so schön die Zeit.«

Die Mena sah mit einem Male die ganze Verlassenheit der

alten Frau. Vielleicht war es nun eine Ahnung, daß auch bei ihr an Stelle der Jugend eines Tags dies traurige Alter treten würde; plötzlich schien ihr alles, was geschehen war, furchtbar. Sie bedeckte ihr Gesicht mit der Schürze und weinte bitterlich. »Sie sekkieren mich so drinnen«, sagte sie.

Sogleich rückte das Wichtlweibl vertraulich näher. Es saugte energisch mit den welken Lippen, so daß sich tiefe Gruben um ihren Mund bildeten, schnalzte kräftig und wisperte: »Mein, du armes Schaf Gottes! Tu nicht röhren! Diese Tröpf, diese Mannsbilder, sind keine einzige Träne wert. Dumme Teufel sind sie. Und was muß man mit einem Teufel tun? – Tratzen, ärgern, zwicken, und macht er's ganz arg, schnell einen Weihbrunn auf ihn spritzen. Das brennt ihn wie unsereinen das helle Feuer. Ja, Mena, du wirst es schon noch erlernen: In dieser vermaledeiten Welt ist eine dicke Haut notwendig! Sie meinen's nicht bös, beileib nicht! Sie wollen sich alle nur ein bißchen spielen, gleichgültig, ob dabei das Spielzeug zerbricht oder nicht. Drum merke: So wie du dir auch gewiß fest vorgenommen hast, in Gottes Fröhlichkeit und Arbeitsfreud durchs Leben zu gehen, eins darf dir nicht fehlen: du mußt Haar auf den Zähnen haben! Beißen sie, mußt du auch beißen; geben sie dir einen Stich ins Herz, mußt du zweimal zurückstechen.«

Es tröstete die Mena, daß sie eine Vertraute gefunden hatte. Sie redete nun deutlicher und erzählte, daß der Lix, bis vor ein paar Wochen, jede Nacht zu ihr gekommen, plötzlich aber ausgeblieben wäre, was sie sich nicht erklären könne. Die Augen des Wichtlweibls erglühten aus der Dunkelheit. Aber das, was die Mena noch für ein großes Geheimnis hielt, war für die Einlegerin längst offenbar. Sie saugte und schnalzte: »Die Mannsbilder sind grundschlecht!«

Die Mena wollte nun von Lix Aufklärungen verlangen. Mehrmals kam es vor, daß er an ihr vorüberging, aber sie scheinbar nicht sah. Endlich traf sie ihn, außerhalb der Hofweite, auf einem schmalen Fußweg, wo er ihr nicht ausweichen konnte. Aber es begab sich etwas ganz Unerwartetes. Er tat, als ob ihn jemand riefe, schrie gegen das Gehölz hin: »Ja, ja, ich komm schon« und stapfte querfeldein davon.

An diesem Abend konnte sie nicht schlafen. Anfangs war sie voll Zorn, aber allmählich beruhigte sie sich und redete sich selber auf gut ellenhuberisch zu, wie einem Rößlein, das um sich schlägt und die Planken zertrümmern will. – Bist ja selbst schuld dran! Das hättest du doch im vorhinein wissen können. – Sie grübelte lange: einmal über diese Begegnung und dann über andere Dinge, die näher oder ferner damit zusammenhingen. – Ihr Mannsbilder, jetzt kenn ich euch! sagte sie sich. – Wie seid ihr doch alle grundfalsch, falscher als das falscheste Geld! – Ihr war, als ob von ihrem Kopf aus Linien über das ganze Tal zu allen Menschen hin, die sie bisher kennengelernt, gezogen würden, und alle diese Linien zuletzt wieder in ihr zusammenliefen. Das Leben war ein geheimnisvolles Spiel, und alles, was man tat, sah vorher anders aus als nachher. Man mußte scharf achtgeben. Eins war klar: die Menschen handelten nach bestimmten Regeln, ja, nach einer Hauptregel, die sie aber sorgsam versteckten.

In der Folgezeit lag ihr am meisten daran, Erkundigungen über Lix einzuziehen, wobei das Schwierige war, jemand zu finden, dem sie vertrauen konnte. Daher kam die Nachricht, daß man Lieder einüben wollte, für den Herrn Archivar, wie gerufen.

Der breitästige Hollerbusch überdachte die Menschen, die, so grundverschieden sie auch untereinander sein mochten, dennoch ein gemeinsames Band umschloß. – Auf dem Haginghof singen sie wieder! sagten die Leute, traten vor die Häuser und horchten in die Stille hinaus. In den Obstgärten fielen die Äpfel und Birnen mit einem dumpfen Schall ins Gras, und von den Feldern herein zogen die Krautnebel, die ersten Vorzeichen des Herbstes.

Die Mena liebte ihre Mitsinger geradezu, obgleich sie fast alle etwas Abstoßendes an sich hatten, am wenigsten davon der Schindertoni, am meisten der Kropfjodl, den man nicht ansehen durfte, so gruselig hatte die Natur oder besser die Unnatur ihn geschaffen. Sie fühlte auch, daß die Augen dieser Mannsbilder heute besonders fest an ihr hingen, wenn sie auch tat, als ob sie nichts davon merkte. Denn das hatte sie schon begriffen, das war die erste Kunst: Theaterspielen, und das eigentliche, innere Leben, sein eigenes, und das der andern, unberührt lassen. Die Augen des Schieringhiesen glänzten feucht, als weinten sie innerlich; der Kropfjodl starrte sie an, fast unangenehm; man sah es in seinem Mienenspiel deutlich, daß er insgeheim Bilder schaute, die auszulöschen er nicht die Kraft hatte.

Sie probten fleißig: »A Mensch ohne Lieb«, »'s Wehload« und endlich »Schneider meck, meck«, welches Lied die Mena zum Lachen brachte und so den Bann löste, der sie diesmal fast am fröhlichen Singen verhindert hätte. Trotzdem war es ihr sehr recht, als die Probe beendet und die Mitsinger sich verabschiedeten.

Den Hies hielt sie zurück und saß nun nachdenklich, während er schweigend in seinem Buche mit den hölzernen Deckeln blätterte. In die Stille, die in diesen Minuten um die beiden Menschen gebreitet war, kam der Gesang eines Vogels, so grundseltsam, daß die Mena keinen Atemzug mehr tat, in der Furcht, ihn zu verscheuchen. Dieser Gesang wirkte doppelt eigentümlich in der Dämmerung und im Angesicht des Mondes, der groß wie ein Pflugrad über den Bäumen stand. Er hob und senkte sich nur um einige Noten, verstummte, schwoll von neuem an, und es war eine ausgesprochene, gramvolle Klage, die eintönig aus einem der abendlichen Büsche drang.

»Der Kummervogel!« sagte der Schieringhies leise.

Auf Menas Gesicht erschien ein ungläubiges Lächeln. »Gibt's so einen?«

Der Reimer blickte mit großen Augen auf die Fragerin. Dann machte er mit der Hand eine kreisende Bewegung und hub an, das Wesen des geheimnisvollen Sängers zu beschreiben. Dabei hatte seine Stimme selber einen Ton, nicht unähnlich dem des Vogels, der noch immer unermüdlich fortsang. »Alleweil um diese Zeit«, erklärte er, »meldet er sich; so zwischen Sommer und Herbst, wenn Regenwolken überm Tal hängen, wenn die Welt einer Höhle gleicht, ohne Trost, ohne Glück, ohne Licht und ohne Stern. Dann hört man aus schwarzem Tannengrund einen Gesang, der so klingt wie unterirdisches Kindesweinen. Die alten Leut, die viel mehr wußten und viel mehr sahen und hörten wie die heutigen, sagten dann: Horcht, der Kummervogel singt! und bekreuzigten sich. Jetzt ist er selten geworden. Die Menschen haben sich geradezu verschworen, ihn auszurotten. Alles tut heut so lustig, alles lacht und lacht, alles will zeigen: Schaut, wie glücklich wir sind! Aber – es gibt keinen Menschen auf Erden, und wär er noch so reich, dem's nicht guttät, zwischen Lustbarkeit und Lustbarkeit den Kummervogel anzuhören.«

Sie saßen lange stumm, bis die Mena endlich fragte: »Hies, was sagen denn die Leute seit dem Kirchtag über mich?«

»Hm, was werden sie sagen? – Sie lassen ja an keinem Menschen ein gutes Haar. Aber vom Lix hat es mir nicht gefallen, daß er in den Wirtshäusern herumredet und mit seinem Glück bei den Weibern großtut. – Mein Gott, hat er geprahlt, so ein Bettmensch nimmt man ja nur für ein paar Nächt.«

Die Mena brachte kein Wort hervor. Wenn der Blitz in einen nachtschlafenen Hof mit seinen finstern Räumen und Böden schlägt, mag es nicht anders aussehen als wie jetzt in ihrem Herzen. Eine grelle Lohe beleuchtet alles taghell. Und draußen, in einem der dunklen Büsche, sang der Kummervogel: Tui, tui, tü, tü, tü ...

Das Wort vom Bettmensch, das man sich nur für ein paar Nächte nimmt, ging ihr eine Weile nicht mehr aus dem Kopf. Sie versuchte, den Inhalt dieser Worte auszuschöpfen, und dabei arbeitete sich in ihrem Innern allmählich eine andere Stimme empor, jener urtümliche Zorn, der stets eine gesunde Quelle im Menschenherzen aufstößt. Sie nahm den hölzernen Ölstock und betrachtete ihn: Warum hat der reiche Lix so ein hölzernes Trum gekauft? Sollte es bei ihm vielleicht so sein, wie es ja öfter vorzukommen pflegt: reich und filzig? – Sie trat ans Fenster, schwang den Arm weit zurück und warf den Ölstock in hohem Bogen hinaus. Er kollerte über einen Abhang und sprang mit einem Salto in den Bach, der unten vorüberlief.

Inzwischen ging auf dem Haginghof das Leben unbeirrt seinen Gang, freilich mit einigen kleinen, aber kaum merkbaren Veränderungen. Die Haginghoferin zog sich noch mehr als bisher von der Arbeit zurück; sie ging jeden Samstag in demselben seidenen Tuch, der silbernen Halskette, dem Samtmieder mit den gekräuselten Silberknöpfen und einem großen Gebetbuch unterm Arm zur Beichte und Kommunion. Jeden Samstag, das war schier unbegreiflich! Mit dieser Frömmigkeit wuchs auch die Sorgfalt für ihr Äußeres, und die boshaften Dorfzungen nannten sie die »fromme Statue«, womit sie, vielleicht nicht so unrichtig, ihr Wesen zu bezeichnen glaubten. Freilich, eben nur ihr äußeres Wesen; denn ins Innere des Menschen einzudringen ist schwer und bekanntlich mit vielen Irrtümern verbunden. Manche behaupteten, sie wäre heimlich schwermütig, und zwar deswegen, weil der Lix beständig zur Übergabe drängte und sie nun bald von ihrem vieljährigen Hausregiment Abschied nehmen müßte.

Was den Haginghofer anbelangte, so griff er noch immer täglich ein paar Stunden bei den Arbeiten zu, hielt nach dem Mittagessen sein Schläfchen, brannte dann seine Pfeife an und ging mit der Regelmäßigkeit einer Uhr den schmalen Feldweg zum Egelsee hinüber. Gewöhnlich nur ein Sumpf und ein Tümpel, reichte er in der Regenzeit bis in die Ackerfurchen und Wiesen. Auf seiner silberglatten Fläche blühten die prächtigsten Blumen; und auf seinem Grund spiegelten sich die Schäferwölkchen und der blaue Himmel. Um diese Wasserlache zu verdrängen, hatte er auf der einen Seite ein paar tiefe Gräben ziehen, auf der andern Schutt abladen lassen, Fuhre auf Fuhre; aber obgleich er hiezu jede lässige Zeit benützt, maß der angeschüttete Erdstreifen kaum mehr als eine Tischbreite und eine Hoflänge.

Auf diesem Streifen blieb er stehen, besah die Gräser und Blumen, die schüchtern drauf wuchsen, und suchte dann auszutüfteln, wie vieler Fuhren es wohl noch bedurfte, bis der Tümpel endgültig verschwunden wäre und an seiner Statt eine saftige Wiese grünte. Der zweite Punkt, den er bei diesem Tagesgang in Augenschein nahm, war das Pieringermoor. – Wie schön wär die Landschaft, dachte er, wenn einem nicht dieser schieche Grund und diese verdammte Keusche vor den Augen läg! Wahrhaftigen Gottes, wegbrennen sollte man sie! – Er sprach von den Schinderischen nie anders wie von einem Ungeziefer. Das war nun freilich kein christlicher Gedanke, stieg ihm aber an dieser Stelle jedesmal todsicher in den Kopf, quälte ihn, bis er ihn, gleichsam wie einen bissigen Hund, an eine Kette legte, und diese Kette hieß: Problem! – Ganz genau wußte er selber nicht, was es war, aber er hatte das Wort vom Pfarrer Gries gehört, es gefiel ihm ausnehmend gut, und er spürte, es war etwas, eine Art Rätsel, das man mit Geduld bei sich herumtragen und im Lauf der Zeit wohl einmal auflösen würde. Im Wirtshaus bediente er sich dieses Ausdrucks mit Vorliebe. »Ja, du, das ist ein Problem!«, und wenn der eine oder der andere fragte: »Was ist das, ›ein Problem‹?«, lächelte er überlegen und tat einen langen Zug aus dem Bierkrug. »Die Politik, mein Lieber, das ist eine gefährliche Sach! Besser ist's, wenn man sich gar nicht damit befassen tut.«

Das Lebensgesetz der beiden Haginghofer Eheleute war, wie bei allem, was unter der Sonne wächst, ererbt. Im Genuß ihrer gesunden Körper und der Sicherheit ihrer Existenz schwammen sie nebeneinander wie zwei silbergepanzerte, rotäugige Fische in der blaugrünen, reinlichen Flut, die ihnen durch ihre Vorfahren geschaffen worden war. Ihre Gedanken und Gefühle bewegten sich innerhalb eines kleinen Kreises, und es fiel ihnen nicht im Traum ein, darüber hinauszuwollen. Ohne einander etwas Besonderes zulieb oder zuleid zu tun, trachteten sie danach, sich keine unangenehmen Empfindungen zu machen, jedem, auch nur möglichem Ärger oder Verdruß aus dem Weg zu gehen, Künstler in allen jenen hundert Kniffen, womit man sich erfahrungsgemäß die Lebensübel vom Leibe hält. Diese Klugheitsregel befolgten sie mit einer bewunderungswürdigen Stetigkeit, und wo sich etwa noch Blößen zeigten, frierende, ungeschützte Stellen, da hängten sie Mäntelchen hin, mit vielerlei bunten und krausen Mustern, welche Drapierung ihnen gewisse sanktionierte Maskenleihanstalten lieferten. Freilich hatte sich im Lauf der Zeit auch etwas von der Kaltblütigkeit jener Silbergepanzerten angesetzt;

ihr ganzes Wesen strömte ein Fluidum aus, das in vielen Fällen zu ganz eigenartigen und sogar höchst schreckhaften Endresultaten führte. Beide waren gute und wohlwollende Menschen; aber es gab einen Punkt, wo es mit diesen Tugenden jäh zu Ende war: nämlich, wenn jemand zufällig oder absichtlich an die Glasglocke stieß, unter der sie wandelten.

Dies Anstoßen sollte diesmal die Mena besorgen. Sie hatte sich ziemlich beruhigt und sich allerlei Pläne zurechtgemacht, wenn er wieder ans Fenster kommen sollte, aber der Stammhalter vom Haginghof kam nicht mehr. Jeden Abend holte ihn ein Schwarm guter Freunde ab, die es sich angelegen sein ließen, ihn durch hundert Narrheiten bei guter Laune zu erhalten. Sein Saufen und Singen in den Wirtshäusern war im Mund aller Leute. Der Haginghofer selber drückte ein Auge zu und sagte: »Die Jugend muß sich austoben. Wenn sie sich die Hörner abgestoßen hat, wird sie schon richtig.«

Eines Samstags, dem usuellen Gaßlgangtag, klopfte es trotzdem. Es war aber nicht der Lix, sondern der Toni. Er hatte eine besondere Freude für sie mitgebracht; aber auf dem Fensterstock, wo er saß, konnte er jeden Augenblick entdeckt werden. Kaum war er drinnen, so wickelte er aus einem rosa Papier etwas, das der Mena einen lauten Ausruf des Staunens entlockte: eine silberne Halskette, wie die reichen Bauerntöchter sie trugen, der Wunsch der Wünsche! Die feinen Kettchen gleißten im Mondlicht und die goldene Schließe funkelte. »Echt!« versicherte der Toni. – Und die sollte ihr gehören, ganz ihr?

Der Ölstock aus Messing, es gab nichts Schöneres, die Halskette, das war das Herrlichste, und der Toni der fescheste Mann in der Pfarr! – Sie sprachen die Kirchtagserlebnisse durch, wobei der Toni immer wieder auf ihre verfrühte

Heimkehr kam. Er machte Späße, sogar einen wirklichen Schwur mußte sie leisten, und, die beiden Schwurfinger erhoben, schwören, in Zukunft ihn allein zu lieben und ihm treu zu sein. Und diese Wortspielerei ging weiter zu jener Menschenspielerei, wobei man sich herzt und küßt ...

Es ist selbstverständlich, daß die guten Geister in der Mena noch eine Weile Widerstand leisteten, aber sie konnten in der Folgezeit nicht mehr aufkommen. Das wilde Gejaid kommt von Zeit zu Zeit in das Herz des bestgearteten Menschen und muß wohl dorthin kommen. Jetzt brauste es in Menas Blut; dies war im Grund ein feuerflüssiges, hatte etwas von einem uralten und ganz jungen Wein an sich: es gärte und polterte und gab dem Leben Tiefe und Schönheit. Ihre Lust steigerte sich, als sie eines Nachts, von den Obstbäumen her, Lärm und unterdrückte Stimmen hörte und zwei Gestalten beobachten konnte, die aufeinander losschlugen: der Lix und der Toni! – Es war ihr zumute wie am Kirchtag, wo sie rasch aufeinander zwei Gläser Met getrunken hatte. – Was war das nur? – Nichts anderes als die Hatz. Die Sonne scheint, der Himmel ist blau, die Vögel singen; man arbeitet, weil man muß, trinkt das Brunnenwasser, weil man Durst hat, ißt, weil man hungert, aber – das genügt dem Herzen nicht. Durch die Wälder trabt die Hirschkuh; die Sonne scheint, die Quelle läuft, Futter gibt es die Fülle, aber – das genügt der Hirschkuh nicht! Erst wenn die Nebenbuhler aufeinander losgehen, wenn die Geweihe splittern und das Blut fließt – das ist prachtvoll, das ist das ein und alles in der Hirschenwelt!

Und daß der Lix am nächsten Tag zahlreiche Schrunden im Gesicht hatte, die er sich fleißig mit Milch wusch, tat der Mena wohl, und sie ging fröhlicher an ihre Arbeit.

Übrigens bekam sie den Toni vom Herzen gern; sie verstanden sich gut miteinander. Es wurde den beiden eine glückliche Liebeszeit zuteil. Das Schlimme war, daß er oft, ganz plötzlich, wochenlang ausblieb. Man sah dann vom Dorf herauf, von Weiler zu Weiler, die Gendarmen mit den Fanghunden gehen, und die Mena hätte niemals geglaubt, daß diese Schergen, die, ihrer Meinung nach, vom Faulenzen lebten, niemand andern zu fangen versuchten als den Toni, ihren Schatz, wenn es ihr nicht das Wichtlweibl ernsthaft bestätigt hätte.

Die Wichtlin strickte ihre graue Wolle, so dick wie eine Zuckerschnur. »Ja, mein lieber Gott, da dreh ich die Hand nicht um. Die Mannsbilder sind alle gleich. Jeder hat seinen Rappel. Aber wegen dem Toni brauchst du dich nicht zu ängstigen; den fangen sie nicht! Der wechselt, wie die Hirsch', über die Waldschneid hinüber. Da müssen die Lattenträger früher aufstehen.«

Wenn sie auch keine besondere Sorge um ihn hegte, so wurde sie doch dadurch vereinsamt. Es klopfte niemand mehr an ihr Fenster. Aber eines Nachts klopfte es; doch war das ein ganz anderes Klopfen: es kam aus ihrem eigenen Leib. Ein Schreck durchzuckte sie. Sie legte die Hand auf jene Stelle und horchte: Was ist das? Ein Tier? Wenn ich meine Faust stark niederfallen laß, ist es dann tot? – Das Mondlicht fiel in die Kammer, die Grillen feilten, und der Brunnen lief. Gespenstische Bilder zogen vorüber; Eltern, Geschwister, Liebesszenen, seltsam und unwirklich, und dann wiederum schüttelte sie jähe Angst: Bin ich schwanger?

Ihre Angst war begreiflich. Der Unterschied zwischen den beiden Klopfen war kein kleiner: bei jenem hatte einer hereinwollen, bei diesem wollte einer heraus; beim ersten war sie übermütig aus dem Bett gesprungen, beim zweiten griff sie nach dem Waschbecken und brach, als ob sie Tollkraut gegessen hätte. So war also, trotz des Johanniskrauts, der Satan hereingekommen, und nicht nur in die Kammer, sogar bis ins Bett.

Und dann ging's schnell. Der heimliche Kummer war ihr bald vom Gesicht abzulesen. Sie selbst meinte zwar, wenn sie weiterhin tapfer die lustige Kleindirn spielte, könnte noch lange nichts aufkommen; aber sie rechnete nicht mit den scharfen Menschenaugen, wenn es gilt, Glück und Unglück des Nächsten festzustellen. Sie tat immer noch tüchtig ihre Arbeit, und niemand redete darüber ein Wort, bis eines Tags die Haginghoferin bei ihr eintrat.

Neben Menas Bett stand ein Sessel; hierher setzte die Bäuerin sich, mit einem leisen Seufzer, und sagte mit gleichmütiger Stimme: »Du bist in der Hoffnung? – So jung! Nun, mich geht das nichts an. Ich denk, du tust deine Arbeit, solang du kannst, und schaust dich dann um einen Platz für die Niederkunft um. Wird der Kindesvater zahlen?«

Die Mena sagte erstaunt: »Warum soll er denn nicht zahlen? – Ist doch der Lix!«

Die Haginghoferin wollte etwas sagen, aber die Lippen flatterten nur; und die Mena genoß sekundenlang einen eigenartigen Triumph. Aber Lixens Mutter faßte sich schnell. »Du lügst!« rief sie, äußerst erbost darüber, daß man in einer so unglaublichen Weise an den Glassturz stieß. »Ich hab meine Zeugen; der Toni kommt an dein Fenster! Aber weil du so lügst, gehst du auf der Stell aus meinem Haus!«

Die Mena widersprach mit keinem Wort; sie war wie betäubt. An diese Möglichkeit hatte sie nicht gedacht. Ihr Unglück, ihre Armut und Verlassenheit kamen ihr auf einmal voll zum Bewußtsein. Sie saß wohl eine Stunde, starr und unbeweglich, und plötzlich stand ein Bild vor ihr, das Bild des Tümpels im Kalkbruch. Eine Hand legte von jenem fünfklaftertiefen Loch bis zu ihrem Herzen schwarze Bänder. Sie erhob sich keuchend, um sie zu zerreißen, um zu fliehen, aber die schreckliche Hand webte immer weiter. Sie hüllte sich in ihr Umhängtuch, das noch von der Ahnl herrührte, und trotzdem es regnete, lief sie in der einbrechenden Dämmerung gegen das Dorf hinab. Der Sturm zerrte an ihren Kleidern und klatschte ihr das Wasser ins Gesicht. Um niemand zu begegnen, strebte sie quer über die Wiesen, stolperte und fiel; der schwere Unterleib hinderte sie am richtigen Ausschreiten.

Als die Wand des Kalkbruchs aufleuchtete, erschauerte sie und blieb einen Augenblick stehen. Es ist, Berichten nach, nicht ganz sicher, ob sie zu dem schrecklichen Schritt völlig entschlossen gewesen war, aber soviel ist gewiß: sie strebte, nach einer kurzen Atempause, energisch in der Richtung des Tümpels weiter, als sich plötzlich etwas um ihre Beine legte und der blecherne Schall einer Kuhglocke laut die Nachtstille durchdrang. Zugleich ergoß sich ein Lichtstreifen in die Finsternis, schwere Stiefel trabten und kraftvolle Arme faßten sie unter.

Die Ewig-Gerechtigkeit stand in dem schwach beleuchteten Hüttenraum vor ihr und jammerte: »Nein, aber nein! Wie kann man bei so einem höllischen Wetter um die Weg sein? Bist wohl in der Finsternis abgeirrt? Und in meinen Steinbruch gekommen?« Er blinzelte. »Hätt leicht ein Malheur geschehen können. Der Tümpel ist glatt voll. Aber ich hab meine Schnur gespannt.« Er lachte, in einer kindlichen Freude, als ob ihm ein besonderer Streich gelungen wär. »Die Dorfbuben, die Lumpen, treiben immer Unfug; wenn mir einer in den Tümpel kugelt, hab ich die größten Schererein. Aber so: kling, klang, und ich hab die Kerle beim Frack.«

Er nahm das pritschnasse Umhängetuch, hing es über die Trockenstange und schürte das offene Feuer. Dann redete er: »Ja, ich kenn's wohl, das Tuch; deine Ahnl hat es allweil getragen, wenn sie in die Frühmess' gegangen ist. Das war ein gottesfürchtiges Leut! Und was die alles durchgemacht hat im Leben! Du mein Gott und Herr! Achtzehn Kinder hat sie auf die Welt gebracht! Denk's, o Mensch!« Er brannte mit einem Span seine Pfeife an.

Die Mena sah sich neugierig in der Hütte um; ein paar Pfannen an der pechglänzenden Wand, auf einem Brett einige braunlasierte Schüsseln, ein Lager aus Birkenstämmen, mit Heu ausgefüllt, und daneben Stöße alter Zeitungen.

Und die Ewig-Gerechtigkeit, die viele für einen Halbnarren ansahen, redete ganz vernünftig: »Mena, soviel sag ich: Daß ein Weibsbild ein Kind bekommt und austragt, ist die allernatürlichste Sach von der Welt. Das ist die ewig Gerechtigkeit selber! – Das arme Kindel, der Hansl oder der Hiesl oder der Mirtl, der unter deinem Herzen klopft, der will heraus, will ans Taglicht, will um keinen Preis in den Tümpel – Himmellaudon, kreuzfixdonnerstrahl!« Er spuckte ins Feuer, daß es laut aufzischte.

Die Mena fragte: »Wirst du etwas erzählen?«

»Kein Sterbenswörtl! Aber wohin willst du jetzt?«

»Ins Dorf. Die Krölljule vermittelt Stellen.«

Wie sie in die Dorfstraße einbog, hatte der Sturm sich bereits gelegt, und der Mond und die Sterne erhellten die Nacht. Die Fensterläden der Häuser waren geschlossen, und man sah kein lebendes Wesen. Beim Kirchsteig bog sie ab und kniete eine Minute später vor dem Grab der Eltern. Wie sie so kniete, sah sie plötzlich mit hellster Deutlichkeit etwas, das sie bisher niemals im richtigen Sinn gesehen: unter diesem regenfeuchten Boden lagen Vater und Mutter, ein Raub der Würmer. Ein unbekanntes Gefühl breitete sich in ihrer Seele aus, so etwa, wie am Fronleichnamstag über den rauhen Weg Teppiche gelegt werden, zum Empfang des Allerheiligsten. Das Geheimnis: Leben und Tod, erschütterte sie. Und während ihre Tränen reichlich flossen, bewegten sich ihre Arbeitshände, als ob sie das Unkraut jäten wollte, aber wider Willen gruben sich ihre Finger in die weiche Erde.

Ganz wohl war ihr nicht zumute, als sie sich dem Kröllschen Haus näherte. Alle Dorfleute hatten für sie etwas Fremdes, ja Abstoßendes an sich; der eigentliche Mensch, das war der Bauernmensch, seine Welt die eigentliche Welt, die selbstverständliche und allein wirkliche, und alles andere mehr oder minder ein Spuk. Und über die Kröll-Leute gingen besondere Gerüchte um.

Der Schuhmacher Kröll saß bei einem winzigen Öllicht, über ein dickes, zerlesenes Buch gebeugt; seine Frau strickte. Die Kröllin begrüßte sie freundlich, warf zugleich auf den lesenden Mann einen strengen Blick und sagte: »Alleweil dies Buch und alleweil dies Buch! Das fliegt noch einmal in den Ofen.«

Kröll nahm wortlos seinen Hut vom Haken, blies mit einer feierlichen Miene auf ein kleines, grellrotes Hahnenfederchen, das lustig floderte, und ging dann hinaus. Die Augen seines Weibes folgten ihm; dann tat es einen so tiefen Seufzer, daß die Mena erschrak. Wie sie gewahrte, daß ihre Kleider naß waren, setzte sie sich zu ihr auf die Bank und jammerte, wie sie nur, in diesem Zustand und bei diesem Wetter, den weiten Weg habe machen können! – Sie heizte geschäftig den Ofen, kam dann wieder und gab nicht nach, bis sie ihre Kleider ablegte, um sie zu trocknen. Ja, sie zog ihr die Schuhe und Strümpfe selber von den Füßen. Wie die Mena, im Hemde, zerkrümmelt auf der Ofenbank saß, gab sie sich noch nicht zufrieden; sie zwang sie, einen Kittel und ein Leibchen von ihr anzuziehen. »Bist ja schon hoch dran«, sagte sie. »Da muß man besonders vorsichtig sein!«

Die Sache wegen eines Dienstplatzes sollte aufs beste besorgt werden. Die Kröllin stellte mit einem leichten Keuchen Milch und Kaffee zu und redete in einem fort, und mit solcher Offenheit, von der Schwangerschaft und von dem, was drum und dran war, daß die Besucherin mehrmals errötete. Bot ihr auch für die Niederkunft ein Hinterstübchen in ihrem Haus an, und was das zu erwartende Kleine anbelangte, wollte sie mit der Kinderkathl reden; dort sei es am besten aufgehoben.

Der Mena war auf einmal ganz anders zumute. – Will mein Kindel recht gern haben, dachte sie, ist ja mein Kind und geht sonst niemanden was an ...

Der Kummervogel singt

Das war eine merkwürdige Welt, wohin nun die Mena bei den Kröll-Leuten geriet. Die Kammer, die sie bewohnte, hatte ein Bett, eine Bank, ein wackeliges Tischchen, einen Ofen und eine alte Nähmaschine, deren Handhabung sie von der Kröllin erlernte. Unglaublich, wie da die Windeln und Hemdchen wie durch Zauber entstanden, und wie gut sie jetzt das Linnen, das sie am Kirchtag gekauft, brauchen konnte. Das neuartige Gefühl, für ein anderes, wenn auch noch nicht geborenes Wesen sorgen zu müssen, tat ungemein wohl. Mit einer Fröhlichkeit, die ihre ganzen Sinne durchdrang, saß sie Stunde für Stunde im Sonnenstreifen, der durchs Fenster fiel, säumte Windeln, nähte Jäckchen und Häubchen, aber all das kleine Zeug für das Wesen, das sie mit sich herumtrug, blieb immer nur ein armseliges Häuflein, und wenn sie an die Liste dachte, die das Wichtlweibl ihr erklärt, wurde ihr schwindlig. Die Ersparnisse anpacken, das war für sie das Böseste, was es gab. Niemals hätte sie es für möglich gehalten, daß aus der lustigen Anschwellung ihres Kirchtagpacks eine ganz andere, viel größere hervorkommen würde, die sie, wenn sie beim Gehen allzusehr hin- und herschwankte, mit einer Anwandlung von Ausgelassenheit erfüllte. Mit Freude und Wehmut dachte sie an alles zurück, was sie auf dem Haginghof erlebt, an die wunderlichen Haushüter und die Abende mit ihnen, insbesondere aber an den Menscherlenarren, den Riesenhans, der ihr versprochen, mit ihr in die Dult zu reisen und ihr dort die Sieben Weltwunder zu zeigen; der sich aber dann, gleich einem andern Weltwunder, still und fromm in die dampfende Furche gelegt hatte.

Dann kam der Gang zur Kinderkathl. Die Kröllin wies auf ein schiefes Häuschen mit aufgeschichtetem Brennholz hin. Davor und daneben, auf einem grünwolligen Anger, lag blau und rot gewürfeltes Bettzeug, tummelten sich Kinder, vom kleinsten, das auf allen vieren kroch, bis zu vier- bis fünfjährigen, die sich mit der Betreuung von Säuglingen betätigten, die in Wiegen und Korbwaren schrien. Dazwischen sah man ein Weiblein mit einem weißen Kopftuch geschäftig hin und wider laufen. Die Kröllin blickte auf die halbnackten, zappelnden Wesen, auf die glänzenden Augen, rosigen Fäustchen und Beinchen mit einer Miene, als ob sie von einem inneren Entsetzen gelähmt würde. Der Mena wurde lustig und frei zumut. Ihr dünkte, als ob alles, was in der Pfarre an sündiger Liebe entsprossen, hier vereinigt worden wäre. Die Kathl schien nur für das, was um sie herum zappelte und strampelte oder aus bauchigen Flaschen Milch sog, Sinn und Blick zu haben. Sie war erfindungsreich in Kosenamen für ihre Pfleglinge, der eine war ein »Saufbold«, der zweite ein »ewiger Prediger« und der dritte ein »kleiner Kujon«. »Ja, mein heiliger Gott«, rief sie, über Zwillinge gebeugt, aus, »der ›Kanonier‹, der schießt ja heut in einem fort, und der ›Trompeter‹ blast partout den Radetzkymarsch.«

Hier war alles ohne böse Gespenster, ohne Vorwürfe und Schande, hier schrien, tranken und schliefen die Kinder sich groß, wie Gott und das Schicksal es bestimmt hatten. Die Kinderkathl, die früher einmal Saukathl geheißen und beim Bräu eine Reihe von Ferkelgenerationen aufgezüchtet, päppelte die Kinder um lachhaft wenig Geld auf, und man sagte ihr nach, daß sie aufs beste gediehen.

Seit diesem Tage fing die Mena wieder an, allerlei Pläne für ein neues Leben zu hegen. Sie übernahm Gelegenheitsarbeiten, und es tat ihr wohl, wie sie merkte, daß man öfter nach ihr schickte und ihr überall geflissentlich die leichtere Arbeit überließ. Eine Bangigkeit freilich blieb ihr: das Wiedersehen mit dem Ähnl und den Geschwistern!

Eines Sonntags aber, nach dem Rosenkranz, raffte sie sich auf. Je näher sie dem Zuhause kam, desto mehr bemächtigte sich ihrer eine dunkle Angst: er wird übellaunig sein, er wird mich ausschelten. Er hat die letzte Zeit nichts von sich hören lassen; er wird krank sein. Gewiß haben Paul und seine Frau sich nicht um ihn gekümmert. Vielleicht konnte er nicht aufstehen; dann ist auch sein Zeisig im Käfig verhungert. – Sie sah in ihrer Phantasie, wie der Vogel ins leere Futternürschel pickte, noch ein paarmal seinen Schnabel wetzte und tot vom Sprießel fiel.

Aber der Anblick, der sich ihr bot, war das Gegenteil von diesen Befürchtungen. »Ja, Mena-Dirndl«, sagte er, »wo muß ich denn das hinschreiben?« Er ging mit Kinderschritten voran und erschien ihr jetzt, wie er so lautlos Brot, Butter und Honig auftrug und kein Wort des Vorwurfs hören ließ, wie ein Geist, wie ein guter, heiliger Geist. Sie wäre ihm am liebsten um den Hals gefallen. Aber da dies im ungeschriebenen Kodex des bäuerlichen Benehmens nicht verzeichnet steht, saßen sich der Ähnl und das Enkelkind gegenüber und plauderten in der muntersten Art und Weise.

Der Ähnl war der Mena schon immer als ein Rätsel erschienen. Bald war er so gut zu den Kindern wie ein lichter Sommertag, bald so finster und abweisend wie eine beißende Dezembernacht; bald so lustig wie ein Bajazzo, bald so ernst wie ein Nikolo, der den Krampus an seiner Kette führt. Sie erinnerte sich des Gedankens, der ihr einmal gekommen: keinen solchen Zeugen ihres Lebens mehr zu haben wie den Ähnl! Ihr war immer, als ob vom Ellenhub-Zuhause her, über Wiesen und Felder, scharfe Augen blickten, bis in ihre Kammer, bis in ihr Herz hinein. Und obgleich sie diesen vermaledeiten Gedanken aufs rascheste aus ihrem Gehege vertrieben, dagewesen war er doch.

Heut redete der Ähnl in Sprüchen, wie es auch sonst vielfach seine Gewohnheit war, die Gewohnheit eines Alten, der das Leben kennengelernt und seine Ergebnisse nach und nach in eine starke Essenz eingedampft hat, um sie jederzeit, als Stärkung oder heilsame Medizin, bereitzuhaben. »Laut sein«, sagte er, »singen und lustig sein ist gut; aber noch besser, still sein, still und fromm! Und das ist ein Hauptgesetz: das Gesetz von Köder und Angel. Auf jedes Ding, Mensch, Tier und Bild, muß der Mensch mit Mißtrauen schaun, und je lockender selbiges Bild, Tier oder Mensch ist, desto größer muß sein Mißtrauen sein. Denn so ist es ja: der Augenschein trügt! Und weil die Menschen das wissen, erzeugen sie den Augenschein absichtlich, um ihre Zwecke zu erreichen. Siehst du da draußen den Raben! – Siehst du, wie er sich den Brotrinden nähert, die ich ihm täglich hinauswerf? Warum geht er nicht gerad drauflos? Warum lugt er zwanzigmal nach links und rechts? – Weil ihm das große Mißtrauen im Blut steckt; das Wissen, daß jedes Geschöpf das Äußerste an Vorsicht und Klugheit aufwenden muß, um nicht Angel und Pfeil in den Leib zu kriegen. Der Verstand reicht nicht aus, der ist ein armer Esel; und wer's nicht im Blut hat, bekommt's nimmermehr.«

Die Mena wohnte von diesem Tag an geruhig im Kröllhaus. Gern nahm sie mit einer Handarbeit in der Schusterstube Platz und tat harmlos, während sie in Wirklichkeit auf alles, was um sie herum vorging, ein scharfes Auge hatte. Kröll saß auf seinem Schusterstuhl, inmitten eines Haufens schiefgetretener Stiefel und Stiefeletten, und vor sich, auf dem Fensterbrett, ein bauchiges Glas mit zwei winzigen Goldfischen. Diese Fischlein schwammen lässig in ihrem Element hin und wider; und wenn die Sonne drauffiel, stützte Kröll den Kopf in die Hand und betrachtete mit gerunzelter Stirne das kleine Farbenspiel. Sein Antlitz furchte sich dabei mehr und mehr, die Augen versanken in den grauen, buschigen Höhlen und eine grenzenlose Traurigkeit lagerte sich auf seinem verwitterten Angesicht. Dann brummte er unverständliche Worte vor sich hin, sprang plötzlich auf und lief zur Tür hinaus. Seine Ehefrau begleitete diese Szene mit stummen Gebärden und rief zum Schluß: »Der Satan, der leidige Satan regiert dich, du Elendshaufen!«

An solchen Tagen kam er berauscht heim und war dann zu Späßen geneigt. Er behauptete, Menas Anschwellung käme vom Biß einer Fledermaus. Er holte eine alte Scharteke, in wurmzerfressenes Leder gebunden, von einem Brett herab, das an den Dippelbaum der Stube genagelt war, und las laut vor: »Paragraph fünf, Absatz 28, den wütigen Fledermausbiß zu heilen. Nym sechs oder acht Maikäfer, so man im Mai gefangen und in Honig hat sterben lassen; ist nun die Gefahr da, so gibt man dem gebissenen Menschen ein oder zwei Käfer mit Haut und Haar zu essen!« Die Mena lachte darüber nicht wenig, was Kröll in ihrem Zustand für höchst gesund erklärte, während sein Weib wütend zu kollern anfing: »Du Esel, du kriminalistischer! Glaubst du wirklich, daß jemand so blödsinnig ist und deine Maikäfer schluckt?«

Auf jenem Brett lag noch ein zweites Buch, wahrscheinlich aus Urväterzeiten, ein halbvermodertes Gesangbuch. Auch das nahm er herab, blätterte darin und las Titelblatt und Eingang: »Chatolisches Gesangbuch auf alle hohe Feste, Sonn- und Feiertage, für Amt, heilige Meß, Prozession und Kinderlehre ... Leitspruch, Psalm David 57, 8, 12: Getrost ist mein Herz, Gott! Singen will ich; und spielen auch meine Seele, auf Zither und Harfe; aufstehen will ich mit der Morgenröte; ich will dich preisen unter den Völkern, Gott, und dir spielen unter den Nationen.« Dann fing er an, eins der geistlichen Lieder so laut zu singen, daß das Schusterhäuschen davon erdröhnte:

> »Einen Zuruf hör ich schallen,
> Brüder, wacht vom Schlummer auf!
> Denn es naht das Heil uns allen,
> Nacht ist weg, der Tag im Lauf ...«

Der Mena war vieles unheimlich, am unheimlichsten das unaufhörliche Bibellesen und der Umstand, daß hier ein Vater und eine Mutter lebten ohne Kinder. Es war zwar noch ein Wesen im Haus, halb Kind, halb Jungfrau, eine überaus üppige Vollwaise, mit rotblondem Haar, der Zucht der Kinderkathl entsprossen und später von Kröll an Kindes Statt zu sich genommen. Er sprach zuweilen in Andeutungen von Plänen, die er mit diesem Mädchen vorhatte; einstweilen schickte er sie zu einer Schneiderin in die Lehre. Der Mena schien diese blühende Schönheit eine Art umgekehrte Haginghoferin, ein Gegenstück zur »frommen Statue«.

Lange hielt es die Mena gewöhnlich in der Kröllschen

Stube nicht aus, besonders die regelmäßig wiederkehrenden Streitszenen widerten sie an. Sie packte dann ihre Siebensachen und zog sich in ihre Kammer zurück. Hier saß sie, über ihre Arbeit gebeugt, und versetzte sich im Geiste auf Ellenhub zurück. Wie in einem Guckkasten huschten Szenen aus ihrer Kindheit vorüber, Eltern, Geschwister, Arbeit, Spiel, Gelächter. Insbesondere trug sie Verlangen danach, jene Worte, Gespräche und Sprüche, woran die heimatliche Stube so reich gewesen, wieder aufleben zu lassen; ja ihre Seele schrie förmlich danach, was Vater und Mutter und Ähnl, im Guten wie im Bösen, im Frohen wie im Traurigen, geredet hatten. Zuweilen war es vorgekommen, daß sie sich ein paar Minuten mit Sprichwörtern und Gleichnissen, halb im Ernst, halb im Scherz, gleichsam bombardiert hatten. Diese kurzen und herben Sprüche, ohne Doppelsinn und Zweideutigkeit, hatten besagt: Handle so, und es wird dir so ergehn; handle anders, und es wird dir anders ergehen. Greif frisch zu, und dein Werk ist halb getan; versäum die Gelegenheit, und du wirst die Versäumnis unbarmherzig büßen müssen. Innerhalb dieser Sprüche war Helligkeit, außerhalb ein beängstigendes Zwielicht. Im übrigen konnte man sie in ein Halbdutzend Gruppen einteilen: die erste lautete gegen die Mannsbilder; sie stammten von der Mutter. Die zweite gegen die Weibsbilder; sie waren Eigentum des Vaters und des Ähnls. Die dritte und vierte Gruppe umgrenzte das Gebiet Eltern und Kinder; Kinder und Eltern. Die fünfte bildete ein geschlossenes Karree gegen die gesamte Umwelt, die man, ohne dabei etwas Arges zu wollen, durchaus als etwas Feindliches zu betrachten hatte, und ein Häuflein Nachzügler beschäftigte sich mit Kaiser und Herrgott.

Aber wenn sich dann das neue Leben in ihrem unförmigen Leib regte, als wäre es ungeduldig, vom Dunkel ins Licht zu kommen, dünkte ihr, als ob sich über das Land ihrer Kinderjahre ein Schatten senkte; sie empfand eine Beklemmung, als ob sie träumte und erwachen müßte. Einst, in frommen Zeiten, glaubte man, der Himmel sende einen unsichtbaren Engel, die Betrübten zu trösten und die Verzweifelten aufzurichten, aber es wird wohl niemand leugnen und es jeder an sich selbst erfahren haben, wie in das höllische Chaos seiner Tage plötzlich etwas fiel, ein Lichtstrahl, der die tiefste Finsternis erhellte. Und er wird auch dieses erfahren haben, daß er niemals Klarheit darüber erlangen konnte, woher dieser Lichtstrahl kam, warum er sich nicht lieber gleich, um die Marter zu ersparen, am ersten Kummertag eingestellt. Diese sich immer wiederholende Auferstehung vom Tode, dieser Aufstieg zu Licht und Leben, was konnte anders die Ursache sein, als ein verborgener, in den Untergründen der Menschenseele sprudelnder Urquell, ein Gottesgeschenk, gegeben dem Letzten und Ärmsten, falls er ihn nicht selber in Bosheit und Wahnsinn verschüttete.

Eines Morgens, noch immer in der frohstarken Stimmung, bemerkte sie, daß die Vorübergehenden mit einem Lächeln am Kröllhaus hinaufsahen. Böses ahnend, ging sie hinaus. Knapp unter ihrem Fenster stak, in einem Astloch, ein glattpolierter Zwiesel, und sie wußte gleich, was dies zu bedeuten hatte: Zwei hängen an einer! – Sie kam vor Zorn außer sich, und es ist kaum zu glauben, ihre unerfahrene Seele schäumte wieder über, fast so stark wie damals, als sie auf dem Bett gesessen und an den Kalkbruchtümpel gedacht hatte.

Ein paar Tage empfand sie gegen die ganze Welt Haß. Sogar die Liebe zum Ähnl, zu ihren Eltern, zu den Geschwistern ging darin unter, wie eine Sonne untergeht; es war ein schreckliches Gefühl, eine Verstörung ohnegleichen. Und, seltsamerweise, statt sich kräftig loszureißen und die Bosheit zu nehmen für das, was sie war, machte es ihr Lust, die Finsternis zu vertiefen und das Gefühl der Hilflosigkeit wieder ganz aufleben zu lassen.

Der Schuster Kröll und seine Ehehälfte bemerkten diese Verstörtheit, und es tat ihnen aufrichtig leid; so etwas Frohlustiges, wie die schwangere Mena von Ellenhub, hatten sie zeitlebens nicht in ihrem finsteren Loch gehabt. Das ging weit über die zwei winzigen Goldschwänzlein auf der Fensterbank und die etwas gewaltsame Lustigkeit Krölls, die stark nach Bier roch. Der Zustand der Mieterin ängstigte sie geradzu, und da diese öfter von ihrer »guten Freundin«, dem Wichtlweibl, gesprochen, verständigten sie dieselbe.

Das Wichtlweibl kam sogleich angerudert. Man sah an der sorgfältigen Kleidung und der ernsten Miene, daß sie auf ihre Mission stolz war. Sie setzte die Krücke fest auf den Boden, schlang den Rosenkranz mit den braunen Holzperlen um die dürren Hände und schnalzte energisch mit den blutleeren Lippen. »Mach dir nichts draus, Mena!« sagte sie. »Die Mannsbilder, und besonders die Jungen, sind die reinen Teufel! Und viel besser sind auch die Weibsbilder nicht. Aber, ob Mann, ob Weib, ob Jungfrau, ob Kind in der Wiege: der Herrgott straft die Bosheit in jedem Menschen unbarmherzig! Ja, der straft sie!«

In diesem Ton ging es fort. Wie sie aber schloß: »Heut gleich fang ich an; drei Vaterunser in der Früh, drei vorm Bettgehen, und so jeden Tag, einen Monat lang, für dich und dein Kind, kannst dich verlassen!«, flutete plötzlich in der Mena ein Strom von Rührung empor, und es war ihr sichtlich leichter. Vom Alter zur Jugend und von der Jugend zum Alter, und von Reich zu Arm, von Arm zu Reich gehen Ströme, deren Tiefe noch kein Senkblei gemessen hat.

Da aber die muffige Kammer sie noch immer bedrückte,

schritt sie in der Abendsonne einen Weg hinüber, zwischen blumigen Wiesen. Am Rain stand ein Haus, das in seiner Schmuckheit einem Kinderspielzeug glich. Die Läden waren grün, die Wände weiß getüncht; in den Fenstern blühten Fuchsien und Nelken; davor war ein rotweißes Pflaster gelegt, und blühende Oleander umschlossen eine bequeme Bank. Schon bei ihren Schulgängen hatte sie oft auf das Haus hingespäht und auf die zwei Leutchen, die bald in dieser, bald in jener Tür zum Vorschein gekommen waren. – Mein Gott, dachte sie, in diesem Haus ist kein Kummer. Die da wohnen, lächeln immer freundlich und sind immer glücklich ... Und wie sie das noch dachte, erschien im Eingang eine rundliche Frau und forderte sie auf, einzutreten. Wie alles nur so von Sauberkeit funkelte! Und wie still es überall war! – Die Frau öffnete eine Schublade und legte Kinderwäsche heraus, Hemdchen, dutzendweise gebündelt, Windeln, Häubchen, rein und weiß, nur an den Stellen, wo sie gefaltet waren, zeigten sich gelbliche Streifen. Eine Säuglingsausstattung, so reich, wie die Mena es sich niemals hätte träumen lassen. Dazu erzählte die Greisin, dies wäre noch die Kinderwäsche ihres einzigen Sohnes, der im Kriege gefallen war.

Der Mena war eigenartig zumut, als sie mit ihrem Geschenk heimging. Etwas Großes durchströmte sie: Güte! Eine Frau, eine gewesene Mutter, verdammte sie nicht, half ihr sogar. Es war inzwischen Nacht geworden, und der Himmel spannte sich wie ein glitzerndes Zelt über die Dorfstraße. Ihr dünkte, als ob sie mit dem Dorfe, der Kirche, den Höfen und den funkelnden Sternen darüber allein auf der Erde wäre, und sie fühlte, wie eine Ruhe und Anbetung ohnegleichen ihre Seele durchdrang.

In den folgenden Wochen blieb sie still in ihrer Kammer, die so niedrig war, daß ein Großgewachsener sich bükken mußte, um nicht an die Decke zu stoßen. Der Geruch, der den Möbeln entströmte, erzeugte manchmal eine gedrückte Stimmung, die aber stets sofort verschwand, wenn sie durchs Fenster in die ländliche Welt draußen sah und das Sensenklingen hörte. Eine neue Lebenssehnsucht regte sich in ihr, die sie wohl nicht beim Namen nennen konnte, die aber wie ein balsamischer Duft ihr Herz erfüllte. Die Seele war gleichsam schwerer geworden, war gewachsen und gereift. Sie schwamm in einem Lebenselement, das freilich nicht mehr das alte war, aber doch eben ein Lebenselement, in dem sich schwimmen ließ.

Wie ihre schwere Stunde sich näherte und die Schmerzen sich einstellten, bekam sie wieder Angst und betete heimlich zu ihren beiden Schutzpatronen, worunter sie Vater und Mutter verstand, die ihr inzwischen in der Erinnerung täglich heiligmäßiger geworden waren. Und als sie in den andrängenden Wehen nur mehr ein Stöhnen hervorbrachte, hauchten ihre Lippen: »Vater! – Mutter!«

Der Knabe, den man ihr dann an die Seite legte, war ein gesundes Kind. Kaum hatte er sein erstes Geschrei und sein erstes Bad hinter sich, drückte er die geballten Fäustchen in die Augen und schlief ein. Die junge Mutter erfaßte, in seine Betrachtung versunken, Staunen und Entzücken: von den winzigen Gliedern, den goldig überhauchten Löckchen, von den leuchtenden Augen bis zu den rosigen Zehennägeln war alles Lieblichkeit, strahlte alles eine gebieterische Macht aus. Sie stellte sich das Glück vor, das ihre Eltern empfunden hätten, wenn sie jetzt zur Tür hereingekommen wären.

In dieser Stimmung schlief sie, nach so vielen Ängstigungen, den allerseligsten Schlaf, dessen sie sich je im Leben erinnern konnte, und hatte dabei einen Traum von solcher Klarheit, daß ihr beim Erwachen die kleinste Einzelheit in

Erinnerung blieb. Sie empfand einen unerträglichen Kummer um den Verlust ihrer Eltern. Die Ursache dieses Kummers glaubte sie darin zu finden, daß sie sich bei Lebzeiten gegen sie vergangen hatte. Im Grund wohl nichts besonders Böses; sie hatte nicht gehorcht, eine unschöne Antwort gegeben, kurz, es an der schuldigen Liebe und Ehrfurcht fehlen lassen. Und jetzt sah sie die beiden in einem finstern Höhlengefängnis sitzen, niedergebeugt, die Gesichter mit den Händen bedeckt, ein Anblick, der ihr das Herz zerriß. Plötzlich aber schwanden die Felsenmauern, eine Helligkeit tat sich auf; der Vater saß, in der Linken seine Pfeife, während er mit der Rechten, fröhlich schmunzelnd, eine Kurbel drehte, wodurch lautlos ein zierlicher, naturholzfarbener Schlagbaum auf und nieder gehoben wurde. Und die Mutter saß da, einen blühenden Nelkenstock in der Hand, während ihr Fuß eine rotgestrichene Wiege trat. Und je länger die Träumende auf dieses Bild hinsah, desto stärker wuchs in ihren Mienen der Zug von Schelmerei und Fröhlichkeit, der sie im Leben ausgezeichnet, und sie hörte, wie ihre Lippen stimmlos sprachen: Geliebte Tochter, sei fröhlich! Das Leben ist nichts als ein heiliges Traumspiel.

In den nächsten Tagen kamen die Geschwister, eins nach dem andern, und brachten zwar nicht Gold, Myrrhe und Weihrauch, aber immerhin jedes ein notwendig Ding oder ein Stück Silbergeld, wie es üblich war. Stundenweit gewandert, hatten sie an dem Kindlein mehr Freude als die Mena selber. – Diese Finger! Diese rundlichen Backen! Und diese hellblauen Augen! Die Mena sah auf ihr Kind und dachte: Nein, aber nein! So ganz aus nichts geworden! Wie nur so ein zierliches Wesen entstehen kann? – Und ich bin seine Mutter, so wie meine Mutter meine Mutter war... Etwas von jener Köstlichkeit kam über die Geschwister, die sie auf Ellenhub oft empfunden: das heilige Dach des väterlichen und mütterlichen Geistes überschwebte sie und versetzte sie in eine ausgelassene Stimmung. Nur bei Paul war es anders; und sie konnte sich der Frage nicht erwehren: Warum herrscht zwischen ihm und uns eine solche Frostigkeit?

Die größte Überraschung war die Haginghoferin! Wie die unzugängliche und strenge Bäuerin, genauso wie die Schwester Brigei und der Bruder Jörgei, das Kleine herzte, fing die Wöchnerin plötzlich hellauf zu weinen an. Die Folge war, daß die Besucherin sofort den Glassturz über sich stülpte, kühl geschäftig ihre Geschenke auspackte und zuoberst ein blaues, steif gebundenes Büchlein legte. »Da sind für das arme Kind dreihundert Gulden angelegt«, sagte sie, »das muß ihm verbleiben, bis es großjährig ist!«, und fort war sie.

Wenn die Mena nicht die Rolle Leinwand und das blaue Büchl hätte vor sich liegen sehen, würde sie geglaubt haben, zu träumen.

Der Butterkönig

Die junge Wöchnerin saß jeden Tag, das Neugeborene im Schoß, vor dem Kröll-Haus. Zuweilen knöpfte sie ihr blaues Miederleibchen auf und legte den Säugling an die Brust. Sie war in ihrer Art schön, diese Magdmutter, wie sie so vor den Brennholzzeilen in der Sonne saß, und kein Wunder, daß alles, was vorüberging, ob Mann, ob Weib, ob Greis, ob Greisin oder Kind, auf einen Sprung in den steingepflasterten Gang zwischen Haus und Garten kam, die Austragbäuerin, der Roßknecht, das Schulmädchen, heiter, verständnisinnig und ohne Ausnahme entzückt waren.

Auch die Kinderkathl kam. Aber die Mutter fürchtete

sich vor der Trennung; sie fühlte schon bei dem bloßen Gedanken dran ein Schneiden ums Herz und begriff: außer der Nabelschnur war da noch ein stärkeres Band abzureißen, die Mutterliebe.

Auch konnte sie geruhig warten. Ihre Sparsamkeit zeigte nun, was sie Gutes an sich trug. Ja, sie wußte sich bei dem Gedanken gar nicht zu fassen, wie sie jetzt ohne diese Hilfe dran gewesen wäre, und dankte heimlich ihrer Mutter, die ihr den Sparsinn vererbt hatte. In Anbetracht der neun Kinder und der Sorge, wie sie wohl alle großbringen würde, hatte sie das Sparen in ein System gebracht, mit Feuer und Leidenschaft, mit hundert Schlauheiten und Kniffen, und versucht, diese Methode auch den Kindern einzuimpfen. Bei einigen, so bei der Mena, hatte es tiefe Wurzeln geschlagen.

Gewohnt, auf den einsamen Höfen zu leben, schien es ihr hier laut. Das Rauschen des Bachs, das Zwitschern der Vögel, das Geräusch des Holzzerkleinerns, das Rollen der Postwagen und Extraposten regte die Sinne an. Die Dorfleute waren wortreicher als die Bauern, und was die Durchreisenden, die Zeitungen für Neuigkeiten brachten und was es sonst jeden Augenblick gab, das war schon ganz aus der Weise. Es war überhaupt, wie sie mit besonderer Freude feststellen konnte, hier eine weisheitsvolle Fröhlichkeit im Schwang. Glücklich wurde, wer unverzagt und unverwirrt in ihr lebte, unglücklich, wer von ihr wich.

Es war kein Wunder, daß solche Weisheit sich hier angesetzt hatte; das Dorf war uralt. Einige Jahrtausende mochte es her sein, daß die ersten Menschen sich hier seßhaft gemacht und einen Weiler gegründet. Er war allmählich gewachsen, und besonders stark, als die Römer hier eine Brücke und ein Kastell erbaut hatten. Auf dem windgeschützten Talgrund floß ein klarer Bach, und daran breitete sich ein moosartiges Grün, das zum Rasten und Schlafen einlud. Die Bauern saßen auf den Höfen. Das so schwer Errungene sollte ungeteilt erhalten bleiben. Der Älteste erbte das Gut, die übrigen wurden Knechte, Mägde, Handwerker, Krämer und Wirte. Die vielen gleichen Namen bewiesen, daß nur wenige, höchstens ein Dutzend Familien sich hier angesiedelt hatte. Beide Teile, Bauer und Dorf, waren sich heimlich feind. Die Bauern schimpften: »Dorfgesindel!« Die Dörfler sagten: »Dumme Teufel! Bauernknollen!«, hüteten sich aber wohlweislich, ihre Meinung laut werden zu lassen. Und so klein die Talspalte auch war, so waren dennoch alle Strömungen und Einschläge in ihr vorhanden, wie in der großen Welt draußen, Liebe und Haß, Freundschaft und Feindschaft, Arm und Reich.

Da waren vor allem die Eheleute Kröll. Die Meinung, daß sie vom Teufel besessen wären, mochte ihre Richtigkeit haben. Eine unheimliche Qual schüttelte sie Tag für Tag und ließ zwischen ihnen keine ruhige Viertelstunde aufkommen. Diese Teufelei schien von der Frau auszugehen und den Mann im Laufe der Zeit angesteckt zu haben. Worin sie bestand, das vermochte die Mena nicht herauszubringen. Eins spürte sie: zwischen den beiden Eheleuten herrschte Haß. Zuweilen fingen beide an, in einer ununterbrochenen Leier, ohne daß er seine Schuhflickerei und sie ihre Handarbeit unterbrach, sich gegenseitig alle Fehler und Sünden vorzuhalten, um gewöhnlich mit den Worten zu schließen: »Du bist so schlecht wie zwei Kleine, wovon einer gefault ist!«, worauf sie zurückgab: »Und du nicht viel besser!« Es gab Tage, wo beide wie geistesabwesend aneinander vorubergingen. Kröll hatte die Bibel vor sich liegen, las einen Satz darin und wiederholte ihn laut. – »Und ich sehe aus dem Meere ein Tier aufsteigen, mit zehn Hörnern und sieben Köpfen, auf seinen Hörnern zehn Diademe, und auf seinen Köpfen Namen der Lästerung. Gog und Magog!« Der Schuster starrte entgeistert in die Luft. Dann streifte sein Blick die Mena mit dem Kinde, und er fing an, darüber zu reden, wie es nichts Lieblicheres in der Welt geben könnte als eine stillende Mutter. Die Kröllin kreischte dazwischen: Es sei wohl seine Schuld, daß sie keine Kinder hätten! – Er gab ihr die Schuld, und der Zank war wieder da. Kröll wandte sich seinem Lieblingsbuch, der Johannes-Offenbarung, zu, doch wenn die Kröllin einmal im Reden, war alles umsonst.

»Ruhig!« sagte er scharf.

»Von dir laß ich mir das Maul nicht verbieten!« zeterte sie.

»Ruhig, Bestie!« brüllte Kröll wieder.

Sie lachte verächtlich und sagte mit einem Blick auf die Gastin: »Erztrottel!«

Kröll langte, ohne ein Wort zu verlieren, nach dem Knieriemen und fing an, seine Frau damit zu bearbeiten. Sie stieß Schreie aus, duckte sich, saß regungslos, die Augen zugekniffen, die Fäuste an die Brust gedrückt, und es machte den Eindruck, als wollte sie erproben, wie lang sie die Schläge auszuhalten vermochte. Man hörte eine Weile nichts als das Keuchen des Mannes und das Klatschen des Riemens, bis plötzlich ein hysterisches Geschrei auflog und ein fürchterliches Klirren und Krachen losbrach: die Kröllin zerschmetterte ihr Küchengeschirr.

Nach solchen Szenen kam Kröll mehrere Tage nicht mehr aus dem Wirtshaus. Die Kröllin reiste in die Stadt, sah angelegentlich in alle Auslagen und besuchte den Zentralfriedhof. Hier verweilte sie ein paar Stunden in der Totenkammer, um für die Seelen der Abgeschiedenen zu beten, wie sie erzählte; in Wirklichkeit aber war es eine unheimliche Neugier und Freude, womit sie dem einzelnen, unbekannten Toten ins Gesicht starrte; eine ähnliche Empfindung, die sie beim Anblick der lebenswarmen Säuglinge in der Stube der Kinderkathl empfunden hatte. Es war die grausame Freude, die vom Tod Zerschmetterten liegen zu sehen, während sie selber lebte, aß, trank und in ihrer Ehe wilde Tierkämpfe aufführte.

Noch etwas berührte die Mena seltsam: abends, nach dem Finsterwerden, traten öfters Leute ins Vorhaus und verschwanden in den Hinterstuben. Und als sie einmal Wasser holte, war sie erstaunt über die Beobachtung, daß alle diese Besucher, Männer und Frauen, so tief vermummt waren, daß man nur das Glänzen der Augen wahrnehmen konnte. – Gog und Magog! dachte sie erschrocken und ging in ihr Stübchen zurück.

Und außerhalb des Hauses, was waren das, zum Beispiel, für kuriose Persönlichkeiten: der Krämer Lambert, der Koadjutor Kletzl, der Pfarrer Gries, der Stumpfbräu! – Der Krämer wurde wegen seines Handels mit Butter und der stolzen Art, wie er auf seinem kistenbeladenen Wagen saß, der Butterkönig genannt. Kletzl hieß der Teufelsprediger; er war ihr unheimlich, ja sie fürchtete ihn. Ganz anders war es wiederum bei dem schon ziemlich alten Pfarrer Gries, den sie, wie überhaupt alle alten Leute, geradezu liebte. Was den Stumpfbräu anbelangte, so wurde dieser von ihr als eine Art Vizegott betrachtet, den man sich kaum näher anzuschauen getraute.

Es war um die schöne Osterzeit. Vor jedem Haus und vor jeder Keusche kreischten die Sägen; man machte das Kleinholz für den kommenden Winter. Wohl wissend um den Spruch, eine warme Stube ist das halbe Leben. Die Mena saß in der Sonnenwärme und säugte ihr Kind. Gejohle, das von Zeit zu Zeit vom Postwirt herüberkam, machte sie aufhorchend; endlich unterschied sie deutlich die Stimme Pauls.

Es bewahrheitete sich also, daß er an Werktagen zechte. Sie ging etwas vor und sah Wagen und Pferd stehen. Dieser Leiterwagen war es, auf dem sie als Kinder oft unter wildem Gejauchz Fangen gespielt hatten. Gebrüll schreckte sie auf. Paul, so betrunken, daß er sich kaum auf den Füßen hielt, stieg auf den Wagen, ein paar Bauern suchten ebenfalls hinaufzuklettern, fielen auf der andern Seite herab und kletterten unter tollem Gelächter wiederum hinauf. Der Bruder schlug auf die Pferde ein, und der Wagen rasselte unter wildem Geschrei zum Dorf hinaus. – Der Ellenhuber-Paul dem Spott der Dörfler preisgegeben! – Waren nicht oft Leute aus den entfernten Orten zu Vater und Ähnl gekommen, um sie um Rat zu fragen? Und hatten sie sich nicht für diesen Rat bedankt, als ob sie ein Geschenk erhalten hätten? – Sie fühlte, daß ihr und ihrer Geschwister Leben ein klarer, leibeigener Himmel überwölbt hatte, ein Himmel, wie er durchaus nicht allen Menschen zuteil wurde, und fürchtete, daß dieser Himmel eines Tages einstürzen könnte.

Wie sie sich so grämte, sah sie den Krämer Lambert in seiner ganzen Größe über den Dorfplatz kommen und auf sie losgehen. Er hatte einen schneeweißen Latzschurz umgebunden und nahm mit einem »Erlaubnis« neben ihr Platz. Er scherzte mit dem Kind, schnalzte mit der Zunge, ließ seinen drallen Tabaksbeutel hin und her baumeln und rief: »Himmeldonnerwetter, bist du aber ein kleiner Trunkenbold! – Ja, Mena, wie haben wirs denn, wir zwei? – Was wirst du jetzt tun? – Die Sach ist nämlich so: meine Magd heiratet, und ich such wieder ein tüchtiges Leut.«

Die Mena war so überrascht, daß sie keine Antwort gab. Stets hatte sie mit heimlichem Neid auf die Mägde gesehen, die in solchen Häusern dienten. Aber ebenso schnell begriff sie, daß sie ihre Freude nicht merken lassen durfte.

Sie machte also eine abweisende Miene, und Lambert ging mit dem angebotenen Lohn von selber in die Höhe und fügte hinzu: »Zerreißen tun wir uns nicht. Gleichmäßig arbeiten, das ist das Richtige! Wann bei mir eine Magd auf meine Sach schaut, so schau ich auf die ihre! Und dann, Mena: Seit den letzten zehn Jahren haben ein halbdutzend Mägd von meinem Haus weg geheiratet.«

Dazu lachte sie, und es war kein Wunder, daß sie sich innerhalb einer Viertelstunde als Magd für Ökonomie und Haus verdingte. Der Butterkönig war nämlich ein dualistisches Wesen. Vorn ein Landkrämer, der alles führte, von Strümpfen über Rollentabak bis zum Kümmelschnaps, von Hosenträgern übers Türschloß bis zu Drahtstiften, von duftender Süßbutter über Ingwer und Muskatnuß bis zu dem bitteren Manna und Mutterblättern, war er hinten ein richtiger Bauer und hatte stets ein paar prächtige Milchkühe und Ochsen in seinem Stall stehen.

Die Mena freute sich, zwei Fliegen auf einen Schlag getroffen zu haben: Im Dorf zu sein, was sie sich schon immer gewünscht, und in der Nähe ihres Kindes. Dann fing sie an, im Geist zu rechnen, zu addieren und zu multiplizieren und Entschlüsse zu fassen. Diese Entschlüsse verband sie wiederum mit einem bestimmten Tag im Jahr, dem sogenannten Markustag, wo die Gläubigen eine Wallfahrt zu einer fernen Marienkirche unternahmen, die nahe der Stadt lag. Und in der Stadt war ein großes Gebäude, eine Sparkasse. – Tu du das eine Wunder, dann tut Gott das andere! dachte sie.

Zur Taufe kamen ein paar Geschwister und der Ähnl. Er war überaus sorgfältig gekleidet, die gekrausten Knöpfe an seiner Weste funkelten, seine Stiefel glänzten, und alles an ihm schien zu sagen: Holla, wir sind noch auf der Welt! – Dieses Äußere und ein fühlbarer Übermut in Rede und

Gehaben standen in Gegensatz zu seinem runzeligen Gesicht und seinem weißen Haar. – Mit beiden Füßen schon in der Grube, fuhr es ihr durch den Sinn, und so gerührig wie ein Junger.

»Also, was macht unser neuer Sprößling?« rief er, als er bei der Kinderkathl vor dem Korbwagen stand. Die Mena war mißtrauisch, ob dieser Urenkel wohl auch als ein vollwertiger Ellenhuber angesehen werden würde. »Ähnl!« fragte sie. »Wirst du es auch so gern haben wie die andern?«

»Warum nicht?« sagte er. »Ein Kind ist ja heilig!«

Von der Kinderkathl ging heute eine gesteigerte Wirkung aus. Die winzigen Fingerchen ihrer Kleinsten nannte sie Kreberl, die Hinterteile Zwetschkenkerne, den Mund Schnaberl, die Augen Guckerl und die Hände Patscherl und Tatzerl. Und wenn auch das Bestreben dabei war, sich von der besten Seite zu zeigen, so strömte doch das alte Weiblein mit dem geblumten Kopftuch fühlbar dasjenige aus, was man Mutterliebe nennt und was wohl der Uranfang aller Kultur gewesen sein mag. Aus diesem Gottelement, gemischt aus mütterlicher Liebe, mütterlicher Verwunderung und mütterlichem Staunen, ist wohl der eigentliche Mensch geboren worden.

Und wie das neue, nackige Erdenbürgerlein nun vom Taufbecken zurückkam und strampelnd vor ihnen lag, erfüllt von einer grenzenlosen Begier nach dem Leben, hob dieser Anblick plötzlich den alten Mann aus den Angeln. Er schnalzte mit der Zunge und mit den Fingern, ließ sich das Bündel in die Arme legen und drehte sich im Tanz. Er stampfte mit den Stiefeln, daß die Anhängsel seiner Uhrkette klirrten, und psalmierte dazu mit lauter Stimme. »Franziskus Jakobus Ellenhub ...« Es war zweifellos eine Art Tedeum auf das »ewige Leben«, das er leibhaftig in seinen Armen hielt.

Die Wallfahrt der Soph

Die Mena ging ihre neue Stellung ziemlich verwandelt an. Was die Arbeit anbelangte, war alles beim alten. Sie war darin von klein auf geübt und: frisch gepackt ist halb getan, ihr Leib- und Lebensspruch. Mochten die Arbeiten anfangs das schlimmste Aussehen haben, sie ging drauflos, ohne Zögern, wie ein braver Soldat auf den Feind. Nur daß die Arbeiten öfter gar so rasch aufeinanderfolgten, verstimmte sie zuweilen. Aber sie beruhigte sich schnell wieder: Honigschlecken wäre freilich lustiger; aber hätt man allewcil zum Schlecken, wäre man bald voll Überdruß. Was aber ihr persönliches Leben anbetraf und ihr Verhältnis zur Außenwelt, so war eine starke Änderung eingetreten. Sie war gewitzigt. Hatte sie bisher in den Tag hineingelebt, so waren ihr in den Leidenswochen die Augen aufgegangen, und ihre Rede und ihr Lachen hatten einen anderen Ton bekommen. Mit viel größerer Aufmerksamkeit als früher suchte sie sich über Haus und Menschen, über Nachbarn und Dorf klarzuwerden. Der Hauptzug, der ihr auffiel, war der Zug nach dem Geld. Es war, als ob jemand giftigen Mehlstaub in die Luft gestreut hätte, der einem den Atem benahm. Ihr Staunen war nicht verwunderlich: der Bauer liebt das Geld nicht, geschweige denn, daß er es anbeten würde. Er achtet es, geht sparsam damit um wie mit einem starken Heilkraut, das man ab und zu für Gesundzwecke braucht; seine Blutsweisheit sagt ihm, daß im Geld ein dunkles Unheil schlummert, dem man sorgfältig aus dem Weg gehen muß.

Dann war die Kramerfamilie da. Die Krämerin arbeitete bei offener Stubentür im Laden und packte mit Hilfe ihrer halbwüchsigen Mädchen Kisten aus; während der Mann in seinem Lehnstuhl saß, seinen Krug Wein, seine drallgefüllte Schweinsblase, mit blauem Band gesäumt, vor sich, und seine Pfeife rauchte. Er war im Alter weit voraus, da ihm sein erstes Weib gestorben; ein guter Fünfziger, aber von vollkommener Rüstigkeit. Es schien schwer, wenn nicht unmöglich, ihm böse zu sein. Er war von einer seltenen Liebenswürdigkeit; war's einer Dorfgröße gegenüber, die er mit Ernst und aufrichtiger Hochachtung grüßte, oder waren es Kinder, Krüppel und Narren, mit denen er sich in ein spaßhaftes Gespräch einließ, oder endlich die düsteren Gesichter der ausgehungerten, frierenden Straßenmusikanten, Landstreicher und Bettler, die er durch große Keile Hausbrot, warme Suppen, kindskopfgroße Speckknödel und reichlich gespendete Kupferkreuzer erhellte.

Er kritisierte alles, was an seinem Fenster vorüberging, zum Beispiel Gemeindeausschüsse, und jonglierte mit dem Worte »Ausschuß«, das zugleich den Abfall, das Minderwertige bedeutete. Er nannte die Sonntagsjäger Hasenschinder, die Austragmänner Lehenfresser, die Geistlichen Hokuspokus, aber letzteres immer so, als ob ein anderer sie so genannt hätte, und schloß gewöhnlich mit dem Satz: »Ist das aber ein langweiliges, gottverdammtes Saunest!« Wenn sich aber gar keine Neuigkeiten boten, sang er allerlei bäurische und städtische Lieder. Im Wohlgefühl seines siegreichen Krämerdaseins, als ein Mann, der die härteste Lebensschule hinter sich hatte, wie er sich ausdrückte, variierte er sein Lieblingslied in mehreren Melodien wohl ein dutzendmal.

»Zu Lauterbach hab ich
Mein Strumpf verlorn,
Strumpf verlorn;
Aber ohne Strumpf
Geh i nit hoam...«

Mein Gott, welche Vorstellungen hatte die Mena sich von ihrem Dienstgeber gemacht, zu einer Zeit, wo sie nicht mehr als sein Augenbild und den allgemeinen Ruf über ihn gekannt hatte. Es war zum Lachen! Wie aber nichts im Leben die allzugroße Nähe verträgt, und Verehrung und Bewunderung auf die Ferne berechnet sind, was schon mancher wirkliche König erfahren hat, so erging's auch dem Butterkönig. Sie sah ihn täglich in der allernächsten Nähe, besonders abends. Er rauchte seine Pfeife, trank seinen Tiroler Wein und war unerschöpflich in der Erzählung von Begebenheiten, die seine früheren Drangsale, im Vergleich von heute, illustrieren, den Neid aus dem Feld schlagen und beweisen sollten, daß er mit vollem Menschen- und Gottesrecht sich sein Leben schmecken ließ. Er sprudelte vor Heiterkeit, seine Augen blitzten, er rückte seine Samtkappe bald über das eine, bald über das andere Ohr, und es war, als ob ein geheimnisvoller Hebel alle Lustschleusen des alternden Mannes noch einmal geöffnet hätte. Er schwelgte in Erinnerungen, rief, soweit dies anging, seine Frau als Zeugin auf, gab Aussprüche und kurze Reime von sich, die keinen weiteren Sinn hatten, als anzudeuten, daß sein Körper und seine Seele zur Stunde in einem Element irdischen Wohlseins dahinplätscherten. Er nahm die Passanten aufs Korn, vom Pfarrer angefangen bis zum Maler Peregrin und zum Staatsschuldenmann, über jeden wußte er Spöttisches, Kritisches, Boshaftes, und gegen die Einwendungen seiner Frau verteidigte er sich damit, daß, so wie er es mit den Leuten, diese es mit ihm machten, und ein Spaß, der niemandem schadete, keine Sünde sein konnte. Gewöhnlich machte er eine Handbewegung gegen die Mena hin und sagte. »Ich hab genug gearbeitet im Leben! Wenn die andern aufgestanden sind, hab ich schon gerastet!«

Er erzählte eine Reihe kleiner Erlebnisse, die dartun sollten, wie das Leben früher mit ihm umgesprungen, und wie er ein Anrecht hätte, sich seiner jetzigen Tage zu freuen. Diese Triumphstimmung leitete ihn auf seine Widersacher und Konkurrenten und wie er sie durch seine Schlauheit da und dort hineingelegt hatte. Über diese Streiche konnte er so lachen, daß es durchs Haus schallte, und bei den schüttelnden Bewegungen des starken Mannes war zu befürchten, der ächzende Lehnsessel ginge in Trümmer. Der Ausbruch dieser Lachkraft wirkte verschiedenartig: Die Mena lachte herzlich mit, während die Familie auch lachte, aber nicht so ganz froh und von innen heraus. Zwischen diesem fröhlichen Manne, der seine Lustigkeit zur Schau trug, wie andere ihre Leiden und Gebrechen, und seinen Angehörigen bestand eine Kluft. – Sie lieben sich nicht, dachte die Mena. Wie ist das nur? – Es war immer etwas wie ein Gewölk zwischen ihnen. Wenn er von drastischen Vergleichen und derben Witzen übersprudelte, erschien auf den Mienen der Frau und der Kinder ein sonderbarer Mißmut; eine Unfreude, als ob sie ihm diese Fröhlichkeit neideten; oder wenn schon dies nicht, so konnte man etwas Lauerndes gewahren, ein Versteckenspiel und Augenzwinkern. Die Ursache hiervon war zum Teil wohl die: Frau und Kinder wurden fast immer, als noch ganz und gar unfertige Menschen, von allerlei Seelenläusen geplagt, während Lambert, durch seine vieljährigen, bitteren Erfahrungen, davon längst befreit war.

Eine dieser Seelenläuse, zum Exempel, die nicht nachgab und immer wieder biß und biß, war der Wunsch, daß das Haus herabgeputzt werden sollte. Im Augenblick aber, wo sie diesen Wunsch äußerten, verfinsterte sich Lamberts Miene. Er hatte sein Haus selbst gebaut. In der Nähe war ein Tuffsteinbruch, eine Gesteinsart, die man mit einer starken Säge in Würfel schneiden kann. Aber woher die Zeit nehmen? – Im Verfolg der Erkenntnis, daß der Arme, um vorwärtszukommen, das Doppelte des Gewöhnlichen leisten müsse, begann er sein Tagwerk im Sommer schon um drei Uhr früh. Er schnitt in diesen Stunden die Bausteine zurecht und schaltete die erste Rast ein, wenn die Nachbarn ihre Läden aufstießen und sich den Schlaf aus den Augen rieben. Und so, ohne sich in Schulden zu stürzen, die er fürchtete wie höllisch Feuer, kam er zu einem der schönsten Häuser im Dorf. Aber die Außenseite hatte er roh gelassen; und dies war seiner Frau und den Kindern ein Dorn im Auge. Aber er blieb fest. »Außen hui, innen pfui!« sagte er. »Von einem schönen Haus kann man nichts abbeißen.« Und je mehr sie ihn drängten, desto mehr verweigerte er es. Vielleicht rief ihm der Anblick der rohen Hauswand die bösen Jahre ins Gedächtnis, wo er noch in einer alten Kaluppe gehaust hatte. Auch dazu wollte er Menas Zustimmung haben. Sie aber, klug, meinte, davon verstünde sie nichts. Sie wußte bereits, wie wichtig es unter den Menschen war, Beifall und Mißfallen sorgfältig abzuwägen, wie Safran; denn leicht gab man ein Quentchen zu viel, und schon hatte man ein Übel gestiftet, das oft lang nicht mehr zur Ruhe kam.

Was nun das Kind der Mena anbelangte, so besuchte sie es regelmäßig jeden Sonntag. Das Kind war nun freilich noch zu klein, um jene Liebesäußerungen von sich zu geben, die dem mütterlichen Herzen so wohl tun; doch gedieh es, und sie empfand eine reine Freude, wenn sie es auf ihrem Schoß hielt und ihm die Milchflasche leer trinken ließ. Das zartrosige Fleisch, die wundersame Lebensfrische, die Hilflosigkeit, die aus ihm sprach, und wiederum die strampelnde Lustigkeit, die drollige Nacktheit, die winzige Männlichkeit und die ewig greifenden Patschhändchen, die mit den eigenen Zehen spielten, reizten sie immer wieder, es zu tätscheln und abzuschmatzen. Freilich, es blieb etwas Dunkles, ein Abstand: du bist eine Mutter und bist doch keine! sprach eine Stimme in ihr, und am Ende ging sie jedesmal traurig fort.

Was die Mannsbilder anbelangte, wollte sie nichts mehr von ihnen wissen. An den Toni dachte sie manchmal; aber daß er lauter solche Sachen machen mußte, die ihn ins übelste Gerede und ein Jahr in die Fronfeste brachten, war doch unbegreiflich.

Daß Lambert, der Herr, ihr heimlich den Hof machte, nahm sie als Spaß.

Am liebsten war ihr die Feldarbeit, besonders am Morgen, wo der Tau an den Gräsern funkelte, und sie, kaum bekleidet, mit ihrem braunweiß gefleckten Ochsen zum Eingrasen fuhr. Der Ochse war ein prächtiges Tier, und sie liebte ihn geradezu. Lambert hatte ihn kürzlich gekauft und ihn, war es nun Zufall oder Spitze, Toni getauft. Und so konnte sie, in einem fröhlichen Übermut, oftmals des Tags ausrufen: »Hüah, Toni, hüah!«

Nach alledem war es begreiflich, daß sie glaubte, ihr Leben würde nun immer schön im Gleichgewicht beharren und verfließen. Aber sie täuschte sich, wie der Mensch sich eben immer täuscht, weil er es liebt, von seinem kleinwinzigen Ich aus sich und die Welt zu betrachten. Alles Leben ist im Fluß, und so war's auch hier.

Gerade wie sie so fröhlich in ihrem neuen Element dahinlebte, kam eine Botschaft: die Soph sei krank. Es blieb ihr also nichts übrig, als am Sonntag loszumarschieren. Ein solcher Marsch, an einem schönen Sommertag, ganz allein, zwischen Wiesen und Feldern, vorbei an Höfen und Weilern, hatte stets zu ihrem besonderen Vergnügen gehört. Aber heute konnte die Freude nicht aufkommen. Sie bemerkte, daß hie und da in den offenen Tennen eine Gestalt sichtbar wurde, die mehr oder minder laut ihren Namen den andern erklärte: »Die Ellenhuber-Mena!« Das Weitere ergänzte sie sich selber – Magd beim Krämer Lambert. Hat ein lediges Kind. Niemand weiß, wer der Vater ist. Der Haginghofer-Lix oder der Schindertoni ...

Als sie auf dem Hof des sehr weitschichtigen Vetters, wo die Soph seinerzeit untergebracht worden war, ankam, war alles wie ausgestorben. Auf der Hausbank davor saß mit einem getupften Kopftuch ein Weiblein in der warmen Sonne. Es hatte ein Gebetbuch auf den Knien vor sich liegen und schien zu lesen oder zu schlafen. Plötzlich hob es den Kopf, und die Mena erschrak: es war das Totenweibl, ein Wesen, das ihr seit der Kindheit jedesmal, wenn es plötzlich aufgetaucht, einen Schrecken eingejagt hatte.

Es deutete jetzt auf ein Fenster, wo hinter Pelargonien und Nelken ein weißer Vorhang zugezogen war, und redete im Flüsterton. »Schon seit Wochen ist deine Schwester liegerhaft; ja, ja, und wird's wahrscheinlich nicht mehr lang machen. Der Tod hat sie schon gezeichnet!«

Der Mena war einen Augenblick, als ob sie ersticken müßte.

Aber das Totenweibl fuhr unbarmherzig fort: »Ist aber nicht das, was der Doktor sagt, die Auszehrung; ist auch nicht das, was der Bauer sagt, daß sie schon immer eine Friedhofpflanze gewesen, nein, nein – ist der Gram! – Den sie um jeden Preis hat haben wollen, der hat heimlich eine andere geheiratet! Der Gram greift den Grund im Menschen an und wär er auch härter wie Stahl und Stein. Er zermürbt ihn, er zerbröckelt ihn. Gesundheit und Krankheit wachsen aus dem inwendigen Kern, ja!«

Die Mena ging den Gang zurück und blieb unschlüssig stehen, bis plötzlich eine zerbrechliche Stimme rief: »Mena!« Jetzt stolperte sie hastig über die Schwelle. Sie stand in einer kleinen Kammer, und in einem reinlichen Bett lag die Schwester vor ihr, kalkweiß, mit eingefallenen Wangen. Da sie, von diesem Anblick wie gelähmt, kein Wort hervorbrachte, fuhr die dünne Stimme in einem singenden Tonfall fort: »Schwester Mena, grüß dich Gott! Komm her zu mir! – Schau, wie viele schöne Sachen ich bekommen hab.«

Der Mena war, als nun zwei magere Arme sich ihr entgegenstreckten, als ob der Tod selber sie umarmen wollte, und ein grenzenloses Mitleid erfüllte ihr Herz. Sie dachte: Es ist so, der Tod schaut ihr aus den Augen!

Aber die Kranke war voll Heiterkeit. Auf dem Tisch lag ein Album, ein Wachsstock, Kämme, mit Glasperlen verziert, und anderes mehr. Die Mena staunte alles gehörig an und fand nun auch den Mut, ihre Geschenke auszupacken. Damit, und mit lustigen Erinnerungen an die Kinderzeit, schien auch ein Teil jenes Glücks auf Ellenhub in die Schlafkammer der Kranken eingekehrt zu sein. Die Schwestern lachten über alles, und das Totenweibl steckte den Kopf zur Tür herein und schlug verwundert die Hände zusammen.

Die Soph fing an, zu phantasieren. Die Krankheit würde bald vorbei sein; sie habe heimlich eine Wallfahrt gelobt und freue sich schon unsinnig drauf. Die Bäuerin hätte bereits ein neues Kleid in Auftrag gegeben. Die Mena horchte lächelnd zu, streichelte ihr die Hand, gewahrte aber dabei mit unheimlicher Klarheit, daß die arme Soph bereits auf einer Reise begriffen war, wovon es keine Wiederkehr gab.

Wie sie endlich wieder ins Freie trat, marschierte sie schnell und schneller, mit fliegenden Röcken, als wollte sie möglichst viel Raum zwischen sich und den Ort bringen, wo sie eben geweilt hatte. Ein Apfelbaum mit schwellenden Früchten, der Wasserstrahl eines Brunnens, das Schlagen eines Finken und das Klingen eines Dengelhammers schienen ihr über alle Maßen köstlich und wunderbar. Die Lunge atmete in tiefen Zügen die Luft ein, und jeder Nerv und jede Faser schrien in ihr: Ich habe es nicht gewußt, was Leben heißt!

Als die Mena einige Wochen später mit dem Toni auf die Wiese fuhr und bereits alles so eingetroffen, wie sie es in ihrer Angst vorausgeahnt, wunderte sie sich, daß sie trotz alledem fröhlich ihrer Arbeit nachgehen konnte. Aber wie sie sich auch, in aufrichtiger Liebe zur Schwester, herabstimmen wollte, immer wieder sprang, angesichts der morgenfrischen Erde, die Lebenslust in ihr hoch: Was kann ich denn anders tun, als mich freuen, daß ich leb? fragte sie sich.

Dennoch hatte sich am Krankenbett der Unglücklichen ein Licht entzündet, eine Helligkeit, die ihr bisher unbekannt geblieben und die das Leben in einer ganz neuen Weise beleuchtete. Seit dieser Zeit dachte sie viel an alles Vergangene, von Eltern und alten Leuten Erzählte, und es gab Tage, da war sie so grüblerisch wie ein alter Spintisierer. Eine Art religiöser Schauer kam über sie, und sie ließ sich in jene Zustände von Freude und Leid zurückgleiten, die sie seit ihrer Kindheit erlebt hatte. Wenn dann, auf einem Hügel oberhalb des Pfarrhofs, Gries spazierte und das Brevier las oder die hagere Gestalt des Koadjutors auftauchte, der mit Jagdgewehr und Feldstecher durch die Flur pirschte, so dachte sie: Wenn ich nur einmal, so ganz als Mensch zu Mensch, den Pfarrer oder den Koadjutor fragen könnte! Die müßten doch Bescheid wissen. Der Pfarrer hat ein Zimmer, bis zur Decke hinauf mit Büchern ausstaffiert ... aber wenn sie sich vornahm, bei Gelegenheit eine solche Frage an einen der beiden zu richten, fühlte sie gleich, daß dies unmöglich war. Und wenn sie selber diesen Grillen nachhängen wollte, war der Buttertag hier, der sie ihr gründlich vertrieb.

Ja, am Buttertag, da gab's keinen Spaß. Die zweirädrigen Karren mit den gebogenen Hörnern rasselten die Bauernstraßen herab und bildeten neben dem Krämerhaus eine lange Reihe. Unter fröhlichen Grüßen und Scherzen half sie den Leuten ihre bunt bemalten, niederen Schaffel mit der Butter, die frisch aus dem weißen Linnen duftete, herausheben oder vom Kopf herabnehmen. Denn viele trugen die Schaffel auf dem Kopfriedl, einem runden Polster, der durch acht verschiedenfarbige Flecke in ebenso viele Dreiecke geteilt war, die in der Mitte ein Loch ließen.

Freude machte es ihr, wenn Bekannte darunter waren, Nachbarn von Ellenhub oder Haging, und am meisten, wenn sie dem großen Haginghofer selber das Butterschaff von seinem Dickschädel nahm. Denn auch er ließ nicht vom Brauch und trug wöchentlich zweimal eine Last süßer Butterstrutzen von seiner Höhe herab. Er nahm den Kopfriedl vom Kopf, warf ihn in das Schaffel und sagte: »Herrgott von Sachsen, heut macht es aber warm! Nun, Mena, wie geht's?« – Und sie lachte dazu. »Muß schon gut sein, wenn's nicht besser ist, Herr Vorstand«, sagte sie und beobachtete ihn heimlich. Er war dicker und schwammiger geworden; die Falten im Gesicht schlingerten, und seine Augen hatten einen wässerigen Glanz. Wenn er ging, blickte sie ihm nach. Er strebte, das leere Schaffel unterm Arm, in die Gemeindekanzlei, von da ins Armenhaus, wo es immer etwas zu schlichten gab, und dann zum Postwirt, zum Bürgertag, den er, seiner Frau gegenüber, nie anders als mit »Bettlertag« bezeichnete, wo er einige Speckwürste mit frisch angestochenem Bier begoß. Sie dachte: Bist auch ein Schalk! Und besonders glücklich bist du auch nicht, trotz deines Haufen Geldes ...

Sie hatte keine Zeit und auch keinen Grund, länger bei ein und derselben Gestalt zu verweilen; es kamen immer neue, und es gab immer wieder Neues zu sehen und zu bedenken. Sie dachte, verknüpfte, studierte, wie der Ähnl ihr oft geraten, und versuchte, Menschenleben und Menschenschicksal zu begreifen.

Dies Menschenstudieren war bei den Ellenhubern, neben ihrer Bauernarbeit, stets eine Art Sonderpläsier gewesen, das ihnen viel Vergnügen und Belehrung verschafft, wenn auch nie einen roten Heller eingebracht hatte. Im allgemeinen konnte sie feststellen, daß die Männer, wenn sie mit ihren Schaffeln durch die Toröffnung schritten, ernst waren, selten lachten; daß ihre Reden langsam und gehalten waren und auf ihren Gesichtern deutlich etwas Schweres, Beladenes lag; und daß fast alle, mit Ausnahme der ganz jungen, tief gefurchte Gesichter hatten, was ihr am Anfang so wunderlich erschien, daß sie nicht genug hinschauen konnte.

Die wackere Mena verstand sich schon ziemlich gut auf das Antlitz des Ackers draußen und seiner Furchen, war aber noch nicht alt genug, um schon zu wissen, daß noch ein ganz anderer Pflug seine Furchen zog, unablässig, Jahr für Jahr, auf dem Seelengrund der Männer, und zwar gleichmäßig dem der Armen wie der Reichen, Furchen, die in ihren Gesichtern scharf und klar zum Vorschein kamen; und sie war auch nicht alt genug, um zu wissen, daß der Mensch nichts anderes war und sein konnte als ein Acker Gottes. Die Weiberleute, auch die älteren und alten, hatten alle etwas kindlich Kindisches an sich. Sie trugen die Kopftücher keck aufgebunden; über den Stirnen quollen schwarze oder braune oder blonde Locken hervor, die sie sorgsam eingedreht oder mit dem Eisen gebrannt. Ihre Augen leuchteten, als wollten sie alle Dinge und alle Menschen in sich einsaugen.

Was den Lambert selber anbetraf, so lachte an diesem Tage sein wohlgenährtes Antlitz wie der Vollmond im Sommer. Er bat, zu den Kundschaften recht freundlich zu sein, sagte ihr Komplimente und tätschelte ihren Arm. Übrigens hatte sie sich diese Zeit über bereits so eingelebt, als ob sie zum Hause gehörte; und wenn, wie es beim Handel öfter vorkam, große Verluste eintraten und die ganze Familie in Bestürzung versetzten, litt sie mit ihr in aufrichtiger Teilnahme.

Die Hochzeit

So standen die Dinge, als die Mena eines Tages Lambert in einer verwandelten Stimmung antraf. Es war ihr nicht entgangen, daß ihr Erscheinen in der Stube bisher stets eine besondere Wirkung ausgeübt. Er hatte sich jedesmal im Handumdrehen verjüngt; seinen wohlgeformten Mund hatten schalkhafte Geister umzuckt, und trotz seines Weißkopfs hatte er den verteufelten Kerl gespielt.

Eines Tages, da die Mena mit ihm beschäftigt war, Heu abzuladen, nahm er sie plötzlich um die Mitte und suchte, sie ins Dunkel der Scheune zu ziehen. Sie befreite sich durch einen energischen Ruck und sagte: »Herr, wenn Ihr nicht gleich Ruh gebt, schrei ich so laut, daß das ganze Dorf zusammenläuft!«

In diesem Punkt waren also alle Männer gleich. Lambert hatte ihr anfangs, trotz seines Alters, gefallen, seine körperliche Stärke, seine weißbraune Haut, besonders dann, wenn er seinen Waffenrock trug mit der Goldenen Tapferkeitsmedaille und den federgeschmückten Hut. Aber sie hatte auch in Erfahrung gebracht, daß bestimmte Beziehungen bestanden zwischen ihm und verschiedenen braun-, blond-, rot-

und schwarzköpfigen Kindern, die sich quietschvergnügt im Dorf herumbalgten. Ihre regelmäßigen Gesichtszüge bestätigten die Gerüchte, die auf Lambert als Vater hinwiesen. Doch es war seltsam: sie hatte stets eine Angst an Lambert bemerkt, daß ihm jemand etwas Ehrenrühriges oder Unehrliches nachsagen könnte, und sie selber und das ganze Dorf sahen in ihm einen tadellosen und gerechten Mann. Und trotzdem fanden sich Flecken an seinem blanken Schild. Er hatte die Leidenschaft, alles notwendige Hausgerät in genügendem Vorrat zu haben; so beispielsweise Leitern, wovon er auch in allen Größen besaß, von der kleinsten, fast zierlichen, die er beim Obstpflücken verwendete, bis zu den langen, schwer beweglichen, die für Dachreparatur und etwaige Brandgefahr bereitstanden. Das Sonderbare an dieser Sache war, daß jede dieser Leitern einen anheimelnden Namen hatte: die Martina-Leiter, die Rote-Seph-Leiter, die Schwarze-Mariedl-Leiter und die Braune-Ursel-Leiter. Es waren nämlich lauter Leitern, die am Kammerfenster seiner Mägde stehengeblieben, wenn der Gaßlbub durch irgendeinen Zufall verscheucht worden war. Man erzählte, daß Lambert dies Verscheuchen, bei seiner Heimkehr vom Wirtshaus, geflissentlich betrieb. Er ließ dann die Leitern ein bis zwei Tage an der Hausseite liegen und verleibte sie, nach Ablauf dieser Frist, seiner Sammlung ein. Freilich kam es vor, daß ein Butterbauer in seinem Magazin stehenblieb und verwundert ausrief: »Ja, jetzt weiß ich nicht: blendet mich mein Gesicht oder ist das meine Leiter?«

Und die Mena wollte nicht, daß zu den vorhandenen Leitern etwa eine Braune-Mena-Leiter, mit dem unvermeidlichen Dorfgelächter, hinzukäme.

Nach dieser Abweisung fühlte sie eine eigentümliche Frohheit und Stärke in sich: es war doch eine ganz andere Sache, nicht mehr eine »dumme Geiß«, sondern eine Wissende zu sein und aus bewußtem Überlegen zu handeln. Lambert ließ auch keinerlei Verdruß merken, und die Tage liefen eine Weile so hin, wie sie es liebte, nach außen Ruhe und Sicherheit, nach innen Beschäftigung und Nachdenken. Auch der Eindruck, den der Tod der armen Soph hervorgebracht hatte, war bereits ausgeglichen. Aber als sie glaubte, so recht in Arbeit und Behaglichkeit leben zu können, wurden die Blutbänder wiederum angezogen.

Sie wusch eben am Bach und sah, daß die Hochzeitslader von Haus zu Haus gingen. Sie hatten ihre braunen Plüschhüte mit Bändern geziert; auch an der Brust trugen sie welche, und einer von ihnen einen geschnitzten Stab mit künstlichen Blumen. Gleich drauf rief Lambert sie in die Stube, wo die Männer sich bereits eingefunden hatten. Der eine davon, der Zimmermeisterfriedl, tat mit seinem Stab einen leichten Stoß auf den Boden. Sein Weißkopf, im Verein mit seinem feierlichen Gehaben, und sein aufgesagter Ladespruch ergriffen sie.

»Gott grüß Euch, alle wohl, ich bin
Der Michlhans vom Pfannastiel.
Und hinter mir, der zweite Mann,
Ist mein Begleiter und Gespan.
Er ist ein Bruder vom Bräutigam,
Franziskus Xaver ist sein Nam.
Die zwei Brautleut tun uns schickn,
Es wird uns wohl die Ladung glückn.
Der Bräutigam Karl ist Euch bekannt,
Und Lena wird die Braut genannt.
Sie haben sich zum heiligen Ehestand entschlossen,
Weil sie der ledige Stand hat verdrossen.
Es nutzt auch kein Abwehrn und kein Bittn,
Am Sonntag werd'n sie verkündigt zum dritten . . .«

Der Spruch war damit nicht zu Ende; denn das schönste an einer Hochzeitsladung ist, wie bei einem Fensterreim, die Länge. Die Bauern haben eben das Kostbarste, was es auf Erden, und wahrscheinlich auch im Himmel, geben mag, Zeit, viel Zeit. Daran waren sie reich, und diesen Reichtum wollten sie natürlich auch genießen und füllten daher die Zeit mit möglichst umständlichen Gebräuchen, Zeremonien, Sitten und allen möglichen ernsten und frohen Spielereien aus.

Die Hochzeit war an einem Iringtag, an welchem Tag fast alle Bauernhochzeiten gefeiert wurden; woraus man wohl schließen darf, daß jener alte Germanengott der besondere Gott der Eheleute gewesen sein mag, die ja fraglos eines eigenen Gottes bedürfen; eines ganz anderen als etwa die flatterhaften Jungliebenden oder die alten Jungfrauen und Junggesellen, um ihr hochwichtiges und auch hochheiliges Lebenswerk, Mensch und Ewigkeit, siegreich der Zukunft entgegentragen zu können.

Die Mena irritierte dieser Iringtag etwas, weil für diesen Tag auch ihre Sängergruppe vom Archivar bestellt war, der auch sonst bei keiner Veranstaltung fehlte, wo etwas für seine gelehrte Arbeit über Volkstum und Volksbrauch zu erhoffen war.

Daher kam es, daß die Mena an der Hochzeit ihrer Schwester, der schönen Lena, nur mit halben Sinnen teilnahm. Desto mehr schaute sie mit großen und ruhigen Augen auf alles, was um sie herum geschah. Sie schaute, als am Morgen die schweren Gäule mit geblähten Nüstern und plumpen Hufen in die Dorfstraße hereinpreschten, daß Steine und Erde flogen; sie horchte, als das närrische Jauchzen der Hochzeitsbuben anhub; und ging endlich nachdenklich mit den Geschwistern und Anverwandten im Zug, eingehüllt in Musik und Juniwärme. Sie sah auf die Kranzeljungfrauen, die vor Freude zitterten, auf die alten Leute, die gelassen dahinschritten, auf die Trauungszeremonien, auf die Gebräuche im Wirtshaus, auf das Essen und Trinken, auf das Drehen der Tanzpaare. Sie selber wurde auch zum Tanz geholt, in erster Linie von Lambert, der sie wie ein Junger im Kreis schwang, dann von Bauernburschen, von Bräuknechten und endlich von den Schneidern Veit und Fabian, die beide gute Tänzer waren.

Aber sie riß sich durchaus nicht ums Tanzen. Sie saß, tauschte gleichgültige Reden, aß Kuchen und beobachtete alles.

Da war vor allem der Bräutigam, genannt der Bühelerkarl, ein ungemein starker Kerl; es hieß, daß er mehrere Rivalen vor Lenas Kammerfenster derart geschlagen, daß sie aufs Wiederkommen vergessen hätten. Er holte sie auch zum Tanz, und während sie in der Runde gingen, erzählte er ihr, daß er in den Minuten, wo er zu Lenas Zieheltern auf Brautwerbung gegangen, ein Vaterunser gebetet hätte. Sie mußte lachen; obgleich sie aus eigener Erfahrung wußte, um welch sonderbare Dinge sie selber öfter gebetet hatte. Sie kam auf ihre Schwester, die Soph, zu sprechen, aber der Bräutigam war da kurz angebunden. »Das Trauern ist dem Herrgott seine Sach. Das tut man nicht.«

Auch die bräutliche Schwester gefiel ihr nicht. Ihre Wangen waren gerötet, ihre Lippen aufgeworfen, als hätten sie Durst; und ein gewisses hochmütiges Wesen an ihr schien zu fragen: Seht ihr denn nicht, was ich für ein Glück mache?

Es war eine laue Sternennacht. Die Mena ging schweigend neben dem Schieringhiesen, der sie zum Singen geholt, die Dorfstraße hinauf. Aus dem offenen Fenster des Hochzeitssaales dröhnte die Musik und das Gestampfe und Gejauchze der Tänzer. Sie fühlte in dieser Minute, daß es beim Menschenglück nicht aufs Gepräng, Gejauchz und einen Tisch voll dampfender Speisen ankam; daß solch ein Tag kurz, das Leben aber lang war. Sie fühlte weiterhin ein Gemisch von Trauer und Schmerz; eine bisher noch unbekannte Art Kummervogel sang da wohl; doch sein Gesang wirkte wie ein Balsam und eine Bereicherung der Seele. Es wurde ihr begreiflich, daß am Weg eines jeden Menschen, links und rechts, Freuden und Leiden, Gräber und Hochzeitstage liegen, und daß es nur galt, sich in dies Spiel schicklich hineinzufügen. Sie spürte auch zum erstenmal, daß die Blutsbande und alle Bande, die ihr Selbst mit den Menschen verbanden und je im Leben verbinden würden, nur bis zu einer gewissen Tiefe, aber durchaus nicht weiter reichen, nicht weiter reichen durften; nämlich bis dorthin, wo der engumfängliche Mensch Ellenhuber-Mena endete und ihr ureigentlicher Wesenskern, die Ellenhuber-Seele, begann. Diese Seele webte und lebte nach eigenen Gesetzen; war unangreifbar, kannte im Grunde keine Hoffnung und keine Verzweiflung, keine Freude und keinen Schmerz.

Beim Stumpfbräu war eine feine Gesellschaft; viele Herren, auch Damen darunter, aber nur ein paar Tische schütter mit Bauern besetzt, die ein ruhiges Gespräch dem Hochzeitslärm vorzogen und überdies Wind bekommen hatten, daß beim Bräu ein Faß doppelgradiges Bier angestochen würde. Wo immer die Herren sich zusammenfanden, sorgten sie für einen wohlbestellten Tisch. Die Bräuin war wegen ihrer Küche weithin berühmt. Heute tischte sie etwas ganz Besonderes auf: Bachforellen, in Butter gebraten. Nachdem sie diese Forellen mit dem Doppelbier, dessen Duft allein schon berauschend in die Nase stieg, begossen, entwickelte sich eine lebhafte Unterhaltung in Hinsicht auf den Ohrenschmaus, den der Herr Archivar versprochen hatte.

Sie redeten über die Gemeinde, und Worte, wie Engherzigkeit, beschränkter Horizont, fielen, aber der Archivar suchte die Dörfler zu verteidigen. Er sagte mit einem leisen Unterton von Humor: »Sie sind eben von der Einzigkeit ihres Dorfes überzeugt, und nur in dieser festen Überzeugung kann ein Einzelnes, und sei es noch so klein, ein Ganzes, und sei es noch so groß, leben und wachsen. Sie behaupten allen Ernstes, das Blut der Nachbardörfer rinne träger durch die Adern, sie wären schwerfälliger und so recht mittelmäßig in allem; es mangle ihnen sozusagen am Eigentlichen des Lebens, am Salz, an den großen Heiligen und an den großen Sündern, welche man hier reichlich aufzuweisen hätte.«

Der Archivar lächelte und ging auf den Tisch der Sänger zu. Er hatte für jeden ein lustiges Wort; für die Mena aber und den Schieringhiesen ein ganz besonderes. Seine Sorge war, ob sie sich auch genügend vorbereitet hätten, damit sie und er nicht zuschanden würden. Dann gab er eine Geschichte über den Krämer Lambert zum besten. Sein Gesicht war, nach des Archivars Meinung, nämlich kein simples Bauern- oder Dorfgesicht, glich vielmehr in seiner Prägung den Gesichtern der alten Römerkaiser, wie sie auf Münzen und Denksteinen zu sehen waren, aber mit einem Schuß ins nordische Biedere und Ehrliche. »Sollte da nicht«, schloß er lächelnd, »ein römischer Centurio aus edlem Geschlecht oder noch ein höherer Militär auf dem so überaus langweiligen Zug nach Juvavum die Sitten der hiesigen Bauern nachgeahmt und durchs Fenster in ein jungfräuliches Bett gestiegen sein? – Und«, setzte er hinzu, »wissen Sie auch, was Ihr Name, Philomena, bedeutet? – Männerfreundin, jawohl!«

Die Mena brach in überhelles Gelächter aus, in das der Sängertisch mit einstimmte. Sie war in bezug auf das Singen ohne alle Sorgen. Die Lust dazu hatte sich inzwischen nicht vermindert; war ihr eher zu einer festen Gewohnheit geworden. Sie sang bei jeder Arbeit, lauter oder stiller, ein ernstes oder ein loses Lied, und hatte eine wahre Leidenschaft nach neuen, noch nie gehörten Gesängen.

Bevor aber der Archivar das Zeichen zum Anfang gab, ließ er noch einige Erläuterungen zum Kapitel Volksgesang vom Stapel. »Der Verfasser der Lieder, die ich Ihnen werde vorsingen lassen, ist ein Mensch namens Matthias Schiering, vulgo ›Schieringhies‹, der hier die Stelle eines Gemeindeschreibers versieht. Unter den Leuten wird er gewöhnlich spottweise ›derselbige Dichter‹ genannt; aber dies ist ein Titel, den er allen Ernstes verdient. Im Wesen genommen – und darauf kommt es an! – ist er kein anderer Dichter als alle von Homer bis auf Goethe, wenn er auch in sein Buch mit den rothölzernen Deckeln nur kunstlose, übermütige und kleinmütige, weinende und lachende Lieder eingeschrieben hat. Den Spott und das Verächtliche, das die Leute in dies Wort legen, darf man ihnen nicht übelnehmen: ein Dichter und, um dies Exempel ihrer Denkungsart zu erweitern, auch ein König liegen so ganz außerhalb ihrer Vorstellungsweise, so hoch und unnahbar, daß sie sich dieselben durch Gebrauch von Spottnamen wieder anheimeln. Jedoch die höhere Bedeutung schlägt immer wieder durch. Trotzdem sie mit dem Wort ›König‹ den zur Winterszeit im Abtritt hoch und hart gefrorenen Menschenabfall bezeichnen, hängen sie anderseits wiederum jedem, der ihnen in irgendeiner Weise vortrefflich erscheint, das Wort König an, wie sie ja auch zur Zeit einen richtigen ›Butterkönig‹ im Dorfe haben.«

Der Archivar gab den Sängern ein Zeichen, und Menas Stimme setzte zum Liede ein. Anfangs war den Ohren der Stadtherren diese Art zu singen fremd; aber nach den ersten Strophen begriffen sie, daß hier nicht die »Kunst« sang, sondern jene Natur, die aus dem Getriller der Lerchen, dem Schlagen der Wachtel und dem Gesang der Nachtigall spricht.

»Und ein Mensch ohne Lieb,
Sag, wem gleich ich denn grad?
Ist ein Mühl ohne Wasser,
Ein Wagn ohne Rad.

Und ein Mensch ohne Freud,
Sag, wem gleich ich denn gern?
Ist ein Sonn, die nit warmt,
Ist ein Nacht ohne Stern.

Und ein Mensch ohne Glück,
Sag, wem gleich ich denn zsamm?
Ist ein Uhr ohne Zeiger,
Ein Haus ohne Nam.

Und ich bin so ein Mühl,
Und ich bin so ein Wagn;
Mei Herz is voll Trauer,
Mei Seel ist voll Klagn.

Und ich bin so ein Nacht,
Und ich bin so ein Sunn;
Kein Stern, der mir leuchtat,
Kein Licht, das mir brunn.

Und ich bin so ein Haus,
So ein Uhrwerk bin ich;
Mei Lieb, die ist gstorben,
Mei Glück ist dahin.«

Der Beifall war groß. Der Archivar trat zum Tisch der Städter und erklärte mit gedämpfter Stimme: »An dem eben gehörten Liede wird Ihnen der Unterschied aufgefallen sein zwischen jenen, die sie damals hörten. Die Hochdeutschen, also die aus der Stadt, also aus der ›Fremde‹, singen sie mit einem sentimentalen Unterton; sie sind gleichsam durchdrängt von Gefühl und Sehnsucht; während die anderen, die der Muttersprache entstammen, von Behagen, Gesundheit, Freude, Tanz und gottgewolltem Humor durchdrungen sind. Sie wirken auf unsere überreizten Sinne wie das kühle Fächeln der Winde und das Leuchten der Sterne. Die wahre Poesie ist eben nichts anderes als Religion. Echter Gesang nichts anderes als Gottesdienst. Und dieser Gottesdienst ist in diesen Gegenden hier seit Urzeiten daheim. Wenn man an schönen Sommertagen durch die Felder spaziert, hört man überall Gesang und Jauchzen, und es scheint dann zuweilen, als jubelten die jungen Knechte und Mägde ihre Lieder und Vierzeiler mit den Lerchen um die Wette. Und wenn wir fragen, wer sie diesen Gesang gelehrt hat, so glaube ich, es war der Schmerz, die Einsamkeit im All, das Winterdüster; und sein Kontrast: der Lanzing. Ich habe gesagt: Echte Kunst ist Gottesdienst, und sage noch mehr: es kann gar keine andere Kunst geben! Aber diese Kunst ist rar geworden, und die meiste heutige Kunst ist nichts als Fälschung. In diesem Sinne gebraucht die Bauernsprache das Wort ›Kunst‹ von allem, was bloß ein Ersatz für das Naturgute ist, und versteht darunter etwas, das mit bestimmten Mitteln ein Unechtes als ein Echtes vorzutäuschen sucht.« Er verständigte sich mit den Sängern, und diese sangen jetzt das »Wehleid«.

»'s Wehleid, das ist halt früh und spat
Mein allertreuster Spielkamerad.

Schneit's weißen Schnee, schneit's rote Blüh,
Ich bleib bei ihm, es bleibt bei mir,
's Wehleid, Wehleid.«

Dieser Gesang machte solchen Eindruck, daß man den Beifall vergaß und der Archivar seine Erklärung fortsetzen konnte. »Das ist ebenfalls ein Lied aus dem Buche Schierings. Eine gewisse Bildhaftigkeit ist darin nicht zu verkennen; wie das Wehleid zum erstenmal in die Wiege guckt oder wie es zuletzt mit ins Moderbett steigt, das ist wahrhaft poetisch geschaut und empfunden. Aber damit diese Probe nicht allzu ernst ausfalle und so vielleicht der Zweck, dem Volksgesang neue Freunde zu werben, vereitelt würde, schließen wir mit dem lustigen ›Heiratsgesang‹.«

Er ging wieder zum Sängertisch und bat sie, fortzufahren. Sie sangen in einer getragenen, komisch feierlichen Melodie...

»Schneider, meck, meck,
Und ich heirat den Bäck;
Und ein Bäcker muß's sein,
Und der – heizt mir brav ein.

Die Bäcker tun spinna,
Ich heirat ein Müllner;
A Müllner muß's sein,
Und der – staubt mich brav ein.

D' Müllner sind anschlecht,
I heirat ein Bräuknecht;
Der sied't mir ein Bier,
Daß ich – recht schlaferig wier.

Die Bräuer sind Perchtn,
I mag kein so Treankn;
Ein Tischler muß i kriegn,
Und der – macht mir ein Wiegn.

Die Tischler sind leimig,
Und wann er mich streimelt,
Aft wurd ich voll Pick,
Bue, und – das hab ich dick.

D' Schmied tun mir gfalln,
Habn Kleingeld zum Zahln;
Und a Schmied, ja, muß's sein,
Und der – posselt mich fein.

D' Schmied, die sind Huster,
Ich heirat ein Schuster;
A Schuster muß's sein,
Und der – doppelt mi fein.

D' Schuster, Notleider,
Ich heirat ein Schneider;
Ein Schneider muß's sein,
Und der – bügelt mich fein.

Schneider, meck, meck,
Und ich heirat ein Dreck;
Weil ein Mensch, ganz allein,
Ist ein goldener Stein.«

Das Lied setzte viel Lachen, und der Archivar schloß den Abend mit den Worten: »Es ist begreiflich, daß in unserer Zeit, wo das Vaterland durch heftige Kämpfe zerrissen und das, was bisher ganzen Völkern heilig war, in den Staub getreten wird, viele unter uns sind, deren sich eine Weltabkehr und eine Menscheneinkehr bemächtigt hat; genauso wie der einzelne, wenn ihm alles schiefgeht, sich zuletzt in sein Selbst zurückzieht. Es gibt keine andere Rettung: du selbst in dir selber, das ist das höchste Geheimnis und eine Kraft ohnegleichen. So geht auch, meines Erachtens, in tief verworrenen Zeiten ein Volk zum Bauerntum zurück, weil es instinktiv fühlt, daß hier der Weg führt zur wahren Weisheit. Ein Hauptstück dieser Weisheit liegt im Gesetz der Sonderung, das, wie alle großen Gesetze, göttlicher Natur ist. Diese Sonderung heißt: Arbeit und Genuß, Ruhe und Bewegung, Werktag und Feiertag, Jugend und Alter, Mann und Weib, Krieg und Frieden. Zum Exempel: in der Erntezeit darf nirgends musiziert und getanzt werden, und niemand wagt es, dies ungeschriebene Gesetz zu verletzen. Es soll die Kraft aller Sinne und Muskeln auf die Vollbringung der vorgesetzten Arbeit gerichtet werden. So bringen sie jeden Zustand an die äußerste Grenze, geben ihm Tiefe und Charakter, und damit Schönheit. Und diese Sonderung ist unbedingt notwendig, damit nicht alles durcheinandergemischt, nicht alles halb getan und halb genossen; damit das Leben nicht zu einem widerlichen Mischmasch werde, der anfangs Mißmut und zuletzt Ekel erregt. In singulis et minimis salus mundi; welches verdeutscht heißt: im einzelnen und kleinsten ruht das Heil der Welt. Darauf fußt so recht alles bäuerliche Leben, sein Glück und sein Reichtum. Dieses Reichtums aber ansichtig zu werden, ihn unter rauher Hülle zu erkennen und zu schätzen, ist nicht leicht. Denn der Bauer kann oder mag sich bekanntlich viel schwerer aussprechen als der Gebildete; er verbirgt vielmehr andauernd und beharrlich sein Gemüt. Aber in seinem Liede, im Volksgesang kann er das Verborgene wieder laut werden lassen. Staat, Sitte und zum Teil sogar die Religion liegen ihm an wie ein Kleid, wie ein Aufputz; aber seine Sprache und sein Lied sind göttlichen Ursprungs.«

Die Männerwaage

Die Mena spürte in diesen Tagen allerlei Anzeichen, daß in ihr Leben wieder ein neuer Schwung kam. Auch regte sich, trotz ihrer Vorsätze, etwas in ihrem Blute, das anzeigte, daß bereits ein neuer Wein in ihr zu blühen begann. Besonders merkte sie dies am Abend, so zwischen den Lichtern, da ging der eine und der andere Bauernbursche oder Bräuknecht harmlos vorbei, blieb stehen, lachte, klapperte einfältig mit den Pantoffeln, und einfältig war auch seine Rede. Wenn Lambert gerade dazukam, schnitt er ein saures Gesicht und schimpfte auf die Kerle, die ihm den Platz auf der eigenen Hausbank versäßen. Er war ein alter Fuchs; jedenfalls bezeichnete er sich selber oft als keinen heurigen Hasen und rief aus:

»Ich heiß wohl Sepp,
Bin aber kein Tepp.«

Woraus zu ersehen, daß auch er reimte, wenn auch nur gelegentlich und bei weitem nicht so vollkommen wie etwa der Schieringhies. Er hatte seine Pläne in bezug auf die Mena durchaus nicht aufgegeben; er war in allen Dingen ungemein zäh, und wenn er sich ein Ziel vorgesetzt, gab er nicht nach, bis er es erreicht oder dessen völlige Unerreichbarkeit eingesehen hatte. Zu diesem Übermut, wie man sein Verhalten in Anbetracht seines Alters wohl nennen muß, trug besonders der Umstand bei, daß sein Geschäft von Monat zu Monat besserging. Die Bauern und ihre prachtvolle Butter waren es, die ihn in die Höhe brachten. Sie hatten Zuneigung und Vertrauen zu ihm, weil er der Sohn eines Waldbauern war.

An Menas Kammerfenster begann es sich wieder zu regen, wie es sich an den meisten Kammerfenstern der Gemeinde eifrig regte; denn während bei Tag alles werkte und Hand oder Hirn anstrengte, um die Lebensnot hinter sich zu bringen, setzte nachts die viel höhere Forderung ein, wie man diese Lebensnot wiederum frisch herstellen könnte. Die Mena tat, als ob sie nichts dergleichen bemerkte, wenn Lambert Anspielungen darauf machte, aber heimlich war sie voll freudiger Erregung.

Eines Sonntags saß sie in der Stube und spann. Lamberts Frau las in der Zeitung, und ihr Mann fragte: »Steht denn gar nichts Neues drin?« Nach dem Neuen gelüstete es ihn ganz unglaublich. Aber im Dorf gab es von diesem Leckerbissen nicht viel: ob die und die schon entbunden, schon ausgeschüttet hätte, schon »zerronnen wäre«, wie Lambert sich in seiner drastischen Weise ausdrückte, ob es ein Mädchen oder ein Bub, ob bei diesem Bauer die Kuh schon gekalbt, ob sie bei jenem schon verkauft hätten.

Während die Lambertin einige ländliche Brände vorlas, für die auch stets ein großes Interesse vorhanden war, entdeckte er vom Fenster aus eine Bewegung, die sofort sein lebhaftes Interesse erregte. Die drei heiligen Schneider, schon immer eine Zielscheibe seines Witzes, gingen von Haus zu Haus, und es fragte sich, was dies zu bedeuten hätte. Sogar die Mena hob sich ein wenig vom Spinnrad und dachte mit einem leisen Schwanken zwischen Lachen und Gruseln: Harmagedon naht!

Lambert erinnerte sich, daß in der letzten Gemeindesitzung dem Pfarrer eine Kollekte zur Anschaffung einiger kirchlicher Gegenstände bewilligt worden war. Da nun der Schneider Fabian Mesner war, wohl weil er der Kirche am nächsten wohnte, hatte Gries ihn mit der Einsammlung der Spenden betraut. Der Bruder Veit aber ging, wie wir gleich hören werden, aus einem sehr wichtigen Grund mit; und da sie Cyrill nicht ganz allein lassen wollten, zogen sie ihn im Wägelchen hinterher.

Die drei Abgesandten traten in die Stube, genauer gesagt nur zwei, denn der dritte blieb im schwarzweiß gepflasterten Vorhaus, wohin die Tür offenstand. Fabian, der einen hirschledernen Sammelbeutel trug, wollte gleich sein Anliegen vorbringen, und begann eifrig: »Ko – Ko – Ko«, aber Veit fiel ihm in sein Gestotter: »Wir kommen nämlich von wegen der Kollekte des Herrn Pfarrers.«

Lambert aber ging auf keine Kollekte ein. Er ließ den Brüdern Apfelmost vorsetzen und neckte sie mit überlegenen Bemerkungen, die sich offener oder versteckter um das geheime Liebesleben im Dorf drehten, worin er auf das allerbeste unterrichtet war. Immer wenn Veit als Sprecher die Sache seines Bruders beziehungsweise des Pfarrers vorbringen wollte, fuhr er mit einem neuen Kalauer dazwischen. Er hatte eine Entdeckung gemacht, die seine gute Laune steigerte, nämlich die, daß Cyrill aus seiner schachbrettartigen Fläche, worin er saß, beständig in die Stube, und zwar stichgerade auf Menas weißbestrumpften Fuß lugte, den sie auf dem Schemel stehen hatte; und weiterhin, daß auch die Augen der beiden Brüder, so sehr sie sich bemühten, es zu verbergen, immer von neuem in die gleiche Richtung abirrten. Fabian stotterte: »Ko – Ko – Ko«, aber Lambert blies schmunzelnd Rauchwolken aus und fragte: »Ja, sagt einmal, ihr drei Brüderling, warum hat denn jeder von euch so ein rotes Federchen auf dem Hut! Was hat denn das zu bedeuten?«

Über Veits Gesicht flog ein Schimmer von Pfiffigkeit; dann legte sich sein Gesicht in ernste Falten: »Diese Feder«, sagte er, »wird einmal von sich reden machen in der Welt.«

Lambert pfiff durch die Lippen. Wie nun Veit abermals und endgültig die Sache, warum sie hier waren, vorbrachte, sagte er stockernst: »Kollekte? – Ich hab mir mein Gerät und mein ganzes Um und Auf auch müssen selber anschaffen. Soll's der Herr Pfarrer mit seinem Handwerkszeug auch so halten.«

Dieser boshafte Triumph kam für die Schneider zu überraschend. Sie hakten ihre Augen von den schönen Formen des weißen Strumpfes los und saßen niedergedrückt, bis Frau Lambert sich ihrer erbarmte und ihnen einen Silbergulden einhändigte.

Die Mena, der bei den Späßen Lamberts etwas schwül geworden war, war vors Haus gegangen, um Wäsche abzunehmen. Die Schneider mußten quer über den Anger, wobei es nötig, daß sie ihnen durch ein Aufstemmen der vollbehangenen Stricke einen Durchgang schuf. Als sie hierbei alle vier einen Augenblick von der übrigen, so profanen Welt abgetrennt waren, schien sich ein magischer Kreis um sie zu schließen. Cyrill brach zuerst das Schweigen, indem er auf die Nelken in Menas Kammerfenster wies und behauptete, eine solche Pracht nie in seinem Leben gesehen zu haben. Auch Fabian wollte etwas Bedeutsames vorbringen. »Me – Me – Me«, kam aber nicht darüber hinaus, und Veit übernahm seine Rolle. Er sagte: »Mena, der Bund sucht noch eine Schwester, und wir glauben, sie in dir gefunden zu haben.«

Sie fühlte, daß die Augenpaare der drei Brüder auf sie gerichtet waren; ihr wurde schwül zumute, und sie sah ihnen geängstigt nach, wie sie, geheimnisvoll nickend, zum nächsten Hause weiterzogen.

Lambert genoß eine kindische Freude, daß er sich vor Frau, Kindern und Magd eine halbe Stunde in vielerlei Dingen als Herr und Meister erwiesen hatte. »Mena«, rief er, »gib acht, was dir ein gescheiter Mann kundtut: die drei heiligen Schneider sind in dich verliebt! Ja, ja! Von meinem Haus aus hat sich schon manche Magd gut verheiratet.« Es war eine seiner Sonderbarkeiten, daß er mit einer Art Leidenschaft Ehen zu stiften suchte und es sich extra angelegen sein ließ, seine Mägde zu verheiraten, woraus er neben anderen Vorteilen den besonderen zog, daß diese dann später bei ihm treue Kundinnen wurden.

Der Mena gingen die Worte: »der Bund sucht noch eine Schwester«, beständig im Kopf herum. War es nun die Neugier oder der Umstand, daß sie sich schon seit Jahren eine Samtjacke wünschte, ein Kleidungsstück, das für gewöhnlich nur die Hoftöchter trugen, kurz, mochte es was immer sein, eines Samstags, nach dem Rosenkranz, stolperten ihre Füße fast wider Willen vom Kirchensteig links ab zum Haus der drei Schneider.

Es war sichtlich in einem vernachlässigten Zustand, was wohl daher rührte, daß hier keine Frauenhand schuf. Die Junggesellen saßen in der Dämmerung um den Schneidertisch, aber müßig. Sie erkannten wohl die Mena nicht und glaubten, wenn sie den Besuch mit einem »Guten Abend!« zum Sitzen einluden, der Höflichkeit Genüge getan zu haben. Aber als sie die Lampe anzündeten, erröteten alle drei und sagten fast gleichzeitig: »Ah, die Mena!« Cyrill hatte ein aufgeschlagenes Buch vor sich liegen, ein kleines Exemplar der Bibel, mit winzigen, aber sehr scharfen Lettern, worin das Alte und das Neue Testament, die Johannis-Offenbarung, die Apostelbriefe, kurz, die ganze Heilige Schrift vereinigt war. Sie hatten die Vorlesung der Dunkelheit halber unterbrochen und baten, weiterlesen zu dürfen. Cyrill hatte eine schöne, melodiöse und trotzdem männliche Stimme. Sie hob mit einem schwebenden Unterton an, nahm zu an Kraft und Stärke, bis sie unter der niedrigen Stubendecke schallte, wie die eines gewaltigen Predigers: »Nun kam einer der sieben Engel, welche die sieben Schalen hatten, er redete mit mir und sprach: Komm! Ich will dir zeigen das Strafgericht der großen Hure, die auf vielen Wassern thronet. Mit ihr buhlten die Könige der Erde, und die Erdbewohner berauschten sich mit ihrem Unzuchtweine. Und er führte mich im Geiste in eine Wüste. Da sah ich das Weib auf einem scharlachroten Tier sitzen, das voll Lästernamen war, und sieben Köpfe und zehn Hörner hatte. Das Weib war in Purpur und Scharlach gekleidet, es hielt in ihrer Hand einen goldenen Becher, voll Greuel und Unreinigkeiten. Auf ihrer Stirn stand geschrieben der Name: Geheimnis.«

Die Brüder saßen regungslos, mit verklärten Mienen, als strömten die Worte des Heiligen Geistes selber von der Stubendecke auf ihre Köpfe herab. Endlich ließ der Älteste seine Hand leicht auf die Tischplatte fallen und sagte: »Für heut ist's genug!«

Die Mena faltete ihr Paket mit dem Samtstoff auseinander und brachte ihre Wünsche vor. Ein leiser Disput setzte ein, wer das Maß nehmen sollte, was der Mena verwunderlich erschien, weil sie stets gehört, daß Cyrill der eigentliche Meister war. Er hob sich denn auch, ohne weiter ein Wort zu verlieren, mit einem energischen Ruck in die gepolsterten Gabeln zweier Krücken, die er aus dem Fensterwinkel hervorfing, und stapfte auf die Mena zu. Sie sah mit Schrecken, daß an dem starken Körper zwei kleine Beinchen zappelten, wie die eines Knaben, und ein Gruseln überlief sie. Er legte mit tiefem Ernst das Maßband an ihre Taille, Brust und Hals, wobei er die Krücken geschickt unter den Armen festhielt. Als er damit fertig war und die Mena sich zum Gehen anschickte, trat Veit auf sie zu. Langsam, als ob er nach Worten suchte, sagte er: »Du bist uns schon lang aufgefallen. Möchtest du nicht dem ›Bund‹ beitreten?«

Sie kam etwas aus dem Gleichgewicht. »Habt ihr eine Brüderschaft?« fragte sie möglichst harmlos. Veit nickte nur, als zögerte etwas in ihm, die Sache zu offenbaren. Dann sagte er: »Ja – die Brüderschaft vom heiligen Menschenleib.«

Die Mena ging nach Hause. Aus dem offenen Fenster des Schneiderhäuschens folgte ihr ein religiöses Lied. Sie konnte keinen Schlaf finden; es war, als ob sie noch immer die schöne, vorlesende Stimme hörte, die man sich bei geschlossenen Augen von einem kräftigen Manne herrührend denken konnte. Sie sah das einträchtige Bild der Brüder, wie sie unter Scherzen und frommen Liedern nähten, wie sie dem Vorleser zuhorchten, und diese brüderliche Liebe und Religiosität fanden in ihrem Herzen ein frohes Echo. Kam es nicht zuweilen vor, wie in der Gotteszeit, daß auserwählte Männer auf Erden erschienen, in Armut und Niedrigkeit, im einfachen Gewand des Handwerkers, wie einst die Apostel, und konnten diese Brüder nicht, trotz der dörfischen Bosheit, wirkliche Heilige sein?

Seit jeher hatte ihr ein solches Spintisieren einen eigentümlichen Genuß bereitet, dem sie sich gern in der Zeit zwischen dem Bettgehen und dem Einschlafen hingab. Sie hatte dabei gewöhnlich ein Körbchen mit Äpfeln und Klötzen neben sich stehen, wovon sie naschte. Im Zwielicht der Kammer, die zuweilen ganz hell wurde, wenn der Mond aus den Wolken trat, dann aber wieder dunkel, in der seligen Ausspannung und Abschirrung ihres Willens, schied ihr Geist sich vom Körper und bekam Flügel. Da dachte sie über vieles nach, über ihre Dienstorte und die Menschen dort, über ihre Erlebnisse, über ihre Geschwister, über die abgeschiedenen Eltern und manchmal auch über den Tod.

Sie hatte sich gerade die Frage gestellt, ob auch sie eines Tages altern würde, und was wohl die Worte »die Schrecken des Todes« bedeuten mochten, als sie draußen eine verstellte Stimme hörte, die leise zu brummen anfing, aber doch so, daß jedes Wort verständlich war:

»Hadsschlakara Dirndl!
Ist dein Bettstatt von Elfenbein oder Holz,
Hörst mich nicht oder tust nur so stolz?«

Hadsschlakara Dirndl! – Nein, aber nein, daß es gar nimmer aufhören wollte! So wunderschöne Fensterreime hatte sie in ihrem ganzen Leben nicht gehört. Auch die Stimme glaubte sie, trotz aller Verstellung, erkannt zu haben: es war Lambert, der alte Fuchs. Natürlich machte sie das Fenster nicht auf; aber sie hatte von dieser Nacht an ein Prikkeln im Blut, das sie nicht mehr losbrachte. Tagsüber bei der Arbeit, abends beim Spinnrad und nachts beim Einschlafen sang es in ihr:

»Hadsschlakara Dirndl!
A siebnseidnes Mieder, a Sammet so schön,
A schmeckende Seifn, a gutes Parfön.
Dann bist du die Schönst und die Sauberst im Kreis,
So gewiß, als wie ich Hansmichele heiß'.«

Es war schließlich kein Wunder, daß diese Fensterreime die gute Mena bedrückten; es konnte ja nichts Schmeichelhafteres für das Herz einer Bauernmagd geben.

Sie arbeitete auf einer Hügelgruppe, deren Wiese dem

Lambert gehörte. Als sie fertig war, setzte sie sich ins Gras, um ihre Jause zu halten. Von hier aus übersah man Dorf und Tal; in der schweigenden Ruhe und Einsamkeit, die sie umgaben, kam ihr zum Bewußtsein, daß hier unten eine Welt für sich war, nach festen Gesetzen, in bestimmten Grenzen, und daß sie selber, vermöge des allmächtigen Schicksals, unwiderruflich in diese Welt hineingestellt war, und in ihr leben, hinab- oder hinaufkommen, untergehen oder ans Ende gelangen mußte. Sie spürte, daß es hieß: denken und wieder denken!

Einmal in dieser Stimmung, nahm sie eine der wichtigsten Sachen vor, nämlich die Männer; jene, die sie früher kennengelernt hatte, und jene, die sich jetzt offener oder heimlicher um sie bemühten.

Das waren vor allem der Haginghofer-Lix und der Schindertoni. In einer Art Hellseherei erfaßte sie den Kern der beiden, das heißt jenen Kern, der für sie in Betracht kam. Lix war ein reicher Hofsohn, aber zugleich ging etwas Kaltes von ihm aus; sie spürte, es war wesentlich das gleiche Element, das von seinen Eltern ausging. Sie wußte auch, was man mit ihm plante. Mit dem Nachbarhof bestanden freundschaftliche Beziehungen; sie halfen sich gegenseitig aus und kamen, wie zufällig, auf dem Kirchenplatz oder im Wirtshaus zusammen. Und dieser Hof hatte eine Tochter, die für Lix bestimmt war.

Der Toni dagegen war lustig, fast kindlich, warmherzig, hatte für jeden Menschen ein gutes Wort, für den armen Kropfjodl und das gichtische Wichtlweibl, zudem eine ausgezeichnete Singstimme; aber er war halb verachtet, sein Name mit dunklen Geschichten in Verbindung, worin das Wildstehlen und die Fronfeste keine kleine Rolle spielten.

Da war weiterhin der Krämer Lambert. Diesen Mann

hätte sie heute noch, trotz seines Graukopfs, genommen, und sie vermeinte sogar, Lamberts Frau wäre seiner im Grund nicht wert. Aber sein Bettschatz, das wollte sie nicht werden.

Da waren die beiden Schneider, deren heimliche Verehrung für sie nicht im Zweifel blieb. Veit gefiel ihr gut, aber das überfromme Wesen stieß sie ab. Beim Fabian konnte sie über das Stottern nicht hinauskommen.

Da war endlich ein Bräuknecht, ein Mordsmensch, der fast täglich um Tabak kam und deutlich merken ließ, daß er ein Auge auf sie geworfen hatte. Aber der war ihr zu ungeschlacht.

Kling, klang, die Gewichte fielen in die Schale, aber, wie es in der Schrift heißt: »Gezählt, gewogen und zu leicht befunden!« Über dies Ergebnis kam sie zuletzt in eine Art Zorn; es war ihr, als müßte sie ihre Hand zu einer Riesenfaust ballen und auf das jämmerliche Mannszeug unten niederfallen lassen.

Um diese Zeit polterte ein Leiterwagen auf der Landstraße vorüber. Es war der Weltuntergang. Er hatte sein Avancement, nach der mißglückten Einführung der Peitsche, wieder eingebüßt und war zur zweiten Garnitur zurückversetzt worden. Seine zwei Gäule ließen die Köpfe hängen, das Wagscheit am Kummet klirrte bei jedem Schritt, die langen, bis fast auf den Boden hängenden Schweife baumelten hin und her; es war, als ob den Pferden jeder Schritt sinnlos erschiene. »Ja, die Mena!« jammerte er. »Bist jetzt ganz im Dorf? – Oh, heiliger Eustachius! Schaust es dir wohl von oben an? – Ist ein grindiges Saunest! Und nicht nur das Dorf! Die ganze Welt wird alleweil grindiger. Wenn ich denk, wie ich ein kleiner Bub gewesen bin, was da die Bäum für Äpfel getragen! Und die Hühner, was die für große Eier gelegt haben! Und die Ribisel, was mein Vater gezogen hat, mein Gott, so groß wie die Kirschen! Und die Forellen im Dorfbach, Kerle! Da hat man müssen mit aller Kraft halten, wenn man eine gefangt! Und heut, solche Schwanzerl! Und erst die Menschen, da red ich lieber gar nicht! Alles wird schlechter und schlechter: die Welt geht langsam unter.«

Die Mena lachte. Ja, das Leben war schwer, und schwer, den richtigen Weg zu finden, der zum Glück führte; und von den gewöhnlichen Schwätzern und Halbnarren, wie dieser Weltuntergang einer war, wurde man nicht weiser. Es fehlte jemand, mit dem man alles besprechen konnte; man wurde von den vielen inneren Zweifeln ganz krank.

Die drei heiligen Schneider

Selbigen Tags, an einem Samstag, ging sie auf den Friedhof, das Grab der Eltern zu schmücken. Von da her war ihr stets Klärung und Beruhigung gekommen. Sie liebte den Friedhof. Es war so feierlich still hier; nichts rührte sich, nur barfüßige Kinder trugen Blumen, Weihwasser und geweihte Kerzen zu den Gräbern. An Licht, Wasser und Blumen sollten auch die Toten keinen Mangel haben, sofern etwa ihr Geist in den Mondnächten aus dem Moderbette stieg. Oder sollten diese Gaben andeuten, daß es eine unfaßbare Gnade war, ins Licht des Lebens geboren zu werden, an seinen Quellen den Durst zu löschen und an seinen blumigen Auen das Herz zu weiden?

Es dämmerte schon, und die Mena war eben im Begriff zu gehen, als sie einen Ton hörte, der sie einen Augenblick zurückhielt; etwas sang, aber so fern, als käme es aus einer der Grüfte, wo die Toten schliefen.

Bei einem der Gräber saß eine dunkle Gruppe, die Hände

gefaltet und die Häupter erhoben, die drei heiligen Schneider. Sie wartete hinter einem Obelisken, bis die Brüder fort waren, trat dann näher und las den Text auf der roten Marmortafel:

> Oh, betrübte Mutter Maria! Wir erinnern dich an das Schwert der Schmerzen, das dein mütterliches Herz durchdrang, als Jesus, dein Leben und deine Liebe, in das Grab gelegt wurde und du in traurigster Verlassenheit nach der Stadt zurückkehren mußtest.
> 14. November, fünf Uhr früh.

Sie wußte nicht, wie ihr geschah. Ihre Augen füllten sich mit Tränen. Ihr war, als ob sie niemals richtig um ihre Mutter getrauert hätte.

Ein Ereignis führte sie in der Folge mit den Brüdern rascher zusammen, als sie dachte. Es wurde ein Rekrutenball angesagt, und sogleich überkam das ganze Dorf eine Art Tollheit. Alles rüstete für diese eine Nacht, als ginge es um Leben und Sterben, und auch die Mena blieb von diesem Fieber nicht verschont. War es bisher mit der Samtjacke nicht eilig gewesen, lief sie jetzt sofort hin, um anzutreiben.

Aber die Jacke war noch nicht bis zur Anprobe gediehen, und so wollte sie wieder gehen; jedoch Veit bat sie, ihnen etwas Gesellschaft zu leisten. »Du bist am Samstag auf dem Friedhof gewesen?« fragte er und schien sich und die Brüder wegen ihres absonderlichen Wesens rechtfertigen zu wollen. »Wir hatten ein großes Unglück in unserem Leben: unseren Vater! Er war ein Trunkenbold, schlug die Mutter, und wir waren alle froh, als er eines Tags nicht mehr zur Tür hereinkam. Wir hatten aber auch ein großes Glück: unsere Mutter! Diese unsere Mutter war eine Heilige! Ohne ihre Liebe in der heidenmäßigen Welt weiterzuleben, ist uns anfangs unmöglich erschienen. Wir sind alle drei überzeugt, daß sie nicht gestorben ist, und unser tägliches Nachdenken ist der Frage gewidmet, was damals geschah, als man sie hier, in dieser Stube, vor unseren Augen, in die braungestrichene Kiste legte und den Deckel verschloß. – Lange haben wir uns geängstigt und gequält, bis uns aus einem geistlichen Liederbuch ein Trost gekommen ist, ein wahrer Trost, wohin wir uns nun jedesmal, wie unter ein Schutzdach, flüchten, wenn die Furchtbarkeit des Lebens uns zu überwältigen droht.«

Er blätterte in einem abgegriffenen Buche, das er vor sich liegen hatte, und summte die ersten Zeilen vor sich hin.

»Singt es doch!« bat die Mena.

Sie täten ihr den Gefallen.

»Das Leben kann niemals im Tode verwehn,
Drum hör, was mit deiner Mutter geschehn;
Drum hör, was der Mutter, erdentflohn,
Dort oben geschah in der Sternregion.

Ein Cherub mit bekränztem Stab,
Der führt sie smaragdene Stufen hinab.
Hier wogte in blauen Wellen ein Meer,
Zogen Schwärme schneeweißer Tauben einher.

Hier ließ sie sich nieder, und wie sie's gemacht,
Als gute, als treue, als fleißige Magd;
Hier ließ sie sich nieder, ihr irdisches Kleid
Wusch sie rein in den Wassern der Ewigkeit.

Ein Cherub mit gelocktem Haar,
Der führt' sie zu einem Hochaltar;
Als Mutter der Mütter ward sie gekrönt,
Ihr Antlitz erstrahlte glückselig, versöhnt ...«

Die Mena war gerührt. Draußen in der Dunkelheit wiederholte sie bald die eine, bald die andere Strophe. Erst in dieser Minute weinte sie die eigentlichen Tränen um den Verlust ihrer Mutter.

In diesen Tagen geschah etwas, das die Aufregung der Weiberherzen maßlos verstärkte; die Rekruten kamen von der Assentierungskommission heim. Sie trugen künstliche Blumensträuße auf den Hüten, durchmischt mit grellfarbigen Kugeln und Büscheln aus Goldfäden. Ein Gemisch von Freude und Erregtheit leuchtete aus ihren Augen, und wenn sie Altersgenossen sahen, die das Los nicht getroffen, riefen sie: »Du kommst nicht von der Kittelfalte deiner Mutter weg, du Tuttenhans, du elendiger!« Sie lärmten von Gasthaus zu Gasthaus, als ob sie einen Haupttreffer gemacht hätten, und der Staatsschuldenmann, der regelmäßig dort zu finden, wo es etwas zu schmarotzen gab, war mitten unter ihnen. Da es aber mit seinem Verstand durchaus nicht weit her war, er aber zur allgemeinen Belustigung beitragen wollte, sang er, was ihm gerade einfiel:

»Gehts heim, gehts heim, ihr Lumpenhund!
Ihr freßt des Kaisers Brot umsonst ...«

Sie bezogen die Lumpenhunde auf sich und pufften ihn unter Gelächter und Geschimpfe in den Straßengraben. Aber plötzlich schob sich ein Trupp Bräuknechte, wie ein lebendiger Keil, dazwischen: »Der Mann ist unser Kamerad!« sagten sie trocken. »Der wird nicht angerührt!«

Die Mena ging das freilich nichts an; sie dachte nur an ihre Brüder, aber trotzdem hörte sie jetzt, wenn sie in sich selber hineinhorchte, einen Ton, den sie bisher nicht vernommen. Es war etwas Männliches darin, ein Klang wie Eisen und Erz. Besonders hörte sie diesen Klang, wenn sie um die Zeit vor Sonnenaufgang mit ihrem Ochsengespann auf die Wiese fuhr. Sie trug dabei nichts als einen Waschkittel, mit Flecken besetzt, ein Leibchen und ein Hemd aus grobem Leinen, mit glattanliegenden Ärmeln, die bis zu den braunen Ellenbogen reichten. Sie war barfuß, in Holzpantoffeln; das taunasse Gras schlug ihr um die Füße, und die feuchten Blätter legten sich saugend an die lebenswarme Haut. Sie mähte, wischte mit einem Grasbüschel über die Sense, fuhr mit dem Wetzstein hin und wider; und sah dabei aus versonnener Ruhe heraus die Blumen und Falter, hörte die Bienen und Vögel, ihr Summen, Zirpen und Zwitschern, und beobachtete das Ansteigen der Sonne über den schwarzdunklen Wäldern. Sie hob sich in Stufen, hoch und höher, und zauberte nach und nach die Landschaft hervor, in hundertfältigen Bildern, und der ganze Vorgang erfüllte die Mena mit der Empfindung körperlicher Stärke und Unverwundbarkeit. Ihr war, als müßte sie die Arme ausbreiten und Dorf und Tal, Häuser und Hütten, Menschen und Tiere an ihre Brust drücken. Wie ein ferner Schein flog der Gedanke durch ihren Kopf: sollte dies alles, das Dorf, ihre Dienststelle, ihr Kind, ihre Geschwister, ihr Verehrer, sollte dies alles vielleicht gar nicht so wichtig sein, nicht so wichtig genommen werden? Sollte es nicht gescheiter sein, wenn der Mensch alle Angst und Sorge von sich ab täte? Warum sollte nicht sie sich auch einmal ganz einsetzen, um doch vielleicht das zu bekommen, was eines jeden Weibes Sinn und Ziel war.

Das erste, was sie dazu brauchte, war die Samtjacke; und

da sie hörte, daß die Schneider oft zu versprochener Zeit nicht fertig wurden, nahm sie den schönsten ihrer Nelkenstöcke; es war ihr leid darum, aber Cyrill hatte auch sonst ihr aufrichtiges Mitgefühl erregt.

Gleich bei ihrem Eintritt spürte sie, daß die Brüder sich in einer ungewöhnlichen Stimmung befanden. Sie stellte den Blumentopf mitten in den Schneiderkram, und wie sie nun die Hülle entfernte und ein Dutzend prachtvoller Nelken sich nach allen Seiten hin neigten, riefen die drei wie aus einem Mund: »Aber da schau, die Schönheit!«

Sie sagte lachend: »Cyrill, der Nelkenstock gehört dir. Aber du darfst mich mit meiner Jacke nicht sitzen lassen. Sie muß zum Ball fertig sein!«

Cyrill schob die Blumen mehr in die Tischmitte und sagte: »Keine Sorg! Und recht schönen Dank! – Das feine Stöckl aber soll uns dreien gemeinsam gehören.«

Während der Anprobe fing Veit an, scherzhafte Bemerkungen zu machen, die Fabian und Cyrill mit Lachen begleiteten. Dann luden sie die Mena zu Tisch, holten einen Krug Apfelwein, versüßten davon ein Glas mit Zucker, und sie mußte ihnen Bescheid tun. »Heut sind wir freudig gestimmt«, sagte Veit, »und möchten am liebsten tanzen.« Und auf ihre Frage, was ihnen denn Gutes vom Himmel gefallen, fuhr er fort. »Vom Himmel gefallen: Das ist das richtige Wort. Wir sind gestern beide, der Fabian und ich, von der Assentierungskommission für tauglich befunden worden. Was das für uns, bei unserer Denkungsart, bedeutet, davon kann kein Mensch sich eine Vorstellung machen. Mir nichts, dir nichts, von daheim, vom Muttergrab, weg müssen, in die Fremde, unter dies Volk hinein, vielleicht gar in den Krieg, Menschen abschlachten, die uns nichts getan . . . Wir sind heimgewandert, als ob wir zum Tod verurteilt wären. Und da ist dann das Wunder geschehen!« Er schwieg, als schämte er sich, weiter zu berichten, und wies auf Cyrill. »Da sitzt es, das Wunder!«

Auf dem unschönen Gesicht des Krüppels erschien eine leichte Röte. »Na«, sagte er, »ein Wunder war's gerade nicht. Wie könnt ich denn das Erbteil der Mutter besser anwenden, als daß ich die Brüder loskauf? – Mir bleibt ja noch genug! Ich kann ja das, was ich verdien, nicht verbrauchen. Muß überhaupt sagen, daß ich von meinem schlechten Körper mehr Nutzen als Schaden gehabt hab. Die jungen Handwerker um mich haben wenig gelernt, weil sie ihren Kopf immer woanders hatten; und das Geld, das sie verdienten, haben sie mit den Weibern und in den Wirtshäusern wieder angebracht. Ich kann daher leicht meinen Brüdern etwas Gutes tun.«

Der Mena fiel unwillkürlich das Bild in der Schulbibel ein, wo Josef von seinen Brüdern in eine Zisterne geworfen und in die Sklaverei verkauft wird, was sie nie ohne Grauen hatte betrachten können. Freilich, den Abscheu der Brüder vor dem Soldatenleben begriff sie nicht; denn sie war in Traditionen aufgewachsen, wo ruhige Arbeitsfreude, bäuerliche Solidität und mäßige Frömmigkeit stets mit einem starken Einschlag ins Romantisch-Heldenhafte und Abenteuerliche verbunden gewesen waren.

Sie sah an diesem Abend lang in die Nacht hinaus. Aus den Gasthäusern kam das Singen der Rekruten. Eine Trunkenheit lag in der Luft, als ob die Erde, die Bäume und die Sterne berauscht wären. Sie fühlte, es ist überaus schön, dazusein und die unbegreiflichen Dinge, die geschehen, mitzuerleben.

Sie war unter diesen Gefühlen kaum eingeschlafen, als es klopfte. Natürlich nicht an ihrer Tür, denn zu einer Dorfmagd kamen keine so höflichen Besucher, sondern es war jenes Klopfen, das eine gar vielfältige Resonanz hat, nämlich ob am Glas oder am Rahmen, ob zaghaft, ob stark, ob mit dem Fingernagel oder mit dem Knöchel geklopft wurde, und manches alte Weiblein wurde durch ein solches Klopfen für einen Augenblick aus seinem Halbschlummer gerissen und in seine Jugendzeit zurückversetzt, bis es begriff, daß nur ein fallender Wassertropfen oder eine Maus auf Nahrungssuche diese Illusion hervorgebracht hatten.

Aber dieses Klopfen galt noch der Jugend. Die Hatz begann wieder, und die Mena wollte sich gern hetzen lassen, aber es fragte sich nur, von wem? – Sie schob den Vorhang zurück und erschrak: es war der Schneider Veit. Sie öffnete das Guckfenster, den himmlischen Schalter, wie Lambert ihr Kammerfenster nannte, von wo aus sie, wie es ihr paßte, Erhörung oder Abweisung spenden konnte. Sie sprachen eine Weile solche Dinge, wie junge, ledige Leute sie eben sprechen, wenn sie zusammenkommen; lachten über Ereignisse im Dorfe, und Veit ging dann auf sein Ziel über. Er käme langsam in die Jahre und könnte nicht ewig allein bleiben. Ihn kümmerte es nicht, was die bösen Zungen über eine Frauensperson tratschten; jeder Mensch hätte seine Fehler und Schwächen, und schon lang hätte er seinen Blick auf sie gerichtet.

Die Mena antwortete ernsthaft. »Veit, du darfst es mir glauben; wenn ich nicht gesehen, daß du es bist, hätt ich mich gar nicht gemeldet. Ich halte dich für einen der anständigsten Menschen im ganzen Dorf. Aber ich hab mich verschworen, kein Verhältnis mehr einzugehen. Wenigstens jetzt nicht.«

Der Schneider Veit hörte nur das Nein, aber auch das: Wenigstens jetzt nicht! Und er freute sich, daß sie nicht so eine war, die jedem das Fenster öffnete.

Die Mena war wieder allein; sie suchte sich zu erinnern, wodurch sie dem Veit Anlaß gegeben, statt in der Bibel zu lesen und geistliche Lieder zu singen, zu ihrem Kammerfenster heraufzusteigen. Sie fand keine Schuld an sich und schlief wieder ein.

Aber sie wurde wiederum wachgeklopft. Es war Fabian. Der neue Gaßlbub deutete ihr sonderbares Lächeln zu seinen Gunsten, wie der Mensch alles zu seinen Gunsten oder Ungunsten deutet, Sternenlauf, Hahnenschrei und Rabengekrächz. Er sagte sich: es klappt! Er sah im Mondlicht das kastanienbraune Haar und den Ansatz der starken Arme, und etwas in ihm fing an zu zittern. Wie er seine Erregung zum Guckfenster hineinflüsterte: »Me – Me – Me – Mena«, und dann seine Rede, einmal im Fluß, holterdipolter über Stock und Stein ging, dachte sie: Wenn's der Stumpfbräu selber wär, ich könnt ihn nicht halsen! – Außerdem hatte er getrunken, vielleicht um sich Mut zu machen, und dieser Geruch machte sie kälter als einen Eiszapfen. Sie hatte niemals begreifen können, warum die Männer Nächte im Wirtshaus verbrachten und sich so betranken, daß sie sich nicht mehr auf den Füßen halten konnten. Ist dies derselbige Mensch, der mit den Brüdern, als sie an ihrer Weide vorbeigezogen, jenes Lied gesungen hat? – Sie ließ eine etwas heiligmäßige Rede los und war todfroh, als der Nachtwächter Fabian zwang, eiligst abzurücken.

Wenn sie aber nun glaubte, Ruhe zu finden, so täuschte sie sich. Es mochte eine halbe bis eine ganze Stunde vergangen sein, als sich am Fenster ein Kratzen vernehmen ließ, das keinen richtigen Gaßlbuben, sondern einen Menschen anzeigte, der in nachtschlafender Zeit, vor jeder Überraschung sicher, eine Zwiesprach halten wollte. Es war der Staatsschuldenmann. »Ich komm als Bote«, sagte er. »Mich schickt einer, der selber nicht kommen kann. Er will dein Glück machen, Mena.«

Sie kicherte: »Wieviel Geld hat er denn?«

»Zweitausend Gulden«, antwortete der Bote. »Und überdies verdient er, ganz aus der Weise! Keinen zweiten gibt's in der Gemeinde, der soviel Geld hat und soviel arbeiten kann.«

»Und wer ist dieser Zweitausend-Gulden-Mann?«

»Der Schneider Cyrill.«

Die Mena kam aus der Fassung. Eine unbändige Lachlust überfiel sie, die sie gewaltsam zurückdrängte. Die Antwort, die sie gab, war zweideutig und unbestimmt. Der Antrag eines so braven Menschen, wie des Cyrill, könnte für sie eine Ehre sein; aber sie hätte nach ihrem Unglück ein Gelübde getan, allein zu bleiben. Was in der Zukunft läge, das wüßte sie freilich noch nicht.

Dieser Nacht folgte ein blauer Sonntag. Cyrill hatte die Frühmesse besucht und war nun allein zu Hause; in einer feiertägigen Stimmung, die während des Hochamtes das ganze Dorf zu beherrschen pflegt. Er grübelte über die Botschaft, die ihm hinterbracht worden war, und dachte: die Mena spreizt sich etwas, begreiflich! Aber es kann nicht ihr Ernst sein, daß sie eine solche Partie ausschlägt. Außer meinen Füßen bin ich ja stark und gesund; und wenn einmal ein paar frische Kinder herumspringen, wird sie nicht mehr dran denken. Und wer sieht's denn, wo ich doch den ganzen Tag hinter meiner Arbeit sitz? Und dann: wir werden nicht zu Fuß gehen, wir werden fahren! Roß und Wagen werden angeschafft ... Diese Phantasie berauschte ihn. Er sah seine Buben mit geraden Gliedern auf dem Hausanger spielen, hörte sie jauchzen und erlebte so ein Leben, reich an Freuden, die ihm selber versagt geblieben waren.

Um dieselbe Zeit saßen die Brüder auf der Empore. Nachher gingen sie die Kirchenstiege herab. Hier wurden sie durch eine Ansammlung vor einem »Buchstabie« aufgehalten, das sie bei genauerem Hinschauen blaß werden ließ. Es lautete:

> Es sprach zu seinen Brüdern Veit,
> Der Schneider, voller Heiligkeit:
> Oh, laßt uns singen und beten, die Frommen
> Werden einst stracks in den Himmel kommen.
>
> Doch nächtlich steigt er schnurgerad
> Den allerbösesten Sündenpfad:
> Der Schelm will lieber selig werden
> In Menas Bett schon hier auf Erden.

Die Brüder maßen sich mit einem stummen Blick. Jetzt wußten sie alles. Veit riß den Zettel herab, und Fabian ging wortlos davon. Deshalb hatte also der feine Bruder in der letzten Zeit die Bibelstunde immer so schnell abgebrochen und sich so frühzeitig zu Bett begeben! Und aus diesem Grunde war er, Fabian, abgewiesen worden ... Wie die beiden Brüder das Haus betraten, sahen sie, daß dieses verfluchte »Buchstabie« auch Cyrill schon erreicht: es lag vor ihm auf dem Tisch. Entgegen aller Gewohnheit sprachen die Brüder beim Mittagessen kein Wort. Da der Nelkenstock den Schüsseln im Weg stand, wollte Veit ihn auf die Fensterbank hinüberheben, kam aber schön an. »Stehenlassen!« sagte Cyrill energisch.

Am folgenden Tag ließ Cyrill sich von Fabian in eine Stör fahren. Er saß wie immer in seinem Wägelchen, und sie zogen einen Wiesenweg hin, dicht gesäumt mit Dotterblumen. Dem Fabian schien dies eine günstige Gelegenheit, dem Bruder klarzumachen, was geschähe, wenn er den Veit wirklich vom Militär loskaufte. »Tyr – Tyr – Tyr – Tyrannisieren tut er uns jetzt schon, als ob er unser Vater wär. Und der harte Mi – Mi – Mi – Militärdienst hat schon manchen wieder auf den rechten Weg gebracht. Jetzt begreif ich auch, warum in der letzten Zeit die gemeinsame Ka – Ka – Ka – Kasse nicht gestimmt hat. Woher hätt denn dieses Frauenzimmer die Halstücher und Silberketten?«

Dazu kam die Schande, dem öffentlichen Spott preisgegeben zu sein, und Cyrill geriet darüber in eine solche Aufregung, daß er in ein krampfhaftes Schluchzen ausbrach.

Der Rekrutenball

Man könnte annehmen, daß die Mena über diese etwas verwickelten Liebesgeschichten betrübt gewesen wäre, aber weit danebengeschossen. Freilich, wenn man eine Andeutung machte, tat sie erstaunt, sogar entrüstet, als ob sie von all diesen Dingen nicht das geringste wüßte; heimlich machte es ihr Spaß, wenn sie feststellen konnte, daß an jedem der zehn Finger mehr oder weniger fest ein Karpfen hing; und jeder dieser zehn Karpfen selig gewesen wär, beißen zu dürfen; noch seliger, statt dem Finger die ganze Hand, und überselig, die ganze Mena zu bekommen. Daran gab es keinen Zweifel. Auch der seit Jahrhunderten im Ellenhuberischen Blut angesammelte Humor kam jetzt heraus; sie lachte gern und viel über die Verwirrung, die ihre kleine Person in den Herzen der verschiedenen großen Mannsbilder angerichtet hatte. Man sagt zuweilen den Frauenzimmern böse Dinge nach, wie Untreue, Falschheit, Flatterhaftigkeit, aber dies zeigt von einem geringen Verständnis für das weibliche Wesen, dem alles, außer der Mutterschaft, Spiel, Tanz und Wolkenritt ist, und sein muß, ein unschuldig Ding, um über die Langweile des Alltags und die beklemmende Sinnlosigkeit allen Daseins heil hinwegzukommen.

Wenn die Mena ihre neue Samtjacke vor dem Spiegel probierte, prickelte jede Ader in ihr. Die Welle erwartungsvoller Lust war aber nicht nur in sie, sondern in das ganze Dorf und in die ganze Bauernschaft gefahren. Sie alle waren zu vollblütig geworden und mußten zusehen, wie sie ihre überschüssigen Kräfte auf irgendeine Weise abgeben konnten. Jedermann im Dorfe fühlte, daß die Dinge auf einem Punkt angelangt waren, wo sie entschieden werden mußten, und man erwartete diese Entscheidung vom Rekrutenball. Welch herrliche Gelegenheiten bot diese Nacht! Für Töchter und Mägde, für die Hofsöhne, für die Knechte, für die Bräugesellen, für die Dorfburschen, besonders in puncto der zahlreichen, in Schwebe befindlichen Ehrenhändel. Sie waren nämlich, unbeschadet ihrer sonstigen aufrichtigen Friedfertigkeit, starrköpfig davon überzeugt, daß eine angetane Schmach durch Blut, nicht aber durch Gerichtskomödien und Altweiberphrasen bereinigt werden müsse. Es kam vor, daß sie eine Beleidigung ein halbes, ja ein ganzes Jahrzehnt im gemeinsamen Buckelsack der Lebensunbilden mit sich herumtrugen, bis die Stunde der Vergeltung gekommen war. Daher blitzte jetzt auch etwas Stählernes in ihren Augen, wenn sie vieldeutig vom kommenden »Tanz« sprachen. Man munkelte auch von unheimlichen Vorbereitungen, von Zäunen, aus deren Latten die Nägel gezogen, von bestimmten Tischen in Wirtshäusern, wo man die Keile an Bänken und Stuhlbeinen gelockert, und von einem Bauernschmied, der täglich nach Feierabend Schlagringe bosselte. Hierzu kam die Jahreszeit; es war Herbst, die Scheunen bummvoll, und Bauer und Bäuerin, Knechte und Mägde, zwanzig glutheiße Wochen hinter sich, gingen mit einem vergnügten Brummen durchs Haus, unleugbar von einem Geist des Übermuts angesteckt.

Es sah also ziemlich mißlich aus, wenn das angesammelte

Pulver explodieren sollte, um so mehr, als das Dorf seit Menschengedenken ohne Obrigkeit war. Die nächste, sichtbare Staatsgewalt lag anderthalb Stunden entfernt, und nur einmal in der Woche keuchte auf der heißen Landstraße ein »Lattenträger« herauf; sein stahlblauer Federbusch wehte im Winde und seine Waffen blitzten in der Sonne. Sooft man aber einen ständigen Posten hierhersetzen wollte, überwand der Haginghofer, der sonst von Tag zu Tag gemächlicher wurde, rasch dieses drohende Problem, er ging von Haus zu Haus und riet den Leuten ab, den Gendarmen eine Wohnung zu geben. Da hätte es ja eine sichtbare Obrigkeit über ihn gegeben! – Und schließlich hatte er recht; wozu bedurfte man ihrer? – Der Großteil der Zwistigkeiten wurde Faust gegen Faust ausgetragen; manche Verbrechen kamen, der Eigenart der Bewohner zufolge, überhaupt nicht vor, und manche wieder waren nahezu unmöglich, durch die allgemeine Ächtung, die den Übeltäter traf. Ein Trunkenbold? – Er mochte seine Worte und seine Schritte richten, wohin er wollte, man schenkte ihm keinerlei Vertrauen. Ein Betrüger? – Er mußte fortan abgestempelt durch seine Tage laufen. Ein Dieb? – Man hängte diesen schönen Titel sogleich fest an seinen Namen und er konnte ihn zeitlebens nicht mehr wegbringen. Gewiß, der Priester konnte sie lossprechen, und tat es auch; Gott selber ihnen verzeihen, und tat es wahrscheinlich wiederum; aber die Bauerngemeinde handelte nach langerprobten Grundsätzen, die sie vor Ungemach und Schaden bewahrten. Früher war es so gewesen, daß die Gendarmen zu Hochzeiten und dergleichen sich gezeigt, aber gerade da setzte es jedesmal Raufereien im großen Stil; und so hatte man eine Verbindung getroffen, daß die Gemeinde selber die Verantwortung für etwaige Ruhestörungen übernahm.

Schon ein paar Tage vor dem Ball ging das Leben einen

lauteren Gang, als man es gewohnt war. Hinter allen Fenstern, in allen Höfen und Hütten schwelte es, gab es vieles, was noch in Ordnung zu bringen, abzumachen, zu verstekken war. Trupps von Bauernburschen zogen durchs Dorf, sangen, und wenn sie ein Lied zu Ende gesungen, jauchzten sie, daß der Widerhall durch die winkeligen Gassen scholl. Fraglos glaubten sie, man hätte auf sie gewartet und mit ihnen würde das Leben eigentlich erst beginnen; jedenfalls wollten sie zeigen, was sie mit ihren frischen Muskeln und anderen frischen Kräften etwa vollbringen könnten, und ob es nicht möglich wäre, der Welt ein Loch zu schlagen. Wo immer ein umworbenes oder berüchtigtes Fenster war, sangen und juhuten sie. Aber auf ihr Singen und Jauchzen setzten Kontrastimmen ein. Von der Höhe, wo eine Reihe Pappelbäume sich im Winde wiegte, marschierten die Bräuer, in ihren schweren Stiefeln und großen Schildmützen, und fragten die alten Leute, die auf den Hausbänken saßen: »Habt ihr nicht eben einen Haufen Feldmäuse quieken hören?« Und es war nicht zu leugnen, diese bärenstarken Kerle hatten bärenmäßige Stimmen; sie schollen so mächtig, daß es schien, als ob eine Herde Mondstiere aus der gelben Riesenscheibe am Nachthimmel ins Dorf herniedergestiegen wäre und tappend und plärrend nach ihrer Beute, den Menschentöchtern, suchte. Dieser Wechselgesang drang in Stube und Stall, Küche und Kammer, und alles, was Weib hieß, verlor die Besinnung. Und sie hatten auch Grund, über diese dröhnende Mannswelt die Besinnung zu verlieren; es waren wirkliche Männer, die nicht nur den Pflug führen, Bäume fällen, Getreide schneiden und den wildgewordenen Stier zu Boden drücken, sondern auch starke Kinder zeugen, Haus und Hof beschützen, dem Tod trotzen und auf dem Schlachtfeld ohne Klage sterben konnten.

Am Balltag war die Mena schwankend, wer sie auf den Tanzboden führen sollte; der Bräuknecht, der täglich um Tabak kam, Veit oder Fabian, Lambert oder endlich der Schieringhies, dem sie auch gern einmal eine Freude gemacht hätte. Schließlich blieb sie bei dem letzteren.

Wie er kam, war sie gerade beim Schönmachen und sagte: »Also, Hies, der Tanz geht los!« Sie lachte ein Lachen, das Schiering an das Gurren von Tauben erinnerte. Er sah ihr zu, wie sie ihr Haar brannte, das Kopftuch band; sah nachdenklich auf ihr Bett mit der rotgeblümelten Decke, bewunderte ihren schönen Kasten mit der Reihe rotwangiger Äpfel darauf, die den Raum mit Duft erfüllten.

Auf der Straße wurden beide mehrmals angehalten. Zuerst stellten sich ihnen die Bräuknechte in den Weg. Sie musterten die Mena frech, und einer sagte: »Das ist also die!« Aus einem Gastgarten trat der Schneider Veit, eine Virginier im Mundwinkel. »Hoh, hoh!« rief er. »Mena, was hast du dir für einen feschen Tänzer ausgesucht?«

Beim Bräu war alles voll Leben. Im Erdgeschoß liefen die Metzger mit großen Maltern voll Würste; Kellner und Kellnerinnen trugen ganze Batterien von Maßkrügen und Gläsern; es war ein Rufen, Grüßen und Lachen treppauf, treppab. In die Tanzböden, ineinandergehenden Sälen, wiederum mit kleineren Nebenstuben, drängten über eine schmale Holztreppe hinan Haufen von jungen Leuten, ungestüm wie das Jungvieh. Sie hatten große Handmesser an der Seite stekken, mit bräunlich-gelben, breiten Griffen, wo auf der einen Seite der Familienname, in den hier jedermann ein wenig verliebt war, auf der andern ein ländliches Bild, ein pflügender Bauer und die untergehende Sonne, eingeschnitten waren.

Die Mena tanzte mit Lambert; er war wie ein verliebter Tauber. Dann holte sie der Schneider Veit; er rückte wie ein Sturmbock gegen sie an. »Ich hab geglaubt«, sagte sie verwundert, »Ihr würdet überhaupt zu keinem Tanz gehen?« – »Warum denn nicht?« fragte er dagegen, und seine Augen funkelten. »Weltliche Freuden sind uns durchaus nicht verboten, im Gegenteil! Ich bin sogar ein leidenschaftlicher Tänzer. Durch eine solche Lustbarkeit entladet der Mensch die gespannte Natur, befreit sozusagen die Seele von ihren Fesseln, damit sie sich dem wahren Leben doppelt hingeben kann.«

Die Mena wurde bei diesem Gerede etwas blaß; sie schämte sich bei dem Gedanken, daß vielleicht andere Tänzer zuhorchten. Sie empfand den Schneider, beim Drehen Leib an Leib, als unheimlich, ja abstoßend. Es gab Dinge, vor denen ihr innerstes Wesen bis ans Ende der Welt lief; ein solches war für sie beispielsweise die Lokomotive gewesen, die den Kaiser gebracht; und zu einem solchen grausigen Ding wurde ihr dieser Schneider mit seiner biblischen Redeweise und seinem stieren, entweltlichenden Blick, der beim hellen Tag Gespenster sah.

Sein Bruder Fabian, der ihn ablöste, gefiel ihr nicht viel besser. Er hatte sich wiederum Mut angetrunken und sagte: »Die Teu – Teu – Teufeln, die gescherten, die Bauern, trampeln wie die Büffelochsen über den Tanzboden.« Wie er anfing zu stottern, wurde ihr körperlich übel, und sie war todfroh, als sie ihn losbrachte.

In einer Tanzpause kamen Urlauber aus Venetien, Grenadiere vom Infanterieregiment Nummer neunundfünfzig, die »Rainer«, und sie erregten Jubel. Man lief an die Türen, um die prächtigen Soldaten zu sehen, und suchte, in ihre Nähe zu kommen. Besonders die Bauernburschen gebärdeten sich wie närrisch, und dies war im Grund verständlich; von diesen gertenschlanken Gestalten, von diesen Gesichtern, worauf deutlich Lebensfreude und Wagnismut geschrieben standen, von ihrer ganzen Erscheinung, jedem Wort und jeder Bewegung ging ein Zauber ohnegleichen aus. Die Älteren und Alten nötigten sie an ihre Tische; es fielen Namen, die ihnen geheiligte Erinnerungen erweckten: Legnago, Mantua, Mailand, Mezzolombardo, als ob es sich um Nachbardörfer handelte, und ihre gefurchten Gesichter erglühten. Die Grenadiere machten sich wichtig und sagten: »Es wird bald vom Leder gehen! Die Welschen werden alle Tage übermütiger.«

Die Fiedel hub zu singen an, der Brummbaß und die Trompeten schmetterten; sie vergaßen die ganze Lombardei, schwangen ihre Tänzerinnen hoch in die Luft und stießen durchdringende Juchzer aus. Und ein besonders Hübscher hatte sich die Mena ausgesucht und wollte sie nicht mehr loslassen. Sie flog mit ihm gern in der Runde. Ihre Augen funkelten und ihr ganzes Wesen war Lust und Genuß. Sie hätte am liebsten die ganze Nacht mit diesem Tänzer getanzt. Sein Gesicht war von der italienischen Sonne gebräunt, den kleinen, sinnlichen Mund beschattete ein seidenweiches Schnurrbärtchen, und wenn er auf sie herablachte, zeigte er eine Reihe elfenbeinerner Zähne. Der Tanzboden selber, die Wände und die Decke schienen mitzutanzen, und mit ihm das Orchester samt den Musikanten. Um diese Zeit entstand um die Mena als Tänzerin ein richtiges Geraufe in des Wortes vollster Bedeutung. Und wenn zwei oder drei gleichzeitig sie zum Tanz aufforderten, ziemlich derb zugreifend, auch gleich trotzig und wild, so bebten ihre Nüstern und sie senkte den Kopf, um ihren heimlichen Triumph zu verbergen.

Die Soldaten nahmen sie vielleicht, weil sie wußten, daß ihr eigentlicher Liebhaber abwesend war; die Bräuknechte, weil sie ihren Kameraden bei der Werbung unterstützen wollten und auch, um überhaupt den Bauern einen Trutz anzutun; Veit und Fabian hatten ihre Hoffnungen noch nicht aufgegeben; und die Bauernburschen waren einfach darum so hitzig, weil gerade jene ihnen eine der ihrigen wegschnappen wollten. Sie sagten: »Kreuzteufel noch einmal! Die Mena gehört doch uns! Wir haben doch selber zu wenig in der Pfarr!« Auch ging unleugbar eine besondere Anziehungskraft von ihr aus.

Trotzdem wäre wohl alles in der schönsten Ordnung verlaufen, wenn nicht die Bräuknechte und Schneider auf der einen, und die Bauernburschen auf der andern Seite übermäßig gedrängt hätten. Bei einem Wechsel fielen die ersten Schimpfworte. Freilich, einige Beobachter hatten schon im Anfang festgestellt, daß außer diesem Drehen, Jauchzen und Musizieren noch etwas anderes in der Luft lag, das jeden Augenblick explodieren konnte. Und dieser Augenblick war gekommen. Diese Mannsrasse da, ob jung, ob alt, hatte eine eigentümlich gezimmerte Seele; sie war noch nicht so glattpoliert und nach einem Schema hergestellt, sondern jede war ein Charakter, im Guten wie im Schlimmen. Man liebte und haßte noch, und auch dann, wenn diese Gefühle einem die Verdauung störten; denn im Lieben und im Hassen möglichst der Natur zu folgen und bis ans Ende zu gehen, war ihnen auch hier das ungeschriebene elfte Gebot Gottes.

Die Feindschaften im Dorf waren alt. Die Bauernburschen sahen in den Dörflern eine mindere Art Mensch; die Dörfler erwiderten diese Verachtung mit Haß und nannten sie Bauernknüttel. Zwischen diesen beiden Gruppen, bald hier als Freund, bald dort als Feind und umgekehrt, standen die Brauknechte. Diese, als weitgereiste, weltkundige Menschen mit großem Lohn, große Fleischesser, große Trinker und noch größere Menscherjäger, verachteten insgeheim Dorf- und Bauernbuben gleichzeitig; und diese Verachtung wurde ihnen natürlich entsprechend vergolten. Der Gegensatz zwischen Dörfler und Bauern war auch nicht klein, aber im Hinblick auf den gemeinsamen Feind schlossen sie öfter ein Bündnis. Wurden jedoch die Bauern übermütig, kam es zu Beleidigungen, dann umschmeichelten die Dörfler die Bräuknechte.

So war's auch diesmal. Bräuer und Dorfgesellen suchten immer wieder die Mena aus den Armen eines Weißrocks zu nehmen, der sie fein manierlich in der Runde führte, aber die Bauern drängten sich regelmäßig dazwischen. Spottworte flogen bald gegen die Bräuer, bald gegen die Dörfler; wenn die einen einen Landler wollten, verlangten jene eine Polka; man konnte meinen, es wäre eine Schar großgewachsener Kinder, die sich zur Belustigung stritten; aber wer schärfer zusah, dem wurde bewußt, daß sich etwas Besonderes vorbereitete.

Der Schieringhies redete mit der Mena wegen des nächsten Tanzes, als ein Bräuknecht ihn derart beiseite schob, als ob er kein Mensch, sondern ein Faß wäre. Ein Bauernbursch nahm Partei und erhielt als Antwort einen Schlag ins Gesicht. Die Kameraden waren unschlüssig; aber sitzenlassen konnten sie das auf keinen Fall. Sie warteten also, bis einige Bräuer an ihrem Tisch vorbeigingen. In diesem Augenblick sauste ein Maßkrug durch die Luft, riß einem den Hut vom Kopf und zerschellte an der Wand.

Jetzt setzte der Tanz aus. Vergeblich suchte die Musik weiterzuspielen. Die Bräuer verlangten den Krugwerfer näher kennenzulernen; die Bauernburschen antworteten mit Schimpfreden. In der nächsten Minute ging es los. Die klobigen Bräuknechte schienen aber gegen die Hiebe mit den Fäusten und Maßkrügen, Schlagringen und Hobeleisen gefeit zu sein; ihre Brustkasten und ihre gestiefelten Beine schienen nicht Menschen, sondern Maschinen anzugehören. Ihre Greiferhände holten die Bürschchen hinter den Tischen hervor und warfen sie unter fürchterlichem Gepolter die Stiege hinab. Dann standen sie mit gespreizten Beinen, die Hände in den Hosentaschen, und brachen in ein Hohngelächter aus.

Kaum war der Tumult vorüber, als der Bräu mit kleinen Schritten durch den Saal lief. Er pfiff durch die Lippen. Ein böses Zeichen bei ihm, grüßte, dankte, gab hie und da den Kellnerinnen einen Wink und schritt dann auf den Tisch zu, wo die Grenadiere saßen. Diese grüßten stramm militärisch. Er drückte sie freundlich gastgeberisch auf ihre Sessel und sprudelte: »Auch hier? Aus Venetien? Wo denn stationiert? Ja, ja! Und diese Feschigkeit!« Und ohne ihre Antwort abzuwarten, wandte er sich an die Mena: »Grüß Gott, schönes Dirndl!« Und zum Orchester: »Einen Landler, wenn ich bitten darf!«

Die Musikanten kletterten aufs Podium und spielten eine Tanzmusik, die fast so fromm wie ein Kirchenlied klang. Der Bräu tanzte elegant; kam aber ziemlich außer Atem und führte pustend und lachend seine Tänzerin an ihren Platz. Dann schoß er auf den Tisch der Bräuknechte zu. »Ihr Dummköpfe!« zischte er. »Ihr Falotten! Was, ihr werft die Bauern hinaus? – Ja, zum Teufel, wer soll denn das Bier saufen, das ich im Keller liegen hab? – Ihr Trottel, ihr!«

Der Ball ging wiederum seinen Gang. Die Bauern kamen, unbemerkt im Trubel, die Stiege herauf, viele mit frischen Schrammen und Beulen, und saßen gedrückt an ihren Tischen. Selbst die gesetzten Väter empfanden die Geschichte als eine Schande und machten, halb im Ernst, halb im Scherz, den Grenadieren Vorwürfe, wie sie das hätten ruhig mit ansehen können, wo sie doch alle selber Bauernsöhne wären. Aber diese schüttelten die Köpfe; sie hätten schon zuviel Disziplin und Ambition im Leib und überdies Mütter, Schwestern und Basen so knapp an ihrer Seite, daß sie gar nicht imstand gewesen wären, einzugreifen. Der Rat, insgesamt den Tanzboden zu verlassen, um so die Veranstaltung lahmzulegen, wurde abgelehnt.

Plötzlich geschah eine Wendung. Beim Stiegenaufgang erschien ein jägerisch gekleideter Mensch und schleifte ganz allein eine Runde über den leeren Tanzboden. »Der Schindertoni!« Bei den Bauern entstand ein Aufruhr. Sie liefen herbei, umringten ihn, so daß er nicht mehr aus und ein konnte, und streckten ihm von allen Seiten den Willkommtrank entgegen. Ausgehungert, wollte er vor allem etwas Tüchtiges zum Einhauen haben. Es war ungemein schwer, den Vorfall zu erzählen, ohne zugleich die Schmach zu enthüllen; aber der Toni begriff sofort. Er lachte wild und froh, und dies Lachen erfüllte alle mit neuem Mut. Sie fingen an, mit den Zinndeckeln zu scheppern, mit den Geldbeuteln auf die Tische zu schlagen und anzügliche Schnaderhüpfl zu singen.

Ein Brauer, der vorüberging, fragte: »Jetzt weiß ich nicht, man erzählt, du sitzest in der Fronfeste?«

»So? – Hat man das erzählt?« Der Toni dehnte die Worte lang und war noch nicht damit zu Ende, als er den Frager blitzschnell umfaßte und die Treppe hinabwarf. Man hatte nicht so schnell schauen können, und es würde nicht einmal viel bemerkt worden sein, wären die Bauernbuben nicht in ein Jubelgeschrei ausgebrochen.

Die Musikanten tummelten sich; die Paare traten an und der Toni holte die Mena zum Tanz. Das gab ein Wiedersehen! Die drei Saalöffnungen waren mit Köpfen dicht bespickt und die Stiegenaufgänge vollgedrängt. Diesen Menschen umgab eine Art Zauberei. Es war kein Mann hier, der ihm gleichkam; und er nahm fast eine Ausnahmestellung ein wie der Bräu, der Pfarrer und der Haginghofer;

auch an Ansehen fehlte es ihm durchaus nicht, wenn's auch bei ihm einen anderen Charakter hatte als bei jenen honorigen Leuten. Und wie er tanzte! Die Mena, zunderrot im Gesicht, flog nur so an seiner Seite.

Wie die Musik und der Tanz aussetzten, trat einer aus dem dichten Ring der Zuschauer und sagte mit lauter Stimme: »Die zwei passen zusamm, ein Gauner und eine Hur!«

Der Toni ließ seine Tänzerin los und ging auf den Rufer zu; hinter ihm standen die Bräuknechte und die Dorfgesellen. »Wer ist eine Hur?« fragte er.

»Die Mena!« grölte die Stimme wieder.

Der Toni versetzte dem Schimpfer einen Faustschlag, daß er vornüberfiel wie ein Kornsack. Im nächsten Augenblick wirbelte ein Knäuel von Menschenleibern durcheinander; man hörte wilde Schreie, sah geschwungene Maßkrüge und Sesselbeine und endlich blanke Messer im Licht der Kerzen. Die Bauern arbeiteten unter Tonis Führung wie eine Schar Drescher; die Hobeleisen verursachten stark blutende Wunden, ohne lebenswichtige Teile zu lädieren, die Schlagringe warfen die Gegner über den Haufen, und die zackigen Handhaben der zerbrochenen Krüge zeichneten tiefe, aber ungefährliche Runen ins Gesicht.

Der Lärm dieser Saalschlacht drang durch alle Räume, bis hinab in die Gaststube, wo um den Ofentisch die Männer saßen. Das Tanzgetöse war in ihren Augen bereits etwas Ähnliches wie ein Narrenspiel; aber trotzdem horchten sie jedesmal auf, wenn die Musik einsetzte, es war ja ihre eigene Jugend und ihr eigenes Glück, das oben tanzte und jauchzte. Aber sie ließen sich nichts anmerken und disputierten laut über Geschäft und Politik. Sie sprachen es nicht aus, aber es war in ihren ernsten Gesichtern zu lesen: Wir sind der Grundstein der Welt, die Drehachse, womit man sie wieder ins Gleichgewicht bringen kann, falls sie eines Tags aus den

Angeln fallen sollte. Die Tür wurde aufgerissen, und eine Kellnerin schrie: »Jesus, Maria! Sie bringen sich alle um.«

Die Männer sahen auf. Ein Lächeln zeigte sich auf ihren Gesichtern. »Ein kleiner Aderlaß«, sagte der Haginghofer, »kann nicht schaden.« Er hob ein Gespräch über die Weizenernte an.

Aber zum zweitenmal flog die Tür auf und blutüberströmt taumelte ein Mensch herein. Ihm folgte die Bräuin. »Männer«, jammerte sie und rang die Hände, »sie schlagen mir die ganzen Krüg und Gläser zusammen!«

»Wenn sie die Köpf voll haben«, brummte der Alt-Ellenhuber, »werden sie schon aufhören.«

Nun erschien der Bräu selber und schrie mit seiner dünnen Stimme: »Die Herrgottssakramenter demolieren mir das ganze Haus. Auch tragen sie schon den dritten die Stiege herab. Bringt doch die Teufelsbuben zur Räson!«

Der Haginghofer erhob sich; die andern folgten ihm. Sie gingen über das Vorhaus, wo bereits das Tosen und Schreien mit größter Macht herabdrang; sie traten in die Küche, wo die Bräuin die erschrockenen Mägde von neuem zu den Pfannen mit den Bratwürsten und zu den Kupferkesseln mit den Speckwürsten kommandierte; legten hier ihre Hüte auf den langen Mitteltisch, darunter ihre Stechmesser und stiegen barhaupt die Treppe hinauf. Über die ausgetretenen, steinernen Stufen rannen glucksend daumenbreite Blutbächlein.

Wie die Weißköpfe im Eingang des Tanzsaales erschienen, stießen die Weiber gellende Rufe aus und schlugen die Hände vors Gesicht. Es konnte nicht anders kommen: diese alten Krauterer, ohne Saft und Kraft, würden von der betrunkenen Horde niedergeschlagen und zu Brei getreten werden. Der Alt-Ellenhuber, als der Leidenschaftlichere, bohrte sich als erster in den Wirbel und schrie: »Du Büffel!

Du Saubub! Wirst du jetzt gleich deinen Schlagring einstekken!« Er schob und puffte, und neben ihm puffte und bohrte der Vorstand und einige andere. »Wirst du gleich das Stuhlbein hergeben!« riefen sie. »Genug ist gerauft! Ruh muß sein! Auseinander! Auseinander! Auseinander!« Die Schneeköpfe drangen bis in die Saalmitte vor und brachten die Bauernburschen halbwegs zur Vernunft; die Bräuknechte hatten es nicht mehr nötig, zur Vernunft gebracht zu werden; sie saßen blutend und zerschlagen in den Hinterstuben und Küchen, wo sie von den Weiberleuten unter Gejammer gewaschen und verbunden wurden.

Der Bräu trippelte durch den Saal. Man sagte ihm nach, daß er kein Blut sehen konnte, ohne ohnmächtig zu werden. Davor waren die Alten freilich gefeit; sie hatten in den Napoleonischen Kriegen Blut genug fließen sehen. Um den bösen Anblick rasch wegzubringen, liefen Hausknechte und Kuchelweiber mit Eimern und Körben voll Sägespäne. Auch die Spielleute kletterten wieder in ihren Hochsitz und fingen zu spielen an. Aber über die vielen roten Flecke hinweg wollte niemand recht antreten, bis der Alt-Wegmacher, ein windschiefes Männlein, das unter die Friedensstifter geraten, einen Halbgulden auf den Teller warf und einen Extratanz verlangte. Er holte sich die Mena aus dem dichtesten Haufen, stampfte mit den Stiefeln und krähte wie ein heiserer Gockel:

>»Spielleut, ihr Schwanz,
> Spielt mir auf meine Tanz,
> Meine Tanz spielt mir af,
> Dann zahl ich euch brav.«

Dieser kuriose Extratanz erregte ein großes Gelächter; und von da ab nahm der Ball ruhigere Formen an. Allen war sichtlich erleichtert zumute, wie nach einer Gewitterschwüle, die stundenlang auf den Menschen gelastet hat. An den Tischen war ein lautes Reden und Scherzen; die Bauernburschen waren vom Sieg wie berauscht, am allermeisten ihr Führer, der Toni. Er war übermütig, freundschaftsselig, süßte der Mena den Wein, fütterte sie mit Bäckereien; er wollte, daß sie lachte und immer wieder lachte; und wenn sie einer zum Tanz holen wollte, sagte er: »Ist schon vergeben!« Es ging nämlich bereits auf die Zeit, wo keiner mehr die Seine aus den Händen ließ. Wenn die Mena mit ihm tanzte, dachte sie mit einem leisen Kummer: Warum ist er nicht ein anderer Mensch? – Etwa der Sohn eines mittleren Bauern? – Ja, da lag ihr Kreuz und Leiden! Die Meinungen über den Toni waren geteilt. Viele sahen in ihm einen notorischen Tagdieb und Verbrecher, dem Pfuhl der Schinderbude entsprossen, woher niemals etwas Gutes gekommen war. Die Waldbauern dagegen sympathisierten mit ihm, da er die Hirsche und Rehböcke niederknallte, die ihre Getreidefelder verwüsteten. Wenn die Mena die Welt geschaffen, hätte sie sie bestimmt so eingerichtet, wie sie gerade für sie am besten gepaßt; aber leider, es hat sie eben ein anderer geschaffen, und dieser hat das Ding so gemodelt, daß jeder etwas und keiner alles kann, daß jeder etwas und keiner alles vorstellt, daß jeder Gulden eine Revers- und eine Aversseite hat und man beide gut ansehen muß, um nicht zu Schaden zu kommen.

Der Toni stand öfters bei einem Tisch in der hintersten Ecke, wo eine Unschlittkerze ein halbdutzend verwegener Gestalten beleuchtete. Er warf ihnen einen Silbergulden auf den Tisch und rief: »Trinkt, Kameraden!« Und sie erwiderten ihm lachend: »Sollst leben, Toni, hundert Jahr nach der Ewigkeit!«

Mitten in diesem Tumult des Essens, Trinkens und Lachens war der Mena, als ob ein leiser Pfiff, wie der einer Spitzmaus, an ihren Tisch gedrungen; und während sie sich noch verwunderte, ging der Toni mit federnden Schritten in den Hintergrund des Saales, wo man die Fenster, der Hitze wegen, geöffnet hatte. Zugleich verknäuelte sich im Eingang ein Haufen Leute; sie waren in einen Streit geraten, schrien und schimpften; und desgleichen die Kellnerinnen und Speisenträger, die sich keinen Durchgang verschaffen konnten. An der Stiege sah man breitrandige Hüte mit Federbüschen auftauchen und hörte das Klirren von Waffen: die Gendarmen waren da! Sie versuchten, in den Eßsaal zu gelangen, aber erst die Androhung des Waffengebrauchs schaffte ihnen Bahn.

Die Mena horchte geängstigt gegen den Tisch mit der Talgkerze hin. Ein Bauer ging ans Fenster und fragte lachend: »Ist der Vogel da hinaus?« – Sie nickten. – »Hat er sich dabei nicht totgefallen?« – »Beileibe nicht!« sagten sie ganz ruhig. »Er lauft schon gegen den Waldgatter zu. Die Schergen müssen früher aufstehen, wenn sie den Toni fangen wollen.«

Der Kaiser ruft

Diese Nacht schaffte vielen Gesprächsstoff und versetzte die Zungen der Leute in die höchste Tätigkeit. Es ging schon geraume Zeit eine lebhafte Klage um, daß die jungen Leute von einem üblen Wesen erfaßt wären, etwa so wie die Hummeln und Hornissen, die sich zuweilen auch nicht begnügen, ihre Waben zu bauen, Eier auszubrüten und Wintervorrat zu sammeln, sondern planlos herumsummen und blindlings losstechen, auf Tier und Mensch. Jedermann sah es und stellte es fest; aber niemand konnte es sich erklären, woher es kam. Zweifellos fraß ein Gift im Gemeinkörper, und vorderhand wehrte sich jedes Glied, so gut es konnte; aber das jagte das Übel nur dahin und dorthin, ohne es zu heilen. Dieser Übermut ging bei bestimmten Gruppen zur offenen Bosheit über; sie fanden es nicht mehr nötig, sich ein Mäntelchen umzuhängen, stifteten einen Unfug nach dem andern, meist in nachtschlafender Zeit, und es war, als ob die Stillen und Gemäßigten, die Guten und Fleißigen nur mehr geduldet würden. Die alten und abgeklärten Leute schüttelten besorgt die Köpfe: »So lötz sind die jungen Leut heutigentags; es muß etwas kommen!«

Dieser Wunsch sollte schnell erfüllt werden. An einem Samstagabend ging eine ungewöhnliche Bewegung durchs Dorf. Niemand wußte recht, was los war; und am Sonntag strömte alles doppelt hastig aus der Kirche, denn nach dem Hochamt erfuhr man die Neuigkeiten am ehesten. Auch die Mena drängte sich rascher ins Freie. Auf dem erhöhten Anger zwischen Kirche und Kapelle bildete sich ein Quirl von bunten Seidenschürzen. Mägde und Bäuerinnen, die es sonst eilig hatten, nach Hause zu kommen, warteten heute. Sie hofften zwar, es würde sie, wie meistens, nichts angehen, blieben aber dennoch neugierig stehen.

Links von der Stiege standen die Männer. Ihre rauhen Stimmen, ihr Gelächter erschien den Weiberleuten eine ebensolche Musik wie umgekehrt jenen ihr helles Turteltaubenlachen. Sie redeten zu zweien, dreien und in Gruppen, und von ihren hölzernen, tönernen und zuweilen gipsernen Pfeifenköpfen stiegen bläuliche Rauchwölkchen. Eine besondere Neuheit erregte Aufsehen, nämlich Schwefelzündhölzer! Es war doch des Teufels, was die Stadtmenschen alles erfanden! – Neben einer Gruppe, die in spielerischer Leichtigkeit diese Zünder handhabte, gab es noch viele, die preßten mit dem breiten Daumen den bräunlichen

Schwamm auf den Stein und schlugen mit dem Feuermesser, daß die Funken stoben. Weiter rückwärts standen Haufen von Bauernbuben. Sie hatten die Plüschhüte schief gerückt und rote Nelken im Knopfloch oder hinterm Ohr. Sie konnten sich keinen Augenblick ruhig verhalten; und sogar hier, vor der Kirche, mußten sie Allotria treiben. Sie umringten den blinden Helf-uns-Gott-Florl und suchten ihm seinen Tabaksbeutel aus dem Leibriemen zu ziehen. Wie er sein schlechtes Kraut endlich anzündete und nicht wußte, ob der Schwamm Feuer gefangen oder nicht, fragte er: »Buben, brennt er schon?« – »Noch nicht, Florl!« – Der Florl führte den Schwamm an die Nase und verbrannte sich.

Die Mena, die sah, daß der Gang und der Naz unter den Hauptmachern waren, rief ihnen zu: »Schämt ihr euch nicht, den armen Menschen so zu quälen?«

Aber sie schrien zurück: »Oh, der hat's dick hinter den Ohren.«

Die Mena sagte zum Haginghofer, der eben die Stufen zum Anger heraufstieg: »Gar so ungut sind sie! Wär schon gut, wenn sie einmal gezügelt würden.«

»Werden schon gezügelt!« sagte er. »Das Leben zügelt alle. Es macht die größten Büffel zahm!« Sie erschrak über sein Aussehen. Wieder hatte er jene Maskenhaftigkeit an sich, wie damals, wo er mit dem Kaiser geredet; und wiederum schien etwas in Vorbereitung zu sein, das ohne diesen Kopf nicht vor sich gehen konnte. Ihm nach kam Schiering und entfaltete ein Schriftstück. Dieses Papiergeraschel und der Umstand, daß der Gemeindeschreiber lebhaft auf den Vorstand einsprach, ließ unter den Bauern ein Gemurmel entstehen. Sie nickten mit den Köpfen, und dies Nicken und dies Gemurmel lief durch die schütteren Haufen wie ein unhörbares Erdbeben. Erhöhten sie wieder einmal die

Gemeindeumlagen? Wurde eine neue Steuer ausgeschrieben? Wollten sie etwa ein neues Schulhaus bauen?

Schiering trat an den Rand der Böschung, bis zu einer durch Wind und Wetter glattpolierten Wegstange, nahm den Hut ab und fing an, vorzulesen. Aber soviel die Leute auch die Köpfe reckten und die Alten die hohle Hand ans Ohr legten, die dünne Stimme konnte nicht durchdringen; sie verstanden kein Wort, und selbst die, welche ganz nahe waren, vermochten den Inhalt nicht zu begreifen. Sie schüttelten die Köpfe, und einer fragte den andern, was der Schreiber heut wieder für einen Wischiwaschi vorgelesen hätte.

Der Haginghofer war ärgerlich. Es blieb ihm nichts übrig, als seine eigene Stimme anzustrengen; die war stark, und selbst die Rückwärtigen verstanden klar und deutlich jedes Wort:

»Männer und Junggesellen!« sagte er. »In der Lombardei brandelt es. Die Welschen zündeln. Der Kaiser hat müssen den Krieg erklären. Der Kaiser braucht Soldaten. Das ist's, was in dem Schriftstück da geschrieben steht. Der Kaiser ruft euch! Verstanden?«

Der Kaiser braucht Soldaten ... Der Kaiser hat müssen den Krieg erklären ... Der Kaiser ruft ... Wenn im Mai der Kuckuck ruft, horchen junge Herzen und jubeln. Wenn der Vorstand ruft, horchen die ernsten Männer auf und kommen ohne Zögern, weil sie wissen, daß es sich um das Wohl und Wehe der ganzen Gemeinde handelt. Geht aber ein großes Unglück über viele Gemeinden nieder, Hagelschlag oder Hochwasser, ruft das Land, und wieder kommen alle. Aber wer rief jetzt? – Der Kaiser!

Diese Botschaft ging von Mund zu Mund, immer wiederholt; und die Herzen der Väter und Mütter fingen an, unregelmäßig zu schlagen. Aber nur innen; nach außen wurde nichts sichtbar. Die Gesichter blieben unbeweglich, ja, bei manchem zeigte sich eine Art Befriedigung, als ob nun endlich das geschehen wär, was sie längst erwartet hätten. »Die Raufteufeln«, sagten sie, mit einem bitteren Ton in der Stimme, »jetzt können sie sich einmal tüchtig ausraufen, im Welschland unten.« Es waren dies Väter, denen der eigene Sohn zu hart zugesetzt, und sie dachten wohl: Half bei dir die ganze Gutheit nichts, wirst du vielleicht im Krieg den wahren Herrgott kennenlernen!

Selbst der Mena teilte sich diese allgemeine Bewegung mit, obgleich ihr Rekrut noch kaum ein Jahr alt war; aber sie hatte noch einige Menschen, um die sie sich sorgte; da waren die Brüder, nun alle schon im militärpflichtigen Alter; da war der Toni, der ihr viel im Kopf umging; und ebenso fühlte sie sich belastet vom Geschick der beiden Schneider, deren Loskauf rückgängig gemacht worden war. Fraglos, die Grundfesten des Lebens waren erschüttert; und doch fühlte man wieder, sie mußten erschüttert werden, auf die Dauer wär's nicht so fortgegangen. – Krieg! Das war also das Ungeheuerlichste, was über die Menschen kommen konnte. Das Leben erhielt plötzlich einen zehnmal höheren Wert. Alle Dinge und alle Menschen, der Sonnenstreifen auf dem Kirchweg, die Flaumfedern auf den Hüten der Burschen, die Georginen in den Hausgärten, alles war von goldenen Lichtern überglänzt und schien ein Ding zu sein, köstlich und selten, ganz ohnegleichen. Ohne Zweifel war damit einer der zwölf heiligen Riegel zurückgeschoben worden, die für gewöhnlich das Tor aller Geheimnisse schlossen.

Nachmittags saß sie mit ihrem Strickzeug unterm Nußbaum vor Lamberts Haus. Das Weibervolk und die Kinder liefen aufgeregt durcheinander; ganz wie das Geflügel, wenn der Hühnergeier naht. Gestalten, die man selten im Ort sah, zeigten sich. Der Staatsschuldenmann suchte aus der kapitalen Neuigkeit Kapital zu schlagen. »Mena, weißt es schon, Krieg ist jetzt! Wir haben sowieso schon so hohe Staatsschulden, und was erst dieser Krieg wieder kosten wird! Je, je! Sind denn die Menschen ganz wahnsinnig? – Eine solche Hitze und dazu noch der Krieg! – Der Kornschnaps soll auch wieder teurer werden.«

Aber die Mena wollte ihm diesmal den Magen nicht kurieren und schenkte ihm so wenig Beachtung, daß er verstimmt mit seiner Neuigkeit weitertrottete. Die Ewig-Gerechtigkeit, das war ein anderer. Er blinzelte vergnügt. Und auch sie mußte lachen, wenn sie daran dachte, wie sie damals hatte das Leben so kindisch wegwerfen wollen. »Dir geht's gut«, sagte sie. »Du spürst in deinem Kalkbruch nichts von alledem, was vorgeht.« Er fragte: »Was soll denn vorgehen? – Die Sonn geht auf und unter, der Wind weht, die Blumen blühen und welken wieder ab.«

»Krieg ist!« sagte sie, mit einer leisen Bitterkeit im Ton. Sie dachte an die Brüder und an die vielen Bauernsöhne.

Der Peter wurde ebenfalls ernst. »Krieg ist? – Ah, da schau! Aber ich hab ihn nicht gemacht, gelt?«

Der Sindnochsiebendrin stelzte die Straße herab. Er zeigte mit der ausgestreckten Hand gegen den Süden, wo ein Kranz von Felsenbergen in den Himmel ragte, und rief: »Die verfluchten Welschen! Man muß ihnen die Ohren stutzen.« Er hatte sich mit Ungarn, Piemontesen, Montenegrinern und Türken herumgeschlagen und explizierte einem Haufen Burschen anschaulich, was er von alledem hielt. »Mein ganzes Leben«, sagte er, »hab ich's nicht mehr so schön gehabt als in meiner Soldatenzeit. Ein bißchen exerzieren, ein bißchen Schule, Kasernendienst, und dann geht der Herr Soldat spazieren, trinkt sein Glas Wein, steigt schönen Weibern nach oder schaut sich die Stadt an. Der Soldat, das ist ein Herr, und der Zivilist ein armer Knecht. Da frag ich einen: was ist denn so ein Leben, wenn man auch von Säbelhieb und Kugel verschont bleibt? – So ein Mensch lebt wie das Ferkel im warmen Stroh.«

Sie lachten unmäßig. Der Holzfuß hatte den Nagel auf den Kopf getroffen; wie ein Ferkel im warmen Stroh wollte keiner leben. Sie spotteten gern über seine Heldentaten, und dennoch kam immer wieder jener Heldengeist über sie, der sie trieb, nicht an der Kittelfalte zu hängen und hinterm warmen Ofen zu hocken, sondern sich die Welt anzuschauen und Abenteuer zu bestehen.

Auch das Wichtlweibl humpelte vorüber, und die Mena fragte: »Kommt's denn wirklich zum Krieg, Wichtlin? Wird doch wohl nicht wahr sein, mein heiliger Gott!«

Die Wichtlin schien von unterirdischen Kräften gefaßt und erschüttert zu sein. Sie öffnete eine Weile den Mund, ohne einen Laut hervorzubringen. Es entging der still beobachtenden Mena nicht, daß in den tiefliegenden Augen ein unheimlicher Haß funkelte. »Die Mannsbilder?« krähte sie. »Und keinen Krieg? – Die kenn ich!« Sie drehte den Rosenkranz und strebte zur Kirche hinauf.

Eine andere Gruppe näherte sich, darunter der Schneider Fabian. Er war letzten Endes wegen seines Stotterns vom Militär befreit worden und schien daher in Hinsicht auf ihr Kammerfenster Hoffnung zu schöpfen. Er hörte den Radotagen des Sindnochsiebendrin mit einem verächtlichen Lächeln zu und sagte: »Men – Men – Men – Menschenschlächterei! Für die Großköpf sich totschießen lassen! Daß die Leut nicht aufzuklären sind!« Er legte der Mena zugleich ein kleines Schriftchen in den Schoß: »Da – Da – Darin steht die Wahrheit.«

Einer der Burschen nahm die Broschüre mit einem raschen Griff an sich und fing an, auf der ersten Seite in einem schülermäßigen Ton vorzulesen: »Harmagedon kommt zuerst. Und ich sah aus dem Munde des Drachens und aus dem Munde dies Tieres und aus dem Munde des falschen Propheten drei unreine Geister kommen, wie Frösche; denn es sind Geister von Dämonen, die Zeichen tun; welche zu den Königen des ganzen Erdkreises ausgehen, sie zu versammeln zu dem Kriege jenes großen Tages Gottes, des Allmächtigen. Siehe, ich komme wie ein Dieb. Glückselig, der da wacht und seine Kleider bewahrt, auf daß er nicht nackt wandle und man seine Schande sehe! Und er versammelte sie an dem Ort, der auf hebräisch Harmagedon heißt!«

Dieses unverständliche Zeug erregte ein ebenso heftiges Gelächter wie des Holzfuß' Vergleich mit dem Ferkel im warmen Stroh. Der Haufen Rekruten zog lachend und tümmelnd die Straße hinab, die ihnen viel zu eng zu sein schien; denn sie stießen und pufften einander, wie junge Stiere, und stimmten einen Gesang an, der wildfroh die Häuser entlangrollte ...

> »Und die Welschen tun wir schopfen,
> Die Piemontesen tun wir klopfen,
> Und auf die Franzosen geht's uns auch nicht z'samm.
> Das weiß ein jeder Bue,
> Die Sakra gebn kein Ruhe,
> Bis s' nit den Buckl voller Prügel habn ...«

Die Mena blieb an diesem Abend noch lange wach. Von den Feldwegen herein kamen Gesang und Jauchzen; die Bauernbuben zogen über die Hügel, um die wenigen Nächte, die ihnen noch verblieben, bei ihren Liebhaberinnen zu verbringen. Im Verfolg dieses Ziels, das ihnen mehr als hundert Harmagedon war, sangen sie schwermütige Lieder. Sonst schien auf dem Grund ihrer Seele eine Zither zu klingen und eine Nachtigall zu schlagen, heute brauste drin eine ganze Orgel. Eine Erregung lag in der Luft, etwas wie ein Hauch von Weinen und Blut; sie dachte an ihre Brüder und sah zu den Sternen auf, die so ruhig funkelten wie damals, als sie noch ein Kind gewesen und mit den Geschwistern auf der Hausbank gesessen hatte.

Anderntags holte der Ähnl sie zur Abschiedsfeier. Er brachte ihr auch die Nachricht, daß sie den Gang und den Naz richtig geschnappt und daß sie morgen durchs Dorf kämen. Beim Postwirt an der Reichsstraße standen mächtige Kastanienbäume; und ihnen gegenüber, in eine Felswand eingemauert, war eine Marmortafel mit den verwitterten Namen der gefallenen Soldaten aus den Napoleonischen Kriegen. Etwas höher eine Laube, auf ihrem Giebel eine Äolsharfe. Aber an diesem Abend hörte man das Säuseln des Nachtwinds in den Kastanien nicht, ebensowenig das Harfengetön; denn die Rekruten machten einen gewaltigen Lärm. Sie schienen von dem Massenzauber, in dem sie mitspielen sollten, ganz erfaßt zu sein; ihre Glieder schwollen gleichsam an, und sie fühlten sich als Riesen und Giganten. Freilich, wie sie die vielen gesetzten Leute an den Tischen sahen, gaben sie sich ruhiger. Damit sie sich, zu guter Letzt, noch einmal austoben konnten, hatte man das Gartenhaus ausgeräumt und ein paar Musikanten postiert. Aber die richtige Tanzstimmung wollte nicht aufkommen. Sie spürten, daß sie lieber zerstreut zwischen den Älteren saßen, und wurden auch so manierlich und zutraulich, wozu man sie sonst nicht mit dem gütigsten Zureden gebracht hatte. Die Mena, und was sonst von der Sängergruppe sich in der Eile gefunden, sangen ein paar Lieder ...

»Hunderttausend Kugeln pfeifen
Über meinem Haupte hin;

Brech ich todeswund dann nieder,
Scharrt man ein mich ohne Lieder,
Niemand fraget, wer ich bin.

Bricht mir unter freiem Himmel
Meiner Augen Jugendlicht:
Meine letzten Seufzer ziehen
Zu dir, bis am Grabe blühen
Blümchen fein, Vergißmeinnicht...«

Der Haginghofer hielt eine Ansprache. Es war nicht viel, was er sagte.

»Rekruten! Morgen heißt's ausziehen, mit Gott, für Kaiser und Vaterland! Da werdet ihr fremde Länder, fremde Menschen und fremde Bräuch sehen. Wer nicht in der Welt herumkommt, weiß auch nichts von seiner Heimat. Die Ofenhocker und Kittelschliefer sind reinweg das Anschauen nicht wert. Wenn so einer zum Fenster kommt, soll das Dirndl gleich sagen: einen Kittel hab ich selber an; ich brauch einen, der eine Hose anhat und ein Mann dazu ist. Brave Gaßlbuben sind auch brave Söhn', und brave Söhn' sind auch brave Soldaten. Wohlauf, Buben, nicht bang machen lassen! Stimmt alle ein in den Ruf: Unser gnädigster Herr Kaiser und König, vivat hoch!«

Sie schrien gewaltig. Einige alte Bauern sagten leise: »Ist gut, daß sie es nicht verstehen.« Sie meinten unter »verstehen«, daß sie darüber nicht grübelten, wofür sie Blut und Leben hingeben sollten, und daß heut über ein Jahr wohl schon mancher von ihnen still in der italienischen Erde liegen würde.

Aber sie waren auch niemand zuliebe so. Sie liebten die Monarchie nicht, auch Wien nicht, auch nicht die Herren, und am allerwenigsten den Hof; aber was sie liebten, in des

Wortes vollster Bedeutung, das war die heilige Allmacht, den Kaiser!

Für die ausziehenden Soldaten wurde ein Amt und eine feierliche Segnung abgehalten. Diese blutjungen Burschen, die so eng mit dem Leben der Gemeinde, der Väter und Mütter, Brüder, Schwestern und Geliebten verwoben waren, als ob keine Macht der Erde sie jemals losreißen könnte, sollten fortziehen, in ein fremdes Land, unter die Fuchtel der Leuteschinder, den Rossehufen und Kugeln der Feinde entgegen!

Die Mena kniete in ihrem Stuhle. Nach dem Gottesdienst suchte sie die Brüder, ängstlich, daß sie abmarschieren würden, ohne sie nochmals zu sehen. Sie hatte einen Pack vorbereitet: Wäsche, Rauchtabak, Kuchen, Seife und Briefpapier.

Beim Gedenkstein hatten die Veteranen Aufstellung genommen. Ihre Gesichter schienen von der Morgensonne wie durchschlagen; die gefurchten Wangen, die mageren, großen Hände, die an Wurzeln erinnerten, jeder Zug und jede Linie an ihnen sprachen stolz und verbissen: Wir haben gekämpft und kämpfen noch; und wir wollen getreulich leiden und kämpfen, bis zu unserm letzten Atemzug!

Rechter Hand standen die Rekruten. Ihre Gesichter leuchteten von Gesundheit und Unerfahrenheit; sie glichen großgewordenen Säuglingen, die mit gierigen, blitzblanken Augen in den himmelblauen Herbstmorgen guckten. Den übrigen Platz füllten die Bauern und Bäuerinnen. Sie standen still und erwartungsvoll. Der Fahnenträger der alten Krieger und jener der Schützen, zwei der größten Bauern der Gemeinde, trugen ihre Fahnen zum Denkstein und stellten sich links und rechts von ihm auf. Ihre hageren Gestalten, mit den faltigen Hosen und breiten Schuhen, glichen phantastischen Statuen. Beim Hornsignal: Zum Gebet! kam Leben in sie. Sie nahmen mit einer müden Bewegung ihre Hüte ab, und nun ragten aus dem schwarzgelben und weißgrünen Fahnentuch zwei alte, gespenstische Gesichter. Der Pfarrer Gries kniete nieder, erhob sich wieder mühsam und sprach mit erhobenen Händen den Segen.

Die Trommeln wirbelten; Väter, Mütter, Geschwister marschierten neben den Rekruten einher. Es war beinah unheimlich zu sehen, wie sie durch die schmale Gasse mit den kindskopfgroßen Steinen herabpreschten, und ihnen voran der Sindnochsiebendrin, dessen Stelzfuß derart aufschlug, daß die Funken stoben. Und zum Verwundern, daß er trommelte wie keiner, und überdies noch abwechselnd die Schlegel hoch in die Luft warf und wiederum auffing. Und als die große Trommel einfiel und die Tschinellen, und die Klänge des Radetzkymarsches zwischen den Häusern dröhnten, waren es schon die halben Kriegsschrecken, wenigstens für die Männlein und Weiblein, die griesgrämig und zaghaft aus den Fenstern sahen. Die Ausziehenden selber aber schienen sich keinen Pfifferling um die Weisheit alter Wackelgreise und Siechlinge zu kümmern. Diese reingetünchten Häuslein mit den farbigen Blumentöpfen, den sauberen Stuben und gelben Fußböden; diese Höfe mit den Wiesen und Weizenfeldern, den braunen Rindern und langmähnigen Ackergäulen, das war alles eine recht schöne Welt; aber sie kannten sie schon, sie hatten sie schon kennengelernt, durch zwanzig lange Jahre und mehr, und in einem solchen Zeitraum verliert das Schönste seinen Reiz. Aber draußen, da war eine Welt voll Neuheit, voll Abenteuer; dazu Taschengeld von Vätern und Müttern, Menage, Tabak und Stiefelwichs vom Kaiser – junges Herz, was willst du noch mehr?

Am Dorfende stand das windschiefe Haus des Alt-Wegmachers, wo das Wichtlweibl eine armselige Kammer bewohnte, wenn es nicht in der Einlege war. Hier konnte keine Maus durchschlüpfen, ohne gesehen zu werden. Hier wartete die Mena, ihr Büblein im Schoß. Auf der Straßenseite des Hauses, in der Nische, wo ein Kreuz mit einem lebensgroßen Heiland hing, hatte der Ähnl Posto gefaßt. Sie sahen die jungen Gesichter vorüberziehen, und dem Ähnl war, als ob er eine Vision hätte: genauso war er selber marschiert, vor einem halben Jahrhundert; genauso hatte die Sonne geschienen, hatten die Blumen geblüht, hatte der Himmel sich blau und rein über die Straßen gewölbt. Eine Stimme weckte ihn: »Ellenhuber, deine Enkel kommen!«

Die Mena, das Kind auf dem Arm, schaute und schaute. Plötzlich rief sie: »Gang! Naz! – Gang! Naz!« Da waren sie. Sie erhielten das Paket, scherzten mit dem Kind, das zappelte und jauchzte. Die Mena und der Ähnl marschierten nebenher und sahen etwas ängstlich in die jungen Gesichter: daß sie jetzt fortmußten, in ein ungewisses Schicksal, in den Krieg. Aber als die Mena drauf anspielte, ob sie sich denn arg sorgten, brachen die beiden Brüder in übermütiges Gelächter aus und riefen: »Freilich sorgen wir uns, ob nicht vielleicht der Krieg schon zu End ist, bis wir hinabkommen!«

Sie verabschiedeten sich. »Schreibt bald«, sagte sie. »Und denkt manchmal an uns!« Sie standen am Straßenrand, die Rekruten lachten dem Kind zu, und der Ähnl wischte sich mit seinem großen, blauen Taschentuch die Augen. In eine Staubwolke gehüllt, marschierte der Zug schon weit draußen; allmählich verschwamm er im Grün der Wiesen, und nur sein Gesang scholl noch zurück:

>»Behüt euch Gott, es bricht der Feind ins Land,
>Der Kaiser ruft, uns braucht das Vaterland,
>Behüt euch Gott!«

Ein kleines Grab

Nun wurde es ruhig im Dorf. Kein Wunder, das unfriedlichste Element, die ewig Rauflustigen und Ungezügelten, hatte der Kaiser gerufen, und jene, die zurückgeblieben, hatten Veränderungen erlitten, durchaus in der Richtung zum Guten hin. Der Umstand, daß so viele junge Leute von Eltern und Heimat losgerissen wurden, gestaltete sich für die Zurückgebliebenen zu einem Goldschacht neuen Lebens und Empfindens.

Alle begriffen auf einmal voll und ganz: was die Augen sehen, die Ohren hören, die Sinne schmecken, die ganze Welt war zweifelsohne tiefer geworden; es wehte ein anderer Wind und eine andere Sonne schien auf sie herab.

Der Helf-uns-Gott-Florl, ein Armenhäusler, wandelte wie ein lebendiger Perpendikel von einem Dorfende zum andern und sang ein Lied, bald so leise, daß die neben ihm herlaufenden Kinder fragten: »Was singst du denn, Florl?«, bald so laut, daß die Bauern vors Haus liefen, um ihn fortzujagen. Das Wichtlweibl flüsterte den jungen Dirnen Lästerreden ins Ohr, eine Schande, sie zu wiederholen. »Ist gut, daß das Dorf endlich gründlich gereutert worden ist. Die meisten Mannsbilder sind ja keine Menschen, nur Larven! So wie die beim Kramer, und keine sechs Kreuzer wert. Ist nicht schad, wenn ein paar von den Büffeln nimmer heimkommen.« Als Weiteres muß noch bemerkt werden, daß das geheime Wesen der roten und weißen Federn stark hervortrat. Sie wurden auch »Kletzlianer« genannt; man behauptete insgeheim, der Koadjutor nehme an den Versammlungen dieses Geheimbundes teil.

Was die Mena anbetraf, so hatten die Worte ihrer Brüder vom Zuspätkommen im Welschland sie nachdenklich gemacht. – Hab ich denn, fragte sie sich verwundert, nicht auch so ein Soldatenherz in meiner Brust? Und alle meine Brüder und Schwestern, und die vielen Ellenhuberischen Basen und Vettern, haben sie nicht alle dieses Soldatenherz gehabt? Wie kommt's nur, daß ich zuweilen so kleinmütig bin?

Sie stand, halb entkleidet, am offenen Kammerfenster; durch die Nachtstille kam der aufwühlende Gesang abziehender Rekruten, ein Gesang voll Wildheit und Sehnsucht, und wer Ohren dafür hatte, voll Kinderschluchzen. Sie hatte solche Ohren. Und hatte auch hellseherische Augen und sah viele, viele Ellenhuber, als Rekruten, mit Blumen auf den Hüten, über die mondhellen Hügel ziehen; sie sah sie als Grenadiere mit den hohen Tschakos, als Alpenjäger mit den Schildhahnfedern, in Freundes- und Feindesland, ewig froh und ewig unbesiegbar. Wohin sind sie marschiert, die Brüder, die vielen jungen Mannsbilder? – Sie suchte im Geiste die Berggipfel, die ihr tagsüber beiläufig die Richtung angaben, wo Italien liegen mochte, und suchte sich die Erzählungen in der väterlichen Stube wachzurufen, worin dieses Land so oft vorgekommen war. Heiß brennt die Sonne herab ... Tiefer Staub bedeckt die Straße ... Es gibt keine frischen Brunnen, keine kühlen Winde, keine grünen Wiesen ... Rauchwolken steigen auf ... Man hört Kanonendonner ... Sieht Riesenmassen über eine gelbe, verbrannte Ebene heranbrausen ... Und warum ist das alles? – Sie kann nichts davon verstehen; es ist eine Männersache.

Eine neue Lebenslust setzte in ihr ein. Es war die stärkste, die sie jemals empfunden. Sie sang besonders gern und konnte keine Arbeit tun, ohne zu singen. Wenn sie am Morgen über die Wiese ging, sang und klang alles um sie, die Lerchen und die Rotkropferl, die Hummeln und der Wiesenbach. Wenn sie bei solcher Arbeit an das rätselhafte Weltgeschehen draußen dachte, an Worte wie Krieg, Revolution, und an den nahen Gehölzrändern die Rehe äsen sah und von den Äckern Schelten und Singen hörte und alles, Fluch und Gesang, wie ein heiliges Opferlied in den Nebeln zum Himmel zu steigen schien, war ihr zumute, wie es in dem Liede heißt:

»Der Himmel ist blau,
Im Morgentau
Die Rehböckerl lustig springen.

Das ist a Gewalt,
Wie die Welt mir gefällt,
Möcht Tag und Nacht jauchzen und singen...«

Hatte das Schicksal ihr auf der einen Seite Armut verliehen, so hatte es sie auf der andern mit einer Quelle von Frohsinn ausgestattet, die immer wilder hervorbrach. Freilich, sie konnte zwischendurch auch sehr ernst sein. Da war, zum Exempel, ihre Stellung zum Geld. Sie sah, wie mannigfach es erworben und verloren wurde, wie es bald Glück, bald Unglück stiftete, und konnte sich nicht genug wundern, wie die meisten, besonders die Mannsbilder, es so unsinnig hinauswarfen. Sie sah das Geld auf großen Haufen beisammen, beim Krämer, beim Haginghofer, beim Bräu, sah, wie überall die Habgier es zusammenscharrte und die Eitelkeit und der Leichtsinn es vergeudeten, aber der ganze Spuk konnte sie um keine Haaresbreite von ihrem eigenen, richtig erkannten Weg abdrängen: nämlich das Umgehen mit dem Gelde wie mit Safran, und das beharrliche Vergrößern ihres Schatzes, wie sie ihr Guthaben nannte. Aber sie trieb dies Sammeln von Silberzehnern, Zwanzigern und Gulden nicht mit Neid und Geiz, sondern wie ein lustiger Jäger, der, wie wenig Wert das gejagte Wild auch haben mag, dennoch hinter ihm her ist, in der Freude am Jagen und am Spiel.

Da war weiter ihre Bedürfnislosigkeit. Diese war keineswegs das Ergebnis ihrer Vorsätze, sondern ererbt. Die Ellenhuber hatten seit jeher eine Abneigung gegen alle Eitelkeit und einen starken Zug, ja Liebe zur Einfachheit und Wahrhaftigkeit besessen. Was verschlug es, wenn man ein Halbdutzend Flicken auf der Werktagshose hatte? War man darum weniger geschätzt? – Jedes Kind wußte, wer sie war und was sie war, und man mußte in irgendeiner Hinsicht etwas sein, um bestehen zu können. Darum trug sie ihren Waschkittel und ihr Leibchen, säuberlich geflickt, ohne sich zu schämen und ohne andere zu beneiden, mochten diese andern sich noch so putzen und spreizen.

Da war endlich das, was sie scherzweise ihren Glassturz nannte: das unsichtbare Abschließen vor den Menschen und die Einkehr in sich selbst. Sie überdachte ihr Leben und die Hauptstationen daraus. Als sie das erstemal von Haging in die Schule gegangen, hatten die Kinder sie ausgelacht, weil sie Schuhe von der Bäuerin getragen. Jetzt erschauerte sie noch über die Bosheit, womit die Bande über sie hergefallen war. Aber sieh da: der Triumph, wie sie aus einem halben Hundert Buben und Mädchen als einzige die Rechenaufgabe gelöst, hat das ganze Leid ausgelöscht! – Und was die Knechte sie gehänselt, wie man sie, als ein Kind, unter die erwachsenen Arbeitsleute gestoßen. Mit dem kleinen Finger hatte der Riesenhans sie niederlegen und ihr den Hintern ausklopfen wollen, aber sieh da: was ein wie selschneller Mensch mit geringen Kräften vermochte! Sie wollte einmal in den Steinbruchtümpel springen, aber da schau: sie war heute eine allgemein geachtete Magd, und mehr als einer wollte sie auf seinem Hof haben! Und endlich: trotzdem andere schöner waren als sie, wurde sie dennoch von den Männern vielfach begehrt.

In dieser Beziehung ging es jetzt eigen im Dorf zu. Die jungen und mittleren Männer waren fort, und die alten hatten über Nacht einen besonderen Anwert bekommen. Hatte es bisher geheißen: So ein alter Kracher! Hieß es jetzt: Mein Gott, der ist noch ganz rüstig und könnt einem sogar lieber sein wie so ein junger Windhund! – Die Austragbauern und Wittiber, die bisher müßig und gelangweilt im Dorf herumgestanden und vom eigentlichen Leben schon so gut wie ausgeschieden gewesen waren, witterten Morgenluft. Lambert geriet in eine neue Periode von Heiratsstifterei. Für jede junge und mittlere Dirn hatte er einen alten Steiger bereit und pries ihn über den grünen Klee. Auch für die Mena, wobei er unentwegt trachtete, seinen Lohn dafür im vornhinein zu empfangen.

Alles in allem fühlte die Mena sich, im Ernst und im Spaß, gewappnet gegen Leben und Welt, und hatte schon ein wenig die hochmütige Empfindung, als ob nun nichts mehr gegen sie aufkommen könnte. Ihr Glassturz kristallisierte sich zusehends.

Aber immer, wenn der Mensch hoffärtig wird, Sprünge und Kapriolen macht wie die Pferde, die zuviel Hafer und zuwenig Arbeit haben, kommt das Schicksal und gibt einen Deuter. Sie war gerade an einem Zeitpunkt, wo sie immer mehr auf die Scherze Lamberts einging, und wer weiß, was geschehen wäre, wenn nicht eines Tages eine Botschaft gekommen: das Bübl sei krank, sie möchte es besuchen.

Sie lief nach Feierabend hinüber. Das Kind lag mit heißen Wangen in seinem Korbwagen. Es erbrach etwas, und dazu sagte die Kathl: »Nu, nu! Spei fünfzig Gulden, kannst dir ein Heiratsgut anlegen!« Sie hatte schon allerlei Kuren versucht, aber ohne Erfolg. Das beste wäre, ihm das Lorettokindl aufsetzen zu lassen. Die Mena erschrak. Wenn zu Hause davon die Rede gewesen, hatte sich immer eine Angststimmung verbreitet. Vorher wollte sie es noch mit dem »Anwenden« probieren. Sie packte das fiebernde Kind, dessen Augen so ängstlich aus dem zunderroten Gesicht blickten, wie ein Schäflein, das unter den Klauen des Wolfes liegt, und ging zur Kröllin.

Sie fürchtete, sie wäre nicht zu Hause; denn sie wanderte oft stundenlang zu einschichtigen Höfen und Keuschen, zu Wassersüchtigen, Gelähmten und Epileptikern. Aber, Gott sei Dank, sie war da und eben mit der Behandlung eines Falles beschäftigt. Trotz des hellichten Tages waren die Vorhänge zugezogen und brannte eine Kerze. Auf der Ofenbank saß eine junge Bäuerin, die Röcke weit über die Knie hinaufgeschoben und den linken Fuß nackt. Daneben kniete die Kröllin, die Augen halb geschlossen; und während ihre Lippen ein Gebet murmelten und die linke Hand den Schenkel untergefaßt hatte, strich ihre Rechte mit leichtem Beben die ganze Länge des drallen, leuchtenden Weiberbeines hinan, huschte zurück und ging wiederum eindringlich denselben Weg. Dann erhob sie sich, zog die Vorhänge zurück und löschte die Kerze. Die Bäuerin aber stieß Rufe aus, wie: »Weg ist's! Oh! Oh! Weg ist's! Wie ein Wunder! Heilige Mutter Gottes!« Sie fing, wahrscheinlich vor Freude, überlaut zu lachen an, hob aus ihrem Handkorb eine Schüssel mit ungewöhnlich großen Hühnereiern, einen prächtig modellierten Striezel Butter, in ein Huflattichblatt gehüllt, legte einen Gulden dazu und ging unter vielem Dank davon.

Das Anwenden bei dem Kinde ging unter den gleichen Manipulationen vor sich. Wiederum wurden die Vorhänge zugezogen, und die Prozedur mit dem Streichen und Beten begann von neuem.

Freilich, als sie am nächsten Tag zur Kinderkathl lief, zeigte es sich, daß das Gesundbeten nichts genützt hatte. Das Büblein krümmte sich in der Ecke wie ein brennender Wurm, und die Mena saß daneben, das Herz voll Kummer, daß sie nicht in jeder Minute, bei Tag und bei Nacht, bei ihm sein, daß sie nicht als Mutter und Ehefrau in einer hellen Stube sitzen und ihr krankes Kind betreuen konnte. Denn hier ging das Leben seinen Gang. Die Kathl gebot zwar mehrmals ihrer Horde energisch Ruhe, aber die Kinder waren schwer von ihrem Springen und Schreien abzuhalten. Mehrmals erfaßte die Mena eine sinnlose Angst; eine Angst, die aus dem innersten Wesen der Natur hervorzubrechen schien; sie war grenzenlos und an Wahnsinn streifend. Aber die Kinderkathl trocknete sich höchst gleichmütig die immer nassen Hände an der Schürze und sagte: »Wenn der Herrgott will, ist's morgen gesund, und wenn der Herrgott nicht will, können alle Ärzte der Welt nicht helfen!«

Um sich später keine Vorwürfe machen zu müssen, wollte sie doch dem Büblein das Lorettokindl aufsetzen lassen. Sie marschierte den drei Stunden weiten Weg zur Stadt. Es war ihr dabei, als ob sie selber noch ein solches Faschenkind wäre, hohes Fieber hätte und in einer stummen Sprache um Hilfe bettelte. Bei einem Bauernhaus erbat sie sich etwas Milch, aber das Kind nahm nichts, und so hastete sie weiter. Den Leuten, die ihr begegneten und sie ansprachen, rief sie zu: »Mein Bübl ist gar so elend; das Lorettokindl will ich ihm aufsetzen lassen.« Etwa in der Hälfte des Weges fing es zu schneien an, und zwar so dicht, daß man kaum ein paar Schritte vor sich sehen konnte. Überdies setzte ein eiskalter Wind ein, der ihr Schnee und Nässe ins Gesicht peitschte. Bald mußte sie waten, ab und zu bis an die Knie, ja in den Hohlwegen fast bis zu den Hüften. –

Wenn wir hier beide umkommen, dachte sie bitter, brauchen wir kein Lorettokindl mehr.

In dem in einer finsteren Seitengasse gelegenen Pfarrhof schlug die Köchin verwundert die Hände zusammen über ihre vollbrachte Marschleistung. Das Lorettokindl schlief in einem gläsernen Schrein, mit offenen blauen Glasaugen, angetan mit einem bauschigen Kittel voll schwerer Goldstickerei. Der Pfarrer hob es heraus und setzte es dem fiebernden Kind auf die kleine, stoßweise atmende Brust.

Aber auch das Lorettokindl half nichts. Und als es soweit war, schickte die Kinderkathl, die darin Erfahrung hatte, rasch um die Mutter. Das Büblein wählte sich zu seinem Abgang vernünftigerweise einen Sonntagnachmittag, so daß die Mena die ganze Zeit über bei ihm sein konnte. Sie saß neben dem Korbwagen in einer kleinen Kammer, da es in der Stube draußen zu laut war. Es kamen nämlich an diesem Tag nicht nur die ledigen Kindsmütter, sondern auch die Großgezogenen, die schon da und dort dienten; sie hingen mit Liebe an ihrer Ziehmutter, brachten ihr Geschenke und hielten es für ein Glück, daß sie hier aufgezogen worden waren.

Die Mena sah auf ihr Kind, wie es die letzten hundert Atemzüge tat. Es ging dabei recht friedlich her. Nur als es endlich ganz still lag, brach sie in ein lautes Schluchzen aus; und dies Schluchzen lockte ein Kind nach dem andern herein. Sie blickten ängstlich auf die Mutter mit dem Tödlein und knieten mit gefalteten Händen nieder. Die Kathl selber kam mit einer Totenkerze, faltete genau wie die Kinder die runzeligen Arbeitshände und fing an, in einem leiernden Ton zu beten: »Neun Vaterunser für den kleinen Franzl, auf daß er, ein seliger Engel, für uns Fürbitt leiste an Gottes Thron, wenn einst auch unsere bittere Sterbestund gekommen ist. Vater unser, der du bist in dem

Himmel, geheiligt werde dein Name ..."Während die Kinder mit hellen Stimmen einfielen: »Gegrüßet seist du, Maria, du bist voll der Gnaden ...«, kniete die Mena unbeweglich, und trotz ihres Schmerzes gewahrte sie plötzlich mit großer Verwunderung, wie das Antlitz der kleinen Leiche von einem inneren Glanz, von einem Ausdruck süßen, friedlichen Schlummers durchschlagen war.

Es ist ein Engel geworden! dachte sie, jäh von einem tiefen Trost erfüllt. – Denn was anders sollte ein unschuldiges Kindlein werden? Ist es doch rein und unbefleckt geblieben, ist es doch aus der heiligen Kindheit nicht herausgetreten, ist es doch so würdig geblieben, in jene lichte Gemeinschaft aufgenommen zu werden, und ich brauche, wenn ich auch nur eine Magd bin, nicht zu bangen, daß es sich dort unwürdig benimmt.

Am nächsten Tag, wo sie sich schon fester glaubte, schossen ihr gleich wieder die Tränen in die Augen, als sie sah, wie man das Leichlein so geputzt und geziert hatte, als ob es zu seinem ersten Fronleichnam ginge.

Als sie hinter dem Mann schritt, der den braungestrichenen Sarg auf der Schulter trug, etwa wie ein Holzscheit oder sonst eine Last, dachte sie: Gott will es so und hat es so bestimmt. Er wird schon wissen, warum.

Die Sonne schien warm und freundlich. In der Reihe der Ellenhuber-Gräber war ein neues aufgeworfen. Zarte gelbliche Knöchelchen lagen in der braunen Erde verstreut, die sich vom satten Grün, das zwischen den Hügeln wucherte, abhob. Vögel hüpften zwitschernd von Kreuz zu Kreuz. An der Mauer lehnte ein weißgestrichenes Blechtäfelchen, oben und unten wie die Enden eines Papiers aufgerollt, und darauf war in schwarzer, frisch glänzender Schrift zu lesen: Franz Jakob Ellenhub.

Was geschieht denn da? dachte sie. – Man legt etwas,

was ich einmal unter meinem Herzen getragen und mit meinem Blut genährt, in einen anderen Schoß, in den Schoß der Erde ... Sie sah, was sie bisher nie gesehen, gehindert durch einen Kunstgriff der Natur, die der Jugend das Alter und das Grab verbirgt, um sie ganz ihren Zwecken untertan zu machen – sie sah das Geheimnis vom Leben und Tod.

Nach der Totenmesse zog es sie noch einmal zum Grab; aber der Totengräber hatte es bereits zugeschüttet und stampfte mit seinen schweren Stiefeln die lockere Erde fest. Und wohl um dem Vater dabei behilflich zu sein, traten zwei Kinder, ein Bub und ein Mädchen, lachend mit. Einen kurzen Augenblick durchfuhr sie eine zornige Empörung. Aber dann dachte sie: für ihn ist das Arbeit und Brot.

Der Ähnl und einige Geschwister holten sie ein, und sie mußte, trotz ihres Sträubens, mit ins Wirtshaus. Die Geschwister waren weit marschiert und hatten Appetit. Sie sprachen eifrig den Weißwürsten zu. Der Ähnl fing an, allerlei Reden zu führen, die dahin zielten, daß der Mensch alles, was ihm auch das Leben bringen mochte, ruhig hinnehmen solle.

»Das Leben ist allweil gut«, sagte er, »gleichviel, ob's uns Freuden oder Schmerzen bringt. Ein Gewinn ist's auf jeden Fall. Merk wohl, Mena! Wie es ja auch zu lesen steht in der Heiligen Schrift: ›Alle Worte sind zu matt, niemand vermag es auszusprechen. Das Aug wird nicht satt vom Sehen, das Ohr nicht gefüllt vom Hören. Was gewesen ist, wird wieder sein. Und was geschehen ist, das wird wieder geschehen; ja, es gibt nichts Neues unter der Sonne.‹«

Wie er so redete, beobachtete sie ihn heimlich. Alles an ihm war alt, eingedorrt, runzelig, mit Ausnahme der Augen, die noch ungebrochen leuchteten. Sie dachte: Mein Kind hat kaum ein Jahr gelebt und liegt schon wieder unter der

Erde; der Ähnl, über siebzig, ißt und trinkt, redet und tut, als ob er noch einmal so lange auf Erden zu leben hätte.

Am nächsten Samstag ging sie mit einem Strauß Feldblumen und einer Gießkanne auf den Friedhof. Sie schüttete frische Kohllösche aufs Grab, jätete das Unkraut und füllte Weihwasser ins kleine Becken ein. Über Friedhof und Dorf lag jene Stille, die eintritt, wenn alle Arbeit ruht und man in den Häusern die Vorbereitungen für den Feiertag trifft. Es war, als ob ein Zauber alle Dinge umwob; Leben und Tod schienen ein und dasselbe zu sein und flüsterten sich in einer heimlichen Zwiesprache Trost und Hoffnung zu.

Wie gesagt: das Grab machte sie nachdenklich. Sie »sammelte« sich, wie der Ausdruck so schön heißt, zog alles herbei, was gerade ihr Eigentum und Lebensschatz war und sein konnte, prüfte alles, was ihr fremd, nichts anging und nichts angehen durfte, und sah schärfer als je auf Leben und Dorf. Die Kinder liefen unter Jubelgeschrei zur Schule, wie sie selber einst zur Schule gelaufen war; sie wußte von den alten Leuten, die sie noch gekannt hatte, nichts mehr. Die damals auf den Höfen gesessen, sitzen nun im Austragshaus; die Ellenhuber, die Hölzlhuber, die Talhuber und die Berghuber, die Winkelhuber und die Bachhuber und wie sie alle hießen; und dazu die andern Hausstämme, sie alle gingen diesen Weg, von der Wiege bis zum Friedhof, hier herauf. Was war das alles?

Ein großes Amulett

Menas Leben war auf einer Art Hügelkuppe angelangt, ähnlich denen, wie sie das Dorf umgaben, und von wo aus man, in der lieblichsten Abwechslung, die Gemeinde und noch fremde Pfarreien einsehen konnte. Recht fremd scheinende Nachbarpfarreien waren ihr in der letzten Zeit heimisch geworden, wenn auch auf eine so ganz andere Weise, wie sie sich das vorgestellt hatte. Viele Irrtümer waren geschwunden, und besonders einen hatte sie begriffen; daß es vernünftiger war, weniger am Leben teilzunehmen und es mehr zu beschauen. Sie spürte etwas in sich wachsen, konnte es aber nicht mit Namen bezeichnen; und es war doch nichts anderes als der beginnende Läuterungsprozeß, der zu einem gewissen Zeitpunkt bei jedem gutgearteten Menschen eintritt. Ihre Seele, die nicht mehr so arg vom Geschlechtswirbel herumgetrieben wurde, lag gleichsam rastend still inmitten von ländlicher Reinheit, Sonne und Farben, und hub zu schauen an; die Dinge und die Menschen untereinander zu vergleichen, suchte sich ihre Beziehungen zu erklären, und je mehr sie dem nachhing, desto mehr wuchs in ihr der Drang dazu. Es war, als ob eine Flamme, die bisher in ihr nur geglimmt, hell zu brennen anfinge. Denn auf Erden sucht jedes Element sich auszudehnen und über alle andern Herr zu werden, das Feuer und das Wasser, die Wärme und die Kälte, die Tyrannei und die Freiheit, bis es vom Gegenspieler in seine gottbestimmten Grenzen zurückgewiesen wird.

Dieser Zustand wurde durch die Veränderungen im Dorf begünstigt. Es war an Sonn- und Feiertagen nicht mehr so schreierisch und strittig in den Wirtshäusern; es lag auf allen Dingen und Menschen ein Dampfer. So vieles, das Unruhe und Lärm gemacht, war verschwunden, Menschen, die bisher unbeachtet gewesen, wurden beachtet, die früher achtlos aneinander vorbeigegangen, ließen sich in ein Gespräch ein, und Feindschaften verwandelten sich in Gleichgültigkeit, bisweilen in Freundschaft. Die Ströme, die alles Leben auf Erden halten und tragen, hatten sich verändert, zogen neue Bahnen und wühlten den untersten Boden allen Daseins auf: Blutsliebe, Heimatssehnsucht und Gottesfurcht.

Die stärkste Wirkung ging von den Soldatenbriefen aus. Sie trugen Poststempel mit den Namen Mailand, Mantua und Legnago, und die Mena kam mit diesen Schriftstücken in eine gewisse Verbindung.

Seit dem Abgang ihres Kindleins schrieb sie fleißiger an ihre Geschwister, besonders an den Bruder in Wien, dessen Antworten ihr schmeichelten. War es nicht zum Verwundern, daß ein wirklicher Herr und Gelehrter es der Mühe wert fand, ihr, einer Magd, mochte sie immerhin seine Schwester sein, seitenlange Briefe zu schreiben? – Sooft die Leute nach ihm fragten, ging ein stolzer Zug über ihr Gesicht. »Ja, mein Gott«, sagte sie, »der ist so gescheit geworden, daß wir dagegen alle nur arme Waisenkinder sind.« – Sie schrieb auch an die Brüder im Feld. Dieser Briefwechsel, in dem abgelegenen Bauerndorf an sich ein Unikum, sprach sich herum. Und da es bei den Älteren und Alten im Lesen und Schreiben haperte, traten an Sonntagen, nach dem Hochamt, Bauern und Bäuerinnen an sie heran mit der Frage, ob sie ihnen nicht an den Sohn in Italien schreiben möchte. Gewiß, sie hätten auch zum Gemeindeschreiber gehen können, aber das war ihnen nicht heimlich genug. Die Mena freute sich, daß sie den Leuten helfen konnte, und dankte dem guten Zauner, daß er sich ihrer so sehr angenommen hatte. Manchen Sonntag stellten sich gleich mehrere solche Briefbitter ein.

Trotz ihrer ernsten Stimmung drängte der alte Frohsinn, die Natur der Ellenhuberischen Waldbauern, die von ihren Höfen Jahrhunderte auf das närrisch-lustige und närrischernste Leben und Treiben der Welt herabgesehen hatten, wieder nach oben. Ganz ohne ihr Zutun kam er über sie; nur zuweilen hie und da erschüttert durch die Frage: Ist meine Lustigkeit eine Sünde oder nicht? Die Welt war so schön, die Hausgärten voll duftender Gewürze, bunter Blumen und farbiger Glaskugeln, der Himmel blau und der Dorfbach klar, daß es eine Lust war, in diesem reinen Element hinzuschwimmen.

Alle Dinge sind nicht für jeden; soviel Menschen, soviel kleine Welten; bald langsam, bald reißend schwimmen sie dahin, reiben sich gegenseitig oder sondern sich voneinander ab und segeln in den Höhen, einsam und selig, den Sternen zu. Die Mena fühlte diesen Vorgang, fühlte, daß ihr eigenes Leben das Allereinzigste und Allerheiligste war, was sie hatte, ein anderes Tabernakel, das mit Vorsicht und Scheu, seiner Bestimmung gemäß, zum Altar der Vollendung getragen werden mußte.

An einem dieser Abende zerschnitt sie einen großen Weinapfel mit ihrem Taschenfeitel, der noch immer aus ihrer glückseligen Hirtenzeit stammte, in acht gleichmäßige Spalten. Das Lamberthaus stand erhöht, und sie hatte das Dorf vor sich und jenseits die Hausfront des Postwirts. Aus den offenen Fenstern kam Hochzeitsmusik; und das wahnsinnige Jauchzen der Hochzeitsbuben scholl in die Stille. Die Nacht mit den schwarzwolligen Feldern und Wäldern glich einem finsteren Rachen, worin sich geheime, unsagbare Dinge vorbereiteten. Die Hügel, Bäume und Büsche glichen menschlichen Gestalten mit ungeheuerlichen Formen, zeigten krause Mannsbarte, gestiefelte Füße; die nächtliche Erde selber war ein Mann, wild und groß, mit einer

Brust voll schwarzer, zottiger Haare, und das Musikgedröhn, das Jauchzen und Gestampfe seine unartikulierte Lustsprache, die alle Erden und alle Himmel durchdrang.

Die Mena schalt sich ob dieser heidnischen Phantasien und sah sich nach einer Zuflucht um. Aber sie mußte erfahren, daß von diesem Bilde eine unheimliche Macht ausging, eine Macht, die Mann zu Weib, Weib zu Mann mit noch viel größerer Kraft schleudert als die wildeste Tanzmusik. Sie spürte das erbarmungslose Wirken dieser Kraft, öffnete, ohne zu wissen, was sie tat, den Mund und gab einen röhrenden Laut von sich, den sie selber vielleicht gar nicht hörte. Sie rief sich selbst beim Namen, rief auch ihre beiden Heiligen, Vater und Mutter, aber es half nichts. Ein Fieber durchrieselte sie, bald warm, bald kalt; sie hielt die Hände vors Gesicht und seufzte: »Ich fühl mich so einsam! Hab gar nichts mehr, was ich gern haben könnte.«

Plötzlich schrak sie auf; vom Holzstoß unter ihrem Fenster fielen Stücke auf die Erde und im nächsten Augenblick wurde der Vorhang zurückgeschoben. Sie sprang auf; aber es war schon zu spät. »Nur ein bißl ausschnaufen möcht ich mich bei dir, Mena!« bettelte eine Stimme.

»Aber Toni«, sagte sie, »muß denn das gerad bei meinem Kammerfenster sein?«

»Freilich, Mena, freilich! Wo denn sonst? – Teufelsmäßig müd bin ich! Drei Stunden bin ich gelaufen!«

»Wo kommst du denn her?«

»Aus der Fronfeste!«

Sie erschrak. »Armer Mensch!« sagte sie. »Setz dich ein wenig her! Mußt aber brav sein wie ein Kind, sonst kann ich dich nicht brauchen.«

Der Schinderbub setzte sich gehorsam auf den Sesselrand und fragte unsicher: »Wie geht's denn deinem Kindl?«

»Mein Kindl liegt auf dem Friedhof«, gab sie zur Antwort. »Ich hab jetzt wirklich gar niemand mehr auf der Welt.«

Der Toni seufzte. Dann war es eine Weile still in der Magdkammer. Nur der messingene Pendel der Wanduhr tickte laut.

»Wie ist's dir denn immer ergangen?« fragte sie endlich.

Der Toni tat einen tiefen Atemzug, so ganz von unten herauf.

Und wieder war es still; bis die Mena etwas hörte, das sie den Atem anhalten ließ; der Schindertoni weinte! – Er streckte beide Hände gegen den Ölstock aus Messing hin, den er ihr an jenem Kirchtag gekauft hatte, und sagte: »Die verdammten Fesseln haben mir die Händ blutig gerieben, das hat sich nun entzündet. Wenn das so fortgeht, kann ich wochenlang keinen richtigen Schuß abgeben.«

»Jesus, Maria!« sagte sie. »Du armer Mann!« Holte altes Linnen und verband sorgfältig das wunde Gelenk.

Wie sie mit der Schere die Enden abschnitt, rutschte er plötzlich vom Sessel auf den Boden und wühlte seinen Kopf zwischen ihre Knie. Sie lachte, suchte ihn abzuwehren; aber er riß sie mit einem halbunterdrückten Schrei in seine Arme und trug sie durch die Kammer.

»Du bist mein!« sagte er. »Was glaubst du, was in der Fronfeste meine drei höchsten Wünsch gewesen sind? – Einmal wieder einen Sechzehnender schießen, einmal wieder den Tanzboden auskehren und einmal wieder bei dir – schlafen!«

Die halbe Nacht balgten sie sich wie zwei junge Hunde und brachen dabei öfter in so heftiges Gelächter aus, daß sie sich die Polsterzipfel in den Mund stecken mußten. Vom nahen Egelsee kam der Gesang der Unken; es schien, als ob, wenn der Toni die Mena fester in die Arme nahm, auch gleichzeitig der Unkenchor mächtig anschwoll, glühender, um dann wieder in eine laue, süße Wollustmüdigkeit zu versinken.

»Du schönes Weiberleut, du!« sagte er leise.

Und auch sie redete im Flüsterton: »Du schönes Mannsbild, du!«

Dabei fiel ihr ein viereckiges Ding aus dem Hemd, das der Toni blitzschnell an sich brachte. Es war ihr Amulett. Der Stoff war mürbe geworden, und an einigen Stellen schimmerte es weiß durch. Der Toni wollte es öffnen, aber sie hinderte ihn daran.

»Es ist hochgeweiht!« sagte sie.

Er nestelte jedoch so lang, bis ein gefaltetes Papier mit brüchigen Rändern zum Vorschein kam. Auf der einen Seite war das Bildnis einer Madonna zu sehen, mit Kind, Krone und Stab, und auf der andern eine Handschrift: die ihrer Mutter. Nichts dünkte ihr wunderlicher, als daß die Mutter einmal, wohl in jungen Jahren, diese Zeilen selber, wahrscheinlich aus einem Versbuch, abgeschrieben hatte.

Wie zwei Kinder, die das Lesen erlernen wollen, lasen beide, zum Öllicht gebeugt, Wort für Wort, Vers für Vers, und es schien ihnen, als ob ein Strom sie, hoch über allem Menschendasein, forttrüge. Und als ob von der Gewalt dieses Stroms selbst die toten Eltern auf dem Friedhof noch einen Nachhall verspüren müßten ...

Das süßeste Glück vom Himmel mir kam,
Als einst ich mit meinem Bräutigam,
Teilte das Ehbett zum erstenmal
Und er mich küßte sonder Zahl.
Als Mann und als Weib verbunden auf Erden,
Wollten wir fast einem Gotte gleich werden.
Geschrieben an dem Tage nach meiner Hochzeitsnacht.

Die große Glocke muß einrücken

Das Dorf hatte sich inzwischen wieder beruhigt und war in jene Art von Wachtraum zurückgesunken, den es seit einigen Jahrhunderten träumte. Die Häuser mögen noch geringer an Zahl, die Hütten noch elender gewesen sein, die Sümpfe breiter, aber sicher hat es schon damals geträumt, als die Römer im Zirkus Maximus den Gladiatoren zujauchzten, Horaz sein Exegi monumentum dichtete und im Heiligen Lande der Gottmensch über die Höhen von Nazareth schritt. Manches große Babel, das zweiundzwanzig Stunden im Umkreis maß, versank indessen spurlos; aber diese kleine Welt, wenn auch zuzeiten tüchtig geschüttelt und gerüttelt, überdauerte alle Stürme. Zuweilen tat sie, als wollte sie aufwachen, wenn die Legionen Cäsars durchmarschierten, die Ruler und Heruler, die Markomannen und Quaden, die Kreuzritter, die Landsknechte Frundsbergs, Wallensteins Reiter, die bärenmützigen Grenadiere Napoleons, die Heere der Habsburger mit dem wehenden Doppeladler. Das Weibervolk war dann außer sich gekommen über die vielen prächtigen Kerle, die es auf der Welt gab, und hatte seinem Ärger, sorgsam in Mitleid gewickelt, unverhohlen Ausdruck gegeben, daß man hier die Männer zu etwas anderem als zu ihren Zwecken gebrauchte. Der Strom des Lebens hatte stets weit abseits vorübergerauscht. Aber dies war kein Unglück; denn alles, was ein Menschenherz fühlen und erleben kann, hatten sie hier gefühlt und erlebt; und vielleicht eindrucksvoller als draußen in der großen Welt. Gewaltsame Störungen waren hier kaum eingetreten oder hatten nur Stunden gedauert, weil das Göttliche groß, das Menschliche aber stets klein gewesen war. Selbst das italienische Kriegstheater hatte sie nicht aus dem Gleichgewicht bringen können; denn das Unerläßlichste war ihnen geblieben; die große

Stille, der blaue Himmel, die Ziehwolken, der Mond und die Sterne; die schweren Nelken und zitternden Levkojen in den Fenstern, die Tulpen und Georginen in den Hausgärten; die Beete voll duftender Gewürze, Petersilie, Zeller, Rosmarin und Majoran. Diese Gewürze und Blumen liebten und hegten sie von Kindheit an, wohl um ihre Tage farbig zu machen und zu würzen. Sie spürten, daß hier die Quelle alles Lebens und aller Schönheit sprudelte. – Herr, hilf, daß unser Leben nicht schal werde, sprach ihr ganzes Tun und Lassen, war es nun Tagwerk oder Fest, Marsch oder Rast, Fluch oder Gebet, und keine größere Sehnsucht schienen sie zu kennen.

Aber um diese Zeit ereignete sich etwas, das an den Grundfesten rüttelte. Es trat nicht gleich selber ein, sondern machte sich, wie es in solchen Fällen zu geschehen pflegt, durch allerlei Vorzeichen bemerkbar. Da waren vor allem die erneuten Aushebungen. Ein Murren erhob sich, wie lange das noch so fortgehen sollte; und natürlich sah alles scharf auf die reichen Höfe, ob man auch da die Söhne nahm.

Ja, auch da. Aber Lix, zum Beispiel, als einziger Sohn, wurde losgeschraubt. »Natürlich«, sagten sie, »solchen reichen Leuten wird eben alles Bittere erspart.«

Weiterhin waren die Briefe aus Italien. Anfangs vereinzelt, kamen sie jetzt auf viele Höfe. Menas Tätigkeit als Briefschreiberin sprach sich herum. Zwar übertrieben die Leute, wenn sie sagten: »Die Ellenhuber-Mena kann schreiben wie ein Advokat«, aber tatsächlich konnte sie, zur eigenen Verwunderung, feststellen, daß ihre Feder immer gelenkiger übers Papier lief. Sie tat auf diese Weise so vielseitige Einblicke in das menschliche Leben, daß es ihr schien, als ob sie bisher in einer fensterlosen Kammer gelebt hätte. Kein Wunder! Wenn ein Amtsschreiber, ja, hundert Amtsschreiber viele hundert Pfund Papier beschreiben, so geht von diesem papierenen Berge ein Hauch von Öde und Lebensfeindschaft aus; aber den kleinsten Brief, geschrieben von den ungeübtesten Menschenfingern, nimmt man mit Interesse, ja Ehrfurcht zur Hand.

Viele kamen, um ihr unter dem Siegel der Verschwiegenheit ihre Herzensgeheimnisse anzuvertrauen, und wie wenig auch im allgemeinen das Frauenvolk den Mund halten kann, sie schwieg. Es war ein feines Gefühl, wenn sie zur Kirche ging und mit den Leuten nicht nur die gewöhnlichen Grußgespräche wechselte, sondern überall Mienen begegnete, worin eine feste Zuversicht auf ihre Verläßlichkeit abzulesen war.

Sonntags trampelten schwere Schuhe über Lamberts Stiege und eine rauhe Stimme redete: »Grüß Gott, Mena! Eine recht schöne Bitt tät ich haben. Mein Sohn hat wieder geschrieben, aus Italien. Da möcht ich zurückschreiben lassen, damit er sich nicht ganz verlassen vorkommt! Ich tu dich schon gut zahlen. Da fehlt dir nichts.« Der Bauer nestelte seinen Brief aus der Rocktasche und legte ihn mit Scheu und Ehrfurcht auf den Tisch. Begreiflich, er war weit hergereist und trug viele kaiserlich-königliche Poststempel auf seinem gelbbräunlichen Leib.

Und die Mena setzte sich hin und las: »Vielgeliebte Eltern! – Ich ergreife die Feder und teile Euch mit, daß ich gesund bin, was ich auch von Euch hoffe. Ich habe das Leben zu Hause nicht verstanden und war verblendet. Jetzt möchte ich wohl so tun, als Ihr, meine geliebten Eltern, es haben wolltet, aber nun ist es zu spät. Wir marschieren morgen nach Mezzolombardo. Mein Geld ist auch schon hübsch zusammengeschmolzen. Wenn Ihr mir etwas schicken könntet, wäre ich sehr froh. Aber nur, wenn es meine lieben Eltern leicht entbehren können. Mit aufrichtigen Grüßen Euer liebender Sohn.«

Schon in der Mitte des Briefes hatte der Vater geräuschvoll sein Schnupftuch in Tätigkeit gesetzt und klagte nun in einem übermäßig rauhen Ton über die Herbstnebel, die er nun einmal nicht vertragen könne. Er schnaubte, ja er verlor einen Augenblick alle Gewalt über sich, und da er um keinen Preis seine Erschütterung zeigen wollte, überschlug seine Stimme sich in ein dünnes Krähen, und er schimpfte: »Geld braucht er? – Ah, da schau her! So ein Lotter! Und was der Mensch mir zugesetzt hat, wie er noch daheim gewesen ist! – Nun, leben tut er, gesund ist er auch. Viel mehr braucht der Mensch nicht. Hab ich nicht recht, Mena?« Schon auf der Stiege draußen hörte sie ihn noch immer schimpfen, ganz berauscht von seinem Vaterglück: »So ein Mistbub! So ein Herrgottsakra! So ein Donnerschlankel!«

Dann kam eine Bäuerin; sie keuchte, als ob ihr das Stiegensteigen hart ankäme. Ob ihr etwas fehle? – »Es geht mir so eigen«, sagte sie und atmete tief, als ob sie eine Last auf der Brust trüge. Sie hob den Deckel eines farbigen Körbchens und reichte der Mena einen Brief. Dann saß sie, die Lippen fest aufeinandergepreßt, die Hände im Schoß gefaltet, als wollte sie so dem Einschlagen irgendwelcher lebensgefährlicher Kräfte standhalten. Wie die Mena las: »Geehrte Frau!«, ging ein fahler Schein über ihr Antlitz. – »Ist unser Kamerad, als ein tapferer Soldat, auf dem Felde der Ehre gefallen. Haben wir ihn beerdigt und die Stelle gekennzeichnet, wo er liegt. Werden wir unserem treuen Kameraden stets ein ehrendes Angedenken bewahren und ihn nie vergessen.«

Die Soldatenmutter wiederholte geistesabwesend: »Beerdigt... unserem treuen Kameraden... nie vergessen...« Ihr Gesicht war kreideweiß, und ihre Hand zitterte, wie sie ein Geldstück auf den Tisch legte. »Nie vergessen... freilich, freilich!«

Aber selbst dieses Furchtbare nahm man noch hin; auch daß die Zinnteller und Zinndeckel der Maßkrüge, die Bleiröhren und dergleichen abgeliefert werden mußten.

Anders aber war's, als ein Gerücht die Kirchenglocken umschwirrte.

Glocken bedeuten in den Städten nicht viel; manchmal fallen zwar ihre Klänge in die Gassen, aber in der wilden Jagd, die zwischen den Backsteinmauern rast, werden sie gar nicht oder nur wie ein ferner, gleichgültiger Ton gehört. Sie mögen rufen, wie sie wollen: es sieht kein Mensch mehr zum Himmel.

Im Dorf ist's anders. Von der Stunde an, wo das Kind aus dem Morgenschlaf erwacht, auf Schritt und Tritt, Tag für Tag, Jahr für Jahr, wird der Mensch von den Glocken begleitet. Sie rufen seinen zur Erde gerichteten Blick unablässig zum Turm, zur Turmspitze, die wie ein Finger Gottes ernst und eindringlich in die Unendlichkeit weist. Und sie setzen dem Zweifler die immer gleiche, einfältige Frage entgegen, die der Kaiser Napoleon, im Anblick des ägyptischen Sternenhimmels, an seine Neunmalgescheiten gerichtet hat: Sagt mir, wer hat Sonne, Mond und Sterne gemacht? – Nicht die Abhängigkeit von den Naturelementen ist die Quelle ihres Gottesglaubens, sondern das Staunen.

Sie liebten ihre Glocken, wie sie ihre Kirche, ihre Häuser, ihren Bach, ihre Pappelbäume und ihre Kinder liebten. Sie waren allmählich ein Teil von ihnen selber geworden. Hörte man zuweilen, wenn der richtige Wind ging, über den flimmernden Kornfeldern fremde Glockentöne, so hielten sie die hohle Hand an die Ohrmuschel und sagten: »Unser Nachbardorf hat ein schönes Geläut; aber Glocken von einem Klang, wie der unserer Großen, gibt's überhaupt nicht mehr.«

Diese Große, oder Zwölf-Uhr-Glocke, war das ein und

alles, die unentbehrlichste von allen fünfen. Sie rief zur Frühmesse, zum Amt, zum Rosenkranz, zur Vesper; sie läutete die Hauptstationen des Tages ein, Morgen, Mittag und Abend, jenen Zeitpunkt, wo es hieß: Horch, Ave-Maria! und wo alle, der reiche Haginghofer und der arme Weltuntergang, der tückische Einleger und der wegemüde Helfuns-Gott-Florl, den seine Füße kaum mehr trugen, die beginnende Ruhe und Kühle wie einen kostbaren Wein in sich schlürften. Sie hatten aber auch zu den kleineren Glocken ein herzliches Verhältnis. Die Elf-Uhr-Glocke war durchaus nicht zu verachten; und von den drei anderen war es das Zügenglöcklein, das in jenen Minuten geläutet wird, wo der Mensch in den letzten Zügen liegt, wo die Luftkammern noch einmal versuchen, das einzuatmen, was das Arkanum alles Lebens ist: Licht und Luft. Und obgleich seine Stimme etwas lächerlich Dünnes und Blechernes an sich hatte, schlug sie dennoch stärker an die Wände der Menschenherzen, als der Schall von tausend Trompeten: es war der Klöppel der Ewigkeit.

So eng mit ihren Glocken verbunden, ist es begreiflich, daß sie in Trauer verfielen, wenn ihre Klänge einmal ihr tägliches Tun nicht mehr begleiteten, wo sie nach Rom flogen.

Daher versetzten die Gerüchte, die umgingen, das Dorf in Aufregung. Aber so sehr dies auch alle in Mitleidenschaft zog, einer fand sich doch, der sich mit dieser unerhörten Neuigkeit einen Magenbitter verdienen wollte. Er suchte sogleich die Mena auf und fand sie auf der Lambert-Wiese. »Mena, hör auf zu mähen!« jammerte er. »Fahr heim! Denk dir: die große Glock muß einrücken. Mein Gott, und deine Ahnl, Gott hab sie selig, war Glockenpatronin damals ... Was heutzutag alles geschieht!«

Die Mena erschauerte leicht; sie warf das Gras auf den

Wagen und fuhr ab. Der Staatsschuldenmann trabte nebenher und setzte seine Lamentationen fort. »Nein, aber nein! Jetzt wollen sie also auch die große Glocke einziehen! Und dein Ahnl hat das viele, schöne Geld hergegeben: zweitausend Gulden! Mein Gott und mein Herr! Den Atem tut es einem verschlagen. Und du selber bist damals ein ganz kleines Wuzerl gewesen. Und weil denselbigen Tag auf Ellenhub kein Mensch Zeit gehabt hat, hab ich dich auf meinem Arm herumgetragen! Hutsche heia.« Die rührende Stimme brach aber vor Lamberts Haus ab. »Das verdammte Sodbrennen!« rief er. »Sagen tun sie, Kirschenschnaps ist gut dagegen. Ich weiß nicht.«

Die Mena lachte und zahlte ihm tatsächlich ein Glas Kirschenschnaps. Sie tat es gern, wegen des warmen Anteils, den er an ihrer Kindheit und am großmütterlichen Glockenpatronat nahm. Doch wurde sie jetzt von einem Privatinteresse gequält: ihr war, als ob mit der Glocke auch die zweitausend Gulden eingeschmolzen werden sollten; es ärgerte sie fast, daß die Ahnl so überfromm gewesen war.

Mittlerweile hatten sich die Dorfhäuser geöffnet; alles kam hervor, sogar die Lahmen und Blinden, die Tauben und Wassersüchtigen. Große Angst malte sich in ihren Gesichtern. Auch jene Gestalten erschienen, die man sonst selten im Dorf sah.

Die Ewig-Gerechtigkeit beehrte die Mena mit einer Ansprache. »Die große Glocke!« sagte er bedeutsam. »Das Patronat ist seit ewigen Zeiten bei den Ellenhubern gewesen; das ist die ewig' Gerechtigkeit selber.«

Der Maler Peregrin kam anmarschiert, in einer Haltung, als ob sein Haupt weit über die Hausdächer hinausragte und nur sein armes Knochengestell sich herabwürdigte, unter dem Dorfvolk zu wandeln. Er schüttelte stumm den Kopf und sagte endlich: »Ich meinerseits wart auf ein Wunder!«

Alle sammelten sich auf dem Kirchenplatz. Hier standen sie in schütteren Haufen, Männer, Weiber, Kinder; solche, die noch an einem Band die Milchflasche mitschleppten, und wackelige Greise, die sich kaum mehr auf den Füßen halten konnten. Es setzte laute Dispute. Vielen schien es unmöglich, die Glocke aus der Glockenstube zur Erde zu bringen; sie prophezeiten ein Unglück übers andere; ja etliche verstiegen sich bis zum Einsturz des Turms. Andere beredeten, wo die Glocke gegossen, was sie gekostet und wann sie eingeweiht worden war. Man besprach, wie alle an ihr Geläut gewohnt wären und es ihnen als eine Unmöglichkeit erschiene, daß sie fortgeführt werden sollte. Ob denn in letzter Stunde nicht doch noch eine Wandlung eintreten könnte? Ob denn die Höllteufel mit dem Kriegführen nicht endlich aufhören würden? Ob denn zuerst alle und alles hinsein müßte?

Die Söhne und Brüder gingen ins Feld und kamen nicht mehr heim; das traf den einzelnen, und sie ertrugen es; daß aber nun die große Glocke drankommen sollte, das traf alle, ohne Ausnahme, das traf sogar die Spötter, die Zweifler und die Gottlosen, wie sehr sie es auch zu verbergen trachteten.

Das Erscheinen der Alt-Retlin mit ihrem Bübl steigerte die Erregung. Sie schrie dem Bübl ins Ohr: »Was ist denn los? Was haben denn die verdammten Lugenschüppel wieder für eine Riesenlug in die Welt gesetzt?« Das Bübl schnaufte ganz entsetzlich; es sah danach aus, als bekäme es einen seiner epileptischen Anfälle, und schrie seinerseits der Ahnl ins Ohr: »Die große Glock muß einrücken!«

Die Alt-Retlin schloß die Augen; sogar das Wackeln ihres Kopfes setzte aus. Plötzlich richtete sie sich mit einem Ruck auf, ergriff die Hand ihres Bübls und klopfte mit ihrem Krückstock an die nächste Tür: »Wacht auf, ihr Leute!«

rief sie. »Die große Glock muß einrücken!« So erregt die Alte war, so völlig teilnahmslos blieb der Enkel. In seinem struppigen Gesicht hing eine Gipspfeife, der kleine Rauchwolken entstiegen; zaghafte, wie ein Raucher eben raucht, der weiß, daß er mit seinem halben Pfund Rollentabak eine Woche auskommen muß. Er wiederholte mechanisch: »Ahnl, red nicht so viel, könnt dir schaden.« Aber der Kopf mit den gespenstischen Tuchzipfen redete unaufhörlich: »Es steht geschrieben in der Johannis-Offenbarung: ›Wenn die Wagen ohne Rösser gehen und die Frauen weiße Schuh tragen, ist die Zeit gekommen, wo die Weiberleut um einen Stuhl raufen werden, wo ein Mannsbild gesessen ist.‹«

Aus der Menschenmenge kam ein Geraune und Gejammer, und selbst die harten Männer schüttelten die Köpfe. »Immer«, sagten sie, »wenn die Alt-Retlin mit der Johannis-Offenbarung anrückt, gibt's böse Dinge!«

Bis zu dieser Minute hatten sie auf ein Ereignis gehofft, das alle Gerüchte zunichte machen sollte; aber wie sie nun den Pfarrer, in Begleitung des Vorstands, des Zimmermeisters und Alt-Ellenhubers, kommen sahen, blieb kein Zweifel mehr: es ging auf Leben und Tod.

Die Mena stand noch unter den Gaffern, als der Ähnl sie heranrief. Sie mußte mit ihm zum Postwirt. »Hab müssen in den Pfarrhof, wegen der großen Glocke. Weißt ja: dein Ahnl ist Glockenpatronin gewesen. Und weil mir dabei so vieles eingefallen ist, was mit deiner Ahnl zusammenhängt, und weil ich schon einmal im Pfarrhof war, hab ich mir den Trauschein herausschreiben lassen. Ist doch ein schönes Erinnerungsstück.« Er legte der Mena ein gefaltetes Dokument hin.

Sie las halblaut. Wie sie fertig war, wiederholte er gedankenvoll einige Stellen: »– und die Braut Maria Langer, eheliche Tochter des Wolfgang Langer, Bauer am Heisinggut... in der hiesigen Pfarrkirche zum heiligen Vitus... Urkund dessen Unterschrift und beigedrucktes Pfarrsiegel...«

Er saß mit halbgeschlossenen Augen und schaute Bilder seiner jungen Jahre. Szenen bei seinen Eltern, am Kammerfenster, bei seinem Weibe, und dies Weib, das er in so vielen Nächten bei sich gehabt, schien noch aus dem Grabe Ströme auszusenden. Er murmelte: »In der Ewigkeit, in der Ewigkeit werden wir uns wiedersehen.« Und die Mena sah, daß ihm ein paar Tränen über die Wangen liefen.

»Ja, Mena«, fuhr er fort. »Die Ahnl war Glockenpatronin. Und jetzt wird's auf dich kommen.«

Sie erschrak; so etwas wäre sie nicht gewohnt und wüßte nicht, wie man sich dabei zu verhalten hätte. Aber der Ähnl verbreitete sich lebhaft über die Ehre, und daß niemals etwas Besonderes in der Gemeinde vorgegangen wäre, woran die Ellenhuber nicht ihren Anteil genommen. »Es ist ein wahrer Gottestag gewesen, damals, wie deine Ahnl als Glockenpatronin neben dem Weihbischof hergegangen ist. Und viele schöne Frauen sind in dem Zug mitgegangen; und viele hundert weiße Mädchen, und die Musik hat gespielt; und ein halbes Hundert Böllerschüsse haben sie abgefeuert. Und deine Ahnl, das darf ich ruhig sagen, ohne mich zu versündigen: deine Ahnl war die Schönste und Stolzeste draus.«

Es war ein Tag der allgemeinen Trauer, als die große Glocke ihren Abschied nahm. Die Mena war ernst gestimmt. Und so, wie sie den Atem anhielt, als die Glocke zu läuten begann, hielten alle den Atem an. Es war aber auch, als ob sie ihre tiefste Seele und ihre schönsten Töne bisher zurückgehalten, um sie in dieser Stunde über die Gemeinde auszuströmen, als ein Grablied, das sie sich melancholisch eintönig selber sang.

Schneller als sonst eilten die Dorfleute zum Gottesdienst,

und alles, was alt, siech und gebrechlich, klein und schiefgezogen war von Mühsal und Krankheit, hastete mit komisch-ernstem Eifer den Kirchenweg hinauf. Gries predigte eindringlich vom Sinn der Glocke und vom Sinn der Menschenleiden.

»Wenn«, sagte er, »der Satan wächst in der Welt und mächtig wird, müssen auch die Gläubigen Gottes sich wappnen und sich in die Reihen stellen. Ihr habt vom welschen Feinde gehört, der des Kaisers Grenzen bedroht, eine schlimme Sache fürwahr! Ihr habt eure Söhne hergegeben, euer ein und alles, eine noch bösere Sache fürwahr! Aber beim Lichte besehen; sind sie nicht, wie sie so in der letzten Zeit heranwuchsen und in Saft gingen, kaum mehr lenkbar gewesen? Haben sie Liebe zu denen gehegt, die zwanzig Jahre der Liebe an sie gewendet, die Tag und Nacht für sie gewacht? Haben sie Liebe zu denen gehegt, die sie gepäppelt und gekleidet, die sie nachts sorgsam zugedeckt, daß sie nicht froren? – War nicht vielmehr die selbstische Natur wie ein Wildgewässer in ihnen hervorgebrochen und hatte nichts mehr gekannt, weder Gehorsam noch Respekt, weder Dankbarkeit noch Liebe? Und war es ein Wunder, daß es den grübelnden Vätern, niedergebeugt von Kälte und Lieblosigkeit, schien, daß die jungen Köpfe, die sich eine völlig falsche Welt gebildet, zurechtgesetzt werden mußten? Und daß es ihnen schließlich dünkte, daß die Schlachtenlenker und Eroberer nichts anderes wären als Werkzeuge eines geheimnisvollen Gottes, der alle Dinge in seiner Weise gestaltet! – Denn so ist es ja, ihr lieben Christen: das Eisen muß tüchtig geglüht und gehämmert werden, bis es einen Hammer, ein Rad, eine haarscharfe Sense gibt. Und genauso ist es mit den jungen Menschen. Dreimal wehe der Jugend, der die Zucht des harten Lehrmeisters fehlt.«

Die Bauern beugten tief ihre Köpfe. – So ist es! Er sprach

ihnen aus dem Herzen, der alte Pfarrer. Es war nicht der geringste Zweifel, daß ein furchtbares Gericht über allen Dingen der Welt waltete. Die Stimme des Predigers beschwor die jungen Menschen, ihren Leichtsinn abzutun; sie beschwor das Schlachtfeld, ein »anderer Donner Gottes«, und die Söhne, die im Kugelregen nach der Mutter riefen. Die Stimme zitterte, schwankte; der Pfarrer Gries weinte. Aber diesmal lächelte keiner mehr hinter dem vorgehaltenen Hute; von der Frauenseite antwortete Schluchzen, die ganze Gemeinde war von einem ungeheueren Leid durchschüttelt.

Es war gut, daß die Predigt zu Ende und der Koadjutor im Schnellschritt zum Hochaltar lief. Er las das Amt mit einer solchen Eile, daß es dem Ungeduldigsten mißfiel. Dann hob er die großen Bauernhände und stand stumm. Sein brennender Haarschopf loderte wie eine Flamme aus dem groben, felsigen Gesicht. Er sang mit seiner machtvollen Stimme das Kriegsgebet: »Du großer Gott, du allmächtiger Gott, du starker Gott... gib uns Sieg!« Die vereinten Stimmen der Schulkinder fielen im Chor ein: »Gib uns Sieg!« Und wiederum erscholl die Stimme des Koadjutors, und diesmal antwortete die Frauenseite, und bei ihrem inbrünstig hallenden: »Gib uns Sieg!« schienen die Wände der Kirche sich zu erweitern und sich mit rotem Blute zu erfüllen. Zum drittenmal erscholl die Stimme, noch stärker, und jetzt erdröhnte die ganze Männerseite: »Gib uns Sieg!« Die Orgel und der Chor nahmen das Gebet auf, leidenschaftlicher und inbrünstiger, und es hallte in den Wölbungen so gewaltig wider, als wollte es die Kuppel sprengen.

Wie die Menge sich auf dem Kirchenplatz drängte, sah man deutlich, daß alle kräftigen Gestalten fehlten; es waren zumeist Kinder, Frauen und Greise; wenige ältliche Männer ausgenommen, meist solche, welche die Gemeinde nicht entbehren konnte. Sie standen mit demütigen Mienen, die Rosenkränze um die Hände geschlungen oder geschmückte Gebetbücher an die Brust gedrückt. Vor ihnen die Kinder; die rotweißen Gesichter mit erkünsteltem Ernst geradeaus gerichtet. Die Mütter hatten sie beim Fortgehen eindringlich belehrt, daß sie heute recht ernst sein müßten. Sie suchten insgeheim nach einer Erklärung, warum sie ernst sein sollten, konnten aber keine finden. Ihre Augen sogen das Schauspiel mit solcher Begier ein, wie ein Durstender einen Trunk Wasser.

Weiter rückwärts, etwas erhöht, auf einem mauergefaßten Rasenfleck, mit einem riesigen Heilandskreuz, hatten sich Leute angesammelt, die sich aus bestimmten Gründen von der Menge absonderten. Krüppel, die umfielen, wenn man sie anstieß, Sieche, die man herbeigetragen, Weiblein, die elendiglich zwischen zwei Krücken hingen, und hier war auch die Alt-Retlin mit ihrem Bübl. In der blendenden Helle der Augustsonne und auf dem leuchtenden Weiß der Kugelsteine konnte dies Bild, die bunte, ärmliche Kleidung, die ängstlich ergriffenen Gesichter, ein Lächeln erregen. Ihr Jammer war ja, verglichen mit dem Jammer auf dem Kriegstheater, nichtig und klein; es war nur der Schmerz um ein Stück tönendes Metall, aber was bedeutete dies Stück Metall für sie?

Im offenen Halbkreis standen die weißen Gestalten der beiden Priester, umgeben von den ebenso weißen Ministranten; und daneben eine gesonderte Gruppe, der Vorstand, der Bräu, seine Frau, der Lehrer Zauner, Gemeindeausschüsse, der Alt-Ellenhuber und die Mena. Endlich ein Städter, der Herr Archivar, der Form und Inschrift der Glocke für seine Zwecke retten wollte.

Die Mena war ganz Auge und Ohr. Sie liebte seit jeher alles Feierliche. Es war auch ein besonderer Met für sie, und sogar ein sehr süßer, daß Ellenhub sich nicht rückwärts herumdrücken mußte, sondern hübsch vorn stand. Ihr Blick sah alles: die Menge, den Friedhof, das Dorf, den blauen Himmel und eine große Sommerwolke, die zuweilen einen flüchtigen Schatten auf Platz und Menschen warf, so daß sie leicht erschauerten. Sie kam erst wieder zu sich, als eine heftige Bewegung durch die Leute ging.

In der Turmwand bildete sich ein unregelmäßiger Fleck, und es schien, als ob die schwarze Kralle des höllischen Erzfeindes selber dies Loch riß, um das Allerheiligste zu rauben. Die schöne Große Glocke war unaufhaltsam auf der geheimnisvollen Bahn ihres Untergangs. Niemand sollte mehr ihre Klänge hören.

Mehrmals wandten die Köpfe sich gegen den Acker der unschuldigen Kinder, wo die Alt-Retlin die Hand krampfhaft ans Ohr hielt, und von Zeit zu Zeit mit der überlauten Stimme einer Tauben fragte: »Läutet sie noch?«

Es erhob sich ein Raunen und Flüstern, dem sogleich wieder ein atemloses Schweigen folgte: die Seile an den Flaschenzügen begannen zu surren, und die Glocke erschien im dunkelzackigen Mauerbruch. Sie bewegte sich ruckweise, gleichsam ängstlich und zögernd, als scheute sie sich, aus ihrem jahrhundertlangen Dämmerdunkel ins Sonnenlicht zu treten. Endlich schwebte sie frei und lautlos in die Tiefe.

Wie das Seil länger und länger wurde, fing die Glocke zu wackeln an. War es, daß die Zimmerleute sie nicht ganz sachgemäß gegürtet oder daß sie, auf ihr muffiges Turmgemach hin, die starke Morgenluft nicht vertrug, kurz, sie wackelte wie ein Betrunkener. Noch viel mehr und ganz entsetzlich aber wackelte der Greisinnenkopf der Alt-Retlin, wahrhaft beängstigend, denn man glaubte, jetzt und jetzt würde er sich vom zündholzdünnen Hals loslösen und davonfliegen. Und wie die Glocke, bevor sie sich aufs Gleitholz legte, einen schwachen Ton hören ließ, heulte die Alt-Retlin auf: »Jetzt hat sie den letzten Seufzer tan!«

Die Große Glocke saß auf dem Wagen, und die Leute drängten sich näher heran. Daß sie ihr einmal so nahe kommen, daß sie mit der Hand ihren kalten, glatten Körper berühren würden, das wäre ihnen niemals im Schlaf eingefallen. Je nach Alter und Stand nahmen die einen dies, die andern jenes Interesse an ihr. Bei den Alten hob ein bedächtiges Reden über Jetzt und Einst an; bei dem jungen Volk und den Kindern ein lautes Geschwätz; während die Mena überdachte, was die Glocke für sie, zu den verschiedenen Zeiten, bedeutet hatte. Gerade damals läutete sie den Tag ein, als Lix die Kammer verließ ... Gerade damals läutete sie das Ave, als sie den Toni kennenlernte ... Und auch damals läutete sie, als man ihr die Botschaft von der Krankheit ihres Kindes brachte ...

Die gesetzten Männer dachten an etwas anderes, allen voran der Archivar. Er erklärte mit lauter Stimme die Reliefs, die sich um den Glockenkranz zogen. Eine Szene aus dem Türkenkrieg, Janitscharen mit hochgeschwungenen Säbeln und wehenden Roßschweifen, ein brennender Bauernhof, fliehende Muselmanen und kaiserliche Reiter. Und dann die Inschrift:

> Ich künde Gott,
> Anno Domini 1800.

Zwei prächtige Wallachen, die voll angeschirrt die Straße herabklirrten, schienen für den Pfarrer ein Zeichen zu sein. Er trat vor, sprach ein lateinisches Gebet und besprengte Glocke und Menschen mit Weihwasser. Gleichzeitig fingen die kleinen Glocken zu wimmern an, und wie nun die ganze

Gemeinde laut mit dem »Gegrüßet seist du, Maria!« einfiel, wurde Schluchzen hörbar.

Die Größe des Weltgeschehens drang in dieser Minute auf sie ein: die Glocke, die geweihte, die heilige, die Musik ihres Gottesreiches, ging auf Nimmerwiederkehr davon. Die Alt-Retlin und ihr Bübl klammerten sich krampfhaft an den Schaft des rotgestrichenen Kreuzes. Der Kopf der Neunzigjährigen wackelte schauerlich und ihr zahnloser Mund jammerte laut: »Jetzt wird uns der Herrgott auch bald verlassen!«

Der Wettlauf der Siebziger

Fraglos, das Ruhige und Altgewohnte war weg; das Leben hatte einen Riß bekommen, so bös und häßlich wie der Riß in der Turmmauer, der sich noch immer deutlich abzeichnete. Dorf und Tal glichen einem Gemach, ausgestattet mit Bildern und Gesetzen, aus dem Leben der Jahrhunderte gewachsen; bewegliche und unbewegliche, die Sonne, der blaue Himmel und die schwebenden Lerchen, die Nacht, der goldene Mond und die Sterne; der Morgengesang der Vögel und das Abendlied der Brunnen; und jene anderen Bilder und Gesetze, die der Kreis der Religion umschließt. Und nun hatte man ein solches singendes und klingendes Bild herausgenommen. Die Menschen in den Häusern zitterten; zu vieles war in der letzten Zeit über sie gekommen, als daß sie nicht das Äußerste befürchtet hätten.

Einige ältere und alte Männer versammelten sich beim Postwirt. Sie saßen in der Laube vor ihren Bierkrügen, sahen zum Kirchturm empor, sahen die zackige Ausbruchstelle und schüttelten die Köpfe. Aus ihren Reden sprach die Besorgtheit, die Gemeinde möchte immer tiefer in das schwarze

Loch der Kümmernis und Verdrossenheit hinabsinken. Es war ganz aus der Weise, was in diesen Tagen geschah. Überall ging die Rede, daß man die Achtzehn- und Neunzehnjährigen aushob, sie notdürftig gehen, stehen und schießen lehrte und sie dann nach Italien sandte. Eine allgemeine Entmutigung herrschte; aber was eigentlich dagegen zu tun wäre, fiel niemandem ein. Der richtige Kopf fehlte.

Besonders drei Gäste, der Alt-Wahrlander, der Alt-Haberger und der Alt-Oberhauser, die Nachbarn von Ellenhub, beredeten dies und kamen dabei auf den Unterschied zwischen dem Alt- und dem Jung-Ellenhuber. »Mein Gott«, sagten sie, »das wär ein Vergleich! Ja, du mein Lieber, so ein Wunder tät kein Mensch glauben, wenn man's nicht alle Tag mit eigenen Augen sehen könnt.«

Der Alt-Wahrlander sah aus wie ein Geist; abgemagert und leidensvoll. Der Sohn war weg: es half nichts mehr. Der Alt-Haberger dagegen blickte mit weltlicher Fröhlichkeit in den Tag; er machte den Eindruck eines Fünfzigers, wohl daher, daß er frühzeitig übergeben und seit beinahe zwanzig Jahren das Leben eines Freiherrn führte, wie er es selber schmunzelnd bezeichnete. Der kurioseste unter ihnen war der Alt-Oberhauser. Sie sagten von ihm, er lebe »außer der Welt«, was in bezug auf sein Lehen seine Richtigkeit hatte. Es lag in der Einschicht, auf einer obstbaumbestandenen Kuppe, fast tausend Meter hoch. In einer solchen glasklaren Luft und Einsamkeit, näher dem Himmel als der Erde, werden die Menschen oft sehr eigen.

Endlich sahen sie den Alt-Ellenhuber kommen. »Bring es dir, Ellenhuber!« Sie hielten ihm die Krüge entgegen »Ellenhuber, du gehst ja noch wie ein Junger, so kerzengerad! Wie alt bist du denn eigentlich?«

»Zu Michaeli neunundsiebzig.«

Sie pfiffen durch die Lippen. »Du mußt wohl ein Wunderelixier haben. Möchtest du uns nicht das Rezept verraten?«

Er leerte ein Paket Ordinari, Dreikönig und Knaster auf ein Zeitungspapier, fuhr fingernd durch den Haufen gelben und braunen Krautes und lächelte: »Die Mischung ist die Hauptsach!« sagte er.

Sie sahen dem Stopfen und Feuerschlagen zu und lächelten ihrerseits, weil sie selber sich schon bis zu den Schwefelhölzern modernisiert hatten. Dann fragte einer: »Ellenhuber, was gibt's denn Neues in der Welt?«

»Schlecht steht's«, sagte er. »Die Welt kommt nimmer zur Ruh. In Wien kann der Teufel jeden Augenblick losbrechen. Ja, Männer, das sind Zeiten, böse Zeiten! Und die Leut tun heutigen Tags nichts als jammern; aber das hilft dem Menschen nicht. Die bösen Zeiten müssen auch sein: die Mischung ist die Hauptsach.

Das wegen Italien und den jungen Leuten und der Großen Glock ist alles nicht so arg. Der Kaiser wird sich selber helfen; die jungen Leut, die wachsen schon wieder zu Hunderten heran, wie die Bäum im Jungwald; und die Große Glock: mein Gott, das ist auch nicht so arg. Sie gießen nach dem Krieg eine neue, und eine größere und schönere. Und wird's keine schönere und keine größere, wird's wenigstens eine andere. Und wenn das nicht wäre, wenn die Glocken und die Häuser und die Menschen wollten tausend Jahr aushalten, ja, Männer, wo kämen wir da hin? – Die Leut hätten ja nichts mehr zu tun, und es gäb keine Abwechslung mehr in der Welt. Ruhig hinnehmen, schön still mitten durchgehen: die Mischung ist die Hauptsach.«

Die Männer nickten. – Ja du, der Alt-Ellenhuber! Schön still mitten durchs Leben zu gehen, einen festen Schatz von Sprichwörtern alter, fast ewiger Erfahrung im Hosensack, dies dünkte ihnen das Beste und Klügste. Die Last, die jeder auf seinem jungen oder alten Buckel trug, lüpften sie jeweils, halb ärgerlich, halb lachend, in die Höhe, in der törichten Hoffnung, von der kein Mensch frei ist, sie möchte, wie ein lustiger Vogel, auf- und davonfliegen. Aber nie sprangen sie deswegen den Leuten, die scheinbar weniger oder nichts trugen, an die Gurgel; waren vielmehr fest davon überzeugt, daß der Herrgott allen die gleiche Last, ob so oder so, aufgebürdet hatte. Dies ging so weit, daß ihnen ein Mensch, der seine Lebensbürde nicht mit heiterem Gleichmut und einer Beimischung von Humor trug, schon als vom Teufel angekrallt erschien.

Daher war es begreiflich, daß sie der weiteren Rede des Alt-Ellenhubers lebhaft zustimmten. »Ich sag's alleweil: Was der Mensch an Glück und Unglück, an Glanz und Dumpfheit, an Leichtsinn und Trübsinn hat, ist richtig verteilt. Aber es ereignet sich wohl in gewissen Zeiten, daß die Waagschalen aus dem Gleichgewicht kommen. Ein Übermaß häuft sich; auf einem Hof, in einem Dorf, in einem ganzen Volk. Die Gewicht' stimmen nicht mehr. Dann müssen die Alten hinzugeben, wegnehmen, zum Exempel: den Leichtsinn nicht zur Narrheit, die Verzagtheit nicht zur Verzweiflung sinken lassen, kurz: austarieren, austarieren!«

Eine Welle von Heiterkeit lief um den Tisch. »Und so geht's, und niemand versteht's: ich verstünd's, aber mir glaubt's keiner! Ich sag euch, Männer: die Welt ist rund, und rund muß der Mensch sein. Sind die jüngeren Leut fort, und die Mittelschicht kleinlaut, müssen die Alten zeigen, daß sie auf der Welt sind. Ich schlag vor: wir schreiben ein Laufen aus, ein Wettlaufen der – Siebziger! Mit dem Bräu hab ich schon geredet; er zeichnet zwanzig Gulden. Was sagt ihr, Männer?«

Ja, das war einmal eine Rede, die ihnen gefiel. Alle waren mit Eifer dabei. Schon der Disput über das Um und

Auf des Laufens verjüngte sie augenscheinlich. Sie schickten einen Boten an Peregrin und Mena.

Die Mena kam zuerst; wollte gleich wieder abpaschen, aber die Alten traktierten sie mit gesüßtem Rotwein und rafften alles, was noch vom Mannskerl in ihnen übriggeblieben war, zusammen, um ihr zu imponieren.

»Mena«, sagten sie, »du bist eine Spröde. Hast du denn nicht gehört, was die Alt-Retlin gesagt hat? – ›Die Zeit ist da, wo die Weibsbilder um einen Stuhl raufen, wo ein Mannsbild gesessen ist.‹«

Aber sie rief dagegen: »Ja, freilich! Das wär euch recht! Solche Zoch sind alleweil noch genug in der Welt.«

Sie lachten und erklärten ihr, welche Rolle sie beim kommenden Wettlauf zu spielen hätte. Da waren die Seidenbänder anzupfriemen, erster, zweiter und dritter Preis hineinzusticken, und die neuen Gulden und Halbgulden aufzunähen.

Der zottige Peregrinus kam indessen auch. Der Maler holte die Schuldentafel aus der Schank und skizzierte mit Kreide: »Am ersten Sonntag nach Bartlmä findet ein großes, denkwürdiges Laufen der Siebzigjährigen statt . . .«

Und die Zeichnungen, die er mit ein paar Strichen hinwarf, die galoppierenden Mannsbilder, einen Hund, einen Dackel, der auch ins Laufen gekommen, und einen verlorenen Tabaksbeutel schnappte, und ähnliches mehr. Sie schüttelten die Köpfe: Wie er das nur so hinzaubern konnte, so natürlich! Genau so wollten sie die Plakate haben. Peregrin begriff, was sie alle im tiefsten Grund ihres Herzens wünschten, wonach sie Verlangen hatten. Er setzte nicht umsonst die Worte: »Ein großes, denkwürdiges Laufen . . .« Groß sollte es sein, und denkwürdig, wert, daran zu denken und es im Schrein der Erinnerung aufzubewahren. Denn wenig ist in unserem Leben denkwürdig, grau in grau webt die große Weberin das Band unserer Tage, und dem Menschen ist stets zumut, als ob alles, was durch ihn und um ihn geschieht, der Beachtung und Betrachtung kaum würdig wäre.

Die Aussicht auf dieses Wettlaufen, die Zeichnung, das starke Bier und vielleicht auch die Anwesenheit der Mena versetzten die Alten in eine übermütige Stimmung. Die Mena sah dem Ähnl zu, wie er rasch den Maßkrug leerte; allerlei, was mit einer solchen Veranstaltung verbunden, fiel ihr ein, und sie fragte ängstlich, ob er denn das Mitlaufen nicht andern überlassen wollte. Wegen der paar Gulden, meinte sie, seine Gesundheit aufs Spiel setzen!

Aber da kam sie schön an. »Wegen der paar Gulden«, fuhr er auf. »Es geht nicht um Geld; es geht um die Ehr!« Und er blieb bei seinem Übermut. »Mena«, rief er, »stimm an dasselbige Lied: ›Bin i ah nimmer der Jüngstö, oh mei...‹« Sie wollte ablehnen, aber die Grau- und Weißköpfe setzten ihr derart zu, daß sie ihnen die Liebe tat. Nach jeder Strophe fielen die schon etwas brüchigen Stimmen in ihr Diriehallia ein.

> »Bin ich auch nimmer der Jüngste, oh mein,
> Tut mich das Leben doch sakerisch gfreun.
> Solang mir der Herrgott die Gsundheit noch schenkt,
> Wird an kein Alter, kein Griesgram nit denkt.
> Diriehallia...«

Wird ein Fest gefeiert, muß der Herrgott ein Einsehen haben und einen blauen Himmel über die Erde wölben, die Sonne scheinen und die Vögel singen lassen; und der Herrgott hatte ein solches Einsehen.

Am Morgen des Festtags war der Himmel wie ausgekehrt: Der Tau an den Gräsern funkelte, und die Sonne vergoldete alle Dinge. Die Menschen gebärdeten sich, als ob sie einen

Rauschwein getrunken hätten. Sie riefen sich schon von weitem Morgengrüße zu; und trafen sich zwei Feinde, so gingen sie aneinander mit verlegenen Mienen vorüber. Und der wäre als ein Auswürfling erachtet worden, dem es eingefallen, die Festfreude durch seine persönlichen Angelegenheiten zu stören.

Die Waldbauern stiegen von den Höfen. Da die Sonne heiß brannte, hatten sie die Feiertagsröcke über die Schulter gehängt und rote Nelken hinterm Ohr stecken. Jeder der Weißköpfe war von einer Schar junger Burschen umgeben. Etwas vom Jubel der Jugend rührte sich in ihren Herzen, und es dünkte ihnen, daß auch das höchste Alter noch so viel Lust und Schönheit in sich trüge, um das Leben lebenswert zu machen. Für die jungen Leute waren die alten Lebensläufer ein unwiderleglicher Lobgesang auf das Leben; so wünschten sie selber zu leben und fröhlich auszudauern bis ans Ende. Unter dem Druck ihrer frischen Kräfte fühlten sie sich als verteufelte Kerle, verglichen sich mit den Alten und genossen doppelt ihre Jugend; während die Alten, insgeheim wahrhaft froh, dem Narrenspiel entronnen zu sein, sie ihrerseits als dumme, junge Hunde bezeichneten, womit sie auch nicht weit fehlgingen.

Der Alt-Ellenhuber hatte einen Haufen solcher Übermütiger um sich. Von ein paar vorlauten Kiebitzen geführt, schwankten sie zwischen Respekt und Frechheit, stellten zweideutige Fragen, aber mein Gott und Herr, da war eben der Unterschied: reden, antworten, und gar noch witzig, das war schwer, das war viel schwerer, als auf dem Acker fahren, eine Dirn im Tanz drehen, ihr ein Kind machen oder mit dem Schlageisen dreinhauen. Man sah es ihnen an, wie sie den Gehirnkasten abplagten, aber die Worte des Alten waren gesalzen und gepfeffert, und er hatte die Lacher auf seiner Seite.

Die Mena, als Preisverteilerin, kleidete sich noch sorgfältiger, als sie es gewohnt war. Man merkte ihr das Bemühen an, ihr Äußeres immer genauer, abgezirkelter zu machen; jede Welle im Haar, jede Falte im Ärmel, die Silberkette und das Samtmieder, alles mußte wie auf einem Bild sitzen. Sie fing an, in den Sommer ihres Lebens zu treten und braun und reif zu werden. Wenn auch der eigentliche Jugendglanz verschwunden war, die kastanienbraunen Zöpfe, die großen, schönen Augen strahlten noch immer ein Gemisch von Mut und Lebensfreude aus. Aus diesen Augen, aus diesen Linien der starken Nase, des energischen Munds, aus diesem ganzen Frauenantlitz sprach ein wunderseltsamer Ernst, mit etwas Horchendem und Wartendem verbunden. Das ganze Gebilde war eine Blutwelle, sorgfältig umhegt und umschlossen, und durch einen heiligen Impuls fort und fort getrieben, bald zur Klarheit, Form und Vollendung, bald zur Verwirrung, Not und Tod.

Lambert rief aus: »Ich vermein, du wärst der schönste erste Preis! Wenn ich den gewinnen könnt, da tät ich mitlaufen.« Er versuchte, sie ein wenig abzutappen, aber sie wies ihn grob ab. Sie strahlte, als sie, ihr Körbchen am Arm, das Haus verließ.

Auf dem Wege begegnete ihr der Schuster Kröll. Er sah sie starr an. Dann hob er den Zeigefinger, etwa wie ein Vater ihn hebt, um das Kind zu warnen. »Mena, denk dran! Das alles, was du siehst, was du an dir trägst, ist Gaukelei. ›Siehe, ein fahles Pferd wird kommen, und seines Reiters Name ist Tod. Und ihm war eine Macht gegeben über den vierten Teil der Erde, zu töten Menschen und Tiere, durch Feuer und Schwert, Hunger und Pest!‹« – Und zuletzt: »Wir sind unser viele ... Der Bund wächst ... Harmagedon naht!«

Etwas Unheimliches griff ihr für einen Augenblick ans Herz. Aber sie war fröhlich und wollte es bleiben.

Das Dorf hatte sich prächtig herausgeputzt. Die Fenster blitzten vor Reinlichkeit; die Nelken und Pelargonien entfalteten ihre schönsten Blüten; jede Gasse und jedes Gäßchen war reingefegt, und aus den Gärten leuchteten die Birnen und Äpfel, so frisch und rotwangig wie einst im Paradies.

Vorm Postwirt hatten sich Gruppen von Zuschauern gebildet; die Musikanten standen herum, und sooft ein alter Wettläufer anmarschiert kam, gab es ein Hallo. Große Verwunderung, wenn sie einen sahen, den sie schon im Jenseits glaubten, und ein Lachausbruch, der nicht enden wollte, wenn Gestalten sich meldeten, deren Knie arg schlotterten. Jeder von ihnen wurde umringt und einer peinlichen Befragung ausgesetzt, die bei Äußerlichkeiten nicht stehenblieb, sondern, je nach Person und Rang, bis ins Gröbste ging. Da war eine Gestalt, der Alt-Wegmacher, der durchaus mitlaufen wollte, wie windschief er auch auf seinen krummen Beinen stand. Es wurden Gulden und Halbgulden auf ihn gewettet, ob er den letzten oder gar keinen Preis gewänne, und dann unterzog man ihn einem scharfen Verhör. »Kannst du noch einen vollen Maßkrug austrinken? Kannst du noch über einen Sessel springen? Kannst du noch deine Alte verprügeln?« Und zuletzt die Frage aller Fragen, weil ohne deren Beantwortung die Welt nicht fortbestehen könnte. »Kannst du noch ein Kind machen?«

Besonderes Interesse erregte der Alt-Haberger, gerührig und lebendig, mit listig lachenden Augen; der Wahrlander, mit schneeweißem Haar, ernst und bedächtig; nicht zu vergessen die beiden »Ernsthaften Brüder«, die Lichtmeßberger, die ihr väterliches Gut gemeinsam bewirtschafteten; der Alt-Ellenhuber und andere angesehene Siebziger.

Die Reichsstraße, dort, wo sie ins Dorf mündete, eignete sich trefflich für den Zweck, dem sie heute diente; ja, sie schien eigens dafür gebaut. Sie war schnurgerade, mit einer

Böschung, fünf bis sechs Meter hoch. Sie hatte bereits ein ansehnliches Alter hinter sich, denn die Legionen der Römer waren hier vor zweitausend Jahren durchmarschiert.

Über ihre ganze Breite wurde ein Streifen frischgelben Strohes geschüttet. Die Läufer entledigten sich ihrer Röcke und Schuhe, blieben barfuß oder zogen Socken über und gingen so die Straße hinauf, deren Ränder bereits mit Zuschauern besetzt waren. Auch die Musikkapelle begann schon zu spielen; denn der Protektor der Veranstaltung, der Bräu, kam. Die Grüßgott schollen laut, und allerwärts wurden die Hüte gelüftet.

Den Bräu umgab ein Schwarm Männer, der sehr verschieden zusammengesetzt war. Ein Teil davon glich in Körperfülle dem Bräu selber, und man sah es ihnen deutlich an, daß sie sich, trotz des frühen Morgens, bereits ausgiebig mit Speisen und Getränken gefüllt hatten, und überdies mit Menschenverachtung, die wohl auch eine gewisse Fülle und Kraft zu erzeugen vermag; denn alles an ihnen, ihre Haltung, ihre seidenen Halstücher, ihre schweren Uhrketten und goldenen Ringe, sprach zu ihrer Umgebung: Arme Teufel!

Ein zweiter Mittelpunkt war eine kleine, mit rotweißen Tüchern geschmückte Tribüne, wo die Mena eben die Preise ordnete. Die blauseidenen Bänder mit den neuen Silbergulden glänzten in der Sonne; und Menas Erscheinung paßte vortrefflich in das farbige Bild.

Die Geschwister, Gang und Naz ausgenommen, fanden sich ein und lachten mit dem ganzen Gesicht, als sie so die »Mutter Mena« hoch oben, wie auf einem Predigtstuhl, paradieren sahen. Sie stellten sich knapp darunter auf. Und es machte die Mena besonders stolz, daß jedes, wie arm es auch damals von daheim fortgegangen, heute aufs beste ausstaffiert war. – Du mein Herr und mein Gott, dachte sie, ich dank dir, daß alle tüchtig sind und dem Ellenhuber-Namen keine Schande machen!

Inzwischen hatten die Läufer sich auf einem Wiesenkeil gesammelt, der in der Reichsstraße dort hereinstieß, wo eine Votivtafel aufragte, die in Schrift und Bild, nach Peregrins Manier, bezeugte, daß hier ein Mensch nächtlicherweise dem Mordstahl zum Opfer gefallen war. Die Weißköpfe sahen einander lachend an, fragten nach Alter und Befinden, und immer wieder hörte man den Ausruf: »Ah, du lebst auch noch?« Dabei konnten manche nur schwer der Versuchung widerstehen, sich älter zu machen, als sie waren. Durch ein paar Jahre Zugabe bekamen sie etwas, was ihnen bisher immer gefehlt, den Seltenheitswert. Aber, zu ihrer Ehre sei es gesagt, wenn schon, so brachten sie diese Lüge mit einem Lachen über die Lippen, um sie dem Spaß anzunähern. Einer von ihnen war schweigsam: der Alt-Ellenhuber. Sein Gesicht hatte einen geistesabwesenden Ausdruck; er schien gedankenlos in die blaue Himmelsdecke zu starren, die sich über die Hohlstraße wölbte.

Bum! Der erste Böllerschuß donnerte. Er lockte ein hundertfältiges Echo aus allen Gassen und Winkeln. Ein Rauschen ging durch die Menge. Sie glaubte, es finge schon an; aber die Buben, die alles genau wußten, schrien: »Drei! Drei!« Und richtig, da war auch schon der zweite, da war der dritte, und das Laufen begann ...

Auf der sonnenbeschienenen Straße kamen ungefähr zwei Dutzend Bauerngestalten gelaufen, einzelne, zu zweien und dreien, in Gruppen; und wieder einzeln, in Hemdärmeln, barhäuptig, weißhaarig, bloßfüßig oder weißbesockt. Sie liefen verschieden. Es waren einige darunter, die suchten sich durch spaßhaftes Wesen im voraus vor der Schande einer Niederlage zu sichern. Aber so schlau sie dies auch anstellten, man durchschaute sie sofort. »Da ist kein richtiger Ernst dabei«, sagten die Leute, unwillig darüber, daß man sie zum besten halten wollte. Nur Kinder, Halbwüchsige und blöde Weiberleute, die in einer krankhaften Sucht immer lachen wollten, blieben ihnen noch ein Eichtl treu. Die andern suchten für ihre Anteilnahme ein würdigeres Objekt. Was nun den Ernst anbelangte, den die Bauern so lieben und rühmen, der fehlte bei den vier oder fünf Läufern nicht, die sich von einem größeren Haufen absonderten und darangingen, sich die Führung streitig zu machen. Schneller, als man glaubte, war der Augenblick da, wo das Laufen interessant wurde.

Wie die Bräugruppe, gewohnt, jede Minute mit einem kurzweiligen Spiel oder Spaß auszufüllen, sah, daß der Spitzenschwarm hervortrat und sich immer schiefer abstutzte, fing sie an, zu wetten; um einen Gulden, um einen Doppelgulden, ja sogar um einen Kronentaler.

Ein lauter Jubel drang von der Straße herein. Alles reckte die Köpfe, und am meisten die Wettenden; es ging um ihre Gulden, und wenn sie schon am frühen Morgen verspielten, war das ein schlechtes Zeichen. Die Kinder, die Halbwüchsigen und die Weiberleute schrien im Chor: »Der Haberger! Der Haberger gewinnt's!« Er war tatsächlich um gut zwei Pferdelängen voraus. Ihm am nächsten lief der Alt-Wahrlander, und dann kamen zwei Brüder, Zwillinge; sie hielten sich so knapp nebeneinander, als wären sie noch immer durch die Nabelschnur verbunden. Endlich der Alt-Ellenhuber; er hatte also nicht weniger als vier vor sich, aber, so schätzten die meisten, ganz ohne Preis würde er auch nicht ausgehen.

Der Alt-Haberger schien also den ersten Preis schon im Sack zu haben. Freilich, er ließ es sich auch etwas kosten. Seine Brust atmete wie ein Blasebalg. Der Alt-Wahrlander folgte in einem gleichmäßigen Tempo. Sein Gesicht war gerötet; er preßte die Hand auf die Herzseite, und sein festgeschlossener Mund sagte: Ich muß dich überholen, Haberger, und wenn ich in der nächsten Sekunde tot hinfall! – Hinter ihm liefen die Zwillinge. Sie schienen zu begreifen, daß sie die Vordermänner nicht mehr schlagen konnten, waren aber sichtlich entschlossen, ihre Linie zu behaupten und untereinander keiner dem andern den Vorrang zu lassen. Zog der eine stärker an, tat es der andere auch, und ihre Mienen sprachen: Plag dich nicht, Bruder! Nachgeben tu ich um keinen Preis!

Bei dieser Sachlage war es verständlich, daß die Zuschauer anfingen, die Preise zu verteilen. Man sah es schon deutlich: der Haberger bekam den ersten. »Haberger, tauch an!« schallte es die Hohlstraße entlang. Jedoch es gab einige wenige, die blieben gelassen; für sie war nichts sicher, sie wußten, daß der Augenschein trügt, und hefteten forschend ihre Blicke auf den fünften Läufer, der einzeln und höchst eigenartig lief. Er machte keine besondere Anstrengung, wollte sie auch nicht machen, wie es schien, trabte vielmehr unentwegt in einer Art maschinenmäßiger Gleichförmigkeit daher, als ob er nie angefangen, aber auch, als ob er niemals aufhören würde; während auf seinem faltigen Gesicht eine Mischung von unverwüstlicher Heiterkeit und fröhlicher Hoffnungslosigkeit lag.

In der eingetretenen Spannung ließ sich eine Stimme vernehmen: »Herr Bräu, was gilt's? – Der Alt-Ellenhuber wird erster!«

Die Leute brachen in lautes Gelächter aus. Der Bräugruppe schief gegenüber stand die Ewig-Gerechtigkeit und fuchtelte aufgeregt mit den Händen. Der Bräu stellte sich auf die Fußspitzen, aber der Alt-Ellenhuber war von seinem Standpunkt aus noch gar nicht zu sehen. »Zehn Gulden gegen einen!« rief er.

Die Mena, hoch oben auf der Tribüne, und die Geschwister unter ihr, erschraken. Vielleicht war ihm ein Malheur passiert. Die Mena reckte sich höher und konnte nun den Ähnl sehen. Ihr Herz schlug laut. Sie suchte sich mit aller Macht ein gelassenes Aussehen zu geben; aber es gelang ihr nur halb.

Der Bräu hat gewettet auf den Alt-Ellenhuber, zehn Gulden gegen einen! Das ging wie ein Lauffeuer die Menschenmauer hinauf, und jedes Auge war auf die Läufer gerichtet, die sich bereits bis auf hundert Klafter dem Ziel genähert hatten. Der Alt-Haberger, als nächster der Wahrlander, die Zwillinge, der Alt-Ellenhuber wurden durch laute Zurufe angefeuert, obgleich über den Ausgang wenig Zweifel mehr bestand.

Aber plötzlich geschah etwas Unerwartetes: an der straßenseitigen Hauswand, wo das Wichtlweibl logierte, fünfzig Klafter vom Ziel, hing, wie schon früher erwähnt, ein überlebensgroßer Herrgott, und an dieser Stelle ging der Alt-Ellenhuber in eine völlig neue Laufart über; er überholte die Zwillinge und setzte gegen den Alt-Wahrlander an.

Die Bräuin warf einen spitzbübischen Blick auf ihren Mann. Sie hielt in ihrer schönen, gepflegten Hand ein Spitzentüchlein, schwenkte es hoch und rief: »Fünf Gulden auf den Ellenhuber!«

Der Bräu lachte. »Fünfzig gegen fünf! Der Haberger gewinnt.«

Jetzt wurde es die ganze Bahn hinaus still. Der Alt-Ellenhuber lief mit steigender Schnelligkeit. Der Wahrlander stürzte. Eine Sekunde ging etwas wie eine Welle von Mitleid durch die Menge, aber schon war sie wieder gespannt.

Der Alt-Ellenhuber lief nur mehr ein paar Schritte hinter dem Alt-Haberger, und wieder mit jener Gleichmäßigkeit, um nicht zu sagen Gleichgültigkeit, von früher, so daß es schien, als ob er am Ende seiner Kräfte wäre. Der Hut des Bräu mit dem berühmten Fünfhundertgulden-Gemsbart schwankte hoch über den Köpfen, und die dünne Stimme seines Besitzers rief: »Haberger, halt aus!« Aus den Menschenzeilen kam es wie ein Echo: »Halt aus! Halt aus!«

Das seidene Spitzentüchlein der Bräuin flatterte, und ihre helle Frauenstimme war weithin vernehmbar. »Ellenhuber, tauch an!«

Und als ob die Leute plötzlich verrückt geworden wären, immer lauter, immer heftiger schollen die Rufe: »Haberger, halt aus! – Ellenhuber, tauch an!«

Die Mena zitterte. Und den Geschwistern ging es nicht besser. Sie schwankten hin und her, als bewegte der Erdboden sich unter ihren Füßen. Der Ähnl lief, im Angesicht von einigen tausend Menschen; sein Haar flatterte im Wind, es war weiß, wie frischgefallener Schnee, und ebenso weiß waren die Hemdärmel und das Leibhemd, über dem das schwarze Riemenwerk auf- und niederhüpfte. Die Wangen waren gerötet, das Lächeln drauf spitzbübischer geworden; aber zugleich hatten sich die Falten von den Nasenflügeln zu den Mundwinkeln doppelt so tief eingegraben. Der Mena erschien er wie ein Fremder. Sie hatte bisher von dem, was man Ehre nennt, keine Ahnung gehabt; nun begriff sie alles: Oh, du heiliger Gott, laß doch den Ähnl erster werden!

Übrigens hielt der Großteil der Zuschauer nach wie vor am Alt-Haberger fest, und sie betrachteten den Angriff des Alt-Ellenhuber für abgeschlagen. Nur lief der designierte Sieger etwas unsicher, und auch die immer wieder einsetzenden Zurufe schienen keinerlei Eindruck mehr auf ihn zu machen. Er hatte die letzten Reserven bereits ausgegeben. Man hörte nichts mehr als das Klatschen von vier nackten Sohlen, die nur noch zwanzig Klafter vom Ziel entfernt waren. Sie hatten ihre Mitläufer weit hinter sich gelassen.

In diesem Augenblick geschah ein Wunder. Der Alt-Ellenhuber setzte ein neues Tempo ein, augenscheinlich das letzte Quantum aufgesparter Kraft. Er schoß mit einer Art Ansprung an seinem Rivalen vorüber und lief, zwei bis drei Ellen voraus, über das Strohband ... Der Jubel war ungeheuer.

Der Haberger wurde zweiter; die beiden Zwillinge dritter und vierter, und so fort.

Der Alt-Ellenhuber trat vor die Bräugruppe hin. Er mußte zwischen jedem Wort Atem schöpfen. »Ich bußl Euch die Hand, Frau Bräuin!« sagte er. »Seid Ihr zufrieden mit dem alten Wettläufer?«

Die Bräuin drückte ihm herzlich die Rechte. »Mehr als zufrieden!« sagte sie. »Ihr seid gelaufen wie ein Junger.«

Der Bräu jammerte: »Mehr als zufrieden? – Und ich hab alle meine Wetten verloren! Ellenhuber, du bist ein Mirakel.«

Die Bräuin fuhr lachend fort: »Zum Andenken spendier ich das Seidentüchlein, womit ich Euch zugewinkt hab.« Sie stopfte es in seine obere Rocktasche, wo sonst immer die gelben Halme der Virginierzigarren herauslugten.

Auf der Fahrbahn liefen vereinzelte Nachzügler. Man schaute und schaute, und wollte es nicht glauben, daß die herrliche Augenweide zu Ende sein sollte. Wirklich kam noch ein letzter dahergetrabt, der Alt-Wegmacher. Seine komischen Bewegungen erregten großes Gelächter. Es lachte alles, die Krüppel, die Siechen, die Gichtkrummen und die alten Hutzelweibchen, aber am allermeisten die Kinder; sie hüpften vor Vergnügen hoch in die Luft oder bogen sich wie die Faßreifen.

Bei der Preisverteilung stand der Alt-Ellenhuber wie ein

verlegener Schulbub. Er warf einen kurzen Blick auf die Enkelkinder, insbesondere auf die Mena. Sie hielt glückstrahlend das seidene Band mit den Silbergulden hoch.

Die Stimme des Bräu rief laut: »Den ersten Preis, zwanzig Gulden in Silber: Josef Jakob Ellenhub – neunundsiebzig Jahre!«

Die Musik schmetterte einen Tusch, und die Menge rief: »Vivat, hoch!«

Wieder tönte die dünne Stimme des Bräu: »Den zweiten Preis, zehn Gulden am seidenen Band: Vitalis Haberger – zweiundsiebzig Jahre!« Und wieder folgte ein Tusch und ein Vivat! Es kamen noch vier oder fünf kleine Preise, die Vivatrufe wurden schwächer, auch der Tusch schien nur mehr aus halber Lunge geblasen, es setzte sogar schon eine Bewegung gegen das Gasthaus hin ein, von woher der Duft der Bratwürste und des frisch angeschlagenen Bieres kam. Aber die Stimme des Bräu hielt sie noch zurück: »Den letzten Preis, ein herrliches Zuchttier, hat gewonnen: Virgil Kumetschneider, vulgo Alt-Wegmacher – achtzig Jahre!«

Und schon war auch der Preis selber da, ein prächtig bebänderter Geißbock. Aber dieser begriff wohl nicht, was er inmitten des Menschenhaufens für eine Rolle spielen sollte, vielleicht erschreckte ihn auch das Gelächter und Geschrei, kurz, er setzte zu Sprung und Stoß an, und der letzte Preisträger, der ohnehin unsicher auf den Beinen stand, lag auf dem Rücken. Programmgemäß blies die Musik das Vivat. Noch mehr als die Musik dröhnte das Bauernlachen, ganz gewaltig und immer gewaltiger, denn der preisgekrönte Läufer wollte natürlich wiederum aufstehen, weil liegend nicht leicht ein Mensch seine Würde behaupten kann, was aber das Vieh noch eine ganze Weile verhinderte.

Hoch über dem Spektakel, auf der Tribüne, von den Geschwistern umdrängt, stand die Mena. Sie hörte alles wie aus weiter Ferne und sah alles wie durch einen Nebel. Sie hörte den Namen: Ellenhub, und dann wieder: Ellenhub! Die Fernstehenden riefen ihn sich zu; er lief über den Platz und hinein in die Gassen und Gäßchen. Sie stürzte hinab, um den Ähnl zu suchen; und die Geschwister tummelten hinterdrein. Endlich fanden sie ihn und taten alle ganz verliebt.

Der Ähnl lächelte nur und war im übrigen so frischlebig, daß sie ihre helle Freude an ihm hatten. Sie konnten nicht genug staunen, besonders die Mena.

Die Enkelkinder fragten: »Ähnl, wie hast du's nur zuweggebracht?«

Er lachte listig. »Ich hab mir gesagt, zuerst laufst du, als ob dich das ganze Laufen nichts anging. Dann, beim großen Herrgott, schaust du zu ihm auf und denkst: In Gottes Namen! Und so müßt ihr's auch machen: bei jedem Laufen kommt es auf die letzten zehn Klafter und auf die letzten zehn Atemzüge an.«

Der Bruder aus Wien

Das Laufen der Siebziger war für das Dorf eine der schönsten Erinnerungen. Man wurde nicht müde, davon zu sprechen, und jeder schmückte es nach seiner Weise aus. Unglaublich, wie dabei manche, sonst durchaus ernste Männer, zu Fabelhansen wurden, zwar den Erlebnissen getreu anhuben, dann aber Übertriebenes, ja sogar Erfundenes zum besten gaben; weil dies, ihrer Empfindung nach, dem Verlangen der Zuhörer mehr entsprach als die einfache Wahrheit.

Eine besondere Sache trug sich mit dem Alt-Haberger zu. Er erkundigte sich eifrig bei solchen, von denen man annehmen konnte, daß sie über viele Dinge in der Welt Bescheid wußten, wo und wann in der nächsten Zeit solche Läufe stattfänden, damit er hinreisen könne. Hatten sie ihn bisher aufrichtig bewundert, weil er fast erster geworden war, so spöttelten sie jetzt offen über ihn, und seine ansonst ehrwürdige Gestalt erschien plötzlich in einem zweifelhaften Licht. Sie waren bloß über das Motiv seiner Narrheit im ungewissen. Das Glimpflichste, was sie ihm nachsagten, war, daß er aus dem Wettlauf ein Geschäft machen wollte.

Was die Mena anbetraf, so schnitt sie am allerschönsten ab. Der Tag hatte ihr keinen einzigen Mißton gebracht; er strahlte mit seinem Himmelsblau und seinem Jubel in ihre weiteren Arbeitstage hinein und blieb eine Freude, geeignet, fürs ganze Leben vorzuhalten. Und sie lebte auch in der denkbar fröhlichsten und zufriedensten Art; nur eine Störung gab es, und die hieß Lambert! Er stellte ihr eifriger denn je nach; und sie war ein Weib und überdies eine arme Magd; aber sie blieb trotzdem fest.

Als sie so sann, wie der Sache mit Lambert am besten beizuhelfen wäre, kam von selber eine Wendung: ein Brief vom Bruder Silvester aus Wien, worin er seinen Besuch ankündigte. Jahre hatten sie sich nicht gesehen; die Briefe waren selten geworden, denn sie lebten in zu verschiedenen Welten. Und doch hatte sie in stillen Stunden immer wieder an ihn gedacht.

Ein paar Tage vor Michaeli wanderte sie zur Bahnstation. Sie hatte den Rock hochgeschürzt; der grellrote, reich bestickte Unterrock leuchtete weit hin; das schwarze Kopftuch war in Flügeln hochgebunden; am linken Arm trug sie ihr Körbchen und in der rechten Hand ein Parapluie mit spanischen Rohren.

Es war für sie eine besondere Freude, an einem solchen Gottesmorgen, in reinen Kleidern, auf der staubtrockenen

Straße dahinzuwandeln, und noch dazu in eine fremde Landschaft hinein, die sie nur einige Male flüchtig gesehen hatte. Die Orte, die sie auf ihrer Wanderung sah, waren ihr fremd; es war unglaublich, wie sich da alles anders ausnahm, anders stand und bewegte, als im Dorf. Was sie nur für einen wunderlichen Brunnen hatten! Und welch einen unmöglichen Kirchturm! Er erinnerte sie lebhaft an eine Rübe.

Und erst der Bruder selber! Er war es und war es nicht! Er trug einen frackartigen, blauen Rock mit silbernen Knöpfen, gelbe Hosen, einen gewundenen Spazierstock und eine Halsbekleidung, die sich in übereinandergelegten Falten bis an die Backen drängte, ja sie umschloß. Und was sie am meisten verwirrte: sein Bart! Der ganz und gar ungewohnte, rotblonde, bis in die Magengrube fallende Demokratenbart. Der Bruder hatte es für nötig gehalten, in seinem Äußeren alles Feine zu vermeiden und auffällig die Verwandtschaft mit der Kraft des Volkes zu betonen. Und hier fiel dies um so mehr auf, weil der Bart bei den Bauern nicht beliebt war. Höchstens die Jungen trugen, besonders nach den Militärjahren, so einen »Flederwisch«, wie die Alten den Schnurrbart nannten, um ihre Männlichkeit auf den ersten Blick hin zu beweisen. Aber es kam meist schnell die Zeit, wo sie darüber hinaus waren.

Also erschien ihr der Bruder fremd. Erst als sie auf der Straße der Heimat zuwanderten und Silvester zu reden anhob, wurde er ihr traulicher. Es gab zwischen den beiden Geschwistern viel zu erzählen, und die Neuheit machte ihnen die Stunde köstlich über alle Maßen. Menas persönliche Verhältnisse wurden von ihr dargestellt, und hierbei hörte der Bruder die so lang entbehrte Heimatsprache wieder. Er staunte über ihren belehrenden Ton und fragte: »Wie alt bist du denn eigentlich, Mena?«

»Das sag ich dir nicht!« lachte sie. »Bin schon eine alte

Kuh. Man wird nachdenksam, wenn einen das Leben recht kujoniert. Dienen ist hart, und wär's zehnmal im Schmalz herausgebacken.«

Er fragte, ob sie sich schon etwas erspart, und sie antwortete schämig, daß sie den Lohn nie angegriffen, sondern sich so durchgezwängt hätte. Ein kleiner Handel komme ihr zugute. Ein Fäßchen selbstangelegten Branntweins, den sie bei Gelegenheit abgäbe; und dieser Gewinn machte ihr eine besondere Freude, weil er keiner Arbeit bedurfte. »Mit dem Geld«, schloß sie, »ist's so eine Sach: je leichter man's erwirbt, desto leichter fliegt's davon. Bei den meisten hat's keinen Bestand, und das Ende ist Jammer und Elend.«

Der Bruder blieb während ihrer redseligen Erklärungen schweigsam. Er horchte auf den gleichmäßigen Tonfall ihrer Rede, und es dünkte ihn, als hörte er einen Brunnen rauschen, nach dessen Wasser er seit Jahren insgeheim durstig gewesen war. Sie erzählte von den verstorbenen Eltern, von den Geschwistern, welche Plätze sie gefunden und wie sie sich führten; und besonders von dem Tage, wo der Ähnl den ersten Preis gewonnen hatte. Sie entrollte eine Fülle von Ereignissen und Menschen, plastisch und gegenwärtig, wie zum Greifen. Aus ihrem ganzen Wesen sprach etwas Reifes, Erquickendes, das einem alten Wein glich oder Äpfeln, die man im Kasten hat abliegen lassen.

»Jetzt weiß ich's«, sagte er lachend, »woher ich die dumme Leidenschaft hab, am großen Wettlaufen der Welt teilzunehmen. Des Ähnls Lebenskraft war damit noch nicht erschöpft, daß er mehr als ein halbes Jahrhundert auf dem Acker fuhr, die Gemeinde leitete, bei tausend Beschwernissen und tausend Lustbarkeiten dabei war – nein, er macht sich knapp vor dem Achtziger noch auf, läuft wie ein Junger und gewinnt den ersten Preis. Das ist die Ellenhuber Rasse!«

Ganz vertraulich wurde ihr der Bruder erst, als er anfing, von seiner herrischen Redeweise in die Bauernmundart überzugehen. Da waren sie wieder vollkommen Bruder und Schwester.

Die Mena hatte eine aufrichtige Freude. Alles an ihm war ihr neu; sie bewunderte seine Gelehrtheit, sein Wissen und am allermeisten seine Art zu sprechen. »Nein, aber nein«, sagte sie wiederholt, »die schöne Aussprach! Da könnt ich eine ganze Nacht zuhören und nicht schlaferig werden.« Dagegen bemühte sie sich nicht besonders, das, was er sagte, zu verstehen. Es ging ihr da so ähnlich wie bei den Predigten des Pfarrers Gries.

Wenn Silvester von seiner Stadtwelt erzählte, zeigte sich ein Riß. Er war an der kaiserlichen Sternwarte angestellt; begreiflich, daß der Kaiser etwas von den Sternen wissen wollte, wie sie sich drehten, ob schnell, ob langsam; daß er bestrebt war, möglichst viel vom Himmel zu erfahren, wo sein Oberherr residierte, jene Allmacht, die niemand mehr über sich hat: Aber wie reimte sich damit die Tatsache zusammen, daß der Bruder heftig gegen den Hof redete? Gegen die Beamten, Schranzen und Aristokraten? – Und wie kam's, daß seine Züge, wenn er davon sprach, sich jedesmal veränderten und aus dem lustigen Vestl ein galliger Mensch wurde, so daß die Schwester ein Gemisch von Mitleid und Schrecken empfand?

Der erste gemeinsame Ausgang der beiden war am Sonntag, und zwar in die Kirche. Anfangs wollte Silvester nicht recht; er meinte lächelnd, die Kirche wäre für Kinder und Unwissende, aber da wurde sie fast böse. »So seid ihr jetzt alle, ihr Mannsbilder!« schalt sie. »Wirst doch deinen Glauben nicht ganz verloren haben? – Geh nur mit! Überleg nicht lang! Folg! Die andern Geschwister folgen mir auch.«

Er brach über diese energische Ermahnung in ein Gelächter aus. »Die Mutter Mena!« rief er, ging aber doch. »Schließlich«, sagte er, »die Kirche und alles, was drum und dran hängt, ist ja der Rahmen meines glückseligen Kinderlandes. Aber sonst: sie hat zuviel gesündigt, am Volk, am Geist und an der Wahrheit!«

Sie stiegen die ersten Stufen hinan. Vom Pfarrhof herüber kam der Pfarrer. Seine gebeugte Gestalt hob sich vom blauen Himmel in einer scharfen Silhouette ab. Er lachte den Kirchgängern zu und drückte sein schwarzes Käppi auf seinen Weißkopf.

Auf dem Platz vor dem Glockenhaus standen der Haginghofer, der Koadjutor Kletzl und der Oberlehrer Zauner. Der Haginghofer fuhr mit der Pfeife in sorgfältig bedachter Stufe hoch. Wie die Mena ihn sah, gewahrte sie mit einem leichten Erschrecken, daß sein Haar angegraut war und etwas wie ein Schleier über seinem Gesicht lag. Er sagte mit einem boshaften Seitenblick auf die Geschwister: »Ja, mein lieber Herr Kooperator, das ist das Problem! Sie reiten an!«

»Wer?« fragte Kletzl und warf den roten Kopf zornig herum. Er war immer zornig, ohne zu wissen, warum.

»Die Rebellen, Umstürzler und Gottesleugner! Ja, das ist ein großes – Problem!«

Zauner tat, als ob er nichts gehört hätte. Beide, der Haginghofer, der hochmütig mit der Pfeife grüßte, und der hitzige Koadjutor, gefielen ihm nicht. Er war aufgeklärt, las viele Bücher, sogar neumodische Romane.

Gries stellte seine Predigt auf das Verhältnis der Städter und Landbewohner ein und führte aus, wie es ein Unrecht sei, die Städter um ihr scheinbar bequemeres Los zu beneiden oder gar zu hassen. »Kopfarbeit«, rief er, »ist schwer. Kopfarbeit macht Kopfzerbrechen!« Er griff sich mit einer ausdrucksvollen Geste an den eigenen Kopf, und die Bauern waren besorgt, ob er nicht etwa sein altes Haupt für die Sonntagspredigt überanstrengt hätte. Denn wenn sie ihn auch wegen seines weichen Gemüts verspotteten, waren sie ihm trotzdem herzlich zugetan. Es strahlte etwas aus seiner Greisengestalt, aus seinem Antlitz, daß der freisinnige Bauerngelehrte, der im Stuhl der Ellenhuber saß und stets einen Spottpfeil gegen die Pfaffen bereit hatte, ganz ernst wurde. »Die Menschen«, rief der Pfarrer, »sind gut, wenn sie auch zu dem Besseren leider noch immer gezwungen werden müssen. Es gibt eine Rettung aus der Qual der eigenen Seele, aus der Qual der Gemeinde, aus der Qual der Welt. Und diese Rettung ist beschlossen, einfach, heilig und groß, in dem Wort: Liebet euch untereinander! Jawohl! Seht, wie der Himmel so rein und blau herablacht: liebet euch untereinander! Horcht, wie die Quellen sprudeln: liebet euch untereinander! Hört, wie die Lerchen tirilieren: liebet euch untereinander! – Ruft in euch die Liebe der ersten Christen wieder wach, die Liebe jener kleinen Gruppe von verachteten Menschen, die mit ihrem Herrn und Meister auf den Höhen von Nazareth wandelten. Ihr müßt mit dieser Liebe den Anfang bei euch selber machen; ihr müßt über die Sünden und Fehler eurer Mitmenschen beständig hinwegsehen und, glaubt es mir: euer Herz wird ein Jauchzen erfüllen, so stark, daß es alle Erden und alle Himmel durchtönt!«

Nach dem Gottesdienst gingen die Geschwister zwischen den Gräberreihen hin, mit den mächtigen Grabmälern und Kruzifixen, untermischt mit den rostigen Eisen- und Holzkreuzen der Dorfarmen. Prunkhafte Steine waren hier, aus Marmor, Granit und Sandstein, die mehr gekostet hatten als eine Keusche samt ein paar lebendigen Kühen. Es war offenbar, daß die Menschen um jeden Preis, mit einer Beharrlichkeit ohnegleichen, den Unterschied von Mensch und Mensch möglichst weit über das Grab hinaus festhalten wollten. Nicht wenige Steine und Kreuze trugen den Namen Ellenhub, und wie die Jahreszahlen zeigten, waren sie vielfach sehr alt geworden; obschon im Dorf seit Menschengedenken kein Arzt ansässig war oder, wie die Kröllin behauptete, eben deswegen. Da lagen sie alle, die Großbauern, die Häusler, die Taglöhner und die Kinder in jedem Alter.

Die Geschwister hielten vor einem großen Grab: »Hier liegen die ehrengeachteten Bauersleut, Josef und Maria Ellenhub ...« Im Steinbecken davor waren ein Wasserrest und dürre Blätter.

Besuch bei den Nahgefreundeten

Nach der Stallarbeit machten die beiden Geschwister sich auf eine Rundreise zu den Nahgefreundeten. Die »Freundschaft« war dasjenige Band, das, allen Gegensätzlichkeiten zum Trotz, am festesten zusammenhielt. Diese Besuche waren daher nicht zu umgehen. Kam man nach langer Abwesenheit in die Heimat zurück und unterließ sie, traf man die Verwandten an der empfindlichsten Stelle: sie fühlten sich mißachtet und vergaben diese Beleidigung nie.

Sie kamen zuerst vor ein niedriges Haus, auf dessen Anger massige Bloche lagen, und an dessen Sonnenseite Hölzer für Rechenstäbe und Joche aufgestellt waren. Der Jörgei hatte beim Eintritt der beiden stattlichen Geschwister wieder jene Miene von Verlegenheit und Tolpatschigkeit wie damals, als er der Mena seine Hilflosigkeit gegenüber der Bosheit und seine Hoffnung und seinen Trost, den Plüschhut mit dem Adlerflaum, anvertraut. Er hatte die Dirn vom Haginghof geheiratet. Die Stube war voll Kinder. Kaum daß diese die kleinen Geschenke empfangen und die erste

Schüchternheit überwunden, wußten sie sich vor Übermut nicht mehr zu helfen; schlugen Purzelbäume, liefen auf allen vieren und hingen sich an den Vater, so daß er auf seinem Kanapee unter einem Gewimmel von Köpfen, Händen und Füßen verschwand.

Seine Frau, einst Menas beste Freundin, die Mutter von den fünf Kindern, blinzelte sie mit ihren schwarzen, listigen Äuglein an.

Der Bruder Jörgei sah mit seinen wasserblauen Augen verlegen auf die beiden Geschwister. Silvester kam nach einigen Fragen auf den eigentlichen Zweck seiner Reise zu sprechen: die Politik. Jörgei hörte aber kaum das Wort, so gab er die Kinder energisch an seine Frau ab, und sein Gesicht wurde ernst: »Bruder«, sagte er, »mir gefällt deine ganze Sach nicht. Die Wahrheit ist da drin!« Er legte die Hand auf ein kleines Buch, das neben ihm auf dem Fenstersims lag. »Die Wahrheit ist längst gesagt; sie ist im Evangelium! Das kann mir niemand nehmen. Das ist und bleibt mein Leib- und Lebensbuch. Du bringst mit deinen Reden und Schriften dem Menschen keinen Nutzen, du schadest ihm nur! – Du lachst? – Aber was hilft's, wenn wir nicht offen zueinander sind? – Von Rebellionsgeist ist an und für sich genug in der Welt. Was uns not tut, bitter not, das ist Geduld und Gottvertrauen. So sag ich.«

Silvester dachte: War das Dummheit oder Weisheit? Licht oder Finsternis? – Aber er verschloß sich der Wirkung dieses unerwarteten Gedankens dadurch, daß er, fast überstürzt, aufbrach. Jene Frage: was mochte das nur sein? hatte er aber noch immer im Kopf, als sie schon im Flur draußen schritten und die Ewig-Gerechtigkeit die Straße daherkommen sahen, mit gesenktem Kopf und jenem bohrenden Blick in die Erde, den alle an ihm kannten. Silvester hielt ihn an: »Kennst du mich noch, Peter?«

»Ei wohl!« sagte dieser. »Muß dir seltsam da vorkommen, gelt, wo du doch als Kind hier herumgelaufen bist. Was gibt's Neues in der Welt draußen?«

»Alles steht wie auf einem Vulkan, mein lieber Peter. Jeden Tag kann die Revolution losbrechen. Willst du nicht mittun?«

Peter schüttelte den Kopf. »Niemals nicht!« sagte er. »Alles begehrt heutigentags auf. Ich nicht! Ich will die Welt nicht anders, wie sie ist. Will dem Herrgott nicht ins Handwerk pfuschen. Die ewige Rebellion, die macht das Leben zur Höll. Was hat denn, mit Verlaub, die Engel zu Teufel gemacht? – Han? – Die Rebellion und nichts als die Rebellion! Die Zeiten sind alleweil die unglücklichsten, wo alle Menschen rebellieren. Die Leute glauben, wenn sie nur so recht vom Fundament aus unzufrieden sind und das Unmögliche wünschen, erhielten sie wohl einen Teil.«

»Es gibt aber heut«, sagte Silvester, »gescheite Köpfe, die behaupten und beweisen, daß die Welt durch und durch voll Ungerechtigkeit ist; so voller Ungerechtigkeit, wie ein Rauchfang voll Ruß, und ich selbst gehör zu diesen Leuten.«

Peter stand stumm. Dann sagte er: »Dann seid ihr, Vestl, und die anderen Siebengescheiten auf eine Irrwurz getreten. Herrgott, da wird es euch aber schmeißen.«

Die Geschwister mußten hell auflachen, und lachend ging man auseinander.

»Entweder«, sagte Silvester, »ist dieser Mensch ein Narr, oder er ist in seinem Kalkbruch ein Philosoph geworden.«

»Gebracht hat er's zu nichts«, warf die Mena ein.

Silvester zuckte die Achseln. »Armut«, meinte er, »ist nicht immer gleichbleibend mit Wertlosigkeit, obgleich die Welt an dieser Meinung festhält, wie an zwei mal zwei ist vier. Ich kenn Reiche, in prächtigen Villen, die hundertmal erbärmlicher sind als dieser Kalkbrenner. Für meine Agitation sind freilich diese Erlebnisse keine guten Vorzeichen. Sollte es möglich sein, daß die Aufklärung hier ohne Wirkung bliebe? Daß diese harten Bauernköpfe, gleich wie Sonne, Mond und Sterne, ihren Gang weitergingen, unbekümmert um alle Reden, Schriften und Ereignisse, die in diesem Jahrzehnt in den Städten die Gemüter bewegten?«

Sie kamen in einen Weiler, der sehr belebt war. Eine Horde Buben verfolgte mit lautem Geschrei den Maler Peregrin. Er schob mühsam seinen quietschenden Korbwagen über die holperige Straße und die weißen Haarsträhnen fielen ihm übers Gesicht. Die Buben klaubten eifrig Fallobst und nahmen damit den absonderen Mann und seine Equipage aufs Ziel. Jeder Treffer wurde von einem Lustgeheul begleitet. Ihre frische Bosheit war so stark, daß sie im Nu zu Reimern wurden.

»Peregrin, Peregrin,
Wo gehst du hin?«

»Zu den andern!« keuchte die Stimme des Malers.

Silvester blieb bei ihm stehen. »Kennen Sie mich, Peregrin?«

»Wie soll ich Sie nicht kennen? – Habe ich Ihnen doch die Krähenfüße auf den Kopf gesetzt und herausgebracht, daß Sie der Gescheiteste unter den Ellenhubern sind.«

Silvester lachte: »Richtig! Und ich bin Ihnen dafür Dank schuldig; sonst wär ich vielleicht im Dorf verbauert. Was sagen Sie zur heutigen Weltlage?«

Peregrin blinzelte. »Die Welt ist wunderschön; aber die Menschen sind nichts als ein widerliches Ungeziefer. Gott sei Dank, daß ich meinen Trost bei mir hab.« Er zog zwei abgegriffene Büchlein aus seiner Rocktasche: »Goethes Gedichte und Sprüche« und den »Cherubinischen Wandersmann von Angelus Silesius«.

»Ich glaube«, sagte Silvester, »Sie haben viel erlebt. Und wenn Sie dies alles niederschrieben, so möchte sich wohl mancher junge Mann daraus eine Lehre nehmen und so der Gefahr entgehen, zu scheitern.«

»Alle sind gescheitert!« sagte der Maler, sichtlich gereizt. »Nicht nur Kleist, Hölderlin und ähnliche, nein, viel höher hinauf! Nur das Betongehirn betet sie an, wie es alle Götzen anbetet. Das hundertprozentige Betongehirn scheitert nämlich nie.«

Silvester lachte. »Haben Sie genug Arbeit?«

»Es gibt immer etwas; die Bauern haben gern alles schmuck.«

»Aber wenn Sie nicht mehr so herumkönnen? – Ein hilfloses Alter ist doch schrecklich!«

»Nichts ist schrecklich!« sagte der Maler. »Alle diese ›Schrecknisse‹ existieren nur in unserem Gehirn als selbsterzeugte oder fremderzeugte Gespenster. Hungerfurcht, Altersfurcht, Todesfurcht sind nichts als das Resultat unserer verlogenen Zivilisation. Der Vogel, das Reh, der Geier in den Lüften: sie kennen dergleichen nicht. Sie leben, leiden und sterben mit derselben Gelassenheit, wie sie einst ins Dasein getreten sind. Salute!« Der Maler zog mit seinem Kinderwägelchen ab.

Das ungleiche Geschwisterpaar stieg den Feldweg hinan, der gegen Ellenhub führt. Lange Reihen Kleehifler warfen riesige Schattenfiguren auf das Hellgrün des gemähten Grundes. Rings war Stille, Sonnenschein, schüchterner Vogelsang und Quellenrauschen. Silvester war von den Bildern, die einmal sein Kinderland ausgemacht, und jetzt einen völlig neuen Eindruck auf ihn hervorbrachten, überwältigt. Die Stadt, die Hauptstadt und Residenzstadt, wo er Jahre gelebt – und diese Äcker, diese Menschen, das war voneinander verschieden wie Himmel und Erde.

Der Ähnl saß auf der Hausbank, zwischen den beiden Oleanderbäumen mit den roten Blütendolden, und begrüßte die Enkelkinder etwas verlegen. Silvester hatte sich zu weit vom Bauerntum entfernt. Diese Tracht und dieser Bart! – Silvester redete allerlei, um drüber hinwegzukommen, wie schön der Ähnl es in seinem Zuhause da hätte. »Nur daß Euch öfter die Zeit lang wird?«

Aber jetzt setzte sich der Ähnl in den Sattel. »Nie und niemals!« sagte er. »Das kenn ich gar nicht.«

»Ja, aber was tut Ihr denn alleweil?«

»Sinnieren«, sagte der Ähnl mit leisem Kichern. »Das ist ja doch das eigentliche Glück, was der Mensch vom Leben hat.« Darüber spann sich nun ein halb lustiger, halb ernster Disput an, der in der Bauernsprache Schlag auf Schlag vor sich ging, immer wieder unterbrochen mit beistimmendem Gelächter. Da verstanden alle drei sich vortrefflich. Das hatten sie stets geliebt, die Ellenhuber: die Einsamkeit, die Stille und das Sinnieren. Die Einsamkeit, die verstand sich von selber; auf diesen einschichtigen Höfen, in diesen drei- und vierschichtigen Weilern, lernte man von Kindsbeinen an die Einsamkeit lieben. Was die Stille anbetraf, so liebten sie auch diese von ihrer ersten Kindheit an, horchten ordentlich in sie hinein; und zuweilen wurde dabei ihr Ohr so scharf, und es kam vor, daß sie in der Lautlosigkeit etwas hörten, Stimmen, die wortlos redeten, und nicht das Alltägliche und Vergängliche, sondern das Ewige. Und was endlich das Sinnieren anbetraf, war das eine ererbte Leidenschaft. Und darum waren sie wohl auch so voller Bedächtigkeit. Das kommt wohl vom Bedenken, also bedenkend leben, im Gegensatz zu Pflanze und Tier. Bedenkend Hof und Stall, Wiese und Wald, Dorf und Stadt, Herren und

Knechte, Erde, Himmel und Hölle, bedenkend, und sogar vorzugsweise, jene zwei Geheimnisse: Geburt und Tod.

Der Ähnl war so heiter und gesprächig, daß Silvester mehrmals ein Gemisch von Erhabenheit und Grauen empfand. Er sah hinter dem alten Mann ein offenes Grab, wie es, dem Gang der Natur nach, nicht anders sein konnte; und dann wiederum den Menschen selbst, wie er jedem Gespräch einen Scherz anhängte und von seinem Alter nichts zu spüren schien. Er saß da, in seinen blühweißen Hemdärmeln, die Augen waren so frisch wie die eines Jungen, und nicht nur der Mund, jede Falte des Gesichts, die Hände, die Finger, alles sprach an ihm: Ich liebe und lobe das Leben!

Viel Interesse zeigte er für die neumodische Bewegung in Wien, für die Rebellion, wie er sie nannte, und der Enkel versuchte, den Lauf der Dinge einigermaßen zu erklären. Als er damit zu Ende war, fragte der Ähnl: »Und wie steht's mit Robot, Zehent und Vorspanndienst?«

»Wird abgeschafft!«

»Hm! Ich glaub nicht dran. Kommt selten etwas Besseres nach.«

Der Unglaube einer so großen Sache gegenüber verstimmte den Enkel. Auch der Ähnl verstummte, zündete umständlich seine Pfeife an und öffnete die Kastentür. An der Innenseite waren allerlei Dinge zu sehen, ein Rosenkranz mit glattgescheuerten Holzperlen, Schützenpreise auf seidenen Bändern, Diplome, die er bei der Ausstellung seiner kindskopfgroßen Äpfel bekommen, und, nicht zu vergessen, die goldenen Tapferkeitsmedaillen, die er aus den Napoleonischen Kriegen heimgebracht hatte. Wie er sie den Enkeln zeigte, fing sein Blut sichtlich noch einmal an, sich zu rühren. Er entnahm dem Schrank ein Gewehr, seine Hand umspannte den Kolben, und seine Bewegungen wurden rasch, wie die eines Jungen. »Ja, meine Enkelkinder«, sagte er, »das war ein schöner Tag! Ich weiß es noch, als ob's gestern gewesen wär. Die Franzosen hatten einen Zypressenhügel auf der Straße nach Mezzolombardo besetzt. Dreimal haben wir ihn gestürmt und dreimal haben sie uns zurückgeworfen. Aber beim vierten Sturm waren wir oben.« Er legte das blaue Band mit den Silbergulden auf den Tisch. »Das gehört dir, Vestl«, sagte er, »wenn ich einmal gestorben bin. Ja, und daß ich nicht vergeß: Mena, was sonst noch in meinem Kasten ist, sollst du nach meinem Tod übernehmen. Du bist die Sicherste. Du gibst jedem der Geschwister ein Stück als Andenken; damit sie mich nicht ganz vergessen. Auch das Geld sollt ihr redlich teilen.«

»Aber, Ähnl«, sagte die Mena vorwurfsvoll. »Red doch so etwas nicht!« Um ihn von diesen Gedanken abzubringen, fragte sie: »Was hast du denn hier für einen Stoß schöner, weißer Strümpfe?«

Der Ähnl lächelte. »Sind Strümpf von eurer Ahnl. Hab sie alleweil liegen gelassen.« Die Geschwister begriffen. Der Ähnl aber, einmal beim Tod, ließ ihn nicht mehr los. »Das Leben ist ja schön«, sagte er, »freilich! Aber der Tod ist noch schöner! Wenn ich abends auf meiner Hausbank sitz, ganz mutterseelenallein, bis elf, zwölf, schau ich aufs Dorf hinab, wie's im Mondschein liegt, und denk mir mein Teil. Schau auf die Stell hin, wo meine Eltern liegen, mein Sohn, und denk mir wieder mein Teil. Denk mir, dort wirst du auch liegen. Ja, meine Enkelkinder, im Prediger Salomo hab ich gelesen: ›Alles hat seine Zeit. Eine Zeit, geboren zu werden, und eine Zeit zum Leben. Eine Zeit zum Pflanzen und eine Zeit, das Gepflanzte auszurotten.‹«

Die Geschwister nahmen Abschied und gingen nachdenklich weiter.

Auf Ellenhub sprangen drei Kinder herum, waren zutraulich zur Base Mena, aber scheu gegen den Vetter. Paul ließ Selchfleisch und Most auftragen; dennoch, es lag etwas zwischen ihm und den beiden Geschwistern. Das Geschick der andern Geschwister wurde beredet; Paul benörgelte viel, aber im Grunde mußte er auch zugeben, daß alle sich mehr oder minder anschickten, tüchtige Menschen zu werden. Was den Paul-Hof selber anbelangte, so kamen die Geschwister zu einem Ergebnis, das beiden ins Herz schnitt. Der Ellenhuberische Geist war von Ellenhub entschwunden. Paul zeigte dem Gesinde gegenüber ein hochfahrendes Wesen; zwischen ihm und seiner Ehefrau herrschte keine Eintracht, und ein häßlich spitzer Ton war zu bemerken.

Wie sie höher stiegen, wurde die Landschaft immer unschuldiger und großartiger. Die Geschwister wandelten wie im Traum; und es war leicht, hier wie in einem Traum zu wandeln, vorbei an stillen Höfen, mit blauen und violetten Glaskugeln in den Gärten und bunten Porzellanscherben im Wandbewurf.

Sie wandten sich zurück. Da lag Ellenhub, auf der Hügelkuppe, von einem Obstbaumwald umgeben, der Ort, wo sie, wie es so schön heißt, das »Licht der Welt« erblickt hatten. »Meine liebe Schwester«, sagte er, »ich habe jetzt zwei Stunden unter Menschen und Gegenständen geweilt, die mir in der Erinnerung so schön erschienen sind, daß nichts auf Erden sich mit ihnen vergleichen läßt. Wie kommt's, daß die Wirklichkeit dagegen zu grauen Schatten wird? Worin besteht der Glanz dieser Erinnerungen? Was liegt so wahrhaft Himmlisches über ihnen? Welche Veränderung geht mit dem Wachstum des Menschen in seinem Wesenskern vor? – Erinnerst du dich, wie wir als Kinder jedesmal vor Erregung und Begier hüpften und tanzten, und vor Freude ganz närrisch taten, wenn die Mutter uns, in Anbetracht dieser und jener beschwerlichen Arbeit, das ›Gigerlelelaufen‹ verhieß? – Wenn wir die kotigen Stiefel des Vaters nicht putzen wollten, Hals und Ohren nicht waschen, kurz, bei so vielen Anlässen, deren Überwindung der kleine, faule, genußsüchtige Leib von sich schieben wollte? – Dies Laufen war ohne Frage eine großmächtige Freude, etwas Köstliches, der Höhepunkt des Glücks schlechthin, und schon in Gedanken dran fuhr der Mut in jede unsrer Muskeln. War aber das Werk getan, hatte die Mutter ein Lächeln auf den Lippen, ja sogar etwas wie Spott: Also auch sie arbeitete mit Täuschungen! Täuschungen, die ein Endchen giftigen Stachels im Kinderherzen zurückließen. Wir wollten zornig auffahren; aber da tätschelten uns die Mutterhände, und es wurde uns erklärt, man dürfe wegen einer kleinen Enttäuschung nicht überschäumen; das wäre eine große Sünde. Ich meine, die Mutter hatte trotzdem recht. Sie folgte hierin gewiß nur einer Anordnung der Natur, indem sie uns gleichsam schutzimpfte, um uns unempfänglich zu machen gegen die vielen und unbarmherzigen Enttäuschungen der Welt. Man kommt ja sehr bald in die Jahre, wo man begreift, daß es mit dem Leben ganz so ist wie mit dem Gigerlelelaufen.«

Menas Bemerkung, er könne so schön sprechen, wie der Pfarrer auf der Kanzel, brachte ihn in lebhafte Heiterkeit.

Und so betraten sie wieder einen Hof, wo eine Base von der mütterlichen Seite, die Hartinger Base, hauste. Es war wie auf Ellenhub, dieselbe strengbegrenzte Welt, Ruhe, Ordnung und Festigkeit. Sie wurden freundlich empfangen, Butter, Honig und Brot aufgetragen, und daß Silvester auf den wohlriechenden Kornbrotlaib eine Lobrede hielt, belustigte sie nicht wenig. Der Bauer war begierig zu erfahren, was es Neues in der Wienerstadt gäbe. Silvester erzählte von der schlechten Lage der Handwerker und Fabrikarbeiter, von der Engherzigkeit und Borniertheit der Regierungsstellen, von der allgemeinen Unzufriedenheit und steigenden Not. An sich waren diese Dinge gewiß nicht lächerlich oder komisch, am wenigsten die Not, und dennoch brachte diese Schilderung eine überraschende Wirkung hervor. Und zwar gerade, als er erzählte, wie sich einige tausend Menschen, meist Frauen und Kinder, in einer langen Reihe, in der bittersten Kälte, auf dem Markt anstellten, um nach stundenlangem Vorrücken zu einem Häuflein schlechter Kartoffeln zu gelangen, erscholl von der Ofenbank her ein großes Gelächter. Der dort ruhende Knecht lachte. Ein gewaltiger Kerl, der die Mena an den Riesenhans erinnerte. Dieser Mensch lachte mit voller Hingabe. Daß es so etwas geben konnte! Sein Lachen steckte die ganze Stube an, bis der Bauer sich als erster wieder erinnerte und eine ernste Miene aufsetzte. Vestl erschien der Lacher als ein Mensch, der in einer anderen Welt lebte, als ein Ungeheuer ohne Mitgefühl und Menschlichkeit, als eine Urkraft, die uns in Staunen und Schrecken versetzt. Er spürte, daß in diesem Lachen durchaus nichts Böses war; sondern einfach das Lachen des Herrn der Erde, lebendig noch im letzten Knecht, der es nicht begreifen konnte, daß es Tausende, ja vielleicht sogar Millionen Menschen in den Straßen der Großstädte gab, die sich in ihrem Leben nie ganz vom Hungern und von der Hungerangst befreien konnten.

Inzwischen fing der lachlustige Knecht seinerseits allerlei Erlebnisse zu erzählen an, die er als Soldat in Italien gehabt hätte. Wie die Leute Ratten und Mäuse gekocht, ja, Gras, und dies mit einer solchen Gier ausgelöffelt hätten, als wär's ein Mus mit zehn Eiern. Wie man in Mailand, nach dem Brand der Magazine, auf einem öffentlichen Platz einen Berg von Waren angehäuft und es jedem Soldaten freigestellt, ein Paket heimzusenden. Wie die Städter Lebensmittel und die Bauern Stoffe gewählt hätten. Das beschrieb er, der Bäuerin und den Mägden zugewandt, mit großer Phantasie und lachte zwischendurch immer wieder sein stubenerschütterndes Lachen. Schon das Lachen an sich schien ihm ein besonderes Vergnügen zu bereiten, und, wie es bei primitiven Naturen zu gehen pflegt, konnte er aus diesem Lachen schier nicht mehr herauskommen.

Silvester war sehr nachdenklich geworden. Er fand, daß die Bauern für das Leben und Leiden der Städter keinerlei Sinn hatten. »Was gehen uns die Stadtleute an?« hatte der Bauer ganz offen gesagt.

Der heimgekehrte Bauernsohn und Volksredner sollte noch bessere Erfahrungen machen, und zwar auf Lichtmeßberg, wo zwei Vettern, die »ernsthaften Brüder«, hausten. Ihren Spitznamen hatten sie deshalb bekommen, weil sie in ihrer Rede das Wort »ernsthaft« allzuviel gebrauchten. Immer gingen sie der »Ernsthaftigkeit des Lebens« nach und verurteilten in verächtlichen Worten alles Unernste, alles Kasperltum, in welcher Art und Vermummung es immer auftreten mochte. Sie behaupteten, es ruiniere die Welt. Dabei passierte es ihnen, daß sie von einem »ernsthaften Regen«, ja sogar von einem »ernsthaften Roß« sprachen, und damit waren sie in den Augen der Zeichenlosen für immer gezeichnet.

Silvester befiel, als er den armen Waldbauern gegenüberstand, mit denen er einmal die Dorfschule besucht, eine Scham über seine erlangte Überlegenheit an Bildung. Sie wurden in den Stall, durch die Scheune und dann in die Stube geführt. Die Gesichter der Brüder hatten etwas Maskenhaftes an sich, so, als ob sie Jahre über viele Dinge angestrengt gegrübelt und trotz allen Grübelns zu keinerlei Resultat gekommen wären. An Körpermaß war der eine bedeutend stärker als der andere; er führte auch immer das Wort, und der Bruder pflichtete nur durch Kopfnicken bei.

Er sprach von seinem Hof, seinem Viehstand, seinen Wiesen und Äckern, und erklärte eingehend Vorteile und Nachteile. Ein Vorteil, der ihm Freude zu machen schien, war, daß alle seine Gründe in sanfter Steigung vom Lehen aufwärts lagen, und so, wie er sich schmunzelnd ausdrückte, Gras und Heu, Korn und Kartoffeln von selber in seine Scheune liefen. Einen zweiten Vorteil glaubte er mit seinen Dienstboten erhascht zu haben, einer gehörlosen Magd und einem einarmigen Knecht. Dieser hatte ihn um mehr Lohn gebeten, er ihm aber erklärt: »Mein Lehen ist klein, der Boden karg, es trägt mir keinen zweihändigen Knecht; darum hab ich dich genommen. Damit ist mir gedient, und dir auch, denk ich! Und drum mußt du mit mir und ich mit dir zufrieden sein. Das Leben ist eine ernsthafte Sach!«

Den Geschwistern stand das Lachen nahe. Aber wie sie durchs Fenster die Magd ohne Gehör und den Knecht ohne Arm roboten sahen und dazu die ernsthaften Gesichter der beiden, wurde ihnen selber wieder ernst zumute.

Von Silvesters Beruf und Lebensart konnten sie sich keine rechte Vorstellung machen; doch meinten sie, die Sterngukkerei, abends, eine Stund vorm Schlafengehen, müßte eine unterhaltliche Sache sein. Beim Politischen wurde der eine gesprächig, faßte es aber ganz in seiner Weise auf.

»Völkerfrühling«, sagte er, »das tut wohl recht schön klingen, aber uns Bauern ist von Wien selten was Gutes kommen. Harte Steuern, eine Bagatelle für unsere Feldfrüchte, Einberufungen, die schönsten und jüngsten Leut müssen als Kanonenfutter fort. – ›Frei und deutsch!‹, das ist recht, das tät mir gefallen.« Diese Worte wiederholte er mehrmals, und wie er sie hochdeutsch aussprach, verklärte sich sein wenig schönes Gesicht. Die Klerikalen, die »Schwarzen«, wie er sagte, liebte er nicht. Er war auch wegen einer Beleidigung des Koadjutors Kletzl zu einer Geldstrafe verurteilt worden. Auch das Dorf und seine Menschen tat er wie etwas Verächtliches ab. Er sprach von einem »Hundsdorf« und einem »Menschengesod«, welch letzteres ein Futtermischmasch von geringem Wert ist. »Vor dem Bräu«, sagte er, »zieh ich den Hut, selbstverständlich! Ich bin der Lichtmeßberger und er ist der Bräu ... Aber wenn's zwischen uns zu einem Handel kommt, sind wir wieder auf gleich und gleich.« Von da ging er auf die Stadtwelt über. »Was gibt's denn«, fragte er mit einem leisen Ingrimm, »in den großen Städten für andere Menschen als die sogenannten ›Herren‹, die Kaufleut, die Beamten, die Schreiber, und auf der andern Seite das Fabriksgesindel? Wie ist denn das Zeugs geworden? – Wie die Habsburger von ihren Kriegszügen heimkamen, war ihre erste Sorge, was sie mit den Tausenden von Kriegsleuten und der ganzen Riesenbagage anfangen sollten, einer schlechten und wilden Menschensort, geneigt zum Fressen, Saufen und Huren, zu Müßiggang, Raub, Mord und Totschlag. Also haben sie ihnen Mietkasernen gebaut, aus Ziegel und Dreck, damit sie ein Dach überm Kopf haben, drin leben und Kinder machen können. Was arbeitet man denn in den Städten? – Taschenfeitel, Geldbörsen, Briefpapier, Haarnadeln und tausenderlei solches Gelump, ohne das ein Mensch ruhig leben und glücklich sterben kann. Keine schmutzigen Arbeiten wollen sie tun, Faulenzen, schöne Kleider tragen, gute Gerüchlein einatmen und auf Kosten von unserem Schweiß und Blut leben wie die Bremsen auf Blutkosten unserer Ochsen und Rösser. Fein bescheiden sollen wir Bauern sein und den Hut vor ihnen ziehen, weil sie steife Kragen um den Hals haben? Wir Bauern haben seit Jahrhunderten nichts als Arbeit und Plag gehabt und dazu die Verachtung eines jeden städtischen Windhunds. Früher haben wir gesagt: Ah, von Wien! Und haben das Hütel ehrfürchtig gerückt. Aber es wird eine Zeit kommen, da wird's heißen: Ah so, von Wien! Und unsere Gesichter werden etwas anders ausdrücken. Wer wird denn einmal die Habsburger um Kron und Reich bringen? – Seine hochmütigen Beamten und Schreiber, seine Staatsoffiziere, alle diese Windbeutel und Leutschinder, und nicht zuletzt das Fabriksgeschmeiß! Die werden sie um Kron und Reich bringen. Dann kommt eine Zeit, wo unser Volk von Sprechern und Schwänkemachern regiert werden wird. Und dann? – Dann steht der Bauer auf! – Und dann? – Dann wird der Bauer das sein, was er ist und sein soll: der erste Stand der Welt!«

Der Lichtmeßberger schien höchst vergnügt darüber, daß er es seinem städtischen Herrn Vetter und Sterngucker tüchtig um die Nase gerieben hatte. Er kam immer kräftiger ins Rauchen und Trinken und warf dazwischen schalkhafte Blicke auf die Mena, als wollte er den Beifall ihrer Bauernseele gewinnen. Es war unmöglich, den Mann von der Irrigkeit seiner Anschauungen zu überzeugen. Sie waren ihm wohl aus seinen Vorfahren, seiner Umgebung und seiner Arbeit so sicher erwachsen, wie auf einem bestimmten Boden bestimmte Kräuter, auf einem Apfelbaum Äpfel und auf einem Moosbirnbaum Moosbirnen gedeihen. Es war nichts anderes als die Abneigung des alten heidnischen Waldbauern gegen alles, was von außen auf ihn eindrängte, Kirche, Staat und Stadt, eine Abneigung, die sich von Generation zu Generation vererbte.

Die Mena aß ihr Butterbrot, mit Honig bestrichen, und dachte, wie schon oft bei solchem Streit: Wozu ist das nur? Sie war über diese Meinungsverschiedenheiten verwundert und konnte von diesen Männersachen nichts verstehen. Daß sie dem Lichtmeßberger, was die Bauern und Stadtleute anlangte, recht gab, schien ihn noch aufgeschlossener zu machen; er lachte herzlich, guckte sie dabei an, als ob er sie verschlucken wollte, und neckte: »Ja, Mena, wie kommt's denn, daß du noch immer einspännig bist? – So ein sauberes Weiberleut!«

Auf dem Weitermarsch meinte Silvester: »Wie weit sind doch die Klassen eines Volkes voneinander entfernt! Diese Bauern sind im Grund keine Christen, keine Staatsbürger, sind Heiden und Souveräne. Jeder Hof hat seinen Kopf und jeder Kopf seine eigenen Ansichten. Es ist, als ob diese Menschen außer der Zeit lebten, wie die Blumen auf den Wiesen und die Bäume in den Wäldern.«

Diese Blumen und Bäume, die frischgrünen Wintersaaten, die Wiesen und Heuhaufen, die ganze Landschaft, mit dem Schimmer der Abendsonne übergossen, nahm ihn jetzt dermaßen gefangen, daß er schwieg, während die Mena, wie ein Schulmädchen, eine Kette aus Dotterblumen flocht. Sie trieb allerlei Ulk, von dem starken Obstwein sichtlich benebelt, steckte mit ihrem Übermut auch den Bruder an, und sie lachten über einen Hasen, der mitten im Weg ein Männchen machte, über eine Vogelscheuche, mit einem Kopftuch und einer Tabakspfeife im Mund, über zwei Kleehifler, die der Wind so zueinander geneigt, als ob sie sich umarmen wollten.

»Mena, du hast den ›Ernsthaften‹ geködert!« sagte Silvester.

»Nein«, protestierte sie. »Ich und ködern? – Das tun doch nur die Fischer und die Fallensteller.«

»Eben! Und jedes Frauenzimmer ist exakt ein solcher Fischer und Fallensteller. Übrigens, es ist höchste Zeit, daß du heiratest.«

»Ich glaub«, rief sie, »dasselbige wär auch bei dir der Fall.«

Den Geschwistern dünkte, als ob sie wieder Kinder auf

Ellenhub wären. Aber es war seltsam: die Herzen der beiden Geschwister nahmen ihren Flug in einer grundverschiedenen Richtung. Silvesters Herz sang ein Kampf- und Siegeslied, dessen Refrain lautete: Freiheit, Gleichheit und Brüderlichkeit. Das höchste Ziel des Lebens ist: siegen oder sterben! – Der Mena Mund hingegen summte das alte, mütterliche Wiegenlied:

>»Hutsche, heia,
>'s Kalberl lauft in Weiha ...«

Die Versammlung

An dem Tag, wo Silvester im Großen Hochzeitssaal beim Bräu sprach, kamen die Bauern von den entferntesten Lehen und Keuschen. Die meisten hatten auch ihre Weiber mitgenommen; wenn diese sich auch aus der Versammlung nichts machten, so war es doch eine schöne Gelegenheit, ins Dorf und unter die Leute zu kommen. Überall sah man sie in Gruppen talab wandern, sah die Rennwagerln rumpeln, die schweren Gäule stolpern und die Kutschen hopsen; da die Straßen nur selten benutzt wurden, war es ihnen nicht der Mühe wert, die Löcher auszufüllen.

Diese Versammlung war etwas zu Ungewöhnliches: Ein Ellenhuber-Bub, der, statt ein Geistlicher oder meinetwegen ein Advokat, den man bei Gelegenheit auch brauchen konnte, zu werden – ein Sterngucker, ein Bücherschreiber, ein Volksredner wurde!

Die Mena saß in der Bräustube, mit Lambert und anderen Dorfleuten. Sie war durch den Bruder, und was drum und dran hing, aus dem stillen Geleise gebracht, in dem sie bisher gelebt hatte. Es wurde über diese Dinge so viel geredet, und sie wollte sich selbst überzeugen, was eigentlich dran war. Und endlich: Lambert hatte nicht nachgegeben. Für ihn war es eine feine Gelegenheit, ihr nahe zu sein und vor ihren Augen zu paradieren. Er führte auch das große Wort, und sie konnte nicht umhin, ihn heimlich zu bewundern. Wie er so redete und gestikulierte, dachte sie unwillkürlich: Wenn er nicht verheiratet wär, in den Lambert könnt ich mich noch verlieben.

Die Männer fragten: »Also, Lambert, was hältst du von der neumodischen Politik?«

»Ja«, lachte er, »es ist wirklich ganz aus der Weis, wie's jetzt in der Welt zugeht. Die Lage in Wien ist äußerst gespannt. Alle Tage gibt's eine andere Neuigkeit: der Kaiser ist abgesetzt, der Kaiser ist gefangen. Es ist, als ob der Teufel selber in die Menschen gefahren wär. Ich sag nur soviel: Handel und Wandel müssen im Gang bleiben, sonst ist's weit gefehlt!«

Die zwei Ernsthaften ruderten zwischen den besetzten Tischen auf die Mena zu, und sie erschrak leicht. Der Alt-Oberhauser, auch der »Schriftgelehrte« genannt, war da, sie hatten nämlich herausgebracht, daß er zwei Zeitungen las und allwöchentlich den weiten Weg in den Markt machte, wo ihm ein Gerichtsadjunkt Bücher lieh.

Der Bräu schritt gelassen zwischen den disputierenden Gästen hin, begrüßte den und jenen, und nahm sogar ein paarmal den Willkommentrunk. An seiner rotgetupften Weste hing eine schwere Uhrkette mit einem Uhrschlüssel, an dem grüne Edelsteine funkelten. Hie und da begrüßte er jemand separat, so auch die Mena. »Das ist ja unsere Sängerin!« rief er. »Die Mena von Ellenhub. Wann singen wir denn wieder?« Freilich, zu einer Antwort kam sie nicht, und der Bräu wartete auch auf keine. Aber es machte sie doch für den Augenblick stolz, obgleich die Ursache seiner

Freundlichkeit eine andere war, als sie vermutete. Die Leute gingen an ihrem Tisch vorüber und riefen halb im Spaß, halb im Ernst: »Ja, Mena, ist's denn wirklich wahr, daß dein Bruder ein Demokrat geworden ist?« Womit sie fraglos etwas Fürchterliches, ja Verabscheuungswürdiges zu verbinden schienen.

Auf den Gesichtern der Männer lag ein Zug von Streitlust, und es ging an den Tischen viel lauter her als sonst.

Drei große Strömungen flossen durch die getäfelte Wirtsstube. Die erste hielt sich ans Herkommen und wollte keine Haaresbreite davon abweichen; sie lobte das Alte, Langerprobte, von Vätern und Großvätern Überkommene. Die zweite hielt sich zwar auch noch ans Alte, an die eisenfesten Sprüche, die noch keinen im Stich gelassen, waren aber für Reformen. Und endlich die dritte Strömung wollte das Alte zum Gerümpel werfen, glaubte an ein Neues, noch nie Dagewesenes, und verlangte die Einführung dieses Neuen mit Geschrei und Unduldsamkeit. Außer diesen drei extremen Gruppen gab es noch eine vierte, die hatte teils ruhige, teils pfiffig verschlossene Gesichter und war hartnäckig darin, sich in keine Politik einzulassen. Tadelte man sie darob, lächelten sie überlegen und fragten: Warum heißt es denn von einem hinterhältigen Kerl: das ist ein »politischer Mensch«?

Und so wie diese Strömungen die Menschen sonderten, saßen sie auch gesondert an den Tischen, Großbauern und Bauern; Ganz-, Halb- und Viertellehner, die hundertundvier Tag im Jahr roboten mußten; die Batzenhäusler, die je nach Besitz die Hälfte oder ein Viertel des Jahres sich für andere schindeten; die Innmänner und Tagwerker; endlich die Tische mit den Jägern, Holzknechten und Kienspanschlägern, mit den Korbflechtern, Schnapsbrennern, Sauschneidern und Brotträgern.

Durch die offene Tür sah man ins Extrazimmer, das mit Studenten besetzt war. Die Bauern fragten sich, welche Art von Bauernschinder wohl aus ihnen hervorgehen würde. Eine Ausnahme machten sie mit dem Herrn Archivar. Besonders die Mena nahm ihn in Schutz und tat sozusagen groß mit ihm: »Das ist ein Herr«, sagte sie, »den man nicht genug loben kann. So fein ist er und so gut anstehen tut ihm alles; wie er redet, ißt, trinkt und seine Gesten macht; es ist eine Freud, ihm zuzuschauen.« – Lambert und ein Haufen junger Burschen am Nachbartisch riefen: »Hoh, hoh! Die Mena ist verliebt in den Geißbart. Soll bei den Stadtschofen bleiben! Wir brauchen unsere Menscher selber!« Etwas Wahres mußte an diesen Dingen sein; daß er eine große Vorliebe für alte Altertümer, und eine ebenso große für junge Bauerndirnen hatte, die er in Ställen, Heuböden und auf den Feldern ausdauernd hofierte, war bekannt. Im allgemeinen war er gern gesehen, mit einer Mischung aus Höflichkeit und Verwunderung, dahinter sich ein kleines Lachen versteckte: ernst, restlos ernst waren sie nur, wenn sie sagten: der Haginghofer, der Ellenhuber, der Wahrlander! Es gab nur eine Arbeit auf Erden: die Bauernarbeit, darüber konnte niemand im Zweifel sein.

So wie die rauchige Gaststube das Extrazimmer, kritisierte das Extrazimmer die Bauernschaft, und zwar besorgte dies der Herr Archivar einigen Neulingen gegenüber, die sich bei dieser Gelegenheit zum erstenmal herabließen, das »Volk« zu studieren.

»Der lange Tisch neben der Tür«, erklärte er, »das sind lauter ledige Bauernbuben, mit dem ersten Flaum unter der Nase. Die sind bloß aus Neugier gekommen, ob's nicht etwas zum Stänkern und zum Raufen gäb. Ihre ganze Politik richtet sich nämlich gegen den ›harten‹ Vater, die ›neidigen‹ Geschwister und gegen ›denselbigen, gottverdammten Hundsknochen‹, nämlich den nächtlichen Konkurrenten am Kammerfenster. Jeder von ihnen lebt Tag und Nacht in der komischen Furcht, er könnte bei dieser Sache zu kurz kommen. In den Fensternischen sitzen die Jungbauern; sie haben ihre Tracht schon mehr modisch ausgestaltet; tragen Hüte aus gelöchertem Samt und zierliche Pfeifen aus gelbem Holz. Die Raufereien und Liebesgeschichten sind vorüber, ebenso Heirat und Kind; schon drückt der Alltag auf sie; angehaucht, wie sie sind, von Aufklärung und Rebellengeist, haben sie Sehnsucht nach etwas, das die abgestumpften Sinne erfrischen könnte. Sie möchten sich vom Herzen gern an einem kleinen Aufruhr beteiligen; aber es klingen ihnen die wohlfundierten Worte der Väter in den Ohren. Dann ist dort der Tisch mit Leuten, die hochrückig sitzen und eifrig reden. Sie haben geschrammte Gesichter und Hände; Holzknechte, Keuschler und Häusler. Und dort drüben sitzen allerlei Taugenichtse und Tagediebe. Und der überlange Kerl, der mit der Adlernase und dem Schnurrbart, das ist der berüchtigte Schindertoni. Um den Ofentisch sitzen die ältesten Bauern; die passen mit ihrem Gebaren und ihrer Kleidung nicht mehr recht in unsere Zeit. Das Charakteristische an ihnen sind die hohen, grünen Hüte, einem Zuckerhut nicht unähnlich, mit schmaler steifer Krempe und einer glitzernden Goldschnur; daher man sie auch spottweise die ›Zuckerhütler‹ nennt. Der seltsamste Tisch aber ist jener dort, in der halbfinsteren Nische, wo man ein Dutzend Mannsbilder und ebenso viele Weibsbilder gemischt sieht, jedes eine kleine weiße oder rote Hahnenfeder auf dem Hut. Diese vertrackten Hahnenfederchen üben in der Gemeinde eine unheimliche Wirkung aus. Es ist nicht der kühne Schildhahnhaken, der Raufermut ankündigt, auch Schneidfeder heißt; nicht der graziöse Reiher, der Frohsinn aussagt; es ist auch nicht der Gemsbart, der den Jäger und

Wildschützen anzeigt; nein, es ist ein winziges, unaufhörlich baumelndes Hahnenfederchen, das, im Kontrast mit allem Herkommen und aller bäuerlichen Mode, die Bevölkerung in Aufruhr versetzt. Seine Träger umspinnt etwas Gefährliches; obgleich über der ganzen Sache tiefes Dunkel herrscht.«

Der Archivar mußte seine Erklärung unterbrechen, denn von einem erhöhten Tisch aus, wo die Einberufer der Versammlung saßen, schwang der Lehrer Zauner eine Glocke. Er war sehr gealtert, Haar und Bart schneeweiß, und da die Mena ihn lange Zeit nicht gesehen, dachte sie: das Leben vergeht!

Zauners Stimme erklärte die Versammlung im Namen des demokratischen Vereins für eröffnet und bat um Besonnenheit und Sachlichkeit, damit man ihnen nicht wieder nachsagte, die Bauernmenschen könnten nur mit Dreschflegeln und Schlageisen ihre Streitigkeiten ausmachen. Schon fiel ein Zwischenruf: »Du bist ja kein Bauer!« Aber dann wurde es rasch still.

Der Ellenhuber-Vestl war für alle ein Ereignis, wie er so oben stand und redete, und nicht am wenigsten für seine eigene Schwester. Von den Ellenhuber-Geschwistern der Schmächtigste, hörte sie noch des Vaters Klage, daß er von Gliedmaß zu fein geraten und für die Bauernarbeit nicht zu gebrauchen sein würde. Und nun redete er vor so vielen Menschen; und wie er redete, ganz wie ein Buch. Sie verstand zwar das meiste nicht, aber bei gewissen Stellen überlief es sie heiß und kalt; und ebenso schien die Wirkung auf die Versammlung zu sein. Dieser Redner war der geborene Mann des Volkes, insonderheit des Bauernvolks; man sah gleich, er kannte dessen Arbeit, Leiden, Sorgen und Hoffnungen. Und wie er das Ding formte! Und was er alles aufs Tapet brachte! Gegen die Reichen und Mächtigen, gegen die Beamten und Bauernschinder, gegen die Kirche und die Habsucht der Pfaffen. Nachdem er sie alle tüchtig durchgehechelt, fuhr er fort: »Die Zeit der Gleichheit, Freiheit und Brüderlichkeit ist da; sie klopft an die Tore der Schlösser und Herrensitze; sie klopft an die Türen jedes Hofes, einer jeden Keusche und einer jeden Hütte, mit bittender, und wenn's nicht anders geht, auch mit starker Hand. Sie fordert Einlaß, und es gibt keine Macht der Erde, die ihr auf die Dauer den Zutritt verwehren könnte. Die Großen und Mächtigen halten zu eigennützigen Zwecken das Volk in Knechtschaft und Untertänigkeit, und besonders der Bauer ist von ihnen seit jeher bis zum Weißbluten ausgebeutet worden. Sie haben ihn gepreßt, auf der einen Seite durch die Steuern, auf der andern, daß sie ihm seine Naturerzeugnisse für einen Pappenstiel abnahmen; und endlich, indem sie seine Söhne ins bunte Tuch steckten, ihnen einen Schießprügel in die Hand gaben, und sagten: Gehe hin und erobere für uns neue Provinzen! – Und die Söhne des Alpenlands vergossen ihr Bauernblut eimerweise, damit jene ihre Paläste bauen, mit Gärten, Statuen und Springbrunnen, damit sie ihre Kokotten behängen konnten, mit Samt und Seide, mit Ringen und Edelsteinen. Der Bauernstand war seit undenklichen Zeiten in der Gewalt von Bösewichten, von Dieben und Räubern, wenngleich sie Pfleger, Statthalter, Erzherzoge und Minister hießen. Menschen ohne Herz, voll Eitelkeit und Dünkel, voll Bosheit und Grausamkeit. Der Städter verspottet den Bauer wegen seiner Einfalt, seiner Sitten, seiner simplen Genüsse, seiner Treue, und diese Verachtung und diesen Spott immer wachzuhalten, immer zu nähren, ist sein Hauptplan. Denn daraus erfließt ihm seine beste Nährmilch: nämlich, den Verachteten auszubeuten. Ohne Arbeit und Beschwer, auf Kosten des so Erniedrigten möglichst bequem zu leben, das ist sein

Ziel! – Du Bauer! Ein Schimpfwort, ein Schmähwort, wahrscheinlich als Dank, daß er seinen Schweiß und sein Blut durch ein Jahrtausend für die Städter hingegeben hat. Was aber, könnte man fragen, hat den Bauer, den Herrn der Erde, so geduldig gemacht? – Es war nicht, wie man glauben könnte, die Geduld des Lamms, die ihm seit zweitausend Jahren gepredigt worden ist, es war vielmehr der brutale Zwang einerseits und die große Geduld des alten Naturheiden anderseits, der seinen Tag abwarten konnte. Und dieser Tag, der große Welttag der Bauernfreiheit, ist gekommen. Diese Bauernfreiheit fordert, Punkt I: Soll die Untertänigkeit samt aller dieselbe betreffenden Gesetze aufgehoben werden. Sollen alle Robot und Zehent, wie auch alle aus dem Untertänigkeitsverbande, dem Obereigentum, der Dorf- und Schutzobrigkeit, dem bäuerlichen Lehensverbande entspringenden oder ihm ähnlichen Natural-, Geld- und Arbeitsleistungen abgeschafft werden! Diese Bauernfreiheit fordert Bildung, Aufklärung, Spitäler; sie fordert, daß alles und jedes dem öffentlichen Wohle untertan werde; sie fordert als Anerkennung, daß der Bauer seit Jahrhunderten auf der einsamen Scholle ausgehalten hat, im Gegensatz zu den vielen faulenzenden Schichten der Städte, eine grundlegende Neuordnung des Staates. Sie fordert, daß der alte Spruch voll und ganz zur Wahrheit werde:

> Der Bauer ist der erste Mann,
> Weil er die Welt ernähren kann.

Der Bauer tritt auf, in der linken Hand eine grüne Fahne, auf der zu lesen steht: Freiheit, Ordnung und Recht! In der rechten Hand den Dreschflegel, womit er auf den Tisch klopft und fordert. Ihm folgen Millionen geplagter und mißhandelter Sklaven, die alle, mögen sie heißen wie immer, seine

Brüder sind. Und die Spötter und Zyniker seien gewarnt: sie mögen an die Bauernkriege denken! Die Bauernfaust, von den großen Herren stets so gut gebraucht, dieselbe Bauernfaust kann auch einmal vernichtend niederfallen; kann auch einmal die Herren niederwerfen, ihre Schlösser, ihre Paläste, kann ihren Stolz brechen und die wahre Volksfreiheit begründen.«

Der Beifall war groß: das ist einer, der uns aus dem Herzen spricht, der weiß, wo uns der Schuh drückt. Aber vielen unter ihnen waren Bedenken aufgestiegen, und sie wünschten, daß ihm jemand geantwortet hätte; aber es schien sich kein solcher Kopf zu finden. Bis endlich bei der Gruppe der Zuckerhütler eine Bewegung entstand. Hier saß der Alt-Oberhauser, und seine Tischnachbarn redeten ihm zu, aber er meinte: »Die Ehr, einem solchen Redner zu antworten, muß einem andern zukommen. Ich könnt höchstens reden, wie mir der Schnabel gewachsen ist.«

An den Tischen raunten sie: »Traut er sich nicht, der Alt-Oberhauser?«

Nach einigem Zögern entschloß er sich doch. »In Gottes Namen!« sagte er. »Wenn's sonst keiner übernimmt, muß es ich übernehmen.« Er stieg auf den Antritt und nahm seinen Zuckerhut vom Kopf. Er redete in einer altertümlichen Weise, und wenn er sagte: »Item, wasmaßen, der wohllöbliche Herr Vorredner«, hörte man unterdrücktes Lachen. Aber bald zeigte es sich, daß er zwar eine besondere, aber durchaus feste Stellung einnahm und nicht ohne Geschick die Schlachtrufe des demokratischen Redners zerpflückte.

»Die drei Ding«, sagte er mit einer etwas singenden Stimme, »die da heißen Freiheit, Gleichheit und Brüderlichkeit, reimen sich ja recht schön; aber das Ohr tut den Menschen genauso betrügen wie das Aug. Der Mensch hat leicht Freiheit genug, seine Arbeit zu tun, vorwärts zu trachten und sich einen Hausstand zu bauen, niemand zu Leid und Gott zu Ehren. Die Freiheit ist eine schöne Sach, das Wort richtig verstanden, aber es wird auf der Welt mit allem, was heilig ist, viel Schindluder getrieben. Und dann möcht ich gern wissen: woher hat der Herr Vorredner die neumodische Freiheit? – Hat er sie vielleicht bei seiner Sternguckerei am Himmel entdeckt? – Ich beobacht das Firmament seit einem halben Jahrhundert: die Sonn, der Mond und die vielen tausend Stern gehn alleweil die gleichen Bahnen; da ist alles nach Gesetzen geordnet, sicher, unverrückbar, fester als die Zehn Gebote Gottes, fester als alle und jede Menschensatzung, und wäre sie tausend Jahre alt. Am Himmel ist nichts von einer Freiheit zu entdecken. Die neumodische Freiheit ist eine falsche Freiheit; eine Erfindung von Schlauköpfen, den großen Haufen zu ködern. Die neumodische Freiheit ist ein Schein, und der Schein trügt. Er hat schon ganze Völker betrogen, hat sie in Not und Drangsal, in einen Sumpf von Blut und Leichen geführt. Ja, dieselbige Freiheit, die sie uns jetzt auftischen, ist ein Blendwerk. Es gibt keine solche Freiheit, und es braucht auch keine solche zu geben. Was aber die Welt braucht wie der Hungrige ein Stücklein Brot und der Durstige einen Trunk Wasser, das ist Ordnung und Gesetz! – Item, wie steht es mit der Gleichheit? – Wieder muß ich fragen – ein dummer Bauer muß alleweil fragen! –, ob der Herr Vorredner bei seiner Sternguckerei etwas von dieser Gleichheit am ewigen Firmament entdeckt hat? – Von einer solchen Gleichheit ist aber auch nicht das kleinste Argument zu entdecken. Die einen Stern sind klein wie ein Feuerfunken; die andern groß, wie das Licht von einem messingenen Ölstock; und wieder andere strahlen so herrlich, wie eine große Wachskerze; bis hinauf zum Mond, der die ganze Welt erhellt; bis zur Sonn, die so stark leuchtet und wärmt, daß alles wächst, blüht und gedeiht auf Erden.

Wo ist da, frag ich, eine Gleichheit? – Und der Himmel und die Sonn und die Stern, die sind doch wohl alle von Gott? – Er hat also keine Gleichheit geschaffen. Ei, da schau! Und da gehen jetzt überall Leute herum, so kleine Herrgötter, die reißen weitmächtig das Maul auf und sagen: Alle Menschen sind gleich! – Die Menschen sind nicht gleich! Und noch schlimmer wär's, wenn man sie gleichmachen tät. Das ist ja das Schöne und Lustige an der Welt, daß sie so verschieden und buntscheckig ist. – Item, was die Brüderlichkeit anbelangt, ist es gewiß gut, brüderlich zueinander zu sein. Der Mensch soll letzten Endes denken, daß auch der andere, gleich ihm, ein Mensch sei. Aber willst du mein Bruder sein, mußt du dich aufführen, wie sich ein Bruder aufführen soll. Fluchst du nicht mir, fluch ich nicht dir. Gehst du mit Spieß und Speer gegen mich, wehr ich mich auch mit Spieß und Speer. – Und endlich kommen wir zum heikelsten Punkt: Alles wollen wir abschaffen, Robot, Frondienst und Kirchenzehent! Ah, da schau! Es steht also unserem Stand das reine Paradies bevor. Aber keiner fragt, was tritt denn an die Stell des Abgeschafften? – Und weil wir schon einmal beim Abschaffen sind, warum wird denn kein Wörtl vom Kaiser gesagt? Wenn ihr alles abschaffen wollt, warum nicht auch den Kaiser?«

An dieser Stelle der Rede entstand im Saal eine totenstille Pause. Es war ein Wort gefallen, das mächtig auf die Gemüter wirkte. Besonders die Zuckerhütler wackelten unruhig hin und her; aber auch an den Herrentischen war man durch die unerwartete Frage aus dem Konzept gekommen.

Der Alt-Oberhauser fuhr fort: »Gelt, Männer, da tut ihr fein schweigen? – Ihr denkt euch: Haben wir alles, was um die kaiserliche Majestät ist, in den Dreck gezogen, muß der Kaiser selber nach! Ja, so ist's: die Stadtleut wollen jetzt gegen den Kaiser und gegen den Herrgott Sturm laufen ...

Aber ich sag ihnen nur eins: Vorsichtig sein! Recht vorsichtig! Der Teufel spinnt ein feines Garn, so fein, wie's noch kein Vogelsteller und kein Fischer aufgestellt hat. Keine Menschenhand kann's tasten, kein Menschenaug kann's sehen, aber wenn der Mensch sich einmal drin gefangen hat, muß er sich zu Tod zappeln. Ich sag euch: den Herrgott und den Kaiser kann niemand abschaffen! Wegleugnen kann man sie ... Der Kaiser und der Herrgott, die zwei sind nicht von gestern und vorgestern, die sind von ehedem! Die sind aus einem Stoff, wie der Marmelstein, die sind von Ewigkeit.«

Gelächter und Zurufe ertönten. Nur die alte Bauernschaft saß schweigend. Sie sah mit den inwendigen Augen genau, wie der Satan das furchtbare Garn spann, bis ein neuer Redner sie aufhorchen ließ.

Der Schindertoni erreichte eine ziemliche Wirkung; aber nur bei gewissen Tischen. Es waren nicht die Tische der Bauern. Bei ihnen wurde er verachtet, wenn sie ihm auch bei seinem Handwerk soviel als möglich Vorschub leisteten. Aber welchen Wert kann das haben, was ein Verachteter vorbringt? Er schrie auch zuviel, fuchtelte zu stark in der Luft, und auf vielen Gesichtern erschien ein spöttischer Zug. – Das hätte er unterlassen sollen, der Meister auf dem Tanzboden, beim Raufen und beim Wildschießen. Er nannte die Rede des Alt-Oberhausers einen Stuß und schloß: »Alles muß abgeschafft werden, das Veränderungspfundgeld, das Moratorium und Laudemium, der Kirchenzehent und der Schulzehent, Robot, Vorspanngeld, die Lehensherrschaft, die Vogteiherrschaft, die Zehentherrschaft; alle diese blutsaugerischen Herrschaften müssen verjagt werden. Es soll keine Herren und keine Sklaven mehr geben.« In diesem Ton ging es weiter, und der Refrain seiner Rede war: Nicht lang reden, dreinschlagen!

Die Bauern schüttelten die Köpfe; der Bräu, der Haginghofer, der Krämer und viele andere machten bedenkliche Gesichter: so einfach konnte die Sache nicht sein! Wer ohne Plan und Hirn einreißt, muß damit rechnen, daß er eines Tags kein Dach über seinem Kopf hat.

Jetzt kam ein Redner, bei dem sich einige schon am Hinterkopf kratzten, bevor er noch den Mund aufgetan: der Lichtmeßberger, der Ältere. – »Wie heißt's denn«, hob er an, »in der Bibel? – ›Im Schweiße deines Angesichtes sollst du dein Brot essen.‹ Die Stadtleut wollen aber nur eins: sich vor jeder wirklichen Arbeit drücken und mittels einer Scheinarbeit auf Kosten der Bauern leben. Die Tausende, die Hunderttausende der Nichtsarbeiter und Tagdiebe in den Städten, die sind das Verderben. Dort reden sie in den Zeitungen, in Büchern und Versammlungen Tag und Nacht von der Arbeit, daß sie zu keiner wirklichen Arbeit mehr kommen. Da frag ich einen: Wozu brauchen wir die vielen Tausenden von Beamten?«

Ein Tumult entstand. Rufe schollen: »Beleidigen Sie nicht ganze Stände! Reden Sie keinen Unsinn! Das ist eine Gemeinheit!«

Aber die Tische der Bauern, der älteren und ganz alten, hatten die stärkeren Stimmen. Sie riefen: »Bravo, Lichtmeßberger! Reden lassen!«

»Wir Bauern«, fuhr er fort, »können uns selber regieren. Das ist die Lösung, und die einzig richtige! Ich sag: Bauer, steh auf! Schaff dir deinen Staat, den Bauernstaat!«

Das war kurz und bündig gesprochen und gab viel Beifall. So dachten sie alle.

Der Pfarrer Gries hatte es eilig, auf das Podium zu gelangen. Er trug Röhrenstiefel, eine baumelnde Uhrkette und unterschied sich von einem Bauern nur durch seinen Glanzkragen und den schwarzen Rock. Er hielt ein rotes Taschentuch in der Hand und trocknete sich die Stirn. Es war heiß im Saal, und überdies hatten die eben gehaltenen Reden ihn bang gemacht, welche Besorgnis ihm sogleich bestätigt wurde.

Die Bauernburschen versuchten, ihn durch Grimassen, Klappern mit den Zinndeckeln und höhnischem Getuschel in Verwirrung zu bringen, bis der Haginghofer jäh in die Höhe ging. »Wird bald Ruh werden?« fragte er. »Ihr verdammten Grünschnäbel!« Es burrte an den Tischen zwar noch eine Weile, als ob jemand mit einem Stecken in ein Wespenloch gestochen hätte, aber sie fügten sich doch.

Gries hob an: »Die Frage, wenn ich die neumodische Lehr richtig versteh, geht vor allem dahin, ob eine Gesellschaftsordnung möglich sei, in der alle Menschen, ohne Zwang und Gewalt, allein durch das zum obersten Gesetz erhobene Gemeingefühl und Gemeinwohl, ohne Bedrängnis, Not und Elend, zusammenleben könnten? – Diese Frage, dünkt mich, sucht die neumodische Lehre zu beantworten. Nehmen wir an, daß sie dies Ziel ehrlich und aufrichtig anstrebt, und fragen wir weiter, auf welchem Wege und mit welchen Mitteln sie es zu erreichen sucht, so finden wir vor allem drei: Neid, Haß und Ungerechtigkeit!«

»Unsinn! Alter Kohl! Schluß!« riefen Stimmen.

Gries erschrak, fuhr aber trotzdem fort: »Es muß gesagt werden, daß unsere Welterneuerer den Teufel mit Beelzebub austreiben wollen, daß sie durch eine nimmermüde Aufstachelung von Neid, Haß und Ungerechtigkeit – Neid, Haß und Ungerechtigkeit in der Welt überwinden wollen. Und nun sehen wir uns einmal diesen dreimal geschwänzten Teufel näher an. Da ist vor allem der Neid. Der Neid, heißt ein Bauernspruch, frißt Vieh und Leut. Hat also eine höchst schauderliche Wirkung, und wer ihn, statt zu bekämpfen, hegt und pflegt, kann ein ganzes Volk dermaßen in Jammer und Elend stürzen, daß die Teufel in der Hölle selber mit ihm Erbarmen haben. Dieser Neid vergiftet die Volksseele, ruiniert ihren Organismus und tötet letzten Endes die Mitfreude, das höchste Lebenselement; jenen Traum, der die Welt erhält und sie auf unsichtbaren Flügeln trägt. Der Neid tötet jeden Fortschritt und jedes Glück. Was muß mit einem Volk geschehen, wenn dieses Neidgift alles öffentliche und geheime Leben durchdringt, wenn es zur täglichen Speise und zum täglichen Trank wird? – Es muß sein Mark zerfressen, muß es jedweden Glückes berauben und am Ende in Elend und Sklaverei versenken.«

»Unsinn! Salbaderei!« und ähnliche Rufe wurden von den Tischen der Freisinnigen her laut.

»Jedes Laster trägt seine eigene Strafe in sich; und Kinder und Kindeskinder müssen auslöffeln, was die Väter ihnen eingebrockt haben. Was uns fehlt, ist nicht, wie man dreist behauptet, daß die Menschen von jeher zu wenig Neid gehabt hätten, sondern daß sie jegliche Mitfreude verloren haben. Und nun kommen wir zum zweiten Mittel, womit sie das neue Paradies herbeiführen wollen: zum Haß. Man predigt ihn auf allen Gassen und Straßen, gegen die Reichen, gegen den Hof, gegen den Adel, gegen den Kaiser und nicht am wenigsten gegen Gott! Insonderheit predigt man den Klassenhaß mit allen Regeln der Kunst, den Priesterhaß, und zwar mit einem solchen Eifer und Fanatismus, als ob von der Austilgung dieses Standes das Glück der Welt abhinge. Sie hassen im Priester die göttliche Idee, die er versinnlicht. Er erinnert sie, im Taumel ihres weltlichen Lebens, an das Überweltliche, Ewige. Darum, und nicht aus Scheingründen, hassen sie diesen Rock, der nur allzuoft eine Brust voller Schmerzen und Kümmernisse bedeckt; hassen diesen Stand, den besonders zu schonen das erste Gebot aller Menschlichkeit sein müßte. Denn auch er hat seinen Stand nicht selber erwählt; das Schicksal bestimmte ihn dazu, wie es diesen zum Handwerker, jenen zum Beamten und den dritten zum Künstler bestimmte. Daher sei es offen ausgesprochen: die heutigentags in Wirtsstuben und Versammlungen, in Zeitungen und Büchern so beliebte Haßpredigt gegen den Priesterstand ist pöbelhaft und gemein; würdig einer Welt von Teufeln, aber unwürdig der Menschen, der Geschöpfe Gottes. – Was die Ungerechtigkeit anbelangt, so schreien die Aufklärer: es gibt keine Gerechtigkeit in der Welt! Und die Menschen glauben es, weil hier, im Hadern und Reißen des Lebens, unter der Glühgeißel der Begierden und Laster, die Guten zuweilen schlecht, die Schlechten zuweilen im Glück leben. Man versteht unter Gerechtigkeit heute, daß es allen gleich schlecht gehen sollte. Sie schreien: Gerechtigkeit! Gerechtigkeit! Aber niemand will selber gerecht sein, und die am lautesten nach der Gerechtigkeit schreien, sind die Ungerechtesten.«

Unruhe entstand. Auch Lachen hörte man. Rufe wurden laut: »Das ist ja eine Predigt! Pfaffengeschwätz! Zurück ins Mittelalter! Es lebe die Finsternis!«

Gries fuhr fort: »Darum resümiere ich: Statt des Neides setze ich die Mitfreude. Von dem Zeitpunkt an, wo man auf allen Lehrkanzeln und Predigtstühlen, auf allen Gassen und Straßen wiederum die Mitfreude am Ganzen verkündigt, beginnt die Neugeburt unseres Volkes. Und wahrlich, der wäre dreimal arm, der nicht mehr daran glauben könnte oder darüber lachte. Statt des Klassenhasses setze ich die Liebe und das gegenseitige Verständnis. Alle Stände sind von Gott. Wer den Klassenhaß predigt, ist aber gewißlich vom Teufel. Das Glück eines Volkes besteht in der unantastbaren Verbundenheit seiner Stände. Diese Verbundenheit schafft den glücklichen Staat.«

Getrampel und Schlußrufe wurden immer stärker. Über

die runzeligen Wangen des alten Pfarrers rollten Tränen. Diese Feststellung ließ die Bauernburschen vor Vergnügen laut heulen.

»Es wird viel gespöttelt«, rief er mit der letzten Kraft seiner Greisenstimme, »über uns Geistliche heutigentags, auch in unserer Pfarre, auch über mich. Ich weiß es, sag aber nur soviel: der Mensch kann seines Mitmenschen spotten, und läßt er sich spotten, ist er reif für den Untergang. Er kann der Obrigkeit spotten, und läßt sie sich spotten, ist sie wiederum reif für den Untergang. Der Mensch kann des Kaisers spotten, und läßt er sich spotten, ist auch er reif für den Untergang. Der Mensch kann alles auf Erden bespötteln, aber er kann den Herrgott nicht bespötteln; geschieht's aber doch, dann ist ein ganzes Volk reif für den Untergang.« Die Tränen hüpften und sprangen über die geröteten Wangen, über die Schnupftabaknase mit ihren vielen Verzweigungen.

Es wurde offenbar, daß Gries heute von allen im Stich gelassen wurde: die jungen, die mittleren, ja selbst ältere Menschen lächelten geringschätzig. Nur zwei Gruppen standen fest: die Frauen und die Zuckerhütler. Was die Frauen anbelangte, klatschten sie heftig Beifall und riefen: »Bravo, Herr Pfarrer!« Die Zuckerhütler machten lange Gesichter und wiederholten bedächtig: »Der Kaiser ... läßt er sich aber spotten, ist er reif für den Untergang! – So ist's! – Der Herrgott ... läßt er sich aber spotten, ist ein ganzes Volk reif für den Untergang! – So ist's!«

Die Rede des Archivars schuf wieder Ruhe. Doch wurde sie mit wenig Interesse angehört.

»Es sind«, sagte er, »in dieser Versammlung vorzügliche Worte gefallen, ja, ich bin sogar meinesteils überzeugt, daß jeder dieser Männer das Herz auf dem rechten Fleck hat und nur das Beste will. Aber ganz und vom Herzen einstimmen muß ich, wenn angedeutet worden ist, daß seit Jahrzehnten, vielleicht seit Jahrhunderten ein verfälschter Sinn ins Volk getragen und in ihm genährt worden ist; ein Sinn, wo immer ein Satz eine tiefe Wahrheit, das ganze Gebilde aber, aus solchen Sätzen, eine abgrundtiefe Lüge ist. Es ist mit Berechtigung gesagt worden: Hütet euch vor den Irrlehren! Nur meine ich, daß man die Städter nicht so einseitig beurteilen darf, wie wir es eben gehört haben. Städter und Landbewohner haben einander nötig und können gegeneinander nicht leben. Freilich, der Städter soll dem Bauer sein Bestes geben, und der Bauer hat recht, wenn er sich gegen das Schlechte stemmt, das ihm von dieser Seite nicht selten zugebracht wird. Ob das, was man ihm jetzt bringen will, die Revolution, der ›Völkerfrühling‹, etwas durchaus Gutes ist, bleibt fraglich. Auch wird man damit bei den Bauern wenig Glück haben. Was tut denn der Bauer auf seinem Hof? – Er macht kleine Verbesserungen; sein Sohn, sein Enkel setzen sie fort, und so und nicht anders wird aus einem Geringen, Unvollkommenen ein Schönes und Achtunggebietendes. Auf jedem dieser Höfe ist einer der ›Herr!‹. Kein Bauer kann sich einen Hof mit zwei Herren denken. Einer muß anschaffen! Das ist ein Spruch, und dieser Spruch ist die Wahrheit. Ich meinerseits lasse den Menschen die Freude und den Taumel am Neuen. Aber man täusche sich nicht: Wenn sich ein Volk in dauerndem Kriegszustand versetzt fühlt, bricht die Sehnsucht nach einem gemeinsamen Schutz und Schirm, nach einem Dach, wohin sich alle flüchten können, die Großen wie die Kleinen, nach einem Hut, der alle behütet, mit einer solchen Naturgewalt hervor, daß sie alle Hindernisse hinwegräumt wie Splitter und Spreu. Und dieser Schirm und Schutz, und dieses Dach und dieser Hut, was ist es? – Die Allmacht und Majestät des Kaisers.«

An dieser Stelle erhob sich Zischen, Pfeifen und Getöse. Rufe wurden laut: »Reaktionär! Pfaffenknecht!«

Das Geschrei wurde immer ärger; von Tisch zu Tisch fielen Schimpfworte. Die Rede Silvesters, worin er die Vorredner widerlegen wollte, ging in dem allgemeinen Tumult unter, und schließlich mußte die Versammlung wegen der vorgerückten Stunde ohne Ergebnis geschlossen werden.

In der Bräustube ging es noch eine Weile sehr laut her. Erst jetzt konnte man aus sich herausgehen.

Die Mena war eine aufmerksame Zuhörerin, nicht nur beim Bruder, sondern bei jedem Redner gewesen; sie hatte auch fleißig in sich hineingehorcht, was wohl ihr Inneres dazu sagen mochte, aber siehe da: es sagte ihr nichts! Sie lächelte zu dem ganzen Wortstreit, lächelte, als sie sah, welch eine cholerische Stimmung an den Tischen herrschte. Tratzende Reden flogen hin und wider, und zuweilen fiel eine Faust so stark auf den Tisch, daß die Gläser tanzten. Ein völlig unbekanntes Element, das des Mann-Menschen, trat ihr vor Augen; ein Element, von dem sie eigentlich nicht das geringste begriff. Es schien ihr unverständlich, wie die Mannsbilder sich über etwas anderes erregen konnten als über die – Weibsbilder. In ihrem Lächeln war etwas Fröhliches, heimlich Triumphierendes, das besagte, daß sie für nichts wirkliches Interesse hatte als für Liebe, Muttertum und Lebenssicherheit.

Die Brautwerber

Der Bruder begab sich auf eine Agitationsreise, und die Mena war wieder allein. Von allem, was er ihr gesagt, war der Rat, sich ernstlich wegen einer Heirat umzusehen, geblieben. Und schließlich war das die einzige Politik, die sie für vernünftig hielt. Neben ihrem Bett mit der blaugewürfelten Tuchent stand ein Sessel, darauf der messingene Ölstock, ein Körberl mit Äpfeln und Nüssen und ein Stoß Hefte mit farbigem Umschlag.

Sie schälte einen Apfel, teilte ihn gleichmäßig in Halbe-, Viertel- und Achtelspalten, und schob sie in den Mund. Sie horchte auf die Nachtgeräusche des Dorfs, auf das Knarren des Wetterhahns, auf das Klappern loser Dachschindeln, auf das Rauschen des Bachs und den Schrei irgendeines Tieres, der vom Walde herüberkam. Dann nahm sie eines der Hefte, die der Bruder ihr zurückgelassen, und las aufmerksam eine ziemliche Weile.

Sie hatte zeitlebens wenig gelesen, etwa das, was auf Ellenhub an bedrucktem Papier herumgelegen: die Bibel, eine Evangeliumauslegung, ein paar vergilbte Büchlein, der bayerische Hiesel, der daumenlange Hansel, und dazu in den letzten Dorfjahren eine Zeitung, der »Wallfahrer«, die ihr gelegentlich eines Gesprächs von Gries empfohlen worden war. Sie wartete schon immer auf ihr sonntägliches Kommen und las sie am Nachmittag. Und jetzt diese Hefte! Sie enthielten Stahlstiche, Landschaften aus allen Ländern Europas; Thüringen, Rhein, Nordsee, Adria, Nizza, Neapel; Felsenberge, Wasserfälle im Mondschein, Palmen, Esel mit Säcken auf dem Rücken, lustwandelnde Damen und Herren, und weiße Segelboote, die wie beschwingte Tauben über grüne Meereswellen flogen. Ein Bild war schöner als das andere, und entzündete im Beschauer unbestimmte Träume von Reisen und Genüssen, die nur wenigen Menschen zuteil wurden. Sie erzeugten eine Unzufriedenheit mit der eigenen Umwelt, die durch den beschreibenden Text in unglaublicher Weise gesteigert wurde. Dieser Text fiel nämlich aus der Stimmung unschuldiger Beschaulichkeit plötzlich in einen wild aufheulenden Empörerton: »Wie schön, wie herrlich ist doch diese unsere Welt; wie so ganz zu Glück und Genuß geschaffen, wäre sie nicht in den Händen von Fürsten und Pfaffen, Blutsaugern und Aasgeiern! Darum, mein Volk, ermanne dich, stelle eine Leiter hinan zum Himmel der Freiheit und mache die Sprossen aus den Leibern deiner Unterdrücker.«

An dieser Stelle hielt sie inne. Der letzte Satz mißfiel ihr. Einen Augenblick schwebte ihr die längste Dachleiter auf Ellenhub vor, an der sie immer als Kind mit Schauer hinaufgeblickt, und die mit ihrem schwankenden Ende scheinbar ins Firmament selber gereicht hatte. Sie sah zuckende Menschenleiber an Stelle der Sprossen eingesetzt...

Diese Vorstellung hatte böse Träume zur Folge, so daß sie sich am Morgen krank fühlte. Sie sah die Hefte liegen, und obgleich sie vom Bruder stammten und so schöne Bilder enthielten, nahm sie doch resolut den ganzen Pack, steckte ihn in den Ofen, eine Handvoll Scharten dazu, und schon gingen die »Ansichten der Natur«, die »schönsten Orte der Welt« in Flammen auf. – Ich versteh nichts von diesen Dingen, dachte sie, und will auch nichts davon verstehen. Hat nicht der Pfarrer vom Teufel gepredigt, der alle möglichen Gestalten annimmt, und könnt er nicht auch die Gestalt eines Buchs annehmen?

Eines Sonntags, nach dem Mittagessen, saß sie auf der Hausbank und strickte. Sie weilte dabei in Gedanken auf Ellenhub oder folgte ihrer Lust und machte Ausflüge ins Innere der Dorfhäuser und Höfe: Ja, so waren sie, die Menschen! Über sie und ihren Liebhaber schimpften sie; der Lix hatte mehrere Verhältnisse gleichzeitig, aber da scheuten sich alle, ein lautes Wort zu reden! Da war Geld, Ansehen, da konnte man nützen oder schaden. Sie verfiel, wie immer, wenn sie auf den Namen Lix stieß, ins Spintisieren. Sie ließ ihr Verhältnis mit ihm an sich vorüberziehen, lachte, weinte und verzweifelte noch einmal, wie in jenen Wochen und Monaten. Sie hatte seit jener Zeit getan, als ob dieser Lix sie nicht mehr im geringsten interessierte; aber heimlich belauerte etwas in ihr jeden seiner Schritte. Sie hatte sich überhaupt angewöhnt, die Mannsbilder durch scharfe Gläser zu beobachten; ganz in derselben Art, wie benachbarte Völker es tun, um für den entscheidenden Moment des Zusammenstoßes möglichst viel voneinander zu wissen.

Sie war noch mit dem Gedanken an Lix beschäftigt, als das Wichtlweibl dahergeklappert kam. Es strickte einen grauen Wollstrumpf, der ihr fast bis zu den Knien hing; der Kopf war weit vorgestreckt, und die Augen glühten. Es blieb stehen und spähte eifrig nach allen Seiten, ob jemand zuhörte. Dann sog und schnalzte es heftig mit den Lippen und flüsterte mit heiserer Stimme etwas, das die Mena nicht gleich verstand: »Der Hagelinghofer-Lix hat beim Postwirt einen Griff in die Geldtasche der Kellnerin getan und ist dabei erwischt worden! Man hat ihm die Sechser und Zwanziger aus dem Hosensack gebeutelt!«

Der Lix, der Hagelinghofer-Lix, als gemeiner Dieb entlarvt?

Sie erinnerte sich, daß der Ähnl gern das Wort »Larve« als Schimpfwort gebraucht hatte. Die im Fasching vorgesteckten Papierlarven hatten ihr schon als Kind Grauen erregt; und nicht nur sie und gleichaltrige Mädchen, auch erwachsene Mägde hatten bei ihrem Anblick laut aufgeschrien. Die frauliche Welt ist in vielen Naturdingen mit den feinsten Organen ausgestattet; sie ist gewissermaßen die Natur selbst und trifft daher mit ihrem Gefühl oft das Richtige. Kein Mensch also, eine Larve! Jetzt verstand sie das Wort vollkommen. Lix machte es, wie seine Eltern es ihm vorgemacht hatten; er ging in die Kirche, nahm das Abendmahl, gab den Armen, doch sein Herz war leer wie eine hohle Nuß. Er kannte im Grunde nur zwei Gebote Gottes, nicht zehn, und diese zwei hießen: Bequemlichkeit und Genuß. Die Mena erschauerte, wenn sie an den Haginghofer und die Haginghoferin dachte.

Der Glassturz, unter dem die beiden Haginghofer Eheleute dahingewandelt, hatte einen Sprung bekommen; und dieser Sprung war etwas unsagbar Häßliches. Im ersten Augenblick herrschte im Dorf darüber helle Schadenfreude; aber bald tat es einem Teil davon aufrichtig leid; sie hatten Angst, daß jener Glassturz ganz zerbrechen könnte und dann auf Erden keine Freude, kein Schmuck und kein wahrer Trost mehr zu finden wären. Viele, die vom Haginghof Wohltaten empfingen, verteidigten den Lix und sagten der Kellnerin alles Böse nach. Anderen, wozu Lambert und einige besondere Schlauköpfe gehörten, tat die Geschichte ebenfalls leid. Sie entschuldigten den Lix: War wohl betrunken! sagten sie. Und: Gott weiß, was die Leut alles lügen...

Der Mena aber war, als ob auf eine wehe Stelle ihres Herzens, die bei manchen Anlässen, beim zufälligen Zusammentreffen mit dem Lix, heftig geschmerzt, eine lindernde Salbe gelegt worden wäre. Erst jetzt schien zwischen Lix und ihr alles bereinigt; er ging sie nichts mehr an, und sie wandte sich einem Kapitel zu, das einer ledigen Dirn, mag sie es auch hundertmal verschwören, immer wieder von neuem zu schaffen macht, nämlich: das Heiraten.

Am Sonntagnachmittag hatte sie ihren Platz auf der Ofenbank, neben sich eine Nähschatulle, deren Seitenwände und Deckel mit winzigen, perlmutterfarbenen Schneckenhäuschen besetzt waren, und unter den Füßen ihren Schemel. Da war sie mit einem Fuß auf ihrem eigenen Boden und mit dem andern in der Lambertischen Stube, an deren Leben sie in einem bestimmten Ausmaß teilnahm.

Die Menschen waren überhaupt in den letzten Monaten näher zusammengerückt. »Das sind Zeiten! Die ganze Welt ist verhext!« sagte Lambert gewöhnlich, stellte seinen Weinkrug auf den Tisch und setzte seine Pfeife in Brand, während seine Frau allerhand Kurzwaren mit Preisziffern beschrieb. Zur allgemeinen Unterhaltung kritisierte Lambert sämtliche Leute, die an den Fenstern vorbeigingen; und nach dem Rosenkranz, wo das Getrampel der Jungen bis zum Getrippel der meeralten Männlein und Weiblein lang währte, ließ er ein Feuerwerk von Menschenkenntnis und Menschenbespöttelung los. Alle nahm er unter seine scharfzahnige Hechel, nicht gerade in einer bösartigen, aber immerhin in einer leicht boshaften, jedoch durchaus humorvollen Weise, oft so witzig, daß die Familie nicht aus dem Lachen kam.

Lambert kündigte ein neues Opfer seiner Beobachtungen an: »Ah, da schau, der Lichtmeßberger Numero eins!« Er erriet mit sicherem Instinkt sofort, wohin der Lichtmeßberger steuerte. »Was hat er denn nur?« fing er an und schmunzelte zu Mena hin. »Himmellaudon, was greift er denn gar so weit aus mit den Füßen?«

Da trat er schon in die Stube, Tabak zu fassen und ein Eichtl auszurasten, wie er lachend sagte. Die Mena machte sich auf allerlei gefaßt. Es dauerte nicht lang, wie harmlos man auch anfangs redete; Lambert sprang unvermittelt auf sein Steckenpferd über, nämlich die Heiratsstifterei. Er machte anzügliche Späße auf die Unbeweibtheit seines Besuchers, dieser schoß, soweit seine Schwerfälligkeit dies erlaubte, zurück und schüttelte lachend den viereckigen Kopf, wie ein Zugochs, den eine lästige Hummel umschwirrt.

An Lamberts Heiratsvermittlung war das Besondere, daß man jedes Wort so oder so nehmen konnte, als Scherz, als Ernst, wie man es haben wollte; und beide Hauptteile am Ende vom Schauplatz abtreten konnten, als wäre sie die Sache nichts angegangen. Beide aber, Werber und Vermittler, so spaßhaft und gleichgültig sie auch taten, horchten gespannt auf jedes Echo, das von der Ofenbank herkam, und suchten es zu deuten. Lambert fragte den Lichtmeßberger, unter dem Schein des Interesses, bis in die kleinsten Einzelheiten über seinen Hof aus, und dieser sang, anfangs etwas erregt, wie ein richtiger Preissänger, ein Loblied auf das schöne Lichtmeßberg. Sieben gute Milchkühe standen im Stall; alle Jahr wurden zwei schwere Schweine geschlachtet, mit einem Gewicht von zweihundert Pfund und mehr; und ein halbes Hundert Äpfel- und Birnbäume und eine Menge Ribiselstauden blühten im Mai rings um das Haus. »Gelt«, sagte er und äugte zur Mena hin, »der Mensch ist ja nicht nur zum Schinden auf der Welt! Er muß sich von Zeit zu Zeit auch selber wohltun. Wenn wir einmal die zwanzig Arbeitswochen hinter uns haben, so um Ruperti, machen wir es uns kommod!«

Menas Herz arbeitete unruhig, aber sie ließ sich nichts anmerken. Lambert lobte das Berglehen und die Aussicht, aber seine Frau machte überraschend Einwendungen. Lambert antwortete mit allgemeinen Angriffen gegen das weibliche Geschlecht. Es folgte Wort und Antwort, Schlag auf Schlag, ohne Pausen, höchstens das Gelächter gab ein Aufatmen; beide führten alles Gute und alles Schlechte pro und kontra Ehestand ins Treffen, und es gab keine Gnade.

Mitten in diesem Getümmel öffnete sich wiederum die Tür, und Lichtmeßberger Numero zwei, der Bruder, trat herein. – »Tabak fassen!« sagte er und verursachte damit einen heftigen Lachausbruch, den Lambert durch die bereits herrschende Lustigkeit erklärte. »Man muß auch einen Spaß haben«, sagte er. »Nicht wahr?«

Numero zwei fixierte den Bruder und sagte mit tiefem Ernst: »Ohne Tabak kann ein Mann nicht existieren.«

Damit setzte ein neues Gespräch über das Tabakrauchen ein. »Das Leben wär leicht, wenn man sich gewisse Dinge abgewöhnen könnte«, meinte der Lichtmeßberger Numero eins.

»Zum Beispiel die Frauenzimmer«, fügte Lambert hinzu und brach in ein großes Gelächter aus. Aber diese Portion war zu stark. Es entstand eine Verlegenheit. Um den Verstoß gutzumachen, schlug Lambert einen ernsten Ton an: »Im Winter muß es auf Lichtmeßberg einsam sein?«

Aber Numero eins zählte sogleich alle Kurzweil auf, die es oben gab, und wurde dabei zum wirklichen Poeten. Er beschrieb die Holzbauern, die in Zügen hintereinander vorüberfuhren, wie die Pferde und Menschen dampften; das Wild, die Hirsche und Rehe, die bis unter die Obstbäume kamen; die komischen Langlöffler, die zwischen den Holzlatten in den Wurzgarten schlüpften und die Kohlstrünke benagten; die Vögel, die Finken, die schillernden Spiegelmeisen und rothalsigen Gimpel, das Rabenvolk; die Jäger und Holzknechte, die einkehrten und Neuigkeiten ins Haus brachten. »Es ist«, schloß er lächelnd, »das reinste Paradies.«

Aber wie es den Poeten schon zu gehen pflegt, wenn sie am allerschönsten träumen, so ging es auch jetzt dem Lichtmeßberger. Von der Ofenbank her kamen ein Weiberlachen und die betonten Worte: »Ein Paradies, wo die Füchs und die Hasen sich gute Nacht sagen. Mein Gott und Herr, mir ist oft das Dorf schon zu tot. Ich möcht gern einmal in eine Stadt kommen, vielleicht nach Wien. Dort müßt ein Leben sein!«

Beide Brüder richteten ihre erschrockenen Augen auf Mena. Lichtmeßberger Numero zwei schien überhaupt völlig versteinert. Er hatte während seines Hierseins außer den zwei Worten »Tabak fassen« noch kein drittes hervorgebracht. Sein Bruder sagte in einem Tonfall sanften Vorwurfs: »Mena, wenn du vielleicht einmal in die Stadt Wien kommst, etwa gar ein Fräulein wirst, mit einem Federhut auf dem Kopf, paß auf, daß du nicht zu stolz wirst! Mancher Mensch läuft in der Welt dem Glück nach; aber besser erwarten als erlaufen. Man muß jede Sach wohl bedenken. Ist sie einmal geschehen, kann sie kein Herrgott mehr ungeschehen machen. Und gelt, die bittere Reu kommt zu spät. Das Leben ist eine ernsthafte Sach! Ist's nicht so!«

»Akkurat so!« Lambert schmunzelte, aber sofort war er wieder ernst, als die Brüder sich zum Gehen anschickten. »Ja, ja, ja«, seufzte er. »Es gibt wenig Glück im Leben. Man muß es tragen, wie es ist.«

Die Mena ging an diesem Abend nicht mit der gewohnten Fröhlichkeit zu Bett. Die Worte von der »bitteren Reu« zirpten wie ein paar Grillen in ihrem Kopf. Und sie ging mit sich zu Rate, ob sie denn, was dies Gebiet anbelangte, auch auf dem richtigen Weg wäre. Was in mir sagt zu den Lichtmeßbergern nein? Wo doch eine so schöne Gelegenheit, mich zu versorgen, vielleicht nie mehr in meinem Leben kommt? Und von welcher Gutmütigkeit wären diese beiden Bewerber? Man könnte sie um den Finger wickeln. Und warum kann ich niemals widerstehen, wenn der Toni klopft?

Sie sah durchs Fenster die Sterne so nahe, als ob sie sie mit den Händen greifen könnte, besonders jenes schöne Gebilde, das ihr Lehrer den »Wagen« oder das »Siebengestirn« genannt. Seit ihrer frühesten Kindheit waren die Sterne die Gefährten ihres Magdtums gewesen, abends und früh, sommers und winters; ja dann, wenn die Erde in Eis und Schnee erstarrt, hatten sie ihre herrlichste Schönheit gezeigt. Oft und oft hatte sie sich bei ihrem Scheine aus ihren Strümpfen, ihrem Miederleibchen und ihrem Waschkittel geschält und mit seltener Beharrlichkeit das Öl des Ölstocks und die Wachsstöcke gespart. Immer, an guten und bösen Tagen, hatte sie vorm Schlafengehen als eine letzte kleine Freude und als einen letzten kleinen Trost zu ihnen aufgeblickt. In dieser Nacht aber erzeugten sie in ihr das Gefühl der Einmaligkeit und Unwiederbringlichkeit allen Daseins. Es überkam sie eine schaurige und dennoch schöne Offenbarung: Soll ich denn wirklich mein ganzes Leben allein bleiben?

Am Sonntag, nach der Stallarbeit, schritt sie gegen das Pieringer Moor. Es war heiß, und die Luft über der braunen Landschaft flimmerte. Sie bei Tag zu begehen, liebte man nicht; es gab hier zahlreiche Schächte und Lehmtümpel; bei Nacht mied man sie ganz. Nur um die Zeit, wo die Heidelbeeren reiften, zogen ganze Karawanen von Kindern und alten Weiblein hierher; Körbchen an den Leib gebunden, und mit eigenartigen, hölzernen Kämmen versehen, womit sie die Beeren von den niederen Sträuchern kämmten.

Jetzt war es einsam. Unter der veilchenblauen Himmelsdecke zogen Kugelwolken, die so aussahen, als ob sie der Geist des seligen Riesenhans aus seiner Tabakspfeife ins Firmament geblasen hätte. Die Blaubeerenstauden rauschten unter den schweren Tritten; in der Luft surrte und blitzte es von kleinen Insekten; hie und da ästen Rehe, und Hasen machten ihre Männchen. Es kamen kleine Wäldchen aus Eschen, die den Eindruck hervorbrachten, als ob sie alle zusammen an einem Tag frisch aufgeschossen wären; schüttere Birkeninseln, deren silberne Stämme aussahen, als wären sie verzauberte Fabelwesen, ans ewige Gruseln gefesselt; und Haine aus schlanken Espen, deren Blätter unaufhörlich zitterten. Wie ein Traum, den sie einmal flüchtig geträumt, stiegen jene Tage in ihr auf, wo sie mit ihrer Freundin, dem Schinderpelei, hier gelaufen, gerungen und getanzt hatte. Sie waren sich später aus dem Weg gegangen und fast noch mehr, als sich das Verhältnis mit ihrem Bruder Toni angesponnen.

Plötzlich stand sie still: das Hüttengewirr lag vor ihr, das sie schon kannte. Aber wie ganz anders erschien es ihr heute! Die gebleichten, vielfach schadhaften Dachschindeln, die Zeilen schwarzbraunen Torfes, auf Holzgestelle geschichtet, die unheimlichen Moorgräben ringsum, das alles machte auf sie einen beängstigenden Eindruck.

Der Toni war nicht daheim, Pelei empfing sie mit einem leichten Anflug von Verlegenheit. War dies wirklich jene Freundin, mit der sie auf dem Silberbühel haschen gespielt? Jenes tollustige Pelei, das den Stier gebändigt und den Einleger geohrfeigt hatte?

Während Pelei Kaffee braute und zungenfertig von ihrem Bruder erzählte, der jetzt Geld aufgenommen, um den Torfstich im größeren zu betreiben, sah die Mena umher. Pelei trug Lumpen am Leib; aber das war wohl nicht das Schlimmste: sie trug noch etwas anderes am Leibe, das sich zeigte, als die Mena auf den Haginghof zu sprechen kam und sagte: »Das war meine schönste Zeit!« Da war's, als ob sie eine Quelle mit schwarzem Gewässer aufgestoßen hätte, so wild gurgelte das Pelei los: »Den reichen Protzen hab ich ihr Unglück vergönnt! Da hab ich mich wirklich gefreut! Da möchten sie großtun und auf unsereinen herabschauen; alle Samstag zur Kommunion gehen, diese Pharisäer! – Ah, das wär schön! Die Welt ist für alle da! Und nicht, daß die einen alles und die andern nichts haben! Teufel sind sie, schöne, rotweißbackige, in Samt und Seide, aber keine Menschen!«

Die Mena stimmte ihr, um sich nicht in allzu großen Gegensatz zu bringen, halb und halb bei, aber im stillen dachte sie: So bist du also gesinnt? Sie verabschiedete sich viel schneller, als sie vorgehabt hatte.

Es lag hier etwas Vergiftetes in der Luft, das ihr, die seit ihrer Kindheit an eine reine Atmosphäre gewöhnt war, die Brust beklemmte. Es war ihr wohler, als sie die Schinderkeusche ein Stück hinter sich hatte.

Auch dämmerte es schon, und das Moor schien nun doppelt unheimlich. Gewaltige Wurzelstöcke, die an menschliches Gebein erinnerten, lagen längs der Gräben; und zum Überfluß fiel ihr ein, was ein Bursch, der sich Peleis Gunst erfreut, erzählt hatte: wie sie beide in einem Heuhaufen gelegen und plötzlich aus ihrem Mund eine schwarze Maus herausgeschlüpft wäre. Wie hat doch der Toni so gar nichts von seiner Schwester an sich, und wie geht doch von ihm nicht das geringste von jenem grauen Elend aus, das mich in dieser Stunde so niedergeschlagen hat! Was ist er doch für ein prächtiger Mensch, was für ein stolzer Außenseiter, was für ein wunderbarer Liebhaber!

Inzwischen war es noch finsterer geworden, und die Mena fröstelte plötzlich. Sie wandte sich noch einmal zurück, aber das Schindermoor war schon in Nebel und Nacht versunken.

Die stolze Kastenfahrt

Die Mena kehrte also wieder zu ihrer einspännigen Bettstatt in der Lambertischen Kammer zurück. Sie beschloß, in Zukunft die Lebensgüter sorgfältiger als je abzuwägen und den Schein immer scharf vom Sein zu trennen. Sie zählte sich auf, was sie hatte: ihre Gesundheit, die man immer wieder vergißt zu schätzen, ihre Lebenserfahrung, wobei sie aber deutlich spürte, daß man diese Wissenschaft geheimhalten müsse, als hätte man sich ihrer zu schämen, als wäre es ein Verbrechen, gescheiter zu sein als der Durchschnitt. Endlich ihre Klugheit. Zum Exempel: sie geht zum

Fleischer, rechnet die Preise nach, stellt einen Irrtum fest, und der Metzger ruft spöttisch: »Du hättest sollen Schulmeister werden!« Aber sie gibt ihm zur Antwort: »Du schaust auf deinen Sack und ich auf den Sack meines Dienstherrn.« – Warum hat er mich denn verspottet? – Weil ich's verhindert hab, daß er meinen Dienstgeber betakelt. Ich such meinen Nutzen und nicht den deinen: es kann nicht anders sein in der Welt.

So war denn die Unruhe in ihrer Brust wieder zur Ruhe gebracht. Doch litt sie etwas an der Ödigkeit, die sich allenthalben im Dorf bemerkbar machte. Gewiß, das Laufen der Siebziger und die Versammlung hatte es aufgefrischt. Aber es gab ein Manko, das nicht ausgeglichen werden konnte: es waren keine richtigen Mannsbilder mehr da! Nur Ausschuß war übriggeblieben, und das machte sich auf allen Gebieten bemerkbar. Die Weiberleute fingen daher an, heftig auf die großen Herren zu schimpfen, die keine Ruhe geben wollten. »Wir Kleinen«, sagten sie, »täten uns ja sowieso vertragen, aber diese verdammten Großköpf müssen immer Krieg führen.« Und das, was durch diese Großköpfe sich ereignete, Krieg, Revolution und Weltgreuel, war so weit entfernt, und es kamen davon so selten Nachrichten ins Dorf, daß man gierig drauf aus war, ob nicht irgendeine andere Abwechslung einem zuteil werden könnte.

Es ging fühlbar eine Trübsal um; eine Bedrücktheit, ja sozusagen öffentlich, leibhaftig, nämlich in der Gestalt des Helf-uns-Gott-Florls. Er pendelte mit hängendem Kopf von einem Ende des Dorfes zum andern und sang mit weinerlicher Stimme immer ein und dasselbe Lied:

»Helf uns Gott alle miteinand,
Der leidige Satan geht jetzt durch das Land.
Sein Diener voraus, der großmächtig Schrocken,

Tut alle Leut zwicken und alle Leut zwocken,
Das steinalte Weiberl, mit der Kruck unterm Arm,
Das kleinwinzig Kind in der Wiegn, Gott erbarm ...«

Die Leute machten erschrocken die Fenster zu. Solche, die ihn auf der Straße trafen, fuhren ihn böse an und riefen ihm zu, in seinem Flohwinkel hocken zu bleiben und die Kinder und alten Leute nicht zu ängstigen. Aber er schüttelte den Kopf und sang, als ob er dafür bezahlt würde:

»Helf uns Gott alle miteinand,
Der leidige Satan geht jetzt durch das Land.«

Im übrigen zweifelte niemand daran, daß wirklich ein besonderer Teufel durchs Land ging: dies wurde durch das Verhalten der Kröllin einwandfrei bestätigt. Sie versuchte, dem Gottesdienst beizuwohnen, kam aber nur bis knapp an die Kirchenstiege. Hier schrie sie laut: »Das ist er schon!« und rannte wie gepeitscht davon. Kein Wunder, daß in einer Zeit, wo alles Gerade krumm zu werden droht und alles Feste zu wackeln scheint, der Mensch seinen Blick vom Gewöhnlichen zum Ungewöhnlichen wendet, ob nicht auf diesem Weg eine Änderung zu erhoffen wäre. Auch die Mena war, wie alle Herzenseinfältigen, leicht entzündet, und bloße Worte genügten, sie in Flammen zu setzen: Gold, Weihrauch und Myrrhen, Himmelstau, Rosmarin und Paradies, die Heiligen Drei Könige, der elfenbeinerne Turm, das goldene Haus und vor allem die Worte: Wunder und Geheimnis.

Um wieviel mehr mußte dies erst ein Mensch tun, der in seinem Ornat hoch auf der Kanzel stand und solche Worte und Sätze, wundersam ineinandergeflochten, mit einer volltönenden Stimme erschallen ließ.

Ein solcher Mensch war der Koadjutor Kletzl. Sobald nur

irgendwo sein Name fiel und das Wort »Kletzlianer« geflüstert wurde, sobald auf einem alten Strohhut ein rotes oder weißes Hahnenfederchen flatterte, war die Neugier mächtig rege. In der letzten Zeit mehrten diese Federn sich in einer unheimlichen Weise. Auf den Hüten der Männer waren rote, auf denen der Weiber weiße zu sehen; und die freudig-stolzen Gesichter ihrer Träger zeigten an, daß sie den andern etwas voraushatten, einen »Bund«, ein »Geheimnis«. Es wurde gemunkelt, daß der Leiter dieses Bundes ein Geistlicher sein sollte, ja man nannte sogar einen Namen, setzte aber zur Sicherheit gleich hinzu, man wisse wohl, die Leute lügen so viel, daß es ganz schauderhaft wäre. Die Angesehenen im Ort, vom Haginghofer bis zum Krämer Lambert, lächelten spöttisch: sie hielten sich selbst für diejenigen, die im Besitz des Geheimnisses waren, nämlich ihrer Geldkasse, und waren fest überzeugt, daß es kein anderes und besseres Geheimnis auf Erden gab und geben konnte.

Die Mena lief am Sonntag, mehr als sie ging, zur Kirche, um kein Wort von der Predigt Kletzls zu versäumen. Er predigte mit schallender Stimme vom Gericht und der brennenden Hölle, vom Reiche Gottes und seiner nahenden Herrlichkeit. Seine Predigt war gewaltig; darum war auch die Kirche gesteckt voll, und selbst auf der Empore, wo sonst die jungen Büffel immer ziemlichen Lärm erregten, herrschte lautlose Stille. Nur dünne Weihrauchschwaden zogen über den Köpfen der Gläubigen, und durch die offenen Türen kam das unablässige Getriller der Lerchen. Das ziegelrote Gesicht und der ebenso rote, lodernde Haarschopf Kletzls pendelte hin und her wie die Grimasse eines gefangenen Löwen; sein gewaltiger Oberkörper beugte sich weit ins Kirchenschiff heraus und die hölzerne Kanzel zitterte unter den Schlägen seiner zornigen Pranken.

Benommen von Orgelklang, Weihrauch und Predigt,

schob die Menge sich ins Freie, in Hast und Erregtheit. Man grüßte, rief sich Scherzworte zu, war aber noch dem irdischen Leben entrückt. Die Fahnen und Farben, der vielstimmige Gesang, die flackernden Kerzen, alles, was anderthalb Stunden ihre Sinne umfangen, war etwas, wovon sie sichtlich aufatmeten; und doch wieder etwas, das sie nie und nimmer hätten entbehren mögen, eine himmlische Speise, oder zumindest der Duft einer solchen Speise, ohne die keine Menschenseele auf die Dauer atmen kann. Die Urteile über den Prediger waren geteilt; manche hielten ihn für einen glaubensstarken Eiferer, andere für einen heimlichen Lutheraner, und wiederum andere meinten, daß er ein halber Narr wäre und die Möglichkeit bestünde, daß er im Lauf der Zeit ein ganzer würde.

Einige Gestalten blieben in den leeren Kirchenstühlen kleben. Das waren solche, die es aufrichtig schmerzte, daß die Flamme, die Hochamt und Predigt in ihnen entzündete, wieder ersterben sollte.

Unter diesen war Kröll: für ihn war die Kirche der Ort, der die himmlische Seligkeit wenigstens ahnen ließ, während ihm seine Stube mit dem Schustertisch, sein hysterisches Weib, seine blöde Ziehtochter, sein ganzes Haus mit dem ewigen Zank und Streit als die Hölle erschien. Er ging jetzt die Kirchenstiege herab. Als er die Mena, die am Grab der Eltern gebetet hatte, kommen sah, erinnerte er sich an seine Berufung. »Mena«, sagte er mit tiefem Ernst, »du stehst weit über denen, die nie etwas begreifen. Möchtest du nicht zu uns in den ›Bund‹ kommen?«

Sie zögerte mit der Antwort. »Vielleicht hab ich einmal Zeit«, sagte sie.

Kröll nickte. »Es ist jetzt«, fuhr er in einem gezwungenen Hochdeutsch fort, »die Stunde, von der es in der Johannis-Offenbarung heißt: ›Vorüber ist das zweite Wehe . . .

siehe, das dritte Wehe folgt schnell ... Und wenn die tausend Jahre zu Ende sind, wird Satan aus seinem Kerker losgelassen werden und ausgehen, zu verführen die Völker in den äußersten vier Gegenden der Erde.«

Sie hatte Mühe, nicht hell aufzulachen; aber als sie einen Blick in das düstere Antlitz des alten Schuhmachers warf, wurde sie wieder ernst.

»Ich werde dich einführen«, sagte er. »Für den Anfang brauchst du weiter nichts zu wissen als dies Wort: Harmagedon!«

Sie fühlte wiederum das beseligende Schaudern, das bestimmte Worte ihr im Leben eingeflößt hatten. Wenn der Mensch Wein getrunken hat, hat er einen besonderen Trank im Leib; und war der Wein stark und in größerer Menge, so ist er berauscht. Wenn sein Ohr Worte getrunken, hat er wiederum einen Trank in sich; und waren sie stark und in der richtigen Mischung, ist die Seele berauscht, aber in einer ungleich höheren Art, und sie wird über den gewöhnlichen Zustand der Sterblichen weit hinausgehoben.

Am bezeichneten Abend schlüpfte sie zwischen den Dorfhäusern hinüber zum Kröllhaus, pochte und mußte eine Weile warten, bis drinnen eine Stimme fragte: »Wer klopft?« Worauf sie denn antwortete: »Harmagedon!« Ihr Herz schlug dabei laut vor Erregung. Kröll übergab ihr eine schwarze Tuchmaske und flüsterte: »Kostet nur zwanzig Kreuzer, ist reine Seide! Die Aufnahme einen halben Florin, der Monatsbeitrag wieder zwanzig Kreuzer.«

Die Fülle von Beiträgen riß sie für einen Augenblick aus ihrer Stimmung. Aber sie faßte sich schnell. Sie hätte sich vor Kröll geschämt, wenn sie wiederum feig zurückgetreten wäre.

Anfangs konnte sie in dem Halbdunkel nichts ausnehmen. Während sie einen langen, durch eine Ölfunzel spärlich erleuchteten Korridor zurückschritten, hörte sie Kröll reden, vom »Saal des ersten, des zweiten und des dritten Geheimnisses«, und wenn dabei auch ihr gesunder Sinn genauso wie damals auf der Kirchenstiege auflachen wollte, beim Eintritt in den »Saal des ersten Geheimnisses« überkam sie sofort wieder tiefer Ernst.

Das Zimmer war erfüllt von einem Gewirr gedämpfter Stimmen. Ein rotes Licht schimmerte erhöht, in dessen mattem Schein sich eine eckige Gestalt über ein aufgeschlagenes Buch beugte. Der Wand entlang saßen und standen maskierte Männer und Frauen. Während die Mena noch ihre Gedanken über diese Eindrücke zu sammeln versuchte, faßten zwei Hände sie von rückwärts, zogen sie nicht nur auf einen leeren Stuhl nieder, sondern tappten sie auch gierig ab. Sie warf einen forschenden Blick auf ihre Nachbarn und Nachbarinnen: aber sie hatten nicht nur Masken, sondern sich überdies mittels Tüchern derart vermummt, daß eine Erkennung unmöglich war. Alle schienen sich in ungewöhnlicher Erregung zu befinden, die wohl das eben Vorgelesene ausgelöst hatte.

Eine Männerstimme schallte vom Pult herab: »Tut auf eure Ohren, liebe Brüder und Schwestern, auf daß der Satan sie euch nicht, wenn er die Macht erlangt hat, jämmerlich zerschlage!«

Diese Stimme schien ihr bekannt zu sein. Aber sie hatte keine Zeit zum Nachdenken; sie saß gespannt und ganz Ohr, denn der Vorleser fuhr fort: »Nach diesem sah ich einen anderen Engel vom Himmel herabsteigen; er hatte große Macht, und die Erde war erleuchtet von seinem Glanze. Er rief mit starker Stimme und sprach: ›Gefallen, gefallen ist Babylon, die große Hure. Eine Wohnung der Teufel, ein Kerker aller unreinen Geister, ein Kerker aller unreinen, verhaßten Vögel ist sie geworden; denn an dem Wollustwein ihrer Unzucht haben alle Völker getrunken; und die Könige der Erde buhlten mit ihr, und die Handelsleute der Erde wurden reich durch den Aufwand ihrer Üppigkeit.‹«

Eine eingerostete Stimme fragte: »Wird Babylon vorher oder nachher fallen?«

»Vorher! Vorher wird und muß es fallen, tief ins Nichts! Denn erst auf seinen Trümmern baut der einfältige Hirte sich seinen Herd und sein Obdach; erst beim Stück trockenen Hausbrotes, beim Trunk klaren Wassers, bei den Stürmen, die seine Hütte umbrausen, beim Schein der heiligen Sterne lernt der Mensch – Gott suchen.«

Die andere Stimme meldete sich wieder: »Wir Menschen können nicht mehr lang warten, unsere Geduld ist zu Ende. Wann wird Babylon fallen? Und wann das Reich Gottes kommen?«

»Wann? Wann?« Eine schwere Hand fiel auf das alte Schulkatheder, das zum Vorlesepult diente. »Oh, über dich, du grindige Menschenseele! Weißt du denn nicht, daß geschrieben steht: ›Vor Gott sind tausend Jahr wie ein Tag‹ – Das Reich Gottes kann in einem Jahr, es kann übermorgen, morgen – es kann heute nacht eintreten!«

Ein Zittern ging durch die Reihen der Zuhörer. Auch die Mena erschauerte und fühlte mit unwiderstehlicher Gewalt, daß in diesem Augenblick alles Erleben in der Welt nichtig und klein war gegen das Geheimnis, das in diesen Hinterstuben wirklich und wahrhaftig existierte.

Eine junge Männerstimme meldete sich. In ihr konnte man keine Spur von einem frommen Ton hören, sondern nichts als Keckheit. »Was ist Babylon?«

»Nichts anderes als unsere Reichshaupt- und Residenzstadt«, lautete die Antwort.

Die Stimme fragte weiter: »Wer wird im Reiche Gottes der Oberste sein?«

»Unser jetziger Bundesoberst, selbstverständlich!«

Aus den Samtvorhängen des Hintergrundes trat eine Gestalt, in einen langen Mantel gehüllt. Sie hielt in der Rechten einen silbernen Stab, von einer schwarzen Schlange umringelt, und oben mit einem Silberstern gekrönt. Der Vorleser streckte beide Hände aus und rief: »Heil und Sieg unserem Bundesobersten! Erhebet euch und singt mit mir das Bundeslied.« Er stimmte an, und die Versammelten fielen ein:

>»Die Welt ist Finsternis,
>Wenn nicht ein Licht
>Von innen bricht.
>In Purpur, Gold und eitlem Tand,
>Als Herr von Volk und Stadt und Land,
>Bist du, o Mensch, in Glanz und Pracht,
>Versenkt in düstere Erdennacht.
>
>Die Welt ist Finsternis,
>Wenn nicht ein Licht
>Von innen bricht.
>Was hilft dir alles Gold und Geld,
>Der Reichtum einer halben Welt;
>Du bist, trotz aller Gaukelei,
>Versenkt in tiefste Sklaverei.
>
>Die Welt ist Finsternis,
>Wenn nicht ein Licht
>Von innen bricht.
>Und dieses Licht und dieser Schein,
>Der kommt aus einem goldnen Schrein.
>Und dieser Schrein, was er wohl trägt? –
>Darinnen das Herz Gottes schlägt . . .«

Das Lied war noch länger; die Strophen variierten im Text, kehrten aber immer wieder hartnäckig zu demselben Gedanken zurück, von der Welt, die in Finsternis lebt, wenn nicht ein Licht von innen bricht.

Es schien die kleine Gemeinde mächtig zu ergreifen; man hörte schluchzen.

Und wie die Mena sich, mit den andern vermummten Gestalten, in die Dorfnacht hinausschlich, war ihr, als ob es auf Erden niemals einen richtigen Sonnenschein, einen richtigen Frohsinn und eine richtige Freude gegeben hätte. Und schon in ihrer Kammer und im Halbschlaf sang sie noch, wie im Traum, halblaut vor sich hin:

>»Die Welt ist Finsternis,
>Wenn nicht ein Licht
>Von innen bricht...«

In den nächsten Tagen, mitten in der Arbeit, war die Mena im Zweifel, ob sie die sinnverwirrenden Bilder vielleicht nur geträumt hatte, aber es kam ihr rasch wieder zum Bewußtsein, daß alles und jedes, was in dieser Nacht vorgefallen, eine unleugbare Wirklichkeit gewesen war. Und dann bereute sie, der Überredung Krölls gefolgt zu sein, und hörte die Stimme des Ähnls: Mena, hüt dich! Trug und Schein ist alles in der Welt. Aber seidendünne Fäden, die stärker als die stärksten Hanfseile sind, leiten den Menschen zum Guten wie zum Bösen, zum Licht wie zur Finsternis. Wenn die Mena, mit Feldleuten scherzend und lachend, auf die Lambertwiese ging, und es entdeckte jemand das Hahnenfederchen auf ihrem Strohhut, so war's, als ob ein unsichtbarer Zauberer unter sie getreten. Man wurde still und begann von allerlei sonderbaren Dingen und sonderbaren Menschen zu reden, die es in der Welt einst gegeben hatte und noch gab. Und sie lächelte dazu, kühl und überlegen, wie ein Mensch, der mehr weiß als die andern, der auf die anderen blickt wie der Wissende auf den Unwissenden. Wenn einer vorbeiging, der ein brandrotes Federchen auf dem Hut hatte und sie mit einem stummen Nicken begrüßte, war sie von Stolz erfüllt. Und wenn man sie neugierig fragte: »Ja, Mena, sag doch, was hat es denn mit den roten und weißen Federn für eine Bewandtnis?«, antwortete sie mit einem vieldeutigen Lächeln: »Das ist das äußere Zeichen!«

Dies »äußere Zeichen«, obgleich nur ein winziges Hahnenfederchen, mehrte sich zusehends und verbreitete in der Gemeinde fühlbar einen stillen Wahnsinn. Zugleich ging eine Rede um: der Heilige Geist sei über den Schuster Kröll herabgekommen, er habe eine Vision gehabt und eine neue Heilslehre erfunden.

Diese Angelegenheiten wurden durch ein Ereignis im Hause Lamberts unterbrochen. Die Mena hatte sein Herankommen zwar schon geahnt, aber trotzdem nichts dagegen unternommen. Sie arbeitete auf dem Heuboden, und Lambert kam nach. »Ich schrei«, sagte sie energisch, aber er ließ nicht locker.

In diesem Augenblick rief die Lambertin nach ihr; sie stieg hinab. Ihr rotes Gesicht und ihr aufgeregtes Wesen bestätigten der Frau mehr, als wirklich geschehen war. Nun brach im Haus ein fürchterlicher Tumult los. Lambert brüllte eine Viertelstunde lang; sein Eheweib rief ihm gellend alle seine Sünden ins Gesicht; er ging auf sie los, die halbwüchsigen Kinder stürzten sich kreischend dazwischen; und am Schluß wandte sich der ganze Haufe gegen die Magd: »Männerhur! Männerhur!«

Sie blieb kühl. In diesem Toben, das eine Weile dauerte, kam jählings der morastige Grund ans Tageslicht, worauf die ganze Krämerherrlichkeit aufgebaut war. Sie ging in ihre

Kammer und übernachtete die Sache. Schon in den letzten Monaten hatte sie eine wachsende Abneigung der Familie bemerkt; sie hatte Lambert nie mehr als harmlose Späße erlaubt, denn sie liebte Spaß und Gelächter, und Lambert auch, und der Alltag war ernst und langweilig. Sie erinnerte sich, wie sie einst hier, als Hirtin, Briefpapier und Tinte eingekauft, und wie ihr dabei das Krämerhaus als eine andere Art Pfarrhof, der Butterkönig als eine Art wirklicher König und die schön gekleideten Töchter als Prinzessinnen erschienen waren. Inzwischen hatte sie die Kehrseite der Medaille kennengelernt; sie spritzten die Zibeben, wenn sie zu Weihnachten wagenweise ankamen, damit sie mehr wogen; fälschten das Butterfett mit Kunstschmalz; und trotzdem hielten sie sich für rechtliche, unantastbare Menschen und hätten es nicht geduldet, daß man ihnen etwas Schlechtes nachgesagt.

Als Frau Lambert sie am nächsten Tag in die Stube rufen ließ, setzte sie eine trotzige Miene auf. Aber Frau Lambert entschuldigte sich wegen der gestrigen Heftigkeit, fing zu weinen an, schluchzte endlich gotterbärmlich und klagte ihre Ehequal. Einen Teil davon glaubte die Mena und empfand, als Weib zu Weib, Mitgefühl; den andern Teil zog sie ab, Furcht war hier die Ursache. An ihr war es jetzt, die Frau zu trösten, und sie tat es, aber mit einem Untergefühl von Verachtung. Um kein Aufsehen zu erregen, einigten sie sich, zu Lichtmeß auseinanderzugehen.

Ein paar Tage nach diesem Vorfall, als sie eben beim Eingrasen war, sah sie den Stumpfbräu kommen. Er neigte zum Dickwerden und zur Herzverfettung, und der Stadtdoktor hatte ihm Fußwanderungen verordnet.

Er ging am Rand eines Ackers hin und blieb vor der Mena stehen. »Grüß dich, Mena! – Alleweil fleißig! Na, wann wird denn wieder einmal bei mir gesungen? – Übrigens, ich hab gehört, daß du vor dem Wechseln stehst? – Freilich, die Leut lügen viel. Ich such nämlich eine zweite Dirn ... Die jetzige heiratet. Wenn du vielleicht Lust hättest, so gib mir Bescheid. – Grüß Gott! Grüß Gott!«

Die Mena wußte nicht, wie sie mit ihrem Radlbock heimgelangte. Sie erinnerte sich, wie sie in ihrer Kinderzeit eine flinke Dirn schnellen Schrittes hatte über die Kirchstiege herabeilen sehen und wie die Leute sich ehrfürchtig zugeraunt: das ist die Zweitdirn beim Bräu!

Noch schneller, als sie mit ihrer Grasfuhre, erreichte die Neuigkeit selber das Lamberthaus. Lambert bekam seine Vermutung kaum bestätigt, als er rief: »Wie kann mir denn der verdammte Protz meine Magd wegnehmen?« Aber dann sattelte er schnell um: »Da muß man gratulieren. Wünsch dir viel Glück und sag mir die Freundschaft nicht ganz auf.« Die Krämerin weinte. »So eine Dirn bekomm ich nicht wieder«, sagte sie.

Am Lichtmeßtag klingelte der Schlitten Menas lustig die verschneite Dorfstraße hinauf. Sie saß in aufrechter Haltung, in ein neues Umhängtuch gewickelt, das in Rot und Braun phantastische Ornamente zeigte.

Sie sah über das Dorf hin, gegen die Friedhofsmauer: das hätten Vater und Mutter erleben sollen! – Sie war stolz, stolz auf sich und ihren Kasten. Seine blaue und rote Malerei leuchtete in der Wintersonne, und die Blumensträuße schienen zu blühen und zu duften. Und sie war weiterhin stolz auf ihren neuen Dienstherrn. Wie ganz anders wollte sie bei ihm arbeiten! Das bei Lambert war doch nur eine Grudlerei gewesen. Überhaupt sollte nun alles anders werden. Sie wollte zeigen, aus welchem Geschlecht sie stammte. Eine Art Rausch überkam sie; sie erinnerte sich an den Tag, wo sie mit ihrem Bündel, kleinlaut und verschüchtert, durchs Dorf gewandert war, und eine Stimme jauchzte in ihr: Es zahlt sich aus, tüchtig zu sein. Wer in seiner Sache, und sei's auch nur mit Sense und Rechen, die andern übertrifft, wird gesucht und hat Not und Kümmernis weit hinter sich geworfen. Tu du das eine Wunder, dann tut Gott das andere.

Das letzte Laufen

Die neue Stellung machte der Mena anfangs etwas zu schaffen, aber ihre Ambition überwand schnell alles. Sie hatte Leute unter sich, zwei Stalldirnen und ein Kleinmensch, und spürte zum erstenmal, was es heißt, Verantwortung zu tragen. Und dies löste ein Gefühl neuer Frohheit, sogar Übermut in ihr aus. Sie hatte jetzt nur einen Wunsch: zum Ähnl hinauf!

Am Sonntag marschierte sie los. Die Zipfe ihres schwarzseidenen Kopftuches flogen im Lanzingwind. Ihr Herz war voll Freude, aber plötzlich erschrak sie: weit oben bewegte sich eine Gestalt und ihr Buckelsack hob sich vom blauen Himmel ab: das Totenweibl!

Als sie in die Stube des Zuhauses trat, lag der Ähnl im Bett. Die Neuigkeit, die sie ihm brachte, schien ihn zu freuen. »Zweitdirn?« sagte er. »Und beim Bräu! Das ist schon etwas.« Und mit einem Versuch zu scherzen, fügte er hinzu: »Ich werd jetzt auch Zweitknecht; aber nicht beim Dorfherrgott, beim Herrgott im Himmel selber. Niederer tu ich's nicht. Wir Ellenhuber sind alleweil stolz gewesen.«

»Wo fehlt es denn?« fragte sie.

»Wo wird es mir fehlen? – Der Tod klopft an. Aber was sein muß, muß sein. Wenn's vorbei ist, ist's vorbei.« Er gab seinem Magen die Schuld. »Herausreißen«, sagte er zornig, »könnt ich ihn und auf den Misthaufen werfen. Ich will einen Krug Bier trinken; wenn es mich auch ein wenig reckt.«

Sie versuchte es ihm auszureden, aber er schüttelte nur den Kopf. »Ist ja gut, wenn man gestorben ist. Ich brauch mich vor dem ewigen Richter nicht zu fürchten. Gearbeitet hab ich genug im Leben. Freilich, lustig gemacht hab ich mich auch.«

Die Mena begann sofort eine energische Tätigkeit. Sie kochte Milchsuppe, wonach er Verlangen äußerte, und sah mit einiger Verwunderung, wie er die Schüssel auslöffelte. Dann mußte das Bett frisch gemacht werden, und es galt, noch an viele Dinge zu denken. Vor allem schickte sie nach Ellenhub und an ihren Dienstherrn.

Der Ähnl lag bequem in den Kissen. Das rührige Zugreifen seines Enkelkinds hatte ihn beruhigt. Der Kranke erzählte nun mit leiser Stimme, in der letzten Zeit habe ihn öfter Koadjutor Kletzl besucht. Beim Weggehen hätte er ihm durchs Fenster nachgeschaut, da wären seine schwarzen Rockschöße wie zwei große Rabenvögel im Winde geflogen. Aus den Falten und Fältchen des alten Gesichts schien dabei etwas von jener Lustigkeit hervorbrechen zu wollen, die Mena so sehr an ihm liebte. Die Augen des Ähnls spazierten inzwischen über die glänzenden Nadeln, über den Strickstrumpf; folgten dem Sonnenstreifen, der über die Zöpfe der Strickerin fiel und ihre kräftigen Hände vergoldete. Sie spürte seinen Blick, saß aber unbeweglich. So ein Strickstrumpf, worin gleichsam Masche für Masche, Glück, Ärger und Tränen mit hineingestrickt werden, ist in allen Lebenslagen ein Beruhiger der Nerven und Urquell der Besonnenheit.

Im Vorhaus ließen sich Schritte vernehmen; ein schüchternes Kind, ein Nachbar, eine Nachbarin traten ein und fragten nach dem Befinden. Auch vom Paul-Hof fragte jemand an; aber die Mena war verärgert, daß die Paul-Leute nicht selber kamen. Endlich kamen die Paul-Kinder. Die

Buben waren ganz außer Atem. Man hatte sie vom Plattenwerfen geholt. Sie legten die großen, hochgezackten Hufeisen, die sie zu dem Spiel verwendeten, behutsam auf den Ziegelboden des Vorhauses nieder. Die Mädchen hatten sich herausgeputzt, farbige Tücher um die Schultern, und die Haare in abstehenden Zöpfen geflochten. Alle setzten sich stillschweigend auf die Ofenbank und sahen mit erstaunten Gesichtern auf das Bild. Ihre Mienen schienen zu fragen: der Ähnl im Bett, die Base mit dem Strickstrumpf, was soll das alles bedeuten? – Und wie das vergilbte Antlitz den Mund öffnete und sie mit leiser Stimme heranrief, gingen sie wie verbundene Marionetten über die Stube und blieben knapp vor dem Krankenlager stehen. Der Ähnl musterte sie, und da der Ältere dem Jüngeren etwas zuflüsterte, tadelte er ihn: »Du Redhans! Red wenig, denk mehr, plaudern bringt dir keine Ehr!«

Die Urenkel standen verschüchtert. Wie oft hatte es in der Stube daheim geheißen: Wenn einmal der Ähnl stirbt... und sie waren nicht im Zweifel, daß dieser Zeitpunkt gekommen, das Sterben, jenes Ereignis, das sich, gleich der Geburt, nur einmal im ganzen Menschenleben vollzog; jene Stunde, die »Sterbestunde«, ein Wort, das ihre kindlichen Seelen erschaudern ließ. Ihre Mienen waren ernst und feierlich, wie bei einem Gottesdienst.

Der Ähnl umfing die Kinder mit einem seltsam starren, etwas drohenden Blick. Zu den Buben sagte er: »›Alles wandert einem Orte zu: alles entstand aus Staub, und alles kehrt in Staub zurück‹, wie geschrieben steht im Salomo. Und das müßt ihr euch merken: laßt mir die Gewehr in Ruh, der beste Schütz verschießt im Jahr eine Kuh! Und die Wirtshäuser müßt ihr für Schinderhäuser anschauen und einen weiten Bogen drum schlagen!« Und zu den Mädchen: »›Ein braves Weib, wer findet es? – Weit über Perlen reicht sein Wert. Auf sie verläßt sich das ganze Herz ihres Mannes, und der Gewinn kann ihm nicht fehlen.‹ Ja, und das wißt: Das neue Holz und das neue Brot bringen den Bauern in die Not. Jetzt kommt näher, damit ich euch meine Hand auflegen kann.« Er legte jedem der Reihe nach seine Rechte auf den Scheitel.

Kaum waren sie fort, als die Mena den Augenblick günstig fand. »Der Pfarrer kommt heute zur alten Wahrlanderin«, sagte sie, »wie wär's denn, wenn er auch dir das Sakrament spendete?«

Einen Augenblick flog ein Schatten über sein Gesicht; dann sagte er: »Ist mir recht.«

Die Mena beobachtete ihn. Seine Miene hatte einen strengen Ausdruck, er machte sich augenscheinlich fest. War ein erprobter Knecht der Arbeit und wußte genau, daß jetzt nichts anderes kam und kommen konnte, als die letzte Arbeit, vor Gottes Angesicht. Er gehörte nicht zu jenen, die glauben, der Tod sei am besten damit abgetan, daß man sich stelle, als ob's keinen gäbe; auch nicht zu jenen, die glauben, man könnte ihn weglachen oder ihm mit Fluchen und Sakramentieren beikommen; und am allerwenigsten zu jenen Törichten, die sich einbilden, man könnte durch allerlei Pulver und Zaubermittel sich an ihm vorbeistehlen.

Die Dorfstraße herab kam der Pfarrer. Sein Gesicht zeigte einen leicht ärgerlichen Ausdruck; er war schon über sechzig und mußte bis Ellenhub hinansteigen, weil der Koadjutor ständig nach Liebesgaben für die Soldaten herumlief. Die Schelle des Ministranten klang schrill. Die Haustüren öffneten sich, überall knieten Männer, Frauen und Kinder: das Allerheiligste kam.

Durch den Alltag, mit seinen ewig gleichen Bildern von Arbeit und Rast, Mühsal und Labsal, schritt in Gestalt eines kleinen Ministranten und eines greisen Priesters die Majestät des Todes. Sie war gerecht und traf jeden ohne Unterschied, den Reichsten wie den Ärmsten; sie war mitleidlos, Mitleid verträgt sich nicht mit Gerechtigkeit; sie war erhaben, denn es gab keinen Menschen, der ihr ruhig ins Gesicht schauen konnte; sie war einzig, denn sie war die höchste Erdenmacht, die man ständig fühlte, aber niemals begreifen konnte. Und wie einst Herolde und Ritter dem Herrn und König, so erwiesen die Menschen ihr die gebührende Reverenz. Die Männer, sichtlich ergriffen, die Weiber aber auch in dieser Minute nicht ohne jeden Blick von Neugier und witternder Lust, der sie niemals verläßt. Die ganz Alten, mit den weißen Köpfen und gefurchten Gesichtern, zitterten leicht; ebenso die Gesichter der Kinder.

Als die Mena das Glöcklein hörte, fing sie an, laut zu reden: »Der Pfarrer Gries ist ein langsamer Passagier, mein heiliger Gott.« Sie deckte den Tisch mit einem weißen Tuch und stellte Leuchter und Kruzifix auf. »Kein Wunder, daß die Leut bei seinen Predigten einschlafen. Ist eben alt; die Gicht soll er auch haben. Freilich, der Kletzl macht's wieder zu kurz. Kaum hat er angefangen, ist die Messe schon wieder zu End.« Sie verstummte, weil draußen die Glocke verstummt war; vielleicht in einem der Hohlwege oder hinter einem der Gehölze, die gleich Inseln über der Gegend zerstreut lagen. Aber plötzlich tönte sie ganz nah, und der Kranke erschrak. Bilder stiegen vor ihm auf; er sah die Menschen vor den Häusern knien, so wie er selber jedesmal gekniet, und dachte: der Pfarrer mit dem Allerheiligsten kommt zu dir!

Gries war krebsrot im Gesicht. Die große Nase zitterte heftig. »Das ist ein Weg zu euch!« sagte er, fast mit Vorwurf im Ton. Dann hörte sie durch die geschlossene Tür deutlich die Worte des Pfarrers, genau im gleichen Tonfall, wie er am

Sonntag zu predigen pflegte. »Brauchst das Vaterunser nicht laut mitzubeten, nur denken dabei . . . ›Zu uns komme dein Reich, dein Wille geschehe, wie im Himmel also auch auf Erden.‹« Und endlich sagte er sonderbar feierlich und singend: »Jesus!«

Und: »Jesus!« hörte sie des Ähnls Stimme wie ein fernes Echo. – Es stirbt ein Mensch, dachte sie. Es stirbt mein Vatersvater. – Vom Fenster her drang ein Duft von Rosmarin und Majoran.

Von drinnen kam wieder die Stimme des Pfarrers und das milde Echo: »Jesus!« Nach einer kleinen Pause nochmals des Ähnls nun festere Stimme: »Schönen Dank, Herr Pfarrer!«

Der Pfarrer, schon in der Tür, warf einen halb erstaunten, halb unwilligen Blick zurück. – Was hat denn dieser alte Bauernschädel? Dünkt er sich vielleicht stärker als ich, der wohlbestellte Trostspender? – Dies »Schönen Dank!« hatte so kräftig geklungen, als hätte er damit sagen wollen: Mach nur deine Zeremonie, mein Lieber, du und ich, wir wissen, was diese Dinge bedeuten; und warum die Menschen ohne sie nicht leben und nicht sterben können.

Die Mena überkam eine zitternde Freude. Sie wunderte sich, welch unsinnigen Vorstellungen sie sich öfter über ein solches Ereignis hingegeben, und wie es so einfach und selbstverständlich vor sich ging und nirgends etwas zu sehen war, das Schrecken oder Entsetzen einflößen könnte.

»Wasser möcht ich!« sagte der Kranke. »Vom Guggenbrunn.«

Der Guggenbrunnen hatte das beste Wasser in der Gemeinde. Dies wußten die Kinder mit zwei und die Greise mit achtzig Jahren.

Die Mena war froh, daß er etwas verlangte; doch selbst wollte sie nicht gehen, in der Angst, sie könnte die letzte

Viertelstunde des Ähnls versäumen. Freudige Tage und erhabene Stunden sind selten; und eine solche ist es wohl, wenn ein geliebter Mensch aus der Welt scheidet.

Der Bub, den sie schickte, kam ihr viel zu langsam. – Heiliger Gott, dachte sie, wenn er nur den Krug nicht zerbricht!

Aber der Krug zerbrach nicht. Es war ein großer, grauer, bauchiger Steinkrug; er faßte fünf Maß und hatte einen festen Henkel, so daß man ihn bequem aufs Feld tragen konnte. Seine Rundung zeigte einen schmalen Gürtel, durch Weinranken abgeteilt, und in jedem dieser Teile war, in Halbrelief, ein Stück bäuerlichen Lebens zu sehen, ein pflügender Bauer, ein Heufuder mit einer futterfassenden Magd, Drescher in einer Tenne, Tanzpaare in einem Hochzeitssaal.

Die Augen des Ähnls hingen an ihm in sonderbarer Weise, bis er sie schloß und ruhig lag. Bilder zogen an ihm vorüber. Er sah sich als Bub auf dem väterlichen Hof, wie er mit den selbstgeschnittenen Geißelstecken die Rinder auf die Weide trieb; sah sich, wie er in den Sommernächten zum Fenster seiner Liebsten hinaufstieg, ihr den roten Unterrock aufnestelte und die weißen Strümpfe herabzog; wie aus dem Morgennebel die Kirchturmspitze von Aspern glänzte, und hörte das Kommando: Sturmstreich! Vorwärts! Fällt das Bajonett! – Er sah sich bei seiner Heimkehr vom Feldzug; sah den Vater beim Holzklieben, die trockenen Schüpfel leuchteten in der Sonne; er sah sich, als Pferd auf allen vieren durch die Stube galoppieren, hörte das Jauchzen seiner Kinder und das Krachen der Buchenscheiter im Kachelofen ...

Die Bilder mögen, nach Erdenmaß gemessen, einige Minuten gedauert haben, und dennoch erlebte der Alt-Ellenhuber sein ganzes Leben noch einmal; auf eine wunderbare

Weise, mit einem Kraftgeheimnis ohnegleichen ausgestattet.

Wie die Mena ihm den Krug reichte, sagte er: »Halt mich ein wenig!« und trank, aber nicht viel. Jetzt spürte er keinen Schmerz mehr, keine Angst und keine Beklemmung, wie sie in den letzten Zeiten öfter seine Brust bedrückt hatten. Er hörte ein Getön, das ihn an ein fernes unaufhörliches Hallelujen bei einem festlichen Hochamt erinnerte. War es nun diese Musik oder die warme Sonne, die das Bett samt dem alten, kranken Mann einhüllte: der letzte Rest von Kraft regte sich noch einmal in ihm, und er richtete sich auf. Er tat einige Schritte, faßte nach dem Tischrand und marschierte langsam rundherum. Sein wachsbleiches Gesicht, vom schütteren Weißhaar umrahmt, zeigte jene Entschlossenheit, die es überall gezeigt, beim Kornspeicher von Aspern, beim blutigen Rekrutenball und beim Laufen der Siebziger. Aber wie er die vier Seiten des Tisches umgangen, wäre er beinah hingefallen, wenn die Mena ihn nicht gestützt hätte.

Von draußen kam Stimmengewirr. Sie beteten: »Gegrüßet seist du, Maria, du bist voll der Gnaden, der Herr ist mit dir...« Alte Männer, Frauen und Kinder knieten, den Rosenkranz um die Hände gewunden, und steckten in den Pausen flüsternd die Köpfe zusammen, gierig danach, zu erfahren, wie und wo man den Alt-Ellenhuber das letztemal gesehen, wie die Krankheit angesetzt, wonach er Verlangen gehabt und ob er nicht vielleicht, knapp vorm Sterben, den Vorhang zum Jenseits ein wenig emporlüpfen würde.

Plötzlich verstummten sie: das Totenweibl richtete sich auf und öffnete die Tür. Sie trat in die Stube und aufs Bett zu. Ihr Kopf zitterte und ihr Kinn klappte ein paarmal energisch auf und nieder. Es flüsterte: »Er fangt schon an zu ziehen!« und trippelte wieder hinaus.

Die Mena betrachtete aufmerksam das Gesicht des Sterbenden. Dann fragte sie: »Ähnl, hast du Schmerzen?«

»Tut mir halt um die Mitt weh«, sagte er. »Hart ist es schon!«

Der Ähnl ging schweigend an seine letzte Arbeit. In diesen Minuten entzündete sich in ihm ein Licht; und wie einmal dieses Licht entzündet war, empfand er seine Leiden und seinen Hingang als fremd und nicht von ihm erlitten und erlebt. Er sah, wie seine Seele, die er sich als weiße Taube vorstellte, über Berge und Täler einem fernen Lichte zuflog. Er atmete schwach und immer schwächer und tat dann einen letzten Atemzug. Damit stand das Herz, das über achtzig Jahre geschlagen hatte, still.

Menas Blick haftete an dem starren Antlitz. Ihr schien, als ob es aus Stein wäre. Das ist also der Tod, dachte sie. Warum macht man vom Sterben ein solches Aufheben? – Das lag wohl in nichts anderem als in der Seltenheit des Geschehnisses, vom kleinen Erdenweg aus gesehen; in der Anmaßung, worin der Mensch sein Kommen und sein Gehen in der Welt betrachtet und betrachtet wissen will.

Aber aus dieser klaren Sicht wurde sie wieder herausgerissen, als das Totenweibl das Vaterunser zu leiern anfing, als man die Vorhänge an den Fenstern zuzog und die Wachskerzen zu Häupten des Toten entzündete. Die Angst bekam wieder die Oberhand. Der Raum, wo der Ähnl lag, und das ganze Haus wurden unheimlich. Etwas treibt den Menschen, die irdischen Dinge, die an sich friedlich und freundlich sind, einmal bis zum Schrecklichen, Furchterregenden, ja bis zum Grausen zu steigern; und das andere Mal mit ebensolchem Eifer zum Anmutenden, zur Lieblichkeit und zur Schönheit.

Der Alt-Ellenhuber war eine schöne Leiche. Von weither wallfahrte man, sie zu beschauen. Die Hände des Toten waren gefaltet; da sie immer wieder herabgesunken, hatte das Totenweibl sie mittels einer Hanfschnur festgebunden und einen Rosenkranz darübergelegt.

Die Mena selber kam nicht mehr richtig zum Schnaufen, und erst den zweiten Tag fand sie eine Minute, sich auszuruhen. Sie setzte sich auf die Hausbank und schlief vor Ermüdung fast ein, bis das laute Beten sie wieder weckte. Der Mond schien taghell, Grillen feilten und Leuchtkäfer schwebten im Dunkel. Die Stimme des Totenweibls haspelte Vaterunser auf Vaterunser ab. Und die Leute, die ins Totenwachen gekommen waren, fielen ein: »Vergib uns unsere Schuld, wie auch wir vergeben unseren Schuldigern ... Amen.« Sie saßen im Vorhaus um den Tisch oder knieten die Bank entlang, bei einer Ölfunsel und einem Krug Most, der rundum ging. Manche rauchten abseits im Halbdunkel ihre Pfeifen. Die Männerstimmen klangen dumpf: »Dein Wille geschehe, wie im Himmel also auch auf Erden ...« Die Frauenstimmen hell und feierlich: »Gegrüßet seist du, Maria, du bist voll der Gnaden, der Herr ist mit dir ...«

Der Morgen des Begräbnisses war überaus schön. Die Trauerleute füllten das ganze Haus und standen noch bis hinaus auf den Anger. Der Ähnl, dachte die Mena, macht uns sogar noch mit seinem Begräbnis Freude.

Der Ähnl lag zwischen vier brennenden Wachskerzen. Die braunen Holzperlen des Rosenkranzes glänzten. Am Fußende, auf einem grüngepolsterten Schemel, kniete das Totenweibl. Ihr Kopf, mit dem verblichenen schwarzen Tuch, lehnte an der Bettstatt. Etwas zurück, in schräger Reihe, standen ein Halbdutzend junger Bauern, mit gesenkten Köpfen, die Hüte in den gefalteten Händen.

Die Geschwister kamen. Paul, einen Haken in die Stirn gekämmt, aschfahl im Gesicht; wie einer, der vom Feldzug heimgekehrt und ein geheimes Siechtum in sich trägt. Die

Lena, noch immer schön und stolz; über den großen Ellenhuber-Augen etwas wie einen Schleier. Jörgei, ruhig und gläubig. Und das Brigei, wie eine Puppe in Bauerntracht, in Samtmieder und schwarzem Kopftuch. Gang und Naz fehlten; niemand wußte etwas von ihnen.

Die Männer traten vor und faßten den Toten an. Hierbei geriet der Leichnam in eine schaukelnde Bewegung; es war genauso, als sträubte er sich nach Kleinkinderweise, auf eine so ohnmächtige Art in seine neue Wiege geschafft zu werden. Aber er lag gut gebettet. Der hohe Gupf der gekräuselten Hobelspäne machte einen reinen gefälligen Eindruck, und der Holzton der frischen Bretter strahlte einen milden Glanz aus. Der Sarg wurde mit einem dumpfen Schall geschlossen; die vier Männer setzten ihre Hüte auf und hoben ihn. Vor dem Haus stand eine Bahre, mit Samt bedeckt, daneben der Pfarrer, die Ministranten, weißköpfige Bauern, Frauen mit farbigen Kopftüchern und Kinder.

Der Sarg schwankte durchs Dorf, unter dem Wechselgebet der Männer und Frauen. Der Himmel war von besonderer Reinheit. Die Wiesenblumen und die blühenden Obstbäume dufteten. Die Mena gewahrte, daß man nicht die kürzeste Strecke zum Friedhof wählte, sondern geflissentlich einen Umweg machte: des Ähnls letzter Marsch sollte ein Schauspiel werden, ein Schauspiel in Ehren! Da fing eben der Unterschied an: der Tote war, mit Verlaub zu sagen, kein gewöhnlicher Toter, kein Keuschler, Taglöhner oder windschlechtes Knechtlein, kein Rastelbinder oder Pfannenflicker: es war der Alt-Ellenhuber!

Der Sindnochsiebendrin hatte über sein Trommelfell ein schwarzes Tuch gespannt; und wie er den Trauermarsch schlug, verbreitete sich über den Gesichtern der Mannsbilder ein ungeheurer Ernst.

Am Grab roch es nach frischer Erde. Die Stricke schnurrten; die Schollen fielen polternd auf die Bretter; hie und da schluchzte jemand.

In der Kirche schlug die Mena die Stelle ihres Gebetbuches auf, wo ein schwarzgerändertes Totenbildchen mit dem Antlitz des dornengekrönten Heilands eingelegt war. Das Bild und die Worte auf dem Glanzpapier schienen das Sterben und Begrabenwerden zu verklären. Sie las halblaut die Worte: »Wer sein Kreuz nicht auf sich nimmt, mir nicht nachfolgt und fröhlich leidet, ist meiner nicht wert.« Und auf der anderen Seite: »Josef Jakob Ellenhub, nach geduldig ertragenen Leiden, im fünfundachtzigsten Lebensjahr, sanft im Herrn entschlafen. Mein Jesus, Barmherzigkeit! Dein ärmster Knecht ruft zu dir. Süßes Herz Mariä, sei meine Rettung!«

Das Wiedersehensfest

Von einem Volk im Hochgebirg ist ein Wort im Schwang, daß es bei ihm, so um das vierzigste Jahr herum, einen Ruck im Kopf tue, nicht gerade einen großen, aber einen kleinen; überhören sie jedoch diesen Ruck, werden sie ihr ganzes Leben nicht mehr gescheit.

Bei der Mena tat es um diese Zeit einen allerstärksten Ruck; es war, als ob dies mit dem Abscheiden des Ähnls zusammenhinge. Etwas Hartes, man könnte sagen Stählernes machte sich bei ihr bemerkbar, und sie sah mit doppeltem Scharfsinn auf die Dinge und Menschen der Welt. Wenn sie mit den Knechten und Mägden aufs Feld ging, der Himmel blau war und die Schwalben ihre Kreise drin zogen, fühlte sie es wohl, daß mit der Grablegung des alten Ähnls die Ordnung der Natur nicht verletzt worden war. Mit großer Geschicklichkeit fügte sie sich in die neuen Verhältnisse, stand mit den Dienstleuten auf gutem Fuß und noch besser mit dem Herrn und der Frau. »Das ist eine Tüchtige!« sagte das Gesinde, daß sie es mit eigenen Ohren hören konnte. Was den Bräu und die Bräuin anbelangte, spürte sie, daß der Dank auf ihren Morgen- und Gutenachtgruß freundlicher klang als bei den andern.

An einem Sonntag holte sie die Spieldose aus dem Kasten hervor, das einzige Erbstück, das sie für sich behalten hatte. Sie zog mit einem großen Messingschlüssel das Werk auf, langsam und bedächtig, genau nach des Ähnls Angaben. Und als aus dem rotbraunen Kästchen eine Melodie nach der andern herausklang, wurden Kindheitserinnerungen in ihr wach. Eine Sehnsucht hub an, sie zu quälen, etwas von jener Seligkeit wieder zurückzurufen, die jedes Erlebnis, jeden Tag, jedes Bild aus jener Zeit ganz und gar erfüllt hatte. Aber plötzlich blieb das Werkel stehen. Sie drehte, zog die grüne Schnur straff; jedoch vergebens. Sie war außer sich, klopfte an die Seitenwände, zog wiederum an der Schnur: es gab keinen Ton mehr von sich.

Die Mena glaubte an Lostage, an Gesundbeten, an Klopfen in den Wänden, an stehenbleibende Uhren und noch an viele andere Dinge. Aber in diesem Fall handelte es sich nicht um gewöhnlichen Aberglauben; das Spielwerk, vom Ähnl vererbt, sollte die Geschwister zusammenhalten. Vielleicht hatte er sich »angemeldet«, war ungehalten darüber, daß die Mena sich in der letzten Zeit so wenig um die Geschwister gekümmert. Koste es, was es wolle: das Spielwerk mußte gleich mit dem Boten in die Stadt.

Der Instrumentenmacher ließ sagen, vor der Dult könnte er's nicht fertigbringen. Das paßte der Mena gerade; so konnte sie mit doppelter Freude an die Dult denken. Sie fiel in den Monat, wo man die zwanzig Wochen harter Arbeit hinter sich hatte und wieder frei aufatmen konnte. Diese Dult wollte sie benützen, um die Geschwister wieder einmal zu vereinigen. Das gab keine kleine Arbeit im Briefschreiben und Botschaftsenden, und sie konnte kaum den Tag erwarten.

Am Festmorgen sprang sie mit beiden Füßen zugleich aus dem Bett; ein Zeichen, daß sie ihren Tag mit besonderer Fröhlichkeit anhob. Auch das Firmament war wie ausgekehrt, nicht allzu heiß, Wege und Straßen vom Nachttau feucht, aber sonst brosentrocken. Das Frohgetümmel, die Leiterwagen, die man mittels Querbrettern notdürftig ausgestattet, die schwerfälligen Landauer, Kutschen und Rennwagerln, die mit ganzen Familien bepackt waren, die Fahnen, Zurufe, dies alles erregte sie. Und noch dazu fuhr sie der Schindertoni! Obgleich schon etliche Jahre seit dem Beginn ihrer Liebschaft hinabgerollt waren, hatte er noch immer etwas Jünglingshaftes an sich, und sie mußte ihn von Zeit zu Zeit, während er hingegeben kutschierte, heimlich beobachten. Dabei fiel ihr ein, was die Leute wohl denken mochten: die Ellenhuber-Mena und der Schindertoni! – Es war unglaublich und beinah unheimlich, wie einen das so packen konnte. – Ist denn das so wichtig, fragte sie sich, was die Leute meinen? – Dieser Tage wurde viel vom Haginghofer-Lix, vom großen Hof und vom Übergeben geredet, aber von jenem Vorkommnis mit keinem Wort. – Ja, das Geld vergoldet alles, auch Unrat und Schmutz.

Der Toni merkte, daß bei ihr etwas los war. »Wie hat es dir denn bei uns gefallen?« fragte er.

»Recht gut«, sagte sie.

Und er: »Willst du nicht auf meinen Grafensitz heiraten?«

»Mit dem Heiraten ist's in der jetzigen Zeit eine schwierige Sach.«

Er lachte. »Ich spür es wohl, du bist alleweil noch nicht ganz mein. Etwas trennt uns. Wenn ich nur wüßt, was?«

»Aber nein!« sagte sie. Doch es klang nicht überzeugend. Und zögernd fuhr sie nach einer Weile fort: »Schau, Toni, es ist so mancherlei an dir, was mich nachdenklich macht. Die Leut sagen, du glaubst nicht an Gott.«

»Die«, sagte er, »die mit dem Gebetbüchl in der Hand in die Kirch gehen, die glauben an ihren Gott, und ich glaub an den meinen.«

Dies Gespräch hörten noch zwei Paar andere Ohren an; das eine eignete dem Staatsschuldenmann, der von Toni als Hofnarr mitgenommen worden war, und das andere einem kaum der Schule entwachsenen Dirndl, das neben der Mena saß. Es war beim Bräu Kleinmensch und hielt überall, im Stall, auf dem Feld wie auch bei den Tratschereien, die in einer so großen Wirtschaft keine Seltenheit sind, wie ein Teufel zur Mena. Und diese übte an der Fünfzehnjährigen, was sie gewünscht, daß jemand es an ihr geübt hätte. Sie war keine eigentliche Wohltäterin, hatte dazu keine rechte Eignung; sie fand ihren Lohn an der Freude und am Staunen des Mädchens, an seinen kindlichen Ausrufen und seinem Übermut.

Der Toni zügelte indessen vergnügt seine leichten Pferde, die ungestüm im Geschirr gingen und deren Herkunft dunkel war. Einige behaupteten, er hätte sie im Bayrischen erhandelt, andere, es seien ärarische Pferde; aber wie immer, er fuhr schneidig den Kutschen und Rennwagerln vor, die mit ihren schweren Pferden nicht so schnell vorwärtskamen, und machte kritisch-spaßhafte Bemerkungen, wozu der Staatsschuldenmann seinen Senf gab. Sie hechelten die Insassen eines jeden Gespanns durch, daß die Mena, ob sie wollte oder nicht, nicht mehr aus dem Lachen kam. Einmal überholten sie ein elendes Gefährt, mit einem hinkenden Gaul, das schadhafte Riemenzeug mit Stricken gebunden; ein dicker, verschmierter Kerl saß drin, während rückwärts im Stroh ein gebundenes Kalb lag, das lechzend die Zunge heraushängen ließ. »Der Kalbl-Stumpf!« sagte der Toni. »Dem Bräu sein Schandmal. Mehrmals hat er ihm schon ein paar Tausender vorgestreckt, damit er nach Amerika auswandert; aber jedesmal ist er wieder heimgekommen.«

Die Mena war höchst verwundert: dieser Kerl, vor dem sie sich gefürchtet hätte, wäre sie ihm im Wald begegnet, sollte der Bruder des Stumpfbräu sein?

Aber sie hatte zum Nachsinnen keine Zeit mehr. Der Wagen fuhr beim Hofwirt vor, und hier trennte man sich fürs erste. Jeder hatte seine eigenen Wege. Die Mena mußte vor allem zum Instrumentenmacher und war glücklich, als sie, das Spielwerk im Korb, durch die Straßen hinsegelte. Sie besah mit wägender Aufmerksamkeit die Kutschen, die Auslagen, die Häuser. Am längsten stand sie vor den Stoffläden und den Schaufenstern der Goldarbeiter.

Die ersten Züge der Bauern marschierten herein, Gruppen von Gebirglern mit fliegenden Fahnen. Sie waren aus anderen Tälern, hatten andere Trachten, redeten schon eine schwer verständliche Sprache, aber man grüßte sie doch, als ob man zusammengehörte.

Die Mena sah sich indessen eifrig nach den Geschwistern um, aber sie konnte keins erspähen. Vielleicht hatten sie ihre Mitteilung unbeachtet gelassen und die geschwisterlichen Gefühle vergessen. Eine große Trauer erfaßte sie; wenn der Ähnl sie gerufen, wären sie wohl alle ohne Verzug gekommen. Sie geriet, in Gedanken versunken, in fremde Gassen, verirrte sich und begrüßte den Staatsschuldenmann, den sie traf, wie einen rettenden Engel. Während sie ihn daheim mit Verachtung behandelte, überhäufte sie ihn hier mit Liebenswürdigkeiten. Der Staatsschuldenmann behauptete, die Stadt wie seinen Hosensack zu kennen. Er lief so hastig, daß er bald da, bald dort an Leute stieß, was die Mena in Heiterkeit versetzte.

Beim Hofwirt, meinte sie, da werde wohl im Vorhaus eine Glocke am Draht sein, da würde sie läuten und die Kellnerin fragen: Sind die Ellenhuber schon da? Aber sie bekam einen schönen Schreck. In diesen Gaststuben und Sälen konnte man sich unmöglich zurechtfinden, und sogar ihr großmäuliger Führer verlor seine Sicherheit. Er fragte wohl ein halbes Dutzend Kellner, wurde aber entweder keiner Antwort gewürdigt oder direkt ausgelacht. Bis sich endlich ein kleiner Knirps, der aber schon einen Frack trug, leutselig in ein Gespräch einließ. Er sah mit einer aus Spott und Interesse gemischten Miene auf den bäuerlichen Tagdieb und die stattliche Magd, und es stellte sich heraus, daß in einem rückwärtigen Saal Bauern waren, worunter die Gesuchten vielleicht sein konnten.

Und so war es auch. Wie die Geschwister sich die Hände drückten, wie alle zugleich redeten und aufgeregt lachten, sich so ganz anders verhielten, wie sie es gewohnt waren: das war das brüderliche und schwesterliche Blut, das in dieser Minute doppelt fröhlich durch die Adern schoß. Leider fehlten die Soldaten Gang und Naz. Hatten eben doch keinen Urlaub bekommen. Die Mena stellte zu ihrer heimlichen Genugtuung fest, daß alle gut gekleidet waren; Jörgei zwar etwas ärmlich, doch gerade er war der Allervergnügteste. Er forderte die Geschwister ungestüm auf, sich gemeinsam in den Strudel der Dult zu stürzen.

Silvester und Paul voran, zwei stattliche Männer, der eine ein ganzer Herr, der andere ein ganzer Bauer, so rückte der Trupp der Ellenhuber in den wimmelnden Menschenhaufen hinein. Sie drängten und stießen, riefen und lachten; denn alle hatten es sich in den Kopf gesetzt, heute über die Stränge zu hauen. Immer wieder erschollen aus dem Getümmel ihre Zurufe: »Jörgei, da her! – Wo bist du denn? – Paul, mach deinen Geldbeutel auf! – Mena, sei nicht so geizig! – Vestl, kauf mir etwas!«

Die Schwestern brachen beim Anblick einer ungewohnten städtischen Modetracht in lautes Gelächter aus; die Männer, davon angesteckt, hielten die Herren Budenbesitzer und Bandelkramer zum besten, ja, sie wagten es sogar, das städtische Leben und die städtische Sprache zu verspotten, freilich nur von ihresgleichen verstanden und belacht. Vor den Kamelen und Affen hatten sie eine Empfindung, gemischt aus Staunen und Widerwillen; ganz abscheulich empfanden sie kleine Bulldogghunde, von einer widernatürlichen Häßlichkeit, und der Gipfel der Unbegreiflichkeit dünkte ihnen, daß ein solches Scheusal von einer vornehmen Dame gekauft wurde. Wenn die Stände mit den Sensen, Wetzsteinen, Halftern und Riemenzeug auftauchten, mit den Hacken, Gabeln und Rechen, kam bei den Mannsbildern der Ackermensch hervor; und wenn die Zinnkrüge und Holzwaren, die großen, in der Sonne glänzenden Geschirrhaufen sich zeigten, meldete sich bei den Weibsleuten die Hausfrau und Bäuerin, und der Bewunderung war kein Ende.

Vor der Bude eines Schnellphotographen rief die Mena: »Alles auf ein Bild! Das wird ein Andenken fürs ganze Leben.« Sie drängten so ungestüm hinein, daß die Hütte ins Wackeln geriet und der Besitzer die Hände überm Kopf zusammenschlug. Dann schob er sie vor eine papierene Wand, die eine Alpenlandschaft darstellte. Sie hielten es in der brütenden Sonnenhitze kaum die paar Minuten aus, die nötig waren; dann stürzten sie alle wieder fröhlich lachend ins Freie.

Damit sie sich nicht verlieren konnten, hängten sie sich ein, und so, Arm in Arm, einträchtig, wie selbst in ihren

Kindertagen nie, wand die geschwisterliche Kette sich durch die Menge.

Von der Hitze, dem Geschrei und dem Lärm der Drehorgeln dumm gemacht, strebten sie zum Hofwirt zurück. Sie suchten sich einen Winkel im Garten; und als nun hier eigens für sie gedeckt wurde, ganz wie für die Herrischen, und Bier und Bratwurst, Kuchen und gesüßter Wein aufmarschierten, zeigte sich auf ihren Mienen ein festlicher Glanz. Schon der Umstand, daß sie alle, nach so langer Trennung, an einem Tisch saßen, gesund waren, ihre geraden Glieder hatten, gute Kleider und Schuhe am Leib, etwas Kleingeld im Beutel, erschien ihnen großartig. Und wenn Jörgei sein treuherziges »Gelt, Mutter Mena?« über den Tisch rief, fühlten sie, daß ihre Ecke eine abgetrennte Insel darstellte, der gesamten fremden Welt gegenüber; und wenn zuweilen ein Gast den Versuch machte, sich niederzulassen, mußten sie lachen, wie er mit jähem Verstehen zurückprallte.

Mitten im lustigsten Tafeln machte sich im Mittelgang eine Bewegung bemerkbar; auch die Ellenhuber reckten die Köpfe. Plötzlich riefen sie wie aus einem Mund: »Naz! Gang! Vestl!« Sie schrien so laut, daß der ganze Saal aufmerksam wurde. Etwas Bildhübscheres als die zwei kaiserlichen Grenadiere war nicht zu denken. Die beiden Soldatenbrüder merkten den Eindruck, den sie machten; ein prachtvoller Stolz lag auf ihren gebräunten Bauerngesichtern.

Die Geschwister konnten sich an den beiden nicht satt sehen. Es wurde getrunken, erzählt und gelacht. Die Mena sang dem jüngsten Bruder zu: »Hast Augn himmelblau ...«, aber sie mußte es voll anstimmen, und alle sangen gedämpft mit ...

»Hast Augn himmelblau,
Hast ein Grüberl im Koi,
Und mir ist alleweil,
Daß ich zu dir hingehn soll.

Hast Wangerl rotweiße,
Wie Apfelbaumblüah;
Was gab ich nit her
Für ein Bußl von dir!

Was gab ich nit her
Für ein einzige Nacht!
Die Welt und ihr'n Reichtum,
Ihr'n Glanz und ihr Pracht.

Und schenkast an Himmel mir
Samt seine Stern,
Mei Glück sind vier Wort von dir:
Ich hab dich gern.«

Jetzt rückte die Mena mit ihrem größten Triumph heraus. Wie oft hatten die Geschwister sie brieflich gefragt: Spielt die Spieldose noch? Und jetzt stellte sie das rotbraune Kästchen auf den Tisch und rief: »Zwei Gulden hab ich für die Reparatur bezahlen müssen; aber sie sollen mich nicht reuen. Wenn's nicht ganz wie früher spielt, trag ich's gleich wieder zurück.«

Aber es spielte nicht nur wie früher, sondern sogar noch voller und reiner. Die Geschwister horchten, ab und zu mit einem Seitenblick auf die benachbarten Tische, wo Bekannte aus dem Dorf saßen, sogar der Haginghofer und der Bräu, auch Stadtherren, aber im Tumult des Trinkens und Politisierens wurde die leise Musik gar nicht gehört.

In den Ellenhubern aber weckte sie alles, was in ihnen an Kraft und Lieblichkeit, Stärke und Wehmut, Wildheit und Sanftmut liegen mochte.

Das Spielwerk brachte sie auf den Ähnl und seinen Hingang. Die Mena erzählte, wie er seine Milchsuppe ausgelöffelt, wie er nach dem Wasser vom Guggenbrunnen verlangt und wie er seinen letzten Marsch rund um den Tisch erzwungen hatte. Was er an diesen Tagen und Stunden gesprochen, davon hatte sie kein Wort vergessen. Dann tauschten sie Erinnerungen aus; und es gab unaufhörlich zu fragen. Ehrfürchtig und scheu blickten die Geschwister zu Silvester auf, der, nein, mein heiliger Gott! – ein kaiserlicher Sterngucker, Reimdichter und Volksredner geworden war, und nicht viel weniger bewunderten sie die Mena selber: Zweitdirn beim Bräu! Die Lena war noch immer so schön, aber noch blasser; es schien, als ob ein geheimer Kummer an ihr zehrte. Ihre und Pauls Lustigkeit kamen nicht vom Herzen; das konnte jeder leicht wahrnehmen. Das Brigei war noch immer ledig und lustig wie einst; sie hatte irgendwo ein Kind, für das sie gut sorgte. Sie war eine Virtuosin auf der Mundharmonika. So mitten im Gespräch fing sie das glänzende Instrument aus ihrem Kittelsack und blies mit vollen Backen einen steirischen Tanz. Diese ihre Leidenschaft hatte sie zum »Harmonika-Brigei« gemacht, als welche sie in die Unsterblichkeit einziehen sollte. Der Bruder Jörgei, der Rechenmacher, dessen Augen von Schalkhaftigkeit und Humor blitzten, erzählte von seiner Familie, als ob es keinen größeren Spaß auf Erden geben könne als eine Stube voll frischer, kerngesunder Kinder.

Wie sie sich nun so untereinander ausfragten, kam es an den Tag, daß die gewohnte und gekonnte Arbeit das Gute, wenn nicht das Allerbeste an der Welt war. Aber zum Gedankenausbrüten waren sie nicht hiehergekommen, und die

Stimmung schlug gleich wieder ins Lustige um. Von seiten der Brüder setzten derbe Fragen ein über Liebschaften und Heiraten, und die Schwestern ließen es an Antworten nicht fehlen.

Um diese Zeit ging eine weißköpfige Gestalt vom Garteneingang nach rückwärts; es war der Pfarrer Gries. Er trug in der einen Hand seinen Hut und in der andern ein großes blaues Taschentuch, womit er sich die Stirn trocknete. Es sah aus, als ob er irgend jemand suchte. Endlich gewahrte er die farbig leuchtenden Tücher am Ellenhuberischen Tisch, strebte darauf zu und sagte: »Mit Verlaub! Ich möcht mir ein Plätzchen bei den Ellenhubern ausbitten.«

Es entstand eine Verlegenheit. Gewiß, der Pfarrer aß, trank herzhaft das frische Bier, spaßte über die Dult, aber der Umstand, daß ein Mensch Kleider trug, die niemand trug, das nicht tat, was sonst jeder tat und tun mußte, ein Weib nehmen und Kinder zeugen, diese und ein weiteres Dutzend Extrigkeiten brachten es zuwege, daß sie eine gehörige Scheu vor ihm empfanden.

Der Pfarrer, der diese Verlegenheit spürte und selbst verlegen wurde, fand eine Anhabe an der Mena, indem er ein Klagelied über die verschwundene Glocke anstimmte. Dann wandte er sich den andern Geschwistern zu und hatte für jeden ein freundliches Wort, und bald hielten sie mit ihrer Lustigkeit nicht mehr zurück. Nur der Paul war spießig, und auch die Lena tat seltsam. Sie konnten wohl nicht anders; sie mußten überall einen fühlbaren Hochmut hervorkehren, als ob beständig alles an ihnen sagen wollte: Ihr seht doch, wer wir sind und was wir haben.

Während Gespräch und Gelächter hin und wider gingen, schienen die Augen des Priestergreises jedes der Geschwister durchdringen zu wollen, und er war in diesem

Augenblick nicht mehr der alte, müde Kirchenbeamte. »Ich hab euren Vater und eure Mutter gut gekannt«, sagte er. »Das waren rare Menschen! Wie überhaupt alle Ellenhuber. Es ist merkwürdig, daß sie ehrenhaft sind, und doch wieder nicht ganz; daß sie fromm sind, und doch wieder nicht ganz; daß sie arbeitsam sind und hausen können, und doch wieder nicht ganz. Man kann sie nach Menschenmaß nicht messen; sie haben ihre eigenen Gesetze.«

Der Pfarrer wiegte seinen Weißkopf hin und her und schwieg. Plötzlich dünkte ihn, als ob sich ihm beim Anblick der geschwisterlichen Runde das Rätsel alles Menschendaseins lösen wollte. Zugleich sah er das Bild seines Studierzimmers vor sich, mit dem Teppich querüber, den er schon zweimal neu angeschafft, so stark hatten ihn dreißig Jahre täglichen Hin- und Widerwandelns abgenützt. Er hatte eine Vision, die sein Inneres bis zu einem solchen Grade erhellte, daß er, für eine Weile wie geblendet, die Augen schloß. Es war eine Wahrheit aus Urgottnähe; er hatte dabei die gleiche Empfindung, die er schon einmal in seinem Leben als junger Mensch gehabt, bei den Worten des Dichters:

> »Nachts, wenn gute Geister schweifen,
> Schlaf dir von der Stirne streifen,
> Mondenlicht und Sternenflimmern
> Dich mit ewigem All umschimmern,
> Scheinst du dir entkörpert schon,
> Wagest dich an Gottes Thron ...«

Am Nebentisch beobachteten die Städtischen schon eine Weile den alten Geistlichen, stießen sich an und flüsterten: »Der Pfarrer ist eingeschlummert; er ist das schwere Bier nicht gewöhnt.«

Es entstand ein Gelächter, so daß Gries seinen Weißkopf

hob. Um etwas zu sagen, fragte er: »Ja, wo habt ihr denn euren Herrn Bruder, den Silvester?«

Sie waren verlegen. Aber bevor sie noch etwas erwidern konnten, stand der Bruder selbst da, streckte dem Pfarrer lachend seine Rechte hin und sagte: »Hier ist er, der ehemalige Schüler und Ministrant; jetzt Aufklärer, Revolutionär und Kirchenfeind comme il faut.«

Der Pfarrer fühlte, daß ihm in diesem einstigen Pfarrkind eine Sicherheit gegenüberstand, die denjenigen befällt, der seinen Hauptgegner noch friedlich vor sich hat, seines zukünftigen Siegs aber schon gewiß ist. Und Silvester konnte es sich auch nicht versagen, den Vertreter der alleinseligmachenden Kirche ein wenig in die Klemme zu treiben. Gries kannte das; kaum hatte er sich irgendwo seßhaft gemacht, um auch einmal Mensch sein zu dürfen, benützte man die Gelegenheit, um versteckt oder offener den Übermut und nicht selten die Bosheit an ihm auszulassen.

»Hochwürden«, sagte er, »haben Sie nicht meine letzte Rede, die auch als Flugschrift verbreitet wurde, gelesen? – Es war die schönste Rede, die ich jemals für Gleichheit, Freiheit und Brüderlichkeit gehalten hab. Ich hab darin behauptet, meines Erachtens müßte jeder wahre Volkspriester mit Leib und Seele für die neue Bewegung sein. Denn: wie die Lehre der Kirche das erste, so ist die Lehre von der Freiheit, Gleichheit und Brüderlichkeit das zweite Evangelium, das der Welt verkündet wird.«

Der Pfarrer lächelte. »Ich kenne die Flugschrift nicht«, sagte er. »Gewiß wär das Anhören oder das Lesen ein Vergnügen gewesen; die Ellenhuber bringen immer etwas Tüchtiges zustand. Aber, wär die Rede auch noch zehnmal schöner gewesen, mich hätt sie doch nicht überzeugt.«

»Oho!« rief Silvester und der ganze städtische Nachbartisch. Dann warteten alle, was der Pfarrer über das »zweite

Evangelium« zu sagen hätte, aber er sagte nichts, und es entstand wiederum eine Pause. Der Archivar, der nirgends fehlte, wo das Bauernvolk sich zusammenfand, machte ihr ein Ende. »Ich glaube«, sagte er, »daß eine Verständigung möglich ist.« Er stellte einige Sessel zur Seite, der Städtertisch wurde gehoben und an den der Ellenhuber angerückt. »Hier ist«, rief er, auf Jörgei deutend, »der Handwerkerstand; hier der Bauer, der Nährstand; hier die Soldaten, der Wehrstand; in der Mitte die Kirche, der Herr Pfarrer; hier die Beamtenschaft, die Einnahmen und Ausgaben registriert; hier ist der Herr Ellenhub, der uns über den Sternenhimmel aufklärt und gern in den Köpfen der Menschen ein Licht anzünden möchte; und dieser Sessel endlich ist für mich, der ich mich wohl einen Gelehrten nennen darf, und der seine Hauptaufgabe darin sieht, der Ewigkeit ein wenig in die Karten zu gucken.«

Man lachte beifällig. Der Pfarrer saß vorgebeugt, rot im Gesicht, bedrückt von dem Gefühl, trotz scheinbaren Spaßes von Feinden umgeben zu sein. Da hüstelte Jörgei, der Rechenmacher; der Pfarrer sah, daß er etwas sagen wollte, und rief: »Es scheint, daß mir da einer zu Hilf kommen will.«

Nun richteten alle ihre Blicke auf den armen Rechenmacher und lachten, was ihnen nicht zu verargen war: sein Anblick wirkte komisch. Er trug eine alte Militärbluse, wohl von einem abgedankten Soldaten erworben, hatte Hungergruben in den Wangen, abstehende Ohren, aber auf seinem Gesicht lag etwas so Duldendes und wiederum so Heiteres, daß sein Wesen einen erquickenden, ja heroischen Zug ausströmte. Er sah mit seinen wasserblauen Augen auf den Pfarrer, auf die städtischen Herren und sagte schlicht: »Mir kommt immer vor, wenn ich so bei meiner Schneidbank sitz, Reden, Debattieren und Rebellieren ist leicht; aber Schweigen und Regieren – schwer!«

»Bravo!« rief der Pfarrer, und einige stimmten laut bei.

Jörgei fuhr fort: »Und wenn, wie etliche Herren wünschen, die Rebellion siegt und der Kaiser geht, wer soll uns dann regieren?«

Ein Gelächter entstand. »Der Schulmeister!« riefen einige Stimmen. »Der Haginghofer! – Der Bräu! – Der Rechenmacher Jörg!«

Dem Archivar wurde die Wendung zur politischen Seite unangenehm; doch kam ihm unerwartet eine Hilfe, und zwar in der Gestalt eines Blinden, den ein schwarzer Pudel begleitete. Der Mann trug eine Ledertasche an der Seite, einen Schlapphut auf dem Kopf und eine Harfe auf dem Rücken. Er setzte sich aufs Podium, der Pudel daneben. Der Alte griff in die Saiten und fing zu singen an:

>»Das menschliche Leben,
>Wenn man's richtig betracht't,
>Schwind't wie Nebel am Morgen,
>Wie Traum in der Nacht.
>Ob Kaiser, ob König,
>Ob arm, ob gelehrt:
>Am End liegen alle
>Tief unter der Erd.
>
>Der Kaiser Napoleon,
>Der gewaltige Held,
>Der wollte bezwingen
>Europa, die Welt.
>Da griff unser Deutschland
>Ans gute Gewehr,
>Marschierte nach Frankreich
>Das alliierte Heer.

Der Mensch soll nicht hassen,
Weil kurz ist das Leben;
Er soll, wer ihn kränket,
Vom Herzen vergeben.
Viel haben hienieden
Den Krieg sich erklärt;
Dann schlossen sie Frieden
Tief unter der Erd.

Napoleon der Große
Nahm Abschied von der Welt
Und hat sich im Himmel
Ein Plätzchen bestellt.
Kaum war er gekommen
Ans himmlische Tor,
Da stand der Herr Petrus
Als Wächter davor.

Der Mensch soll nicht denken,
Ein andrer wär schlecht;
Vorm Himmel hat jeder
Das nämliche Recht.
Der Himmel läßt wandern,
Ob arm, ob gelehrt,
Und führt zuletzt alle
Tief unter die Erd.

Da fragte der Kaiser:
›Darf man wohl hinein?‹
Gab Petrus zur Antwort:
›Nein, Sire, leider nein!
Da sitzen seit langem
Ganz friedlich ihrer zween:

Der heilige König Ludwig
Und der Herzog von Enghien.‹

Der Mensch soll nicht stolz sein
Auf Glück und auf Geld,
Macht ihn das Volk auch
Zum Helden der Welt.
Das Schicksal dem einen
Die Krone beschert,
Den andern bringt's Fallbeil
Schnell unter die Erd.

Das menschliche Leben,
Wenn man's richtig betracht't,
Schwind't wie Nebel am Morgen,
Wie Traum in der Nacht.
Ob Kaiser, ob König,
Ob arm, ob gelehrt:
Am End liegen alle
Tief unter der Erd.«

Der Beifall war mäßig, als ob an dem Geleier niemand viel gelegen wäre; und es gab sogar welche, denen machte der absammelnde Hund, mit dem Hut im Maul, mehr Spaß als der ganze Gesang.

Im nächsten Augenblick wandten sich alle Köpfe dem Garteneingang zu, wo ein untersetzter Mensch, halb zivil, halb militärisch gekleidet, eintrat. An einem Riemen querüber hing ihm ein Säbel, ein paar Doppelpistolen, und auf dem Kopf hatte er einen Kalabreser, wie die Studenten ihn trugen. Die Bauern rissen Augen und Maul auf. »Ja, heiliger Eustachius«, sagte einer, »das ist ja unser Kalbl-Stumpf! – Tust du denn Theater spielen?«

Der Kalbl-Stumpf spuckte verächtlich aus. »Halt 's Maul, du Rindvieh!« sagte er. »Sonst spiel ich dir ein Theater, wobei dir Hören und Sehen vergeht.«

»Oho!« riefen die Bauern. »So ein Haderlump! Werft den Hundling hinaus!«

Der Kalbl-Stumpf steckte ein Pfeifchen in den Mund und pfiff durchdringend. Sogleich stürzte ein Halbdutzend Kerle in den Saal, und der Kalbl-Stumpf lächelte höhnisch: »Wird euch nichts übrigbleiben, müßt mich schon ein wenig respektieren. Jetzt bin ich jemand!« Er ging, von seinen Mannen begleitet, durch den Garten und warf mit großer Geschicklichkeit, fast wie ein Offizier, seinen Schleppsäbel zurück. Beim Saaleingang wandte er sich nochmals zurück und rief mit einer leisen, aber durchdringenden Stimme: »Damit ihr's wißt: in Wien ist die Revolution ausgebrochen.«

Ellenhub auf der Gant

Die Aufregung war groß. Die Mena blieb kühl; die ganze Sache war ihr fremd und unverständlich. Am stärksten hatte sie der Vorfall mit dem Kalbl-Stumpf berührt. War so etwas möglich? – Der Stumpfbräu und der Kalbl-Stumpf leibliche Brüder? Der Unterschied, ob das Wörtchen »Stumpf« hinten oder vorn stand, konnte soviel ausmachen?

Immer, wenn sie nach so einem Festtag in ihr Arbeitsgewand schlüpfte, fühlte sie sich wie der Fisch im Bergbach. Sie hatte an ihrem Dienstort noch nie einen Anstand gehabt; aber in der letzten Zeit war etwas, das alle Arbeitsbehaglichkeit störte: eine allgemeine Unruhe hatte die Dienstboten ergriffen, und sie gingen nicht mehr so fröhlich an die Arbeit wie früher. – Aufrührerisch sind sie! dachte sie. Außer zum Bräu und zur Bräuin hatte sie das meiste Vertrauen zu dem ersten Hausknecht, einem riesigen Menschen, der sie stark an den seligen Hans erinnerte. Es war nicht leicht, ihn anzureden, und noch schwerer, eine Antwort von ihm zu bekommen. Er saß in der warmen Herbstsonne und betrachtete mit Interesse seine schaufelartigen Hände, denen die Aufgabe zufiel, Betrunkene, Krakeeler und Ruhestörer an die frische Luft zu setzen.

»Was meinst du«, fragte sie etwas zaghaft, »wenn die Revolution in Wien ausgebrochen ist und der Kaiser geflüchtet, was wird dann geschehen?«

»Der Kaiser wird schon wiederkommen«, brummte er. »Und die Revolution werden sie auch wieder einfangen, dasselbige ist sicher!«

Die Mena war jetzt so gescheit wie früher und erwartete Nachrichten vom Bruder. Der Bräu rief ihr im Vorbeigehen zu: »Grüß Gott, Mena! Was schreibt denn der Vestl aus Wien?«

In den folgenden Tagen ereigneten sich Dinge, die nicht nur eine Störung im Blickfeld der bräuherrlichen Stallmagd mit sich brachten, sondern auch gewitztere Köpfe verwirrten; Dinge solcher Art, daß sogar der Pfarrer, der Haginghofer und der Krämer Lambert die Köpfe schüttelten.

In den Dorfwirtshäusern sammelten sich Ziegelarbeiter, Knechte, Torfstecher und Taglöhner, schimpften auf den Vorstand, auf die Geistlichen, auf den Krämer und den Bräu; auf die Großbauern, auf die Masse der Kleinbauern, die so vernagelt wären, daß sie sich nicht aufklären ließen; nannten die Offiziere Leutschinder, die großen Herren Gauner, die Beamten Blutegel, die das Volk aussaugten, und schrien, man müßte den Hof, die Erzherzoge und das ganze Gesindel zum Teufel jagen. Und unter ihnen saß der Schindertoni, eine nagelneue Brieftasche vor sich, und warb Leute für die Nationalgarde.

Jetzt wurde es ernst. Am verwunderlichsten war es, daß es dabei keine Unordnung, weder Mord noch Brand gab, wie so viele prophezeit hatten, und sie dachten, wenn eine Rebellion so manierlich aussieht, kann man sich vielleicht sogar damit befreunden. Am schnellsten taten dies der Krämer Lambert und der Staatsschuldenmann. Anfangs hatte Lambert seine doppelläufigen Pistolen zurechtgelegt, aber schnell hatte er sie wieder in den Kasten versenkt. Die Gardisten hatten Geld und kauften ein. »Gutes Geld«, sagte er, »kann man unmöglich verschmähen, wenn's auch aus den Händen solcher Leut kommt.« Und der Staatsschuldenmann kolportierte ein Flugblatt, das den Titel trug:

»Willst du enden deine Not,
Bauer, schlag die Herren tot.«

Dazu schimpfte er auf alles, was oben war, ganz ungescheut. »Wozu«, schrie er, »brauchen wir den Hof? Der kostet ja dem Volk ein unmenschliches Geld!« Er zog sein Notizbuch. »Jetzt haben wir schon fünfhundertfünfundsiebzigtausend...«

Die mittleren Dörfler spotteten heimlich: »Da schau, der Schinderbub ist Revolutionsgeneral geworden! Und was für eine Armee er unter sich hat!« Freilich, angesehene Leute waren nicht dabei; aber nichts ist natürlicher, als daß sich jeder dorthin stellt, wo er eine Besserung seiner Lage, und wär sie noch so gering, erwartet.

Die Besitzenden gingen mit sorgenvollen Mienen herum. Der »Schutz und Schirm«, wie der Archivar seinerzeit so schön gesagt, das »Dach«, das alle schützte, hatte einen Sprung bekommen, und schwefelgelbe Wetterwolken sahen durch den Spalt herein. Das Geleise, worin bisher alles so schön oder weniger schön gelaufen, war zerbrochen; es ging holterdiepolter über Stock und Stein, und niemand wußte, wohin.

Es gab auch eine Schicht im Dorf, die nichts zu verlieren und nichts zu gewinnen hatte und die Vorgänge als eine Art Theater nahm. Die Bauern schienen, mit einer Hartnäckigkeit ohnegleichen, von der ganzen Sache nichts zu halten, und von der Nationalgarde am wenigsten; sie nannten sie Diebsgarde und freuten sich auf den Tag, wo sie abgehen sollte.

Die Mena war in einer schwankenden Stimmung; sie dachte an Vestl, an Toni, ob beide da nicht irgendwie ins Malheur hineingezogen werden könnten, aber im großen und ganzen fühlte sie sich als unbeteiligte Zuschauerin. Da trat etwas ein, das ihr hundertmal ärger schien als Krieg und Revolution: eine Botschaft von Paul bat sie, am Sonntag zur Kinderkathl zu kommen.

Die Kinderkathl war noch immer in ihrem Element, wie ehedem. Genau wie damals lagen in den Wiegen und Korbwagen schreiende Rotznäschen, und die alte Kindsmutter erklärte ihrer Besucherin in jammerndem Ton: »Ja, mein heiliger Gott, das arme Würmerl da gehört der Hiesen-Bauern-Mehdil, wirst sie wohl kennen, die Kleine, Dicke? – Und das Weißschädele da, sieben Monat ist's alt, gehört der Lenzbauern-Zenzi; weißt ja, die Lange, Schmale! Und das schwarze Krausköpfel dort, das zieh ich ganz umsonst auf. Auf eins kommt's mir nicht an. Die Mutter ist im Wochenbett gestorben, und der Vater kann nichts leisten.«

Der Groß-Ellenhuber ging draußen an den Fenstern vorüber. Die Mena wurde blaß. Ihr schien, als ob der Bruder gebeugt ginge, als ob er eine Last auf dem Rücken trüge. Die Kathl nahm ein Kind auf den Arm und rumpelte mit zwei andern im Korbwagen hinaus.

Paul grüßte und ließ sich auf die Bank fallen. Ohne alle

Umschweife sagte er: »Mena, wenn nicht ein Wunder geschieht, kommt Ellenhub auf die Gant. Zwei Weg wären noch gangbar: du leihst mir dein Geld oder übernimmst das Lehen.«

Die Mena war so erschüttert, daß sie fassungslos in das graue Antlitz ihres Bruders sah, der weiterredete: »Das war mein Unglück, daß ich nicht, wie ihr alle, unter die fremden Leut gekommen bin! Daß der Vater mich vom Militär losgekauft hat! Das hätte mich von den Weibern und den lustigen Brüdern befreit.«

Die Mena meinte unsicher, es könne doch nicht so schlecht stehen. Da sie von der ganzen Sache nichts verstünde, müßte er ihr Bedenkzeit geben. Sie ging die Dorfstraße hinauf. – Heiliger Gott, dachte sie, wie hat's nur soweit kommen können? Das schönste Lehen in der ganzen Pfarr? – Es war ihr, als ob ein Kleid mit köstlichen Zieraten, mit Gold, Silber und Elfenbein, das sie bisher stolz getragen, von ihr abfiele und sie nun arm und bloß vor den Leuten stünde.

Wenn ihr sonst der Arbeitstag im Nu verflog, so tropften jetzt die Minuten wie Blei. Mit einem lauten Seufzer der Erleichterung schloß sie am Abend die Kammertür hinter sich. Der Herbstwind bohrte in den Astlöchern der Heubodenwände, bald hoch, bald tief, je nach ihrem Kaliber; dies Pfeifen und Heulen war ihr schon immer schrecklich gewesen, und heute schien es ihr, als ob hunderttausend böse Geister durch die Lüfte führen. – Warum, schrie es in ihr, warum geschieht das nur? – Wohl hatte sie gewußt, daß man auf Ellenhub schlecht schaffte, daß der Bauer Schulden machte, die Bäuerin Gäste bewirtete, aber daß es soweit kommen könnte, wär ihr niemals eingefallen. – Mein heiliger Gott, dachte sie, alles auf Erden, Ehre, Ansehen, Glück, ist nur ein Traum, und das Schönste geht dahin ... Eines Tages wird man selber krank, stirbt ... Dann ist alles vorbei ... Ein Holzkreuz, oder eins aus Eisen, das bald verrostet, wird gesetzt, und darauf steht: Philomena Ellenhub ...

Sie versank in nebelhaftes Grübeln, schlief endlich ein und hatte einen Traum: der Ähnl hob sich aus seinem Grab, im Hemd, so wie ein Mensch sich aus seinem Bett erhebt, und ging eilig den mondhellen Weg gegen Ellenhub hinan. Hier sah er mit sorgenvoller Miene in Stall, Scheune und Keller, in Kasten und Truhen nach. Sie empfand ein Grauen und bat ihn mit aufgehobenen Händen: »Ähnl, leg dich wieder ins Grab! Wir andern Kinder, wir werden uns schon Tag und Nacht schinden und plagen, um dir wiederum Ehr und Freude zu machen.«

Am andern Tag hatte sie noch immer keine Klarheit gewonnen. Plötzlich kam ihr ein Gedanke: der Bräu! Wer denn sonst als er mußte sich auf Geldsachen verstehen? – Es war aber eine Kühnheit, wenn man, ohne gerufen zu werden, an die schmale Tür klopfte, die von der Gaststube in seine Kanzlei führte.

Trotzdem klopfte sie an. Der Bräu saß in seinem Drehstuhl und zählte Geld. Er hatte in den Mundwinkel eine Zigarre geklemmt und rauchte. Die Kassetüren, innen rosa lackiert, standen offen. Man sah eine Menge Fächer und Schubladen. Auf dem Schreibtisch standen hölzerne Schüsseln, worin Zwei-Gulden-, Ein-Gulden- und Halb-Gulden-Stücke angehäuft waren. Sie brachte ihr Anliegen vor. Er hielt inne, seine beringten Finger spielten lässig mit der Goldkette, die an seiner getupften Weste hing. Dann sagte er in seiner eigentümlich schnellen Sprechart: »Den Rat geber spielen? – Meine liebe Mena, das ist keine ratsame Sach! Geht es gut aus, hat man keinen Dank; geht es schlecht aus, geben sie einem die Schuld. Ich hab gehört, daß es mit Ellenhub schlecht steht. War mir aufrichtig leid. Deine Eltern und dein Ähnl: Hut ab! Aber dein Bruder, der jetzige Ellenhuber, ist aus der Art geschlagen! Es fehlt ihm die Tüchtigkeit. Er hat von etwas zuviel und von etwas zuwenig: zuviel vom Hochmut und zuwenig an Verstand. Du hast Ersparnisse? Ein paar hundert Gulden? – Vielleicht an die Tausend?«

»Dreitausend«, sagte sie schüchtern. Ihr Herz zitterte merklich. Die Höhe ihrer Ersparnisse hatte sie bisher noch keinem Menschen preisgegeben.

Der Bräu sprang auf. »Dreitausend?« fragte er, als ob er nicht richtig gehört hätte. Er stellte sich ans Fenster und sah eine Weile schweigend auf die menschenleere Dorfstraße hinaus. Die grauen Wölkchen seiner Zigarre beschrieben im Sonnenfächer seltsame Figuren. Er erinnerte sich ganz genau an die Tage, wo die Ellenhuber-Kinder, jedes mit seinem farbigen Bündel, hier vorübergegangen waren. Damals, wo er selbst noch so ganz in Saft und Kraft seiner Jugend gestanden hatte. Er war über die Geldverhältnisse in der Gemeinde aufs genaueste unterrichtet; wußte auch, daß jedes der Ellenhuber-Geschwister mit zweihundert Gulden ausgezahlt worden war. Seine Stimme war etwas verändert, als er sich umwandte: »Dreitausend Gulden! Alle Achtung! – Die Gant kannst du damit vielleicht aufhalten. Aber den Charakter deines Bruders kannst du nicht ändern. Und gesetzt, das Lehen geht auf dich über, was hast du davon? – Gut, du bist Bäuerin; wirst aber von diesem Tag an keine ruhige Stunde mehr haben. Du kennst wohl den Spruch: Besser betteln als borgen und sorgen! – Ich selber hab aus der Leut Mund die Worte gehört: ›Die lustige Mena von Ellenhub.‹ Wo wird dann deine Lustigkeit sein? – Und am End wirft dich der eine oder andere Gläubiger trotzdem über den Haufen.« Er schob die Zigarre in den andern Mundwinkel und fing an, mit einer ans Wunderbare grenzenden Schnelligkeit, Banknoten von einem dicken Bündel herabzuschlagen.

Wie man Menas Absage in Ellenhub aufgenommen, erfuhr sie nicht, bekam aber eine Nachricht, in der sie gebeten wurde, bei der Versteigerung Bauer und Bäuerin zu vertreten.

So marschierte sie am bestimmten Tag die Straße hinan. Jeder Stein und jeder Grashalm waren ihr bekannt, jeder Baum und Wurzelstock, die Buchen- und Tannengruppen, die wie Inseln in den Wiesen lagen, die Raine und Kirschbäume, wo die Feldleute rasteten. Aber heute lag über der Landschaft, oder über ihren Augen, ein Schleier.

Der Morgen auf Ellenhub war schön, wie fast immer in dieser Jahreszeit. Die Vögel sangen, und der Brunnen lief; nur die Knechte und Mägde sah man nicht auf den Feldern; sie waren damit beschäftigt, die Versteigerungsobjekte vors Haus zu tragen. Die Mena sah mit scheuer Neugier den Hang hinab, wo die Auktionslustigen sich schon sehen ließen, und horchte auf das Glockengeläute, das vom Dorf heraufkam.

Auf dem Platz zwischen Hof und Scheune bildeten sich Gruppen. Da waren vor allem die Vieh- und Roßhändler; beleibte Mannsbilder mit roten Gesichtern und großen Schnurrbärten. Sie trugen grüne Samtwesten, Siegelringe an den wulstigen Fingern und rauchten aus weißbauchigen, porzellanenen Pfeifen. Wenn einer von ihnen sprach, nickten die andern nur oder sagten ein paar schlagartige Worte, die Zustimmung oder schallendes Gelächter erregten. Sie verbrämten ihr ernstes Geschäft gern mit einem lustigen Witz. Ihre gute Laune steigerte sich, als der Staatsschuldenmann auftauchte. Sein Maulwerk ging wie eine Mühle. Durch viel Reden dumm machen, war sein Rezept. Er suchte, Käufer oder Verkäufer aus der vorgefaßten Ruhe und Besonnenheit zu bringen; und Witz und Spaß waren seine Hebel, die er zu diesem Zweck ansetzte. Er war immer auf der Seite der Händler, rächte sich aber zuweilen an ihnen, wenn sie ihn schlecht behandelten, indem er sie an die Bauern verriet.

Die waren heute in einer gedrückten Stimmung. Sie sahen zu den Viehhändlern hinüber und sagten: »Die müssen aber dicke Brieftaschen haben, daß sie gar so gut aufgelegt sind!« Ihnen schnitt die Lizitation ins Fleisch. Sie seufzten: »Ja, so geht's in der Welt! Wer hätt das gedacht? – Ellenhub? – So ein Hof! – Da tät sich der Alt-Ellenhuber im Grabe umdrehen, wenn er das wüßt!«

Gegen das Wohnhaus hin standen die kleinen Leute, die den einen oder andern Gegenstand ergattern wollten; darunter die Armenhäusler und Einleger, die Krüppel und Bresthaften, die nur gekommen, um ein kostenloses Theater zu haben. Unter einem schattigen Birnbaum bildete sich eine Gruppe, der sich viele Augen zuwandten: der Stumpfbräu fuhr in einem zweirädrigen Gig vor. Er war in der allerbesten Laune und rauchte eine dicke Zigarre, die ein goldenes »Bauchband« in der Mitte hatte. Auch der Pfarrer war hier, der Haginghofer, der Krämer Lambert und ähnliche Größen.

Ein metallisch klingender Schlag ließ alle aufschauen. Die losen Haufen schoben sich ineinander und bildeten einen Halbring um den Tisch des Auktionators. Es war dies der Alt-Zimmermeister, ohne den nichts vorgehen konnte in der Gemeinde. Sein faltiges Gesicht, wie braunes Leder, war ernst, und sein weißer Scheitel leuchtete weithin. Wie er so stand, auf der farbigen Obsttruhe, die als Podium diente, ging eine Bewegung durch die Bauernköpfe. Sie sahen ihn als Hochzeitslader, Hut und Stock mit Bändern geschmückt, sahen ihn neben dem frischen Grabhügel stehen, hörten seine männliche Stimme; und wiederum, wie er, hoch auf einem Dachstuhl, seine Zimmerleute kommandierte.

Die Stimme des Auktionators klang jetzt heller; es lag schon etwas von jenem Ton drin, den die Leute so gut an ihm kannten und der aus seinem Munde doppelt erquickte. Der Hammer fiel und fiel wieder. Fahrnisse, Bettzeug, Truhen, Tische und Bänke, Werkzeug und was sich eben sonst, über das Notwendige hinaus, auf einem großen Hof im Laufe einiger Jahrhunderte angesammelt hatte; Spinnräder, Schwarzbeerkämme, Steinschloßgewehre, Kummete und Dreschflegel, und auch Gegenstände, an deren Gebrauch sich nur mehr die ältesten Leute erinnerten, kamen zum Ausruf.

Die Kauflustigen steigerten in verschiedener Art und Weise. Manche gelassen, scheinbar gleichgültig, ob sie den Gegenstand bekamen oder nicht; manche trieben spaßhalber das Anbot hinauf; und wieder andere boten hitzig, wenn ein Ding, das sie sich schon lang wünschten, zu haben war. Man ermutigte, hetzte, lachte viel, und der Alt-Zimmermeister hatte es heraus wie keiner, die Versteigerung kurzweilig, ja zu einer Volksbelustigung zu machen. Eben zog er einen Nachttopf von ungewöhnlicher Größe hervor, nannte ihn den »größten Kachel der Welt«, stellte fest, wieviel er faßte, und empfahl ihn als einen brauchbaren Gegenstand für »tugendhafte Jungfrauen«. Da mußte selbst die Mena mitlachen.

Der Auktionator hob den Topf an einer Ofengabel hoch. »Ein schöner Kachel samt Ofengabel, alles wie neu, fünfzehn Kreuzer zum ersten! Gibt jemand mehr?«

Lambert, der auf jeden Spaß gierig war wie der Hund auf einen Knochen und eine eigene Geschicklichkeit besaß, ihn stufenweise zu steigern, bot mehr. Desgleichen verstand der Staatsschuldenmann das Zunicken Lamberts; er trieb das Lizitationsobjekt von Ausruf zu Ausruf immer höher, daß man dafür einen neuen Topf und eine neue Ofengabel hätte kaufen können. Aber was kümmerte das Lambert? Die Buben und Dirndln bogen sich, als ob sie Krämpfe hätten; die Viehhändler rissen ihre Mäuler weit auf; ihre Fettwammen hüpften auf und nieder, und die Bäuerinnen näßten ihre Unterröcke. Zwischen dem Gekreisch und Gekuder hörte man die Rufe: »Schaut, wie die beiden Ernsthaften lachen! Und der Pfarrer! Er krümmt sich wie ein Faßreifen! Nein, aber nein, wie der Haginghofer lacht! Und der Bräu! Seht nur, wie seine goldene Uhrkette auf und nieder hüpft! Und der Lambert, himmellaudon, wenn ihm nur sein Schmerbauch nicht platzt!«

Es war unbedingt nötig, eine Pause zu machen. Dann kamen Gegenstände zum täglichen Gebrauch, die alle einen ernsthaften Anstrich hatten; Kasten und Sessel, Schemel und Stiefelknecht, endlich eine zweispännige Bettstatt. Die Mena sah hin und es schnitt ihr wiederum ins Herz. Wie oft war sie, wenn die Mutter unpäßlich gewesen, mit den Geschwistern um dieses Bett gestanden!

In der Menge war bereits wieder das Lachen obenauf. Nun ist eine Bettstatt an sich gewiß kein lächerliches Ding; jedoch diese zweischläferige reizte die Phantasie der Bauern. Es war eine wirkliche Arche Noah, mit Blumen und Singvögeln bemalt. Man schlug sie auf, damit alle sich von ihrem guten Zustand überzeugen konnten. Sie prüften ihre Festigkeit, indem sie sich draufstellten, aber der dicke Krämer wußte ein besseres Mittel. Er umfaßte eine Dirn und legte sich mit ihr ins Bett.

»Fünf Gulden, zum ersten!« rief der Alt-Zimmermeister. »Samt der feschen Dirn, gibt niemand mehr?« Beim Festhalten und Ringen flogen die gestärkten Röcke hoch;

und da die Mannsbilder nun einmal fest davon überzeugt sind, daß diese Röcke das achte Weltwunder verbergen, konnte man wieder lachen, und je mehr die Dirn sich wehrte, desto mehr schwoll das Gelächter an.

Dies Gelächter und die derben Zurufe punkto Bett und Bettschatz waren noch im Gang, als ein Bild, in einem breiten Goldrahmen, auf den Auktionstisch gehoben wurde. Es schien uralt, mit Spinnweben umzogen, und der Rahmen vielfach beschädigt. Es zeigte einen kaiserlichen Offizier, im weißen Waffenrock, mit sternförmigem Orden, und querüber ein purpurrotes Band. Die Stimme des Auktionators rief in einem leiernden Ton: »Ein Ölbildnis, darstellend Kaiser Josef den Zweiten, genannt der Volkskaiser – zwanzig Kreuzer zum ersten, gibt niemand mehr?«

In dem dichten Menschenhaufen, bis weit über den Anger hin, wurde es still. Es war ja immerhin ein Kaiser, wenn auch einer im Bild. Eine Verlegenheit bemächtigte sich der meisten, darüber, daß wohl niemand den alten Kaiser würde haben wollen; und tatsächlich rührte sich keine Hand. – »Zwanzig Kreuzer zum zweiten – zwanzig Kreuzer zum – gibt niemand mehr?« Es folgte wiederum eine tiefe Stille, in der nochmals die Stimme des Alt-Zimmermeisters, jetzt fast bittend, fragte: »Also, gibt wirklich niemand mehr?«

»Fünfundzwanzig!« Es war eine dünne Greisenstimme. – Sie kam von ganz hinten. Der Krämer stieß den Staatsschuldenmann in die Rippen, und der schrie: »Dreißig!« Er hatte aber seine Rechnung ohne den unsichtbaren Lizitanten gemacht, der, Schlag für Schlag, fünf Kreuzer draufgab. Das Anbot kletterte immer höher, und als es endlich, unter steigendem Gelächter, über einen Gulden ging, faßte die Leute eine eigenartige Spannung.

Der Staatsschuldenmann bot noch weiter, bekam aber schließlich Angst, schrie dem unsichtbaren Bieter ein unflätiges Wort zu und drückte sich. Der Unbekannte war Sieger geworden, und alles wollte ihn sehen, um ihn tüchtig auslachen zu können. Es quirlte nach vorn wie ein Maulwurf; und endlich stand vor dem Auktionstisch eine krummgebogene Gestalt: der Alt-Oberhauser! Mit steifen Fingern, die er seit Jahren nicht mehr gradbiegen konnte, nestelte er aus einem Geldbeutel einen Gulden, einen Zwanziger und fünf Kreuzer. Er schien höchst verwundert, daß er der kaiserlichen und königlichen Majestät von Angesicht zu Angesicht gegenüberstand. »Das hab ich mir schon mein Lebtag gewünscht«, sagte er vergnügt, »daß ich meinen Kaiser anschauen kann, wenn ich will.«

Die jungen Leute lachten wie verrückt. »Oberhauser«, riefen sie, »was fangst du denn mit dem alten Trumm Bild an? – Hast du denn noch nichts davon gehört, daß es keinen Kaiser mehr gibt, daß die Republik ausgerufen worden ist?«

Der Alt-Oberhauser lehnte sein Bild an den rissigen Stamm eines Apfelbaums, und während er es mit einer Hanfschnur umwand, unterzogen die Burschen es einer näheren Betrachtung. »Der Kaiser«, riefen sie, »ist auch nur ein Mensch, wie wir alle. Und dann, Oberhauser, der da ist ja ein ganz alter Kaiser, der ist schon längst maustot. Der ist nicht einmal mehr zwanzig Kreuzer wert.«

Der Alt-Oberhauser schlüpfte in die Stricke, sein Gesicht war gerötet. »Ihr Mondkälber, ihr blitzdummen! Ihr Rotzlöffel, ihr Lumpenhund'! Um euch ist kein Schaden, wenn ihr einmal tüchtig zusammengeschossen werdet.«

Die Burschen begriffen langsam; brachen in ein Gebrüll aus und schrien: »Um uns wär kein Schade? Was?« Aber der Alt-Oberhauser stieg schon, seinen Kaiser auf dem Rücken, den Hügel hinauf, und die Auktion nahm ihren Fortgang.

Man wußte, daß zu Mittag sich viele Steigerungslustige verlieren würden, denn der Bauer kommt nicht gern aus seiner Gewohnheit. – Aber es ging schneller, als man dachte, und der Auktionator wollte schon zu einem Haufen Gerümpel übergehen, als der Lehrer rief: »Bald hätten wir vergessen, der Bräunl!«

In der Stalltür wurde ein Pferdekopf sichtbar, man hörte ein Klatschen, und jetzt kam mit klappernden Hufeisen das ganze Pferd hervor. Es glotzte regungslos auf den schwarzen Menschenhaufen, der es umgab. Seine erloschenen Augen schienen bänglich etwas zu suchen. Es hob den mageren Kopf und ließ ein klägliches Wiehern hören. Die Zuschauer brachen wie auf Kommando in ein lautes Gelächter aus. Es gab nichts Komischeres als diese Kreatur, die nun, restlos ausgenützt, sinnlos seine Tage fristete. Der alte Gaul schien dies selbst zu fühlen; er stand sichtlich gequält, machte mit seinem Schwanzstummel den Versuch, ein paar Stechfliegen wegzupeitschen, und ließ fallen.

Man lachte wieder, und noch mehr, als auf der Bildfläche ein Menschengestell sich zeigte, dem man ebenfalls anmerkte, daß der Lärm und das Gelächter es verängstigte. Die Mena erschrak: – Der Bräunl und der Achaz, sie leben noch, und ich hab beide vergessen! – Sie lief ins Haus und war auch schon wieder da. »Bräunl! Bräunl!« rief sie laut. Und der Bräunl stellte die Ohren auf und rieb seinen Kopf an ihrer Schulter. Er mußte schon sehr alt sein, war auf beiden Augen blind, auch fast taub, wie der Achaz versicherte; aber ein irdisches Geschöpf kann nicht so taub, so blind und so lebensmüde sein, daß es den Ton der Kindheit und der Liebe nicht mehr vernähme.

Die Stimme des Auktionators erscholl: »Ein Vollbluthengst, zweijährig, zehn Gulden zum ersten, gibt niemand mehr?«

Die Leute schüttelten sich vor Lachen. »Zehn Gulden zum zweiten, gibt niemand mehr?«

Die Mena schob dem Bräunl die restlichen Zuckerstücke zwischen die Lefzen und ging ins Haus. Ihr war, als ob man mit dem Bräunl ihre Kindheit um einige Gulden versteigerte. Sie trug Brot, Butter und Most auf, wie es bei einer Auktion üblich war, bis ein ganz tolles Gelächter sie wiederum ans Fenster lockte.

Der Roßmetzger führte den Bräunl die schmale Menschengasse hinab, die an ihm und dem Pferde ihren Witz übte. Der Metzger, um im Spaß nicht zurückzubleiben, wollte ihnen zeigen, daß der alte Beschäler noch wie ein Jähriger in die Luft gehen könnte. Er schlug ihn mit der Peitsche geschickt zwischen die Hinterbeine, und der Bräunl stieg kerzengerade auf. Der Gaul hatte in seinem rasenden Schmerz wohl noch die Kraft zum Aufstieg gefunden, fiel aber jetzt, wie ein Tisch mit zerschlagenen Füßen, zu Boden.

Die Mena stürzte hinaus. »Was peinigt ihr ihn denn?« schrie sie wütend.

»Hoh! Hoh!« rief der Metzger lachend. »Dirn, ich kann mit meinem Roß tun, was ich will.«

»Wenn ich gewußt hätt«, sagte sie, »daß der Bräunl zum Roßmetzger kommt, hätt ich ihn gar nicht ausrufen lassen. Ich kauf ihn zurück.«

Jetzt kam die Auktion ins Stocken. Alle Blicke wandten sich auf das Pferd, das man wieder mühsam auf die Beine gebracht, auf den Händler und die Mena. Das Unalltägliche ging blitzschnell von Mund zu Mund. Aber bei der Forderung des Roßmetzgers erschrak sie: Einundzwanzig Gulden! – Sie bereute es, dem Zug ihres Herzens gefolgt zu sein, stand verwirrt und wußte nicht, wie sie sich aus der Sache ziehen sollte. Sie bot zwei, drei Gulden mehr. Die jungen Bauern setzten ihr heftig zu, und so oft ein treffendes Wort über ihre Weibheit und des Bräunls Hinfälligkeit gelang, prasselte ein salvenartiges Gelächter durch die Menge.

Die Mena sah sich hilfesuchend um. Plötzlich kam die Rettung; der Bräu ging in seinen Lackschuhen mit kurzen Schritten auf den Bräunl zu. Seine beringte Hand tätschelte ihm den Hals. »Ist noch gar nicht so schlecht«, sagte er mit seiner dünnen Stimme, die über den ganzen Platz hin vernehmbar war. »Den kann man noch auffüttern: Hafer! Hafer! Ich kauf ihn.«

Die Mena war gerührt. Sie wollte etwas sagen, aber der Bräu wandte sich schon wieder seinem Gefolge zu.

Die Mena wollte eben in den Keller hinabsteigen, als der Pfarrer hinter ihr stand. »Wenn du«, sagte er, »beim Lehrer die beste Rechnerin gewesen bist, so bist du bei mir das beste Pfarrkind.«

Sie errötete. »Ich, Hochwürden? – Aber die Leut sagen mir so vieles nach.«

»Wem tun sie das nicht? – Gott sieht die Herzen.«

Während sie drinnen aßen und tranken, warf die Mena einen Blick vors Haus: auf allen Straßen und Fußwegen schleppte, zog und schob man den Ellenhuberischen Hausrat in der gleißenden Abendsonne talab. Die Ereignisse des heutigen Tages zogen noch einmal an ihr vorüber; die versteigerten Gegenstände riefen Bilder ihrer Kindheit wach; und endlich stieg die Frage in ihr auf, was denn eigentlich die Grundursache von Pauls Ruin gewesen sein mochte? – Sie sah ihn vor sich, jung und blühend, in Plüschhut und Glanzstiefeln, die Virginier im Mund, unangreifbar durch Kummer und Sorge. Das Gesicht voll eigenartigen Ebenmaßes, die Nase stark, die Wangen voll; blaue Augen, eine schöne Stirn, das Kinn schmal, mit einem Grübchen; die

Lippen gewölbt, sanft vorspringend und wie frohlüstern nach Leben und Genuß.

Sie tastete sich an der mündlichen Chronik von Ellenhub rückwärts und vorwärts; vom Lehen mit ein paar Kühen bis zu fünfzig Joch Grund und zwei Dutzend Stück Vieh, und fragte sich wiederum: Wie kommt's, daß Paul morgen mit einigen hundert lumpigen Gulden und einem Wagen voll Hausrat für immer von Ellenhub wegfährt? – Es wurde ihr klar, daß ihr eigenes, jahrelanges Dienen, so hart es auch gewesen sein mochte, eine gute Seite an sich gehabt und es für alle Zeiten haben würde. Sie hatte das wahre Antlitz der Welt gesehen und begriff plötzlich die Ursache von Pauls Untergang: der Weg war ihm zu leicht gemacht worden.

Das Mysterium der roten und weißen Federn

Am nächsten Tag, einem Sonntag, nach der Arbeit, hatte die Mena nichts Eiligeres zu tun, als in den Roßstall hinüberzulaufen. Er war so hell und rein wie eine Stube, und am unteren Ende, in einem separierten Abteil, stand der Bräunl. Er fraß fast den puren Hafer und hatte prächtiges gelbes Stroh unter sich. Sie schob ihm Brot und Zucker ins Maul, kraulte seinen Kopf und bat ihn heimlich um Verzeihung, daß sie, ob der prächtigen Schecken auf dem Haginghof, des schönen Ochsen beim Krämer halber den Gefährten ihrer allerseligsten Kindheit vergessen hatte. Ach, Bräunl, wo ist diese Kinderzeit? Ellenhub war zerstückelt. Von dorther strahlte nicht mehr jener warme Glanz wie damals, als Vater und Mutter noch gelebt hatten. Etwas Gleichgültiges, Kaltes wehte sie an, so daß sie erschauerte. Sie dachte: Ach, welche heilige Sonne hat mich damals beschienen, welcher heilige Baum beschattet?

In dieser flauen Stimmung präsentierte sich ihr der Schuster Kröll.

Sie merkte gleich, daß er vom Biertisch kam. Seine Augen glänzten fieberhaft. Er sah sie eine Weile schweigend an und drückte ihr dann einen gefalteten Zettel in die Hand. – »Streng geheim!« sagte er. Als er fort war, las sie die unbeholfenen Schriftzüge: »Am Sonntag, Schlag acht, Versammlung der Brüderschaft. Erscheinen Pflicht. Der Bundesoberst.«

Sie hatte sich an die Abende, die sie beim Bund verbracht, kaum mehr erinnert. Der eine hatte sich so ziemlich wie der andere abgespielt, Bibelstellen waren vorgelesen, und dann war sie in die »zweite Stufe des Geheimnisses« eingeweiht worden. Der Bundesoberst, in Samtmantel und Barett, hatte ihr das Gelöbnis vorgesprochen, darin gipfelnd, daß kein Mitglied vom eigentlichen Bundesleben jemals etwas verraten dürfte, bei Todesstrafe. Ein angenehmes Gruseln hatte sie gefaßt, aber im ganzen hatte sie doch mehr Spaß empfunden, und ein besonderes Vergnügen, wenn jemand mit einem Blick auf ihr weißes Federchen gefragt hatte: »Bist du auch beim Bund?« oder sie einen Alten sagen gehört: »Da schau, die Kletzlianer gehen wieder um!«

Es war eine unglaubliche Zeit, und die Dorfluft mit Explosionsstoff geladen. Eine Zügellosigkeit machte sich überall bemerkbar, besonders bei den Jungen und Jüngsten; sie wurden frech und anmaßend und wollten sich vor nichts mehr beugen. Aber es kamen noch schlimmere Dinge vor. Es zeigte sich eine Entfesselung von Anstand und Scham. Die Gesetzten und Älteren waren entrüstet, oder taten wenigstens so. Ein sonderbares Fürchtemachen und Prophezeien ging um, als ob die Welt, die bisher so regelmäßig durch Herbst und Winter, Lanzing und Sommer gerollt war, unversehens aus den Angeln fallen könnte.

Der prophetische Wahnsinn, der seinen Träger in den

Augen der Menschen so wichtig macht, hatte besonders den Schuhmacher Kröll ergriffen. In seinem Gehirn blitzte es ununterbrochen, untermischt mit dem Donner der grandiosen Phrasen aus der Johannis-Offenbarung. Wenn er nach dem Frühamt über die Kirchenstiege herabkam, blickte er drohend auf die Menge. Die politischen Versammlungen der letzten Zeit, das Anwerben der Nationalgarde, die aufregenden Zeitungsmeldungen hatten dem »Bund« sehr viel Interesse entzogen. Krölls Mienenspiel besagte: Ihr sollt mich noch kennenlernen! – Dagegen lag auf den Mienen der Bauern schlechtverhehlter Hohn, ein Lächeln, das ausdrückte: Plag dich nicht! Putz dich nicht auf; du bist kein gewaltiger Mann! Schuster, bleib bei deinem Leisten! – Dazu kam ein Getuschel: die Ziehtochter hätte Engelserscheinungen gehabt; der Heilige Geist wäre über sie gekommen; sie lebte schon mehr im Himmel als auf Erden, und ließe sich daher auch öffentlich nicht mehr sehen. Andere meinten: Die Kletzlianer reden in den Wirtshäusern herum, daß der »Bund« keinen Vorstand und keinen Pfarrer, kein Amt und kein Gericht brauchen und jede Gemeinde, ob groß, ob klein, aufs beste regieren würde.

Kräfte, die bisher in ihrer Tiefe festgehalten worden waren, erhoben unleugbar ihr Haupt und bemächtigten sich der Menschen. Weil diese Gotteswelt, in der sie lebten, diese Wiesen und Blumenfelder, dieser blaue Himmel und diese Berge, von so göttlicher Einfachheit und Klarheit war, konnte es die enge Menschenseele nicht fassen; es bedrückte sie, und sie erschuf sich, als Gegensatz, das Verwirrte, Dunkle, das – Geheimnis.

Man hätte sagen können, daß, was die Mena bewog, dem Ruf des Bundes Folge zu leisten, einfach die weibliche Neugier war, und hätte damit recht und unrecht gehabt. Es war ihr ein paarmal der Gedanke gekommen, ihren Austritt zu erklären; aber die Freude am Besonderen hatte sie immer wieder davon abgehalten.

Freilich, als sie in der finsteren Vorstube stand und ihre Maske empfing, erschrak sie neuerlich: sie sollte heute in die »dritte Stufe des Geheimnisses« eingeführt werden, in die oberste und letzte. Wiederum durchzuckte sie etwas wie Reue. Aber schon forderte man das Losungswort; sie trat in den Raum mit der leuchtenden Ampel, und der Vorleser las eben Stellen aus dem Alten Testament: »Die neue Regierung wird die des Christus, des Messias sein, und eine Herrschaft des Friedens und des Segens, wie es geschrieben steht: in Jesaja 9, 6, 7. Ihm werden alle Völker gehorchen. Und das Reich und die Herrschaft und die Größe der Königreiche unter dem ganzen Himmel wird dem Volke der Heiligen der höchsten Örter gegeben werden. Seine Herrschaft wird eine gerechte sein, denn: er wird die Geringen richten in Gerechtigkeit und den Demütigen des Landes Recht sprechen in Geradheit. Und Gerechtigkeit wird der Gurt seiner Lenden sein und die Treue der Gurt seiner Hüften. Merket wohl: Die Herrschaft wird dem Volke der Heiligen der höchsten Örter gegeben werden!«

Die Mena horchte gierig auf diese Worte und Sätze, obgleich sie nichts davon verstand. Aber wie sie so von der Kanzel herabströmten, erregten sie durch ihre Dunkelheit und ihren Wortklang ein Ameisenlaufen im Kopf und ein Schwelen und Glosen im Herzen. Die Sätze der Apokalypse waren hier ganz ohne Sinn und Geschmack, wie Roß und Ochse zusammengekoppelt, und hatten nur den einen Zweck, die klaren Gehirne zu vernebeln. Die Worte wirkten wie ein Rauschgift, das sie zur Abwechslung von Brot und Milch ebenso gierig einschlürften wie an gewissen Festtagen Met, Bier und Wein. Dem Alltag zu entkommen um jeden Preis, auch um den der Narrheit, war das Ziel.

Während die Mena noch hingegeben horchte, flüsterte ihr eine Stimme zu, mitzukommen. Eine Tür öffnete sich, ein dunkler Gang; sie betrat einen zweiten Raum, wo wiederum Maskierte saßen, und auf einer Estrade, die einem Altar glich, eine Gestalt mit einer turmartigen Mütze auf dem Kopf: der Bundesoberst! Er hielt in seiner Hand den silbernen Stab mit Schlange und Stern. Links und rechts von ihm standen zwei Samtsessel, und auf jedem eine Schüssel mit großen, weißleuchtenden Hühnereiern.

Der Bundesoberst blätterte in einem Buch und sprach dann, wie der Mena dünkte, mit verstellter Stimme: »Der Bund grüßt feierlich die neue Bundesschwester! Ehre, Heil und Segen! Sie trägt ihre Maske, wie wir alle hier unsere Maske tragen, und keiner unter uns ist, der sie nicht trüge. Und warum, geliebte Brüder und Schwestern? – Damit der Mensch, Name, Herkunft und Beruf, ausgelöscht werde und das reine Wesen übrigbleibe.«

Der Bundesoberst stieg die Stufen herab und sprach: »Komm her, geliebte Schwester!« Er legte ihr ein weißes Band um die Stirn. »So rein wie dieses Band, so rein sollen deine Gedanken werden. Denke und handle so, daß du würdig wärest, glücklich zu sein.« Er legte ihr den Finger auf den Mund: »Schwöre und sprich diese Worte nach: Meine Zunge soll mir abfaulen, wenn ich jemals ein Wort über den Bund und seine Einrichtungen aussage.«

Und Menas jetzt etwas zittrige Stimme erfüllte für einen Augenblick den Raum: »Meine Zunge soll mir abfaulen, wenn ich jemals ein Wort über den Bund und seine Einrichtungen aussage.«

Der Bundesoberst fuhr fort: »Du gehst heute, liebe Schwester, in die letzte Stufe unseres Bundes ein. Sie umschließt einen festen Bezirk; sie zeigt dir sein Geheimnis; sie erklärt dir unseren obersten Glaubenssatz, daß der Menschenleib göttlich, alles an ihm, jeder Muskel und jede Linie. Daß die Seligkeit, so das Weib, insonderheit das schöne, zu vergeben hat, und die Seligkeit, so der Mann, insonderheit der starke, zu vergeben hat, so groß sind, daß alle Seligkeiten der Erde und des Himmels dagegen verblassen. Darum steht mit Recht im ›Lied der Lieder‹ geschrieben:

›Wie groß ist deine Liebe, du bräutliche Schwester!
Viel angenehmer als Wein ist deine Liebe,
Und besser der Duft deiner Salbe als alle Gewürze!
Es träufeln Honigseim, Braut, deine Lippen;
Unter deiner Zunge sind Honig und Milch.
Und der Duft deiner Kleider ist wie Libanons Duft.
Du bist ein verschlossener Garten, du bräutliche Schwester!
Du bist ein verschlossener Quell, ein versiegelter Born . . .‹

Ehre, Heil und Segen! Der Bund grüßt die neue Bundesschwester. Geh ein in die dritte und letzte Stufe des Geheimnisses!«

Harmoniumklänge ertönten. Die Ampel erlosch. Völlige Dunkelheit herrschte. Doch nun glomm ein gelbes Licht auf; Buchstaben leuchteten, immer heller und deutlicher; sie meinte zuerst, es wäre ein E oder ein P, aber es waren und blieben drei große, deutliche F. Die Stimme von vorhin sprach: »Die drei heiligen F. Sie werden unser Reich beherrschen: Friede, Freude, Fröhlichkeit.«

Die drei Buchstaben verblaßten. Ein neues Licht, ein blaues, zuckte auf. Glitzernde Blumen, Sterne und Falter waren zu sehen. Felsen türmten sich auf, und uralte Rieseneichen spiegelten sich in blauen Gewässern. Die Stimme sprach: »Gott-Natur! Betet ehrfürchtig an!«

Auch diese Erscheinung verschwand, und im gelben Licht erstrahlte ein neues Bild: ein nackter Mann auf der einen

Seite, ein nacktes Weib auf der andern. Die Stimme erklärte: »Gott-Mann und Gott-Weib! Die Toren und Lügner, die Armen im Geiste nennen es die ›Sünde‹. Uns Bundesbrüdern aber ist das nackte Weib ein Gott; euch Bundesschwestern der nackte Mann. Und ich sage euch: in der Nacktheit von Mann und Weib ist das letzte Geheimnis Gottes verschlossen.«

Die Mena war von dieser Erscheinung so befangen, daß sie erst nach einer Weile mit Schrecken bemerkte, daß alle knieten, die Hand auf der Herzseite, und den nackten Leib eines Weibes und eines Mannes wirklich anbeteten. Immer ein oder zwei sahen nach links und immer zwei oder drei scharf nach rechts, starr, wie mit Drähten hingezogen. Sie beugte sich selbst rasch nieder und konnte erst jetzt aus der verschiedenen Haltung der Maskierten feststellen, ob es Männer oder Frauen waren.

Auch dies Bild erlosch.

Ein Harmonium begann zu spielen, und ein gedämpfter Gesang hob sich aus der enggedrängten Masse:

>»Wir ehren dich, verhüllter Gott,
>Und flehn zu dir um Hilfe in der Not.
>Ach, höre uns, schaff unsere Seele rein,
>Daß wir, dein Volk, auch deiner würdig sei'n.«

Und jetzt traute die Mena ihren Augen nicht: Ein uraltes, splitternacktes Weib, auf einen Stock gestützt, und ein ebensolcher Mann, standen in einem meergrünen Licht. Sonne und Bäume und Sterne, Falter und Quellen waren versunken und nichts geblieben, als diese Schaudergestalten, deren Hände an den Krücken zitterten und deren Totenköpfe unheimlich wackelten.

Wiederum erstrahlte das erste Licht. Harmoniumklänge

ertönten, und kleine, überaus bunte Heftchen wurden verteilt.

»Wir singen«, sagte jetzt die Gestalt in einem natürlichen Mannston, »das ›Lied vom heiligen Menschenleib‹.«

> »Heilig ist der Leib des Menschen,
> Heilig, heilig, heilig!
> Kein Wunder kommet diesem gleich,
> Beglückt davon ist arm und reich.
> Und keiner trüg der Erde Schmerzen,
> Erglühte nicht dem ärmsten Herzen
> Die schöne, goldene Seligkeit
> Vom dreimal heiligen Menschenleib.«

Die Stimme des Bundesobersten dröhnte, wie aus einer Urmannsbrust kommend; und der ganze Menschenhaufe wiederholte inbrünstig, wie eine Kinderschar, die zum Singen abgerichtet wird, Zeile für Zeile. Und kaum war die erste Strophe verklungen, griff jeder Bundesbruder nach der nächsten weiblichen Bundesschwester und schmatzte sie laut und schallend ab. Wieder erscholl die Stimme: »Heilig ist der Leib des Menschen ...« Sie sangen eine zweite und eine dritte Strophe. Zugleich wurde das Geschmatze immer heftiger und lauter. Der Bundesoberst hob den Stab, ein Vorhang teilte sich, und die Mena sah ein Bild von solcher Unfaßbarkeit, daß sie augenblicks beide Hände vors Gesicht schlug. Und während sie, durch den Vorgang wie versteinert, stand, erhob sich ein verworrenes Getümmel, sie hörte, wie man sich gegenseitig die Kleider vom Leibe riß, hörte Schreie, Stöhnen und Seufzen. Zugleich fühlte sie sich von rückwärts umfaßt und ins Dunkel gezogen.

Aber in diesem Moment, wo sie vergeblich versuchte, sich zu wehren, dröhnten plötzlich so wuchtige Schläge ans

Haustor, daß der ganze Bau davon erzitterte. Die Gestalten auf Matratzen, auf dem Fußboden, auf der Estrade, rasten wild auseinander und hinaus, die Holztreppe hinan, die Kellerstiege hinab; es war ein stummes Toben und Flüchten.

Die Mena lief einen Gang zurück, stieß eine Tür auf; es war, wie sie im Halbdunkel feststellen konnte, eine Gerümpelkammer. Sie sah ein Fenster und sprang ins Freie. Und zwar, wohl um die Abkühlung zu verstärken, mitten in den Dorfbach, dessen Wasser ihr freilich nur bis zu den Knöcheln reichte. Sie kletterte auf allen vieren hinaus und befand sich in einem Anger mit Obstbäumen. Sie sog gierig die reine Nachtluft ein. Eine Ernüchterung ohnegleichen erfaßte sie. Eine Ahnung hatte ihr schon immer gesagt, ob nicht vielleicht hinter diesem ganzen »Bund«, hinter dieser Geheimniskrämerei etwas steckte, was ihr im Grund ihrer Seele zuwider sein mußte. Sie wunderte sich, wieso sie sich in diese Sache so weit hatte einlassen können. Sie suchte sich die erste Bekanntschaft mit dem »Bund« zu vergegenwärtigen; erinnerte sich genau, wie sie den Schneider Veit mit einer roten Feder gesehen, die der Toni schiefgezupft hatte, und daraus fast eine Rauferei entstanden wäre. Des Ähnls Worte fielen ihr ein: »Die Neugier, das ist des Menschen Verderb. Brenn sie aus, so wie du eine faule Wunde ausbrennst!«

Als sie keuchend und von der Flucht ganz außer Atem in ihr Bett schlüpfte, schoß es wie eine Flamme in ihr empor: das Leben im hellen lichten Tag, mit seiner Arbeit, seinen Freuden und seinen Beschwernissen – das ist der »Bund«, das ist die »erste und letzte Stufe des Geheimnisses«.

Ganz unbegründet war ihre Angst nicht. Die Aufregung im Dorf war groß. Die Leute vernachlässigten die Arbeit und standen in Gruppen vor den Häusern. Denn so sehr auch die katastrophalen Weltereignisse der letzten Zeit sie durcheinandergeschüttelt hatten, so konnten diese es doch nicht mit dem aufnehmen, was dahier in ihrem Dorfe geschah. Allenthalben wurde von Anklagen wegen Geheimbündelei, Gotteslästerung und ähnlichen Paragraphen gesprochen, und da man nichts Bestimmtes erfahren konnte, malte sich jeder die Vorgänge an jenem Abend selber aus. Die unglaublichsten Dinge wurden aufs Tapet gebracht und mit allerderbsten Einzelheiten schonungslos ausgeschmückt. Die Bauern redeten davon, daß die Kröllin so heftigen Widerstand geleistet, daß man sie hatte binden und in einem Kälberwagen abführen müssen; daß die drei heiligen F nichts anderes bedeuteten als: Freßsucht, Faulheit, Feigheit; und daß das Dorf nichts anderes wäre als ein Grind, mitten in ihren goldgelben Korn- und Weizenfeldern, in ihren grünen Flachs- und Kleeländern. Das lauteste Geschrei erhoben die geeichten Mucker, die im Dorf brüten wie die Kröten im Sumpf. Sonst wurden sie von der allgemeinen Lebenslust kräftig niedergehalten, aber jetzt bekamen sie Oberwasser. Daneben gab es noch eine ganz besondere Strömung, die aus dieser Sache einen möglichst langwährenden Spaß für den Biertisch machen wollte. Ihr Hauptvertreter war Lambert. Er schnappte alles, was damit zusammenhing, gierig auf und schmückte es in seiner Art und Weise aus. »Die allerfescheste Bundesschwester beim Tanz im Adamskostüm«, sagte er, »war die – Mena. Da weiß ich fein Bescheid. Bin oft genug bei ihr im Bett gewesen.« Er lachte dröhnend über die Kletzlianer, über ihre Herrlichkeit und ihr Ende.

Diese Verleumdung brachte Mena aus dem Häuschen. Lambert hatte sie einmal beim Ankleiden in ihrer Kammer überrascht. Zu mehr als zum Antappen war es aber nicht gekommen; und für jene Schläge, die er ins Gesicht erhalten, setzte er wohl jetzt das böse Gerücht über sie in die Welt. Was sollte sie tun? – Der Mannsschutz fehlte. Wäre der Toni oder einer der Brüder hier gewesen, er hätte es niemals gewagt. Der Krämer trieb es aber immer ärger; er kam in den Gaststätten nicht mehr aus dem Lachen; seine Phantasie erfand immer neue Ausschmückungen. Die Profitträger davon waren seine Frau und seine Töchter. Sie schwatzten ihm die Erlaubnis zum Herabputzen des Hauses ab. Sein Besitz repräsentierte sich nun in einer Stattlichkeit ohnegleichen.

Die Mena kaute indessen an dem großen Brocken. Wer gar keine Macht hat, einem anderen zu schaden, sollte auch den widerlichsten Bissen hinabwürgen; aber sie wollte nicht. Und so geschah es eines Morgens, als Lambert, übernächtig vom Trinken, jedoch in seinem gewaltigen Leibesumfang von dem vielen Lachen aufs wohltuendste erschüttert, ins Freie trat und einen stolzen Blick zur Außenseite seines Hauses hinaufwarf, daß er blaß wurde: bis zu den Fenstern des ersten Stocks hinauf verbreiteten sich ein Dutzend häßlicher Teerstrahlen ...

In einer halben Stunde wußte es das ganze Dorf. Lambert hatte Neider und Feinde. Die Frauen wollten zur Gendarmerie; aber er hielt sie zurück und höhnte sie noch, wie schmuck das Haus jetzt herabgeputzt wäre. Dann ging er ins Wirtshaus. – Wer? Wer? – Er riet auf mehrere. Ein Gedanke kam ihm, aber er verwarf ihn wieder. – Sie ist doch so eine Ehrenhafte! – Jedoch plötzlich hatte er keinen Zweifel mehr: sie hat sich gerächt und ich hab meine Strafe verdient.

Der große Brand

Böse Gerüchte durchschwirrten das Dorf. Der Koadjutor Kletzl war seit jener Nacht verschwunden. Einige behaupteten, er sei geflohen, andere, man habe ihn heimlich in ein Kloster nach Tirol gebracht. Es war schwer, die Wahrheit herauszufinden. Weiter wurde die Nachricht kolportiert, in Wien sei die Rebellion im vollen Gang und jeden Tag könnten Abteilungen der Nationalgarde hier durchkommen. Diese Nachricht setzte alle in Aufregung. Man versteckte Wertsachen und Geldstrümpfe, legte Wassereimer und Feuerhaken zurecht, und die Mannsbilder luden die Hausbüchsen, während die Weiber und Kinder auf den Hügel liefen.

Die Mena ließ sich ihre Arbeit angelegen sein, da der Bräu und seine Frau, wie alljährlich um diese Zeit, verreist waren. Nach München hieß es; das dünkte ihnen allen eine feine und frohsinnige Stadt. Da war die Mena dann auch in der Wirtschaft tätig. Sie stand eben in der Bräuküche und horchte in die Gaststube hinaus. Lamberts Stimme drang herein. Er schien die doppelten Kosten des Herabputzens bereits verschmerzt zu haben: »Handel und Wandel müssen im Gang bleiben, sonst ist's weit gefehlt! Weit gefehlt!« Der Staatsschuldenmann kam zu ihr. »Gelt, Mena«, jammerte er, »wie's heutzutag zugeht in der Welt! Hast du keine Angst? – Oft liest man, daß die Anführer gefaßt, zum Galgen verurteilt oder zu Pulver und Blei begnadigt werden. Ich könnt dir viel erzählen... Wenn du mir eine Maß zahlst, setz ich mich zu dir in die Küch!«

Sie dachte an den Toni und bestellte das Bier, hörte aber mehr auf das, was man draußen sprach. Die Bauern sagten: »Was wollen denn die Rebellen noch? – Der Kaiser hat ja alles bewilligt. Robot und Zehent sind abgeschafft, und die Grunduntertänigkeit auch.«

Trommelwirbel rief alle vors Haus. Der Kalbl-Stumpf hielt mit einer Abteilung frisch geworbener Garden. Wie er so, eine rote Schärpe um den Leib, kommandierte, war den Gaffern das Lachen nahe; aber wie die Kerle ihre Büchsen aufs Pflaster stießen, verging es ihnen. Die Bauern fragten gemütlich: »Stumpf, wohin denn?«

»Nach Wien! – Revolution machen! Ich hoff, daß ihr zu uns haltet. Sonst aber rat ich euch, geht zu Haus und leckt euren Ausbeutern weiter die Stiefel.«

Der Bräumeister war verlegen. Er rief den Vorgeher, die Erstköchin, die Erst- und Zweitdirn, und sie beratschlagten.

In der ersten Hitze wollte man ihnen nichts vorsetzen, aber die Mena schlug ein anderes Mittel vor; sie reichlich zu bewirten, und wären sie satt, verliefen sie sich von selber. Dem stimmte man zu; und sogleich wanderten die gefüllten Maßkrüge und Teller mit den dampfenden Speckwürsten in den Garten, wo die Gardisten sich niedergelassen hatten.

Als sie voll waren, verlangten sie Schnaps; der Bräumeister redete folgendermaßen: »Man hat euch freiwillig Speis und Trank vorgesetzt. Es soll nichts kosten. Aber nun ist's auch genug. Räumt den Garten und geht in euer Quartier.«

Die Antwort war ein Gejohle. Der Kalbl-Stumpf, der diesen Augenblick sein ganzes Leben herbeigesehnt hatte, erhob sich. Nur eins tat ihm leid, daß der Herr Bruder und die hochnäsige Frau Schwägerin nicht zur Stelle waren. »Bester Herr Bräumeister«, sagte er und strich sich den Schnurrbart, »wir gehen schon. Haben aber noch ein kleines Anliegen. Wir armen Teufel müssen für die Freiheit unser Blut hergeben, weil wir eben sonst nichts haben; die Reichen aber müssen von ihrem Geldhaufen hergeben! Und bei meinem Herrn Bruder fangen wir an, mit dreitausend Gulden; beim Krämer Lambert hören wir auf, mit einem halben Tausend.«

Der Bräumeister fragte: »Willst du nicht lieber das Doppelte nehmen? – Dein Bruder hat's doch!« und ging.

Es währte aber kaum zwei Vaterunser lang, so tappten, in Stiefeln, in Holzschuhen und barfuß, Bräu- und Hausknechte, Roßknechte und Feldknechte über die Steinfliesen, die längs des Bräuhauses gelegt waren, und wimmelten im Nu in den Gastgarten hinein. Die Gardisten kamen gar nicht zur Abwehr; die fürchterlichen Fäuste und Tatzen stießen, pufften und trieben sie unter Geschimpf auf die Straße hinaus.

Die Mena ging an diesem Abend nicht so in ihre Schlafkammer, wie sie es gewohnt war. Das Ereignis des Tages hatte ein Gefühl der Beunruhigung in ihr zurückgelassen. Auch kam sie sich etwas vereinsamt vor, da sie niemand mehr hatte, den sie bemuttern konnte. Neben ihrem Körbchen mit Äpfeln und Nüssen hatte sie drei Briefe liegen. Von Silvester, der war kurz und meldete, daß er, als Offizier der Nationalgarde, Tag und Nacht beschäftigt wäre, und die Stadt fieberhaft an ihrer Verteidigung arbeitete. Weiter ein Schreiben von einem der Brüder, die unter Radetzky dienten. Es lautete:

»Vielgeliebte Schwester! – Im Anfange meines Schreibens begrüße ich Dich. Die zehn Gulden habe ich richtig erhalten. Meine liebe Schwester, die sich ihr Geld so hart verdienen muß, schickt es mir, ohne daß ich sie darum gebeten habe. Wir maschieren viel in der Lombardei herum. Bei der Einnahme von Mailand hat mir ein Katzelmacher meine Pfeife zerschossen; so kurzweg, daß mir nur der Spitz im Maul geblieben ist. Gott erhalte

Dich gesund, wie auch ich es bin, bis zu dem Tage, wo wir uns wiedersehen werden. –

                            Dein Dich liebender Bruder.«

Wunderlich dünkte ihr, daß die Briefe so unversehrt aus Italien ankamen, wo, ihrer Phantasie nach, Tag und Nacht die Kanonenkugeln durch die Lüfte fuhren.

Endlich hatte sie noch einen dritten Brief bei sich, der kam von der schönen Lena. Die beiden hatten sich nie geschrieben, und es war eine ähnliche Entfremdung zwischen ihnen wie zwischen Paul und ihr. Vielleicht traf keine von ihnen eine Schuld. Es hatte nie einen Streit zwischen ihnen gegeben, aber auch nie eine eigentliche Vertraulichkeit; und nun schrie, heulte, tobte in diesen Zeilen, was eben nur zwischen Mann und Weib in der Ehe toben, heulen und schreien kann. Es war nichts als lauter erschütterndes Unglück. – Wie ist dies möglich? fragte sie sich. Sie hatte ihre Schwester im Besitz des vollständigsten Glückes gehalten. Wiederum ging ihr eine Welt auf: Der Schein trügt ... Köder und Angel ... Heiliger Ähnl, steh mir bei!

Sie löschte das Licht, kehrte sich zur Wand und dachte: ich hab meine Pflicht getan; komme, was kommt!

Sie war eben dabei, einzuschlafen, als von der Straße her ein Lärm erscholl; zuerst undeutlich, bis sie endlich die Worte verstand; Feuer!

Sie fuhr ins Gewand und lief ins Freie. Was sie sah, verschlug ihr den Atem: aus dem Dach des Stalles stieg kerzengrade eine rote Fackel. Sie trommelte schreiend an die Türen der Mägdekammern und stürzte hinab. Hier schlug ihr dicker, weißer Qualm entgegen. Die Rinder brüllten. Es gelang ihr, zwei, drei Kühe abzuhängen und hinauszujagen, aber schon sank sie, von Rauch betäubt, auf einen der Dengelstöcke neben dem Eingang hin. Die Mägde warfen ihre Sachen in Bündeln auf die Straße und schrien und weinten. – Es ist meine Pflicht, dachte sie und stürzte sich wiederum in den brennenden Stall. Sie kettete ein Rind nach dem andern ab, schlug mit den Fäusten und stieß mit den Füßen. Jetzt sah sie auch hie und da eine Magd und einen Knecht, die schreiend herumliefen. Sie machte wiederum ein paar Tiere los und kam an einen Stier, der brüllend an seiner Kette riß. Im Ausgang quetschte er sie an die Wand; sie fiel ins Freie, über und über mit Ruß und Blut bedeckt.

Es war, als ob aus den Stalldächern Fackeln gestoßen würden; alle Augenblicke schoß eine neue Flammengarbe unter Gekrach zum Nachthimmel. Auch das Feuerhorn gellte und die vier kleinen Glocken huben an zu läuten. Zuweilen setzten sie aus, als wollten sie Atem schöpfen; dann gellte nur die Sterbeglocke, so daß es schien, als ob die letzte Stunde für das Dorf gekommen wäre! Man wollte nun an alles zugleich denken; das eigene Haus behüten, Familie und Kinder beruhigen, und zur Brandstätte eilen, um zu helfen. Von den Höfen liefen die Knechte, die angeschirrten Gäule am Zügel, die Straße herab; Steine und Funken flogen. Spritzenwagen rasselten, und schneidendes Peitschengeknall erscholl.

Lambert stand mit Frau und Kindern vor dem Haus. »Mein heiliger Gott«, jammerte die Frau, »und der Bräu nicht daheim!« Er brummte. »Was liegt schon so einem dran, wenn ihm ein paar Fuder Heu verbrennen? – Aber das Vieh? Ich denk an das arme Vieh!« – »Und an die Mena!« sagte die Lambertin.

»Warum denn nicht?« fragte er zurück. »Die Arme wird nicht wissen, wo aus und wo ein. Beim Bräu saufen sie sich am Sonntag alle voll wie die Schwämm!« Er stellte Eimer und Schaffeln mit Wasser bereit, schlüpfte in einen alten

Winterrock und ebensolche Stiefel, setzte einen schäbigen Filzhut auf und band ihn mit einem Schnupftuch unterm Kinn fest. Sogar Fäustlinge, mit Leder benäht, vergaß er nicht. So ausstaffiert, marschierte er los.

Schon bei der Bräu-Villa war die Straße mit Menschen verstopft. Zwischen den Gebäuden arbeiteten die Spritzen; drei oder vier Wasserstrahlen fielen in die züngelnden Flammen, jedoch von der Wirkung war nichts zu sehen. Knechte, Mägde und freiwillige Helfer schleppten allen möglichen und unmöglichen Hausrat ins Freie. Die Kopflosigkeit schien allgemein. Das Geschrei dieser Leute, das Gebrüll der Stalltiere und das Krachen des Dachgestühls erfüllten die Luft. Lambert entging nichts. In einer Seitengasse bemerkte er eine Menschengruppe, die bemüht war, mit Wiesbäumen ein Fensterkreuz herauszuwinden. Er pfiff durch die Lippen. Bei einer Spritze blieb er stehen. Bräuknechte trugen in Steinkrügen und rottüchernen Wassereimern Bier zu; und wo sie im grellen Brandlicht auftauchten, griffen viele Hände gierig danach. Die Leute bliesen den flockigen Schaum weg und bogen sich beim Trinken weit zurück. Die Arbeit war anstrengend, und das Labsal kostete nichts. Als sie Lamberts ansichtig wurden, riefen sie: »Hoh! Hoh! Der feige Krämer traut sich auch her? – Daß dir nur dein Fettbauch nicht schmilzt! – Aber das wär seiner Frau gerad recht: sie tät es in die Margarin mischen und als Rindschmalz verkaufen.«

Die Schimpfereien ließen ihn kalt. Er hatte eine dicke Haut und war in vielen Dingen unverwundbar. Gendarmen, Bajonett auf, drängten sich durch. Ihre Hahnenfederbüsche glänzten im Feuerschein. Er zupfte einen davon am Ärmel und sagte: »Herr Wachtmeister, schauen Sie einmal dort unten nach! Dort steht dem Bräu seine eiserne Kasse.«

Die Gendarmen riefen: »Platz! Platz!« Und dann: »Was geschieht denn da?«

Die Männer mit den Hebebäumen waren unwillig. »Was soll denn geschehen?« brummten sie. »Die Kasse retten!« Lambert fing an zu lachen. Sein Leibesumfang schüttelte sich; sein Lachen steckte auch die Leute und die Gendarmen an, und überall, wo im Lauf der Nacht und des folgenden Tags ein Haufe gegen das Feuer vorrückte, rief man ihm zu: »Die Kasse retten! Die Kasse retten!«

Lambert wandelte gelassen weiter. Der Lärm war im Steigen begriffen, und durch das Getöse hörte man ein dumpfes Röhren. – War das nicht ein junges Kalb? Oder zehn junge Kälber? – Und wo mochte die Mena sein? – Er stieg über Balken, Schläuche und Haufen von Feldgerät. Endlich hörte er ihre Stimme und sah, wie sie Kühe von der Brandstätte wegzutreiben versuchte. Denn immer wieder stürmten einzelne, ja ganze Haufen mit hochgestellten Schweifen gegen die Stalltüren. Lambert erwischte einen Knüttel, half ihr, und dann liefen sie mitsammen gegen den Fremdenstall zurück. »Die fremden Küh!« schrie die Mena. »Heiliger Gott im Himmel! Zwanzig Stück! Schnell! Schlag die Türen ein!«

Der sogenannte »Fremdenstall«, wo die Viehhändler ihre Rinder einzustellen pflegten, brannte lichterloh. Man hörte den schauerlichen Trompetenton der angeketteten Tiere und dazwischen das jämmerliche Plärren der Kälber. Aber wer sollte hinein? – Die Mena versuchte es; aber schon beim Eingang mußte sie wieder zurück. Beherzte Bauernburschen gingen los; jedoch kaum waren sie verschwunden, flogen sie wieder ins Freie, mit glühenden Kleidern und Haaren. Andere tauchten ihre Röcke in Wasser und rannten neuerlich in die Flammen; sie kamen auch mit zwei Kühen glücklich heraus, fielen aber dann hin. So viele

Leute sich auch inzwischen angesammelt hatten, wagte es doch niemand mehr, hineinzudringen. Man sah durch die offenen Doppeltüren, wie die Rinder an ihren Ketten zerrten, Kälber sich im Todeskampf wälzten und eine Glutschwade nach der andern durch die geborstene Decke ins Innere fiel. In seiner Mitte, wo eine Steinsäule den Hauptdippelbaum trug, stand eine prachtvolle, hochtragende Schekkin.

Die Mena stieg auf einen umgestürzten Wasserbottich, um besser sehen zu können. Der Feuerschein beleuchtete sie. Der Nachtwind wehte ihr die Röcke eng an den Leib. Ihr Gesicht war mit Blut überronnen; ihre Hände ineinandergekrampft. – »Ist denn niemand hier, der's noch einmal wagt? Wo sind denn die Raufer und Messerstecher?« schrie sie laut. »Heiliger Gott im Himmel: die Scheckin kalbt! – Männer, Buben, traut sich denn keiner mehr?«

Aber an den Türstöcken fraßen schon überall die feurigen Zungen. Die Kuh legte sich, schoß empor und stieß einen grausigen Todeston aus, der durch Mark und Bein ging. Dann rührte sich etwas Weißlichbraunes zwischen ihren Füßen: ein Kalb zappelte im Streu und dann noch eins. Menas Stimme rief schluchzend: »Mein Herr und mein Gott, die Kälber!« Plötzlich stampfte sie wütend mit dem Fuß und schrie mit gellender Stimme: »Gibt's denn keine Mannsbilder mehr auf der Welt?«

Ein dicker Kerl faßte einen der Eimer, die voll herumstanden, weil das Löschen doch keinen Zweck mehr hatte, und goß ihn mit einem Schwung über den eigenen Kopf. Und mit einem lauten »In Gottes Namen!« sprang er in den brennenden Stall.

Die Menge rührte sich nicht. Man sah die Gestalt in den Flammen vorwärtslaufen, verschwinden, wieder erscheinen; sah glühende Balken ins Innere fallen und hörte halblaute Stimmen: »Der kommt lebendig nimmer heraus!« – Dann gellte ein Ruf: »Er hat sie!«

Im Ausgang erschien, unsicher und schwankend, ein Mensch. Auf seinen Schultern zuckten Flämmchen, und in seinen Armen trug er zwei weißbraungefleckte Kälbchen. Die Menge heulte: »Wer denn? Wer?«

»Der Krämer Lambert!«

Während man den Retter mit Wasser überschüttete, drückte er die beiden Tiere fest an sich und trug sie dann gegen den Anger hinaus. »Macht Platz, ihr Teigaffen!« sagte er übermütig lachend.

Inzwischen war das Feuer mächtig angewachsen und mit ihm die Verwirrung. Erst der Alt-Zimmermeister brachte etwas Ordnung in die Löschaktion. Seine Kommandorufe übertönten das Schreien der Leute, das Krachen der Dachstühle und das dumpfe Bersten der Mauern. Allgemein hieß es, das Vieh wäre gerettet, die Stallungen und die Futterei verloren; man sollte nur mehr an den Schutz der Wohngebäude denken. Auf einmal hörte man ein wildes Geschrei: »Das Bräuhaus brennt!«

Lambert, der sah, daß es hier nichts mehr zu retten gab, und um das übrige Dorf und um sein eigenes Haus bangte, drückte sich durch die Menge, um sich bei einem Brunnen oberhalb des Obstgartens Gesicht und Hände zu waschen. Wie er sich umsah, erschrak er: eine schwarze Gestalt stand schweigend vor ihm. »Peregrin, gehst du nicht löschen?« fragte er, um den unheimlichen Menschen zum Reden zu bringen.

Der lächelte. »Wenn ich irgendwo auf dem Gebäude stehen könnt«, sagte er, »ein Klafter höher als das Feuer, der Brand wär in einer halben Stund aus.«

Lambert blickte halb ängstlich, halb belustigt auf den armen Maler. »Davon versteh ich nichts«, sagte er. »Aber eins weiß ich bestimmt: wenn der Wind umschlägt, ist das Dorf verloren.«

Peregrin sah dem davoneilenden Lambert nach und murmelte: »Elender Pfefferkrämer!« Dann stand er regungslos und starrte auf die Feuersbrunst hinab.

Zuerst vereinzelt, dann in ganzen Schwärmen begann ein Funkenregen über das Dorf niederzugehen; es flogen ganze Bündel brennenden Heus und Strohs durch die Luft und weit ins Tal hinaus. Peregrin schritt zum Brandplatz hinab. Die Leute an den Spritzen waren betrunken. An den Pumpenstangen arbeiteten zwischen den Männern auch Weibsbilder, die beim ersten Feuersignal herangerast waren. Sie soffen wie die Mannsbilder; diese ließen ab und zu die Stange los und griffen seitlich hinab, welche Griffe laute Schreie auslösten.

Endlich fand der Maler den Alt-Zimmermeister: »Weise mir einen Platz an«, sagte er, »so groß wie ein Zinnteller; aber ein Klafter höher als die höchste Feuerflamm.« Er bekam keine Antwort. Doch die Umstehenden hatten seine Rede vernommen. »Der närrisch Maler! Was will er denn da? Das Feuer beschwören! Soll lieber ordentlich zugreifen.« Eine überlaute Rotzbubenstimme schrillte: »Servus, verpatzter Student!« Da er ihnen im Weg stand, pufften sie ihn derb, so daß er auf einen rauchenden Schutthaufen mit zerbrochenen Gläsern fiel. Er raffte sich auf und ging zwischen den brennenden Gebäuden eine steinerne Stiege hinab, in einen Bachgrund, der mit großen Huflattichblättern bewachsen war. Er gewahrte erst jetzt, daß er seinen Hut verloren und daß es ihm warm über die Wange rieselte. Es war Blut – »Tiere«, murmelte er, plötzlich wütend. »Tiere, die von der Macht des Geistes keine Ahnung haben! Aufrecht gehende, dressierte Tiere!« Sie hatten seine Weisheit für Unsinn erklärt und ihn wie einen Hund fortgejagt. Er schüttelte die Faust. »Brenn alles nieder, Feuer! Das ganze Dorf! Vertilg sie, diese Wanzen! Dieses Ungeziefer, das die göttliche Schönheit der Erde befleckt.«

Vor einer Hütte, mit Holzlatten vergittert und von einem Bacharm durchflossen, blieb er stehen. Wohl an die hundert prächtiger Forellen schwammen drin im hellen Feuerschein, den sie wohl für die Morgenröte eines neuen Tages hielten. »Für mich ist es nur ein Schauspiel«, murmelte der Maler, »nichts weiter! Soll und kann nichts anderes sein! – Dieser Brand, diese Nacht, alles, was je mein Auge sah, mein Ohr hörte, mein Herz fühlte – ein Schauspiel, nicht mehr!« – Die einsamen Jahre fielen ihm ein; die Jahre der Not, des Hungers, der Kälte, des Elends, bis er sich in seine jetzige Gestalt, halb die eines Handwerkers, halb eines Bettlers verwandelt hatte.

Plötzlich stieß er einen Schrei aus: die Fischhütte brannte lichterloh. Er riß in wilder Hast die lose Ummauerung auf, die den Kalter gegen den Bach hin abschloß. Jauchzen hätte er mögen, als er gewahrte, wie sich in seinem Kanal ein Wässerchen zeigte, wie er voll Wasser lief, und endlich Forelle auf Forelle, manchmal ein halbes Dutzend übereinander, in den Dorfbach hinabsprang. Er war wie berauscht. »Gerettet! Alles gerettet!« rief er. Aber wie er sich aufrichtete, erblaßte er: aus dem Kirchendach schlugen Flammen ...

Peregrin schritt gegen das Dorf hinab. Beim Bräu brannten sämtliche Baulichkeiten; sie gaben allein eine kleine Ortschaft. Die Pumpstangen gingen maschinenmäßig auf und nieder; und die Wassereimer wanderten die Menschenkette entlang. Überall torkelten Betrunkene, fielen gröhlend hin und rafften sich wieder auf. An den Bäumen hingen gebratene Äpfel, und Peregrin kostete einen. Er war so schmackhaft, daß er nach einem zweiten und dritten griff. In den Gassen liefen die Leute schreiend hin und her. Andere stiegen auf die Dächer und trugen Eimer mit Wasser hinauf. Gebückte alte Weiblein schlichen die Häuser entlang, Rosenkränze in den Händen, und murmelten Gebete mit hellen Stimmen, in kaum verhehlter Freude. – Das Bräuhaus, wohin sie in ihren schlaflosen Nächten so oft mit Neid und Zorn geblickt, aus dem so viel Musik, Gesang und Gelächter gedrungen, war vernichtet! – Wenn aber dann ein Haufe rußgeschwärzter Männer vorbeieilte, heulten sie plötzlich auf und stoben auseinander, ganz sinnlos vor Entsetzen. Hin und wieder standen Rinder mit gehobenen Köpfen und ließen ein langgezogenes Brüllen hören; es klang in der Nachtstille wie schaurige Schrekkensposaunen. In einer der erleuchteten Wohnstuben lagen Menschen auf den Knien. Ein Greis versuchte die mageren Hände zu falten; aber durch Schrecken wie gelähmt, zitterten sie jämmerlich in der Luft, bis sie sich endlich schlossen und seine dünne Stimme anfing, Worte aus der lauretanischen Litanei zu beten: »Du Stern Davids, bitt für uns!« – »Du goldenes Haus, erbarme dich unser!«

Peregrinus dachte: Wer die Menschen von der Angst errettet, ist ein großer Mensch und ein wahrer Heiliger. Wer ihnen die Hoffnung belebt, ist ein Führer und ein Held, wer ihnen aber den immerwährenden Mut einflößt, den Mut, die Kämpfe des Lebens zu bestehen, ist ein Gott!

Er trat ohne Verzug ins Haus. »Glaubt ihr an die Allmacht?« fragte er laut.

Die Beter riefen mit weinerlicher Stimme wie aus einem Mund: »Wir glauben daran, Peregrin, hilf uns!«

Der Maler schwankte, als ob er von einem Blitz getroffen worden wäre: Einmal im Leben allmächtig sein! Einmal ein Wunder tun!

Auf dem Kirchenplatz bemühte sich die Gendarmerie, die schwarzen Menschenbündel in die Gassen zurückzudrängen. Feuerwehrmänner liefen die Stiege auf und ab und flickten an den Schläuchen, die immer wieder undicht wurden. Ihre Helme funkelten. Meßgewänder, Bilder und Kruzifixe wurden herabgeschleppt. Die Stiege war sehr lang, in Absätzen von vier bis fünf steinernen Stufen. – Diese Stufen schritt jetzt Peregrinus hinan. »Der närrische Maler!« riefen viele Stimmen und sahen ihm kopfschüttelnd nach, bis er im Schlitz der Kirchhofsmauer verschwand.

Er betrat das Glockenhaus. Hier war noch kein Feuer. Die Gewölbe ließen es nicht so schnell durch. Die Empore jedoch war schon ziemlich verqualmt; er tastete sich weiter, fühlte wieder Stufen und eine glühende Hitze, die ihm aus dem Mauerwerk entgegenströmte.

In der Turmkammer fing er sogleich an, die Glocken zu läuten. Die schreienden Stimmen verstummten; die tuchenen Eimer standen still; und sogar die Leute an den Pumpen ließen die Hände sinken. Eine Bewegung ging durch die Menge. Im Turmfenster, von einer Balustrade aus kegelförmigen Hölzern abgeschlossen, stand die hagere Gestalt des Peregrinus. Er hob ein Querholz aus der Fuge und warf es hinab; dann noch eins und wieder eins. Er streckte seine langen Arme weit vor, und seine Stimme, von einem inneren Jauchzen getragen, erscholl:

>»Feuer, du brennheiße Flamm,
>Dir gebeut, Jesus Christus,
>Der liebwerte Mann:
>Du solltest stille stehn,
>Sollst nicht mehr weitergehn:
>Im Namen Gottes, des Vaters,
>Des Sohnes und des
>Heiligen Geistes. Amen.«

Er breitete seine Arme aus, als wollte er ein unsichtbares Gebilde umfangen, und stürzte sich in die Tiefe. Ein einziger Aufschrei ertönte. Dann war es still.

Plötzlich rief eine schluchzende Frauenstimme: »Es regnet!«

Dem einen fiel ins Gesicht, dem andern auf die Hand ein nasser Tropfen, bis der Gewitterregen gleichmäßig herniederprasselte.

Abschied von der Liebe

Der Brandnacht folgte ein schöner Morgen. Die Sonne kam strahlend die Waldkämme herauf, gleichmütig lief der Dorfbach zwischen den Häusern und Ruinen, schossen die goldgetupften Forellen von Stein zu Stein und zogen die Schwalben ihre Kreise. Selbst die um diese Jahreszeit durchziehenden Viehherden blieben nicht aus; und die Schulbuben waren einigermaßen in der Klemme. Sollten sie auf den Brandstätten mitarbeiten oder sich die Geißelstecken aus Jungtannen schneiden und die Rinder begleiten. Das Dorf stank nach Rauch, und den Leuten schmeckte das Essen nicht. Überall lag Hausrat herum; man mußte achtgeben, um nicht auf Sensen oder Gabeln zu treten. Besonders arg war es, wenn man sich dem Bräuhaus näherte.

Des Erzählens war kein Ende. An erster Stelle stand der Tod des armen Malers. Man suchte nach seinen Überresten, fand aber nur verkohlte Knochen, Eisenbeschläge, wohl von seinen Schuhen, und in der Vertiefung eines Quaders, wo sich Pfützenwasser angesammelt hatte, ein ledernes Etui mit einem Lichtbild. Gries beschaute es lange. Die verblaßte Schrift auf der Rückseite sagte ihm, wen das Frauenbildnis darstellte: Meinem lieben Sohne Peregrinus... Weiterhin drehte sich alles um die Frage, wie der Brand entstanden wäre. Es gab mehrere Meinungen, schließlich obsiegte eine: er ist gelegt worden; und man flüsterte auch einen Namen: aber dann drückten sie die Lippen fest aufeinander und gingen weiter.

Die Männer hatten das Bedürfnis, beim Postwirt, weit genug von Rauch und Gestank, einen Krug Bier zu trinken. Aller Rede war: Was wird der Bräu für Augen machen?

Am Nachmittag rollte sein Landauer, mit zwei braunen Juckern bespannt, die Hohlstraße herein. Die Gesichter der Männer wurden lang. Sie standen genau an derselben Stelle, wo damals, beim Laufen der Siebziger, so viel gelacht worden war. Heute zog der Bräu eine böse Miene, als der Haginghofer die Pferde zum Stillstand brachte. Er liebte es nicht, wenn die Späße von einer anderen Seite als von ihm selber ausgingen. Aber wie er in die ernsten Mienen sah, erschrak er etwas und auch die Bräuin. Sie fragte schnell: »Gott im Himmel, Herr Vorstand, ist ein Unglück geschehen?«

»So ist es«, sagte der Vorstand langsam. »Wir haben eine Feuersbrunst gehabt, Frau Bräuin.«

Die Gesichtsfarbe des Bräu veränderte sich. »Bei mir?« fragte er.

Die Männer nickten. Die Bräuin fragte: »Ja, wo denn? Das Gasthaus? Die Ökonomie? Die Stallungen? Die Villa?«

»Alles!« sagte der Haginghofer. »Alles – ist verbrannt! Ganz und gar alles.«

Der Bräu und seine Frau saßen wortlos, bis der Haginghofer wiederum redete: »Ich glaub, es ist das beste, wenn die Frau Bräu ins Schulhaus geht und der Herr Bräu zuvörderst alles besichtigt, damit die Aufräumung in Schwung kommt.«

Die Bräuin war aber fast böse. »Ich bleib bei meinem Mann«, sagte sie und stieg auch schon aus.

Der Bräu ging mit zappelnden Schritten an den Brandstätten vorüber; stieg über Schutthaufen und Wasserlachen, über zerbrochene Möbel und zerschlagene Bierfässer; warf einen Blick in seine Kanzlei, die völlig unversehrt geblieben, und in das Schlafzimmer, wo auch alles in Ordnung war. Bei den Ställen fragte er: »Das Vieh ist gerettet?«

»Das eigene schon«, sagte der Vorstand. »Aber aus dem Fremdenstall sind nur zwei Küh und zwei Kälber herausgebracht worden.«

Der Wind wehte eine Rauchfahne herab, und die Bräuin griff nach dem Spitzentuch. Der Geruch des verbrannten Fleisches war fürchterlich.

Trotzdem traten beide in den Fremdenstall. Hier lagen in zwei Reihen, links und rechts, achzehn tote Kühe; die Beine ausgestreckt, schwarz gebraten, während in den offenen, glasigen Augen noch die Todesangst zu glühen schien.

»Schauderhaft!« sagte der Bräu.

Und seine Begleitung wiederholte: »So was ist freilich schauderhaft!«

Plötzlich entdeckte der Bräu den Vorgeher und die Knechte. »Ihr seid mir Schöne!« schrie er, und seine hohe Stimme überschlug sich. »Die Leut werden sagen, das eigene Vieh hat er gerettet, das fremde umkommen lassen.«

Der Haginghofer legte sich ins Mittel. Er sprach wie immer mit zäher, trockener Stimme: »Mit Verlaub, Herr Bräu, es war keine Möglichkeit! Es war durchaus keine Möglichkeit! Heu und Stroh haben gebrannt wie Zunder.«

»Wer hat denn dann meine Küh gerettet? – Von selber werden sie wohl nicht herausgelaufen sein?« schrillte die Stimme wieder.

»Das wohl nicht«, sagte der Vorstand und hob die Pfeife

hoch über seinen Kopf, als wollte er in diesem Moment einen noch größeren Herrn grüßen, als der Bräu selber war. »Die – Mena! – Das hätt ich ihr selber nie zugetraut; wenn ich auch gewußt hab, daß sie eine Tüchtige ist! Sie hat auch die fremden Küh retten wollen. Wohl an die hundert Buben, herzhafte Kerl sonst, sind herumgestanden, aber – es hat keine Maus mehr in den Stall hineinkönnen! Und so sind alle verbrannt – bis auf zwei! Auch eine schöne Scheckin, die in ihrer Todesangst ausgeschüttet hat; ihre zwei Kalberl sind gerettet worden.«

»Von wem denn?« fragte der Brau.

»Vom Krämer Lambert!«

Der Bräu lief so schnell, daß seine Begleitung kaum folgen konnte, zwischen den Brandmauern einen Anger hinauf, wo die Zimmerleute schon an der Fertigstellung eines Notstalles hämmerten. Dichte Gruppen von Bauern sahen der Früharbeit der Melkerinnen zu. Zwar gab die eine oder andere Kuh weniger Milch, aber im ganzen und großen ließen sie wie immer den weißen Strahl in die Zinneimer schießen.

Die Mena dachte an die schöne Scheckin, an ihren Kasten, an ihre Wäsche und die vielen Andenken; und das Weinen stand ihr nahe. Sie hörte das Geblök der beiden Kälbchen und schob sie an die Zitzen einer Kuh. Sie standen mit komisch gespreizten Beinen und saugten mächtig.

Da vernahm sie die dünne Stimme des Bräus. »Der Vorstand hat dich eben über den grünen Klee gelobt«, sagte er. »Er meinte, ohne dich wären alle Küh verbrannt. Ist das wirklich wahr? – Wir werden noch drüber reden. Geben sie Milch? Habt ihr genug Grünfutter?« Wie immer wartete er keine Antwort ab und lief weiter.

Am nächsten Tag wurde die Mena in die Kanzlei gerufen. Der Brauherr saß an seinem Schreibtisch, vor Banknotenstößen, gestaffelten Geldrollen und Briefen. »Ich hab keine Zeit«, sagte er, »daß ich mit dir reden könnt, wie ich wollte: du bist von heut an Großdirn bei mir.«

Sie wollte sich bedanken, aber er sagte schnell: »Ist schon gut! Ist schon gut!«, schüttelte ihr die Hand, faßte mit der linken ein dickes Banknotenbündel, drehte es mit seinem weißen Daumen fächerartig auseinander und schlug immer zehn und zehn so schnell herab, daß die Augen kaum folgen konnten. – Das ist auch eine Kunst, dachte sie mit tiefem Respekt und ging durchs Gastzimmer ins Freie.

An diesem Tag, der kein Feiertag war, besuchte sie die Kirche. War das dieselbige Straße, dieselbigen Häuser, derselbige Himmel? – Wie der Pfarrer bei feierlichen Prozessionen unter seinem »Himmel«, so schritt sie unter dem ihren. Er war seidenblau, die ganze Welt lachte und jubilierte, und ihr Herz lachte mit.

Nach dem Gottesdienst wollte die neue Großdirn rasch davonrauschen, aber da zupfte das Schicksal sie wieder am Ärmel. »Für dich liegt ein Brief auf dem Postamt.«

Dieser Brief enthielt die Botschaft, daß der Bruder Silvester verwundet im Spital der Barmherzigen Brüder in Wien läge.

Sie fand die halbe Nacht keine Ruhe. Kaum hatte sie sich ein wenig von dem Schrecken des Brandes erholt, kam dies. Sie fing an, zu begreifen, daß es im menschlichen Leben nichts Festes gab und nur eins Bestand hatte: der Wechsel.

Nach der Stallarbeit ging sie in die Kanzlei. Der Bräu fragte: »Mena, wo fehlt's denn? – Willst etwa heiraten? – Wär kein Wunder, bei deiner Tüchtigkeit.«

Kaum hatte sie ihr Anliegen vorgebracht, als er über die Regierung, den Hof und die ganze niederträchtige Polizeiwirtschaft zu schimpfen begann. »Die vergießen ja Menschenblut«, schrie er, »als ob's Pfützenwasser wär. Freilich mußt du reisen. Wenn du deinem Bruder nicht beistehst, wer soll ihm denn beistehn?«

»Aber, Herr Bräu, meine Arbeit?«

Er lachte. »Findet sich schon eine Stellvertreterin. Du hast dir einen Urlaub verdient. Hier nimm, und die schönsten Grüß an deinen Bruder!«

Die Mena hielt eine Hundertguldennote in der Hand. So sehr ihr auch die Freundlichkeit des Brauherrn und seine Freigiebigkeit schmeichelte, war ihr doch, in Anbetracht der weiten Reise, bänglich zumute, bis sie erfuhr, daß des Tischlers Sohn, Franz Bineider, zu den Grenadieren einberufen, in den nächsten Tagen nach Wien abging.

An einem frischklaren Oktobermorgen fuhren sie und ihr Reisegefährte mit der Bahn ab. Bineider war ein gar lustiger Kauz. Über alles, was er sah, machte er seine spaßhaften Bemerkungen, so daß die Mena zuweilen die ernsthafte Ursache, die ihrer Reise zugrunde lag, vergaß. Er hatte keinen Funken Ernst in sich. Wenn sie ihm zuhörte, schien die Welt ein ganz anderes Aussehen zu bekommen.

In der Wienerstadt war sie anfangs wie betäubt, und es wäre ihr schlecht ergangen, wenn sie nicht den unbekümmerten Landsmann gehabt hätte. Für ihn gab es keine Verlegenheit. Er schob sie in dem Menschengewirr bald vor sich her, bald hielt er sie zurück; er zeigte ihr tausend Dinge, riß Witze und packte sie endlich in einen Stellwagen, so daß sie nach kurzer Zeit vor der Tischlerherberge in der Rauhensteingasse landeten.

Von hier führte er sie in ein billiges Quartier; nämlich zu einer Base, der Witwe eines Schmieds, der vor Jahren aus dem Dorf in die Stadt übersiedelt war.

Die vielen Menschen, die engen Stiegen, die vielen Türen, alles das kam ihr höchst sonderbar vor.

Als sie die Wohnung betraten, sah sie im Winkel, bei einem trüben Licht, eine Frau sitzen, die Garn abspulte und die Besucher erst gewahrte, als der Tischlergesell einen Wortschwall losließ. Dieses Frauenwesen, das die Mena als rotbackige Schmiedin gekannt, die überaus gern gesungen und gelacht, machte den Eindruck eines kranken, halbblinden Huhns, das durch irgendein Giftkraut in diesen Zustand versetzt worden war. Als der Name des Heimatdorfs fiel, war es nicht anders, als ob ein Blitz in das jammervolle Menschenbündel geschlagen hätte. Sie lief von einem Winkel zum andern, durchstöberte den Geschirrkasten nach Kaffee, alle Häfen nach Milch, gestand endlich händeringend, ihre Börse verlegt zu haben und so ihre Gäste nicht bewirten zu können.

Die Mena beruhigte sie mit einem Gulden Vorauszahlung, und die Schmiedin kochte Kaffee und überzog das Bett mit frischem Linnen. Es war rührend, daß sie die eigene Liegerstatt abtrat. Die Schmiedin forschte eifrig nach den näheren Umständen ihrer ländlichen Verwandten und Bekannten, wobei sie tat, als ob das Dorfleben wie etwas Dummes und Lächerliches weit hinter ihr läge und sie hier von feinen und sehr unterhaltlichen Dingen umgeben wäre. Die Besucherin blickte mit Verwunderung auf die arme Frau, die es zuwege brachte, sich über ihr handgreifliches Elend hinwegzutäuschen. Sie hatte selber immer arm gelebt, die meisten Leute ihrer Heimat waren arm, aber jene Armut war ein kühler Tau gegen diese hier.

Die Mena konnte in dieser Nacht die Eindrücke nicht losbringen. Nicht nur die licht- und luftlose Wohnküche der Schmiedin hatte ihr die Brust beklemmt, auch die dumpfen Stiegenaufgänge, die düsteren Gassen, ja sogar die Parfüms der Herren und Damen, die in ihre Nähe gekommen.

Am nächsten Tag kam sie sich sehr tüchtig vor, als sie sich bis zum Krankenhaus durchgefragt hatte. Es glückte ihr auch, bis zum Bruder Silvester selber zu kommen.

Er lag auf einer besonnten Terrasse, von der aus man einen Teil der Stadt übersehen konnte. Seine Wunde war fast geheilt. Sie ihrerseits kam nicht aus dem Staunen und tat Fragen, die ihn ungemein belustigten. – Ob es denn möglich sei, gegen den Kaiser aufzukommen? Ob er nicht eines Tages zurückkehren und die Rebellen hart strafen würde?

Sie sahen über der Stadt Rauchsäulen aufsteigen und hörten den dumpfen Ton von Gewehrsalven. – »Und diese Brände und diese Schüsse sind in der Stadt?« So groß ist sie, also noch viel größer als die Heimatstadt, wo sie die Dult besucht hatte? – Sie war verwundert. In der Stadt kämpfte man, und hier, in den Gärten der Villen, arbeitete man; in den Straßen liefen Bäckerjungen mit ihren Körben, fuhren Milchwagen und hatten die Kaufleute ihre Auslagen geöffnet.

Silvester lachte und sagte: »So groß ist sie, daß alles in ihr Platz hat, vom Höchsten bis zum Niedrigsten, vom Herrlichsten bis zum Schmutzigsten.« Er freute sich über ihre Naivität, über ihre Freude an den schönen Kleidern, den rollenden Kutschen, den eleganten Reitern und prächtigen Offizieren, daß er sogar seine bitteren Reden vergaß.

Als sie den Bruder verlassen, wandelte sie eine große Lebenslust an. Sie wollte sich auf eigene Faust die Stadt ansehen, damit sie dann daheim, abends beim Spinnrad, erzählen konnte: Ja, als ich damals in der Wienerstadt gewesen bin, Anno 1848 ...

Sie bestieg einen Stellwagen mit der Aufschrift: Schönbrunn; denn das hatte sie sich schon immer gewünscht, das

Schloß mit eigenen Augen zu sehen, wo der Riesenhans Wache gestanden und der Kaiser gewohnt. Die Fahrt war ein Vergnügen. Sie schaute zum Fenster hinaus, und ihr hingebungsvolles Gaffen fiel den Fahrgästen auf.

Vor dem kaiserlichen Lustschloß schaute sie mit ehrfürchtigem Staunen auf die beiden prächtigen Soldaten, die von einem Schilderhaus zum andern schritten. Die Oktobersonne beschien den weiten Platz. Taubenschwärme pickten Körner auf, Sperlinge balgten sich, und von zwei klaren Teichen sprangen Wasserstrahlen hoch in die Luft und zerstäubten in tausend silbernen Tropfen. Sie war ganz glücklich, weil sie genau das vor sich sah, was sie erwartet hatte. Nur die feinen Herren und Damen fehlten. Sie schaute unentwegt auf den Balkon, wo der Kaiser heraustreten würde, aber es rührte sich nichts.

Am nächsten Tag wurde sie in ein Gasthaus bestellt, nahe beim Praterstern. Da die ganze Stadt in Aufregung war, zauderte sie, marschierte aber endlich doch los.

Auf allen Straßen und Plätzen lagerten Bewaffnete; ihre Bajonette waren mit Blutkrusten bedeckt und ihr Äußeres ließ erkennen, daß sie Stunden schwerer Kämpfe hinter sich hatten.

Sie fand den Bruder, erkannte ihn aber fast nicht mehr in seiner Uniform als Offizier der Nationalgarde. Er lachte über ihre Komplimente und riet ihr, sofort abzureisen, bevor die Stadt von der Außenwelt völlig abgeschlossen werden würde. Sie saß ihm etwas verwirrt gegenüber. Sie konnte von dieser Mannswelt nichts begreifen; von diesen Männern, denen das Leben des Alltags schal erschien, wie ungesalzene Brühe, und denen Streit und Kampf alles waren. Wenn sie die schmucken, jungen Leute sah, die Studenten in ihren Legionsuniformen, schien ihr, als ob die Revolution nichts anderes wäre als eine Art gefährlichen Spiels, das die Männer aus reinem Übermut ersonnen, um Abwechslung in ihr Leben zu bringen, und daß sie dieses Spiel gern mit ihrem Blute bezahlten.

Am andern Morgen reiste sie ab. Die letzten Tage hatten sie so ganz aus ihrem Lebensgeleise gebracht, daß sie nur mehr eins dachte: O Herrgott im Himmel, schnell heimkehren!

Das ganze großstädtische Leben gefiel ihr nicht. Mit einem Male war eine unübersteigliche Wand zwischen ihr und diesen Städtern aufgerichtet. Es wurde ihr klar, daß diese Stadt, nach der sie sich so oft heimlich gesehnt und mit dem Gedanken gespielt hatte, sich hier zu verdingen, nichts für sie wäre. Sie würde zwischen diesen Häuserwänden, in diesem Getümmel, in diesen schlechten Gerüchen ersticken. Es fiel ihr der Ähnl ein, der stets, wenn jemand von der Brauerei in die Stadt gewollt, gesagt hatte: Wer wird denn in die Sklaverei gehen?

Sie warf sich ganz auf die Arbeit, und daran war, Gott sei Dank, kein Mangel. Der Neubau der Brauerei gab an allen Ecken und Enden zu tun. Auch die Sorgen gingen ihr nicht aus. Ein Brief aus Italien, der meldete, daß Gang seit der Schlacht bei Santa Lucia verschollen war; eine Botschaft von der schönen Lena, ihre Scheidung betreffend; und eines Sonntags, als sie zum Hochamt ging, ein Anschlag, ein Steckbrief, der wegen Aufruhr und Hochverrat keinen andern suchte als den Schindertoni. Sie vermeinte, der Boden wiche unter ihren Füßen. Der Bruder in Italien, die Schwester, der Toni ... Sie empfand plötzlich alle Bande als etwas Quälendes, die des Blutes und die der Liebe. – Muß sich ein jeder selbst helfen, sagte sie sich und setzte eine harte Miene auf. Derselbige Mensch ist am besten dran, der ganz für sich selber lebt.

Bevor sie zu Bett ging, zündete sie vor ihrer kleinen Madonna das Öllicht an und betete für jedes der bedrängten Geschwister und den Geliebten fünf Vaterunser. Dann schlief sie ein.

Aber ein Klopfen weckte sie. Ein schiefgebogener Mensch stand draußen, das Gesicht vom Filzhut verdeckt; mit der Nachtluft strömte eine Wolke von Pech und Tabak herein. »Mußt nicht erschrecken, Mena«, sagte eine rostige Stimme, »Räuber bin ich keiner und auch kein Gaßlbub. Ich bring eine Botschaft.«

Es war ein Holzknecht, und er brachte die Nachricht, daß der Toni in einer versteckten Waldhütte wohnte, verwundet wäre und Hilfe brauchte ...

Zum Glück war der nächste Tag ein Sonntag. Sie machte sich auf, einen bauchigen Henkelkorb am Arm, und schritt zwischen den schneebedeckten Feldern bergan. Sie hielt sich möglichst abseits von den Höfen und begegnete keinem einzigen Menschen. Ab und zu fielen schwere Schneelasten von den Tannen und Fichten, und zaghaft irrten Rehe durch die verschneiten Waldlichtungen. Einmal bekam sie einen tüchtigen Schreck. Aus einem Jungmais trat der Förster Purgstaller, tat aber, als wär es das Selbstverständlichste von der Welt, daß er sie um diese Jahreszeit hier traf. »Wohin geht die Reise?« fragte er.

»Ja, mein Gott, Herr Förster«, jammerte sie, »über die Waldschneid muß ich. Die Hartinger Base ist wieder krank.«

Als sie die Hütte betrat, erschrak sie. Der Toni lag im Heu. Sein Gesicht war bleich und abgezehrt. Er war es und war es nicht. Er glich einem Menschen, der eine furchtbare Krankheit hinter sich hat und den Genesungsschlaf herbeisehnt. Er sagte: »Hast du dich doch getraut zu mir heraufzukommen?«

Sie nickte nur und machte Feuer. Dann packte sie Linnen und Salben aus, zog ihm das blutige Hemd herab und verband ihm die Brustwunde. Zwischendurch betrachteten sie sich mit scheuen Blicken. Seine strahlende Jugend war geschwunden; geheime Schmerzen und geheimer Gram hatten sie verzehrt. Auch sie war magerer und eckiger geworden; aber eine beruhigende Wahrheit herrschte in ihren Zügen und ihren Bewegungen. Er redete davon, wie in den letzten Wochen alle seine Hoffnungen zuschanden geworden wären. »Ich habe Stunden«, sagte er, »wo ich denke, daß alles ein Irrtum war. Wo ich mich frage, wie kommt's, daß mein ganzes Leben zunicht wurde?«

Die Mena sagte: »Das ist recht traurig, Toni. Aber es müssen auch wieder bessere Tage kommen. Schau mich an: ich hab mein ganzes Leben lang nichts gehabt als ein paar Hände zum Arbeiten und bin immer lustig gewesen.«

Toni sprach kein Wort, aber seine Augen folgten jeder ihrer Bewegungen. Ihre resolute Art schien seine Lebensgeister noch einmal zu heben. Er pries mit einem ironischen Unterton seine Hütte, ihre Lage, die Quelle in der Nähe und die schöne Aussicht. Er erläuterte mit sachlichem Ernst sein Prachtbett aus Waldheu und Seegras, wohlriechendem Speik und Arnika.

Das war noch einmal der Toni, der Kühne, den die Jäger und Bräuknechte gefürchtet, der mehr als einmal die Wirtsstuben ausgekehrt, der lachend auf der großen Sternbarrikade in Wien gekämpft – und der so viele Jahre ihr Liebhaber gewesen war. Sie setzte sich an sein Lager; er suchte ihre Hand und ihre Augen. So saßen sie in einem tiefen Schweigen, als zwei Menschen und doch einer, durchströmt von Gefühlen, die halb noch aus dem Diesseits, halb aber schon aus dem Jenseits der Welt stammten. Nichts rührte sich im kleinen Hüttenraum als das Rascheln einer Waldmaus, die neugierig aus dem Heu guckte, bis eine gebrochene Mannsstimme redete: »Schad ist es doch ... wir hätten vielleicht heiraten können ... einen Hausstand gründen ... Kinder aufziehen ...«

Wie einst der Toni, von der Fronfeste kommend, in ihrer Kammer geschluchzt, so schluchzte jetzt sie. Und wie sie so mit ihrem Taschentuch wischte und wischte, sah sie mit einem tiefinneren Erstaunen, wie sich auf dem Antlitz Tonis eine feine Helligkeit zeigte, die sich zu einem schwachen Rot verstärkte. Er blickte sie ununterbrochen starr an und sagte dann mühsam: »Einmal möcht ich noch den Wald sehen ... die Fichten und Tannen ... die Sonne und den blauen Himmel ...«

Die Mena legte ihm sorgsam einen alten Militärmantel um die Schultern und öffnete die Hüttentür. Nur ein kleiner Ausschnitt der Erde war sichtbar: eine Waldschneise, mit jenen phantastischen Gestalten, die Baumstümpfe, Himbeerstauden und Jungtannen in ihren gewaltigen Schneemänteln und Schneehauben zu bieten pflegen. Und weiter hinab, im grellen Licht der Wintersonne, einzelne Bauernhöfe, das Dorf, der Kirchturm und das eisglitzernde Schindermoor.

Eine flüsternde Stimme unterbrach die Stille: »In der Schulfibel ... da steht zu lesen ... ›das Leichentuch des Winters‹... So ist es ... der Völkerfrühling ist tot ... die Freiheit liegt im Grabe ... viel, viel Zeit wird vergehen ... bis sie wieder einmal aufersteht, Mena!«

Sie erschrak. Die Züge des Geliebten verfielen. Schatten breiteten sich darauf aus ...

Hundegebell schreckte sie auf; der kaiserliche Revierförster Purgstaller kam quer den Abhang herüber. »Du bist hier, Mena?« Im Hütteneingang blieb er stehen und nahm seinen Hut ab. »Da stirbt ein Mensch«, sagte er leise.

Epilog

Mit der Mena ging in der folgenden Zeit eine starke Veränderung vor. Sie hatte manches verloren: Ellenhub, den Ähnl, ihr Kind, die Schwester, den Toni, den Bruder; es war inzwischen zur Gewißheit geworden, daß Gang gefallen. Die Beziehungen zu den Menschen, die Geschwister nicht ausgenommen, hatten sich lockerer gestaltet. Auch war sie keine Bäuerin und keine Frau geworden, wie sie früher öfter geträumt; und sie wunderte sich darüber.

Bei dieser Selbstbeschauung stellte sie auch, mit einer leisen Erschütterung, den Umstand fest, daß sie alterte. Sie zählte die Falten in ihrem Gesicht und fragte sich: Was ist das nur, was die Menschen Schicksal nennen? Was und wer macht es? Hab ich eigentlich vom Leben etwas gehabt?

Allmählich befreundete sie sich auch mit dem Altern. Sie fand, wie fast bei allen Dingen, die eine bittere und abschreckende Schale haben, auch hier einen süßen Kern. Sie begriff die unerbittlichen Gesetze, die unsere Welt regieren. Es geschah dabei weiter nichts, als daß ihre kleine, egoistische Vernunft in der großen Allvernunft sich auflöste. Sie erwog, wie lange sie noch arbeiten mußte, um sich ins Altenteil setzen zu können. Arbeit war schön, besonders wenn man jung war; aber sie entdeckte, daß es noch etwas Schöneres gab: frei und ledig zu sein und ganz sich selber zu leben! – Sie hatte es immer gehört: ein »lediger Mensch« hat den Himmel schon auf der Welt!

Zu Maria Lichtmeß mietete sie ein Logis, zu dem eine kurze, überdachte Holztreppe hinaufführte. Eine Bauernstube, wenn auch kleiner, mit jener Einfachheit ausgestattet, die den Menschen so beruhigt, weil sie ihm allein so notwendig ist. Ein Kachelofen, eine Bank ringsum; ein

Tisch, ein paar Sessel, vier Fenster mit rotgeblumten Vorhängen, Nelken und Georginen; und ein Ausblick auf den Dorfplatz, wo es immer etwas zu sehen gab. Da stand ihr Kasten; die roten Nelken darauf, die blauen Vergißmeinnicht schienen wirklich aus dem grünen Wiesengrund hervorzublühen. Da war ihr Ölstock; das Messing war ein dankbares Metall; es glänzte immer wieder eine geraume Weile so hell wie damals an jenem Kirchtag, wo sie ihn, zitternd vor Freude und Glück, in ihren Pack gesteckt hatte. Und neben dem Kasten hing ihre Uhr, für deren Ankauf sie lange gespart. Das Zifferblatt war mit Blumen bemalt, der Perpendikel aus Messing, und an einer ebensolchen Kette hingen gerippte Eisengewichte. Da war weiter ihr geliebtes Spinnrad, und es galt nur noch, die vier Klafter Buchenscheiter zu bestellen, um gelassen das neue Leben beginnen zu können.

In der ersten Zeit überfiel sie mehrmals eine gedrückte Stimmung. Es kam ihr vor, als ob für sie die Jahre begännen, wo der Mensch vom eigentlichen, warmen Leben abscheidet. Von den Männern hatte sie bereits Ruhe; und auch sie empfand umgekehrt gegen das männliche Geschlecht Gleichgültigkeit, ja eine leise Abneigung, die sie aber nicht hegte, sondern wie vieles in ihrem Leben links liegen ließ. Aber was sie auf der einen Seite verlor, gewann sie auf der andern. War sie einstens, als der Tischler ihren Kasten gebracht, in die Klasse der Beachteten und Besitzenden eingetreten, so trat sie jetzt in die noch viel höhere Klasse der Freien und Beschaulichen. Zeit haben, viel Zeit haben, dahin strebte insgeheim jede Faser ihrer Seele, das war so ihr innerster Zug und ihr letztes Sehnen. Dazu kam das Spinnen. Obgleich es sich nicht mehr recht rentierte, liebte sie diese Arbeit besonders. Sie rückte ihr Spinnrad ans Fenster, so daß sie bequem das Dorfleben beobachten konnte.

Das Spiel »Kalt und Warm« ging in ihrem Traum vorbei, der Tambour Sindnochsiebendrin schlug die Trommel, und die Spieldose klang. Sie hörte die singende Stimme des Ähnls: Fiktum, faktum, spricht der weise König Salomon ... hörte das Krachen der Dachsparren, sah das Flackern der geweihten Kerze bei Gewittern; das Aufblühen der Blumenfelder im Lanzing, hörte die Maultrommel surren, lebte auf dem Haginghof; Lix stieg in ihre Kammer, und Toni. Sie sah die roten und weißen Hahnenfederchen auf den Strohhüten baumeln und versank in die unheimlichen Abende der Kletzlianer.

Manche Gestalten, zu denen sie Zuneigung gehabt, waren verschwunden. Sie wurden grau und krumm, und eines Morgens sagte jemand: »Mena, weißt du schon, der und der ist gestorben!« Sie versank in ein schmerzliches Grübeln, aus dem sie keinen Ausweg zu finden vermochte.

Spaß machte es ihr, als sie eines Tags gewahrte, daß der Haginghofer gerade ihrem Ausguck gegenüber sein Austraghaus baute. Es setzte dabei viel Ärger ab; der Grund gab immer nach, ja schließlich stießen sie auf eine Quelle, so daß sie den Bauplatz verschieben mußten. Auch gab es viele Zänkereien mit den Handwerkern, und mancher Possen wurde dem Haginghofer von seinen Neidern und Gegnern angezettelt. Wenn er nach dem Bau sah, zündete er sich unter ihrer Altane seine Pfeife an und redete aufgeknöpft: »Grüß Gott, Mena! Ja, so ein Hausbau, das ist ein Problem! – Gelt, du hast dir ein sonniges Logis ausgesucht und bist schon in Ordnung! Da sind wir Nachbarn. Ich glaub, wir werden uns nicht streiten, was? – Dazu sind wir beide viel zu gescheit.« Er lachte; aber dann war es wieder, als ob der unsichtbare Glassturz sich über ihn herabsenkte. Sie begriff auf einmal ganz, daß man zwar in seinen jungen Jahren keinen solchen Glassturz haben durfte, aber später jeder Mensch eines solchen bedarf, damit das feine Gespinst der ureigenen Seele vor dem Zerbrechen bewahrt werde. Und je älter ein Mensch wird, desto mehr verdickt sich dieser Glassturz von selber; die Seele kristallisiert sich langsam ein, für den längsten und tiefsten Schlaf, den Zauberschlaf in der Erde.

Es bereiteten sich indessen größere Dinge vor, die alle ohne Ausnahme angingen. Überall redete es sich herum, daß eine neue Glocke eingeweiht werden sollte. Auch eine Sammlung war im Gang, und man erzählte sich, daß der Bräu hundert, der Haginghofer fünfzig, der Krämer Lambert zwanzig und das Wichtlweibl einen Halbgulden gegeben hätten.

Die Mena dachte eben darüber nach, was sie geben sollte, als auf ihrer Holzstiege ein Gepolter losbrach. Sie hatte sich so eingewöhnt, daß sie immer feststellen konnte, welche Füße da herauftrommelten; aber diesmal ließ ihr Gehör sie im Stich. Es traten ein: der neue Vorstand, ein junger Bauer, der Pfarrer Gries und zwei Ausschüsse. Der Pfarrer sagte: »Mena, laß dich in deiner Arbeit nicht stören! Wir wissen wohl, daß du nicht nur die Fröhlichste, sondern auch die Fleißigste in der Gemeinde bist. Ja – und jetzt ist also die neue Große Glocke glücklich zustand gekommen. Jedes hat sein Scherflein beigetragen: Aber wir suchen noch eine Glockenpatronin!«

Die Mena begriff die Ehre, und es ging ihr des Ähnls Erzählung durch den Sinn, wie die Ahnl im Stuhl der Glockenpatronin gesessen und der Geistliche immer extra seinen Segen dorthin gesandt hatte; aber es fiel ihr auch ein, daß damit eine große Ausgabe verbunden war. »Hochwürden«, sagte sie, »es wird doch noch andere in der Pfarre geben, die für so eine Ehre mehr passen.«

»Vielleicht«, meinte Gries, »aber das Glockenpatronat ist seit undenklichen Zeiten bei den Ellenhubern gewesen.«

Ihr Gesicht wurde ernst. »Dann will ich, in Gottes Namen, die Sach annehmen«, sagte sie.

Der Pfarrer schnupfte und bot die Dose seinen Begleitern, und endlich der Mena, die zum erstenmal in ihrem Leben ihre Nase in Schnupftabak steckte, oder vielmehr den Tabak in die Nase. Sie mußte ein halbdutzendmal niesen. – Der Männer kräftiges »Zum Wohlsein« dröhnte und ihr Lachen hinterdrein. Dann schüttelten die vier Besucher ihr die Hand und tappten durch das Vorhaus und die Stiege hinab.

Als sie gegangen waren, dachte die Mena: es war doch schön, daß die vier angesehensten Männer der Gemeinde eigens zu mir auf Besuch gekommen sind und die Leute in den Fenstern und Türen neugierig die Köpfe gereckt haben.

Der Haginghofer stand vor seinem neuen Haus und steckte eine Miene auf, die er zur Schau trug, wenn ein spöttischer Seitenhieb von ihm zu erwarten war. »Glockenpatronin werden«, hub er an, »das ist eine schöne Sach! Ist aber ein Problem! Weil das dicke Ende gewöhnlich erst nachkommt. Zahlen heißt es, zahlen, bis man schwarz wird! Dreihundert Gulden sollen noch ungedeckt sein.« Er blickte lauernd in Menas Gesicht, welchen Eindruck diese Eröffnung wohl auf sie machte. Aber sie blieb ruhig. »Das hab ich mir gleich gedacht«, sagte sie. »Bin ja auch kein heuriger Hase mehr. Aber ich denk mir so: Mich hat ja nie im Leben ein besonderes Unglück getroffen; hat nun der Herrgott so viel für mich getan, kann ich auch etwas für ihn tun.«

Der Haginghofer hatte sich eine kleine Seelenweide holen und sich über ihren Schreck belustigen wollen, sich aber verrechnet. Er sagte: »Ja, ja, der Stolz regiert die Welt! Aber, Mena, sei vorsichtig! Der stolze Mensch kriegt leicht einen Dämpfer, sogar der Kaiser hat einen abgekriegt!«

Sie rief ihm nach: »Schön Dank für den Rat!« und dachte: – Den Dämpfer hast auch du bekommen, damals, wie dein Lixl in die Geldtasche gegriffen hat.

Soweit wär alles gut gewesen, wenn die Sorge um den Bruder nicht auf ihr gelastet, bis eines Tages der Herr Archivar in die Stube trat und ihr ein Zeitungsblatt mit der Amnestie überreichte. Er wußte auch, daß Vestl, nach dem Zusammenbruch der Bewegung, seine Zuflucht beim Förster Purgstaller gefunden hatte. Ihre Freude hierüber war groß. Sie machte sich auf der Stelle marschfertig, um den Archivar bei der Überbringung der Botschaft zu begleiten.

Es war am zweiten Sonntag nach Josefi, ein selten schöner Märztag, als beide die Hügel hinanschritten. In den Ställen brüllte das Vieh. Die Miststätten dampften in der Morgenfrische. Man hörte Sensendengeln und Juheien. Die Erde schien sich wenig oder gar nicht um die Nöte der Welt draußen zu kümmern. Mit ihren Farben und Quellen und Singvögeln und segelnden Wolken nahm sie an nichts teil, ja, es dünkte einem zuweilen, als ob sie sich, je höher der Menschenjammer unten stieg, desto köstlicher hier oben entfaltete. Hie und da standen an den Hausseiten, wo das Kleinholz aufgeschichtet war, ein alter Bauer, eine Bäuerin oder Kinder; sie atmeten nicht nur mit der Lunge, sondern mit jeder Pore des Körpers die sonnenwarme Lanzingluft ein. Sonst begegneten sie keinem Menschen. Der Wind bauschte Menas Röcke; alles wallte und hob sich an ihr, und ein seltsames Lächeln, das sich wohl auf ihren Begleiter bezog, verschönte ihre Züge. – Jung bin ich nimmer, dachte sie, aber alles, was ich seh und hör, freut mich.

Auf der Anhöhe trafen sie die Ewig-Gerechtigkeit. Sie ging mit stumpf bohrendem Blick den Wiesenrain entlang; wahrscheinlich suchte sie Märzenveilchen. Sie war, wie die Mena zu ihrer Erschütterung feststellte, schneeweiß und sichelkrumm geworden. – Wie geheimnisvoll ist das Leben! Daß jener Peter noch lebte, der einst, in ihrer trübsten Stunde, vor ihr getanzt hatte! – »Lebst du auch noch?« fragte sie.

Peters Mund umspann ein Lächeln. »Die Ewig-Gerechtigkeit kann nicht gar so leicht sterben«, sagte er.

Der Archivar klopfte ihm auf die Schulter und ließ dabei geschickt einen Silbergulden in seine Rocktasche gleiten. »Was hältst du von den letzten Ereignissen, Peter?« fragte er.

»Ja, mein Gott, Herr Archivar, die letzten Tage sind in meinem Steinbruch die Schnecken im Gänsemarsch angerückt; da kommt allemal ein Landregen.«

Der Archivar lachte. »Ich meine die Weltereignisse, die Revolution!«

Der Kalkbruchpeter blickte finster. »Komödie und Narretei!« sagte er. »Die Leut meinen, sie könnten die ewig Gerechtigkeit betrügen, Kummer und Not aus aller Welt schaffen und ein Schlaraffenland gründen? – Der Bräu, der Lambert, der Haginghofer: jeder hat seinen Nagewurm! Der Herrgott gibt jedem sein Teil. Der Pfau hat ein Prachtgewand, aber seinen Gesang hält kein Teufel aus. Die Nachtigall ist grau wie ein Spatz, aber wer sie singen gehört hat, vergißt es sein Leben lang nicht.«

Die Ewig-Gerechtigkeit humpelte weiter, und der Archivar sagte: »Das ist ein Mensch, von einer Art, die hier nicht selten ist. Eine Wortverbindung, vielleicht nur ein Wortklang, haben es ihm fürs Leben angetan. Solch ungeheuerliche Einfältigkeit ist ein Rätsel.«

Das Forsthaus lag inmitten eines bachdurchflossenen Waldtals. Unregelmäßige Flecken von Schneeglöckchen leuchteten auf den Wiesen, und die Bäume widerhallten vom Gesang der Vögel. Silvester fütterte unter den Obstbäumen ein zahmes Reh. Der Archivar reichte ihm das Zeitungsblatt. »Ich laß dich mit deiner Schwester allein«, sagte er. »Ich bin nämlich, in zweiter Linie, wegen eines Kaiserbildes gekommen, das hier bei einem Bauern hängen soll.«

Bruder und Schwester gingen in die Flur hinaus. Sie fragte nach seinem Befinden. – »Ich habe keine rechte Freude mehr am Leben«, meinte er. »Bin müde geworden, so müde, daß ich nichts sehnlicher wünschte, als das zu sein, was meine Vorfahren waren: ein Ellenhuber!« Sie suchte ihm Trost einzureden, spürte aber, daß es ihr nicht recht gelang. Er erkundigte sich nach den Geschwistern, Verwandten und Bekannten, und sie kam ins Erzählen. Mit diesem Erzählen und der bäuerlichen Welt, die sie wiedergab, schien sich auch seine Verbitterung zu lösen. Er fragte und fragte, und sie kamen vom Hundertsten ins Tausendste.

Der Förster mit dem Archivar holte sie ein. Er ging auf die Mena zu und drückte ihr warm die Hand. Der Archivar sagte: »Ellenhub, weißt du, daß ich deine Bauerndynastie in meiner Chronik ausführlich erwähnt hab? – Das Leben eines jeden Geschlechts ist ein ununterbrochen abrollendes Band, mit tief bedeutsamen Bildern, und der große Weber beugt sich von Zeit zu Zeit nieder, um zu prüfen, was aus seiner Arbeit geworden ist. Eben haben wir auf dem Weg hieher die Ewig-Gerechtigkeit getroffen und gelacht, wie alle über diesen Menschen lachen. Aber es ist durchaus noch nicht ausgemacht, ob nicht hinter allem Leben trotzdem jene Waage steht, von der in einem Lied Schierings die Rede ist, jene Waage, auf der Leid und Freud allen Menschen sorgfältig abgewogen und zugemessen wird, ohne Beigabe und Abzug; nach einem Mysterium, das wir zwar ahnen, das sich aber unserem Verstande entzieht und vielleicht ewig entziehen wird.«

»Gesetzt also«, fragte der Förster, »der Kalkbruchpeter hätte recht und das Lied hätte auch recht: was wär dann?«

»Dann ist die Menschenseele unsterblich«, sagte der Archivar. »Es gibt keine andere Möglichkeit. Und dann steht der Welt ein neues Menschenreich und ein neues Gottesreich bevor.« Er wandte sich herum. »Was sagt unsere Mena zur verflossenen Freiheit, Gleichheit und Brüderlichkeit?«

Sie meinte: »Ich hab dieser Sache nie recht getraut. Wann ich meinem Herrn gut dien, muß er mich gut halten; kein Mensch kann seinen eigenen Schaden wollen. Wenn ich seinen Nutzen und seinen Schaden wahrnehm, als ob's mein Nutzen und mein Schaden wär, möcht ich sehen, ob's mir gut oder schlecht geht in der Welt.«

Der Archivar blickte von einem zum andern. »Da habt ihr die ganze Zeitfrage in einer Haselnuß.« Es berührte Silvester schmerzlich, daß immer wieder sein eigenes Blut sich in seiner Lebensanschauung entgegenstellte, und er äußerte dies auch.

Der Archivar lachte: »Die Weisheit der Bauern ist meist die Weisheit der Natur, also, mit Verlaub zu sagen, doch wohl Gottes Weisheit. Für mich ist's daher kein Wunder, daß die revolutionären Ideen hier, in den endlosen Räumen der Felder und Wälder, sich wirkungslos verflüchtigten. Was hätten sie aus den hochgepriesenen Großstadtimporten machen sollen? Wo doch alles hier, angefangen vom Sonnenaufgang bis zum Sonnenuntergang, von Winter und Sommer, Geburt und Tod, seinen unabänderlichen Gang geht, und aus allem deutlich eine Stimme spricht: Lasset uns ruhig und gottergeben atmen, essen und trinken, arbeiten und rasten, beten und lieben, leiden und dulden und sterben.«

»Du hast Anlage zum Prediger«, schmunzelte der Förster,

»Und was tut der Welt heute mehr not als predigen?

Nicht wer ein Volk am besten aufzuregen versteht, sondern wer ihm die heilige Ruhe gibt, der es zu seinem Wachstum bedarf, gibt ihm das größte Geschenk. Ein Volk hat keine andere Wahl, als eine mit Haß und Auflehnung oder eine mit Liebe und Ergebenheit erfüllte Magd zu sein. Alles andere ist Torheit.«

Sie waren inzwischen beim Oberhauser Lehen angelangt. Drei solche Herren auf einmal zu empfangen wäre für den Alt-Oberhauser zuviel gewesen, wenn nicht die Mena sich auf seine Seite gestellt hätte.

Freilich, bei der Frage nach dem Bilde wurde er beinahe grob. »Ist nicht feil!« sagte er. »Anschauen lassen, das schon.«

»Besonders wertvoll ist es nicht«, sagte der Archivar. »Aber ich möcht es gern für mein Museum haben. Oberhauser, sag einen Preis!«

»Da hängt's und da bleibt's hängen!« war die Antwort.

Der Förster lachte laut.

Der Archivar aber zuckte mit keiner Wimper. Dann sagte er: »Behalt's, Oberhauser!«

Die Besucher bewunderten die Bienenstöcke, die Obstbäume, lobten auch den Trunk selbstgemachten Apfelmostes, den er ihnen auftrug, und gingen dann mit der Mena schweigend den Hügel hinab, bis zu einem Punkt, der eine weite Fernsicht bot. Von hier aus übersah man einen Großteil des Landes.

Der kaiserliche Revierförster Purgstaller lachte nochmals über den eigensinnigen Bauernschädel. Aber der Archivar blieb ernst. »Ich sage zu dem Alt-Oberhauser und seinem Kaiser ja«, redete er. »Hier wird er hängen, mit dem Goldenen Vlies und der purpurnen Schärpe, so lang, bis die Zeit des Jammers vorbeigegangen ist, die Zeit, an der niemand eine Freude hat, nicht die, die mitwirkten, sie zu schaffen, nicht jene, die sie über sich ergehen lassen müssen. Da wird er hängen, sage ich, bis der große Tag anbricht. Denn für mich gibt es keinen Zweifel: Wenn auch die Bewegung augenblicklich zum Stillstand gekommen ist, die Menschen ruhen nicht, bis sie eine bestehende Idee in die Wirklichkeit übergeführt haben. Der Wechsel beherrscht alle Dinge; als ein Einfaches und doch wieder so Vielgestaltiges, als ein kinderleicht Verständliches und wieder ganz und gar Unergründliches. Der Mensch fühlt das köstliche Entzücken, das er birgt; aber ein rechter Tor, wie er ist, achtet er den grandiosen Wechsel der Schöpfung gering und schafft sich einen künstlichen. Sogar ein Zwergengeschlecht kann eines Tages den unterhöhlten Baum des deutschen Kaisertums fällen. Aber seine Wurzeln sind göttlichen Ursprungs, reichen bis zum Mittelpunkt der Erde. Der Volksmythos läßt sich bekanntlich seinen Kaiser auch durch den Tod nicht rauben; er versetzt ihn ins Innere eines Berges, aus dem er einst hervortreten wird als Retter und Befreier. Dieser Mythos ist tief gegründet: Der Mensch kann nur an den Menschen, nicht an ein System oder an eine Theorie glauben – der Mensch ist sein Held und sein Gott.«

Mit einer Handbewegung ins Tal hinaus fuhr er lebhaft fort: »Je mehr ich darüber nachdenke, desto mehr werde ich darin bestärkt, zu diesem einfältigen Bauern, zu diesem Land und seinem Volk ja zu sagen. Das Leben geht hier seinen Gang, geordnet nach Herkommen und Jahreszeiten; nach Regeln, die aus einer Erfahrung von Jahrtausenden stammen; denn, was sind die Sprüche, Redensarten und Reime, die sich hier von Geschlecht zu Geschlecht fortpflanzen, andres als solche Jahrtausendweisheit? – Und wer würde den nicht für einen Erznarren halten, der ein erprobtes Werkzeug darum wegwürfe, weil es schon so lang im Gebrauche sei? Kann man nicht hier, wo das Leben sich wie in einer großen Familie abspielt, jeden Tag sehen, daß jene, die danach leben, ihren Weg in Heiterkeit und Sicherheit hinwandeln, während andere, die dünkelhaft das alte Weisheitsgut beiseite schieben und auf ihren eigenen Kopf bauen, elend zugrunde gehen. Wir stehen hier auf heiligem Boden. Getrieben durch Hunger, gequält durch Hitze und Kälte, geängstigt durch wilde Tiere, irrte der Mensch durch die Wälder, bis er zu sich selber sprach: Hier wirst du dir vier feste Wände bauen und darin wohnen. Und als der Urwald gelichtet, die Quelle gefaßt war, der erste Weizen reif stand; als der Mensch das Heraufziehen der Wolken sah, das Zucken der Blitze, das Zerreißen des dunklen Vorhangs und den strahlenden Sonnenfächer – in solcher Stunde tat sich sein Mund auf, und er sprach ein Wort: Gott! Das hieß soviel als Wunder und Geheimnis. Nicht die Furcht, wie die Neunmalweisen behaupten, die Schönheit zwang den Menschen in die Knie und ließ ihn staunen, das heißt beten. Zum andernmal ließ er ihn staunen, das heißt beten, als er, schneeweiß geworden, in die Augen seiner Enkel sah. Keiner seiner Handgriffe, die er im Leben getan, keine Mühe und Plage waren umsonst; von der Vergangenheit geleitet, für die Gegenwart bestimmt, auf die Zukunft gerichtet. Die Menschen hier haben in ameisenartiger Mühe die Erde gefurcht und gekämmt, gefüttert und getränkt, haben Millionen Steine von ihr gelesen, haben sie zu ihrem Ruhebett, Milchbrunnen und Apfelbaum gemacht; und sie wieder, die Göttliche, hat in heimlicher Weise listig an ihnen geformt und gebosselt und sie so geschaffen, wie sie selber war und ist: warm und weich und kräftig, und wiederum wundersam hart und starr und erbarmungslos. Und – wenn jegliches Ding, lebend oder tot, Mensch und Tier, Wolke und Luft, Stein und Pflanze, ja das Aas am Wegrand, geheime Ströme ausatmet und auf alles, was es umgibt, einwirkt, wie muß dann diese Natur, durch ungemessene Zeiträume, auf die Menschen hier eingewirkt haben? – Und drum ist das, was der Bauer seit urewigen Zeiten am meisten haßt: die Unruhe, der Wirrwarr und der Betrug; und was er seit urewigen Zeiten am meisten liebt: die Ruhe, die Ordnung und die Gerechtigkeit. Er schaut eine Weile dem Spektakel zu, zimmert dann einen handfesten Eichenstuhl, setzt einen tüchtigen Kerl drauf und schreit aus voller Lunge: Vivat unser König und Herr! – Das Königtum wird aus dem Bauernvolk stets aufs neue wiedergeboren. Was mich anbetrifft, hab ich keinen Zweifel, daß aller Leben Inbegriff hier ist, auf diesen Bergen, in diesen Tälern, hinter jenen steinbeschwerten Schindeldächern. Ich sehe schon die Zeit heraufkommen, wo die neue Wunderblüte sich entfaltet, merke schon die ersten Anzeichen; die Urkraft des Lebens, vielfach angekränkelt, kehrt in ihrem Drang zur Gesundheit an die Quelle zurück.«

»Du bist ja ein wahrer Prophet«, rief der Förster lachend. Dann schritten alle vier eine ziemliche Weile schweigend durch die Landschaft. Menas Gesicht verklärte ein schöner Ernst, obgleich sie die Worte nur wie eine Melodie vernommen und vom eigentlichen Sinn kaum etwas verstanden hatte.

Die Zeit der Aufregungen war vorüber und die Vorbereitungen zur Weihe der neuen Großen Glocke in vollem Gang. Gruppen von Männern und Burschen bildeten auf dem Kirchenplatz Kringel und riefen zu den offenen Fenstern hinein: »Die Ellenhuber-Mena ist Glockenpatronin! – Beim Bräuhausbau soll eine Mauer eingestürzt sein; da haben die Maurer wieder zu tief in den Maßkrug geschaut. – Der Krämer Lambert hat zehn Gulden für das Vergolden des Kirchenhahns gespendet; der kann so was tun. – Dem Pfarrer Gries soll ein Fackelzug gebracht werden!«

Die Mena erwartete zum Fest ihre Geschwister. Und sie kamen auch. Jedes, das allein oder schon mit einem ziemlichen Anhang beim Postwirt in die Gaststube marschierte, wurde mit einem aufrichtigen Jubel begrüßt. Alle waren sie hier; das Brigei, die Lena, der Vestl, der Paul, der Jörgei und der Naz, der wohlbehalten aus dem Krieg heimgekehrt war. Ihre Zurufe schossen wie wilde Tauben durcheinander: »Grüß dich Gott, Mutter Mena! – Grüß dich Gott, Harmonika-Brigei! – Grüß dich Gott, Haginger-Ruschl!« Sie waren es und waren es nicht. Das Alter hatte seine Runen in ihre Gesichter geschrieben. Doch zeigte sich darauf ein Abglanz jener Glückseligkeit, wo sie füreinander nichts als Mena, Jörgei, Brigei und Naz gewesen waren.

Die Mannsbilder tranken Bier; die Frauenzimmer gesüßten Wein. Eine tiefinnere Freude quoll empor, wie aus einem Urschacht. Es machte die Mena stolz, daß ihr Tisch Aufmerksamkeit erregte. »Ja«, sagten sie, »die Alt-Ellenhuber Leut, das waren rare Menschen! Sind aber lange schon abberufen. Der dort, der Schmalgesichtige, Bleiche, das ist der Ellenhuber Vestl; der hat auf den Barrikaden in Wien kommandiert. Und die neben ihm sitzt, die Breitgesichtige, das ist seine Schwester, die Mena; die war Großdirn beim Bräu. Und der Hagere, mit dem blonden Schnauzbart, das ist der Naz; der war mit dem zehnten Jägerbataillon auf dem Friedhof von Santa Lucia!«

Die Mena gewahrte eine steinalte Bäuerin, die suchend zwischen den Tischen nach hinten ging. Eine Weile wußte sie nicht, wo sie das Weiblein in ihrem Gedächtnis hintun sollte, bis es seinerseits den Tisch der Ellenhuber entdeckte. Es steuerte drauf zu und schrie laut: »Ja, seid ihr's denn wirklich und wahrhaftig? – Grüß euch Gott! Ich bin die Hartinger Bas!«

»Freilich, freilich«, riefen sie und machten ihr Platz, obgleich sie sich nur dunkel an sie erinnern konnten.

Volle vier Stunden war sie über die Waldschneide gewandert, über neunzig Jahre alt. Und jetzt ging ihr Blick die Gesichter entlang.

Dann sagte sie mit einem tiefen Atemzug: »Einmal, vor meinem Absterben, wollte ich noch die Kinder meines leiblichen Bruders sehen.« Und dann hub sie in einem klagenden Ton von dem »armen Gang« zu reden an. Sie holte aus der Tiefe des Kittelsacks eine Geldbörse und sagte: »Fünf Gulden gebe ich zu einer Votivtafel; die sollen mich nimmer gereuen.«

Die Unterhaltung ging gedämpfter. Sie erzählten sich untereinander von ihrem Leben, ihren Familien und ihren Sorgen. Der Mena schien, als ob sie für nichts außerhalb ihres Kreises Interesse hätten, im Gegensatz zur Kinderzeit, wo ihnen jedes Ding und jedes Wesen Staunen und Ergötzen bereitet hatte. Eine Verlegenheit, die sie sich nicht zu deuten wußte, tat sich zwischen ihnen auf. Die Schwestern schienen mit ihren Männern zu prahlen; es war, als ob sie sagen wollten: Siehst du nicht, was wir für Kerle haben, und du? – Mehrmals gab es ihr einen scharfen Stich ins Herz;

sie war nicht mehr die Mutter Mena, und der geschwisterliche Ring hing scheinbar nur noch lose zusammen.

Dieser Stimmung machte das Verlangen nach den Sängern ein Ende. Die Mena glaubte, damit könnte nur ihre Singergruppe gemeint sein; aber dies war ein große Täuschung. Es hatte sich inzwischen eine neue Singergruppe gebildet. Sie hatten einen Pfeifer, einen Klarinettisten und einen Trommler bei sich, die den Gesang begleiteten.

Der Mena fielen die Stunden ein, wo sie mit den wunderlichen Haushütern unter dem Hollerbusch gesessen und die ersten Lieder eingelernt hatte.

Das »Lied von der goldenen Waag der Gerechtigkeit« weckte sie aus ihren Sinnen. Sowie die Alleinstimme gedämpft anhub:

»O Mensch, gib acht:
Der Herrgott lacht ...«

verbreitete sich Stille. Die Mena und die Geschwister erkannten sogleich neidlos, daß die Sänger ebenso mächtig an die Herzen der Zuhörer rührten, als seinerzeit sie selber es getan hatten.

»O Mensch, gib acht:
Der Herrgott lacht.
Hoch über Mensch und über Zeit
Hängt leuchtend d' Waag der G'rechtigkeit.

Das ist die Waag,
Die Tag für Tag
Wiegt d' Mensch'n außer Welt und Zeit,
Die goldne Waag der G'rechtigkeit.

Geduld und Fleiß,
Das schafft den Preis,
Und Schritt für Schritt, schön langsam, stad,
Wird's allergrößte Feld abg'maht.

Und wie das Feld
So ist die Welt;
Viel Unkraut wuchert, wo viel G'treid,
Und wo viel Freud, da ist viel Leid.

Und Leid und Freud
Hat Maß und Zeit:
Genau so hoch die Waagschal steht,
So tief die ander niedergeht.

O Mensch, gib acht:
Der Herrgott lacht.
Hoch über Mensch und über Zeit
Hängt leuchtend d' Waag der G'rechtigkeit.«

Die Geschwister gingen die Dorfstraße hinauf. Eine Weile war es, als ob ein unsichtbares Band sie hinderte, sich zu trennen. Sie redeten von der Ahnl, und es erfüllte sie mit Stolz, daß morgen wieder eine Ellenhuberin Glockenpatronin wurde.

Am anderen Morgen, wie der erste Böllerschuß übers Dorf rollte, legte die Mena ihren besten Feiertagsstaat an. Heute nahm sie auch jene Halskette mit dem schweren Silberkreuz, die seit langem in ihrem Kasten lag; sie hatte es nie recht gewagt, sie öffentlich zu tragen. Für eine Magd schien dieser Schmuck zu kostbar. Aber heute trug sie ihn. Sie erinnerte sich wohl, wie die Haginghoferin sich für den Kaiser ausstaffiert hatte, und sie sollte es nicht wagen, sich zu schmücken für den höchsten Herrn?

Der blumenbekränzte Landauer bewegte sich mit ihr zur Kirche. Hier stand die neue Glocke. Sie war von einer Masse festlicher Menschen umgeben. Man redete über ihr Gewicht, über den Herstellungspreis und las immer wieder laut die Inschrift: »Ich künde Gott wiederum.«

Die Mena hörte das Gebet des alten Pfarrers: »Im Namen Gottes, des Vaters, des Sohnes und des Heiligen Geistes...«, sah, wie die Glocke sich zum Turmfenster hob und darin verschwand. Sie hörte, wie sie anschlug, einmal, zweimal. Dann regelmäßig und endlich voll und ganz. Es schien ihr, als ob sie nicht hier, unter den vielen freudigen Menschen stünde, sondern daheim auf Ellenhub wäre, umgeben von Vater, Mutter, Ähnl, Geschwistern und Geschwisterkindern, umgeben von allen ihren Vorfahren, weit zurück, und mit ihnen auf die Klänge der neuen Großen Glocke lauschte. Etwas Leuchtendes ging durch ihre Seele, vielleicht die Erkenntnis, daß dieser Glockenturm das wahre Lied der Lieder sang, dessen Text lautete: Erhebet eure Herzen und glaubet daran: das Leben ist einfach, liebreich und gut.

Anhang

Thomas Bernhard
Vor eines Dichters Grab

An einem dieser schönen Sommertage ging ich durch den idyllischen Maxglaner Friedhof. Ich glaubte in einem ewigblühenden Blumengarten zu schreiten, denn die tausend und abertausend Blüten leuchteten in fast überirdischen Farben. Plötzlich stand ich still. Ich las an einer anscheinend vergessenen Grabstätte den Namen eines stillen Denkers und einzigartigen Dichters, der, wie ich mich erinnerte, vor eineinhalb Jahren hier begraben wurde. Ich dachte sogleich an Leute in Henndorfer Tracht, an Bauern und Bäuerinnen mit gesenktem Haupt, die dem schlichten Sarge langsam folgten. Wieder schmerzte mich der Verlust dieses großartigen Mannes aus dem nahen Henndorf, und wie von fern her drangen die Lobgesänge aus seinen Gedichten zu mir, sah ich die Gestalten aus seiner unvergänglichen »Philomena Ellenhub«. Hat man das Grab des Dichters vergessen?

Zwar benannte man einen der schönsten Wege der Stadt nach ihm, dafür sei Salzburg gedankt, aber sein Grab, das die Stadtgemeinde zur Pflege übernommen hat, ist von Unkraut überwuchert, unter dem ein paar armselige Blümlein das Licht suchen. Ich glaube aber, Johannes F r e u m b i c h l e r hat eine Grabstätte verdient, die seiner würdig ist. Zumindest sollte sie sich von denen der Umgebung nicht so abheben, daß man zu der Annahme kommen könnte, hier ruhe ein Vergessener.

Dieser Artikel Thomas Bernhards erschien unter dem Pseudonym Niklas van Heerlen im *Salzburger Volksblatt*, 12. Juli 1950.

Thomas Bernhard
Der Dichter aus Henndorf

Wer war der Dichter aus Henndorf? Aus dem Land der Kornschneider und der Tagediebe? Wer war dieser Mensch, der sich mit Lichtenbergs »Diätetik« einsperrte, der die »Pensées« des Franzosen Pascal predigte und im Flachgau Kartoffelfurchen gezogen hatte? Der sein Hügelland liebte und diese wunderbaren Menschen verachtete wie kein zweiter aus seiner Gegend: Der André Gide mißtraute und den Bauernmägden aus der »Odyssee« des Griechen Homer vorlas unter dem Scheunendach? Wer war der Mann, der die geschliffenen Essays von Paul Valéry bewunderte, der »*erstarb vor diesem ätzenden Geist*« und für den Dostojewskij der »einzige Dichter« war? Wer war dieser religiöse und antikatholische Mensch, der von sich selber schrieb, daß er auf dem Schotterweg sei, die Poesie der Bauern zu sprechen? Der von einer unbändigen Liebe und Verehrung zu Österreich erfüllt war? Der vierzig Jahre seines achtundsechzigjährigen Lebens dachte und nicht *nach*dachte, sagte und nicht *nach*sagte; der General hatte werden wollen und ein Dichter wurde? Unter Bauern und Pseudobauern, Händlern und Gastwirten, Poeten und Handlangern, Vorstadtproleten und Aristokraten, Schneeschauflern und Schauspielern, Dirnen und Zigeunern hat er gelebt. »*Von Erschütterung zu Erschütterung, von Wiederauferstehung zu Wiederauferstehung.*« Er war gequält von der Elektrizität der Erde. Von den Feuern der Kultur. Von der Müdigkeit seiner Glieder. Von der Schwerfälligkeit seines Denkapparats. Von der Gemeinheit der Ästheten. Von der Widerwärtigkeit der Romanschreiber. Von der Schlafmützenpoesie der Lyriker. Von seiner eigenen Unzulänglichkeit. Von der Erfolglosigkeit. Von der Ruhmsucht der wirklichen Dichter.

Wer war er, von dem *Carl Zuckmayer*, der Dramatiker, schrieb; »Es ist unverständlich, daß dieser Mann, den ich für den österreichischsten aller Dichter nach Hofmannsthal halte, bis heute noch nicht ins Bewußtsein seines eigenen Volkes gedrungen ist.«

Johannes FREUMBICHLER ist das Musterbeispiel eines Österreichers. Er kannte sich selbst am besten. Er konnte verbissen und leidenschaftlich leiden, in Selbstmordgedanken schwelgen, wunderbar hungern, die Erde hochhalten, die größten Götzen in aller Heimlichkeit stürzen, wie nur ein Österreicher verschwenden, wie nur ein Österreicher von der Unsterblichkeit träumen. Aber »*ich bin keine Weltliteratur. Ich bin nicht einmal das, was Andersen mit seinen Märchen ist. Ich bin nichts als der Dichter und Beschwörer (im hinterhältigsten Sinne) meiner mir angeborenen Landschaft, der Dichter des Flachgaus, der Dichter der Verzweiflung in den ausgetrockneten Tälern*«.

Was haben wir von dem Bauernsohn, der mit zwanzig Haus und Hof verschenkte, der die Sicherheit aufgab, angezogen von den Gerüchen der Erde und vom sich »*täglich erneuernden Zirkus der Welt*«, vor uns liegen? Sieben, acht Bücher, gedruckte und ungedruckte. Sehr gute und sehr schlechte. Völlig danebengegangene und einzig dastehende, unwiederholbare poetische Blöcke. Zwanzig Jahre brauchte er, um endlich »*reden*« zu können, denn Poesie muß man reden, nicht schreiben. Als er Poesie redete, war er fünfzig. Bis zum achtundsechzigsten Jahr entstanden dann etwa 2000 Seiten wirkliche, erbärmliche, trockene, schwer tropfende Prosa, im engsten Sinne Epik. Davon sind 1500 Seiten ungedruckt, ein Riesenwerk, die Leistung eines morgendlichen Schwerarbeiters, »*Das Tal der sieben Höfe*«, das ihn 1949 einfach zerstörte und ins Grab warf.

Von allen gedruckten Büchern – es sind ungefähr fünf

Romane und Erzählungen – ist allein die »*Philomena Ellenhub*« eine große Dichtung. Es ist ein Buch, das unvergänglich sein muß, weil in ihm Menschen leben, die nur ein einziges Mal gelebt haben. Diese Forderung erfüllt es ganz. Eine Poesie, die nirgends »poetisch« ist, wohl aber holprig, steinig, unwegsam, einfach, wie die tiefsten Erschütterungen, die ein Mensch durchmacht. Die »Philomena Ellenhub« ist die Geschichte der Mutter Freumbichlers, einer Bauernmagd. Diese Geschichte hat nichts mit Bauerndichtung zu tun. Sie ist viel eindringlicher als beispielsweise die Romane Sillanpääs, des finnischen Dichters, der ja letzten Endes doch ein Schwächling war, ein Mensch, »*der der Landschaft erlag*«. Freumbichler stellt sich dieser Landschaft entgegen, als müßte er sie bändigen, weil aus ihr »*die Hölle hervorschaut mit einem aufgerissenen brennenden Eitergesicht*«. Dieses Buch ist eine der so seltenen Dichtungen, die wirkliche Geschichte der österreichischen Bauern sind. Wenn man dieses Buch liest, muß man wissen, wo man zu Hause ist. Es fordert den höchsten Anspruch und ist aus einer Sprache, die heutzutage von keinem unserer Schreibenden bewältigt werden kann. Dieses Buch hat als Manuskript die Reise über zwanzig Verlagstische gemacht. Zsolnay hat es 1937 verlegt. Freumbichler bekam dafür den Staatspreis und begann zwei Wochen darauf wieder zu hungern. Aber in diesem Hunger, in diesem unersättlichen Hunger wurde er zu einem unserer bedeutendsten Autoren.

Das, was Freumbichler bedeutet, befindet sich in seinem Nachlaß. Denn die gedruckten »*Jodok Fink*«, »*Atahuala*«, »*Die Reise nach Waldprechting*« usw. sind nur frühe Stationen eines vom Bösen und von der Liebe getriebenen Geistes, lauter zugeschnittene Literaturen, in denen sich freilich schon ankündigt, was man als die Vollendung bezeichnen kann. »*Was*«, sagte Martin Buber vor ein paar Jahren, »*Musil und Broch sind Österreicher? Das sind doch große Schriftsteller! Freumbichler aber ist Österreicher. Und die Österreicher kennen nur Musil und Broch ... Man muß schmecken können, woher eine Dichtung kommt, in allem, bis hinein in die letzten Verästelungen der Sprache, der österreichischen Sprache, denn die ist anders als die deutsche, die ist tiefer, melancholischer, fürstlicher, zum Genialen geschaffen wie keine zweite und nicht nur liebenswert, sondern ein Zauber und dieses Reiches würdig.«*

Unter hundert gutangezogenen Leuten, die sich heute in Österreich mit Literatur beschäftigen, oder vorgeben, das zu tun, was viel einfacher ist und auch wieder österreichisch, haben keine drei auch nur den Namen Freumbichler gehört, geschweige denn die »Philomena Ellenhub« gelesen. Das ist durchaus kein Wunder in einer Zeit, in der man sich das Dichten so leicht macht wie das Nudelwalken, in der man über Stifter verächtlich spricht, ohne ihn gelesen zu haben, in welcher man Proust bewundert (mit Recht bewundert!), ohne ihn gelesen zu haben, in welcher man überhaupt keine Ahnung hat – jedenfalls auf der sogenannten literarischen Seite –, was vor Robert Musil und Hermann Broch passiert ist. Und da ist sehr viel passiert! Wo so viel Schmarren geschrieben wird – nämlich in Deutschland und Österreich, was die Prosa betrifft –, sollte man sich der paar großen Autoren erinnern, sie kennenlernen, sie bewundern, sie lieben, sie herumreichen. Schließlich sind wir nicht die Franzosen, die, wenn sie sich mit unserer Literatur beschäftigen, immer in den dritten und vierten Rang des Welttheaters hinabsteigen müssen! Johannes Freumbichler gehört entdeckt, wie wir einen Franzosen oder einen Engländer entdecken. Entdecken wir einen Österreicher!

Über sich selber schrieb er kürzer als kurz an Paul Zsolnay: »*Ich bin 1881 in Henndorf am Wallersee geboren. Meine Vorfahren waren Bauern.*«

In einer Zuckerkiste wurden über dreihundert vollgeschriebene Notizbücher gefunden, die sehr viel Unheil hervorrufen könnten, sollten sie einmal auszugsweise veröffentlicht werden. Denn unbequem war auch dieser Freumbichler, der von seinen Landsleuten genau das hielt, was sie sind. Nicht mehr und nicht weniger. Er interessierte sich für alles, sogar für die Technik (er hat vier Semester am Technikum in Ilmenau studiert), für die Politik (er war einer der gefeiertsten sozialistischen Versammlungsredner in seiner Jugend), für Österreich (er war, je älter er wurde, desto mehr ein Anhänger und Befürworter der Donaumonarchie) und gar nicht für die Literatur (er haßte den Bücher- und Zeitschriftenbetrieb, den Philosophenkult und den Poetenmarkt der Wiener Innenstadt). Er hat niemals »*aus eigenen Werken*« gelesen und sich nie um einen Professorentitel bemüht. Daß er in einem Ehrengrab liegt, ist Zufall. Die österreichische Literaturgeschichte verschweigt oder bagatellisiert ihn zugunsten Waggerls. Die deutsche und sogar eine englische heben ihn hervor. Vielleicht war er, was Garcia Lorca in der Lyrik für Spanien war, für Österreich in der Prosa.

Die Überraschung liegt im Hauptwerk, in den 1500 Seiten vor seinem Tode am 11. Februar 1949. Dieses Werk wäre, und das soll ausgesprochen sein, 1951 zweibändig bei Zsolnay in Wien erschienen, hätten nicht »blutige Meinungsverschiedenheiten unter den Erben des Dichters« dem Vorhaben ein schnelles Ende gesetzt.

Freumbichler war ein außerordentlicher Mensch, rücksichtslos in seiner Zuneigung zur Welt und in seinem Haß gegen die Niederträchtigkeit der Menschen. Er war auch ein außerordentlicher Schriftsteller, zuletzt ein Dichter, ein geschlagener Geist, den zeitlebens die Melancholie und der unabänderliche Frost des Österreichertums begleiteten.

Dieser Aufsatz von Thomas Bernhard erschien in *Wiener Bücherbriefe*, Heft 5 1957, S. 7-9 und wird hier zum ersten Mal wiederabgedruckt.

Bernhard Judex
Der »Heimatsucher«.

Johannes Freumbichler und
sein »Salzburger Bauernroman«
Philomena Ellenhub

1. »Siegen oder Untergehen«: Leben, um zu schreiben

»In einer Zuckerkiste wurden über dreihundert vollgeschriebene Notizbücher gefunden, die sehr viel Unheil hervorrufen könnten, sollten sie einmal auszugsweise veröffentlicht werden. Denn unbequem war auch dieser Freumbichler, der von seinen Landsleuten genau das hielt, was sie sind.«[1] Kein anderer als Thomas Bernhard gedenkt mit diesen Worten in einem *Der Dichter aus Henndorf* betitelten Aufsatz von 1957 seines Großvaters mütterlicherseits, des für ihn in seiner Kindheit und Jugend »in allem lebens- und existenzentscheidenden Menschen, der selbst durch die Schule Montaignes gegangen war, wie ich durch seine Schule gegangen bin«.[2] Im letzten Band der autobiographischen Erzählungen, *Ein Kind* (1982), heißt es, »[d]ie Großväter sind die Lehrer, die eigentlichen Philosophen jedes Menschen, sie reißen immer den Vorhang auf, den die andern fortwährend zuziehen. Wir sehen, sind wir mit ihnen zusammen, was wirklich ist, nicht nur den Zuschauerraum, wir

---

1 Thomas Bernhard: *Der Dichter aus Henndorf.* In: *Wiener Bücherbriefe,* 1957, H. 5, S. 7-9, hier S. 9; in diesem Band S. 552.
2 *Die Ursache. Eine Andeutung.* In: Thomas Bernhard: *Werke.* Hg. von Martin Huber, Wendelin Schmidt-Dengler, Bd. 10 (= *Die Autobiographie.* Hg. von Martin Huber, Manfred Mittermayer). Frankfurt/M.: Suhrkamp 2004, S. 89.

sehen die Bühne, und wir sehen alles hinter der Bühne.«[3] Im Werk des Enkels ist der Großvater als »Erklärer«[4] des absurden Menschheitstheaters in verschiedenen Ausprägungen präsent: als patriarchalischer Zirkusdirektor Caribaldi (*Die Macht der Gewohnheit*, 1974) oder als wortmächtiger Familientyrann in *Der Theatermacher* (1985), in der Prosa als exzentrischer, an seinen überzogenen Ansprüchen scheiternder »Geistesmensch«,[5] dessen großangelegte Schriften und Studien zwar »im Kopf«,[6] aber nicht realisierbar sind.

Wie viele von Bernhards Figuren hatte auch Johannes Freumbichler »[i]mmer das Höchste im Auge«.[7] Sein Leben wie das seiner Familie ordnete er einem einzigen Ziel unter: »Ich werde ein großer Künstler, und jedes Wort, das ich sage, muß auf die Menschen wirken«,[8] notierte er 1914. Darin liegt die Tragik seiner Existenz. Mit zunehmender Absolutheit verfolgte der zu Lebzeiten so gut wie erfolglose Schriftsteller, den erst sein Enkel »auf dem Terrain der Literatur rächen«[9] wird, den Anspruch auf literarische Anerkennung und eine materiell gesicherte Existenz. Beides blieb dem vom »Gift der Erfolglosigkeit«[10] Erfüllten verwehrt.

3 Ebd., S. 417.
4 Ebd., S. 453.
5 Bernhard: *Beton*. In: Thomas Bernhard: *Werke*. Hg. von Martin Huber und Wendelin Schmidt-Dengler. Bd. 5, Frankfurt/M.: Suhrkamp 2006, S. 16.
6 Ebd., S. 30.
7 Bernhard: *Ein Kind*. *Werke*, Bd. 10, a. a. O., S. 454.
8 Nachlaß Johannes Freumbichler, Thomas-Bernhard-Archiv, Gmunden (NLJF), SL 98, S. 37.
9 Hans Höller: *Thomas Bernhard*. Reinbek: Rowohlt 1993 (= rororo Monographie, 504), S. 36.
10 NLJF, Brief Johannes Freumbichler an Anna Bernhard, 20. 1. 1927.

Der Umfang von Freumbichlers Œuvre ist beeindruckend, obwohl die meisten Gedichte, Erzählungen, Romane und Theaterstücke entweder unvollendet oder unveröffentlicht sind. Der von einem außerordentlichen Sendungsbewußtsein bei gleichzeitig geringem Selbstwertgefühl gezeichnete Vielschreiber arbeitete unermüdlich. Leser Thomas Bernhards kennen ihn als »in die Pferdedecke« gewickelten Frühaufsteher, der »um drei Uhr früh in seinem Zimmer den Kampf [...] mit dem Unmöglichen, mit der totalen Aussichtslosigkeit der Schriftstellerei«,[11] aufnimmt.

Da es für ihn »nur *ein* letztes Glück: Dichten!!«[12] gibt, wie er 1927 notiert, zieht sich der durch von Mißerfolg, Armut und Krankheit zutiefst Enttäuschte immer mehr zurück. »*Ich* habe kein Interesse an der Gesellschaft. Sie keines an mir [...].«[13] Umgekehrt motiviert sich der in seinem widersprüchlichen Denken Gefangene mit Selbstappellen wie »Siegen oder Untergehen!«,[14] »Ich will es vollbringen oder sterben!!«[15] oder »Wer hier durchkommen will, muß sich mit einem Panzer von Rohheit umgeben«,[16] ein Zitat August Strindbergs – neben Schopenhauer, Nietzsche oder Tolstoi eines seiner großen Vorbilder.

In Bernhards Äußerungen über seinen Großvater klingt an, wie dieser vom Widerspruch zwischen Tradition und bäuerlicher Herkunft einerseits, geistigem Aufbruch aus der ländlichen Enge und dem Wunsch eines Lebens als Bohemien andererseits beherrscht wurde. Geboren wird Jo-

11 Bernhard: *Die Ursache. Werke*, Bd. 10, a. a. O., S. 169.
12 NLJF, W 167/4, S. 228.
13 NLJF, SL 45, S. 45.
14 NLJF, SL 223, S. 4.
15 NLJF, SL 115, S. 51.
16 Vgl. NLJF, SL 165; sowie NLJF, Brief Johannes Freumbichler an Anna Bernhard, 6. 9. 1927.

hannes Freumbichler am 22. Oktober 1881 in einer in Henndorf am Wallersee, im Salzburger Flachgau, ansässigen Bauernfamilie, die es zu bescheidenem Wohlstand gebracht hat. Als »Schmalzsepp« handelt sein Vater mit Butter und Viktualien. Johannes ist das jüngste und einzige von vier Kindern, das in Salzburg die Realschule besucht. Bereits damals entsteht sein Lebensplan, schreibend die ganze Menschheit der »Knechtschaft und Sklaverei«[17] zu entreißen, wie es jugendlich pathetisch in seinen Tagebucheintragungen heißt. Der ältere Bruder Rudolf, der vergeblich eine Anstellung als Jäger sucht, möchte mit ihm »in die böhmischen Wälder« oder »nach Italien«[18] ziehen. Mit dem Schulfreund Rudolf Kasparek gründet er die burschenschaftsähnliche Verbindung »Cheruskia«, eine anti-klerikale, deutsch-nationale Bewegung im Geiste Georg von Schönerers, dessen Partei um 1900 Gewerbetreibende und die »junge Intelligenz« mobilisiert.

In der eigenen Familie und der engen dörflichen Gemeinschaft findet der junge Freumbichler nur wenig Halt. Dennoch ist er sein Leben lang »stolz darauf, einem sechshundertjährigen Bauerngeschlechte zu entstammen«.[19] Ebensowenig wie Rudolf, der 1902 Selbstmord begeht, weil er die »Arbeitslosigkeit und die leidende Menschheit, der [er] nicht helfen kann«,[20] nicht mehr ertragen hat, möchte Johannes das elterliche Geschäft übernehmen. Dies nimmt

17 NLJF, W 19/3, s. p.
18 NLJF, Brief Rudolf Freumbichler an Johannes Freumbichler, 4. 2. 1902.
19 NLJF, Brief Johannes Freumbichler an Clarita Thomsen, 6. 11. 1920.
20 NL JF, Brief Rudolf Freumbichler an die Eltern, 7. 3. 1902. Es handelt sich um den Abschiedsbrief des 25jährigen. Vgl. auch Bernhard: *Werke*, Bd. 10, a. a. O., S. 187.

ein zentrales Motiv in Bernhards Prosa vorweg: die Auseinandersetzung der Söhne mit dem »Herkunftskomplex«,[21] wie er unter anderem dem Roman *Auslöschung* (1986) zugrunde liegt, die Problematik des Erbens und der »Abschenkung«.[22] Freumbichler bricht – wie später sein Enkel – die Schule ab und geht unmittelbar nach dem Freitod des Bruders nach Deutschland. Zunächst studiert er am Technikum in Altenburg (Sachsen), ab 1903 in Bad Ilmenau (Thüringen) Elektrotechnik, bricht aber auch diese Ausbildung vorzeitig ab.

Freumbichlers Bildung und Belesenheit sind, gemessen an seinem Ausbildungsgang, außergewöhnlich. Im Nachlaß befinden sich zahlreiche sogenannte »Autorenbreviers«, die die Lektüre vieler Schriftsteller und Denker verzeichnen: Augustinus, Dante, Dickens, Dostojewskij, Flaubert, Goethe, Hauptmann, Hebbel, Hölderlin, Ibsen, Montaigne, Nietzsche, Pascal, Platon, Rousseau, Schiller, Schopenhauer, Strindberg und andere mehr.

Daß er eine »gefährliche Existenz als Anarchist« geführt hat »wie Kropotkin«,[23] ist allerdings eine Mystifikation Thomas Bernhards, wie dieser in *Ein Kind* andeutet: »In der Theorie vernichte ich jeden Tag alles, verstehst du, sagte er. In der Theorie sei es möglich, alle Tage und in jedem gewünschten Augenblick alles zu zerstören, zum Einsturz zu bringen, auszulöschen. [...] Aber die Theorie ist nur Theorie, sagte mein Großvater, dann zündete er sich die Pfeife an.«[24]

---

21 Thomas Bernhard: *Auslöschung. Ein Zerfall.* Frankfurt/M.: Suhrkamp 1986, S. 201.
22 Thomas Bernhard: *Werke*, Bd. 12 (= *Ungenach, Watten, Gehen*. Hg. von Hans Höller, Manfred Mittermayer). Frankfurt/M.: Suhrkamp 2006, S. 9.
23 Bernhard: *Die Ursache. Werke*, Bd. 10, a. a. O., S. 89.
24 Bernhard: *Ein Kind. Werke*, Band 10, a. a. O., S. 417.

Vor dem Ausbruch des Ersten Weltkriegs wechselt er rastlos die Aufenthaltsorte: Basel, Bozen, Bad Reichenhall, München und Meran. Ständige Wohnungswechsel innerhalb der einzelnen Stationen resultieren aus Mietschulden, die Polizei wird eingeschaltet, da die Lebensverhältnisse des jungen Mannes rätselhaft bleiben. Mit seiner Lebensgefährtin Anna Bernhard, die in Salzburg ihren Ehemann, den Schneidermeister Karl Bernhard, und ihre zwei Söhne zurückläßt und Freumbichler Anfang 1904 in die Schweiz nachfolgt, sowie den gemeinsamen Kindern Herta (geb. 1904 in Basel), Thomas Bernhards Mutter, und Farald (eigentl. Rudolf Harald, geb. 1910 in München), führt er viele Jahre eine materiell wie psychisch fast unerträgliche Existenz. Materielle Unterstützung erfährt die Familie durch Freumbichlers Mutter sowie durch Bekannte, etwa Clarita Thomsen.

Das erste veröffentlichte Werk, *Julia Wiedeland* (1911), ein Ehe- und Gesellschaftsroman nach dem Vorbild von Gustave Flauberts *Madame Bovary*, erweist sich als finanzielles Desaster. Für die Veröffentlichung in einem Münchner Kommissionsverlag muß Freumbichler 3000 Mark Kaution bezahlen, die durch den nicht nennenswerten Verkauf nie gedeckt werden können. Auch der Roman *Eduard Aring*, 1917 in der *Deutschen Roman-Zeitung* in Fortsetzungen gedruckt, bleibt ohne Wirkung. Dies mochte daran liegen, daß der tragische Selbstmord des jungen Titelhelden, eines auf Abwege geratenen Bauernsohns, irritiert und kaum jener Leserschicht Unterhaltung bietet, welche Freumbichler in erster Linie ansprechen will: Städter, »Menschen, die Muße haben oder von ihrer Arbeit ausruhen wollen«.[25]

1913 soll die Übersiedlung nach Wien den großen Um-

---

25 NLJF, W 167/1, S. 99.

schwung herbeiführen. Freumbichler erhofft sich Kontakte zu Zeitungen und Verlegern, nachdem eine kurzfristige Tätigkeit als Schreiber bei einer Versicherung in München sich für ihn als zu aufreibend darstellte. Eine künstlerisch nutzlose Büroarbeit ist dem unter Kopfschmerzen leidenden, an Lungentuberkulose Erkrankten ohnehin ein Greuel. Zudem kann er »einen Raum mit anderen Menschen nicht lange Zeit teilen«.[26] Der »Ziegentraum«,[27] ein unabhängiges Leben als Selbstversorger auf dem Land, hat sich als undurchführbar erwiesen, weil selbst dafür das nötige Startkapital fehlt. Schon bald nach der Ankunft in der »mörderischen Großstadt« will Freumbichler wieder fliehen und erwägt, »[s]ein ganzes ferneres Leben am Lande [zu] leben«.[28] Die Existenz in »einer solchen Riesenstadt verbraucht die Menschen viel schneller als ein kleiner Ort. Es ist ein Höllendasein!«[29], hält er 1919 fest. Stimmungsschwankungen wie diese sind für Freumbichler signifikant. Mitunter leidet er monatelang unter manischen Depressionen, ist unfähig zum Schreiben, spornt sich aber zugleich zu Höchstleistungen an: »Auf! Auf! In 2-jährigem, stahlhartem Ringen wirst du deine Ohnmacht für immer überwunden haben.«[30]

Der Zeitpunkt für einen Neuanfang in Wien ist alles andere als günstig. Während und nach dem Krieg sowie dem Zusammenbruch der k. u. k. Monarchie ist die wirtschaftliche und soziale Situation in der über zwei Millionen Einwohner zählenden Großstadt miserabel. Hunger,

26 NLJF, SL 115, S. 53.
27 NLJF, Brief Clarita Thomsen an Anna Bernhard, 10. 3. 1915.
28 NLJF, Brief Johannes Freumbichler an Anna Bernhard, 30. 8. 1914.
29 NLJF, SL 125, S. 39.
30 NLJF, SL 223, S. 4.

Arbeitslosigkeit und Inflation sind an der Tagesordnung. »Am 29. November 1915. Kälte – schlechtes Essen – Depression«,[31] heißt es in einem Notizbuch. Wer mochte da schon an Literatur denken – außer Freumbichler selbst, »in dem alles Körperliche in Geist übergeht«.[32]

Immerhin verbringt er mit seiner Familie mehr als zwanzig Jahre in Wien, die längste Zeit davon im 16. Gemeindebezirk in der Wernhardstraße 6 als dauerhaftestem Wohnsitz überhaupt. Während Anna und Herta Bernhard als Haushälterinnen, Köchinnen und Kindermädchen in grenzenloser Selbstaufopferung für das Allernötigste sorgen, bemüht sich der Dichter weiterhin ohne Erfolg um die Veröffentlichung seiner Erzählungen, Romane und Gedichte. Selbst Franz Karl Ginzkey, Max Mell und Franz Nabl, anerkannte Schriftsteller in der Ersten Österreichischen Republik, zu denen Freumbichler jetzt lose Kontakte knüpft, können, von kleineren Veröffentlichungen in Zeitungen und Kalenderblättern abgesehen, nichts für ihn tun. »Du hast dir einen schweren Beruf gewählt, wo auch ich viel zu leiden hab'«,[33] schreibt die Mutter in einem Brief.

2. Philomena Ellenhub. Ein Salzburger Bauernroman

Angesichts des von materieller Entbehrung, Krankheit und psychischer Not geprägten Lebens muß ein Werk wie der »Salzburger Bauernroman« *Philomena Ellenhub* erstaunen. Als poetischer Gesang auf die bäuerliche Welt, die als zeitlos ewig beschworen wird, bildet es den positiv überhöh-

---

31 NLJF, SL 105, S. 1.
32 NL JF, Brief Anna Bernhard an Clarita Thomsen, 12. 6. 1914.
33 NL JF, Brief Maria Freumbichler an Johannes Freumbichler, 6. 11. 1911.

ten Widerpart zur eigenen Existenz. Ausgerechnet in Wien entsteht die erste Fassung, fern vom ländlichen Kosmos. Nach ihm sehnt er sich als »Heimatsucher« – wie Franz Karl Ginzkeys in seiner Autobiographie von 1946 sich selbst apostrophiert hat (*Der Heimatsucher. Ein Leben und eine Sehnsucht*). »Die Erinnerung ist das Paradies, woraus einen niemand vertreiben kann«,[34] notiert er in Anlehnung an einen Ausspruch Jean Pauls. In diesem Sinn hat Alice Zuckmayer, die an der endgültigen Form des Romans maßgeblichen Anteil besitzt, geurteilt: »Freumbichler hat eine ungestillte Sehnsucht nach dem Stand, aus dem er ausgetreten ist.«[35]

Erste Ideen und Entwürfe reichen zurück bis in die frühen zwanziger Jahre, die Reinschrift des Manuskripts beginnt Ende 1927. »Ich will ein Beispiel aufstellen, wie ein Mensch bei größten Widerständen sein Ziel dennoch erreicht. Ich will mich einspinnen in Wahnsinn und Glauben wie noch nie ein Mensch«,[36] hält eine Notiz von 1922 die Absicht des Autors fest. Er bezeichnet den Roman als »heilige[s]« und »eines der schönsten Bücher der Weltliteratur«[37], sieht ihn in einer Reihe mit der Prosa Ludwig Ganghofers, Selma Lagerlöfs, ja sogar Thomas Manns. In einer ersten durchgeschriebenen Fassung liegt der über 800 Seiten umfassende Text im November 1933 vor. »Ein Tag wirklichen Triumphs hebt die Leiden von 20 Jahren auf«,[38] notiert er. An die Tochter Herta schreibt er: »An mir ist nun gewiß nichts Wunderbares, aber an meiner *Philomena Ellen-*

---

34 NLJF, SL 171, Umschlag.
35 NLJF, Brief (Kopie) Alice Zuckmayer an Paul Zsolnay, 31. 5. 1950.
36 NLJF, SL 138, S. 19.
37 NLJF, W 167/4, S. 202b.
38 Ebd.

hub hängt ein bißchen vom Wunderbaren.«[39] Doch die Verlage, bei denen er das Manuskript 1933/34 einreicht – unter anderem bei Paul Zsolnay –, sehen das anders und lehnen den Roman ab.

Erst die Initiative seiner Lebensgefährtin bringt die Wende. Die Familie wohnt seit Anfang 1935 in Seekirchen am Wallersee, in unmittelbarer Nähe von Freumbichlers Geburtsort Henndorf. Dort haben sich Carl und Alice Zuckmayer in der 1926 erworbenen »Wiesmühl« niedergelassen. Anna Bernhard kennt den Dichter dem Namen nach und schickt ihm ohne Freumbichlers Wissen eine Kopie des Manuskripts. Auf den ersten »Schrecken«, der Zuckmayer angesichts des »über tausendseitige[n] *handgeschriebene[n]* Manuskript[s]«[40] befallen hat, folgt im Juli 1936 ein begeisterter Brief. Unter dem »Eindruck eines ungewöhnlichen, wunderschönen Werkes und einer starken, eigenen Dichterpersönlichkeit«[41] möchte er sich für den unbekannten Dichter, der das »Mirtlbauernhäusl« in Seekirchen bewohnt, einsetzen. »Früh ergraut, das bartlose Gesicht von Entbehrungen und Leiden gefurcht, doch mit ganz wachen, hellen, großen Augen hinter der schmalen Brille, einem Blick von ungebrochener Entschlossenheit und von Traumbereitschaft zugleich, ging von ihm eine stille, unprätentiöse Würde aus«,[42] so wird Johannes Freumbichler von Carl Zuckmayer charakterisiert.

Während dieser seine Kontakte nicht nur zum Wiener Zsolnay Verlag, sondern zugleich zu den kulturpolitischen Funktionären des Ständestaates bemüht, macht sich seine

39 NLJF, Johannes Freumbichler an Herta Bernhard, 5. 1. 1936.
40 Carl Zuckmayer. *Aufruf zum Leben. Porträts und Zeugnisse aus bewegten Zeiten.* Frankfurt/M.: Fischer 1995, S. 217.
41 NLJF, Carl Zuckmayer an Johannes Freumbichler, 8. 7. 1936.
42 Zuckmayer: *Aufruf zum Leben*, a. a. O., S. 218.

Frau Alice gemeinsam mit Freumbichler an die Überarbeitung. Dabei schrumpft der Roman auf die Hälfte seines ursprünglichen Umfangs. Im September 1936 unterzeichnet Freumbichler den Verlagsvertrag und erhält 1250 Schilling Vorschuß. Die Auflage beträgt 3000 Stück, Erscheinungstermin ist der Februar 1937. Am Heiligen Abend 1936 sind Johannes Freumbichler, der »Diogenes und Homer des Wallersees«,[43] wie ihn Zuckmayer nennt, und seine Familie in der »Wiesmühl« eingeladen. Eine Art Dichterfreundschaft entsteht, die Alice Zuckmayer selbst nach dem NS-Terror, dem Krieg und dem Exil sowie dem Tod Freumbichlers mit Anna Bernhard und Farald Freumbichler Kontakt halten läßt. Auch beim fünfjährigen Thomas Bernhard hinterlassen die ungewohnte Umgebung und der »berühmte Schriftsteller«[44] einen tiefen Eindruck.

Die erhoffte finanzielle Sanierung bleibt jedoch aus. Selbst die auf Betreiben Zuckmayers zustande gekommene Verleihung des Förderungspreises des Großen Österreichischen Staatspreis für Literatur 1937 ist nicht mehr als eine öffentliche Anerkennung des ersten Erfolgs des inzwischen 56jährigen. Ende des Jahres erhält er dafür 1000 Schilling, muß damit allerdings den aufgrund des ab 1938 nur noch schleppenden Verkaufs nicht eingespielten Vorschuß zurückzahlen. Zumindest für die Eheschließung mit Anna Bernhard nach mehr als 30 Jahren einer alle Höhen und Tiefen menschlichen Daseins ausmessenden Beziehung reicht das Geld aus.

Besprochen hat man *Philomena Ellenhub* im zeitgenössischen Feuilleton mitunter begeistert. Carl Zuckmayer selbst macht – wie 26 Jahre später bei Thomas Bernhards Roman-

43 NLJF, Karte Carl Zuckmayer an Johannes Freumbichler, 3. 1. 1937.
44 Bernhard: *Ein Kind. Werke*, Bd. 10, a. a. O., S. 468.

debüt *Frost* – mit einer ausführlichen Rezension in der *Neuen Freien Presse* vom 11. Februar 1937 den Anfang und lobt die »Anschaulichkeit« und Originalität dieser Dichtung, ihre »Breite und Ausführlichkeit«, mit der Freumbichler, »von Bauern stammend, zum Dichter berufen«, seine Welt, die zur »Landschaft der Seele« wächst, darzustellen vermag. Es sei eine »wahrhaft ursprüngliche, im höchsten Sinn einfältige und volksverbundene Erzählung«, eine »wirklich ganz ungewöhnliche und einzigartige Erscheinung, [...] vollkommen ohne Vorbild, vollkommen ›unliterarisch‹ und dabei vollkommen dichterisch. [...] Ja, es ist wirklich ein klarer Quell, ein lauteres Wasser, ein Himmel voll Sonne, voll Wolkenzug und voll nächtiger Finsternis, voll Wetterleuchten und Sternenmilde – gütig, reif und weise, – auch streng, hart und ohne falsche Barmherzigkeit, Rücksicht oder Verhüllung – wahrhaftig bis ins Innerste und doch stets von einer heimlichen Harmonie verklärt, von einer unsichtbaren Waage ausgewichtet, – von seinem eigenen, unbewußten Formgesetz gebaut und getragen.«[45] Auch in der christlich-sozialen *Reichspost*, dem Zentralorgan des Ständestaates, kommt man zu einem insgesamt positiven Urteil.[46] Im *Börsenblatt für den Deutschen Buchhandel* erscheinen wiederholt gut plazierte Anzeigen, in denen, von Zuckmayer eingeworben, Dichterkollegen wie Franz Karl Ginzkey, Paula Grogger, Gerhart Hauptmann, Hermann Hesse, Josef F. Perkonig oder Karl Heinrich Waggerl das Buch empfehlen. Dem Nationalsozialismus verbundene Autoren wie Hans F. Blunck oder Bruno Brehm erhalten ebenfalls Rezensionsexemplare.

45 Carl Zuckmayer: *Ein Salzburger Bauernroman*. In: *Neue Freie Presse*, 11. 2. 1937.
46 Vgl. Rudolf List: *Ein Salzburger Bauernroman. »Philomena Ellenhub« von Johannes Freumbichler*. In: *Reichspost*, 21. 2. 1937, S. 19.

Entscheidend bleibt jedoch Zuckmayers Zurückweisung jedes Verständnisses von *Philomena* als »Blut-und-Boden-Literatur«. Der Roman »hat mit Bauerndichtung im üblichen beschränkten Sinne ebensowenig zu tun wie etwa ein Werk von Stifter oder Hamsun«,[47] heißt es. Auch nach 1945 kommt die Literaturwissenschaft zu einer positiven Bewertung. Friedbert Aspetsberger erkennt in der »vielstimmig[en] und tolerant[en]« Erzählweise des Autors eine »liberale Facette«,[48] die »dem Prozeßhaft-Individuellen«[49] und nicht den im Genre der Heimatkunst üblichen Klischees geschuldet sei. Von einer »taufrischen dichterischen Schönheit« spricht Adalbert Schmidt und betont, wie sehr sich der Text von den damals »konjunkturbedingten Bauerndichtungen, die aus der sentimentalen Natursehnsucht des Städters in die bäuerliche Welt hineinblicken«,[50] abhebe.

Bei nachträglicher, unvoreingenommener Betrachtung wird man freilich Passagen entdecken, in denen Freumbichlers Sehnsucht nach einem »ordo dei«, dem auf Gott und nicht zuletzt auf den Kaiser gegründeten Kosmos einer wenn schon nicht immer nur guten, so doch ausgleichenden ländlichen Lebenswelt, deutlich hervortritt. Arbeit, Demut und Lebenslust können als die drei grundsätzlichen Motivbereiche dieser teilweise konstruiert wirkenden, insgesamt aber lebensgeschichtlich authentischen Dichtung bezeichnet werden.

47 Zuckmayer: *Ein Salzburger Bauernroman*, a. a. O.
48 Friedbert Aspetsberger: *Johannes Freumbichlers Bauernroman ›Philomena Ellenhub‹*. In: *Österreich in Geschichte und Literatur* 23 (1979), H. 5, S. 279-297, hier S. 279.
49 Ebd., S. 282.
50 Adalbert Schmidt: *Dichtung und Dichter Österreichs im 19. und 20. Jahrhundert*. Salzburg, Stuttgart: Das Bergland-Buch 1964, Bd. 2, S. 88.

Ungewöhnlich ist der »Bauernroman« sowohl innerhalb seines Genres als auch für sich genommen, in seiner Zeit ebenso wie heute, weil mit der Titelfigur eine Frau im Zentrum steht. Allein mit Frans Eemils Sillanpääs *Silja die Magd* (1931) ließe sich Freumbichlers Werk literaturgeschichtlich vergleichen.[51] Philomenas Lebensweg von der »armen Bauernwaise«[52] zum »Kleinmensch« des Haginghofer-Guts, danach zur Magd des angesehenen Dorfkrämers Lambert bis schließlich zur »Großdirn« beim »Stumpfbräu«, dem einflußreichsten Bürger der Gemeinde, ist Ausdruck der Selbstbehauptung und Emanzipation einer Frau innerhalb der männlich dominierten bäuerlichen Welt. Als weibliches Idealbild verkörpert sie reine Unschuld, natürliche Sexualität sowie »Liebe, Muttertum und Lebenssicherheit«.[53] Damit wird sie zur Integrationsfigur zwischen Jung und Alt, den Tüchtigen und den Außenseitern, den Erfolgreichen und den ewigen Verlierern, innerhalb der Familie wie des gesamten Dorfes. »Das neue, selbständige Weib [...] wird die sinnlich erscheinende Idee. [...] Philomena, die Unwandelbarkeit!«,[54] notiert Freumbichler, der den Roman seiner über alles verehrten Mutter gewidmet hat.

Szenen wie der überraschende Angriff auf den »Riesenhans«, den Philomena als junges Mädchen spielerisch umwirft, oder ihr Einsatz, um das Vieh aus dem brennenden Bräuwirtshaus zu retten, versinnbildlichen Entwicklungs-

---

51 Vgl. Schmidt: *Dichtung und Dichter*, a. a. O., S. 88.
52 Johannes Freumbichler: *Philomena Ellenhub. Ein Salzburger Bauernroman.* Wien: Zsolnay 1937. Siehe in diesem Band S. 66.
53 In diesem Band S. 422. Vgl. auch Alice Herdan-Zuckmayer: *Nachwort*. In: Johannes Freumbichler: *Philomena Ellenhub. Ein Salzburger Bauernroman.* Frankfurt/M., Berlin, Wien: Ullstein 1982, S. 445-448.
54 NLJF, W 167/4, S. 182.

etappen der Protagonistin. Anders als in den meisten Texten der konservativen Heimatkunst[55] muß sich Philomena erst in ihrer Welt behaupten und eigene Erfahrungen machen. Sie folgt der Einsicht, »daß es vernünftiger war, weniger am Leben teilzunehmen und es mehr zu beschauen«.[56] Ihr »Glassturz«[57] ist ein anderer als der aus Stolz und Unnahbarkeit geformte ihrer ersten Dienstgeber. Ebensowenig wie für Philomena selbst stehen für den Leser die Wertigkeiten von vornherein fest, so daß man von einem Entwicklungsroman sprechen kann, dessen Wendungen immer wieder überraschen. Umgekehrt inszeniert und beschwört die Einbettung der Handlung in einen ewigen, mythischen Naturraum gleich zu Beginn des Romans den für Heimatdichtung charakteristischen »Uranfang«.[58] Von vergangenen »Zeiten, wo Hirsch und Eber« in Wäldern hausten, und von der »Scholle« ist hier die Rede, »einem der großen Lehen«, auf dem das »Geschlecht der Ellenhuber, seit uralten Zeiten«,[59] seßhaft ist.

Philomena Ellenhub ist ein zeitgeschichtliches Dokument bäuerlicher Kultur. Schauplatz der Handlung bildet – vom kurzen Besuch »Menas« in der kaiserlichen Residenzstadt abgesehen – der Salzburger Flachgau in der ersten Hälfte des 19. Jahrhunderts. Gegen Ende des Romans erreicht die Revolution gegen das Metternichsche System im März 1848 ihren Höhepunkt und wird symbolisch mit dem Brand

---

55 Vgl. dazu Karlheinz Rossbacher: *Heimatkunstbewegung und Heimatroman. Zu einer Literatursoziologie der Jahrhundertwende.* Stuttgart: Klett, 1975.
56 Siehe in diesem Band S. 343.
57 Siehe in diesem Band S. 336.
58 Vgl. Rossbacher: *Heimatkunstbewegung,* a. a. O., S. 150.
59 Siehe in diesem Band S. 9.

beim Bräuwirt verknüpft. In Bruder Silvester, einem »Sterngucker, ein[em] Bücherschreiber, ein[em] Volksredner«,[60] ist der aus Henndorf stammende Schriftsteller Sylvester Wagner (1807-1865) porträtiert. Philomena und ihre Geschwister erleben schon früh die »Vertreibung aus dem Paradiese«[61] ihrer Kindheit. Die Eltern sind gestorben, 1830 haben sie den Hof neu errichtet, heißt es. Im selben Jahr wurde Philomena geboren, die als ungefähr 12jähriges Mädchen eingeführt wird. Am Schluß des Romans, bevor sie zur »Glockenpatronin« wird und sich auf ihr Altenteil zurückzieht, wird sie um das Jahr 1848 aber als etwa 50jährige Frau beschrieben. Hier scheint die chronologische Abfolge durcheinandergeraten zu sein,[62] ebenso wie bei der Szene der feierlichen Eröffnung der Eisenbahnlinie. Die Westbahnstrecke zwischen Wien und Salzburg wurde erst 1860 dem Verkehr übergeben.

Freilich vermögen solche Fehlzuschreibungen die Qualität des Romans, seine sozialgeschichtlich aufschlußreichen Darstellungen, nicht zu schmälern. Wenn der »Ähnl« die Enkelkinder zu Handwerkern in die Lehre oder als Dienstboten zu Bauern schicken muß, entspricht dies den damaligen ökonomischen Notwendigkeiten. Als ältester Sohn erbt Paul den Hof, führt ihn jedoch in den Ruin. »Ellenhub auf der Gant«[63] schildert den für alle schmerzhaften Abschied vom einstigen Familienbesitz, der versteigert wird. Der »Ähnl« handelt ähnlich wie die gereifte Philo-

---

60 Siehe in diesem Band S. 404.
61 Siehe in diesem Band S. 58.
62 Vgl. auch Sigurd Paul Scheichl: *Zwischen Heimatbuch und Bildungsroman. Vor 100 Jahren wurde der österreichische Schriftsteller Johannes Freumbichler geboren.* In: *Die Presse,* 10./11. 10. 1981, Beilage, S. IV.
63 Siehe in diesem Band S. 4/4.

mena gemäß einer höheren kosmischen Weisheit, wie sie in der göttlichen Einheit von Natur und Mensch begründet liegt. »Tiefe, einfache Lebensfrommheit vermag hier die Wechselströme zwischen Schöpfer und Erschaffenem zu schauen und zu künden [...].«[64] In einem Notiztagebuch spricht Freumbichler von der »Zuneigung« als »tiefgeheimnisvolle[m] Gottesstrom, wie alle Ströme, die die Welt, die Dinge, die Tiere und die Menschen durchziehen«.[65] Dies verdeutlicht besonders der versöhnliche Schluß als Paraphrase des bekannten Goetheschen Diktums vom »edlen Menschen«. »Erhebet eure Herzen und glaubet daran: das Leben ist einfach, liebreich und gut.«[66]

Das »Stirb und Werde«, eine Lieblingsformel des Dichters, verwirklicht sich für die Figuren, indem sie ihr Schicksal in die Hand nehmen. Sie sind individuell und vielschichtig gestaltet. Verteidigt der »Ähnl« die Tradition gegenüber dem »Neuen Licht«[67], so lassen ihn Humor und geistige Kraft den »Wettlauf der Siebziger«[68] veranstalten, um die Würde und den Wert des Alters gerade in schweren Zeiten zu bezeugen. »Die Mischung ist die Hauptsach!«[69], vergleicht er den Pfeifentabak mit dem Leben und philosophiert: »Aber es ereignet sich wohl in gewissen Zeiten, daß die Waagschalen aus dem Gleichgewicht kommen. Ein Übermaß häuft sich; auf einem Hof, in einem Dorf, in einem ganzen Volk. Die Gewicht' stimmen nicht mehr. Dann müssen die Alten hinzugeben, wegnehmen, zum Exempel: den

---

64 Zuckmayer: *Ein Salzburger Bauernroman*, a. a. O.
65 NLJF, SL 169, S. 32.
66 Siehe in diesem Band S. 544.
67 Siehe in diesem Band S. 35.
68 Siehe in diesem Band S. 364.
69 Siehe in diesem Band S. 366.

Leichtsinn nicht zur Narrheit, die Verzagtheit nicht zur Verzweiflung sinken lassen, kurz: austarieren, austarieren!«[70] Wenn »Mena« den revolutionären Ansichten ihres Bruders Silvester über den »Völkerfrühling«[71] skeptisch begegnet und das Bestehende akzeptiert, rückt sie die gefährdete göttliche Ordnung als Garantie für sozialen Frieden ins Zentrum. Umgekehrt ist es das Aufbegehren, das sie an ihrem Geliebten, dem von den Gesetzeshütern gefürchteten und verfolgten Schinder-Toni, anziehend findet.

Auch die sozialen Außenseiter wie beispielsweise das »Schinder-Pelei«, der Maler Peregrin oder die »Ewig-Gerechtigkeit« als Sonderlinge des Dorflebens und nicht zuletzt die illegitimen Kinder treten auf, ohne moralische Wertung, mit erzählerischer Leichtigkeit. Meist bleiben die Dienstboten, die die für eine Heirat erforderliche Geldsumme sowie den Nachweis eines festen Wohnsitzes nicht erbringen können, ledig. Philomena erfährt die sozialen Hierarchien am eigenen Leib. Als niederer Magd ist es ihr nicht gestattet, den einzigen Sohn des Haginger Hofes als legitimen Vater ihres Kindes zu beanspruchen. Ehe die Gemeinden und der Staat die Alimentationszahlungen für uneheliche, vaterlose Kinder übernehmen, erfüllen Personen wie die »Kröll-Jule« als Heilerin und Hebamme oder die »Kinderkathl« in Form einer Kinderkrippe wichtige soziale Aufgaben.

Der Archivar, der sich immer wieder erklärend als »Sprachrohr des Autors«[72] zu Wort meldet, wirkt als integratives Bewußtsein. Wie Freumbichler selbst verbindet er mit den Bauern eine heilsgeschichtliche Erwartung: »So geht auch, meines Erachtens, in tief verworrenen Zeiten ein Volk zum

70 Siehe in diesem Band S. 367.
71 Siehe in diesem Band S. 400.
72 Scheichl: *Zwischen Heimatbuch und Bildungsroman*, a. a. O.

Bauerntum zurück, weil es instinktiv fühlt, daß hier der Weg führt zur wahren Weisheit.«[73] Nach der bewegten, die unterschiedlichen Ansichten der Dorfbewohner reflektierenden »Versammlung«[74] am Vorabend der Märzrevolution und dem symbolischen Brand des Bräuwirts mündet der Roman in ein Loblied auf das Bauerntum: »Das Königtum wird aus dem Bauernvolk stets aufs neue wiedergeboren. Was mich anbetrifft, hab ich keinen Zweifel, daß aller Leben Inbegriff hier ist, auf diesen Bergen, in diesen Tälern, hinter jenen steinbeschwerten Schindeldächern. Ich sehe schon die Zeit heraufkommen, wo die neue Wunderblüte sich entfaltet, merke schon die ersten Anzeichen; die Urkraft des Lebens, vielfach angekränkelt, kehrt in ihrem Drang zur Gesundheit an die Quelle zurück.«[75]

Thomas Bernhard erteilt diesem Glauben eine radikale Absage. In *Frost* erkennt der gescheiterte Kunstmaler Strauch – wie Peregrin in *Philomena Ellenhub* ein kritischer Außenseiter: »War sie so unantastbar, die Landbevölkerung? Erbe, Erde, was war das immer? Nein, das war nie etwas anderes als Kolportage! [...] Das Land ist kein Quellbezirk mehr, nur noch eine Fundgrube für Brutalität und Schwach-

---

73 Siehe in diesem Band S. 282.
74 Siehe in diesem Band S. 404. »Die disputierenden Gäste in der Wirtsstube verkörpern – neben denen, die sich in keine Politik einlassen wollen – drei große Strömungen: die ›sich ans Herkommen‹ haltenden Konservativen – die gemäßigt liberalen ›Reformer‹ – und die radikal liberalen Neuerer.« (Josef Donnenberg: *Salzburgs Literatur im 19. und 20. Jahrhundert*. In: Heinz Dopsch, Hans Spatzenegger (Hg.): *Geschichte Salzburgs. Stadt und Land*. Salzburg: Pustet 1983 ff., Bd. II/3, S. 1733-1778, hier S. 1739.)
75 Siehe in diesem Band, S. 539.

sinn, für Unzucht und Größenwahn, für Meineid und Totschlag, für systematisches Absterben!«[76]

Die Ahnung davon hat allerdings auch schon Freumbichler selbst umgetrieben. Nachdem er sich von der ländlichen Heimat abgewandt hat, verfaßt er zahlreiche unveröffentlichte Texte, die weitaus weniger versöhnlich als sein Roman von 1937 sind. Die Sehnsucht nach der unwiederbringlich verlorenen Ordnung – ohnehin stets mehr ein Konstrukt der literarischen Fiktion und der Phantasie – des zu seiner Zeit bereits von sozialen Umbrüchen gekennzeichneten Bauerntums, dem sogenannten »Nährstand«, hat ihn Zeit seines Lebens dennoch nicht losgelassen. Seitenweise füllt er Notiztagebücher und Manuskriptseiten mit den *Geschichten eines seltsamen Knaben*, in denen die Erinnerung die ungelöste Realität überhöht und ersetzt. Was zählt und zum literarischen Stoff verdichtet wird, ist die träumerische Phantasie vom »verlorene[n] Paradies«, vom »Eden« und »Elysium«[77] einer imaginär besetzten Frühzeit des Ich, wie sie in *Philomena Ellenhub* deutlich wird.

3. Die letzten Lebensjahre

An den zumindest intellektuellen Erfolg seines Romans kann Freumbichler nicht anknüpfen. Obwohl er als unpolitischer Beobachter am Weltgeschehen nur eingeschränkt interessiert ist und zurückgezogen lebt, bekommt auch er die Veränderungen seiner Zeit zu spüren. Zwar erscheinen 1938 zwei weitere Bücher bei Zsolnay: die *Geschichten aus dem Salzburgischen*, pointiert humorvolle kürzere Erzählun-

76 Bernhard: *Frost*. In: *Werke*. Hg. von Martin Huber, Wendelin Schmidt-Dengler. Bd. 1, Frankfurt/M.: Suhrkamp 2003, S. 163.
77 NLF, W 16/6, S. 143.

gen, in deren Zentrum dörfliche Charakterfiguren stehen, und der wenig geglückte Abenteuerroman *Atahuala oder Die Suche nach einem Verschollenen*. Gegenüber der immer stärker völkisch orientierten Literatur des »Dritten Reichs« erweisen sie sich jedoch als zu wenig durchsetzungskräftig.

Wieder spielen Zufall und Fügung die wesentliche Rolle auf dem Weg zum zweiten unerwarteten Erfolg. 1941 lernt er den Verleger Hermann Leins aus Tübingen kennen, der sich von einem Manuskript sofort begeistert zeigt. So erscheint 1942 der bereits 20 Jahre zuvor in Wien begonnene Entwicklungsroman *Auszug und Heimkehr des Jodok Fink*, in dem ein junger Bauernsohn in die ihm bestimmte »Welt in heiliger Ordnung«[78] zurückfindet, nachdem er sich gründlich »die Hörner abgestoßen«[79] hat. Daß der heute wenig bekannte Roman zum größten Erfolg wird, verdankt er seiner Verbreitung als Feldpost in den Büchereien und Buchhandlungen für Frontsoldaten. Allein bis zur kriegsbedingten Schließung des Verlags 1944 werden 26 000 Exemplare vertrieben. Freumbichlers Buch ist – nicht zuletzt aufgrund der frühen Entstehung – keine dezidierte Propaganda, sondern zählt zur »apolitische[n] Trivialliteratur«,[80] wie sie von der NS-Reichskulturkammer ebenfalls gefördert wurde, um von den realen Schrecken abzulenken. In seinen Noti-

---

78 Johannes Freumbichler: *Auszug und Heimkehr des Jodok Fink. Ein Buch vom Abenteuer des Lebens*. Tübingen: Wunderlich 1942, S. 367.

79 Ebd., S. 471.

80 Jan-Pieter Barbian: *Literaturpolitik im »Dritten Reich«. Institutionen, Kompetenzen, Betätigungsfelder*. Überarb. Ausg. München: Deutscher Taschenbuchverlag 1995, S. 855. Vgl. dazu Bernhard Judex: *Der Schriftsteller Johannes Freumbichler. 1881-1949. Leben und Werk von Thomas Bernhards Großvater*. Wien, Köln, Weimar: Böhlau 2006, S. 159 ff.

zen äußert sich Freumbichler abfällig über das Hitler-Regime und hofft auf ein baldiges Ende des Kriegs. Dennoch tritt er 1943 der Reichsschrifttumskammer bei, um weiterhin publizieren zu können, und entgeht dadurch nicht zuletzt einem drohenden Kriegs- oder Arbeitseinsatz.

Im selben Jahr wie *Jodok Fink* erscheint die Erzählung *Die Reise nach Waldprechting*. Bis Kriegsende verdient Freumbichler durch sein Schreiben zum ersten Mal in seinem Leben eine beträchtliche Summe: circa 18 000 Reichsmark, nach heutigem Wert etwa 75 000 Euro. Ausgerechnet er als Individualist, der auf jegliche Massenbewegung mit größtem Abscheu reagiert hat, profitiert kurzfristig von der Kulturpolitik des NS-Staates, so daß sein Lebenstraum, ein eigenes Haus auf dem Land, plötzlich greifbar scheint. Doch nach dem Zusammenbruch des »Dritten Reichs« verliert das auf einer Traunsteiner Sparkasse angelegte Geld seinen Wert. Die Alliierten liquidieren die deutschen Konten, bloß 100 Reichsmark werden pro Person ausgefolgt und umgetauscht.

So ist 1946 eine neuerliche Existenzgründung notwendig, diesmal in Salzburg, wo Thomas Bernhard nach Kriegsende das Gymnasium besucht und im jetzt wieder katholischen Internat Johanneum wohnt. Bis Ende 1948 setzt Freumbichler die Arbeit an zahlreichen unveröffentlichten Werken unermüdlich fort, darunter dem 1130 Seiten umfassenden Roman *Eling. Das Tal der sieben Höfe*. Aussichten auf einen neuerlichen Erfolg hat er keine. Erst postum erscheint 1952 der Gedichtband *Rosmarin und Nelken*. In der Drei-Zimmer-Wohnung in der Radetzkystraße, in der zeitweilig acht Personen leben, beansprucht Freumbichler einen eigenen Raum, um ungestört zu arbeiten. Innerlich gelassen, jedoch von zunehmenden körperlichen Leiden gezeichnet, wird er Anfang 1949 mit dem Verdacht auf einen Bauchtumor ins Salzburger Landeskrankenhaus eingeliefert – zur selben Zeit, als sein Enkel, an einer schweren Lungenentzündung erkrankt, mit dem Tod ringt. Thomas Bernhard überlebt, sein Großvater stirbt infolge einer ärztlichen Fehldiagnose am 11. Februar 1949 an einer verstopften Blase und einer Nierenentzündung.

Der Verlust trifft den Jugendlichen schwer. Doch schon bald erkennt er, »mein Großvater, der Dichter, war tot, jetzt durfte *ich* schreiben, jetzt hatte *ich* die Möglichkeit, selbst zu dichten«.[81] Zeigen sich Bernhards Gedichte und Erzählungen in den fünfziger Jahren, aber auch unveröffentlichte Fragmente in Stil und Weltbild noch Freumbichler verpflichtet und imitiert der Enkel anfangs dessen wortmächtige Stimme, so setzt sich zu Beginn der sechziger Jahre die kritisch-distanzierte Sicht auf das frühe Vorbild durch. Dabei spielte Bernhard selbst wiederholt mit dem Gedanken, Werke Freumbichlers, insbesondere *Philomena Ellenhub* oder *Jodok Fink*, neu auflegen zu lassen. Mit der vorliegenden Ausgabe seines bekanntesten und schönsten Textes wird dieses Vorhaben Thomas Bernhards umgesetzt.

---

81 Bernhard: *Werke*, Bd. 10, a. a. O., S. 331.

Stellenkommentar

Vorbemerkung:
Johannes Freumbichlers »Salzburger Bauernroman« *Philomena Ellenhub* spielt im 19. Jahrhundert im nördlichen Salzburger Land, dem sogenannten Flachgau, der sprachgeographisch zum mittelbairischen Raum zählt. Einige der im Roman verwendeten Wörter und Redewendungen sind für dieses Gebiet charakteristisch, andere existieren ausschließlich in der im Flachgau bzw. im angrenzenden Oberösterreichischen gesprochenen Mundart. Darüber hinaus verweisen bestimmte Ausdrücke auf den historischen Bezug der Handlung. Zu Lebzeiten Freumbichlers noch gebräuchlich, werden sie heute kaum mehr verwendet.

9 »Lehen«, »Huben«, »Fretten«: Abhängig von ihrer Größe werden z. T. auch heute noch Bauerngüter mit diesen Namen bezeichnet. Die Wortbedeutung von »Lehen« *(s.)* leitet sich aus dem mhd. »lên«, »lêhen« ab und bezeichnet ein durch Erbe übertragenes oder auch ›verliehenes‹ Bauerngut. Die »Hube« *(w.,* mhd. »huobe«) ist ein Stück Land von einem bestimmten kleineren Ausmaß (das »Hub«: Maßeinheit). Die kleine »Frette« *(w.,* vgl. auch S. 153) verweist auf das im bair.-österr. Raum gebr. Verb »fretten« (mhd. »vretten«) für: »sich abmühen, plagen« (vgl. »Fretter« für »Schinder«).
»das wilde Gejaid«: (wörtlich: die wilde Jagd) zählt zu einem u. a. in Salzburg verbreiteten Brauch, demzufolge vor allem in den Nächten der Advent- und der Fastenzeit vermummte, wilde Gestalten lärmend und Unfug treibend umherziehen (auch Stoff vieler Sagen) (vgl. auch S. 233)

10 »Berglehne« *(w.)*: Berghalde, -abhang

12 »Brechelstube« *(w.)*: Stube, in der Flachs gebrochen wird
»Strohöse« *(w.)*: Raum zur Lagerung von Stroh (abgeleitet von dem im Oberösterr. gebr. »Ös«, »Öbs(n)«; vgl. schwäb. »Öse« für »Schöpfeimer«)
»Göpelstange« *(w.)*: (auch: »Göpel«, *m.*) Vorrichtung zum Antrieb von Maschinen oder Triebwerken (z. B. Dresch- od.

Futtermaschinen) durch (im Kreis gehende) Zugtiere (vgl. auch S. 63)
16 »husig«: flott, flink, praktisch, handlich (von mhd. »hiuz(e)«)
»grippig«: hier wohl von »gröppisch«: grob (s. Anm. zu S. 153)
»Stößl« *(m.)*: hier: kleines Kind, ev. abgeleitet von »stoßender (Schaf)bock«, im übertragenen Sinn: ungeschickter Mensch od. »Geier«, »Habicht«, »Greifvogel«
17 »Föderl« *(s.)*: Diminutiv zu »Feder« (vgl. auch S. 61)
22 »eine Eicht«: eine Weile (vgl. auch S. 375)
24 »Werch« *(s.*; eigentl. »Werg«): Abfall von Flachs oder Hanf, der meist als Dichtmaterial verwendet wird (vgl. auch S. 224)
30 »Kohllösche« *(w.)*: (eigentl. »Kohlenlesche«) Kohlenstaub
32 »Keusche« *(w.)*: v. a. österr. Bezeichnung für ein kleines, oft schäbiges (Bauern)haus (s. Anm zu 9; vgl. auch S. 28 u. 456)
34 »Marterlmaler« *(m.)*: Maler von »Marterln« *(s., Pl.)*: bair.-österr. für an Wegen aufgestellte Bildstöcke od. -tafeln zur Erinnerung an Verunglückte od. auch Heiligendarstellungen und Kruzifixe
39 »Hasenohren« *(s., Pl.)*: in Fett herausgebackene Teigkrapfen
41 »geschloffen«: geschlüpft
»Lotter« *(m.)*: Herumtreiber, Faulenzer
44 »Klaubauf« *(m.)*: sagenhafte unheimliche Figur; synonym für: Teufel, Schreckgestalt, Krampus; die etymolog. Herkunft von »aufklauben« (bair.-österr. für »aufheben«) ist unsicher, obwohl im Kontext des Romans gemeint ist, der Klaubauf trage kleine Kinder oder Vieh mit sich fort. Vermutet wird die Herkunft von ahd. »hlaupan« (laufen, springen).
47 »Futterzistel« *(w.)*: Futterbehälter (»Zistel« für »Korb«)
51 »Fechsung« *(w.)*: bair-österr. für »Ernte«, »Ertrag«
53 »Zaslerei« *(w.)*: vermutlich von »zaseln«, »zasen« für »zerfasern«, »zerfransen« (von »Zasel« für »Faser«); hier im Sinne von »sich zerfransen«
»Zwiesel« *(w., auch m.)*: Gabelzweig, Verzweigung (vgl. auch S. 246)
54 »Palester« *(m.)*: Armbrust, mit der Kugeln geschleudert werden (früher auch als Kinderspielzeug gebräuchlich)

58 »Gigerlelaufen« *(s.)*: vermutlich eine Wortschöpfung Freumbichlers; im übertragenen Sinn für »viel Lärm um nichts«, abgeleitet von »Gigerl« *(m.;* v. a. oberösterr.) für »Hahn« (vgl. auch S. 396)

60 »Plützerl« *(s.)*: Diminutiv zu »Plutzer« für »Kopf« (eigentl.: Kürbis, große Birne)

»Fotzhobel« *(m.)*: v. a. bair.-österr. für »Mundharmonika«. (Deshalb wird Brigei später auch das »Harmonika-Brigei« genannt.)

62 »Menscherl« *(s.;* im *Pl.:* »die Menscherl(n)«): bair.-österr. für »Mädchen«, »unverheiratete junge Frau« oder »Dienstmagd« (z. T. in abwertendem Kontext)

63 »Schwarzblattl« *(s.;* im *Pl.:* »die Schwarzblattl«): Grasmücke (ein Singvogel)

65 »Dippelbaum« *(m.)*: Deckenbalken (vgl. auch S. 243)

66 »perkalen«: aus Baumwollgewebe (»Perkal«, *m.)* gefertigt (vgl. auch S. 80)

76 »in die Hechel nehmen«: jmd. durch scharfzüngiges, kritisches Gerede beurteilen (sachverwandt zu »hecheln«, »durchhecheln«); im eigentlichen Sinn bezeichnet die Hechel ein mit scharfen Spitzen versehenes handwerkliches Gerät zum Durchziehen und zur Reinigung von Flachs.

»Lauberheigen«: Laub zusammenrechen (»laubern«: dürres Laub sammeln, um im Spätherbst Streu zu gewinnen) (vgl. auch S. 109)

78 »sotan«: (auch »sothan«): so beschaffen, solch

»das Kleinmensch«: unterster, von jungen unverheirateten Frauen bekleideter Dienstrang in der Hierarchie des weiblichen Gesindes auf dem Bauernhof. Ihm folgen die »Kleindirn« (vgl. S. 159) sowie die »Großdirn«. (Zum Teil werden die Ausdrücke »Mensch« und »Dirn« synonym verwendet, doch kann die »Dirn« im Unterschied zum »Mensch« verheiratet sein.)

81 »Haspel« *(w.)*: Seilwinde (»Haspelei« für »schnelles Reden«)

84 »Einleger« *(m.)*; »Einlegerin« *(w.)*: meist älterer Mensch, der auf einem sogenannten Einlegerhof in Quartier lebt; bei

Freumbichler der danach bezeichnete »Einlegerlenz« und das »Wichtlweib«

87 »Brandl« *(s.)*: Diminutiv zu »Brand«; bair.-österr. für »Durst« bzw. »Rausch«

»Schüpfelzaun«: abgeleitet von »Schüpfel« *(s. od. m.)*: kleines Bündel gespaltenen Holzes (vgl. auch S. 452)

90 »Sendelbesen« *(m.)*: Besen aus Heidekraut (»Sendel«, *s.*)

92 »Nachtreise« *(w.)*: bezeichnet den früher üblichen Brauch, benachbarten Bauernhöfen Besuche abzustatten, um die Abende kurzweiliger zu gestalten. Die Besucher nannte man »Nachtreiser«.

93 »Welserschwanz« *(m.)*: vermutlich eine scherzhafte Anspielung auf die Herkunft des Hans aus Wels, Oberösterreich

100 »Leck ein Patzl!«: abgeleitet von »Patz« *(m.)*: klebrige, breiartige Masse; Spottruf im Sinne von: »Das vergönn' ich dir!«

101 »Lanzing« *(m.)*: Frühjahr

103 »Hartschieren« *(m., Pl.)*: eigentl. »Hatschierer«, abgeleitet aus dem französ. »archer« (Soldat)

104 »Kamisol« *(s.)*: Unterjacke, Wams

107 »kleber«: zart, schwächlich

109 »heigte«: Präteritum zu »heigen« für »heuen«, »Heu einbringen« (vgl. auch S. 76)

110 »Grindige« *(s.)*: Schmutz, Dreck (sachverwandt zu »Grind«, *m.*)

114 »Stör« *(w.)*: Wanderzeit der Handwerksleute (bes. der Schneider: »Störschneider«), während der sie von Haus zu Haus ziehend ihre Dienste verrichteten (sachverwandt zu »Walz«, *w.*)

131 »Dengelbank«: Auflage bzw. Gestell, um die Sense zu dengeln, also ihre Schneide geradezubiegen (s. Anm. zu S. 267)

133 »Schragen« *(m.)*: eigentl. »Holzhaufen«, »Holzgestell«, hier im übertragenen Sinn für einen alten Menschen

135 »Sagmahrl« *(s. Pl.)*: kleine erfundene Geschichten; Wortzusammensetzung aus »Sage« und »Märe«

138 »sakerisch«: (auch »sakrisch«) abgeleitet von lat. »sacer« (heilig), für: »sehr«, »überaus«

153 »gröppisch«: grob (auch: ungebildet; s. Anm. zu S. 16)
164 »sperer«: karg, ohne Ertrag
165 »Handige« (m.): das rechtsseitige Pferd im Gespann; Leitpferd, das man führt
166 »Walcher« (m.): rundes Holz, mit dem die aufgeworfenen Akkerschollen zerteilt bzw. geglättet wurden; Teil des Pflugs
»Granter« (m.): bair.-österr. für »Trog«, »Behälter«
187 »Schöberhaufen«: (auch »Schober«, m.) Heuhaufen
»Kleehifler« (m., Pl.): Pfähle, auf denen Klee zum Trocknen gebracht wird (vgl. auch S. 392)
192 »aschling«: (auch »ä(r)schling«): rückwärts, verkehrt
»Schwachtling« (m.): (auch »Schwartling«) Abfall beim Holzschneiden bzw. -sägen
»Ladn« (m.): Brett, Latte, Pfosten; auch: Bretterwand in der Tenne zwischen Heuablage und Dreschtenne
207 »Oa« (m.): der eine (bzw. andere)
»Kletzn« (w.): (auch »Kletze«) getrocknete Birnen bzw. Dörrobst, aus denen das sgn. Kletz(e)nbrot gemacht wird
»z'hirt«: zu hart
»z'len«: zu weich, zu schwach (mhd. »len« = schlecht, lau)
Das sogenannte »Buchstabie«, also der öffentliche Spottvers, spielt mit den Namen des Pfarrers Gries und seines Koadjutors Kletzl. Während dieser seine Predigten zu kurz und trokken (wie ›harte Kletzn‹) gestaltet, ist jener zu langsam und ausführlich breit (wie ›zäher Gries‹).
209 »zwielache Wiegn«: zweilagige Wiege, Wiege mit einem Einlagebrett
215 »jazing«: jetzt
219 »kotzengrob«: grob wie ein(e) Kotze (»Kotze«, w. od. m.: grobes Wollzeug, Decke)
»Sauglockengeläute« (s.): zu »Sauglocke«: bildlich für »gemeine, unflätige Redensart«; »die Sauglocke läuten«: unanständig reden
222 »kreppsaures Gfriß«: missmutiges Gesicht; »kreppsauer«: zusammengesetztes Adjektiv aus »krepp« (widerborstig, reizbar); »Gfrieß« (s., meist abwertend für »Gesicht«)

»Göscherl« *(s.)*: Diminutiv von »Gosche« *(w.,* für »Mund«)
»Gröscherl« *(s.)*: Diminutiv von »Groschen« *(m.,* Geldmünze mit niederem Wert.
»Frettn« *(w.)*: s. Anm. zu S. 9
»Treid« *(s.)*: Getreide
»Gstettn« *(w.)*: Stätte; hier: wenig ertragreicher oder kleiner Acker

227 »'s Wehload« *(s.)*: Wehleid, Wehklage, Schmerz. Ein bekanntes Gedicht des aus Henndorf stammenden Mundartdichters Sylvester Wagner (1807-1865) trägt den Titel »'s Wehload«.

234 »Lattenträger«: abgeleitet von »Latte« für »Gewehr«; gemeint sind hier die Gesetzeshüter, Polizisten

240 »Dult« *(w.)*: v. a. bair. für »Jahrmarkt«, »Messe«. Die Salzburger Dult findet jedes Jahr im Juni statt (vgl. auch S. 458 ff.).
»Kujon« *(m.)*: aus dem Französ. für »Schuft«, »gemeiner Mensch«

246 »Zwiesel« *(w.* od. *m.)*: s. Anm. zu 53. In diesem Kontext bekommt die Gabelung des Zweigs eine symbolische Bedeutung.

260 »Schweinsblase«: diente früher als Tabaksbeutel
»Geh i nit hoam«: »Geh ich nicht nach Hause«

263 »Kaluppe« *(w.)*: schlechtes, baufälliges Haus

273 »Iringtag«: (eigentl.: »Iritag«, »Öritag«) Bezeichnung für den Dienstag, die sich vom griech. Kriegsgott Ares (römisch: Mars, germanisch: Tyr) herleitet. Freumbichler spricht lediglich von einem »Germanengott«.

280 »anschlecht«: ziemlich schlecht, allzu schlecht (die Vorsilbe »an-« vor Adjektiven bezeichnet v. a. im Oberösterr. eine Steigerungsform im Sinne von »ziemlich«, »allzu«, »sehr«)

281 »Treankn« *(m.,* auch »Treank«): spöttischer, unliebsamer Mensch; im eigentlichen Sinn: Säufer, Trinker
»streimelt«: Verbform zu »streimeln« (bair. für »streicheln«)
»possellt«: Verbform zu eigentl. »bosseln« (mehrere Bedeutungen, hier für »arbeiten«, »schmieden«)

290 »hadsschlakara«: konnte nicht nachgewiesen werden; wahr-

scheinlich ist die Bedeutung »vom harten Schlag«, also »abweisend«, »distanziert«
»Sammer« (s.): Samt
291 »Fronfeste« *(w.)*: bezirksgerichtliches Gefängnis
308 »Malter« (*s.* od. *m.*): altes Getreide- und Kartoffelmaß
318 »Unschlittkerze«: Talgkerze
320 »lötz«: (auch: »letz«) schlecht, nicht richtig
325 »Radotagen« *(w. Pl.)*: Faselein, leere Redensarten
368 »Zoch« (*m.*): plumper Mensch, fauler Kerl (mhd. »zoch«: Klotz)
»anzupfriemen«: von »anpfriemen«, mit der Pfrieme (Eisenspitze, Nadel) befestigen, anstecken
»Bartlmä«: St. Bartholomäus-Tag (24. August)
375 »ein Eichtl«: Diminutiv zu »eine Eicht«: eine Weile (s. Anm. zu S. 22)
394 »Robot, Zehent und Vorspanndienst«: Erst im Zuge der Revolution im März 1848 wurde in Österreich nach einem Antrag durch den Reichstagsabgeordneten Hans Kudlich per Verfassungsbeschluß die Untertänigkeit abgeschafft. Gemeinsam mit der Grundentlastung brachte dies den Bauern die endgültige Freiheit. Die »Robot« (identisch mit dem »Frondienst«, S. 414) bedeutete die zwangsweise, unentgeltliche Arbeit für den Dienstherren oder Grundeigentümer – im Erzbistum Salzburg (bis 1803) die Kirche – an einer genau festgelegten Anzahl von Tagen im Jahr. Der »Zehent« (zehnter Teil) der Ernte bzw. aller Erträge aus der Landwirtschaft, also auch des Viehs, mußte ebenfalls an die Grundeigentümer abgeliefert werden. »Vorspanndienst« bezeichnete die Verpflichtung, die eigenen Zugtiere für Arbeiten des Dienstherren oder Grundeigentümers zur Verfügung zu stellen bzw. Botengänge und Fahrten für ihn zu erledigen. Die Verpflichtungen waren von den Landesherren und Grundeigentümern gesetzlich festgeschrieben (s. auch Anm. zu S. 406 u. 415).
406 »Ganz-, Halb- und Viertellehner«, »Batzenhäusler«: Nach dieser amtlich geregelten Einteilung der Bauerngüter richtete

sich deren jeweilige Steuerschuld und Abgabenleistung gegenüber dem Grundeigentümer (»Batzenhäusler«: identisch mit dem »Kleinhäusler«, S. 28).

»Innmänner«: (auch »In(n)leute«) Untertänige gegenüber dem Grundeigentümer ohne eigenen Grund und Boden. Sie unterstanden der sogenannten Grundobrigkeit, auf deren Boden sie gegen Abgaben und Robotleistung wohnten und arbeiteten.

407 »Stadtschofen« *(w., Pl.)*: feine Stadtdamen; im abwertenden Sinn

415 »Veränderungspfundgeld«, »Moratorium« (eigentlich »Mortuarium«), »Laudemium«: Mortuarium und Laudemium sind Formen des Veränderungspfundgeldes, d. i. die Steuerabgabe, die bei Veränderung von Besitzverhältnissen an den Grundherrn zu entrichten war.

»Vorspanngeld«: hier Geldbetrag, mit dem man sich vom »Vorspanndienst« (s. Anm. zu S. 394) freikaufen konnte

»Vogteiherrschaft«: Der Vogtherr, ein meist adeliger Grundeigentümer, garantierte seinen Untertänigen umfassenden Schutz, etwa im Falle eines Kriegs, und verlangte dafür Abgaben und Leistungen. Die Robot und der Zehent begründeten sich u. a. auch auf diese Form der Besitzverhältnisse.

422 »Tratzend«: Partizip zu »tratzen« für »jmd. ärgern«, »provozieren«

444 »Zibiben« *(w., Pl.)*: große Rosine

»Lichtmeß«: Zu Mariä Lichtmeß (2. Februar) wurden die Dienstboten und Hausangestellten ausbezahlt und wechselten ggf. ihre Dienstherren.

»Eingrasen«: das sogenannte »Einfutter« (das jeden Tag frisch geschnittene Gras) mähen und einbringen

445 »Radlbock« *(m.)*: Schub- bzw. Lastkarren

»Grudlerei« *(w.)*: Dahintreiben, zielloses Arbeiten

452 »Holzklieben« *(s.)*: Spalten von Holz, abgeleitet von »klieben« (spalten)

»Schüpfel« *(s. oder m.)*: s. Anm. zu S. 87

456 »Rastelbinder«, »Pfannenflicker«: Von Hof zu Hof ziehende

Handwerker bzw. Vagabunden, die schadhafte Töpfe und Eisenwaren (»Rastel«: Drahtgitter, Rost) ausbesserten
460 »ärarisch«: zum Ärar gehörend, staatlich
465 »Koi«: bair. Kinn(backe)
474 »auf der Gant«: zur öffentlichen Versteigerung (»Gant«) ausgerufen
483 »Kummete« *(s., Pl.)*: gepolsterte Bügel des Gespanns bzw. Jochs um den Hals von Zugtieren
503 »Katzelmacher«: abwertender Ausdruck für Italiener
515 »Jucker« *(m., Pl.)*: leichte Wagenpferde
525 »Speik« *(m.)*: Pflanzenname

Zeittafel

1881 Johannes Capistran Freumbichler wird am 22. Oktober in Henndorf/Wallersee (Salzburg) als jüngstes von vier Kindern der Bauern- und Krämersfamilie Maria (geb. Langer) und Joseph Freumbichler (»Schmalzsepp«) geboren.

1895 Im September Aufnahme an der ›k. k. Staats-Realschule‹ Salzburg (Realschulplatz, heute: Ferdinand-Hanusch-Platz). Er wohnt im selben Internat in der Schrannengasse wie später Thomas Bernhard.

1900 Freumbichler wird unter dem Namen ›Werinhard‹ mit seinem Schulkameraden und späteren Freund Rudolf Kasparek (›Giselher‹) Mitglied der eben gegründeten burschenschaftähnlichen deutsch-nationalen, antiklerikalen Verbindung ›Cheruskia‹.

1902 Am 7. März Selbstmord des Bruders Rudolf. Bereits vorher bricht Freumbichler die Schule ab und geht im April nach Altenburg (Sachsen), wo er sich am ›Technikum‹ anmeldet, um zu studieren. Sein eigentlicher Wunsch aber ist, Schriftsteller zu werden. Finanzielle Unterstützung erhält er durch die Mutter.

1903 Im März Übersiedlung nach Bad Ilmenau (Thüringen), wo er Elektrotechnik zu studieren beginnt.
Erster brieflicher Kontakt mit Anna Bernhard (geb. Schönberg, 20. 6. 1878), die in Salzburg mit dem Schneidermeister Karl Bernhard verheiratet ist und zwei Söhne hat.
Im Dezember Besuch in Salzburg. Gemeinsam mit Rudolf Kasparek wird ein Treffen mit Anna Bernhard, die ihre Familie verlassen will, arrangiert.

1904 Am 2. Februar meldet sich Freumbichler in Basel als »Studiosus Philosophiae« an, Anna Bernhard kommt wenige Tage später nach, ihr folgt Rudolf Kasparek. Freumbichlers Familie ist schockiert, dennoch unterstützt sie den mittellosen Schriftsteller. 20. Dezember: Geburt der Tochter Herta, Thomas Bernhards Mutter.

1905/06 Im Dezember zieht Freumbichler nach Töll/Meran und

arbeitet von Januar bis Herbst 1906, wie bereits Rudolf Kasparek, bei der ›Bosnischen Elektrizitäts A. G.‹.

Am 26. Dezember 1905 bringt Anna Bernhard in Salzburg den Knaben Farald Rudolf zur Welt. Das schwächliche Kind stirbt am 3. März 1906.

Ab Herbst 1906 leben Freumbichler, Kasparek sowie Anna und Herta Bernhard in Partschins/Meran.

1907 Im Februar über Henndorf nach München, ab Mai in Bad Reichenhall. Kasparek bleibt in Südtirol, wohin ab Herbst erneut Freumbichler mit seiner Familie zieht. Hunger, Mittellosigkeit sowie ständige Wohnungswechsel und in der Folge Krankheiten prägen das tägliche Leben.

1908-11 Freumbichler pendelt allein oder mit Familie zwischen Südtirol, Henndorf (Tod des Vaters 1909) und München. Dort kommt am 19. Januar 1910 der Sohn Rudolf Harald (genannt Farald) zur Welt.

1911 erscheint der Roman *Julia Wiedeland* im Kommissionsverlag Joseph C. Huber (Diessen/München).

Ab Mai 1911 bewohnt Freumbichler mit seiner Familie ein kleines Haus in Forstenried/München, im Oktober Übersiedlung nach München.

1912/13 Ab April 1912 Stellung bei einer Versicherungsanstalt in München. Im November Umzug nach Bozen. Dort lernt die Familie Clarita Thomsen kennen, die sie großzügig unterstützt. Anna Bernhard wird in Salzburg zur Hebamme ausgebildet.

Im September 1913 übersiedelt die Familie nach Wien. Anna Bernhard arbeitet als Köchin.

1914-16 Freumbichler arbeitet als Kanzleischreiber der Gemeinde Wien und versucht ohne Erfolg, literarisch Fuß zu fassen. Im Juli 1916 Übersiedlung in eine Wohnung in der Wernhardstraße 6, Wien XVI.

1917 Die *Deutsche Roman-Zeitung* veröffentlicht den Roman *Eduard Aring* in Fortsetzungen sowie einige kürzere Erzählungen

1920 Tod der Mutter sowie Rudolf Kaspareks. Herta Bernhard

arbeitet als Hausmädchen in der Schweiz und schickt ihren Verdienst nach Wien.

1921-31 Anna und Herta Bernhard arbeiten in verschiedenen großbürgerlichen Haushalten in Wien und Umgebung als Köchinnen und Kinderbetreuerinnen. Sie wohnen auswärts, während Freumbichler schreibt. Abgesehen von kleineren Veröffentlichungen in der Zeitschrift *Bergland* (Leitung Franz Karl Ginzkey) oder im *Deutschen Volkskalender*, kommt es zu keinen Publikationen. Der Briefwechsel jener Zeit mit Anna Bernhard ist das aufschlußreiche Dokument einer ungewöhnlichen Beziehung.

1931 Am 9. Februar bringt Herta Bernhard, die im Frühjahr 1930 in Henndorf den Tischlergesellen Alois Zuckerstätter kennengelernt hat, in Heerlen (Holland) in einer Gebäranstalt und Hebammenschule ihren Sohn Nicolaas Thomas zur Welt. Vor und nach der Geburt arbeitet sie als Haushälterin und schickt Geld nach Wien, wo sie später den Friseur Emil Fabjan kennenlernen wird. Zuckerstätter wird sich um seinen Sohn nicht kümmern.

1935 Im Frühjahr übersiedeln Johannes Freumbichler, Anna Bernhard, Sohn Farald und der Enkel Thomas nach Seekirchen/Wallersee.

1936 Durch Anna Bernhards Kontakt zu Alice Zuckmayer wird Carl Zuckmayer, der in der »Wiesmühl« im benachbarten Henndorf wohnt, auf den Roman *Philomena Ellenhub* aufmerksam und setzt sich für eine Veröffentlichung ein. Alice Zuckmayer überarbeitet ihn gemeinsam mit Freumbichler.

Herta Bernhard heiratet Emil Fabjan und zieht mit ihm und Thomas nach Traunstein (Bayern). Aus dieser Ehe stammen Thomas Bernhards Halbgeschwister Peter (geb. 1938) und Susanne (geb. 1940).

1937 *Philomena Ellenhub. Ein Salzburger Bauernroman* erscheint im Februar im Paul Zsolnay Verlag. Im Dezember erhält Freumbichler dafür den Förderungspreis des Großen Österreichischen Staatspreises.

1938 Es folgen der Erzählband *Geschichten aus dem Salzburgischen* sowie der Roman *Atahuala oder Die Suche nach einem Verschollenen*. Am 15. März Anschluß Österreichs an Hitler-Deutschland. Am 21. November Hochzeit von Johannes Freumbichler und Anna Bernhard in Salzburg.

1939 Zu Beginn des Jahres Übersiedlung nach Ettendorf bei Traunstein.

1942 Es erscheinen der Roman *Auszug und Heimkehr des Jodok Fink. Ein Buch vom Abenteuer des Lebens* im Verlag Rainer Wunderlich (Tübingen) und die Erzählung *Die Reise nach Waldprechting* bei Eugen Händle (Mühlacker). Der Roman verkauft sich als Frontbuch für deutsche Soldaten sehr erfolgreich.

1943 Freumbichler wird Mitglied der Reichsschrifttumskammer.

1944 Luftangriffe der Alliierten auf Traunstein und Salzburg, wo Thomas Bernhard die Realschule besucht und im Internat Johanneum wohnt.

1946 Freumbichlers Reichsmarkkonto in Traunstein wird aufgelöst. Er bekennt sich zur österreichischen Staatsbürgerschaft und wird »repatriiert«. Ab September wohnt die Familie Freumbichler-Fabjan in Salzburg (Radetzkystraße 10) in einer Dreizimmerwohnung.

1949 Am 11. Februar stirbt Johannes Freumbichler im Salzburger Landeskrankenhaus nach einer ärztlichen Fehldiagnose an einer Blasenverstopfung und Nierenentzündung.

1952 Der Lyrikband *Rosmarin und Nelken* mit Gedichten in Salzburger Mundart erscheint postum. Eine von Farald Freumbichler und Alice Zuckmayer erwogene Veröffentlichung des über 1000seitigen Romans *Eling. Das Tal der sieben Höfe*, an dem Freumbichler bis zuletzt geschrieben hat, kommt nicht zustande.

Inhaltsverzeichnis

Johannes Freumbichler
Philomena Ellenhub – Ein Salzburger Bauernroman   9

Anhang
Thomas Bernhard
Vor eines Dichters Grab   547

Thomas Bernhard
Der Dichter aus Henndorf   548

Bernhard Judex
Der »Heimatsucher«. Johannes Freumbichler und
sein »Salzburger Bauernroman« Philomena Ellenhub   554